CURT GOETZ UND VALÉRIE VON MARTENS

MEMOIREN

CURT GOETZ UND VALÉRIE VON MARTENS

Memoiren

Die Memoiren des Peterhans von Binningen

Die Verwandlung des Peterhans von Binningen

Wir wandern, wir wandern …

DEUTSCHE VERLAGS-ANSTALT
STUTTGART

Volksausgabe 1969
Deutsche Verlags-Anstalt GmbH., Stuttgart

Schutzumschlag und Einbandentwurf: Atelier Frick-Kirchhoff
Gesamtherstellung: Hanseatische Druckanstalt, Hamburg
Printed in Germany. ISBN 3 421 01502 3

CURT GOETZ

Die Memoiren des Peterhans von Binningen

FÜR VALÉRIE – NATÜRLICH

PROLOG

Ich träumte, ich stand am Ende meines Weges, und der Tod kam mir entgegen.
»Schon?«
Er nickte.
»Das war alles?« fragte ich.
»Das war alles, was du daraus gemacht hast.«
Wir gingen schweigend nebeneinander.

»Ich habe dich ein paarmal veräppelt. Ich hoffe, du bist nicht kleinlich?«
»Ich bin in der Tat nicht kleinlich«, sagte der Tod.
»Ich hätte gern noch meine Memoiren geschrieben.«
»Werden sie komisch?«
»Du kommst auch drin vor.«
»Gut – aber beeile dich.«

Ich muß mich also beeilen.
Ich habe mir sagen lassen, eine Geschichte erzählt man am besten, indem man mit dem Anfang beginnt, sie zu Ende führt und dann sofort aufhört.
Ob ich bis zu Ende kommen werde, weiß ich nicht.
Aber anfangen kann ich ja mal:

Schaan, 1959 Curt Goetz

HALLE AN DER SAALE

Ostern 1906 bestand Peterhans von Binningen – er hieß natürlich anders, kein Mensch heißt Peterhans von Binningen – bestand Peterhans von Binningen zu seiner und seiner Freunde Überraschung das Einjährig-Freiwilligen-Examen am Stadtgymnasium zu Halle an der Saale.

Halle an der Saale war eine reizende Stadt.

Doch!

Es soll zugegeben werden, daß kein Mensch, der die Große Ulrichstraße passierte, sich darauf versteift hätte, nun auch die Kleine kennenzulernen; und in der Geiststraße mußte auch ein mit Heuschnupfen Bewaffneter feststellen, daß hier infolge der zahlreichen beiden Delikatessengeschäfte der Käse nicht nur über den Geist triumphierte, sondern auch über die Braunkohle, die sonst allenthalben ihre führende Rolle behauptete in jenem charakteristischen Dreigestank von Kohle, Käse und essigsaurer Tonerde, der wie eine Glocke über der Stadt hing und in der für die Bürger zum Einatmen bestimmten Luft lag, einer Luft, die auch durch die Wiederausatmung seitens der Hallenser nicht besser wurde.

Dennoch und um so bemerkenswerter ist es, behauptet der Chronist, daß obige muffige, sauere Atmosphäre, von Generationen inhaliert, verarbeitet und wieder abgegeben, auf das Kultur- und Geistesleben der Hallenser *fast* ohne Einfluß blieb. Denn Halle war eine kunstsinnige Stadt, und viele große Musiker hat sie in ihren Mauern verborgen gehalten.

Auch die Studenten liebten diese Stadt. Nicht so sehr wegen ihrer Universität als um ihrer Mädchen willen, die sich wiederum nicht so sehr durch besondere Schönheit auszeichneten als durch eine entwaffnende Natürlichkeit, mit der sie sich gaben, wie sie waren, und so oft man es von ihnen verlangte. Der Erfinder des Ausspruches:

In Halle tummeln sich die Jungfrauen
wie die Walfische in der Saale

war natürlich ein elender Zyniker, wenn auch anerkannt werden muß, daß er ein ausgezeichneter Kenner der faunischen Verhältnisse der Saale und ihrer Nebenflüsse gewesen sein muß; denn diese Gewässer führen wirklich keine Walfische.

Anstelle der fehlenden Walfische umspült die Saale im Tale romantische Inselchen. Zum Beispiel die Rabeninsel. Sie wird ihrer traulichen Abgeschiedenheit wegen von den Liebenden sehr gesucht und bald darauf ihrer Mücken wegen von eben diesen Liebenden verflucht. Dabei sollte man froh sein, daß es nur Mücken sind und nicht Raben, die sich bei der Auswahl ihrer Angriffsobjekte so wahllos gebärden.

Und dann die Burgen!

An der Saale die Burgen!

Wer kennt sie nicht: die Moritzburg und die Ruine Giebichenstein! Welch trutzige Festen! Erst kürzlich übertrotzten sie das Tausendjährige Reich, ohne sich umtaufen zu lassen.

An der Saale hellem Strande
Stehen Burgen, stolz und kühn.
Ihre Dächer sind zerfallen,
Und der Wind streicht durch die Hallen,
Wolken ziehen drüber hin ...

Das ist nett von den Wolken.

Und das müssen sie ja auch, es sei denn, daß sie vorzögen, um diese zugigen Ruinen einen Bogen zu machen.

Neben der Saale gibt es noch die Gerbersaale. Sie fließt mitten durch Halle, ist etwas gelber als ihre große Schwester. In ihrem Gefälle wurden Wellenbäder für die Hallenser errichtet. Manche führen aber auch die trübe Färbung auf die Gerber zurück, die dort ihr Handwerk treiben.

Wenn wir noch des Galgenberges Erwähnung getan haben, wo in alten Zeiten die Hallenser gehenkt wurden, so bleibt nur noch übrig, die Hallische Zwiebelleberwurst hervorzuheben. Und die Hallische Knackwurst. Auch die sogenannte Schlackwurst. Und in diesem Zusammenhang die Halloren. Halloren sind Hallenser, die die toten Hallenser beerdigen. Sie haben das Privileg, dem jeweiligen Landeshaupt zum Neujahrstage eine Riesenschlackwurst und etwas Salz überbringen zu dürfen, wofür sie eine neue Fahne und ein Pferd erhalten. Daß sie aus dem Pferd die nächstjährige Schlackwurst machen, ist nicht verbürgt.

Fast hätten wir das Kaiser-Wilhelm-Denkmal vergessen!

Da reitet auf der Alten Promenade, gegenüber von Grüns Weinstuben, der alte Kaiser Wilhelm I., begleitet von Bismarck und Moltke – die zu Fuß gehen müssen –, in einem geräumigen Wasserbassin spazieren. Zwei nackte Meermädchen sind ganz außer sich über den hohen Besuch, fassen sich vor Entzücken an die dicken Busen – jede an den eigenen natürlich – und übergeben sich vor Freude. In hohem Bogen spritzen sie ihre Ergebenheit dem Monarchen vor die Hufe. Er sieht aber auch zu prächtig aus, der weißhaarige, ehrwürdige alte Herr in dem weiten wallenden Mantel der neuen Felduniform. Daß der greise Feldherr in der Eile der Mobilmachung seinen Helm vergessen hat, merkt man kaum. Barmherzige Studenten stülpten ihm in einer besonders kühlen Nacht eine Studentenmütze auf, die aber von der Feuerwehr wieder heruntergeholt wurde, weil sie erstens zu klein war und zweitens ganz schief gesessen hatte, so daß es aussah, als ob die drei Herren Grüns Weinstuben nicht erst zustrebten, sondern diese gerade verlassen hätten. Jedenfalls hatte der Streich zur Folge, daß nachträglich das

Haupt des Monarchen mit einem Helm versehen wurde, während Bismarck und Moltke weiterhin die ihren – die Helme, nicht die Häupter – in den Händen tragen müssen, was ihnen im Sommer eher angenehm sein dürfte. Und im Winter ist das Denkmal sowieso mit Brettern vernagelt. Der Marktplatz ist nun freilich schön. Mit seinem Händel-Denkmal und seiner Marienkirche. Wenn diese innen so schön ist, wie sie von außen zu sein verspricht, so fällt das weniger ins Gewicht, da sie – wie alle evangelischen Kirchen – meistens geschlossen ist.

Das Schönste an Halle – nach der Überzeugung weitgereister Leute, sofern sie sich nicht genieren, diesen alten Witz anzubringen – sei jedoch Halles Hauptbahnhof, der infolge seiner Eigenschaft als wichtiger Eisenbahnknotenpunkt eine ideale Gelegenheit biete, diese Stadt nach allen Himmelsrichtungen hin zu verlassen.

Glaubt ihnen nicht! Halle an der Saale beherbergt Peterhans von Binningens Schülerliebe!

Sie war, ist und bleibt also eine reizende Stadt!

ABSCHIED VON HOMER

Was das eingangs erwähnte Examen anbelangt, so ist es nicht unwahrscheinlich, daß die von Peterhans flüchtig erwähnte Absicht, mit dem Einjährigen-Zeugnis die Schule zu verlassen, wesentlich zu der reibungslosen Erteilung dieses Zeugnisses beigetragen hat. Wenn das Lehrerkollegium in einem Punkte übereinstimmte, so in dem, daß es gut sei, Peterhans von Binningen loszuwerden. Eine Ausnahme bildete sein Ordinarius, Doktor Rammelt, der einen Narren an ihm gefressen hatte, weil Peterhans gut Homer lesen konnte. Und wenn bei der Schilderung des Sturmes das »trichta te kai tetrachte« hingeknallt wurde, daß du die Maste brechen hörtest, während in dem »is anemoiiiii – o« der Wind abflauend in dem zerfetzten Takelwerk nachheulte, so strahlte Rammelt vor Entzücken und brüllte: »Das ist Kunst, meine Herren!« Und sah dabei die Klasse wütend an.

Aber sonst trauerte ihm wohl niemand nach. Auch Herr Thiedicke nicht. Herr Thiedicke war eigentlich Vorschullehrer und hatte am Gymnasium nichts zu suchen. Da geschah es, daß eine Order ausgegeben wurde, alle Schüler des Gymnasiums mit schlechter Handschrift, gleichgültig, ob Primaner oder Sextaner, hätten sich zu einer gemeinsamen Schönschreibstunde zu versammeln. Jeden Mittwochnachmittag von sechs bis sieben.

Die Empörung war grenzenlos.

Und Herr Vorschullehrer Thiedicke, von dem diese dankenswerte Anregung ausging, habe in »uneigennütziger Weise« sich bereit erklärt, diese Stunde selbst abzuhalten.

So, so!

Als sie das erstemal anberaumt war, als sich die wütenden Pennäler in einem Klassenzimmer vereinigt sahen, in dem alle Sorten von Bänken — große, kleine und ganz kleine — vorsorglich bereitgestellt waren, drehte Peterhans kurzerhand das Gaslicht aus. Es war Winter und um diese Zeit schon stockfinster. Herr Thiedicke spähte vergeblich den langen Korridor entlang nach einem beleuchteten Klassenzimmer. Alle Türen standen offen. Aus jeder gähnte schwarze Finsternis. Zwei- bis dreimal sah man die Silhouette des Herrn Thiedicke im Rahmen des Türausschnittes auf dem matt erleuchteten Korridor vorbeigeistern. In der Klasse war die Stille eines Kirchhofes. Plötzlich kicherte doch irgend so ein Lausesextaner. Herr Thiedicke hatte es gehört. Er tastete sich in die Tür. »Wer hat hier das Licht ausgedreht?«

Totenstille.

»Nun?«

Totenstille.

»Wird sich der Betreffende melden?«

Es war so still, daß man eine Fliege ihre Fühler putzen hörte.

»Wenn sich der Betreffende meldet, soll ihm nichts geschehen. Wenn nicht, bin ich gezwungen, den Direktor zu holen.«

Stille.

»Ich zähle bis drei. — Eins . . . zwei . . . drei . . !«

Nachdem er ausgezählt hatte, tastete er sich wieder hinaus. Es dauerte fünf Minuten. Dann kam er zurück. Mit dem Pedell, der das Licht anzündete, und dem Direktor.

»Wer hat das Gas ausgedreht?«

Peterhans erhob sich ohne Zögern.

»Warum meldeten Sie sich nicht? Obwohl Herr Thiedicke Straffreiheit zusicherte?«

»Ich habe mich die ganze Zeit gemeldet«, sagte Peterhans mit ruhiger, artiger Stimme, »aber Herr Thiedicke hat das wohl in der Dunkelheit nicht gesehen.«

Der Direktor verließ ruckartig das Klassenzimmer. Thiedicke starrte ihm nach. Dann stierte er ins Antlitz der brüllenden Horde. Dann war er verschwunden. Von einer Schönschreibstunde war nie mehr die Rede.

Auch sein Deutschlehrer dürfte Peterhans nicht nachtrauern. Das war nun wirklich eine bedauernswerte Erscheinung, die diese Sprache weder sprechen, lesen noch schreiben konnte. Aber er war in demselben Ort wie Schiller geboren, was er sehr gern anführte und was einem diesen Klassiker von vornherein verekeln konnte. Er besaß einen billigen Nickelkneifer, den auf der riesigen Nase zurechtzusetzen er alle fünf Finger der rechten Hand benötigte, eine Beschäftigung, der er sich fast ausschließlich hingab.

»Tell und Geßler, ein Vergleich« lautete das Aufsatzthema dieses armen Luders. Peterhans hatte es vorgezogen, den für diese Arbeit bestimmten Nachmittag schlittschuhlaufend auf der Ziegelwiese zu verbringen. Er raste mit Mystifax, seiner Herzallerliebsten, in riesigen

Kurven über die spiegelglatte Fläche. Die Arme über den Rücken verkreuzt, hielten sie sich an den Händen. Sie hieß eigentlich nicht Mystifax. Aber das tut nichts zur Sache: Sie sah aus wie ein Engel und lief wie der Teufel.

»Wann machst du deinen deutschen Aufsatz?« fragte sie.

»Morgen früh.«

Ein dankbarer Druck der kleinen Hand beflügelte Peterhans zu einem so kühnen Bogen, daß er das Gleichgewicht verlor. Mystifax hätte sich noch halten können, aber Peterhans liebte es nicht, allein zu fallen. So gab er ihr, ehe er sie losließ, noch einen schnellen Triller, zwei kleine Schlittschuhe stießen abwechselnd verzweifelt in die Luft, und – krach – saß sie auch da. Damals hatte Gott die Welt noch nicht mit der Erfindung des Schlüpfers gestraft. Die Mädchen trugen weiße Rüschenhöschen, und beim Hinfallen oder dem verzweifelten Versuch, es nicht zu tun, blitzte es schneeig unter dem kurzen Kleidchen, ein Anblick, für den du den Kölner Dom und andere Kulturdenkmäler hinzugeben dich bereit fühltest. Soweit war alles schön und gut. Aber nun kam die Rache. Das wußte Peterhans, und er versuchte, in wilden Sätzen zu fliehen. Ein lächerliches Unterfangen. Schneller als ein Gedanke war Mystifax wieder auf den Beinen und hinter Peterhans her, wobei sie die ersten Meter auf den Spitzen der Schlittschuhe lief, um besser in Schwung zu kommen. Sehr bald legten sich kleine Hände um des Flüchtigen Hals, ein Knie stieß ihn ins Kreuz, er setzte sich auf den Hintern und konnte es gerade noch schaffen, daß Mystifax über ihn hinwegfiel ...

»Vergleichen lassen sich die beiden nun nicht«, begann die Arbeit, die Peterhans am nächsten Tag ablieferte, »aber wollte man sich der nicht unlangweiligen Mühe unterziehen, die Abgründe aufzuzeigen, die diese beiden Exponenten voneinander trennen, so ließe sich sicherlich mit Fleiß manches zusammentragen, um ein Gemälde menschlicher Gegensätzlichkeit entstehen zu lassen. Aber vergleichen lassen sie sich nun einmal nicht, weil sie nichts Gemeinsames haben, so wenig wie ein Aufsatzthema Gemeinsames zu haben braucht mit Poesie, Geist oder gesundem Menschenverstand.« Der Aufsatz bekam die Note ungenügend.

Höchstens das Pedelltöchterchen dürfte sich vielleicht noch eine Weile an Peterhans mit Wehmut erinnern. Das Pedelltöchterchen, bei dem er in der Pause sein Frühstück in Gestalt einer Dreierwecke zu kaufen pflegte, während er seine belegten Stullen einem Kameraden vermachte. Nicht aus Altruismus, sondern um eine Ausrede zu haben, sein Frühstück in Gestalt einer Dreierwecke beim Pedelltöchterchen kaufen zu können.

Es gab eine Menge Schüler, die ihr Frühstück in Gestalt einer Dreierwecke beim Pedelltöchterchen kauften. So eine Dreierwecke kostete, wie schon der Name sagt, fünf Pfennig. Allerdings war sie dafür mit Schmalz und Salz beschmiert. Und die Fixigkeit, mit der das geschah, das hättest du sehen sollen! Ritsch: mit einem Schnitt war die Wecke geteilt, aber so, daß die Hälften noch mit einem Rest von Zugehörigkeit zusammenhielten; ratsch: ein Strich mit dem fettbehafteten Messer über die *eine* der Hälften – genug Fett für den Preis – stups: drei Finger spitzten ins Salzfaß und vollführten über der in der anderen Hand kreisenden offenen Wecke einen Wirbel, der mit bloßem Auge gar nicht zu verfolgen war, der aber die Salzkörnchen so gleichmäßig verteilte, wie es die Sommersprossen auf Pedelltöchterchens Stupsnäschen waren; klapp! machten die Hälften, wenn sie sie zusammenschlug und dem Käufer mit nach oben gedrehter Handfläche hinhielt, in die dieser dann fünf Pfennig legte, während die andere Hand des Mädchens bereits das nächste Brötchen ergriff. Das heißt, Peterhans legte jedesmal zehn Pfennig in diese Handfläche, was schon damals seinen Leichtsinn Frauen gegenüber verriet und wofür ihm durch zwei Grübchen gedankt wurde, die blitzschnell kamen und verschwanden, und durch einen Blick aus kleingemachten Augen, der Peterhans jedesmal kolossal verwirrte. Erst ein Stoß von seinem Hintermann brachte ihn wieder ins Gleichgewicht. Denn der Andrang war groß, und die Pause war kurz. Der Versuch, die Dreierwecken vorher zurechtzumachen und von der Frau Pedell verhökern zu lassen, hatte sich nicht bewährt. Kein Aas wollte diese Dreierwecken. –

Auch von diesen Dreierwecken galt es Abschied zu nehmen! –

RÄUBER IM HEIDEKRUG

Die Abschiedsfeier fand im Heidekrug statt. Der Heidekrug ist, wie schon der Name besagt, ein Krug in der Heide, und zwar in der Dölauer Heide, die eine Stunde von Halle entfernt liegt, was ihr niemand verdenken kann.

Eine Schüleraufführung der »Räuber« bildete den Höhepunkt der Feier. Eben senkte sich der Vorhang über der Wahnsinnsszene des Franz Moor, der von Peterhans verkörpert wurde. Und nun geschah es. »Es erhob sich«, pflegte Tante Klärchen zu erzählen, »ein hermetischer Beifall mit ohrenbetäubendem Lärm von zerbrechenden Stühlen und umfallenden Bänken. Die Bühne wurde gestürmt, Peterhans heruntergerissen und zum Küssen herumgereicht.«

Es erübrigt sich hinzuzufügen, daß Tante Klärchen, da sie eine Tante von Peterhans war, zu Übertreibungen neigte. Immerhin war der Trubel so groß, daß man vergaß, das Stück zu Ende zu spielen. Ein älteres Fräulein war in Ohnmacht gefallen, und Mystifax, die im Kreise anderer höherer Töchter unter den Zuschauern saß, war so durchschauert von Peterhans' Leistung und von soviel Scheußlichkeit so abgestoßen, daß sie ihr erschrockenes vierzehnjähriges Herz an diesem Abend einem anderen zuwandte, einem reizenden Menschen, dem sie später fünf Kinder schenkte, eines immer hübscher als das andere.

»Erfolge«, pflegte Tante Klärchen zu sagen, »Erfolge werden oft teuer belegt.«

Tante Klärchen pflegte ihre Weisheiten haarscharf danebenzuformulieren, wobei man nie wußte, ob es nicht mit Absicht geschah.

»Sollten Sie nicht in Erwägung ziehen, Schauspieler werden zu wollen?«

Dieser Satz konnte seiner Verbildung nach nur vom Deutschlehrer stammen.

»Das sagen Sie wohl gut!« sagte Peterhans, der gerade von den Schultern seiner Mitschüler heruntergelassen wurde. »Das sagen Sie wohl gut!«

Das war eine Redensart, die Peterhans von Tante Klärchen übernommen hatte. Tante Klärchen hatte sie von Frau von Oertzen, die sie immer dann gebrauchte, wenn jemand entweder eine sehr geistreiche oder eine sehr törichte Bemerkung gemacht hatte. Sie diente hauptsächlich dazu, Zeit zu gewinnen, sei es nun für eine passende oder eine unpassende Antwort.

Peterhans sah seinem Feind aufmerksam in das picklige Gesicht. Er kannte die Einstellung dieses langweiligen Gesellen gegen alles dramatisch Lebendige, seinen seltsamen Haß gegen die Bühne und alles, was damit zusammenhing. Und er suchte zu erforschen, ob diese Frage eine Gemeinheit bedeuten sollte. Und war beinahe bestürzt, als er sah, daß der alte Knabe, der wieder versuchte, seinen billigen Nickelkneifer mit allen fünf Fingern der rechten Hand auf der Nase in die richtige Lage zu bringen, wirklich ergriffen schien.

»Der Schauspielerberuf«, erwiderte Peterhans, »ist kein Beruf, den man ergreift, um ihn auszuüben, sondern man *wird* von ihm ergriffen und *muß* ihn ausüben!«

Dieser Ausspruch stammte von Onkel Fritz, Peterhans' Lieblingsonkel, dem berühmten Schauspieler, Sänger und Intendanten.

»Mein lieber *neveu*«, hatte dieser einmal zu Peterhans gesagt, als er anläßlich seines letzten hallischen Gastspiels als Lohengrin nach der Vorstellung im Kreise der Verwandten in der Goldenen Kugel saß – natürlich saß er nicht als Lohengrin in der Goldenen Kugel, sondern abgeschminkt – »mein lieber *neveu*«, hatte er gesagt und dabei mit der flachen Hand gegen die Tischkante gestoßen, eine von ihm erfundene Geste um festzustellen, ob noch Wein in allen Gläsern sei – in seinem war Zitronenlimonade – »mein lieber *neveu*«, hatte er gesagt, »solltest dir jemals die wahnsinnige Idee kommen, zur Bühne gehen zu wollen – ich habe heute abend schaudernd festgestellt, daß dich das Geschehen auf der Bühne weniger interessiert, als *wie es gemacht wird* – solltest du, mein von ganzem Herzen bedauernswerter *neveu*, also unser verruchtes Blut geerbt haben und in den Adern führen, so wisse, daß in diesem gottverdammten Berufe der Weg zur Höhe einer senkrechten, eingeseiften Rutschbahn gleicht, in die von oben in gleichmäßigen Abständen Glyzerin, Öl und Abschminke gegossen wird, womit ich die beruflichen Schwierigkeiten versinnbildlichen möchte, die dem Hinaufklimmenden bereitet werden. Die Seife aber an den senkrechten glatten Wänden, an denen du dich mit Ellenbogen und Knien hinaufarbeiten mußt, die Seife an den Wänden, mein armer *neveu*, das sind die kleinen Mädchen. Entschuldige, Malvine! Reiß sie dir aus Herz und Sinnen! Namentlich das letztere wird dir schwerfallen bei der in unserer Familie traditionellen lebhaften Phantasie. Verzeih, Valeska! Rauche nicht, trinke nicht, iß dich nie satt, geh jeder Annehmlichkeit dieses Daseins vorsichtig aus dem Wege, damit du die Chance hast, von den Zehntausend, die sich berufen glauben, zu den Hundert zu gehören, die auserwählt sind, damit einer von ihnen Karriere macht. Denn die Göttin Thalia ist von allen eifersüchtigen Weibern das eifersüchtigste. Laß dich von ihr mit Haut und Haaren fressen oder fang gar nicht erst an, mit ihr zu flirten. Denn lieber möchte ich dich mit einer Hacke erschlagen, als erleben, daß einer aus unserer Familie startet und nicht ankommt!«

Der heilige Ernst, der bei diesem arabeskenreichen Satz plötzlich das sonst so liebenswürdige Gesicht des Onkels beschattete, verfehlte seinen Eindruck auf Peterhans nicht. Bei Gott, der Onkel mußte es wissen. Und seit ihn Peterhans als Lohengrin gesehen und gehört hatte, betete er ihn an. Das Erlebnis, das ihn angerührt hatte, bestand nicht darin, daß er einen wunderbaren Schauspieler gesehen, daß er eine souverän beherrschte Stimme gehört hatte, das Erlebnis bestand darin, daß Peterhans an jenem Abend das Gefühl hatte, dem *Gralgesandten* persönlich begegnet zu sein, dem Sohn des Parsifal. Schon seine äußere Erscheinung war so überirdisch faszinierend, daß die Hallenser alle Scham vergaßen und bei seinem ersten Anblick, als der kalte Glanz einer nordischen Sonne den nahenden Gralsritter umfloß, in einen Auftrittsapplaus ausbrachen, der den guten Onkel beinah veranlaßte, mit dem Schwan wieder umzukehren. Wohl hatte er wochenlang mit seiner Frau am Entwurf des Kostümes geknobelt — das wie eine Haut am Körper liegende Silberhemd war bewußt auf Wirkung berechnet und sollte beim hallischen Gastspiel zum erstenmal ausprobiert werden —, aber auf einen solchen Effekt war man nicht gefaßt. Nie durfte er später an diesen »Varietéapplaus« erinnert werden, und es ist ein Glück, daß er nie erfahren hat, daß Peterhans es war, der ihn auslöste.

An all das mußte Peterhans denken, als er seinem Deutschlehrer noch immer prüfend ins Auge blickte, um festzustellen, ob dieser Laie sich etwa eine leichtsinnige Vorstellung mache von den »unsagbaren Schwierigkeiten einer Künstlerlaufbahn«, von den »Abgründen, mit denen der Weg zum Ruhm gepflastert ist«, wie Tante Klärchen versicherte.

»Darf man fragen, was hier erörtert wird?« mischte sich jetzt Rammelt, der gekommen war, um Peterhans zu gratulieren, ins Gespräch.

»Ich fragte ihn«, sagte der Deutschlehrer, »ob er nicht Schauspieler werden wolle.«

»Sie könnten ebensogut eine Kuh fragen, ob sie Milch geben will!«

Der Deutschlehrer machte ein beleidigtes Gesicht und trug sein zu tief sitzendes Gesäß von hinnen.

»Lassen Sie uns an die frische Luft gehen«, schlug Rammelt vor.

»Ich möchte die Gelegenheit benutzen«, sagte Peterhans, als sie draußen waren und den nächtlichen Tannenduft gierig einatmeten, »Ihnen, Herr Professor, für Ihr Wohlwollen und Ihre Hilfe zu danken, ohne die ich das Examen nie bestanden hätte.«

»Haben Sie mir zu meinem Geburtstag das ganze neunte Buch der Odyssee auswendig vorgetragen oder nicht?«

»Das kann ich nicht leugnen, Herr Professor.«

»Na, sehen Sie! Natürlich haben Sie von der griechischen Grammatik keine Ahnung, aber wer hat das schon! Sie haben übrigens auch immer einwandfrei übersetzt. Welche Schwarte[1] haben Sie benutzt?«

»Schulmann.«

»Die ist gut. Die benutze ich auch. – Wie war das doch, was Sie diesem Seelenkrüppel antworteten bezüglich des Schauspielerberufes?«

»Es ist ein Ausspruch meines Onkels, des Kölner Intendanten und Heldentenors: Der Schauspielerberuf ist kein Beruf, den man ergreift, um ihn auszuüben, sondern man *wird* von ihm ergriffen und *muß* ihn ausüben.«

»Und Sie fühlen sich ergriffen?«

»Das ist es eben: Ich weiß es nicht. Meine Sehnsucht war, Arzt zu werden.«

»Das ist seltsam ... bei Ihrem Theaterblut!«

»Vielleicht ist es so zu erklären: Ich habe das Gefühl, Theaterspielen *kann* ich, den Arzt müßte ich mir erst *erringen*. Auch hätte ich sehr gern den Krebserreger entdeckt!«

»Hm!«

»Aber es ist ja sowieso entschieden: Die wirtschaftliche Situation meiner Eltern erlaubt mir nicht, zu studieren.«

»Wahrscheinlich ein Glück für Sie!«

»Und für die Patienten!«

»Leben Sie wohl, junger Freund. Bleiben Sie froh. Und machen Sie andere froh. Und bleiben Sie sich selber treu. Und so weiter!«

Die Umrisse seiner gedrungenen Gestalt verschwanden in der Nacht der Dölauer Heide.

Peterhans beschloß, zu Fuß nach Halle zu gehen.

Als der Kremser mit den grölenden Mitschülern ihn überholte, schlug er sich in die Büsche. Er wollte allein sein. Mit der Heide, mit dem Morgengrauen und mit sich. Er dachte an sein junges Leben und an seine Zukunft, die in diesem Augenblick begonnen hatte.

Die Sonne wiederholte ihren täglich vergeblichen Versuch, über Halle aufzugehen. Es kam nur zu einer diffusen Beleuchtung über Nietleben, wo die Irrenanstalt lag.

1 Eine für Schulzwecke nicht erlaubte Übersetzung.

Der Spaziergang in dieser Nacht war sehr wohltuend für unseren Helden, bei dem sich der reichlich genossene Alkohol in geradezu lächerlicher Weise bemerkbar machte. Trotz der Windstille verneigten sich die Tannen tief vor ihm, obwohl sie ihn doch als Franz Moor gar nicht gesehen hatten.

»Schon gut, schon gut!« wehrte Peterhans bescheiden ab und stolperte über eine Wurzel.

»Hoppla!«

Nachdenken, konzentriertes logisches Nachdenken war das Beste für diesen Zustand!

Also es war entschieden: Er würde zur Bühne gehen. Das Blut seiner Ahnen, das sich übrigens aus schweizerischen, deutschen, italienischen und französischen Partikelchen zusammensetzte, was manches Entschuldigende für unseren Helden haben mag, hatte in seinen Adern einen bitteren Kampf gekämpft.

Da war der Großvater väterlicherseits, Doktor Bernhard Götz, Augenarzt in Binningen, von dem er die Liebe zur Medizin geerbt hatte. Und da war der Großvater mütterlicherseits, der Schauspieler und Schriftsteller Wilhelm Rocco, der ihm die Liebe zum Theater vermacht hatte.

An den Großvater Götz hatte Peterhans keine persönlichen Erinnerungen. Er kannte ihn nur aus den Erzählungen von Tante Klärchen. Der Unglückliche war eines Nachts, während eines Rittes zu einem Patienten, im Nachtigallenwäldchen zwischen Basel und Binningen von »fahrendem Volk« – wie es in der Chronik heißt – ermordet worden. Es sei zwar nur ein »Versehen« gewesen, wie Tante Klärchen nie vergaß hinzuzufügen, wenn sie den Kindern die Geschichte erzählte; man hatte es auf einen reichen Kaufmann abgesehen; aber das kann für den Großvater nur ein schwacher Trost gewesen sein, vorausgesetzt, daß man es überhaupt für nötig befunden hatte, sich zu entschuldigen, als man kein Geld bei ihm fand.

Um so lebhafter war seine Erinnerung an den Großvater Rocco. Stundenlang hatte man auf seinen Schultern reiten dürfen, indem man die Backenbärte als Zügel benutzte. Auch als Trambahn eignete sich Großvater vorzüglich. Man saß hinter ihm auf der Stuhllehne. Der linke Backenbart figurierte als Stromhebel, der rechte als Handbremse. In Augenblicken der Gefahr, wenn plötzliches Bremsen erforderlich war, konnte das sehr schmerzhaft für den alten Herrn werden und ihn auch erheblich im Lesen stören.

»Was war denn wieder?« fragte er dann wohl.

»Ein Junge wäre mir beinah unter die Räder gekommen!«

»Diese Bengels!«

Das Blut dieses Theatergroßvaters, den Peterhans zärtlich liebte und den jeder lieben mußte, der ihn sah – als Schauspieler wurde er so verehrt, daß ihm die Hamburger, als er krank war, vor seinen Fenstern Stroh streuen ließen, damit ihn das Geratter der schweren Fuhrwerke nicht störe, und als Schriftsteller haben ihn seine Bücher in Bremer Mundart lange überlebt — das Blut dieses Großvaters also hatte den Sieg davongetragen, obgleich es kein leichter Sieg gewesen war, denn die Klinikatmosphäre, in der Peterhans aufgewachsen war, hatte gewaltig die vom anderen Großvater ererbte Neigung zur Medizin unterstützt.

Das war doch so gewesen: Als Peterhans im Alter von zwei Jahren seinen Vater verlor, war Mutter mit ihm und seinem um acht Jahre älteren Bruder Hans nach Halle übergesiedelt, wo sie eine Privatklinik eröffnete, die sie mit Liebe und Umsicht bald zu einer kleinen Berühmtheit machte. Professor von Bramann, der große Chirurg, und Geheimrat Schwartze, der bedeutende Ohrenspezialist, vertrauten ihre Patienten ihrer Obhut an. Und sie waren in guter Obhut! Mutter besaß die Gabe, sich in die Lage der Leidenden versetzen zu können und Wünsche zu erraten, ehe sie ausgesprochen waren. Aus den zwei Etagen, mit denen Mutter angefangen hatte, wurden bald zwei Häuser. Ihr unbesiegbarer Optimismus wirkte ansteckend auf die Patienten. Man war *gerne* krank bei ihr. Peterhans, der ihren Frohsinn geerbt hatte, wurde zu besonders trübsinnigen Patienten geschickt, und es war sein Ehrgeiz, diese Patienten nicht zu verlassen, ehe sie nicht gelacht hatten.

Einmal, als Bramann seine Visiten machte, kam er dazu, wie der zehnjährige Knirps in seiner — Bramanns — Maske, mit Vollbart, Brille und Ärztekittel, am Bett des Rittmeisters Soundso stand und ihm den Puls fühlte. In der Linken hielt er eine Weckeruhr. Dem Rittmeister liefen die Tränen über die Wangen. Bramann faßte sich sogleich.

»Wie steht es denn, Herr Kollege?« fragte er.

»Wenn meine Uhr richtig geht, ist er schon tot«, sagte Peterhans.

Von diesem Tage an nahm Bramann ihn immer mit zu den Nachmittagsvisiten. In Bramanns Maske, versteht sich. Der große und der kleine Bramann verfehlten nie ihre Wirkung.

Bramann revanchierte sich übrigens für die Dienste seines kleinen Assistenten. Er rettete ihm das Leben. Lungenentzündung, eitrige Rippenfellentzündung. Hoffnungslos.

»Ich muß Sie operieren, Herr Kollege«, sagte Bramann, »und zwar möchte ich den Augenblick, in dem Ihre Frau Mutter die Mittagsschlacht in der Küche leitet, dazu benutzen. Sind Sie einverstanden?«

»Klar.«

Aus irgendeinem Grunde konnte nur ein Ätherrausch gemacht werden. Das bedingte schnelles Arbeiten. Der Rücken unter dem Schulterblatt mußte geöffnet, ein Stück Rippe herausgesägt, der Eiter abgelassen, die Wunde kanülisiert und verbunden werden. Bramann erledigte das alles von Bett zu Bett in achtzehn Minuten. Für damalige Verhältnisse eine außerordentliche Leistung.

Drei Tage später stand Peterhans mit dem Tode auf du und du. Nach einer unendlich langen Nacht, auf einem Schlitten durch die Luft sausend, kam er langsam, langsam auf die Erde zurück. Er fühlte einen Druck an seinem Puls, schielte durch die Wimpern, sah Bramanns Finger an seinem Gelenk, sah viele Menschen um sein Bett stehen – das totenblasse, übernächtige, ausgeweinte Gesicht seiner Mutter kannte er kaum wieder –, sah Sekt und Kampferspritzen auf dem Nachttisch, jene ihm wohlbekannten Utensilien für letzte verzweifelte Versuche, ein Lebenslicht nicht verlöschen zu lassen.

Dann hörte er, wie Bramann die Uhr zuknipste.

»Ich gratuliere«, sagte er, reichte Peterhans' Mutter die Hand und verließ das Zimmer. Die Assistenten und Schwestern in seiner Begleitung schworen, daß er draußen auf dem Korridor gelächelt habe. Eine Erscheinung, die weder vorher noch nachher an ihm wahrgenommen wurde.

»Dachtet ihr, ich würde sterben?« fragte Peterhans. Mutter und Tante Grittli bewegten die Lippen. Aber sprechen konnten sie nicht. Mutter hielt mit beiden Händen ihr Herz fest, damit es nicht zerspringe, und aus Tante Grittlis rotgeweinten Augen schossen die Tränen nur so im Bogen.

»Wenn *das* Sterben ist, was ich durchgemacht habe, Mütterchen, dann braucht sich von jetzt an niemand mehr vorm Sterben zu fürchten. – Sah es aus, als hätte ich Schmerzen?«

»Ja, mein Seelchen. Als hättest du furchtbare Schmerzen.«

»Und ich hatte gar keine! Es war wunderbar. Ich will es dir genau erzählen, wenn du mir etwas zu essen gibst.«

»Ich hole dir ein halbes Hühnchen, mein . . . Engel . . .«

»Ein *ganzes*, Mütterchen! Ein *ganzes*!«

»Jetzt werde ich melodramatisch«, konstatierte Peterhans, als er soweit in seinen Erinnerungen gekommen war, »weil ich besoffen bin.« Und er suchte einer Tanne auszuweichen, die sich ihm immer wieder in den Weg stellte.

Dann wurde ihm plötzlich besser. Das Schwindelgefühl hörte auf. Nur müde war er – verdammt müde. Und er war froh, als die spärlichen Lichter von Cröllwitz auftauchten.

An der Cröllwitzer Brücke stand eine junge Dame, deren rotgeschminkte Lippen die mangelhafte Cröllwitzer Straßenbeleuchtung angenehm unterstützten. Sie warfen ein fahles Licht auf ihre nächste Umgebung, auf einen außerordentlich sinnlichen Mund, ein sehr bleiches Gesicht und stark umschattete, langbewimperte Augen.

»Du gehörst ins Bett«, begann sie die Konversation, »und zwar in meins.«

Peterhans mußte an den vielgeprüften Odysseus denken, an die Sirenen, an Onkel Fritz und die kleinen Mädchen und die Seife und an all die Versuchungen, die, im Universum verstreut, seit Erschaffung der Welt darauf lauerten, Peterhans die Karriere zu zerstören.

»Ich wäre Ihnen dankbar, wenn Sie mir sagen könnten, wo ich hier eine Droschke finde.«

Lieber als in eine Droschke, meinte die junge Dame, möchte sie ihn ins Bett bringen.

Das sei zweifellos sehr liebenswürdig, aber er könne das schon alleine.

Aber noch nicht lange, meinte sie. Wie alt er denn sei? Siebzehn? Da sei er nur drei Jahre älter als ihr letzter Zögling. Ja. Sie sei Gouvernante gewesen. Ihren letzten Jungen habe sie so gut unterrichtet, daß man sie rausgeschmissen habe. Und ob er nicht doch mitkommen wolle? Und es solle mit keinerlei Unkosten für ihn verknüpft sein.

»Vielen Dank. Ich möchte nach Hause gehen.«

Ob er denn solche Angst vor ihr habe? Und er solle ihr nicht so auf den Mund starren. Sie würde ihm schon nichts abbeißen. Und wie lange er noch zur Schule gehen müsse? Na also! Dann müsse er doch mit dem Leben beginnen.

»Aber *so* möchte ich nicht beginnen.«

Ob er ihr nicht wenigstens etwas zum Andenken schenken wolle? Nein, kein Geld.

»Was machst du mit deiner Schülermütze, wenn du nicht mehr zur Schule gehst?«

Peterhans sah sie verständnislos an.

»Willst du sie mir überlassen? Ich werde sie über mein Bett hängen, um sie jederzeit streicheln zu können.«

»Wenn ich Ihnen damit eine Freude mache?«

»Eine große Freude.«

Sie riß ihm die Mütze aus der Hand, fuhr mit der Zunge über den glänzenden Lackschirm und war verschwunden, als ob der Nebel sie verschluckt habe.

Peterhans war baff. Oder paff. Seltsamerweise sah er in diesem Augenblick dieses Wort geschrieben vor sich und überlegte, welche Schreibweise wohl einen größeren Grad von Baffheit oder Paffheit veranschaulichen würde. Und während er noch meditierte, ob er sich freuen sollte, daß er einen Sieg über sich selber davongetragen habe, oder ob er besser darüber wütend wäre, sah er zum Glück am anderen Ende der Cröllwitzer Brücke eine Droschke stehen.

Der Schimmel, der vor dieser Droschke schlief, hatte kokett den einen Hinterhuf auf die Spitze gestellt. Die Vorderbeine standen steif wie bei einem Holzpferd. Die Lippe hing melancholisch herunter.

So schlief er.

»Was verlangen Sie für eine Fahrt nach Halle?«

»Zehn Mark.«

Peterhans lachte so schauerlich durch die Nacht, daß der Schimmel, der gerade vom verlorenen Paradies träumte, sich vor Schreck auf seinen Schwanz setzte. Und beim Versuch, hinten schnell wieder hochzukommen, wäre er beinahe vorne zusammengebrochen.

Peterhans ermangelte nicht, dem Kutscher klarzumachen, daß es unchristlich sei, die Notlage eines Mitmenschen auszunutzen. Eine Fahrt nach Halle sei mit fünf Mark reichlich bezahlt. Aber der Kutscher blieb fest. Es sei Nachttaxe.

Schließlich stieg Peterhans ein.

Aber der Kutscher hatte nun einen Feind im Wagen.

»Hüh, Gretchen!«

Kein vernünftiger Mensch wird von jemand, der soeben aus tiefem Schlaf geweckt wurde, verlangen, daß er sofort auf der Höhe seiner Leistungsfähigkeit sei. Auch von einem Schimmel nicht. Noch dazu wenn dieser Schimmel eine Dame ist. Aber in Gretchen schienen Störungen ganz besonderer Natur ausgelöst worden zu sein. Nicht nur, daß sie nicht vorwärts ging. Nein, sie ging rückwärts. Sooft sie der Kutscher durch Zuruf, Zügel oder Peitsche animieren wollte, sich in Bewegung – und selbstverständlich in vorwärtige Bewegung – zu setzen, tänzelte Gretchen nervös und graziös ein paar Schritte rückwärts.

Peterhans lehnte sich gemütlich aus dem Fenster.

»Lassen Se die nur erscht warm wern«, sagte der Kutscher, ehe Peterhans eine freche Bemerkung machen konnte.

»Hüh, Gretchen!«

Aber Gretchen ging rückwärts.

»Zieh, Gretchen!«

Gretchen zog. Aber nach rückwärts.

»Wie wär's«, meinte Peterhans, »wenn Sie Gretchen mit dem Schwanz nach vorne spannten?«

Da zog der Kutscher fuchsteufelswild Gretchen ein paar über den Hintern, daß sie abging wie ein Telegramm und Peterhans wie ein abgeschossener Truthahn in den Fond des Wagens wuchtete. Und ehe er dort sein Gleichgewicht wiedergefunden hatte, prellte der Wagen seitlich gegen eine Bordschwelle, und Peterhans grub seine Nase in die Vorderpolster, die so rochen, wie auf der ganzen Welt nur die Polster in hallischen Droschken riechen. Jetz is se warm, war alles, was Peterhans denken konnte.

Gretchen war durchgegangen. Aber nach etwa dreißig Metern hatte sie ihre Nerven wieder in der Gewalt und zog im leichten Schuckeltrab dahin.

Es ist eine Unverschämtheit, dachte Peterhans, während er versuchte sein Nasenbluten zu stillen. So etwas vor einen Wagen zu spannen und Leute damit gegen Geld spazierenzufahren!

Peterhans war ein Lämmchen, solange man ihm anständig begegnete; fühlte er sich aber einem Gauner gegenüber, so wurde er automatisch der größere. Ein hervorragender Charakterzug, den alle seine späteren Theaterdirektoren an ihm schätzen lernten.

Und sehr bald stand sein Entschluß fest.

Es gab zwei Arten hallischer Droschken. Solche, deren Türen man von innen festhalten mußte, damit sie nicht aufgingen. Und solche, deren Türen, wenn sie einmal zufielen, zu waren. Und überhaupt nicht wieder aufgingen. Es sei denn mit Gewalt durch einen Fußtritt. Und Peterhans grübelte über dem Problem, wie man eine Tür geräuschlos auf*treten* könne.

Als er sich nicht mehr weit von seiner Wohnung entfernt wähnte, setzte er vorsichtig einen Fuß gegen die zu öffnende Tür und stemmte die Schulter an die gegenüberliegende. Und mählich, allmählich verstärkte er den Druck. Und die Tür gab nach. Mit einem Klack sprang sie auf, und Peterhans stürzte rücklings in den Straßenkot. Denn leider war es die verkehrte Tür gewesen, die nachgegeben hatte.

Aber die Hauptsache war, daß der Kutscher weiterfuhr, ohne etwas gemerkt zu haben.

»Haha«, lachte Peterhans hinter ihm her. Natürlich ganz leise.

Die Zechprellerei war mit dem verdorbenen Anzug ein bißchen hoch bezahlt, aber darum handelte es sich hier nicht. Hier handelte es sich darum, einem hallischen Droschkenkutscher zu beweisen, daß man Peterhans nicht ungestraft betrügen durfte. Darum handelte es sich.

Während er versuchte, Pferdeäpfelreste aus seinen Knopflöchern zu entfernen, lugte er aus, um sich zu orientieren, wo er sich befände. Obgleich die hallischen Straßenschilder so angebracht waren, daß man sie bei Tage kaum und bei Nacht bestimmt nicht lesen konnte, mußte sich Peterhans bald überzeugen, daß er viel zu früh »ausgestiegen« war und sich in einem völlig fremden Viertel befand. Da nahte eine zweite Droschke.

Diesmal mit einem Rappen.

»Was verlangen Sie für eine Fahrt zur Krukenbergstraße?«

»Fünf Mark.«

Das war natürlich wieder eine Frechheit! Jetzt, wo man schon so nahe am Ziel sein mußte. Und Peterhans versuchte wieder zu handeln.

Vergeblich.

Schließlich versöhnte ihn der Gedanke, daß er zehn Mark gespart habe und die ganze Fahrt mit fünf Mark nicht zu hoch bezahlt sei, und so stieg er ein.

Aber es wurmte ihn doch.

Und als das Volkmannsdenkmal in der Magdeburger Straße in Sicht kam und jeder Irrtum ausgeschlossen war, da überlegte Peterhans, warum ihm das, was ihm einmal geglückt war, nicht auch ein zweites Mal gelingen sollte. Zumal er diesmal eine Droschke von jener ersten Sorte erwischt hatte, deren Türen man festhalten mußte, damit sie nicht aufgingen.

Diesmal war es ein Kinderspiel.

Peterhans war nicht einmal hingefallen.

Und der Kutscher fuhr weiter.

Haha, dachte Peterhans. Und er fand nun ohne weiteres die Krukenbergstraße.

Peterhans fiel ins Bett und träumte die ganze Nacht von seinen zwei Großvätern, die sich um seine Seele rauften, und von dem Fräulein, das, nur mit seiner Schülermütze bekleidet, die beiden Großväter zu trennen und Peterhans zu küssen versuchte.

Spät am Morgen erwachte er. Mit einem Schädel zum Quadrat erhoben. Nur langsam kamen die Geschehnisse der letzten Nacht in sein schmerzendes Hirn zurück. Er sah seinen Anzug mit dem Pferdemist fein säuberlich über den Bügel gelegt. Er hängte sonst nie seinen Anzug auf. Und er sah sein offenes Portemonnaie auf der Erde liegen.

Da durchzuckte ihn ein Gedanke so abscheulicher Natur, daß er ihn wahrscheinlich gelähmt, wenn er ihn nicht in hohem Bogen aus dem Bette geschleudert hätte.

Er stürzte auf das Portemonnaie zu. Und zählte. Und richtig:

Es fehlten fünfzehn Mark.

Er hatte in der Besoffenheit den Kutscher immer vorher bezahlt.

Das war Peterhans' erster Schritt ins praktische Leben.

DRAMATISCHER UNTERRICHT

Der Chronist hat vergessen zu erwähnen, daß Peterhans' Mutter nach mehreren Jahren in Halle zum zweiten Male heiratete. Und zwar den Violoncellvirtuosen — so war damals der Titel — Bernhard Schmidt, der sich nicht nur durch die Bearbeitung der Kummerschen Celloschule ausgezeichnet hatte, sondern auch durch einen sturen Optimismus, mit dem er versuchte, seinem Stiefsohn Peterhans das Cellospielen beizubringen.

Er selber war ein Schüler von Heinrich Grünfeld. Heinrich Grünfeld war ein Freund von Emanuel Reicher. Und so konnte es nicht fehlen, daß Peterhans durch Grünfelds Fürsprache Schüler des berühmten Tragöden Emanuel Reicher wurde!

Kann man das Glück ermessen, das unseren Helden durchschauerte, als dieser Mann sich bereit erklärte, die dramatische Ausbildung persönlich zu übernehmen? Weil Peterhans' Talent ihn reizte. Aber Peterhans habe kein Geld, murmelte Heinrich.

»Wieso nicht?« fragte der Meister.

»Weil er keins hat.«

Das mache nichts. Und für ihn wolle er es billig machen. Hundert Mark im Monat. Und zweimal in der Woche solle er kommen.

Und zweimal wöchentlich pilgerte Peterhans von Alt-Moabit, wo er bei der verwitweten Frau Pastor Tielen sehr gut untergebracht war, zu der Grunewaldvilla des Meisters am Roseneck und wieder zurück nach Alt-Moabit, wo er bei der verwitweten Frau Pastor Tielen sehr gut untergebracht war.

Wenn er auch keinen Unterricht hatte – der Meister vergaß regelmäßig die Verabredung und war nicht zu Hause –, so waren doch diese Dauerspaziergänge in gesundheitlicher Hinsicht für Peterhans von gar nicht zu überschätzender Bedeutung. Er war damals ein sehr zarter und blasser Junge und für den Helden einer Erzählung entschieden zu mickrig. Wir erwähnten schon, daß die Luft in Halle an der Saale, die er vierzehn Jahre lang eingeatmet hatte, sich speziell zu diesem Zwecke wenig eignete.

Rechnet man hinzu, daß Peterhans in den Gärten und Anlagen der großen Universitätsklinik großgeworden war, wo sich die Chloroform- und Desinfektionsgerüche der ganzen Welt ein Stelldichein zu geben schienen, und zieht man ferner in Betracht, daß der Haupttummelplatz von Peterhans und seinen Gespielen die für die Indianerstreifen besonders geeigneten, weil abgelegenen Pfade waren, die sich um die Leichenhalle der vereinigten Kliniken schlängelten, so wird man dem jungen Menschen diese Spaziergänge in der guten Berliner Grunewaldluft von Herzen gönnen und dem Meister Dank wissen.

Immerhin geschah es dreimal in drei Monaten, daß der Meister vergessen hatte, zu vergessen. Peterhans traf ihn tatsächlich an.

»Wir wollen diese Gelegenheit benutzen«, sagte der Meister in dieser ersten Stunde, »ein wenig Organ- und Atemübungen zu betreiben. Eine gute technische Grundlage ist die Hauptsache, und sehr zu Unrecht wird sie heute vernachlässigt. Sprechen und Singen, mein armer junger Freund, ist tongewordenes Ausatmen. Um richtig ausatmen zu können, muß man vorerst richtig einzuatmen verstehen. Können Sie das?«

»Ich glaube.«

»Ich glaube *nicht*. Aber versuchen Sie es.«

Und Peterhans tat sein Bestes.

»Sie schnappen nach Luft, junger Fant. Ich werde Ihnen zeigen, wie man atmet.«

Der Meister stellte sich in Positur, schloß den Mund, blähte die Nüstern, legte die Hand auf den Bauch, um zu demonstrieren, wie dieser sich sukzessive hob, und begann die Luft des Raumes durch die Nase in sein Inneres zu saugen. Es währte eine Ewigkeit. Und dann noch eine. Es schien, als wolle er das ganze Zimmer inhalieren. Peterhans bekam Atemnot. Endlich nahm der Meister Peterhans' Rechte und legte sie auf seinen Bauch, der gespannt war wie eine Pauke. Jetzt öffnete er mit einem hörbaren Klack den Mund unmittelbar vor Peterhans' Nase. Nicht um diese abzubeißen, sondern um Peterhans zu zeigen, daß er trotz Öffnen des Mundes die Luft noch immer bei sich behalte. Dann erst schloß er den goldbezahnten Rachen, formte mit dem ausdrucksvollen Mund ein P und ließ mit einem langen

»P f f f f f f f f f f f f f f f f f f f f f f f f«

die Luft langsam entweichen, wodurch er Peterhans das Leben rettete, da dieser sonst erstickt wäre.

Der Meister gab pantomimisch zu verstehen, wie er mählich leerer und leerer werde. Und immer wenn Peterhans dachte: Jetzt ist er leer, oder: Jetzt trifft ihn der Schlag, ließ der Meister immer neue Ströme der gehamsterten Luft entweichen. Oh, er hatte noch genug. Jetzt begann er erst, die Arme nach vorne zu nehmen; jetzt erst den Brustkasten zusammenzupressen, jetzt beugte er sich nach vorn, die ausgestreckten Fingerspitzen näherten sich dem Boden, jetzt erreichten sie die Stiefelspitzen, der Oberkörper wippte noch ein paarmal, um — ohne Eile — das Letzte aus dem Zwerchfell herauszupressen, und gerade als Peterhans um Hilfe rufen wollte, hatte der Meister mit einem letzten

»...f f f «,

wobei ihm noch etwas Menschliches passierte, das Allerletzte der Luft hergegeben. Er richtete sich auf, in seiner ganzen Größe, atmete noch zweimal kurz ein, um das Herz zu beruhigen, und die Übung war beendet.

»Machen Sie das nach.«

Peterhans versuchte es. Die Decke des Zimmers schwankte. Der Fußboden kam auf ihn zu. Und nach zwanzig Sekunden torkelte er dem Meister in die aufgehaltenen Arme.

»Das habe ich erwartet«, sagte der Meister. »Versuchen Sie es noch einmal. Holen Sie tief Luft, aber nicht mit der Lunge, sondern mit dem Zwerchfell, halten Sie dieses unten fest, machen Sie den Mund auf, ohne die Luft herauszulassen, klappen Sie den Unterkiefer nach unten, ohne den Gaumen zu schließen, lassen Sie die Zunge flach im Munde liegen, mit der Spitze an den unteren Schneidezähnen, machen Sie die Mundhöhle so hohl wie möglich, als ob Sie gähnen wollten, lüpfen Sie die Oberlippe ein wenig, so daß die oberen Schneidezähne zu sehen sind, lächeln Sie, denken Sie an gar nichts, und sagen Sie nun, indem Sie durch Nachlassen des Zwerchfelles nur so viel Atem herauslassen, wie zur Bildung der Vokale unbedingt erforderlich, recht ungezwungen das Wörtchen: Amanulla.«

»Awwahuwwa.«

»Wie bitte?«

»Awwwwwahuwwwwwa.«

»Warum weinen Sie?«

»Weil ich es nicht kann.«

»Das braucht Sie nicht zu entmutigen. Wenn Sie das könnten, könnten Sie sprechen. Und wenn Sie sprechen könnten, brauchten Sie mich nicht. — Sagen Sie: Mu.«

»Muh.«

»M u u u u u u u u u u«, verbesserte der Meister.

»M u u u u u h h h h h.«

»Sie sagen: M u h h h h h h h h h — m — u — H — H! Sie sollen muuuuuuuuuuuuuuu sagen. M — u — u — u — u — u.«

»M u u u u u h h h h h h h h h h.«

»Und nun immer einen halben Ton höher: M u u u u u.

»M u h h h h h h h h h.«

»M u u u u u u u u u u u u u u u u u u u u.«

»M u u u u u u u u u u h h h h h h h h h h h h h.«

Niemandem, der draußen vorbeiging, hätte man ausreden können, daß hier eine Rindviehausstellung Platz gegriffen habe. –

»Pardon.«

Eine weiche weibliche Stimme sagte das. Und Emanuels wunderschöne Tochter, mit einer Art Tapete bekleidet, unter der sie offensichtlich weiter nichts anhatte, rauschte durchs Zimmer ... und verschwand durch die gegenüberliegende Tür.

Der Meister sah ihr mit Augen nach, von denen man nicht wußte, ob sie vor Rührung oder vom Blöken feucht waren.

»Ist sie nicht schön wie ein Märchen?«

Peterhans, ebenfalls Tränen in den Augen, bestätigte das mit dem Nachdruck, den ihm seine Bescheidenheit erlaubte, durch Kopfnicken. Sprechen konnte er nicht mehr.

»Es ist eine Tragödie, junger Freund: Sie ist zu schön! Es traut sich keiner ran.«

Der Meister seufzte tief, und der Schatten einer schweren Sorge lag auf der hehren Stirn. Dann aber, mit einer plötzlichen und doch vollendeten Geste, führte der Meister die Hand an die Augen – wobei Peterhans ein großes Loch unter der Achselhöhle im Samtjackett des Meisters zu bemerken Gelegenheit hatte –, wischte die trüben Gedanken mit einer schnellen Bewegung fort, und in völlig verändertem Ton, geschäftig, alltäglich und geläufig wie ein munterer Bach perlte es aus des Meisters Munde:

»Und nun, junger Freund, studieren Sie den großen Monolog aus Wallenstein. Und in der nächsten Stunde tragen Sie ihn mir vor. Falls Sie bis dahin wieder sprechen können, notabene. – Gott mit Ihnen.«

Peterhans war so überwältigt von dieser letzten Leistung, daß er die Hand, die ihm in Mundhöhe entgegengehalten wurde, im richtigen Stilgefühl an die Lippen führte.

Ein wohlgefälliges Lächeln des Meisters belohnte ihn.

»Dort ist die Tür«, sagte der Meister milde, als Peterhans durchs Fenster abgehen wollte.

BRIEF VON MÜTTERCHEN

Halle a. d. Saale, 3. Mai

Mein kleiner Peter,
ich schreibe noch immer kleiner Peter, obwohl Du jetzt schon ein ziemlich großer Peter geworden bist. Ich will es nicht glauben, daß mein Hosenmatz, der noch vor zehn Jahren unglücklich war, wenn er nicht bei seiner Mutti im Bett schlafen durfte, nun schon ein Mann werden

will. Nimm Dich nur vor den Gefahren der Großstadt in acht, mein braver Junge, und suche lieber Familienanschluß bei guten Leuten. Hast Du schon Tante Elly einen Besuch gemacht? Wenn nicht, so hole es schleunigst nach. Es gehört sich so, und sie soll ein großes Haus führen. Wie sie jetzt heißt – sie ist zum zweiten Male verheiratet –, habe ich vergessen. Du erfährst ihre Adresse bei Willichs. Tu Deiner Mutter den Gefallen.

Hier ist es recht still geworden, seit Du fort bist. Neulich war Deine Kusine Lottchen hier. Sie weinte, als ich auf Dich zu sprechen kam. Ich glaube, sie liebt Dich, der kleine Fratz. Ich mußte sie trösten, obwohl ich doch am liebsten mitgeheult hätte. Sei nicht so grausam und schreib ihr mal. Weißt du noch, wie Du Dir bei Valeskas Hochzeit aus ihrem offenen Haar ein Kopfkissen gemacht hast und das arme Kind eine Stunde lang sich nicht rühren durfte, um Deinen Schlaf nicht zu stören? Das ist nun auch schon wieder fünf Jahre her. Lottchen wird jetzt dreizehn. Sie hat ihrem Vater erklärt, nicht mehr zur Tanzstunde gehen zu wollen, weil Du nicht mehr da seist, worauf sie von Onkel Felix eine Backpfeife bekam, das gute Kind. Also schreib ihr mal.

Von Deinem Bruder, meinem geliebten Hans, habe ich lange keine Nachricht, so daß mir recht schwer ums Herz ist. Das vorletzte Mal, als er schrieb, war er Offizier in der Heilsarmee, das letzte Mal Indianerhäuptling, was wird er heute sein? Ob er es nicht schon bereut, zur See gegangen zu sein? Aber seine Abenteuerlust war ja nicht zu bändigen. Weißt Du übrigens, daß die »Mimi«, sein erstes Segelschiff, von dem er seinerzeit in Australien ausrückte, mit Mann und Maus untergegangen ist? Wenigstens schrieb er es. Aber seine Schilderungen sind manchmal so phantastisch, daß ich mich oft frage, ob sie nicht zu sehr ausgeschmückt seien. Ich lege Dir das Bild der Klapperschlange bei, die er photographierte, ehe er sie erlegte. Gott gebe, daß ich bald Nachricht von ihm bekomme.

Leider muß ich Dir mitteilen, mein guter Peter, daß seit dem Tode Bramanns, der Dir das Leben rettete, was Du nie vergessen sollst, die Klinik von Tag zu Tag schlechter geht, so daß die finanziellen Sorgen von Tag zu Tag größer werden. Sei nur recht sparsam, aber laß Dir nichts abgehen. Gott weiß, wie das enden soll. Ich habe mich jedenfalls vierzehn Jahre lang redlich geplagt. Auch sonst ist es hier recht still geworden. Seit Tante Klärchen tot ist, kommt sie sonntags auch nicht mehr. Auch wochentags nicht, meint Dein Stiefvater, der sich gerade über mich beugt und mitliest. Na, dann will ich mal schließen. Bleib gesund, mein Herze, und laß Dich tausendmal umarmen und küssen

von Deiner bekümmelten
Mutter

P. S. Ich hatte natürlich »bekümmerten« geschrieben, aber Vater hat den Augenblick, wo ich das Couvert holte, benutzt, das Wort zu »verbessern«, der Unverbesserliche! Er will auch noch ein paar Worte beifügen.

Lieber Peter, die Adresse von Tante Elly ist Martin-Luther-Straße 124. Tante Elly führt jetzt den nicht ungewöhnlichen Namen Schmidt. Du bist also nun in der Lage, Mutters Wunsch zu erfüllen und den Familienknatsch, dem Du hier glücklich entronnen bist, in Berlin fortzusetzen. Wir hoffen, daß Deine Studien gute Fortschritte machen. Daß es uns schwerfällt, Deinen Unterhalt in Berlin zu bestreiten, möchte ich nicht einmal andeuten, da ich weiß, daß Du alles tun wirst, um so bald wie möglich auf eigenen Füßen zu stehen.

Ich freue mich, zu hören, daß Du weiter fleißig Cello übst. Es wäre auch schade, wenn die vielen Backpfeifen, die Du von mir im Laufe des Unterrichts bekommen hast, umsonst vertan wären. Die Daumenstelle mit den Doppelgriffen in der Tarantelle mußt Du so langsam üben, als ob Du sie zu meinem Begräbnis spielen wolltest. – Auch die Gavotte hast Du seinerzeit zu schnell geübt. – Deine Frage, ob Du in der Kantilene das »f« mit dem ersten Finger nehmen sollst, ist schwer zu beantworten, da in der ganzen Komposition diese Note nicht vorkommt. Solltest Du »fis« meinen, so kannst Du es natürlich mit dem ersten nehmen, um dann das »a« mit dem vierten bequem zu erreichen. Ich hoffe nicht, daß Du in die Fußstapfen jenes sächsischen Kurorchesterkapellmeisters treten willst, der beim Anblick der Tannhäuser-Partitur zu seinen Leuten sagte: »Ich denke, meine Herrn, mir schbielns erscht emal ohne Vorzeichn!«

Daß ich alles tue, um Mutter bei guter Laune zu halten, weißt Du.

Grüße meinen Lehrer Heinrich und auch Deinen Meister. Und denke daran, daß es für den werdenden Künstler nichts geben darf als Arbeit, Arbeit, Arbeit. Daß aus Dir etwas wird, weiß

Dein sogenannter
Stiefvater.

TANTE ELLY

Nicht oft, sondern selten, aber doch hin und wieder passiert es, daß gute Taten, unter die der Gehorsam zu rechnen ist, belohnt werden:

Tante Elly war nicht das, was man sich unter einer Tante vorstellt. Tante Elly hatte Grübchen. Tante Elly war blond. Tante Elly war höchstens fünfundzwanzig Jahre alt. Tante Elly hatte Augen von jenem seltsamen Blaugrau, das schon soviel Unglück in der Welt angerichtet hat, von dem Glück ganz zu schweigen. Und diese Augen nahmen Peterhans, als sie selber ihm die Tür öffnete – sie führte gar kein großes Haus, das hatte Mutter mal wieder verwechselt –, diese Augen nahmen Peterhans sofort in eine wohlwollende Begutachtung. Und Peterhans konnte feststellen, während er ihr sagte, wer er sei, daß in diesen

Augen, die, wie es die Augen reizender Frauen zu tun pflegen, ungeniert in seinem Gesicht spazierengingen und Punkt für Punkt einer genauen Musterung unterzogen, daß in diesen Augen auch jener Schelm saß, der für alle Familienmitglieder derer von Binningen so charakteristisch ist. Als sie hörte, wer er sei, klatschte sie in die Hände vor Vergnügen, umarmte ihn und führte ihn zu ihrem Mann.

Ihr Mann – Onkel Gottlieb, wie sich herausstellte – war um ein bedeutendes älter als Tante Elly. Das war außerordentlich in die Augen springend. Er trug ein gedrücktes Wesen zur Schau und einen billigen Nickelkneifer. Auch hatte er eine Glatze.

Peterhans bemerkte das alles mit Erstaunen. Und sein Erstaunen schien wieder Tante Elly zu belustigen.

»Wie gefällt er dir?«

Ihre Frage klang so harmlos, und sie lächelte dabei so unschuldig, daß beide Männer nicht wußten, was sie davon halten sollten.

»Er gefällt mir sehr gut, dein Neffe.« Sagte Onkel Gottlieb, und er klopfte Peterhans auf die Schulter.

»Mir auch.« Sagte Tante Elly.

Onkel Gottlieb schielte über seinen Klemmer. Und Tante Elly zeigte ihre Grübchen mit einem Lächeln, wie es nur die Unschuld hervorbringt.

»Du bleibst doch zum Kaffee?«

»Wenn ich dir nicht ungelegen komme, Tante Elly?«

»Du kommst mir nicht ungelegen.«

Damit ging sie in die Küche.

»Mein ganzes Glück!« Sagte Onkel Gottlieb, indem er ihr nachblickte. Und dann wandte sich das Gespräch anderen Dingen zu.

Peterhans mußte von seinen Plänen erzählen, und Onkel Gottlieb hörte nicht ohne Interesse zu. Auch er sei mit der Kunst verbandelt, sozusagen, wenn auch nur entfernt. Er habe eine Bonbonfabrik, wie Peterhans wohl wisse – Peterhans wußte es nicht –, und die Verse auf den Knallbonbons mache er, Onkel Gottlieb, selber.

»Wirklich?« fragte Peterhans.

»Aber sein süßestes Knallbonbon ist doch dieses hier.« Sagte Tante Elly, die mit etwas Eingewickeltem auf dem Arm ins Zimmer trat.

»Ist es nicht seinem Vater wie aus dem Gesicht geschnitten?« fragte Tante Elly. Und die Grübchen, mit denen sie sich über ihr Baby beugte, waren hinreißend. Peterhans bestätigte das, obwohl er nicht die leiseste Ähnlichkeit entdecken konnte, es sei denn, daß das Baby auch so wenig Haare auf dem Kopfe hatte.

»Haare bekommt es noch.« Sagte Tante Elly, als habe sie seine Gedanken erraten.

»Mein ganzes Glück«, stammelte Onkel Gottlieb.

Und dann sagte er, er müsse in die Fabrik.

»Willst du nicht noch mit uns Kaffee trinken?«

»Nein ... leider ...«

Er schien es plötzlich eilig zu haben.

Tante Elly küßte ihn auf die Stirn.

Tante Elly half ihm in den Mantel.

Tante Elly ließ es sich nicht nehmen, ans Fenster zu treten und ihrem Mann nachzuwinken. Ja, sie ruhte nicht, bis auch Peterhans ans Fenster trat und ebenfalls winkte. Dabei legte sie ihren Arm um seine Schultern.

Da stieg Onkel Gottlieb sehr schnell in eine Taxe.

»So.«

Sagte Tante Elly und schloß das Fenster.

»Das dürfte ihm den Nachmittag verderben.«

Sie nahm Peterhans' Gesicht zwischen ihre Hände, drehte es zum Licht und studierte ungeniert und aufmerksam jeden Zoll seiner Physiognomie.

»Ich glaube nicht, daß ich in diesem Augenblick sehr geistreich aussehe«, sagte Peterhans.

»Warum nicht?«

»Ich kann es nicht sagen ...«

»Soll ich es erraten?«

»Bitte.«

»Hast du deine Tante Elly lieb?«

»Ja ...«

»Wie man eine Tante liebhat?«

»Nein.«

»Sondern?«

»Ich darf das auch gar nicht ... als Schauspieler ... weißt du das nicht?«

»Nein«, gestand Tante Elly, »das habe ich noch nicht gewußt. Wer sagt denn das?«

»Onkel Fritz.«

»Onkel Fritz?«

»Du kennst doch Onkel Fritz.«

»Natürlich. Der muß es wissen.«

»Eben. Es ist wegen der Karriere, verstehst du?«

»Das verstehe ich.« Sagte Tante Elly, während sie sich langsam von ihm löste und ihn ansah, wie man einen seltenen Käfer betrachtet.

»Dann will ich mal Kaffee holen.«

Sagte sie. Und beim Abgehen nahm sie das Baby, das sie auf der Kommode deponiert hatte, wieder auf den Arm.

»Ist es nicht süß?«

Und alle Dämonie schien von ihr gewichen.

»Er sieht seinem Vater aber nicht ähnlich.« Sagte Peterhans.

»Er sieht seinem Vater sogar *sehr* ähnlich.« Sagte Tante Elly.

»Ich meine: Onkel Gottlieb sieht es nicht sehr ähnlich.«

»Ach so. Nein, dem sieht es nicht ähnlich.«

Sie küßte das Baby.

»Wenn es von ihm wäre ...«, sagte sie sanft, »... würde ich es ersäufen.«

Damit ging sie.

Genauso, wie es Peterhans damals erging, ergeht es jetzt dem Chronisten und dem geneigten Leser und der reizenden Leserin, falls sie bis hierher durchgehalten hat: Man muß sich erst einen Augenblick erholen. Und wir wollen den Moment, da Tante Elly die Szene verlassen hat, benutzen, unserer Entrüstung über sie Ausdruck zu verleihen. Der Chronist hätte es längst getan, aber er unterbricht nicht gern und hatte, genau wie die reizende Leserin, noch immer die Hoffnung, daß es anständig ausgehen würde. Und diese Hoffnung ist noch nicht verloren. Wir müssen uns eben auf die Charakterfestigkeit unseres Helden verlassen, in dessen Schiff wir nun einmal auf Gedeih und Verderb gestiegen sind. Und wir haben guten Grund anzunehmen, daß unser Held, falls er überhaupt auf diesen Titel Anspruch erheben will, nicht gleich der ersten ernsthaften Versuchung unterliegt. Schon aus dramaturgischen Gründen wäre das zu wünschen. Aber was auch geschehen mag – man verüble dem Chronisten alles, nur eines nicht: wenn er bei der Wahrheit bleibt. Denn ohne diese wäre diese Chronik keine Chronik, sondern ein Gebilde der Phantasie. Und auf die Phantasie des Chronisten ist nicht einmal dieser selber neugierig. Hoffen wir also – im Hoffen sind wir geübt –, daß alles noch gut gehen möge.

Das erste, was Peterhans, nachdem Tante Elly das Zimmer verlassen hatte, sich selber sagen hörte, war:

»Dunnerknispel!«

Also so etwas gab es! Frauen, die lachen konnten wie Kinder und lächeln konnten wie die Sünde persönlich! Das gab es! Peterhans tröstete sich mit dem Gedanken, daß er noch so nüchtern war, diese Feststellungen machen zu können. Dann stand es noch nicht so schlimm um ihn. Oh, Onkel Fritz hatte ihn nicht umsonst vorbereitet. Peterhans würde seine Karriere verteidigen. Das wäre ja gelacht! Vielleicht schickte ihm Gott eine so starke Versuchung, um ihn ein für allemal zu feien. Er war ihm direkt dankbar dafür. Tante Elly war schön, hinreißend schön. Sehr gut. Aber dagegen hatte man einen Willen! Einen Willen! Das einzige, was er fürchtete, waren ihre Augen. Sie konnte sie auf so sonderbare Weise klein machen. Und er mußte plötzlich an Dreierwekken denken. Respektive an das Pedelltöchterchen, das ihm seinerzeit sein Frühstück in Gestalt einer Dreierwecke verkaufte. Wozu eigentlich der liebe Gott so reizende Sachen erfand, wenn sie einem das Fortkommen so erschwerten? Peterhans erinnerte sich, Romane gelesen zu haben, in denen weibliche Vampire durch die Kapitel geisterten, deren Augen zuliebe man Morde beging. Sollte Tante Elly ein solcher sein? Sollte sie es darauf abgesehen haben, ihn zu vernichten? Es war ihm plötzlich, als lege sich sanft und behutsam eine Frauenhand um seinen Hals.

Aber ihre Grübchen! Nein, diese Grübchen konnten nicht morden. Und dieses helle, unschuldige Lachen konnte nicht die Absicht haben, ihn in ihre Netze zu locken. Nein, sicher nicht. Wahrscheinlich dachte sie nicht im Schlafe daran, sich für ihn zu interessieren. Und bei diesem Gedanken wurde ihm hundeelend ... Und dennoch klammerte er sich an ihn. Natürlich machte sich Tante Elly, die sieben Jahre älter war als er, die kein kleines Mädchen war wie Mystifax oder Lottchen oder ... ja, oder Idchen, nichts aus so einem grünen Jungen. Wie hatte er sich so etwas einbilden können. Er atmete auf.

Und wir mit ihm.

Als Tante Elly jetzt mit dem Kaffee eintrat, lächelte sie so bezaubernd, daß Peterhans die blöden Gedanken fortfliegen fühlte wie Mücken vor einem erlösenden frischen Windstoß.

Tante Elly hatte an Stelle des Kleides ein sehr durchsichtiges Negligé übergeworfen.

»Wie du siehst, Peter«, sagte sie, während sie den Tisch deckte, »wie du siehst, habe ich mir ein verführerisches Negligé übergeworfen, um dich auf die Probe zu stellen. Es wird gut sein, wenn du den Gefahren deines Berufes nicht unvorbereitet gegenübertrittst. Wir werden eine Art Generalprobe machen. Ich werde alles tun, um dich zu verführen, und du mußt alles tun, um kalt wie eine Hundeschnauze zu bleiben.«

»Und wenn ich das nicht kann?«

»Dann mußt du so tun. Du bist ja Schauspieler.«

»Und du? Schauspielerst du auch nur?«

»Natürlich. Ich werde doch meinen Neffen nicht verführen wollen!«

Wieder atmete Peterhans auf.

»Also jetzt geht's los! Du bist der berühmte Hofschauspieler Peterhans von Binningen, und ich bin die Gräfin Koks, die sich gestern abend im Theater in deine betrikoten Beine verliebt hat. Was die Gräfin von dir will, kannst du dir denken. Aber du willst nicht. Respektive du darfst nicht. Und mußt nun alles tun, um ihre Anzüglichkeiten zu überhören. Ich fange an: Bitte, Herr Hofschauspieler, nehmen Sie doch noch ein Stückchen Kuchen.«

»Danke, liebe Gräfin, ich mache mir nichts aus Süßigkeiten.«

Die Gräfin lächelte schelmisch. »*Überhaupt* nicht?«

»Überhaupt nicht.«

»Das findet man selten bei Herren vom Theater.«

»Wir dürfen nicht dick werden.«

»Es gibt Süßigkeiten, von denen man dünn wird. Noch eine Tasse Tee, Herr Hofschauspieler?«

»Es ist doch Kaffee«, flüsterte Peterhans.

»Bei deiner Tante Elly ist es Kaffee«, flüsterte diese ebenso, »aber bei der Gräfin Koks gibt es nur Tee.« Und laut wiederholte sie: »Noch eine Tasse Tee, Herr Hofschauspieler?«

»Bitte.«

Gräfin Koks beugte sich beim Einschenken weit vor. »Wie gefällt Ihnen mein Negligé?«

»Ich verstehe nichts von Spitzen.«

»Spitzen enthüllen mehr, als sie verbergen. Finden Sie nicht?«

»Was soll ich darauf sagen«, flüsterte Peterhans.

»Etwas Brutales«, flüsterte Tante Elly. »Zum Beispiel: Ihre Brüste, liebe Gräfin, interessieren mich durchaus gar nicht.«

»Ihre Brüstchen, liebe Gräfin . . .«

»Brüste . . .«

». . . Brüstchen, liebe Gräfin, interessieren mich durchaus gar nicht.«

»Wenn du so stotterst, wird dir das keine Frau glauben . . .«

»Ich stottere, soviel ich will . . .«, sagte Peterhans beinahe weinend.

»Brav sein! Du wirst doch nicht jetzt schon kapitulieren! Du mußt sogar darauf gefaßt sein, daß diese Schlange dir jetzt den Fuß, den sie aus dem Pantöffelchen zieht, auf den Strumpf setzt. Siehst du: so! Das muß dich alles ganz kalt lassen. — Wo waren wir stehengeblieben?«

»Bei dei . . . bei deinen Brüstchen . . .«

»Bei den Brüsten der Gräfin Koks vielmehr. Und die erwidert jetzt: Wirklich nicht, Herr Hofschauspieler? Sie scheinen sich also nicht nur für nichts Süßes, sondern auch für nichts Festes und Spitzes zu interessieren?«

»Tante Elly . . .«

»Ich bin nicht Tante Elly. Ich bin Gräfin Koks.«

»Liebe Gräfin . . .«

»Nun?«

»Was Sie da eben von Ihren Brüstchen sagten . . .«

»Brüsten . . .«

»Brüstchen sagten . . . das . . . das kann jeder sagen!«

»Bist du verrückt! Du darfst ihr doch kein Stichwort geben! Wenn sie nun sagt: Soll ich es Ihnen beweisen?«

»Das sagt sie nicht.«

»Unterschätze die Gräfin Koks nicht.«

»Sie wird es nicht sagen.«

»Warum nicht?«

»Weil sie es nicht beweisen kann.«

Tante Elly kam mit ihrem Gesicht sehr nahe an das von Peterhans.

»Sag das noch mal . . .«

»Weil sie es nicht beweisen *kann.*«

»Da.«

Das war der Moment, da Peterhans den Mund weit aufriß und auch sicher geschrien hätte, wenn ihn Tante Elly nicht mit einem Kuß verschlossen hätte, der ihn in die Sofaecke taumeln ließ. Als er nach Tante Elly greifen wollte, war sie weg. Und als er ihr nacheilte, war die Tür verschlossen.

Er hämmerte mit beiden Fäusten gegen sie.

Tante Elly erschien wieder. Leichenblaß. Sie war bis zum Hals in einen Pelz gehüllt.

»Ich mußte mir etwas umwerfen. Damit aus dem Spaß kein Ernst wird.« Und sie sah Peterhans an. Und Peterhans starrte sie an.

Und plötzlich fühlte er es mit tausend Gewißheiten, daß unter dem Pelz sofort ohne weiteres Tante Elly kam.

»Duuuuu . . .«

Er sank vor ihr auf die Knie, wie von einem Holzhammer getroffen.

Der Chronist bedauert, von seinem Helden nichts Heldenhafteres berichten zu können. Aber wie pflegte Tante Klärchen zu sagen? »So ist das Leben!« pflegte Tante Klärchen zu sagen.

Oder auch: »Gute Vorsätze sind Schecks auf eine Bank, bei der wir kein Konto haben!«

DER VERRAT

»Oft ist dem Menschen durch eine kleine Lust ein ständiger Verdruß mit viel Verlust bewußt!«

Das war wiederum so ein Ausspruch von Tante Klärchen, der Peterhans zur Verzweiflung bringen konnte, weil die letzte Silbe des letzten Wortes den ganzen Sinn der Weisheit, die man schon verstanden zu haben glaubte, wieder umschmiß. Seine vorsichtigen Anfragen bei Tante Klärchen, ob es nicht vielleicht »beschieden« oder »beschert« heißen müsse, hatte sie stets mit einem energischen Kopfschütteln beantwortet. »Das würde sich ja nicht reimen, mein teures Herz«, sagte sie.

Aber ob gereimt oder ungereimt, an diesen Ausspruch mußte Peterhans denken, als er Tante Elly verließ, denn er war sich einer großen Schuld »bewußt«, und es stand für ihn fest, daß er sich umbringen müsse. Hatte er doch erstens Onkel Gottliebs »ganzes Glück« zerstört, zweitens seine Karriere verraten und drittens . . . o mein Gott!

»Blutschänder!« zischte er seinem Gesicht entgegen, wenn es sich in einem Schaufenster spiegelte. Er wunderte sich übrigens, wie tief glücklich das Gesicht eines angehenden Selbstmörders aussah! Nur nach Hause und Schluß machen! Zu Hause fand er einen Rohrpostbrief vor:

Sehr geehrter Herr,
auf Veranlassung Ihres Meisters hinterlegen wir für die heutige Abendvorstellung eine Freikarte für Sie an der Kasse B des Lessingtheaters.

Hochachtend
Sekretariat des Lessingtheaters

Er glaubte, tot umfallen zu müssen. So schnell mahlten Gottes Mühlen! Sicher war es jetzt zu spät.

Er stürzte zum Stadtbahnhof Alt-Moabit, erwischte einen gerade abfahrenden Zug, den er drei Minuten später am Lehrter Bahnhof verließ, lief im Dauerlauf zum Lessingtheater und stand zehn Minuten zu früh an der Kasse B.

Dort saß ein älterer Herr mit weißem Haar und Bart und einer goldenen Brille, der sehr würdig und sehr unfreundlich war und sich zehn Jahre später das Leben nahm — wegen Veruntreuungen. Hätte das Peterhans damals gewußt, sicher wäre er ihm sympathischer erschienen. Hatte er doch Verständnis für Verfehlungen aller Art, die die Menschen zum Selbstmord treiben können, auf welchem Gebiet sie auch liegen mögen.

Aber Peterhans vergaß das alles, als er den Zuschauerraum betrat. Es ist für die heutige Generation schwer vorstellbar, was damals der Besuch einer Vorstellung des Lessingtheaters bedeutete. In Berlin wurde das beste Theater der Welt gespielt, und im Lessingtheater das beste von Berlin. Und eine feierliche Zuversicht umfing den Gläubigen, der den schmucklosen, im Halbdunkel liegenden Raum betrat. Und man fühlte es sofort: Hier saßen *nur* Gläubige. Das erregende Bewußtsein, für die nächsten Stunden in die hohen Regionen einer Ensemblekunst gehoben zu werden, wie sie auf der Erde einmalig war, erfüllte jeden einzelnen und ließ eine andachtsvolle Stille entstehen, noch ehe die dunkle Plüschgardine sich hob.

KUNST UND NATUR
SEI EINES NUR

So stand auf einem geschwungenen Schild zu lesen, das zwei Engel in luftiger Höhe in der Mitte des Proszeniums hielten.

Und als dieser sich nach zwei dunklen Gongschlägen hob, öffnete Peterhans den Mund, um ihn vorerst nicht wieder zu schließen. Er blickte in keine Theaterdekoration, sondern in ein Stück Leben. Dort oben agierten keine Schauspieler, dort lebten Menschen. Alle Vorstellungen, die Peterhans von Schauspielerei hatten, fielen von ihm ab.

Nicht daß die Eindrücke, die ihm das Hallische Stadttheater vermittelt hatte, schlecht waren. O nein, dort wurde seinerzeit ein beachtenswertes Theater gespielt. Walter Sieg als Richard III.? Oder Heinz als König Lear? Respekt, ihr Buben! Und Elschen Becker als Klein-Däumling? Er hatte sie wohl dreißigmal vom dritten Rang aus für fünfzig Pfennig bewundert, so daß es sogar einmal einen mächtigen Krach mit Mystifax gegeben hatte. Dreißigmal? O ja, damals wurden Weihnachtsmärchen bis Ostern gespielt. Sie wurden aber auch mit einer Liebe einstudiert, von der sich die heutigen Intendanten keine Vorstellung machen, die der Ansicht sind, daß für die Kinder alles gut genug ist, was man in drei schnellen Proben zusammenpfuschen kann, eine Auffassung, für die man sie hängen sollte.

Als sein Meister auftrat, brach Peterhans der Angstschweiß aus. Denn er machte sofort eine so lange Pause, daß auch dem eingefleischtesten Naturalisten Zweifel kommen mußten, ob diese Pause Kunst oder

Natur sei, das heißt: Absicht oder Gedächtnisschwäche. Und ihm fiel der boshafte Witz ein, der über seinen Meister kursierte, daß dieser den Naturalismus durch chronische Gedächtnisschwäche erfunden habe. Aber als er dann endlich sprach, schämte sich Peterhans seines Verdachtes. Die Worte, die jetzt aus des Meisters Mund fielen, und *wie* sie fielen, hätten auch nicht eine tausendstel Sekunde früher fallen dürfen. Oder fielen sie so, um die Pause zu kaschieren? Peterhans hörte bald auf, darüber nachzudenken, denn er wurde gepackt, daß ihm der Atem wegblieb. Was war es nur, was war es nur, was sie dort oben trieben, das ihn so erregte? Was machten die dort oben mit ihm? Jeder einzelne ein Künstler von gigantischem Ausmaß, suchte doch keiner sich nach vorne zu spielen, sondern jeder schien nur das eine Bestreben zu haben, nicht aufzufallen.

Peterhans hielt den Atem an. Sein Meister dort oben war etwas gefragt worden. Von der Beantwortung hing alles ab. Wie wunderbar war nun die Spannung gehalten. Zunächst schien es, als ob die Frage gar nicht in sein Bewußtsein gedrungen sei. Der Meister hielt den Blick der schönen mandelförmigen Augen nachdenklich ins Parkett gerichtet. Dann schien er sich zu erinnern, daß jemand zu ihm gesprochen hatte. Er blickte den Partner an. Blickte wieder weg. Pause. Dann besah er sich seine ausdrucksvollen Hände. Schloß die Augen. Fuhr mit den Fingerspitzen über die Stirne. Und als man schon fürchtete, er habe wieder vergessen, daß man ihn etwas gefragt hatte, gab er die entscheidende Antwort. »Nein«, sagte er.

So einfach, als hätte man ihn befragt, ob er Eier zum Frühstück wünsche. Und verließ das Zimmer.

Und Peterhans beschloß, ihm bei nächster Gelegenheit um den Hals zu fallen. Wenn ihm jetzt einer prophezeit hätte, daß er das *nicht* tun würde, daß er sich vielmehr vor ihm verstecken würde, um nicht heucheln zu müssen, daß, ehe der Hahn kräht, er ihn in seinem Herzen verraten haben würde zugunsten eines anderen, er würde es nicht für möglich gehalten haben.

Und doch kam es so.

Denn nun trat ein anderer auf die Szene. Das heißt, er trat nicht auf die Szene. Er hatte sich eingefunden, wollen wir sagen. Aber nachdem er sich einmal eingefunden hatte, war er nicht mehr wegzudenken. Seltsam! Dieser aristokratische überschlanke Herr in dem rohseidenen Anzug konnte nichts tun, was man nicht gespanntest beobachtete. Und er tat doch rein nichts. – Natürlich mußte er hin und wieder die Stellung wechseln. Oder sich eine Zigarette anzünden. – Warum, zum Teufel, hielt man den Atem an, wenn er sich eine Zigarette anzündete? Warum hing man an seinen Lippen, warum lauschte man mit allen Sinnen diesem gebrochenen, die Nerven bürstenden Organ? Dieser Gentleman, der einen tiefen Zug aus dem Becher des Lebens getan haben mußte und dessen Zukunft offensichtlich in der Vergangenheit lag, sprach von seinem nahen Ende. Man kann gleichgültig von seinem Tode sprechen, und es kann klingen wie Todesfurcht. Man kann gleichgültig von seinem Tode sprechen, und es kann affektiert klingen. Aber so aufrichtig gleichgültig sollte man davon nicht sprechen, wenn man noch so aussah wie dieser tadellose Herr im rohseidenen Anzug. Und schon gar nicht, wenn sich noch kleine Mädchen seinetwegen im Teiche seines Parkes ...

Richtig! Auch davon sprach er. Wie sie bei ihm war. Im grünen Kleidchen und mit blonden Zöpfchen. Wie sie ihm ihre Liebe gestand. Wie schwer es gewesen sei, ihr klarzumachen, daß er ihrer Liebe nicht würdig sei. Gar nicht zu sprechen von dem Altersunterschied und den damit verbundenen Unzulänglichkeiten ... Wie sie zuhörte. Und wie sie mit den Zöpfen nickte. Und wie sie ging. Das letzte, was er sah, war ein Zipfel des grünen Kleides, der sich in der Tür fast verfangen hätte ... Und wie er dann, als er seinen Abendspaziergang machte, am Teich vorüberkam und in Gedanken verloren — Gedanken über sein verpfuschtes Leben — ins Wasser starrte, wie er da ... wie er es da auf dem Grunde schimmern sah ... grünlich ... nicht von Tang oder Pflanzen ... sondern von einem grünen Kleidchen... Und plötzlich zerriß eine Grimasse so wilden Schmerzes das bisher so beherrschte Gesicht des Herrn im rohseidenen Anzug, daß es die Zuschauer von den Sitzen hob. Ja, man erhob sich ... und setzte sich wieder. Man hatte sich wohl verhört. Es war wohl gar nichts geschehen. Denn der Herr im rohseidenen Anzug plauderte schon wieder. Sein Gesicht war ruhig, wie es vier Akte lang gewesen war ...

Der Vorhang fiel. Der Eiserne rasselte zusammen. Und noch immer saßen die Leute, unfähig zu applaudieren. Und Peterhans dämmerte die Größe dieses Schauspielers auf, der es wagen durfte, eine Charakterzeichnung auf den Bruchteil einer Sekunde aufzubauen. Der es wagen durfte, vier Akte in Monotonie zu verplaudern, um dann in einem einzigen winzigen Moment bis auf den Grund seiner Seele blicken zu lassen. Welch eiserner Beherrschung der Mittel bedarf das! Und wie, wenn in diesem Augenblick wer niest oder hustet? Oder eine Logentür öffnet sich unversehens und zerstört diesen Moment?

Aber es hustete niemand.

Und bei Brahm öffnete sich auch keine Logentür unversehens.

Lange stand Peterhans mit einer Schar Andächtiger vor dem Bühnenpförtchen des Lessingtheaters. Alle kamen sie heraus. Auch sein Meister, vor dem sich Peterhans versteckte. Nur der andere ließ auf sich warten. Es hieß, er habe das Theater schon verlassen. Viele gingen. Einige warteten standhaft ...

Da kam er.

Im langen Mantel, den Kragen hochgeschlagen, die Sportmütze tief ins Gesicht gezogen. Sein wiegender Gang hatte ihn vorübergetragen, ehe die Umstehenden zur Besinnung kamen. Lange blickte Peterhans jenem nach ...

Albert Bassermann war sein Name.

Am nächsten Morgen erwachte Peterhans ziemlich spät. Zwei Briefe brachte ihm die Post:

Peterchen,
ich mache mir schreckliche Vorwürfe, aber Du sollst Dir keine machen. Auch wegen »Onkel« Gottlieb nicht. Er erhält nur, was ihm gebührt. Ich war dreizehn Jahre, als er mich für sein schmutziges Geld meiner kupplerischen Tante abkaufte. Meine Rache ist, ihn zu quälen. Er weiß, daß ich ihn betrüge. Täglich. Und der Gedanke, daß er in seinem Büro auf und ab läuft, sich die Haare rauft und den Kopf gegen die Wand schlägt, erhöht die Süße meiner Rache. Und wenn ich es einmal nicht getan habe, so erzähle ich es ihm wenigstens. Und wenn ich nett zu ihm bin, so bin ich es nur, um mich ihm dann zu versagen. Eines Tages wird er sich aufhängen.

Du sollst mich nicht wiedersehen, Peterlein. Ich bin nicht gut genug für Dich. Du wirst Dich in ein süßes Mädel verlieben, bei der alles noch recht klein ist, nicht wahr?

Noch etwas: Sollte eine Verwechslung von Lutherstraße und Martin-Luther-Straße vorliegen? Im Telefonbuch steht ein Sanitätsrat Schmidt, Martin-Luther-Straße 124. Vielleicht gehst Du dort einmal hin und findest die *richtige* Tante Elly? Aber niemals wirst Du die falsche vergessen! Nein?

Ich küsse Dich
Elly.

Peterhans hatte das Gefühl, als müsse er sofort in die Kirche gehen und Gott danken.

Aber da lag noch ein zweiter Brief. Mit der gestochenen Schrift seines Stiefvaters.

Er lautete:

Mein lieber Junge!
Nach Bramanns Tod, der, wie Du weißt, für uns einen schweren Schlag bedeutet, ist nun auch Geheimrat Schwartze ganz plötzlich gestorben. Das heißt, daß wir die Privatklinik schließen müssen. Du mußt Dein Studium sofort abbrechen, um Geld zu verdienen. Es ist bitter, Dir das sagen zu müssen. Aber Du warst immer ein tapferer Junge.
Ich tue alles, um Mutter zu trösten.

Sie läßt Dich grüßen.

Ich wollte, Du wärest hier. Vater.

Peterhans sah auf die Uhr. Zehn Uhr. Um elf stand er in der Grunewaldvilla des Meisters, um sich zu verabschieden. Es gelang ihm, eine männliche Haltung zu bewahren.

Der Meister hörte ihm aufmerksam zu und ließ nachdenklich seine großen Augen auf ihm ruhen. Dann verließ er das Zimmer. Man hörte ihn telephonieren. Dann kam er zurück.

»Sie fahren mit der 79«, sagte er, »zur Theateragentur Emil Nordes, Dorotheenstraße. Dort erwartet Sie mein Freund Schaper, Direktor vom Stadttheater in Rostock. Er sucht einen talentierten Anfänger. Sie sollen ihm vorsprechen. Gott mit Ihnen. Und lassen Sie sich nicht für Chor verpflichten!«

Emil Nordes war vielleicht nicht der berühmteste, aber sicherlich der rührigste Agent von Berlin. Seine Spezialität war es, Anfänger zu placieren, die ihm dann, wenn sie sich bewährten, von seinen größeren Kollegen, unter denen der größte Herr Frankfurter war, als Klienten weggeschnappt wurden.

Rudolf Schaper, damals Direktor des Stadttheaters in Rostock, dem Peterhans vorsprechen sollte, war ein kleiner, untersetzter Herr, stiernackig, mit einer intelligenten Stirn, die bis zum erwähnten Stiernacken reichte. Unter buschigen Augenbrauen sah er einen durch einen schwarzen Klemmer finster an, um seine Gutmütigkeit zu verbergen. Aber ein leises ironisches Lächeln spielte dauernd um seine Lippen. Denn lieber ironisch lächeln als gar nicht, nicht wahr?

»Warum wollen Sie zum Theater gehen?« fragte er wütend.

»Das frage ich mich auch«, sagte Peterhans.

»Kein vernünftiger Mensch geht zum Theater!«

»Sie sind auch zum Theater gegangen, Herr Direktor!«

»Ich bin ja auch kein vernünftiger Mensch!«

»Außerdem suchen Sie einen talentierten Anfänger. Schon deshalb muß ich zur Bühne gehen.«

»Wer sagt Ihnen, daß Sie Talent haben?«

»Das möchte ich von Ihnen hören, Herr Direktor, und deshalb möchte ich Ihnen vorsprechen.«

»Was wollen Sie vorsprechen?«

»Die Traumerzählung des Franz Moor, wenn Sie gestatten.«

»Immer schön bescheiden, das muß ich sagen!«

Er trommelte mit den Fingern auf der Tischplatte. »Sie werden mir die Traumerzählung *nicht* vorsprechen!«

»Warum nicht, Herr Direktor?«

»Sie werden mir überhaupt nichts vorsprechen!«

»Ich verstehe nicht ...«

»Sie brauchen nichts vorzusprechen. Ich kenne Sie!«

»Aber ...«

»Und Sie kennen mich!«

»Ich weiß wirklich nicht ...«

»Stellen Sie sich einmal vor, ich sei im Hemd.«

»Ich würde mir nie erlauben ...«

»Erlauben Sie sich nur. Das ist überhaupt eine gute Methode, Minderwertigkeitsgefühle zu überwinden, die ich Ihnen hiermit vermache: Stellen Sie sich Ihren Widersacher im Hemde vor!«

»Sie sind nicht mein Widersacher, Herr Direktor.«

»Das wird sich erst herausstellen. — Also?«

»Ich stelle mir Herrn Direktor im Hemd vor.«

»Und im Bett!«

»Und im Bett.«

»Und zwar in einem Bett in Halle an der Saale in einer Privatklinik ... Ah, jetzt dämmert's ... Ihre Mutter hatte Sie, einen Knirps von elf Jahren, zu mir geschickt, mich zu erheitern... Sie kamen mit Ihrem Puppentheater und spielten mir die erste Szene des ersten Aktes von Wilhelm Tell vor ... Mit wogendem See, Gewitter und Sturm, Einschlägen von Blitzen, die Wasserhosen erzeugten ... Ich habe nie auf einer großen Bühne etwas so Eindrucksvolles gesehen! — Sie brauchen mir nichts vorzusprechen. — Sie sind engagiert!«

»Ich *möchte* Ihnen aber vorsprechen!«

»Warum?«

»Damit Sie sich ein Urteil bilden können, ob Sie mich vielleicht auch bald in größeren Rollen beschäftigen können!«

»Aha!«

»Habe ich etwas Unbescheidenes gesagt?«

Schaper wandte sich an Nordes: »Was meinen Sie, Nordes, wollen wir uns was anhören?«

»Ich möchte es vorschlagen, Herr Direktor.«

»Wenn es Sie langweilt, Herr Direktor, können Sie ja solange rausgehen, und Herr Nordes berichtet Ihnen dann!«

»Fangen Sie an, Sie Frechdachs! Und seien Sie *gut*, das rate ich Ihnen!«

Peterhans wandte sich an Nordes: »Darf ich den Leuchter nehmen vom Kamin und die Kerzen anzünden?«

»Gewiß«, sagte Nordes belustigt.

»Und darf ich die Fenstervorhänge zuziehen, damit es ein wenig dunkel wird?«

Nordes sah zu Schaper. Schaper blinzelte ihm zu. Während Peterhans die Vorhänge schloß, sagte er: »Die Szene spielt nämlich in der Nacht.«

»Was Sie nicht sagen«, sagte Schaper.

»Ich habe mir erlaubt, einige Striche zu machen«, sagte Peterhans.

»Schiller wird es Ihnen danken«, sagte Schaper.

Peterhans zündete die Kerzen des Armleuchters an. »Ich komme jetzt aus dem Nebenzimmer gestürzt. Erschrecken Sie nicht!«

Er ging mit dem brennenden Leuchter ins Nebenzimmer, ohne zu ahnen, daß dort etwa sechzig Personen beiderlei Geschlechtes saßen, die darauf warteten, ins Allerheiligste vorgelassen zu werden. »Oh, Verzeihung«, stammelte Peterhans.

Dann zerwühlte er sich mit der freien Hand die Haare, um totenbleich — das konnte er machen — mit irren Augen und flackernden Kerzen ins Allerheiligste zurückzustolpern.

»Verraten! Verraten! ... Geister ausgespieen aus Gräbern ... Losgerüttelt das Totenreich aus dem ewigen Schlaf brüllt wider mich: *Mörder ... Mörder ...*«

Damit fiel er der Länge nach auf den Teppich. Doch so geschickt, daß die Kerzen nicht verlöschten, sondern weiter in der Lage waren, das geisterhafte Gesicht des Unglücklichen zu beleuchten.

Trotz Peterhans' Warnung waren Nordes und Schaper leicht angeschlagen. Nordes setzte sich unwillkürlich fester in seinen Sessel.

»Wer regt sich da?« brüllte Peterhans so markerschütternd, daß ein Glas auf dem Kamin mitklirrte.

Und da geschah etwas: Schaper stürzte zu ihm, kniete sich neben ihn, und, die Rolle des Daniel übernehmend, sagte er mit der weinerlichen Stimme des alten Dieners: »Hilf, heilige Mutter Gottes! Seid Ihr's, gestrenger Herre, der so gräßlich durch die Gewölbe schreit, daß alle Schläfer auffahren?«

»Schläfer?! Wer heißt Euch schlafen?« brüllte Peterhans und packte Schaper an der Kehle. »Fort, zünde Licht an!«

Schaper wollte sich erheben, doch Peterhans riß ihn zurück.

»Nein, du bleibst! Ich kann nicht allein sein!«

»O Ihr seid *ernstlich* krank!«

»Ja freilich, freilich! Das ist's alles! — Und Krankheit verstöret das Gehirn und brütet tolle und wunderliche Träume aus. — Träume bedeuten nichts — nicht wahr, Daniel? Träume kommen ja aus dem Bauch, und Träume bedeuten nichts ... —

Ich hatte soeben einen lustigen Traum!«

Damit sank er Schaper in den Arm.

»Jesus Christus«, sagte Schaper und wollte aufstehen, aber Peterhans hielt ihn fest.

»Nein, bleib und laß dir erzählen ...«

»Jetzt nicht, ein andermal ...«

»Nein, ich bitte dich, laß dir erzählen und lache mich derb aus. — Siehe, mir deuchte, ich läge berauscht im Rasen des Schloßgartens, und plötzlich — es war zur Stunde des Mittags — plötzlich — aber ich sage dir, lache mich derb aus!«

»Plötzlich?«

»Plötzlich traf ein ungeheurer Donner mein schlummerndes Ohr, ich taumelte bebend auf, und siehe, da war mir's, als säh' ich aufflammen den ganzen Horizont in feuriger Lohe, und Berge und Städte und Wälder wie Wachs im Ofen zerschmolzen, und eine heulende Windsbraut fegte von hinnen Meer, Himmel und Erde — da erscholl's wie aus ehernen Posaunen: Erde, gib deine Toten; gib deine Toten, Meer! ... Und das nackte Gefield begann zu kreißen und aufzuwerfen Schädel und Rippen und Kinnbacken und Beine, die sich zusammenzogen in menschliche Leiber und daherströmten unübersehlich, ein lebendiger Sturm. Damals sah ich aufwärts, und siehe, ich stand am Fuß des donnernden Sina, und über mir Gewimmel und unter mir, und oben auf der Höhe des Bergs auf drei rauchenden Stühlen drei Männer, vor deren Blick floh die Kreatur ...«

»Das ist ja das leibhaft Konterfei vom Jüngsten Tage!«

»Nicht wahr, das ist tolles Gezeuge? Schneebleich standen alle, ängstlich klopfte die Erwartung in jeglicher Brust! Da war mir's, als hört' ich meinen Namen zuerst genannt aus den Wettern des Berges, und mein innerstes Mark gefror in mir, und meine Zähne klapperten laut. Da hört' ich eine Stimme schallen aus dem Rauche der Felsen: Gnade, Gnade jedem Sünder der Erde und des Abgrunds! Du allein bist verworfen ... Nun, warum lachst du nicht? ...« Und in irrer Verzweiflung wälzte er sich mit Schaper auf dem Teppich.

Da geschah wieder etwas: Der Bulldogge Schapers, die bis jetzt ruhig unter einem Sessel gelegen hatte – sie schien allerhand gewohnt zu sein –, war es jetzt wohl genug, und mit einem Satz war sie mitten unter den Kämpfenden und versuchte, Peterhans an die Kehle zu kommen.

»Zurück!« donnerte Schaper und deckte mit seinem Stiernacken Peterhans' Kehle.

Zuunterst lag Peterhans, auf ihm, ihn deckend, Schaper, auf Schaper die Bulldogge und auf der Bulldogge jetzt Nordes, der versuchte, sie wegzuziehen.

Und jetzt stürzten entsetzt die Schauspieler aus dem Wartezimmer herein, versuchten zu helfen und vergrößerten den Tumult.

Als endlich die Dogge entfernt, die Ruhe wiederhergestellt war und die Schauspieler sich zurückgezogen hatten, sagte Schaper, sich die Stirn trocknend:

»Ich habe Ihnen doch gesagt, Sie sollen mir nichts vorsprechen!«

Nun wurde der Vertrag gemacht. Peterhans deutete auf einen Paragraphen des vorgedruckten Formulars, wonach der Engagierte auch im Chor mitzuwirken hatte.

»Das möchte ich nicht«, sagte er.

»Oh, man stellt schon Bedingungen?« fragte Schaper.

»Mein Meister hat es mir verboten.«

»Alle Mitglieder, vom ersten Helden bis zum jugendlichen Anfänger, müssen im Chor mitmachen. Zum Beispiel im *Tannhäuser* beim Einzug der Gäste.«

»Da werde ich auch mitmachen, aber nicht ständig im Chor.«

»Auch gibt es in gewissen Opern kleine Sprechrollen, die von Schauspielern gespielt werden müssen.«

»Auch die werde ich spielen, aber ich möchte nicht für Chor verpflichtet sein.«

»Na schön, Sie Dickkopf. Aber das Mitwirken in Opern muß im Vertrag verankert sein. Dann werden wir also das Wort *Chor* beim *Chorsänger* streichen, es heißt dann, daß Sie als Schauspieler und Sänger verpflichtet sind, und wir wissen, was wir damit meinen.«

Peterhans war einverstanden.

Mit einem Vertrag über neunzig Mark Monatsgage und neunzig Mark Vorschuß und einigen Stearinflecken auf dem Anzug verließ Peterhans die Agentur. Als er durch das Wartezimmer kam, applaudierten die Kollegen.

Da wurde Peterhans sehr bleich.

Er stotterte seinen Dank und stolperte auf die Dorotheenstraße.

Er erwischte einen Omnibus, der ihn zum Anhalter Bahnhof brachte, erreichte noch den D-Zug 12 Uhr 03 und stieg 2 Uhr 11 in Halle an der Saale aus.

Um 2 Uhr 30 hatte er seine weinende Mutter zum ersten Male wieder zum Lachen gebracht. Dann fuhr er zum Vormundschaftsgericht. Sein verstorbener Vater hatte ihm ein Legat von 2000 Mark hinterlassen, das bestimmt war, über die Anfänge seiner Laufbahn hinwegzuhelfen. Er machte dem Vormund klar, daß er das Geld jetzt brauche. Und brachte es dem Stiefvater. Das Zucken der Schnurrbartspitzen des alten Herrn, als er ihm das Geld zum Geschenk machte, war schwer zu ertragen.

Dann ging Peterhans an die Luft. An die geliebte hallische Luft, durch die geliebten hallischen Straßen, die ihm noch enger vorkamen, als er sie im Gedächtnis hatte.

Aber sonst hatte sich nichts verändert. In der Magdeburger, die damals noch nicht Hindenburgstraße hieß, fehlte am nördlichen Eingang zu den Großen Hallischen Kliniken noch immer die Scheibe in der Laterne, die vor fünf Jahren einer Schneeballschlacht zum Opfer gefallen war.

Wie ein Magnet zog es Peterhans durch den vertrauten Eingang.

Und da war er! Der Geruch von Chloroform und Desinfektion, der sich selbst im Freien hielt. Und der mit einem Schlage die Bilder seiner Knabenjahre in ihm entstehen ließ:

Hier war der Kohlenschuppen, wo sich berühmte Trapper und schweigsame Indianerhäuptlinge allnachmittäglich zu treffen pflegten. Wie oft hatte er hier mit Winnetou gesessen, um die Streifzüge auszuknobeln, die der Schrecken der Aufsichtsorgane der Großen Hallischen Kliniken waren.

Dort auf jener Rampe pflegte Sam Hawkens zu sitzen — »wenn er sich nicht irrte« —, um seine kurzen dicken Beine hinunterbaumeln zu lassen. Während der Hobble Frank, so lang er war, sich auf die Kohlen zu legen liebte.

Hier hatten sie eines Tages gelegen, als einer der Gärtner ein etwa zwölfjähriges Mädchen, am Genick gepackt, vorüberführte. Das Mädchen war barfuß und sehr hübsch.

»Dich werd' ich lehren, Äpfel zu stehlen, du Luder! Vor dem Inspektor wirst du schon sagen, wie du heißt, du Kröte!«

Damit verschwand der Gärtner mit ihr um die Ecke. Winnetou und Old Shatterhand sahen sich an.

»Wir müssen die weiße Lilie aus der Hand dieses Kojoten befreien!« sagte Winnetou, der der Sohn des erwähnten Inspektors war, »noch ehe sie das Wigwam meines Vaters erreichen.«

»Mein roter Bruder sagt es«, bekräftigte Old Shatterhand, der mit seinem bürgerlichen Namen Peterhans von Binningen hieß.

»Old Shatterhand und ich«, fuhr Winnetou fort, »werden diesen stinkenden Sohn einer Hündin überholen. Wir werden uns dann in die Taxushecken legen und ihm auflauern. Meine weißen Brüder Sam Hawkens und Hobble Frank werden inzwischen einen noch größeren Bogen geschlagen haben und im Augenblick des Überfalls von der entgegengesetzten Seite als harmlose Passanten auftauchen. Ihre Aufgabe ist es, diesen Urenkel eines Stinktieres in der Richtung zu täuschen, die Old Shatterhand und Winnetou mit der weißen Lilie einschlagen werden, nachdem sie sie aus der Hand dieser Hyäne befreit haben. – Ich habe gesprochen.«

Hierauf zerstoben die vier berühmten Westmänner, wie von der Atmosphäre verschluckt.

»Dich werden wir schon zum Sprechen bringen, du Stücke du!« sagte der rohe Mensch, als er mit der Kleinen die Taxushecke passierte. In diesem Augenblick tauchte Old Shatterhand vor ihm auf und schlug ihm mit der flachen Hand gegen die Nasenwurzel, während Winnetou ihm von hinten in die Kniekehlen trat. Das ist eine empfehlenswerte Kombination, die erfahrungsgemäß jeden so Angegriffenen, welchen Ständen er auch angehören mag, wie einen Haufen Dreck zusammensacken läßt. Das Mädchen hatte die Geistesgegenwart, dem Taumelnden noch mit dem nackten Fuß in den Magen zu treten, was ihr ein für allemal die Bewunderung der Trapper einbrachte. Im Nu rissen Winnetou und Old Shatterhand das Mädchen seitwärts in die Büsche, und nach drei, vier Sprüngen kreuz und quer warfen sie sich mit ihr zu Boden.

»Dorthin sind sie gelaufen«, hörten sie Sam Hawkens und Hobble Frank brüllen. Und dann hörten sie den Gärtner in der verkehrten Richtung davonsausen.

Die vier berühmten Westmänner hoben das Mädchen vom Boden auf, stellten es auf die Beine und klopften ihm den Schmutz von den Kleidern.

»Wie heißt du?«

»Idchen.«

Sie bot ihren Rettern zwei von den gestohlenen Äpfeln an.

»Von welchem Baum sind sie?«

»Poliklinik.«

»Wie kommst du auf das Kliniksgelände?«

»Meine Mutter wäscht hier.«

»Seit wann?«

»Seit heute.«

»So wirst du jetzt öfter kommen?«

»Ja.«

»Bist du selber in den Baum geklettert?«

»Ja.«

»Kannst du gut klettern?«

»Ja.«

Die vier berühmten Westmänner sahen sich an.

»Meine weiße Schwester hat sich sehr tapfer benommen«, sagte Winnetou, »der Tritt in den Bauch war gut.«

»Sehr gut, wenn ich mich nicht irre«, bekräftigte Sam Hawkens.

»Krossartch«, sagte Hobble Frank, seiner Verpflichtung gemäß in sächsischer Mundart, was ihm nicht schwerfiel.

Man sah befriedigt auf das kleine nackte Füßchen, das diesen Tritt ausgeführt hatte.

»Willst du Mitglied unserer Bande . . .?«

»Ja«, sagte Idchen, noch ehe Old Shatterhand die Frage vollendet hatte.

»So wirst du mit uns die Pfeife des Friedens rauchen«, bestimmte Winnetou.

Man ging tiefer in die Büsche. Man kauerte sich im Halbkreis auf den Boden. Idchen unterbrach durchaus nicht das zeremoniöse Schweigen, das nun folgte, während die Friedenspfeife die Runde machte. Als sie zu ihr kam, machte sie die vorgeschriebenen Züge in die vier Windrichtungen wie ihre Vorgänger.

»Meine weiße Schwester scheint die Bräuche der Indianer zu kennen«, meinte Winnetou.

»Mein roter Bruder hat es getroffen«, erwiderte Idchen.

»Uff«, sagte Winnetou. »Uff, uff!«

»Wir müssen ihr einen Namen geben«, meinte Old Shatterhand.

»Wir werden sie *Flinker Fuß* nennen, wenn es der weißen Lilie recht ist«, schlug Winnetou vor.

Idchen nickte.

»Er hätte mich nie erwischt, wenn ich mich nicht so gerissen hätte«, sagte sie und zeigte den Trappern einen tiefen Kratzer an ihrem Oberschenkel, den diese sachgemäß betrachteten.

»Dieser Enkel und Urenkel eines Stinktieres«, sagte Old Shatterhand, während er die kleine Wunde aussaugte – damit keine Blutvergiftung entstehen könne –, »wird unsere Schwester nicht mehr belästigen. Sie steht jetzt unter unserm Schutz.«

»Howgh«, sagte Winnetou.

Und so war es. Sie hätte in einem Banksafe nicht sicherer sein können. Acht Augen wachten über ihr Wohlergehen. Sie leistete dafür der Bande vorzügliche Dienste als Kundschafterin. Da sie als Mädchen weniger verdächtig war, war sie unbezahlbar als Spionin, wenn es galt, Gelegenheiten auszuknobeln.

Aber auch in der Schlacht stand sie ihren Mann. Kein Zaun war ihr zu hoch, kein Baum zu dick. Auch waren im Notfalle immer Hände da, ihr zu helfen. Sie wurde über Mauern gehoben, durch Gräben getragen, auf Bäume gezogen, zu Boden geworfen, aufgehoben und nach dem Gefecht abgestaubt wie ein Gegenstand.

Die Bande liebte sie. Und sie hätte für die Bande ihr Hemd hergegeben, wenn sie eines angehabt hätte.

Manchmal hatte Peterhans das Gefühl, als ob sie ihn ein wenig bevorzuge. An ganz kleinen Dingen glaubte er es zu merken. Sie war stets an seiner Seite. In der Schlacht, auf der Flucht wie am Lagerfeuer. Wenn sie Äpfel gestohlen hatte, bekam er den schönsten. Wenn sie im Wigwam ruhten, durfte er sie als Kopfkissen benutzen. Und die Wärme ihres Körperchens, die durch das dünne Kleid drang, stellte die berühmte Kaltblütigkeit Old Shatterhands auf eine harte Probe. Ob sie ihn wohl mochte? Wenn er ihr zuweilen prüfend in die Augen sah, blickte sie unschuldig wie ein Kätzchen zurück.

Da geschah es eines Tages, als er mit ihr im Kohlenschuppen auf die übrigen Trapper wartete, daß sie sich einen Splitter in den großen Zeh gestoßen hatte. Peterhans bemühte sich, ihn herauszuziehen. »Du mußt stillhalten«, sagte Peterhans.

Endlich war die Operation geglückt. Der Splitter war raus. Und der Operateur war erledigt.

»Idchen«, stammelte er.

»Was denn?« fragte sie.

»Ich . . . habe dich lieb!«

»Ich dich auch!«

»Nicht so wie ich dich!«

»Doch!«

»Du weißt nicht, was ich meine!«

»Doch!«

»Nein, du weißt es nicht!«

»Doch!«

Ein Schweigen entstand.

»Es ist kühl geworden«, stellte Peterhans fest. Das war es in der Tat.

Der Herbst machte sich bemerkbar.

»Im Wigwam ist es warm«, meinte Idchen obenhin.

Beide erhoben sich.

Das Wigwam war der Keller der Zentralheizung des Pathologischen Institutes.

Sie gingen schweigend nebeneinander. Ihre Finger berührten sich.

Der Eingang zum Wigwam war ein Souterrainfenster, so klein, daß ein Erwachsener sich nicht hätte hindurchzwängen können. Es lag zu ebener Erde, so daß man sich lang hinlegen mußte, um durchzukriechen.

Das tat denn auch Idchen. Erst verschwand ihr Kopf, dann ihre Schultern, ihre Hüften und dann ihre endlos langen Beine.

Und dann folgte Old Shatterhand.

Der Kellergang war so niedrig, daß man sich nur kriechend fortbewegen konnte. Selbst im Sitzen mußte man noch den Kopf beugen.

Liegen war die einzig erträgliche Position.

Die Heizröhren knackten. Es war eine Bullenhitze.

Die Luft war zum Schneiden.

Ist es möglich, daß solche Umgebung zum Paradies werden kann?

»Ja«, sagte Peterhans ganz laut, als er in seinen Erinnerungen soweit gekommen war.

Dann verließ er das Kliniksgelände durch eine Nebenpforte, die auf den Franzosenweg führte. Als das kleine Tor hinter ihm zufiel, schloß sich für immer der Garten seiner Kindheit.

ROSTOCK IN MECKLENBURG

»Ich möchte einen Tütt.«

Der Knirps hob sich auf die Zehen, um den Groschen, den seine kleinen dreckigen Finger umklammert hielten, auf den Ladentisch zu legen.

»Tjäwoll, min Sän.«

Der Verkäufer wickelte eine kleine aus Gummi gefertigte Vorrichtung, die erfunden wurde, um stillende Mütter vor den Zähnchen ihrer Babys zu schützen, in ein Stück Seidenpapier.

»Sagen Sie doch bitte dem Kinde, wie das heißt!«

Die Stimme klang streng und pikiert und gehörte einer Dame der Rostocker Gesellschaft.

Der Verkäufer erschrak. Das freundliche Lächeln verschwand. Seine Lippen zogen sich zusammen, als seien sie von einer Zitrone geküßt worden.

»Das heißt Gummisauger, mein Sohn«, sagte er streng und verweisend auf hochdeutsch zu dem Knaben.

»Sehen Sie, *so* gehört sich das!« sagte die Dame und rauschte hinaus.

»Und was wünschen Sie?« wandte sich der Verkäufer an Peterhans.

»Halsbonbons.«

»Der Herr sind vom Theater?«

»Ja.«

»Das Rostocker Klima ist sehr hart. Aber Sie werden sich daran gewöhnen. – Sind der Herr eben erst eingetroffen?«

»Ja.«

»Haben der Herr schon Wohnung?«

»Nein.«

»Darf ich Ihnen mit einigen Adressen dienlich sein? – Die Herren vom Theater kommen erfahrungsgemäß zuerst zu mir, um Halsbonbons zu kaufen. So lassen die Familien, die interessiert sind, an Künstler zu vermieten, ihre Adressen bei mir . . .«

Er händigte Peterhans eine Liste aus, und die Halsbonbons.

»Sie sind sehr freundlich. – Was bin ich Ihnen schuldig?«

»Nichts. – Die *ersten* Bonbons sind gratis. – Wir sind eine kunstliebende Stadt. Und stoßen Sie sich nicht an dem Gummisauger.«

»Bestimmt nicht.«

»Das Stadttheater ist dort drüben.«

»Ich kann es deutlich sehen.«

Man konnte es in der Tat deutlich sehen.

Dort lag das stolze Gebäude, frei und offen, inmitten von schönen Promenaden, mit einer richtigen Anfahrtsrampe, wie sich das für ein Stadttheater gehört und wie sich das jeder Schauspieler erträumt. Und jeder Komödiant wird es in jeder Stadt finden, ohne nach dem Wege zu fragen.

Und so war es auch ihm ergangen.

Peterhans hatte sein Gepäck auf dem Bahnhof gelassen und war zu Fuß durch die Straßen geschlendert, bis er, wie von einem Magneten angezogen, mit der Nase davor stand. Beim Anblick des riesigen Baues hatte sich in der Gegend seines Magens eine Weichheit spürbar gemacht. Würden seine Stimmbänder diesen Dimensionen gewachsen sein? Er hatte sich von den Sprechübungen bei dem Meister noch nicht erholt. Er fühlte ein Kratzen im Halse. Und obgleich er wußte, daß Bonbons kein Heilmittel sind für mangelnde Technik, war er doch in die Drogerie gegangen.

Und mit den Bonbons in der Tasche stand er zum ersten Male vor dem Bühneneingang.

Es war September. In herbstlicher Sonne zauste der Seewind an seiner »Talentwindel«, wie der damals moderne Umhängemantel im Schauspieleridiom hieß. Noch immer zögerte er. Noch einmal holte er tief Atem, bevor er die Tür öffnete. Peterhans trat ein.

Noch eine Windfangtür.

Dann die Portierloge.

»Mein Name ist Binningen. — Ich bin ein neues Mitglied. Ich möchte Herrn Direktor Schaper begrüßen.«

»Das Büro ist im zweiten Stock.«

»Danke.«

Aber Peterhans kam nicht gleich bis zum zweiten Stock.

Nach der ersten halben Treppe blieb er wie angewurzelt stehen. Seine Augen waren hypnotisiert von einer riesigen eisernen Tür, auf der zu lesen war:

BÜHNE – ABSOLUTE RUHE

Unbefugten ist der Zutritt verboten

Er war nicht unbefugt, nicht wahr? Er öffnete vorsichtig die Tür. Die Probe hatte noch nicht begonnen.

Als seine Augen sich an die Dämmerung gewöhnt hatten, ging er bis zur Mitte der Bühne und starrte in den leeren Zuschauerraum.

Da stand er. Und atmete zum ersten Male jene Luft ein, deren Zauber niemanden verläßt, der sie einmal getrunken hat. Jenen Duft von Schminke, Staub, Imprägnierung und verbrannten Haaren, der die Nasenlöcher weit und die Stimmbänder trocken macht.

Schweigen.

Über Peterhans' Haupt hingen Wälder, Zimmer, Paläste, Hütten und Hexenküchen.

Und schwiegen.

Sie hätten viel erzählen können von Rittern, Feen, Lindwürmern, Abenteuern, Liebe, Haß, Neid, jubelndem Erfolg und verkrachten Karrieren. Aber sie schwiegen. Es war ein lastendes Schweigen.

Was würden sie einmal von ihm verschweigen?

Peterhans' Lippen bewegten sich: »Lieber Großvater, verlaß mich nicht. Lieber Onkel Fritz, verlaß mich nicht. Lieber Gott, verlaß mich nicht...«

Er hätte vielleicht den lieben Gott an erster Stelle nennen sollen. Aber das war die Reihenfolge, wie sie ihm einfiel.

Dann ging er in den zweiten Stock, um Schaper seine Antrittsvisite zu machen.

Vorher schaute er noch in das Konversationszimmer, links von der Bühne.

»Die Schwierigkeiten beginnen mit dem ersten Schritt«, hatte Onkel Fritz gesagt.

Peterhans glaubte die ersten Schwierigkeiten in einem schmalen stupsnäsigen Gesicht zu erblicken, das aufmerksam die Probetafel studierte.

Peterhans stellte sich vor.

»Sehr angenehm«, sagte das Gesichtchen, das kaum sechzehn Jahre alt sein konnte. »Ich heiße Karla.«

»Ist das Ihr Vatersname?«

»Nein. Mein Vorname. Die Kollegen nennen mich Lämmchen. Ich bin sehr dumm. Ich sage es Ihnen lieber gleich.«

»Welches Fach spielen Sie?«

»Ich bin vom Ballett.«

»Oh...«

Er erinnerte sich sogleich an das, was Onkel Fritz vom Ballett gesagt hatte. Nämlich, daß die stürmischen Ambitionen der meisten Anfänger bereits im ersten Engagement zwischen den wohltrainierten Beinchen einer Balletteuse zu versinken pflegen.

Peterhans studierte nun ebenfalls die Probetafel. Dabei schielte er ehrfürchtig auf das neben ihm stehende eventuelle künftige Grab seines Talentes. Lämmchen hatte eine nervöse Art, die Schenkel gegeneinanderzupressen, während sie das Körpergewicht von einem Bein auf das andere verlegte und ihre Lippen stumm mitlasen, was die Augen am Probezettel entdeckten.

»Sind Sie der neue Liebhaber?«

»Nein. Ich bin Erster Charakterspieler. — Sind Sie enttäuscht?«

Lämmchen schüttelte den Kopf und las weiter. Ihre Lippen bewegten sich.

Sie ist wirklich sehr dumm, dachte Peterhans.

»Sind Sie — das?«

Ihre Finger zeigten auf seinen Namen, der unter der Rubrik *Chorprobe* stand:

Carmen ... Dazu die Herren: ...

Und dann kam sein Name gleich als erster.

Peterhans schoß das Blut in den Kopf. Da war sie: *die erste Gemeinheit!*

Und die erste Bedingung, die Peterhans damals auf der Agentur von Emil Nordes gestellt hatte, war, daß er nicht im Chor zu singen brauche. Und Schaper hatte es ihm versprochen. Und nun das!!!

In diesem Augenblick steckte der uniformierte Theaterdiener Grünwald seinen Kopf zur Tür herein.

»Sind Sie Herr von Binningen?«

»Ja.«

»Der Herr Erste Kapellmeister Becker vermißt Sie auf der Carmen-Probe. Sie ist oben im Probesaal. Sie möchten sofort hinaufkommen.«

»Sagen Sie Herrn Ersten Kapellmeister Becker, er ...«

Peterhans sah gerade noch, wie der Theaterdiener Grünwald unfähig war, seinen Mund zu schließen, und wie Lämmchen fassungslos auf der Stelle trippelte.

Peterhans stürmte mit Riesenschritten die Treppe zum Büro hinauf.

»Guten Tag, Herr Direktor. Ich kam, Ihnen meine Aufwartung zu machen. Ich bitte um Entschuldigung, daß ich so wütend aussehe. Aber ich *bin* es. Ich bitte um meine Entlassung.«

»Nehmen Sie Platz«, sagte Schaper.

Er saß hinter einem mächtigen Schreibtisch. Über seinem Kopf an der Wand hing ein Lorbeerkranz.

»Dem genialen Direktor und wunderbaren Regisseur.«

Peterhans setzte sich und starrte auf die Schleife, um nicht Schaper ansehen zu müssen, dessen Augen er auf sich ruhen fühlte.

Es entstand eine ziemlich lange Pause.

»Was ist es«, fragte Schaper unheimlich liebenswürdig, »das Ihre Entrüstung in so hohem Maße erregt hat?«

Dabei nahm er seine Brille ab und putzte sie.

»Was meine Entmaßung in so hoher Brüstung entbehrt...entehrt... erregt hat...«, stammelte Peterhans...Und dann sagte er es ihm.

»So, das ist es«, sagte Schaper und setzte die Brille wieder auf.

»Ja, das ist es! Sie erinnern sich, daß Sie mir ausdrücklich versprachen, mich *nicht* im Chor zu beschäftigen. Wir haben den Vertrag daraufhin geändert.«

Wieder eine Pause.

Schapers Finger trommelten auf der Tischplatte. Dann hielten sie in dieser Beschäftigung inne und drückten auf einen Knopf.

»Haben Sie schon eine Wohnung?«

»Nein. Meine Koffer sind noch auf der Bahn. Ich kann gleich wieder abreisen.«

»Vorausgesetzt«, sagte Schaper, während er aufmerksam seinen Bleistift betrachtete, »daß ich Ihnen die gewünschte Entlassung gebe ... was ich voraussichtlich tun werde ... Sollten Sie abreisen ohne die Bewilligung Ihres Ansuchens, so würde das Kontraktbruch bedeuten. Und das würde bedeuten, daß Sie die nächsten fünf Jahre an keiner Bühne Deutschlands auftreten dürften. Aber Sie sind ja noch jung.«

Und zu dem eintretenden Sekretär sagte er:

»Den Vertrag des Herrn von Binningen, bitte.«

»Sehr wohl, Herr Direktor«, sagte der Sekretär, der stark lispelte, »und ... bitte ... es ist nicht meine Schuld, daß dieser Herr unangemeldet bei Ihnen eintrat. Er wollte sich nicht zurückhalten lassen und hat mir vor die Brust gestoßen.« Bei *Brust* lispelte er so stark, daß man die Aussprache *sehen* konnte.

»Mich«, sagte Schaper.

»Sie auch, Herr Direktor?« zitterte der Sekretär.

»Mich«, sagte Schaper, »mich vor die Brust gestoßen. Wie denken Sie darüber, Herr von Binningen?«

»Ich glaube, man kann beides sagen.«

»Das glaube ich nicht«, sagte Schaper. »Man kann nicht sagen: Er hat mir gestoßen. Es heißt: Er hat mich gestoßen. Die nähere Bezeichnung *vor die Brust* kann daran nichts ändern. – Finden Sie nicht, Herr Henrich?«

»Herr Direktor haben wie immer recht ...«, versicherte Herr Henrich.

»Wie dem nun auch sei«, räusperte sich Peterhans, »ob ich Ihnen oder Sie vor die Brust gestoßen habe, es war in jedem Falle sehr ungezogen. Ich bitte es meiner Erregung zugute zu halten und bitte Sie um Entschuldigung, mein Herr.«

»Oh ... das macht absolut durchaus gar nichts ...«, stotterte Herr Henrich entwaffnet und zog sich zurück.

»Haben Sie schon etwas von der Stadt gesehen?«

»Nein.«

»Es ist eine reizende Stadt. Schade, daß Sie sie so schnell wieder verlassen wollen.«

Peterhans versuchte mit aller Energie, keine Feuchtigkeit in seine Augen kommen zu lassen.

Henrich brachte den Vertrag.

Schaper studierte ihn sorgfältig und ohne Eile.

»Hier steht ausdrücklich, daß Sie engagiert sind als Schauspieler *und* Sänger.«

»Ganz recht. Früher stand sogar da: als Chorsänger. Das *Chor* haben wir dann weggestrichen, wie Sie sehen.«

»Ganz recht. Und warum haben wir das *Sänger* stehenlassen?«

»Als Sie mir versprachen, mich vom Chor zu befreien, sagten Sie, das bedeute nicht, daß ich nicht kleine Schauspielrollen, wie sie manchmal in Opern vorkommen, übernehmen müsse, ebensowenig wie es mich davon befreie, im *Tannhäuser* mitzustatieren, was alle Kräfte vom Ersten Helden bis zum letzten Anfänger mitmachen müßten. Und um diese Verpflichtung zu decken, blieb der *Sänger* stehen.«

»Wie interessant«, sagte Schaper. »Und was steht hier?«

Peterhans las:

»Jede irgendwie getroffene mündliche Abmachung, die nicht in diesem Vertrage ausdrücklich stipuliert ist, ist ungültig.«

»Unsere mündliche Abmachung *ist* aber in diesem Vertrag stipuliert«, beharrte Peterhans, »dadurch, daß das Wort *Chor* ausdrücklich gestrichen wurde.«

»Stehengeblieben ist aber der *Sänger*«, sagte Schaper sehr ruhig. »Das heißt, daß ich nicht nur das Recht, sondern sogar die Pflicht habe – Sie könnten mich nach den Statuten der Bühnengenossenschaft dazu *zwingen* –, Ihre Dienste als Sänger abzunehmen.«

»Hm ...«, sagte Peterhans.

»Und infolgedessen«, fuhr Schaper fort, »bleibt mir nichts anderes übrig – da ich Sie den Lohengrin nicht singen lassen kann, wenn ich Ihre Dienste als Sänger überhaupt abnehmen will, und das *muß* ich –, als Sie im Chor zu beschäftigen. Das ist sehr einfach.«

Peterhans betrachtete träumerisch die große Schleife an dem Kranz.

»Ich ziehe mein Entlassungsgesuch zurück, Herr Direktor.«

»Das ist gescheit, mein junger Freund.«

Peterhans erhob sich. Schaper reichte ihm die Hand.

»Ich hoffe, daß wir uns immer so schnell verstehen werden.«

»Das hoffe ich auch, Herr Direktor.«

In der Tür wandte sich Peterhans noch einmal zurück. »Und bitte, lassen Sie mir die Partitur zugehen.«

»Welche Partitur?«

»Lohengrin. Ich habe es mir überlegt. Ich werde ihn singen. Erstens war es immer mein Traum, ihn zu singen. Und zweitens haben Sie mich davon überzeugt, daß ich dazu verpflichtet bin, weil der *Sänger* im Vertrag stehengeblieben ist. Wozu ich aber *nicht* verpflichtet bin – und was ich infolgedessen auch *nicht* tun werde –, ist: im Chor zu singen, weil das Wort *Chor* ausdrücklich gestrichen ist. – Guten Morgen, Herr Direktor.«

Schaper hatte noch immer den Mund offen, als Peterhans noch einmal den Kopf zur Tür hineinsteckte.

»Und vergessen Sie nicht, Herr Direktor, daß ich Sie *zwingen* kann, mich den Lohengrin singen zu lassen.«

Und draußen war er. Und ihm war bedeutend leichter. Unten stand Lämmchen.

»Sie sind rausgeflogen?«

»Nein.«

»Sie sind *nicht* rausgeflogen?«

»Nein, Schäfchen. – Willst du mit mir eine Tasse Kaffee trinken?«

»Ja.«

Peterhans fühlte sich angenehm stark, als er seinen Arm schützend um das zerbrechliche Schäfchen legte, um es über den Theaterplatz hinüber zur »Klause« zu geleiten. Als er einen flüchtigen Blick zurückwarf, sah er Schaper im Fensterrahmen stehen, die Arme verschränkt, gedankenvoll ihm nachblickend.

Schäfchen bestellte sich eine Tasse Schokolade. *Mit* Schlagsahne. Dazu Kuchen. *Mit* Schlagsahne.

»Aber ich bezahle es selber«, sagte sie.

Seine Augen ruhten mit Wohlgefallen auf ihrem vollen Mund. Da war ein Zug um die Winkel, der einen angenehmen Kontrast bildete zu den sonst so vornehmen Linien. Dieser Zug war ausgesprochen vulgär. Und obwohl es anderweitig soviel Aristokratisches in dem Gesicht zu bemerken gab, war es gerade dieser Zug, dieser etwas ordinäre Zug um die Mundwinkel, der Peterhans' Blicke immer wieder auf sich zog.

Sie könnte das Produkt eines Landgrafen sein und einer hübschen Kuhmagd, dachte Peterhans.

In den feinen Schatten unter den grauen Augen lief je ein pikantes winziges waagerechtes Fältchen.

Nein, der Zug um den Mund störte nicht. Zugegeben, er paßte nicht. Aber er störte nicht.

Wenigstens Peterhans nicht.

Ein Maler, dachte Peterhans, der ihr Gesicht für eine Madonna brauchen wollte, könnte ja diesen Zug weglassen. Oder, falls er sich zum Schluß versucht fühlen sollte, den Zug doch wieder hineinzumalen, das Bild »Irdische Madonna« taufen. Eine Madonna quasi, die mit einem Bein auf der Erde geblieben war.

Fest stand, daß beide Beine erstklassig waren und daß der Zug um den Mund half, an sie zu denken.

»Woran denken Sie?« fragte Lämmchen.

»Ich denke daran, Schäfchen«, sagte Peterhans, »daß deine Augen unschuldig sind und dein Mund wissend ist.«

»Das verstehe ich nicht«, sagte Lämmchen. Und es klang überzeugend.

»Bist du auch Anfängerin?«

Lämmchen schüttelte den Kopf.

»Schon das zweite Jahr bei der Bühne?«

»Das zehnte.«

Peterhans machte ein so dummes Gesicht, daß Lämmchen ihre Freude daran hatte.

»Beim Ballett muß man mit sieben Jahren anfangen. In der Ballettschule. Und während der Zeit habe ich schon Kinderrollen gespielt.«

»Den kleinen Däumling vielleicht?«

»Woher wissen Sie?«

Peterhans' Gedanken flogen zurück auf den dritten Rang des Stadttheaters in Halle und zu Elschen Becker.

Schritt für Schritt,
Mann für Mann ...

trällerte er. Es war der Marsch der Kinder, zu Beginn des zweiten Aufzuges, wenn sie von den armen Holzhackereltern in den Wald geführt werden.

Lämmchen fiel sofort ein:

Vater, Mutter
Ziehn voran ...

und beide fuhren fort:

Immerdar, immerdar,
Daß uns kein Leid geschehen kann ...

Lämmchen klatschte in die Hände vor Freude.

»Hattest du Angst vor dem Menschenfresser?« fragte Peterhans.

»O nein. Der Menschenfresser war Papa Melchinger. Er wohnte bei uns, und er war Mutti viel Miete schuldig. Mutti sagte mir immer, vor *dem* brauchte ich keine Angst zu haben.«

»Aber ich wette, er hätte dich gerne gefressen. Jeder würde das gerne ...«

Lämmchen pustete nachdenklich in die Schlagsahne auf ihrer Schokolade.

»Wenn du schon so lange bei der Bühne bist, wirst du schon viele Freunde gehabt haben?«

Sie schüttelte den Kopf.

»Sieh mich an.«

Sie sah ihn an und führte die Tasse zum Munde. Sie verbrannte sich die Lippen an der heißen Schokolade unter der kalten Schlagsahne und verschluckte sich.

»Das kommt davon, wenn man lügt.«

»Ich lüge nicht.«

»Ich kann es nicht glauben, Schäfchen.«

»Unsere Ballettmeisterin ist sehr streng.«

»Ein Sack Flöhe ist leichter zu hüten als ein Mädchen, sagt das Sprichwort.«

»Es hat mir noch keiner gefallen.«

»Das wäre ein Argument.«

Peterhans beobachtete zwei senkrechte Falten an der Nasenwurzel, die ihn an Idchen erinnerten.

»Schäfchen ...?«

»Ja ...?«

»Es gibt Menschen, zu denen man vom ersten Augenblick an *du* sagen möchte. Bist du mir böse, daß ich es in deinem Falle getan habe?«

»Nein.«

»Möchtest du nicht auch vielleicht zu mir du sagen?«

»Das muß von alleine kommen.«

Sie sah angestrengt zum Fenster hinaus.

»Nichts kommt von alleine«, sagte Peterhans. Und er fühlte, daß das nicht sehr geistreich war.

»Sie möchten zu Herrn Direktor Schaper kommen.« Es war der Theaterdiener Grünwald, der das sagte und der plötzlich wie ein Gespenst an der Nische stand, in der die beiden saßen. Der Theaterdiener Grünwald sprach das rollende dramatische »*R*«. Auch in Silben, wo gar kein »R« vorkam. »Schaper« klang bei ihm wie »Scharper«.

»Jetzt hat er es sich überlegt«, flüsterte Lämmchen, »jetzt wird er Sie rausschmeißen.«

»Willst du hier auf mich warten?«

»Ja.«

Grünwald wich nicht von Peterhans' Seite, als er mit ihm über die Straße schritt.

»Haben Sie keine Handfesseln mit?« fragte Peterhans.

DER GEIST VON HAMLETS VATER

Schaper saß hinter seinem Schreibtisch. Er deutete auf einen Stuhl.

»Es wird sich nun«, sagte Schaper, und er versuchte, Peterhans zwischen Klemmerrand und Augenbrauen ins Blickfeld zu bekommen, wobei er den Kopf so tief halten mußte, daß er das Bild eines angreifenden Bullen abgab, »es wird sich nun herausstellen, ob hinter Ihrer Keckheit mehr steckt als Keckheit!«

»Gott gebe es!« sagte Peterhans mit einem echten Seufzer.

Und als er sah, daß Schaper ein Schmunzeln zu unterdrücken suchte, fügte er hinzu:

»Ich habe Sie sehr gern, Herr Direktor!«

»Das können Sie mich auch!« sagte Schaper. »Und um nun zur Sache zu kommen: Kennen Sie einen Schriftsteller namens Shakespeare?«

»Meinen Sie den, von dem Shaw entschieden hat, Shakespeares Stücke seien nicht von Shakespeare, sondern von einem Dichter gleichen Namens?«

»Genau den! – Eines seiner Stücke heißt Hamlet. – Je davon gehört?«

»Hamlet heißt zu deutsch *Wirtshaus*, nicht wahr?«

»Auch ein dänischer König hieß so.«

»Er wurde von seinem Bruder ermordet.«

»Ganz recht. Und nun erscheint dieser König seinem Sohne als Geist und fordert ihn auf, seinen Tod zu rächen.«

»Ich erinnere mich.«

»Dieser *Geist von Hamlets Vater* ist eine sehr schwierige Rolle. Sowohl textlich als darstellerisch.«

»O ja!«

»Von einem Anfänger oder überhaupt einem Menschen Ihres jugendlichen Alters kaum zu bewältigen.«

»Hier irren Herr Direktor. – Wann soll ich ihn spielen?«

»Morgen abend. Melchinger ist erkrankt.«

Schaper sah Peterhans an.

Peterhans sah Schaper an.

»Wo ist die Rolle?« fragte Peterhans.

»Hier. – Soll ich Ihnen Striche reinmachen?«

»Bitte nicht.«

»Sie können nur eine einzige Probe haben. Morgen früh. Die werde ich selber leiten.«

Damit gab er ihm die Rolle in die Hand. Und Peterhans ging.

Er lief vielmehr.

Fast hätte er Lämmchen vergessen. Er eilte in die Klause und erzählte ihr, was vorgefallen war.

»Ich muß dich jetzt verlassen, Lämmchen. Ich muß Wohnung suchen und lernen.«

Und raus war er.

Seltsam! Alle Reize Lämmchens schienen plötzlich nicht mehr zu existieren. Alles was ihn reizte, war der Geist von Hamlets Vater.

Er mietete in der Großen Wasserstraße Nummer 6 ein Dachzimmer.

Zwanzig Mark monatlich, inklusive Frühstück und Bedienung.

Dann holte er seinen Koffer vom Bahnhof, schüttete den Inhalt in die Kommode, ließ sich Tee kommen und stürzte sich auf den Geist wie der Hund auf den Knochen.

Nach zwei Stunden beherrschte er die Rolle vor- und rückwärts.

Dann schlief er bis zum Abend.

Dann begab er sich, die Rolle in der Tasche, in die Klause, die ihm schon eine zweite Heimat schien, und aß zu Abend.

Und trank eine halbe Flasche Rotwein dazu.

Und dann hörte er eine Stimme:

»Wenn ich Ihr Vater wäre, ginge ich ins Wasser!« Es war Schapers Stimme.

»Wollen Sie nicht Platz nehmen, Herr Direktor?«

»Anstatt zu Hause auf einem nassen Lappen zu sitzen und zu lernen, sitzen Sie hier und besaufen sich!?«

»Ich kann die Rolle. Es wäre sehr lieb, wenn Sie mich abhören würden.«

»Da bin ich aber gespannt«, sagte Schaper und setzte sich.

»Ich möchte Ihnen gern ein Glas Wein anbieten, Herr Direktor, aber die Flasche ist leer.«

Schaper bestellte eine neue. Eine ganze.

Und dann fing Peterhans an, die Rolle vorzutragen. Im Flüsterton.

Schaper sagte kein Wort. Verbesserte nichts.

Nur zum Schluß bemerkte er:

»Selbst wenn Herr Melchinger, was Gott verhüten möge, bis morgen abend wieder gesund sein sollte, so spielen Sie die Rolle trotzdem!«

Und nun wurde es sehr gemütlich. Schaper war aufgekratzt und begann, Theateranekdoten zu erzählen.

Je nach Bedarf bestellte er hin und wieder immer noch eine Flasche Burgunder.

Unter den Anekdoten befanden sich manche, die von der *Versenkung* handelten.

»Es ist mir noch nie gelungen, eine Hamlet-Aufführung zu inszenieren, wo nicht mit der Versenkung beim Geist von Hamlets Vater etwas passiert wäre . . . Aber davon wollen wir lieber nicht sprechen! Prost!«

Und sie tranken immer noch eins.

Um elf Uhr begleitete Schaper Peterhans, der keine Ahnung mehr hatte, wo die Große Wasserstraße gelegen war, nach Hause, wobei man nicht genau unterscheiden konnte, wer wen stützte.

Vor dem Haustor verabschiedeten sie sich.

»Also morgen früh um neun Uhr«, sagte Schaper streng, da er glaubte, daß es Zeit sei, wieder einmal den Direktor herauszukehren, »und zwar pünktlich«, fügte er noch hinzu.

»Gute Nacht, Herr Direktor! — Und vergessen Sie nicht, Ihren Wekker zu stellen!«

Die Probe am nächsten Morgen verlief reibungslos. Bis auf den Aufenthalt, der dadurch entstand, daß Schaper die Versenkung immer wieder spielen ließ, um ihre Zuverlässigkeit zu prüfen.

»Bühnenmeister!«

»Tjawoll, Herr Direktor?«

»Wie lange sind Sie Bühnenmeister?«

»Fünfunddreißig Jahre, Herr Direktor.«

»Eine schöne Zeit. Und es wird die längste gewesen sein, wenn heute abend irgend etwas mit der Versenkung passieren sollte!«

»Tja — was sollte denn woll passieren, Herr Direktor?«

»Daß sie zum Beispiel steckenbleibt, Sie weiser Mann!«

»Tjä, warum sollte sie denn wohl s-teckenbleiben, Herr Direktor? Es sei denn, sie wäre durch das viele Probieren kaputtgegangen. Das hält ja wohl die s-tärkste Versenkung nich aus!«

»Weiter!« kommandierte Schaper.

Die Generalprobe dauerte bis drei Uhr.

»Sie waren unheimlich. Hoffentlich treffen Sie es heute abend wieder so. Lassen Sie sich vom Garderobier etwas Filz unter die Sohlen kleben, damit man Ihre Schritte nicht hört. Und passen Sie auf, daß die Glühbirne im Visier richtig sitzt, so daß Ihr Gesicht immer beleuchtet ist. — Ich wollte, der heutige Abend wäre vorüber.«

Und Schaper tupfte sich den Schweiß von der Stirn.

»Sie müssen nämlich wissen, daß ich noch nie den Hamlet inszeniert habe, ohne daß . . .«

»Ich weiß, Herr Direktor!«

Als Peterhans am Abend in der eisernen Rüstung steckte, die ihm kaum erlaubte, sich zu bewegen, als sein Auftritt immer näher kam, schlug ihm das Herz gegen die Rippen, daß der Brustpanzer mitzudröhnen schien. Aber als er dann auftrat auf lautlosen Sohlen, als ein Raunen durch den Zuschauerraum ging, als Hamlet und seine Freunde vor seiner Erscheinung — laut Regie — in die Knie sanken, wurde er plötzlich so eisig ruhig, daß er sich vor sich selber fürchtete.

Obwohl der Chronist weiß, daß du, lieber Leser, die nun folgende Szene kennst, kann er sich nicht verkneifen, sie hierherzusetzen, weil sie erstens an Wortgewalt das Schönste ist, was Shakespeare geschrieben hat, zum anderen aber auch, um dir, geneigtem Leser, begreiflich zu machen, wie es kommen konnte, daß unser Held in eine Trance versetzt wurde, die ihn alles um sich herum vergessen ließ. Ein herrlicher Zustand, der ihm in seiner späteren Laufbahn nie wieder beschieden war.

Du mußt aber, lieber Leser, nicht oberflächlich, wie es deine Gewohnheit ist, über die Zeilen hinweglesen, sondern jede Silbe auf der Zunge schmecken und auf dich wirken lassen.

Hier ist die Szene:

Hamlet: Engel und Boten Gottes, steht uns bei!
Sei du ein Geist des Segens, sei ein Kobold,
Bring Himmelslüfte oder Dampf der Hölle,
Sei dein Beginnen boshaft oder liebreich,
Du kommst in so fragwürdiger Gestalt,
Ich rede doch mit dir; ich nenn' dich, Hamlet,
Fürst, Vater, Dänenkönig: Oh, gib Antwort!
Laß mich in Blindheit nicht vergehn!
Nein, sag,
Warum dein fromm Gebein, verwahrt im Tode,
Die Leinen hat gesprengt? warum die Gruft,
Worin wir ruhig eingeurnt dich sahn,
Geöffnet ihre schweren Marmorkiefer,
Dich wieder auszuspeien? Was bedeutet's,
Daß, toter Leichnam, du in vollem Stahl
Aufs neu' des Mondes Dämmerschein besuchst,
Die Nacht entstellend; daß wir Narren der Natur

So furchtbarlich uns schütteln mit Gedanken,
Die uns're Seele nicht erreichen kann?
Was ist dies? Sag'! Warum? Was sollen wir?

Geist: (winkt Hamlet, ihm zu folgen)

(Abgelegener Teil der Terrasse. Geist und Hamlet kommen)

Hamlet: Wo führst du hin mich? Red', ich geh' nicht weiter.

Geist: Hör' an!

Peterhans erschrak vor seiner eigenen Stimme. Sie hatte nichts Substantielles, nichts Greifbares mehr. Sie schien aus weiten Fernen zu kommen. Ein Hauch von Schwermut war das einzig Irdische an ihr. Sie versetzte unseren Helden in eine Art Selbsthypnose, der er sich nun willenlos hingab. Das Gefühl, daß jetzt die Bühne ihm gehöre, daß neunhundert Menschen an seinem Munde hingen, ließ ihn über sich hinauswachsen. Er fühlte es bis in die Fingerspitzen: Kein Gott und kein Teufel konnten ihm diese Szene entreißen.

Hamlet: Ich will's.

(Der Wind pfiff um die Terrasse.)

Peterhans versicherte sich, daß er genau auf der Versenkung stand. Dann begann er:

Geist: Schon naht sich meine Stunde,
Wann ich den schweflichten, qualvollen Flammen
Mich übergeben muß.

Hamlet: Sprich'! Mir ist's Pflicht zu hören.

Geist: Ich bin deines Vaters Geist:
Verdammt auf eine Zeitlang nachts zu wandern,
Und tags gebannt zu fasten in der Glut,
Bis die Verbrechen meiner Zeitlichkeit
Hinweggeläutert sind. Wär' mir's nicht untersagt,
Das Inn're meines Kerkers zu enthüllen,
So höb' ich eine Kunde an, von der
Das kleinste Wort die Seele dir zermalmte,
Dein junges Blut erstarrte, deine Augen
Wie Stern' aus ihren Kreisen schießen machte,

Dir die verworr'nen krausen Locken trennte,
Und sträubte jedes einzle Haar empor,
Wie Nadeln an dem zorn'gen Stacheltier:
Doch diese ew'ge Offenbarung faßt
Kein Ohr von Fleisch und Blut. – Horch, horch! O horch!
Wenn du je deinen teuren Vater liebtest –

Hamlet: O Himmel!

Geist: Räch' seinen schnöden unerhörten Mord!

Hamlet: Mord?

Geist: Ja, schnöden Mord, wie er aufs beste ist,
Doch dieser unerhört und unnatürlich.

Hamlet: Eil', ihn zu melden, daß ich auf Schwingen, rasch
Wie Andacht und des Liebenden Gedanken,
Zur Rache stürmen mag.

Geist: Nun, Hamlet, höre:
Es heißt, daß, weil ich schlief in meinem Garten,
Mich eine Schlange stach; so wird das Ohr des Reichs
Durch den erlognen Hergang meines Todes
Schmählich getäuscht, doch wisse, edler Jüngling,
Die Schlang', die deines Vaters Leben stach,
Trägt seine Krone jetzt.

Hamlet: Oh, mein prophetisches Gemüt! Mein Oheim?

Geist: Ja, der blutschänderische Ehebrecher,
Durch Witzes Zauber, durch Verrätergaben
(Oh, arger Witz und Gaben, die imstand,
So zu verführen, sind!) gewann den Willen
Der scheinbar tugendsamen Königin
Zu schnöder Lust. O Hamlet, welch ein Abfall!
Von mir, des Liebe von der Echtheit war,
Daß Hand in Hand sie mit dem Schwure ging,
Den ich bei der Vermählung tat. Erniedert
Zu einem Sünder, von Natur durchaus
Armselig gegen mich!

Allein wie Tugend nie sich reizen läßt,
Buhlt Unzucht auch um sie in Himmelsbildung;
So Lust, gepaart mit einem lichten Engel,
Wird dennoch eines Götterbettes satt
Und hascht nach Wegwurf.
Doch still! Mich dünkt, ich witt're Morgenluft:
Kurz laß' mich sein. – Da ich im Garten schlief,
Wie immer meine Sitte nachmittags,
Beschlich dein Oheim meine sich're Stunde
Mit Saft verfluchten Bilsenkrauts im Fläschchen,
Und träufelt' in den Eingang meines Ohrs
Das schwärende Getränk; wovon die Wirkung
So mit des Menschen Blut in Feindschaft steht,
Daß es durch die natürlichen Kanäle
Des Körpers hurtig, wie Quecksilber, läuft;
Und wie ein saures Lab, in Milch getropft,
Mit plötzlicher Gewalt gerinnen macht
Das leichte, reine Blut. So tat es meinem;
Und Aussatz schuppte sich mir augenblicklich,
Wie einem Lazarus, mit ekler Rinde
Ganz um den glatten Leib.
So ward ich schlafend und durch Bruderhand
Um Leben, Krone, Weib mit eins gebracht,
In meiner Sünden Blüte hingerafft,
Ohne Nachtmahl, ungebeichtet, ohne Ölung;
Die Rechnung nicht geschlossen, ins Gericht
Mit aller Schuld auf meinem Haupt gesandt.
O schaudervoll! O schaudervoll! Höchst schaudervoll!
Hast du Natur in dir, so leid' es nicht;
Laß Dänmarks königliches Bett kein Lager

Für Blutschand' und verruchte Wollust
sein.

Und nun kam in die Stimme ein Hauch von jener Liebe, mit der er seine Königin geliebt haben mußte:

Doch, wie du immer diese Tat betreibst,
Befleck' dein Herz nicht; dein Gemüt
ersinne
Nichts gegen deine Mutter; überlaß' sie
Dem Himmel und den Dornen, die im
Busen
Ihr stechend wohnen. — Lebe wohl mit eins!
Der Glühwurm zeigt, daß sich die Frühe
naht,
Und sein unwirksam Feu'r beginnt zu
blassen.

Ade! Ade! Ade! Gedenke mein!

Und mit diesen Worten verschwindet der Geist in der Versenkung. Das heißt: er *sollte* verschwinden. Aber die Versenkung rührte sich nicht.

Peterhans schielte in die Kulisse, wo Schaper vor Aufregung Kniebeugen machte.

Peterhans, geistesgegenwärtig, wiederholte die letzten Worte, gesteigert, mahnender!

»Ade! Ade! Ade! Gedenke mein!«

Nichts geschah.

Schaper schlug mit dem Gonghammer, den er dem Inspizienten entrissen hatte, persönlich auf den Signalknopf zur Versenkung. —

Nichts. Nichts geschah!

Gerade als sich Peterhans anschicken wollte, die Abschiedsworte zum dritten Male zu sagen, sah er, wie Schaper die Hände trichterförmig an den Mund legte. Und dann hörte er ihn flüstern — und wenn Schaper flüsterte, hörte man es bis auf die Galerie — er hörte ihn flüstern:

»Gehen Sie doch ab, Sie Armleuchter!«

Daran hatte nun Peterhans auch gerade gedacht. Er hatte schon einen Fuß von der Versenkung, als diese sich plötzlich ihrer Aufgabe erinnerte und versank ... Peterhans, mit einem Bein auf fester Bühne, mit dem anderen auf der sinkenden Versenkung, verlor das Gleichgewicht und stürzte dem schwindenden Boden nach. Die blecherne Rüstung machte einen Spektakel, als ob eine Konservenbüchsenfabrik explodierte.

Peterhans klammerte sich, der Länge nach auf dem sinkenden Brett liegend, mit Kräften, die ihm die Verzweiflung gab, an den Rändern an, bis das Brett zehn Meter tiefer zum Stehen kam. Und er muß ein ganzes Heer von Schutzengeln gehabt haben!

Eine Ohnmacht war alles, was Peterhans davontrug. Als er aus ihr erwachte, lag er in der Garderobe. Man hatte ihn schon aus der Rüstung gepellt. Arbeiter, Kollegen, Schaper und der Theaterarzt standen an seinem Lager.

Unter denen, die sich an seiner Garderobentür drängten, bemerkte er ein Händchen, das sich hervorhob und mit den Fingern grüßende Bewegungen machte. Es gehörte zu Lämmchen.

Als Peterhans Schaper erkannte, der sich über ihn beugte, fragte er: »Wie war ich, Herr Direktor?«

Da wandte sich Schaper an die Umstehenden:

»Nun laßt uns mal allein!«

Und als sie allein waren, fuhr er fort:

»Wie fanden Sie sich?«

»Ich wage es nun kaum mehr zu sagen. Ich fand mich gut.«

»Sie waren sogar sehr gut. Aber lange nicht so gut wie auf der Generalprobe. Wie fanden Sie sich auf der Generalprobe?«

»Auch ganz gut. Aber lange nicht so in Stimmung.«

»Das dachte ich mir. Und nun hören Sie zu: *In-Stimmung-Sein* ist das Gefährlichste, was einem Künstler passieren kann. Dann gibt er sich der Stimmung hin und läßt das Kontroll-Lämpchen ganz oben in seinem Hirn erlöschen. Er badet sich in seiner Stimmung. So angenehm das für ihn sein mag, so wenig wirksam ist es für das Publikum. Nicht der Schauspieler soll schwitzen, sondern er soll den Zuschauer schwitzen und frieren machen. Kainz hat gesagt: *Nur, wenn ich innerlich eiskalt bin, kann ich mit dem Publikum machen, was ich will.* Auf demselben Standpunkt steht Bassermann. Er ist nur beim Rollenstudium in Stimmung. Dabei belauscht er sich. Gelungene Momente, Schreie, Ausbrüche merkt sich sein Gehirn mit photographischer Treue. Er übt sie, bis sie ihm jederzeit zur Verfügung stehen und er nicht auf Stimmung zu warten braucht. Am Abend ist er eiskalt, das Kontroll-Lämpchen ist hellwach, nur das Publikum ist betäubt. — Und so soll es sein!«

»Ich war also schlecht?«

»Sie waren ausgezeichnet. Sie werden sehr gute Kritiken bekommen. Die Herren haben Sie ja nicht auf der Generalprobe gesehen und wissen nicht, wie gut Sie hätten sein *können*. Ich habe ja schon heute morgen befürchtet, daß Sie es nicht wieder so treffen würden. Das kann Ihnen niemand übelnehmen. Dazu haben Sie noch zuwenig Übung und Erfahrung.«

»Ist zuviel Routine nicht gefährlich?«

»Nicht so gefährlich wie zuwenig. Jeder große Künstler ist auch ein großer Könner. Aber es nützt ihm nichts, wenn er die Regeln nur *kennt*. Er muß sie beherrschen!«

Von Kennen kommt Können,
von Können kommt Kunst,
doch ohne das Können
ist Kenntnis umsunst

heißt ein alter Spruch.« Und nun machte Schaper ihm vor, wie etwas klingt, wenn es nur empfunden ist, und wie es klingt, wenn es gekonnt ist.

Und Peterhans lauschte ihm atemlos.

»Es wird jetzt eine sehr grausame Zeit für Sie kommen. Sie werden verzweifeln, daß Sie infolge Ihrer noch mangelnden Sprechtechnik nicht ausdrücken können, was Sie empfinden, zumindest nicht so, wie Ihre künstlerische Phantasie es hören möchte. Sie werden darunter leiden bis zum Weinen. – Ich hoffe, ich habe Sie nicht entmutigt?«

»Nicht im geringsten, Herr Direktor.«

»Ich würde selber mit Ihnen arbeiten, aber ich habe ja keine Zeit. Ich werde Ihren Kollegen Fritz Petzold auf Sie hetzen. Seines Zeichens jugendlicher Komiker. Er hat zwar kein Organ, aber eine Stimme, die so sitzt, daß kein Orchester sie zudecken kann. Er weiß, wie man spricht!«

»Ich weiß nicht, wie ich Ihnen danken soll, Herr Direktor.«

»Indem Sie nicht verzweifeln. Ich habe Ihnen all das erzählt, damit Sie wissen, was Ihnen bevorsteht. Um Ihre Opposition wachzurufen.«

»Das ist Ihnen gelungen, Herr Direktor.«

»Sie werden arbeiten wie ein Besessener?«

»Das verspreche ich Ihnen.«

»Und jetzt muß ich mal nach der Vorstellung sehen.«

»Noch eins, lieber Herr Direktor: Wurde sehr gelacht, als ich explodierte?«

»Es wurde *gar nicht* gelacht. – Und jetzt werde ich Sie nach Hause bringen lassen. Die stumme Szene im Zimmer der Königin kann ein anderer für Sie spielen.«

»Darf ich hier liegenbleiben bis zum Ende der Vorstellung? Ich möchte jetzt nicht allein zu Hause sein.«

»Meinetwegen. Ich werde immer mal nach Ihnen sehen.«

Als Schaper gegangen war, stürzten Peterhans die Tränen aus den Augen. Zum ersten Male erhob der Zweifel am eigenen Talent sein ekles Haupt.

KAPITEL DER MIESITÄTEN

Es kam alles, wie Schaper prophezeit hatte.

Die gesamte Presse der Stadt – zwei Zeitungen – war des Lobes voll über die Aufführung. Peterhans wurde besonders gut behandelt. Am meisten anerkannt wurde der geniale Regie-Einfall Schapers: Wie der Geist nur unwillig die geliebte Erde verließ, wie er zögerte, sich den schweflichten, qualvollen Flammen zu übergeben, bis ihn schließlich der Orkus gewaltsam in die Tiefe riß. Wie prachtvoll war das!

Auch im übrigen behielt Schaper recht. Das Martyrium, das nun für Peterhans anhob, ist für einen Laien nur schwer verständlich. Als Chargenspieler, der heute einen Jüngling, morgen einen Mann, übermorgen einen Greis oder einen Deppen zu spielen hat, konnte er fast nie seine normale Sprechlage gebrauchen, sondern hatte seine Stimme zu verstellen, zu quetschen und auf alle mögliche Weise zu vergewaltigen. Sein Kollege Fritz Petzold, der sich rührende Mühe mit ihm gab, konnte dagegen nicht an, wenn er ihm auch viel Wichtiges beibrachte, um ihn wenigstens über Wasser zu halten.

An Fleiß fehlte es Peterhans wahrlich nicht. Aber was nützte es, wenn ihn seine Wirtin mehrere Male ohnmächtig auf dem Teppich fand — nur bildlich gesprochen, in Peterhans' Bude gab es keinen Teppich —, wo er infolge übertriebener Atemübungen zusammengebrochen war? Nichts nützte es ihm. Aber es schadete ihm enorm. Was nützten die vortrefflichen Sprechübungen des »Kleinen Hay«, wenn man sie falsch übte? Was nützten gutgemeinte Ratschläge der Sängerkollegen? Sie machten ihn vollends konfus. Und der Heldenvater, der einzige, der Privatunterricht gab, konnte selber nicht sprechen.

So stand Peterhans allein in seiner Not.

Das berüchtigte rauhe Rostocker Klima machte die Sache auch nicht besser. Es stürzte sich auf die immer gereizten Stimmbänder im Laufe des fortschreitenden Herbstes mit immer gesteigerter Wucht. Peterhans' ganzes Denken wurde von der Frage beherrscht: Wie schwindle ich mich heute abend durch?

Wie oft mußte er jetzt an den Ausspruch des Halsarztes Doktor Curt Friedmann denken, der, nachdem er ihm in den Rachen geleuchtet hatte, ausrief: »Wie Sie mit dem verbauten Hals überhaupt Töne erzeugen können, ist mir schleierhaft!«

Noch heute ist es auch Peterhans schleierhaft, wie er diesen ersten Winter hat durchstehen können. Ohne die drei Opernvorstellungen in der Woche, die ihm Ruhe gönnten, wäre es wohl nicht möglich gewesen.

Das Publikum hat von dem allen nichts bemerkt. Und der Leser sollte sich auch nicht damit beschweren. Es ist nur der historischen Treue wegen hierhergesetzt. Und um den angehenden Schauspieler zu warnen, was ihm bevorsteht, wenn er ohne genügende Ausbildung zur Bühne geht. Keine Begeisterung kann sie ersetzen.

Der Chronist ist froh, dieses Kapitel der Miesitäten hinter sich zu haben. Sie haben Allgemeingültigkeit für alle folgenden Kapitel, so daß der Chronist, der von Natur aus faul ist, sie nicht jedesmal zu erwähnen braucht.

Auch erzählt er lieber Heiteres.

Eben.

Da ist zum Beispiel die lustige Geschichte von der traurigen Wirtin.

DIE LUSTIGE GESCHICHTE VON DER TRAURIGEN WIRTIN

Die lustige Geschichte von der traurigen Wirtin war die Ursache, der Kern, der Ursprung, die Urzelle der nervösen Reizbarkeit — im Theaterjargon »Lachverhältnis« —, die sich zwischen Peterhans und seinem Kollegen Willi Brütjam, seines Zeichens jugendlicher Bonvivant, herauskristallisiert hatte.

Peterhans war auf Wohnungssuche gegangen, weil er sich letzte Nacht beim Hochfahren aus einem schweren Traum den Schädel an der abgeschrägten Decke seiner Dachkammer angehauen hatte, und weil er es müde war, beim Fallen aus dem Bett in der Petroleumlampe zu landen, die auf dem Fußboden stehen mußte, um den Plafond nicht zu entzünden. Er suchte eine »höhere« Bude. Und Brütjam half ihm dabei.

Als sie etwas Passendes gefunden zu haben glaubten, äußerte sich Frau Lunow, die Wirtin, dahin gehend, sie vermiete eigentlich nicht »unters Theater«, aber mit Peterhans wolle sie eine Ausnahme machen, weil er einen so ans-tändigen Eindruck mache, nich? Und weil er so'n ulkigen Schaus-pieler wäre. Sie und Fiekchen wären gestern im Theater gewesen und hätten ihn sehr bewundert. »Wer ist Fiekchen?« wollte Brütjam wissen.

»Meine Tochter. Ich hatte zwei, nich? Die andere ist mir fortges-torben. Aus Herzeleid . . . wegen eines Herrn vom Theater.«

»Aha«, meinte Brütjam, »daher die Aversion!«

»Eine Aversion hat sie gar nicht erst versucht, die dumme Deern. Es trifft immer die Unschuldigsten!«

»Und nun wollen Sie es doch noch einmal versuchen?«

»Nun ist es ja zu s-pät, nich?«

»Ich meine: unters Theater zu vermieten?«

»Es bleibt mir ja nichts anderes übrig. Ich brauche das Geld. Seit mein Sohn nichts mehr beis-teuert — er war Schildermaler, wissen Sie, und vor sechs Wochen bei dem Neubau von Schöllermann, da hat er doch das große neue Firmenschild gemalt, und nach Fertigs-tellung des ersten Buchs-taben is er gewohnheitsmäßig einen Schritt zurückgetreten, um sein Werk zu beurteilen, ohne daran zu denken, daß er außen am sechsten S-tock auf einem schmalen Brett s-tand . . . und . . .«

Sie schluchzte.

»Schrecklich«, sagte Brütjam. Und seine Stimme zitterte.

»Tot?« fragte Peterhans, um auch etwas zur Unterhaltung beizutragen.

»Das dürfen Sie wohl sagen«, meinte Frau Lunow. »Ein Unglück kommt nie allein«, fuhr Frau Lunow fort, »und seit mein Mann nich mehr da is . . .«

»Wo ist er denn hingefahren?« wollte Brütjam wissen.

»Er hatte es doch mit den Därmen, nich? Die Ärzte hatten ihn schon aufgegeben, da sagte er eines Tages zu mir: Mutter, sagte er eines Tages, wenn ich jetzt einen Teller Erbsensuppe mit S-peck haben könnte, dann würde ich gesund! Ich versuchte ihm den Unsinn auszureden, aber er bes-tand darauf. Er sagte, die Ärzte redeten alle einen dummen S-nack und vers-tünden einen Dreck, aber er fühlte es, wenn er jetzt einen Teller Löffelerbsen mit so'n richtigen S-tück S-peck haben könnte, dann wäre er morgen gesund, das *fühlte* er! – Na, schließlich habe ich mit dem Arzt telephoniert, und der hat gesagt: Na, da geben Sie's ihm doch! – Und da hab' ich es ihm gegeben.«

»Und er ist gesund geworden?«

»Keine S-pur. Eine halbe S-tunde drauf war er tot.«

Hier empfahlen sich die Herren. Sie setzten sich im Flur auf die Treppe, um sich auszulachen.

Welche Roheit!

Sie fanden eine andere Bude, die weniger tragikumwittert war.

Von da her stammte ihre Allergie gegen traurige Geschichten.

Da war zum Beispiel noch die Geschichte von dem rollenden Hütchen.

DIE GESCHICHTE VON DEM ROLLENDEN HÜTCHEN

Es gibt wohl kaum einen komischeren Anblick als eine Komödiantengruppe am Grabe eines frisch verewigten Kollegen. In der Zeit, von der wir sprechen, war es noch strenge Etikette, ganz in Schwarz zu erscheinen. Die Herren im Zylinder. Auch »Angströhre« genannt. Und da keiner der Herren über eine eigene verfügte, wurden sie aus dem Fundus des Theaters entliehen, gleichgültig, welche Epoche sie repräsentierten und ob sie saßen oder nicht. Peterhans hatte eine erwischt, die trotz starker Korkeinlage viel zu groß für ihn war und die nur durch Peterhans' abstehende Ohren am Rutschen über die Augen verhindert wurde.

Peterhans traute sich kaum, die Augen zu erheben, um nicht Brütjam ansehen zu müssen, der ihm gegenüber am anderen Rande des Grabes stand und mit einem schwarz verkleideten, ursprünglich grauen Biedermeier-Zylinder geschmückt war. Auch er vermied es, Peterhans anzusehen.

Es handelte sich um das Begräbnis der komischen Alten, Fräulein Malwine Wollbezirk, die bei Lebzeiten, außer aus sich selber, noch aus ihrer »kleinen Schwester« Riekchen bestanden hatte, denn man hatte sie nie ohne diese gesehen. Obwohl sie keine Zwillinge waren – Riekchen, die kleine Schwester, war ein Jahr jünger als die Verstorbene, die es auf sechsundsiebzig Lenze gebracht hatte –, waren sie einander so ähnlich gewesen, daß man sie nur durch ein »Kompotthütchen« – seinen Namen verdankte es dem schon undefinierbar gewordenen bißchen Obst, welches auf der kleinen Strohkrempe lag – zu unterscheiden vermochte, das Malwinchen zu tragen pflegte und von dem Riekchen immer behauptet hatte, daß es *ihr* gehöre. Dieses schwarze Hütchen soll der einzige Streitapfel gewesen sein zwischen den beiden jungen Dingern.

Nun hatte Riekchen es also geerbt, und sie konnte es sich nicht verkneifen, diese Kostbarkeit, die wie ein Zündhütchen auf ihrem Haardutt saß, beim Begräbnis der Schwester zu tragen.

Der Pastor hatte geendet und die Leidtragenden aufgefordert, jetzt noch eine Minute im stillen Gebet der Entschlafenen zu gedenken.

Alle Köpfe senkten sich.

Auch Riekchens Kopf.

Da erfaßte ein Windstoß das Kompotthütchen. Es fiel zu Boden, und teils hüpfend, teils segelnd machte es einen ehrfürchtigen Bogen um den Pastor und die trauernde Gemeinde, stellte sich auf seine kleine Krempe und rollte in einer eleganten Kurve auf das offene Grab zu.

Heiliger Himmel! Es wird doch nicht . . .?

Nein! Gott sei Dank. Einen Meter vor der offenen Gruft kam es zur Ruhe.

Alles atmete auf.

Da . . . folgte noch ein ganz kleiner, verspäteter Nebenwindstoß. Das Hütchen stellte sich wieder auf seine Krempe, legte den noch fehlenden Meter ohne weiteren Zwischenfall zurück und fiel hörbar auf den Sarg.

Alle Taschentücher hoben sich vor die Augen.

Als Peterhans zu Brütjam zu schielen versuchte, war dieser verschwunden.

Gott sei Dank!

Die trauernde Gemeinde löste sich überraschend schnell auf.

Malwinchen hatte ihr Hütchen zurück.

Der Chronist weiß, es wäre nun hohe Zeit, vom Anekdotischen zum Wesentlichen zurückzukehren. Nur die Geschichte von den geduldigen Briefen, lieber Leser, laß den Chronisten noch loswerden. Erstens, weil sie in den Komplex des »Lachverhältnisses« der beiden Freunde gehört, und zweitens, weil es doch so erlösend ist, unwesentlich zu sein.

DIE GESCHICHTE VON DEN GEDULDIGEN BRIEFEN

Es war auf einer unwesentlichen Probe eines unwesentlichen Stückes – nein, so unwesentlich wie das Stück war die Probe nicht. Es war die Generalprobe.

Brütjam und Peterhans hatten einen Dialog zu führen, der viel Trauriges beinhaltete. Auf dem Tiefpunkte dieser Stimmung wurde die Szene durch den Auftritt eines würdevollen Dieners unterbrochen, der zu melden hatte:

»Draußen steht ein Bote mit Briefen und wartet.«

Der Darsteller dieser Rolle war erkrankt, und an seiner Statt hatte Theaterdiener Grünwald einspringen müssen – das Stück war sehr personenreich –, der, wie wir wissen, über das *dramatische R* verfügte. Die Meldung klang bei ihm so:

»Drrrrraußen steht ein Bote mit Brrrrriefen und warrrrrtet.«

Das war der Moment, bei dem Brütjam, wie bisher auf jeder Probe, herausplatzte.

Da erscholl eine Stimme aus dem Dunkel des Zuschauerraumes:

»Herr Brütjam, wir probieren jetzt den Akt so oft von vorne, bis Sie sich an das *dramatische R* des Herrn Grünwald gewöhnt haben! Akt von vorne! Vorhang runter!«

Es war Schapers Stimme.

Brütjam stürzte auf Peterhans zu:

»Du mußt mich ja auch nicht immer ansehen bei der Stelle!«

»Ich habe dich gar nicht angesehen!«

»Doch! Du hast!«

»Das hättest du ja gar nicht sehen können, da du mir bei dieser Stelle den Rücken zukehrst.«

»Ich habe es *gespürt,* wie du mir von hinten ins Genick schielst! Das habe ich *gespürt!*«

»Ich werde dir nicht mehr von hinten ins Genick schielen!«

Der Lappen ging wieder in die Höhe, und der Akt begann von vorne.

Je näher die ominöse Stelle kam, desto nervöser wurde unser Brütjam.

Kurz vor dem Auftritt drehte er sich jäh von Peterhans weg, ging ans Fenster und schaute hinaus. An der geballten Faust konnte man sehen, wie sehr er sich bemühte, sich in der Gewalt zu behalten.

Grünwald erschien:

»Drrrrraußen steht ein Bote mit Brrrrriefen und warrrrrtet.«

Und Brütjam lachte nicht!

Nach Beendigung des Aktes umarmte Brütjam seinen Freund Peterhans.

»Jetzt habe ich es überwunden! Für heute abend brauchst du gar keine Angst zu haben!«

»Fein!«

Abends, vor Beginn der Vorstellung, als Peterhans durchs Vorhangsloch guckte, fühlte er eine Hand auf seiner Schulter.

Es war Brütjam.

»Ich wollte dir nur noch einmal sagen, daß du keine Angst zu haben brauchst, daß ich lache! Wenn ich einmal so eine Stelle überwunden habe . . .«

Das erste Gongzeichen ertönte.

Die beiden nahmen ihre Plätze ein.

Zweites Zeichen.

Der Vorhang hob sich.

Die Première war im Gange.

Alles kam wie auf der Probe. Und Brütjam war seiner Sache sicher. Vor Grünwalds Auftritt wandte er sich wie vorgesehen von Peterhans ab, ging zum Fenster und sah hinaus. Die Faust war geballt, und Peterhans hatte ein gutes Gefühl.

Das Stichwort fiel, und Grünwald trat auf. Sich leicht verbeugend, sagte er vornehm:

»Drrrrraußen stehen Brrrrriefe und warrrrrten.«

Brütjam drehte sich langsam zu Peterhans, und die beiden Freunde sahen sich an, ob sie sich auch nicht verhört hätten! Einer las es aus dem Gesicht des andern, daß sie sich *nicht* verhört hatten. Und sie stellten sich vor, wie die Briefe da draußen standen und warteten!

Durch den Zuschauerraum ging ein verdächtiges Rauschen.

Peterhans versuchte die Situation zu retten:

»Sie mögen sich noch einen Augenblick gedulden und Platz nehmen«, sagte Peterhans sehr höflich zu Diener Grünwald.

Das Publikum brüllte los.

Peterhans prustete.

Schaper, sich das Taschentuch vors Gesicht haltend, drohte mit geballter Faust aus der Direktionsloge.

Brütjam deutete auf Schaper, platzte heraus und fiel in einen Schaukelstuhl, daß er beinahe hintenübergekippt wäre.

Der Vorhang mußte fallen.

DER ERSTE LORBEERKRANZ

In die Rostocker Gesellschaft hatte sich Peterhans inzwischen auch hineingespielt, eine Aufgabe, die denen des weiland Herkules in nichts nachstand. Aber *wem* es gelang, der hatte es gut. Wen die Rostocker einmal in ihr derbes waterkantiges Herz geschlossen hatten, den ließen sie nicht wieder raus.

Zwei Familien waren es besonders, die sich um seine Seele und nicht minder um seine Person stritten.

Da war das Haus des Kaufmanns Rudolf Dankwardt, Zucker en gros, an dessen Tafel Peterhans fast täglich Gast war. Der herzensgute Rudolf sah aus wie ein Gartenzwerg, in dessen Glatze man Zahnstocher als Haare gesteckt hatte. Rötliche Zahnstocher. Auch das immer freundliche Gesicht war rötlich. Ob von Gesundheit oder von zu hohem Blutdruck, ließ sich nicht so ohne weiteres erkennen. Von einem unerschütterlichen Optimismus beseelt, konnte ihm nichts in der Welt etwas anhaben, und er bemühte sich, seinen Mitmenschen von diesem Optimismus etwas abzugeben. Es gab keinen melancholischen Straßenkehrer, mit dem er nicht ein paar freundliche, aufmunternde Worte gewechselt hätte. Zwischen ihm und Peterhans entstand eine echte Freundschaft.

Die andere Familie, in der Peterhans verkehrte, war die des Originals Peter Erichson – genannt Peter E. –, Inhaber der Hinstorff'schen Buchdruckerei und Verlagsanstalt, der später Peterhans' erster Verleger wurde.

Ein Hüne von Gestalt, strotzend von Gesundheit, stand er seinem musterhaften Betrieb als ein weiser, aber unerbittlicher Chef vor. Er hatte sich aus kleinsten Anfängen emporgearbeitet. Und er erzählte das gern.

Auch hatte er ein entzückendes Töchterchen, das Ingeborg hieß.

Ein größerer Gegensatz als er und Dankwardt ließ sich kaum denken. Wenn man die beiden nebeneinandergestellt hätte – aber das konnte man nicht, weil sie auf Peterhans eifersüchtig waren und sich haßten –, so hätte Dankwardt dem Erichson bis zur Gesäßtasche gereicht.

Erichson hörte sich gerne sprechen, was Dankwardt nicht ausstehen konnte, Dankwardt hörte sich gerne singen, was Erichson zur Verzweiflung brachte, und das, obwohl Peter E. gut sprach und Dankwardt gut sang.

Peter E. machte seiner Leidenschaft in Versammlungen und am Stammtisch Luft, wo er ausgiebig und mit dem Brustton der Übertreibung redete, ohne immer verstanden zu werden. Dankwardt hatte sich etwas anderes ausgedacht, seiner Sangesfreudigkeit zu frönen. Er arrangierte Vortragsabende in den benachbarten kleinen Orten, namentlich in den Ostseebädern Heiligendamm, Brunshaupten, Arendsee und Doberan. Sie wurden bestritten von Peterhans, der unter anderem das »Hexenlied« von Wildenbruch von sich zu geben hatte, mit der begleitenden Musik von Schillings und dem begleitenden Kurt Schröder, zweiter Kapellmeister vom Stadttheater in Rostock, am Flügel. Ferner wirkten noch eine Sopranistin mit und Fritz Petzold, der für den heiteren Teil sorgte. Und dazwischen kam die »liebenswürdige Mitwirkung des Herrn Rudolf Dankwardt«, der die »Gralserzählung« sang.

Rudolf im Frack war eine besonders dankenswerte Erscheinung. Von unten angefangen waren da zwei schwarze Schnürschuhe, die meistens mit den Hacken auf den Frackschößen standen, dann kamen zwei Beine, die aber sofort wieder aufhörten, um einem Bäuchlein Platz zu machen, auf dem ein Brustkorb saß, dem ohne Hals der Kopf mit den Zahnstochern folgte.

Sein Auftreten erregte jedesmal leise Heiterkeit, die ihn aber durchaus nicht störte, sondern mit einem freundlichen Grinsen seinerseits quittiert wurde. Und dann machte er den Mund auf und sang mit seinem strahlenden Tenor alles in Grund und Boden.

Der Beifall war jedesmal orkanartig. So befriedigte er seinen Ehrgeiz. Unter die Mitwirkenden verteilte er nach Abzug der Unkosten die Einnahmen, die, wenn nicht gerade ein Kegelabend, eine Feuerwehrfestlichkeit oder ein Herrenabend des katholischen Jungfrauenvereins im Örtchen waren, ganz nett sein konnten, besonders bei Regen, der ein Nachtstrandkorbleben unmöglich machte.

Der Versuch, Peter E. zu bewegen, doch einmal so einem Vortragsabend beizuwohnen, um sich von Dankwardts Können zu überzeugen, war, ehe er unternommen wurde, zum Scheitern verurteilt.

Es bedurfte vielen Taktes von Peterhans, um zwischen der beiden Eifersüchteleien die Grenze zu halten. Diese Eifersüchteleien hatten aber auch ihr Gutes. Als einmal Peterhans in einer Geldklemme war, erteilte ihm Dankwardt, der krankhaft sparsam war — er nannte es »kaufmännisch« —, wirklich ausgezeichnete Lehren, wie man solchen Kalamitäten vorbeugen könne, während Peter E. ihm sofort hundert Mark pumpte. Das wurmte Dankwardt, und er sann darauf, diesen Vorsprung Erichsons aufzuholen. Er fragte Peterhans, wann er eine größere Rolle habe. Und siehe da, ein paar Tage später bekam Peterhans, nach der Rolle des Wehrhahn im »Biberpelz«, seinen ersten Lorbeerkranz feierlich überreicht. Er war ein bißchen dürftig, die Schleife war arg schmal — »Dein Freund Rudolf« stand darauf — aber Peterhans freute sich sehr. Stolz hängte er die Trophäe zu Hause über sein Bett.

Am nächsten Morgen um fünf Uhr wurde Peterhans geweckt. Ein Gärtnerjunge in grüner Schürze stand an seinem Bett:

»Ich soll ihn abholen.«

»Wen?« fragte Peterhans.

»Die beiden Hühner waren doch krank.«

»Welche Hühner?«

»Die Herr Dankwardt meinem Meister für den Kranz eingetauscht hat. Sie sind noch gestern abend ges-torben. Guten Morgen.«

Und draußen war er, mit dem Kranz am Arme.

Peterhans sagte zu niemand ein Wort.

Aber Peter E. hatte irgendwie Wind von der Sache bekommen und kaufte den Kranz zurück. Mit einer neuen Schleife: »Dein Freund Peter E.« wurde er Peterhans überreicht.

Noch ein drittes Mal trat der Kranz in Erscheinung. Beim nächsten Vortragsabend wurde er Dankwardt überreicht. Mit einer neuen Schleife:

»Dem Gralsritter vom Ostseestrand!
Die dankbaren Küstenbewohner«

Dankwardts Freude über seinen ersten Lorbeerkranz war unbeschreiblich.

MORD IN DER KLEINSTADT

Da saßen sie wieder einmal alle beisammen in Gecellis Weinkeller, die Schauspieler, die heute abend frei hatten und sich darauf freuten, in zwei Stunden der Oper »Hoffmanns Erzählungen« von der Künstlerloge aus beizuwohnen.

Erstens war es schön, die Oper zu genießen, zweitens war es schön, in der Künstlerloge zu sitzen und die Profile den Operngläsern des Publikums preiszugeben und sich bewundern zu lassen, ohne etwas dafür tun zu müssen.

Da saßen sie also um den großen runden Ecktisch! Da war der Erste Held Arthur Armand mit einem Organ wie eine Orgel, da war der jugendliche Held Hans Eisolt, der früher noch jugendlicher gewesen sein soll, der Charakterspieler Schmalz, ein Komödiant vom alten Schrot und Korn, der Komiker Uhlich, bei dem es nichts zu lachen gab, da waren Brütjam und Peterhans und Fritze Petzold, die wir schon kennen, und von der Oper war ein lyrischer Tenor da, Doktor Gampl, der immer in Gummischuhen ging, seine Stimme verloren hatte und sie nicht wiederfinden konnte, so leise er auch auftrat. Der Arme war nur noch in kleinsten Rollen zu beschäftigen. Heute abend war er so frei, sich den »Hoffmann« anzuhören, den er früher selber gesungen hatte.

O Gott, wie war es gemütlich! Das gotische Kellergewölbe mit den Fässern, der schwere Duft des Weines, das flackernde Licht der offenen Kerzen, das knisternde Feuer im Kamin! O Augenblick, verweile doch, du bist so schön!

Dazu im Zimmer über ihnen die herrliche Stimme der Bartels, die noch einmal – pianissimo – die Passagen ihrer Partie für den Abend durchging. Als Primadonna konnte sie es sich leisten, bei Gecelli zu wohnen.

Der Sturm brauste um das Haus. Der Regen klatschte gegen die Butzenscheiben. Es war so recht die Stimmung für Gespenstergeschichten. Und so kam denn das Gespräch auch auf den Fluch, der im Bühnenaberglauben auf der Oper »Hoffmanns Erzählungen« seit dem Brande des Ringtheaters in Wien, bei dem Hunderte ums Leben kamen, lag.

Manche hatten eine persönliche Erfahrung beizusteuern.

So ließ sich Armand vernehmen:

»Als mein Vater mich zum ersten Male mit in diese Oper nahm, war ich noch ein Junge. Ihr könnt euch denken, daß mir das Gruseln nur so den Buckel heruntergelaufen ist. Nach einem Abgang des unheimlichen Doktor Mirakel gab es Szenenapplaus. Er kam aber nicht, um sich zu verneigen. Obwohl das Publikum tobte, blieb die Bühne leer. Eine ganze Weile. Der nächste Auftritt kam auch nicht. Die Bühne blieb ganz einfach leer. Eine ganze Weile. Und dann senkte sich langsam der Vorhang. Erst zögernd. Dann schneller. Und mit einem Bums war er unten. Und er bauschte sich noch ein bißchen. Der Kapellmeister starrte ratlos auf die Bühne. Respektive auf den gefallenen Vorhang. – Dann trat ein Herr seitlich aus dem Proszenium: Der Theaterarzt möge sich sogleich in die Garderobe des Baritons bemühen. – Aber der Theaterarzt konnte nicht kommen. Er saß zwar auf seinem Platz im Parkett, aber er war tot. – Er hätte dem Bariton auch nicht mehr helfen können, der inzwischen am Herzschlag verschieden war. – Zwei Tote! Als man das Publikum davon unterrichtete, trat eine Totenstille ein. In diese

Totenstille hinein rasselte der Eiserne. Es dauerte eine ganze Weile, bis die Leute sich erhoben, um nach Hause zu gehen.«

Armand leerte sein Glas.

Stille lag über der Tafelrunde.

»Ich könnte euch auch eine Geschichte erzählen«, räusperte sich der Lyrische, und er sprach so leise, als müsse er die Stimme schonen, die er nicht mehr hatte.

»Los! – Fang an! – Aber lauter!«

»Es ist die Geschichte, wie ich meine Stimme verlor. – Ich hatte den Hoffmann gesungen. Ohne irgendeinen Zwischenfall war die Oper zu Ende gegangen, und wir saßen schon alle in unserer Künstlerkneipe. Da vermißte ich meine Krawattennadel. Es fiel mir ein, daß ich sie für mein Kostüm gebraucht hatte, als beim schnellen Umzug ein Knopf abgeplatzt war. Ich ging zurück ins Theater. In der Garderobe konnte ich die Nadel nicht finden, am Kostüm steckte sie nicht. So ging ich mit meiner Taschenlampe auf die dunkle Bühne. – Wart ihr jemals nachts auf einer verlassenen Bühne? Es wispert und raunt, es flüstert und knistert, es knackt und spukt, als würden alle die Schauergestalten lebendig, die über diese Bretter gegeistert sind. Ganz nüchtern war ich auch nicht mehr. Ich stolperte über Kabel. Wie riesige Fledermäuse huschten die Schatten der Versatzstücke über Bühne und Horizont und wuchsen bis in den Schnürboden. Bei meinem Suchen in Fugen und Ritzen fiel der Lichtkegel meiner Taschenlampe mit einem Male in den Souffleurkasten. Ich stieß einen Schrei aus, von dem meine Stimme sich nie mehr erholt hat! Dort ... im Souffleurkasten ... saß der Tod ... und soufflierte! Er saß etwas vorgebeugt, die eine Knochenhand am offenen Mund, und ich glaubte ihn wispern zu hören. – Zu spät merkte ich, daß er in den Knochenfingern seiner Linken ein Würstchen hielt und daß eine Maß Bier vor ihm stand. – Es war ein Scherz der Kollegen für die morgige Probe. – Aber mich hat es meine Stimme gekostet.«

»Das ist ja fürchterlich.«

»Es ist noch nicht zu Ende. – Da ich stockheiser war – damals wußte ich noch nicht, daß es für immer sein würde –, sollte für die nächste Wiederholung der Oper, die sechs Tage später angesetzt war, unser zweiter Lyrischer für mich einspringen. Der Unglückliche hatte die Partie in sein Repertoire geschrieben, ohne studiert zu sein. Das durfte ›der Alte‹ nicht erfahren. Der Korrepetitor und ich arbeiteten Tag und Nacht mit ihm. Es schien auch alles ganz gut zu gehen. Da kriegte er zwei Stunden vor der Aufführung ein solches Lampenfieber, daß er sich erbrach, das heulende Elend bekam, sich ins Bett legte und sich weigerte aufzustehen. Mit Gewalt zogen wir den mit Armen und Beinen um sich Schlagenden an, schleiften ihn in eine Droschke, schminkten und kostümierten ihn in der Garderobe, schoben ihn auf die Bühne, und aufs Stichwort stupsten wir ihn auf die Szene. – Und er sang wie ein Gott! – Das Publikum raste! Er war wie in einem Traum. Als nach Schluß ein berühmter Agent in seine Garderobe kam und ihm einen

Vertrag an die Berliner Oper anbot, lachte und weinte er vor Glück. Er lachte noch, als wir schon in der Künstlerkneipe saßen und seinen Triumph begossen. Er lachte noch, als wir ihn nach Hause brachten. Als er am nächsten Mittag immer noch lachte, mußten wir ihn in eine geschlossene Anstalt bringen. Dort ist er noch heute. Und wenn ihr ihn besucht, so kommt er euch lachend entgegen, breitet die Arme aus und singt mit seinem strahlenden Tenor (er singt):

›Meine erste Liebe hieß Olympia!‹«

Da geschah etwas Seltsames: Die Kollegen beugten sich ruckartig vor und sahen sich an. Einige waren aufgesprungen. Aller Blicke richteten sich auf den Lyrischen, der seinerseits die Kollegen anstarrte. Er war leichenblaß. Seine Stimme hatte wie eine Fanfare durch das Gewölbe gehallt. Keine Spur von Heiserkeit ...

Er führte das Taschentuch zum Munde, nahm Hut und Mantel und verließ das Lokal ...

»Der geht jetzt nach Hause und übt!«

»Wäre das nicht ein nettes Wunder, wenn er, der durch Hoffmanns Erzählungen seine Stimme verlor, sie jetzt durch Hoffmanns Erzählungen wiedergefunden hätte ...?«

»Gott gebe es! Der gute Kerl! ... Vielleicht war es nur eine Hemmung, eine Nervensache, die nun behoben ist? ... Laßt uns auf diese Hoffnung trinken! Prosit!«

Alle Kollegen waren aufgestanden. Stumm wurden die Gläser bis zur Neige geleert. Man setzte sich wieder. Aber die Konversation wollte nicht mehr recht in Gang kommen.

Dann war es ganz still geworden in der Runde. Die zitternde Luft über den flackernden Kerzen machte seltsame Figuren aus dem Tabaksqualm. Die Stimme der Bartels hing wie aus weiter Ferne in der Luft.

Da traf plötzlich ein eisiger Windstoß die Kerzen, daß sie fast verlöschten. Die Kellertür war geöffnet worden. In ihrem drückenden Bogen stand eine Frau, die aus »Hoffmanns Erzählungen« herausgesprungen zu sein schien. Rothaarig. Bleich. Über ihrem Umstandskleid hielt sie einen Muff gegen ihren Schoß gepreßt, als wollte sie das Kind darunter schützen ... Suchend ließ sie ihre Blicke durch das Gewölbe schweifen ... und verschwand dann ebenso leise, wie sie gekommen war.

Während man sich noch über die seltsame Erscheinung unterhielt, mahnte das Verstummen des Gesanges im oberen Stock, daß es Zeit sei, an den Aufbruch zu denken, wenn man sich noch umziehen und die Ouvertüre nicht versäumen wollte. Denn wer in der Künstlerloge saß, mußte im Smoking erscheinen; das war strenge Vorschrift.

Auch Peterhans machte sich zu Hause schön. Und dann beeilte er sich, ins Theater zu kommen. Unterwegs traf er Brütjam.

Als sie sich dem Theater näherten, packte dieser plötzlich Peterhans am Arm und zeigte auf die hellerleuchteten Eingänge längs der Theaterfront.

Seltsam!

Es war doch fünf Minuten vor Beginn der Vorstellung, aber die Leute, die sich da in den Eingängen drängten, drängten nicht in das Theater hinein, sondern aus dem Theater heraus!

War die Vorstellung plötzlich abgesagt worden?

Ja! ... Die Bartels sei erkrankt, sagten die Leute! Aber man hatte sie doch noch vor einer Stunde üben hören!

Als die beiden durch das Bühnentürchen kamen, erfuhren sie mehr.

Die Bartels war tot.

Nein – kein Herzschlag.

Sie war ermordet worden.

Als sie nicht rechtzeitig in ihrer Garderobe zum Schminken erschien, hatte man zu Gecelli geschickt. Dort hatte man sie in ihrem Zimmer, tot, in einem Sessel sitzend, gefunden. Der Arzt stellte fest, daß die Kugel durch den Leib ins Herz gedrungen war.

Inzwischen kam die Nachricht, daß man eine rothaarige Frau am Bahnhof verhaftet habe in dem Augenblick, als sie den Berliner D-Zug besteigen wollte.

Sie war aufgefallen durch ihr seltsames Benehmen und einen Muff, den sie fest gegen den Leib preßte und der gar nicht in die Jahreszeit paßt.

Sie leugnete nichts. Sie sei vor der Bartels auf die Knie gefallen und habe sie beschworen und gebeten, von ihrem Manne, dem Vater ihres werdenden Kindes, abzulassen. Als die Bartels sie anherrschte, aufzustehen und zu verschwinden, habe sie abgedrückt, und die Kugel des im Muff verborgenen Revolvers sei der Ehebrecherin durch ihren schamlosen Schoß ins Herz gedrungen ... Und sie bereue nichts ...

Wie ein Lauffeuer verbreitete sich die Nachricht in der kleinen Stadt. Die Aufregung war unbeschreiblich. Eine halbe Stunde später waren alle Lokale überfüllt. Man wollte Näheres hören.

Auch die Künstlerkneipe. Ganz hinten saßen die Mitglieder des Theaters wie eine Gruppe begossener Pudel.

Aber kann eine deprimierte Stimmung an einer Künstlertafel ewig währen?

Mitnichten!

Bald fiel denn auch die erlösende Bemerkung. Sie kam aus dem sächsischen Munde des Kollegen Albert, der seiner verspäteten Einfälle wegen »Albert der Plötzliche« hieß. Sie lautete:

»Da hätte se ihre Gollaraturen eichentlich gar nich mähr zu üben brauchen!«

Das seelische Gleichgewicht der Tafelrunde war wiederhergestellt.

In dieser Nacht war Lämmchen mal wieder nicht zu bändigen. Sie benahm sich vor Aufregung und Angst wie eine Schlingpflanze.

ABSCHIED

Ein Mord in einer Kleinstadt wirkt immer besonders grauenhaft und wiegt an Sensationen zehn Morde in einer Großstadt auf. Da sind einmal die anständigen Bürger, die ehrlich betroffen sind. Dann gibt es die Lokalpatrioten, stolz darauf, daß ihre kleine Stadt sich so schön entwickelt hat. Sie würden um keinen Preis die Sensation missen wollen und würden das Ereignis nicht ungeschehen machen, wenn sie es könnten. Trifft das Unglück nun gar einen Bühnenkünstler, so sind die Hämischen da, die sagen: »Ja, ja, es ist nicht alles Gold, was glänzt«, wobei sie selbst nicht genau wissen, was sie damit meinen! Dann sind da die Klatschbasen weiblichen und männlichen Geschlechtes, die es immer schon gewußt haben, daß es einmal so kommen mußte!

Zur Ehre der Rostocker sei gesagt, daß die Trauer über das Unglück, das ihr Stadttheater und ihre Primadonna getroffen hatte, ehrlich war.

Aber sie fühlten sich plötzlich nicht mehr so sicher in ihrer kleinen Stadt. Und als am Tage der Beisetzung der Bartels es ruchbar wurde, daß der Lyrische Selbstmord begangen habe, da wurde es ihnen unheimlich.

Ja! Unser Lyrischer hatte sich auf seine stille Art gedrückt. Seine Stimme hatte er wohl doch nicht wiedergefunden. Er lag tot auf dem Sofa, völlig angekleidet. Auch die Gummischuhe hatte er an. Er sah sehr friedlich aus. Ein kleines, fast blutloses Loch in der rechten Schläfe unter dem goldenen Brillenbügel störte kaum. Das mokante Lächeln der Toten hatte er nur angedeutet. Er war immer ein rücksichtsvoller Kollege gewesen.

Dieser zweite Gewalttod in einer Saison versetzte das Bühnenvölkchen in Panik. Wer würde – nach einem alten Aberglauben – der dritte sein? ... Der sonst so gefürchtete Saisonschluß wurde herbeigesehnt.

Für Peterhans war die Rostocker Zeit nicht schlecht. Er hatte Routine bekommen, hatte seine Sprechtechnik verbessert und sich »nach vorn gespielt«. Der Ruf an das Intime Theater in Nürnberg, das als die beste Konversationsbühne der deutschen Provinz und als Sprungbrett für Berlin galt, war die Krönung. Dort weilten schon seine Gedanken. Die Rostocker Saison durfte von ihm aus zu Ende gehen.

Die von allen herbeigesehnte letzte Vorstellung war glücklich vorbei. Die Abschiedsfeier in der Klause gestaltete sich recht feucht.

»Die Iden des März sind vorüber«, spottete Armand beim Abschied.

»Aber noch nicht *ganz*«, warnte Petzold.

Diese Worte blieben Peterhans unangenehm im Ohr, als er mit schwerer Schlagseite um drei Uhr morgens seine Wohnung ansteuerte.

Sollte *er* der dritte sein?

Das Öffnen des Haustores bereitete ihm einige Schwierigkeiten.

Im Hausflur drin war es dunkel wie in einem Sarg. Elektrische Treppenbeleuchtung gab es damals noch nicht. Man war auf seinen Tastsinn angewiesen. Wie gut, daß Peterhans in weiser Voraussicht für solche Situationen die Treppenabsätze und die Stufen bis zu seiner Bude gezählt hatte. Es gab drei Treppenabsätze: Bis zum ersten waren es zwölf, vom ersten zum zweiten waren es zehn und vom zweiten zum dritten acht Stufen. Also leicht zu merken: immer zwei weniger. Und beim dritten Absatz war gleich rechts der Eingang zu seiner Wohnung.

Dieses Zählsystem hatte sich immer sehr bewährt.

Aber nein, heute klappte es nicht. Wohl zählte er bis zum ersten Absatz zwölf, und von dort bis zum zweiten Absatz zehn, aber beim dritten Absatz kam nach der achten noch eine *neunte* Stufe!

Nein! Er ging den Absatz noch einmal hinunter und begann wieder zu zählen: . . . sechs, sieben, acht, *neun!* Nanu!

Es kam sogar noch eine *zehnte* Stufe!

Nicht doch!

Es kam auch noch eine *elfte* Stufe!

Nein, so besoffen konnte er doch nicht sein!

Er ging alle drei Absätze noch einmal runter. Und dann wieder rauf. Erster Absatz: zwölf – stimmt! Zweiter Absatz: zehn – stimmt! Dritter Absatz: – jetzt durften nur noch acht kommen – . . . sechs . . . sieben . . . acht . . . nein! Zehn! Elf! *Zwölf!*

Peterhans brach der Schweiß aus. Er tastete mit dem Spazierstock nach vorn. Es ging abgrundtief hinunter . . . Er suchte links das Geländer. Es gab kein Geländer! . . . Er griff rechts nach der Wand! Es gab keine Wand! . . . Nichts als Abgründe ringsum . . .

Da brüllte er aus vollem Halse um Hilfe. Kein Zweifel: das Delirium tremens war ausgebrochen. In Bewegungslosigkeit erstarrt, hörte er rechts unter sich schlurfende Schritte.

Eine Tür wurde geöffnet.

Da stand seine Wirtin, mit einer brennenden Kerze in der Hand.

»Um Gottes willen, Herr von Binningen, was machen Sie denn auf meiner Blumenetagere?!«

Am Nachmittag war Großreinemachen gewesen. Jemand hatte das Gestell so ungeschickt stehenlassen, daß es eine Fortsetzung der Treppe bildete.

Und das ist ja nun wirklich nicht in Ordnung!

Unser am ganzen Leibe zitternder Held wurde von seiner Wirtin zu Bett gebracht. Und sie mußte seine Hand halten, bis er eingeschlafen war.

Er war eben doch immer noch kein richtiger hundertprozentiger Held. Hoffentlich ändert sich das bald.

Nürnberg ist berühmt durch seine Lebkuchenfabrik und durchs Annerle.

Die Lebkuchenfabrik von Haeberlein-Metzger wurde im Jahre – der Chronist hat keine Ahnung in welchem – gegründet, das Annerle jedenfalls bedeutend später.

Sie war, als Peterhans sie kennenlernte, 17 Jahre alt, blond, blauäugig und lachend. Sie hatte eine winzige, wie gestochene Handschrift, so wie einer von den sieben Zwergen sie gehabt haben könnte, wenn einer von den sieben Zwergen hätte schreiben können.

Ihre gerade, ungekünstelte Art entzückte Peterhans immer wieder. Die Liebeserklärung zwischen den beiden hatte sich folgendermaßen angehört:

»Annerle, ich glaube, ich habe dich lieb!«

»I glaub's net!«

»Glaub' mir's bitte!«

»I glaub' dir's!« Kuß.

Das geschah am Dutzendteich.

Da Peterhans sehr verliebt war ins Annerle, war er ihr auch treu. Das war sein Glück. Denn bei einem weniger geregelten Leben hätte er die Aufgaben, die seiner im Theater harrten, nicht erfüllen können. Er spielte jetzt das »Fach der guten Rollen«, was sehr ehrenvoll war, aber auch außerordentlich anstrengend. Jeden zweiten Montag gab es Première eines modernen Klassikers, eines Ibsen, Hauptmann oder Sudermann, jeden zweiten Sonnabend eines modernen, meist französischen Lustspieles oder Schwankes. Das bedeutete, daß er alle sieben Tage eine Riesenrolle neu zu lernen und zu bewältigen hatte, und das an einer Bühne, deren Tradition zu ausgefeiltestem Kammerspiel verpflichtete! Keine Opernabende, an denen man sich ausruhen konnte! Abend für Abend spielen! Tag für Tag Proben! Sonntags zwei Vorstellungen!

Es ist nicht die Absicht des Chronisten, sich und den Leser mit der Aufzählung der Erfolge zu langweilen, die Peterhans nun in allen Rollenfächern, vom Jüngling bis zum Greise, einheimsen konnte. Diese Erfolge und die Aussicht auf ein Engagement in Berlin ließen ihn alle Schwierigkeiten überwinden.

Dabei half ihm Annerle in rührender Weise. Wenn ihm Zweifel an sich selber kamen, wußte sie von Zuschauern zu erzählen, die ob seiner Leistung fast in Ohnmacht gefallen seien, und von Kritikern, die sie beobachtet hätte, die vor Verwunderung nur immer so die Köpfe geschüttelt hätten.

»Das glaube ich ohne weiteres«, meinte Peterhans. Hier noch ein Dialogfetzen zwischen den beiden:

»Annerle, ich habe etwas auf der Seele.«

»Sag mir's.«

»Du darfst dich nicht *zu sehr* verlieben.«

»Weilst mich net heiraten magst?«

»Von nicht mögen kann gar keine . . .«

»I hab' dich viel zu lieb, als daß i dich heiraten möcht'!«

»Wie ist das?«

»Wannst jetzt bei mir bist, weiß ich, daß du bei mir bist, weilst mich liebhast und net, weilst mit mir verheirat' bist.«

»Du bist ein süßes Mädel!«

»An Durst hab' i auch!«

»Was willst du trinken?«

»A Bier!«

Dieses »a Bier« entzückte Peterhans immer wieder. Es paßte so gar nicht zu dem feinen Gesichtchen und dem ganzen schlankgliedrigen Geschöpfchen. Aber das schlankgliedrige Geschöpfchen war halt aus Nürnberg.

So waren sie also sehr glücklich.

Da geschah es eines Tages, als sie ihn von der Probe abholte, daß er ihr ansah, daß sie geweint hatte. Das paßte nun auch nicht zu ihr.

»Was ist los?« fragte Peterhans.

»Du betrügst mich! Du bist ein Schürzenjäger und Frauenverführer!«

»Wer sagt das?«

»Der Gaffner.«

Gaffner war ein Kollege vom Theater.

»Zu wem hat er das gesagt?«

»Zu mir.«

»Und du hast dir das angehört!?«

Er ließ sie stehen. Er ging ins Theater zurück, wo Gaffner, wie er wußte, noch Probe hatte.

Gaffner war ein dicklicher junger Schnösel, mit einem Gesicht aus Milch und Honig, das zum Ohrfeigen geradezu einlud.

Peterhans fand ihn in der Garderobe und stellte ihn zur Rede. Als Gaffner mit schlechtem Gewissen anfing zu stottern, ersparte ihm Peterhans eine detaillierte Antwort, indem er ihm rechts und links eine schmierte. Und als jener die Flucht ergriff, kriegte er ihn gerade noch am Rockschoß zu fassen, wobei der Cutaway, den der Geck trug, von unten bis oben zerriß, wie der Vorhang im Tempel. Woher unser Held, der ja kein Athlet war, die Kraft nahm, wissen wir nicht. Jedenfalls stellte er ihn mit dem Rücken gegen die Wand und gab ihm noch zwei Watschen.

Darauf verließ er das Theater. Aber nicht durch die Bühnentür. Er wollte Annerle jetzt nicht begegnen. Er war wütend, daß sie diesem Stutzer so bereitwillig geglaubt hatte.

Am Abend nach der Vorstellung stand kein Annerle vor der Bühnentür.

Peterhans ging ins Tucherbräu, ihr gemeinsames Stammlokal, und spülte seinen Ärger mit einigen Maß Tucherbier hinunter. Er saß so, daß er die Tür beobachten konnte, durch die Annerle kommen mußte, falls sie vielleicht doch noch kam. Aber sie kam nicht. Wütend ging Peterhans schlafen.

Am nächsten Morgen um acht Uhr erschienen zwei Herren im Gehrock in seiner Bude.

»Mein Name ist Gaffner«, schnarrte der Ältere, der über der Weste das Farbenband einer Studentenverbindung und parallel dazu über der linken Backe einen riesigen Schmiß trug. »Mein Begleiter ist Kommilitone Schneider. Wir kommen als Sekundanten meines Bruders, der Ihnen seine Forderung durch uns überbringen läßt. Und zwar auf Säbel sine sine.«

»Sine – was?«

»Sine.«

»Aha! Sagen Sie Ihrem Bruder, daß, wenn er noch etwas von mir will, er gern noch ein paar Backpfeifen haben kann. Und lassen Sie mich jetzt bitte allein. Ich brauche meinen Schlaf. Ich habe heute noch eine anstrengende Probe.«

»Sie kneifen?«

»Wenn ich mich duelliere, dann nur auf Pistolen.« Unser Held nahm an, daß Gaffner von seinem Bruder auf Säbel eingepaukt war.

»Wir sind auch mit Pistolen einverstanden. – Wollen Sie uns Ihre Zeugen nennen!«

»Ich muß erst sehen, ob ich unter meinen Kollegen jemand finde, der albern genug ist, sich dazu herzugeben. Sie können mich um elf Uhr auf der Probe treffen. Dann werde ich Ihnen meine Zeugen nennen. – Und sagen Sie Ihrem Bruder, daß ich *nicht* in die Luft schießen werde, sondern genau ziele. Und das soll er auch tun. Sonst trifft er mich am Ende. Guten Morgen.«

Kaum war Peterhans wieder eingeschlafen, wurde er von seiner Wirtin ans Telephon gerufen.

Ferngespräch!

Der Agent Frankfurter meldete sich:

»Barnowsky interessiert sich für Sie. Sie sollen bei ihm auf Engagement gastieren. Er hat dasselbe Stück auf dem Repertoire wie ihr augenblicklich. Wie heißt es doch? Sie spielen darin den *Hausmann.*«

»Ja, ja.«

»Und in dieser Rolle werden Sie gastieren. Und zwar morgen.«

»Ich bin doch jeden Abend hier beschäftigt.«

»Morgen habt ihr *Bunten Abend,* da läßt Ihr Direktor Blum Sie frei. Ich habe schon mit ihm gesprochen. – Also einverstanden? – Wenn Sie gefallen, sind Sie auf fünf Jahre an das *Kleine Theater* in Berlin verpflichtet. Wie schmeckt Ihnen das?«

»Sehr gut, Herr Frankfurter.«

»Hals- und Beinbruch!«

Peterhans ließ sich aus dem Bett fallen und versuchte, einen Kopfstand zu machen. Dann erinnerte er sich, daß vor der Erfüllung des

»Berlintraumes« noch zwei Dinge standen: das Gastspiel, in dem er gefallen mußte, und das Duell, in dem er nicht gefallen sein durfte!

Zwei Kollegen, Größer und Pabst, erklärten sich bereit, als Sekundanten zu figurieren. Sie begaben sich sofort zu den gegnerischen Zeugen, um das Duell für morgen früh zu vereinbaren, damit Peterhans dann einen freien Kopf für sein Gastspiel hätte. Es stellte sich aber heraus, daß die kommentmäßigen Pistolen nicht so schnell aufzutreiben waren. So wurde das Rendezvous für übermorgen früh sechs Uhr vereinbart. Das war also am Morgen nach dem Berliner Gastspiel.

Man fuhr damals etwa sieben Stunden von Nürnberg nach Berlin. Wenn Peterhans mittags um elf Uhr planmäßig von Nürnberg abfuhr, konnte er abends um sieben Uhr in Berlin in der Garderobe sein, um sich anzukleiden und zu schminken. Um zehn herum war die Vorstellung zu Ende, so daß er seinen Zug um 10.45 Uhr erreichen konnte. In der Pause war reichlich Zeit, mit Barnowsky zu verhandeln. Und am nächsten Morgen konnte er pünktlich zum Duell zurück sein. Und in die Luft schießen!

In Berlin gab es gleich einmal eine Enttäuschung. Niemand von der Direktion war anwesend. Kein Mensch kümmerte sich um ihn. Nur der Garderobier und der Friseur wußten von einer Umbesetzung des »Hausmann«.

»En Prachtstück, wat Se uns da mitbringen«, sagte Friseur Thomas, als Peterhans seine Perücke auspackte, »nur schade, dat Se so wat hier nich uffsetzn könn! Unser Theater is so intim, det de Leute jedet falsche Haar in de Kehle kriejen. Bei uns müssen Se rauskomm'n wie Jott Se jeschaffn hat. Nur 'n biscken heb'n kann ick Ihn' die Schläf'n, damit der Bouillonkopp besser rauskommt, den Se sich da anschein'nds vorjestellt ham!«

Peterhans war verzweifelt. Seine ganze Charakteristik würde doch nicht mehr stimmen!

Der Friseur beruhigte ihn: »Die Herren aus der Provinz, die komm'n sich ümmer nackt vor, ohne so 'ne Pudelmütze uff'n Koppe, aber se gewöhn'n sich alle dran.«

Er brannte ihm die Haare ein wenig und staubte sie grau. Das brauchte seine Zeit. Peterhans kam kaum zu seinem Auftritt zurecht. Er hatte nicht einmal Gelegenheit gefunden, sich den Kollegen vorzustellen, denen er nun auf der Bühne gegenüberstand.

Wie er an diesem Abend spielte, das wußte er selber nicht. Er wußte nur, daß er todunglücklich war. Er hatte das Gefühl, seine Bewegungen paßten nicht zu seiner Maske, seine Maske nicht zu seiner Sprache — es paßte überhaupt nichts! Und bei seinem Abgang fehlte ihm der Szenenapplaus, an den er in Nürnberg gewöhnt war. Zutiefst entmutigt schminkte er sich ab.

Durchgefallen!

Da sich immer noch niemand von der Direktion sehen ließ, ging er zum Bahnhof und wartete auf seinen Zug. Appetit hatte er keinen.

DAS DUELL

Im Zuge versuchte er zu schlafen. Vergeblich. Die erste Niederlage traf ihn zu sehr. Seine Karriere war beendet! Er hatte versagt! Die Aussicht auf das Duell hatte ihn weniger gestört, aber der Perückenzwischenfall hatte ihn fertiggemacht. Er hatte ganz einfach die Nerven verloren. Und das ist das einzige, was einem Schauspieler nicht passieren *darf*!

Auf dem Nürnberger Bahnsteig erwartete ihn sein Sekundant Größer mit Peterhans' Gehrock und Zylinder über dem Arm und grinste.

Dieser Anblick gab ihm seinen Humor wieder.

»Wie war's?« fragte Größer.

»Scheibenhonig.«

»Fein! Das ist die richtige Stimmung, jemanden totzuschießen.«

Er verstaute Peterhans in eine wartende Droschke, und los ging es, Richtung Dutzendteich.

»Der Himmel scheint dem Unternehmen nicht günstig«, bemerkte Größer. »Sieht ganz nach Regen aus.«

Es tat wohl, einen Freund neben sich zu haben! Größer erfreute sich allgemeiner Beliebtheit. Nicht nur, daß er den jüngeren Kollegen das Florettfechten beibrachte, er war auch wegen seines Witzes geachtet und gefürchtet. Als zum Beispiel Direktor Blum, der selbst gern, wenn auch schlecht, Theater spielte und der auf dem besten Wege war, den Ruf des Intimen Theaters, den es unter Meßthaler erworben hatte, durch seine gelegentliche Mitwirkung zu ruinieren, sich nicht entblödete, in dem Stück »Der Fremde« die Hauptrolle zu spielen, leistete sich Größer eine herrliche Bemerkung.

Dieser »Fremde« kommt in eine Pension voller schlechter Menschen und bekehrt jeden einzelnen durch seine unwiderstehliche Anständigkeit und Lauterkeit. Es ist die Absicht des Dichters, daß der Zuschauer erst ganz zum Schluß ahnen soll, daß dieser »Fremde« Christus in moderner Gestalt ist. Was tat Blum? Um zu zeigen, daß er die Rolle verstanden hatte, spielte er sie vom ersten Auftritt an in Stulpenstiefeln und Christusbart! Die Wut des Ensembles war groß. Und als in der Premiere Blum mit seiner heiseren Stimme nach dem Garderobier brüllte, rief Größer zurück: »Bist du Gottes Sohn, so hilf dir selber!«

Die Droschke hielt vor einem kleinen Gasthaus am Waldrand, dessen Wirt von dem frühen Unternehmen unterrichtet war.

In der gemütlichen kleinen Gaststube saß bereits der Arzt und frühstückte neben seinem »Besteckkasten«. Der Geruch von Bratkartoffeln, Speck und Eiern drang Peterhans in seinen übernächtigen, ausgehungerten Magen. Der Arzt unterhielt sich kauend mit dem Präsidenten des Ehrengerichts. Man hatte den Dramaturgen des Stadttheaters für diesen Posten bemüht. Doktor Seitz schlürfte ein Glas Grog.

Beides — Bauernfrühstück und Grog — bestellte sich auch Peterhans.

In einer anderen Ecke des Zimmers war ein Tisch für die Gegenpartei hergerichtet, die vorläufig noch durch Abwesenheit glänzte.

Nein — da kamen sie gerade an: Gaffner, bleich wie ein Bel-Paese-Käse, sein Bruder, der Korpsstudent, und der andere gegnerische Zeuge, Herr Schneider.

Sie machten eine formelle Verbeugung — Gaffner eine besonders betonte — und setzten sich.

Gaffners Augen suchten die von Peterhans. Sie wollten sagen: »Wenn du danebenschießt, schieße ich auch daneben!« Aber die Augen von Peterhans blickten kalt wie die eines Kabeljaus. Gaffner wurde noch blasser.

Peterhans stürzte sich auf sein Bauernfrühstück.

Inzwischen hatte ein Wolkenbruch eingesetzt, bis zu dessen Beendigung man den Ehrenhandel aufzuschieben beschloß.

Der Wirt führte einen ausgezeichneten Beaujolais, der alsbald an beiden Tischen munter floß. Ohne dieses blöde Duell wäre es ausgesprochen gemütlich gewesen!

Nur Gaffner trank nicht, wie Peterhans feststellte. Hatte er keinen Durst, oder wollte er seine Zielsicherheit bewahren? Zum ersten Male kam Peterhans der Gedanke, daß es vielleicht saudumm von ihm gewesen war, den Gegner zu reizen. Er wußte, daß er seinerseits es nicht über sich gewinnen würde, Löcher in diesen Bel-Paese-Käse zu schießen. Warum hatte er ihn dann so großmäulig aufgefordert, genau zu zielen? — Ja, ja, zwei Tage vor dem Duell sehen sich die Dinge anders an als eine Viertelstunde davor!

Aber jetzt war es zu spät!

»Du mußt ein paar Zeilen an deine Mutter schreiben«, sagte Größer, »man kann nie wissen!«

Peterhans sträubte sich immer noch, an den Ernst der Situation zu glauben. Aber Größer reichte ihm Papier und Füllfeder.

»Los! Für den Fall der Fälle. Es gehört sich so.«

Und Peterhans schrieb ein paar Zeilen, die ihn weicher machten, als er es wünschte.

Größer steckte sie ein.

»Ich sende sie natürlich nur im Bedürfnisfall.«

»Heißt das nicht Bedarfsfall?«

»Also Bedarfsfall!«

»A propos: Bedürfnisfall«, sagte Peterhans und ging hinaus.

Beim Verlassen des Lokus drückte er seinem Gegner die Klinke in die Hand.

»O Pardon«, sagten beide.

Stumme Verbeugung.

»Navigare necesse est«, scherzte Gaffner.

»Vivere *non* necesse est«, gab Peterhans zum besten, ohne zu bedenken, daß er damit schon wieder eine Drohung ausgestoßen hatte. Nun begann die übliche Türquälerei. Jeder wollte den andern an sich vorbeilassen und trat ihm dabei prompt in den Weg. Das wiederholte sich ein paarmal, bis Peterhans den höflichen Gaffner mit sanftem Druck gegen die Lokustür preßte und an ihm vorüberglitt.

Inzwischen hatte der Ehrenrat nach einer Versöhnungsmöglichkeit getastet, aber seine Bemühungen scheiterten an der sturen Haltung von Gaffners Bruder, dem Korpsstudenten. Das reizte Größer, folgende Erklärung aufzusetzen und zur Annahme zu empfehlen, womit der Ehrenhandel aus der Welt geschafft sein sollte:

ERKLÄRUNG

Herr Gaffner erklärt:

daß er Herrn von Binningen nicht habe beleidigen wollen, als er von ihm erzählte, er sei ein Schürzenjäger und Frauenverführer, sondern daß er in Treu und Glauben diese Gerüchte weiterleitete, weil er sie für durch und durch wahr hielt. Nachdem diese Gerüchte aber nunmehr als unwahr erklärt wurden, zögert Herr Gaffner nicht, sein Bedauern darüber auszusprechen, daß er Herrn von Binningen einen Schürzenjäger und Frauenverführer genannt hat.

Herr von Binningen erklärt:

daß er Herrn Gaffner nicht habe beleidigen wollen, als er ihm links und rechts eine schmierte und ihm den Cutaway zerriß, sondern daß dieses im Affekt und aus Empörung geschah über die Behauptung seines Herrn Gegners. Nachdem nun aber dieser sein Bedauern darüber ausgesprochen hat, Herrn von Binningen einen Schürzenjäger und Frauenverführer genannt zu haben, nimmt auch Herr von Binningen keinen Anstand, sein Bedauern darüber auszusprechen, daß er Herrn Gaffner links und rechts eine geschmiert und ihm den Cutaway zerrissen hat.

Während Gaffner sofort bereit war, diese Erklärung zu unterzeichnen, ging sein Bruder wie eine Rakete in die Luft. Er pflanzte sich vor Größer auf, klemmte sein Monokel ins Auge und ließ sich wie folgt vernehmen:

»Mein Herr — ich habe im Augenblick Ihren Namen vergessen —«

»Größer«, half ihm Größer aus. »Sie finden den Namen jeden Abend auf dem Theaterzettel, wenn Sie gehen, Ihren Bruder zu bewundern. Ganz oben auf dem Zettel.«

»Also, Herr Größer, ganz oben, ich möchte mir die Frage erlauben, ob Sie sich wohl erdreisten wollen, mich zu verhühner ... verhühnern ... ver ...«

»Ich will Sie weder verhühnerpopeln noch verhohnepiepeln – das war wohl das Wort, das Sie suchten. Wenn Sie aber so wenig vertragen können, daß Sie bereits jetzt stammeln, sollten Sie es mit Brauselimonade versuchen.«

»Sie werden sich mit mir schlagen!«

»Und zwar sofort!«

Im nächsten Augenblick war eine Rauferei unter den Sekundanten im Gange, die jedem Wildwestfilm zur Ehre gereicht hätte.

Peterhans benutzte die Gelegenheit, die Pistolen zu ergreifen.

»Kommen Sie, Gaffner, wir erledigen inzwischen unsere Sache draußen«, sagte Peterhans.

Seine Stimme klang freundlich.

Sie gingen hinaus, zählten 15 Schritte ab und schossen in die Luft.

Der Arzt stürzte mit seinem Besteckkasten aus der Tür.

»Bleiben Sie lieber drin. Da werden Sie nötiger gebraucht«, sagte Peterhans und schob ihn ins Lokal zurück.

»Nimm die Droschke, Peterhans«, rief Größer, »und fahr nach Hause und schlaf dich aus! Ich erledige hier schon alles!«

Peterhans wandte sich an Gaffner: »Kommen Sie mit?«

»Wenn ich darf!?«

»Sie dürfen.«

Die Droschke fuhr los.

»Ich habe mich gemein gegen Sie benommen«, sagte Gaffner nach einer Weile. »Ich bitte Sie um Entschuldigung.«

»Dafür müssen Sie die Droschke bezahlen.«

»Mit Vergnügen. – Darf ich fragen, ob Ihr Berliner Gastspiel ein Erfolg war?«

»Ich weiß es noch nicht. Aber ich glaube nicht.«

Die Droschke hielt.

»Gute Nacht. – Schönen Gruß an Ihren Bruder!«

»Mein Bruder kann mich!«

»Mich *nicht!*«

»Soll ich ihm das wiedersagen?«

»Wird er mich fordern?«

»Nehmen Sie es zurück?«

»Ich nehme es zurück: Er kann mich auch!«

»Das erledigt die Sache.«

»Sie werden mir immer sympathischer! – Gute Nacht! – Vielmehr: guten Morgen!«

Zu Hause gab Peterhans Auftrag, bis zur Vorstellung nicht geweckt zu werden.

Dann schlief er wie ein Toter.

Als er abends das Theater betrat, fand er zwei Telegramme vor:

»Vertrag perfekt. Kleines Theater Berlin.«

Das andere lautete:
»Vertrag perfekt. Gage 300 bis 600 steigend. Gratuliere Frankfurter.«
Peterhans war sehr glücklich.
Man soll den Tag nicht vor dem Abend tadeln, dachte er.
Nach der Vorstellung stand Annerle am Bühnentürchen.
»I wollt' dir nur mitteilen, daß i a blöde Gans bin«, sagte sie.
»Schon gut, Annerle. – Was trinken wir zur Versöhnung?«
»A Bier.«
Als sie im Tucherbräu Platz nahmen, fragte sie:
»Wo warst denn gestern den ganzen Tag?«
»Mußt du das genau wissen?«.
»Freili.«
»Mittags bin ich nach Berlin gefahren, abends habe ich dort im Kleinen Theater auf Engagement den *Hausmann* gespielt, nachts bin ich zurückgefahren und heute morgen habe ich mich duelliert.«
»Du hast di – was?«
»Duelliert.«
»Mit wem?«
»Mit Gaffner.«
Annerle wurde blaß wie Wachs.
»Soll ich dem Fräulein ein Glas Wasser bringen?« fragte die besorgte Kellnerin.
»Nein«, sagte Peterhans, »a Bier.«

NACH BERLIN

»Wir wollen eine Wette mit dem Schicksal machen«, sagte Peterhans, als Annerle ihn zwei Monate später zur Bahn begleitete. »Wenn der Zug auf die Minute pünktlich einläuft, dann werde ich Glück haben in Berlin!«

»Ja was glaubst! So a Zug kommt auf die Sekunde«, sagte Annerle.

Noch auf dem Bahnsteig vermieden sie es, vom Abschied zu sprechen.

»Es fehlt nur noch eine Minute«, sagte Peterhans, »und noch ist nichts vom Zug zu sehen und zu hören.«

»Achtung! Achtung!« ertönte die Stimme des Stationsvorstehers. »D-Zug Berlin auf Gleis eins. Nur eine Minute Aufenthalt. Beeilen beim Einsteigen! – Bitte zurücktreten!«

Und schon sah man das Ungetüm von D-Zug-Lokomotive um die Kurve flitzen. Die Bremsen kreischten und spuckten Funken. Der Zug stand. Der Zeiger der Bahnhofsuhr sprang auf die im Kursbuch festgelegte Ankunftsminute.

»Auf Wiedersehen, Annerle!« Er versuchte sie trotz des vielen Handgepäcks zu küssen.

»Mach, daß d'neinkommst!« Sie wollte nicht, daß er ihre Augen sah.

Peterhans stolperte ins Coupé, versuchte seinen Handkoffer im Gepäcknetz seines Gegenüber zu verstauen, rutschte, da der Zug schon wieder anfuhr, ab und haute den Koffer dem Herrn auf den Schoß.

»Sie gestatten«, sagte er. Er hatte sagen wollen: »Sie entschuldigen!«

Dann stürzte er ans Fenster, um Annerle noch zu sehen.

Er sah nur noch ein kleines weißes Taschentuch flattern.

Erschöpft sank er in seine Ecke.

Er schloß die Augen.

Bald kam ein glückliches Lächeln über die angespannten Züge. Was würden seine Eltern sagen — sie waren inzwischen von Halle nach Berlin-Wilmersdorf gezogen —, wenn er ihnen mit dem Vertrag ans Kleine Theater in die lieben Gesichter sprang? Heute noch! Von seinem Kommen hatte er sie nicht unterrichtet. Er stellte sich immer wieder seine Mutter vor, wenn er ihr die Glücksnachricht bringen würde. Wie stolz würde sie wieder auf »ihren Jungen« sein! Konnte sie aber auch! Nicht wahr? Er hatte immerhin den Traum jedes Schauspielers, nach Berlin zu kommen, nach nur vier Jahren Provinz geschafft. Manche brauchten dazu vierzehn Jahre. Manche vierzig. Und die meisten schafften es überhaupt nicht. Freilich wußte er, noch schwerer als nach Berlin zu kommen, war es, sich dort zu behaupten! Aber daran wollte er jetzt nicht denken. Jetzt wollte er sich erst einmal freuen:

Auf das künstlerische Arbeiten in Berlin! Sechs bis zehn Wochen Proben anstatt zweier! Befreit sein von der Qual des allnächtlichen Rollenlernens! Die Aussicht, wenn ein Stück Hunderte Male ging, monatelang probenfrei zu sein! Herrgott, es war nicht auszudenken! Aber wie, wenn er Hunderte Male eine »Wurzen« spielen mußte? Wenn nur zwei bis drei Premieren im Jahr steigen, wie sollte man zeigen, was man kann? Wie konnte man eine eventuelle Schlappe wiedergutmachen? Aber an all diese Gefahren wollte er jetzt nicht denken, zum Donnerwetter!

Er machte eine neue Wette mit dem Schicksal: Wenn der Zug auch in Berlin auf die Minute pünktlich ankommen würde, dann würde auch er »ankommen«!

Er bereute diese neue Wette sehr bald, denn in Halle mußten sie auf einen Anschluß warten und fuhren mit 16 Minuten Verspätung ab.

»Glauben Sie, daß er die Verspätung bis Berlin aufholen kann?« fragte er den Schaffner.

»Da können der Herr eine Hypothek drauf nehmen! Der Lokomotivführer ist aus Potsdam!«

Aus dem Labyrinth der riesigen hallischen Gleisanlagen schlängelte sich der Zug vorsichtig hinaus.

Dann aber legte er plötzlich los, als hätte er was vergessen ...

Das schaff' ich noch — das schaff' ich noch — das schaff' ich noch, sang der Rhythmus des Zuges in immer steigendem Tempo.

Peng — ging es über eine Weiche!

Schnettereteng — über ein ganzes Weichennest!

Wum — an einem Wärterhaus vorbei!

Dreckeckeckereck — über eine Brücke!

Huuuuuiiiii — durch eine Station, wo nicht gehalten wurde!

Die Telegraphendrähte sausten nach oben und unten. »Wie im Leben«, philosophierte Peterhans. »Immer, wenn man oben ist, kriegt man eins auf'n Deckel!«

Das Gepäck in den Netzen fing an zu tanzen.

In Wittenberg hatte man nur noch zehn Minuten Verspätung, in Jüterbog nur noch sechs, in Luckenwalde nur noch zwei!

Vor Berlin mäßigte der Zug die Geschwindigkeit vorschriftsmäßig und fuhr fast im Schritt über das Weichengewirr des Anhalter Bahnhofes. Als sie in die Halle einfuhren, sah Peterhans zum Fenster hinaus. Gerade sprang der Zeiger der Bahnhofsuhr auf die Ankunftsminute. Zehn Sekunden später stand der Zug.

Peterhans gab seinen Handkoffer und den Schein für das große Gepäck einem Träger.

»Nehm' wir ein Taxi, Herr Doktor?«

»Ja.«

»Denn sehen wir uns am Stand, Ausgang Anhalter Straße. Ik bin Nummer siebzehn, mein Herr.«

Siebzehn!

Peterhans' Glückszahl!

Er ging zum Erfrischungsstand und kaufte zwei Kistchen Zigarren zu zwanzig Stück und begab sich zur Lokomotive.

Das Ungetüm schwitzte noch aus allen Poren und schien noch immer atemlos.

Aus dem Fenster lehnte der Lokomotivführer mit der Pfeife im Munde.

»Die Verspätung habt ihr aber fein aufgeholt«, sagte Peterhans.

»Sie hab'n sich aber ooch so schön leicht jemacht, junger Herr!«

»Darf ich mir erlauben? Das zweite Kistchen ist für Ihren Heizer.«

»Schön'n Dank ooch! Hier, Willem! Bedank dir!«

»Danke ooch schön!«

»Viel Jlück in Bealin«, sagte der Lokführer.

»Ja! Viel Jlück ooch«, sagte der Heizer.

»Sie müssen mir Hals- und Beinbruch wünschen, meine Herren!«

»Hals- und Beinbruch! Wenn Ihn'n det liewa is!«

»Ja, Hals- und Beinbruch ooch!«

»Danke!«

Als Peterhans die große Bahnhofstreppe hinunterging, schlug ihm schon die geliebte Berliner Luft, die immer ein bißchen nach nassem Asphalt riecht, entgegen.

»Verzeihung, Herr Wachtmeister«, fragte Peterhans, »wenn ich hier rechts 'runtergehe, ist da dann die Anhalter Straße?«

»Jawoll! Die is ooch da, wenn Se *nich* da 'runterjehn!«

Kein Zweifel: Man war in Berlin! . . . . .

BERLIN!

INTERLOG

Der Herr aus dem Prolog hat sich wieder gemeldet.
Nur von weitem.
Er machte eine fragende Geste.
Ich winkte ab.
Da winkte er auch ab.

Dennoch, meint mein Verleger, könne man sich auf die Langmut dieses Herrn nicht verlassen. Er sei schließlich kein Verleger, vertraut mit der Schreibfaulheit der Autoren. Und deshalb solle man veröffentlichen, was man hat! Was man hat, hat man, meint mein Verleger.
Daher die Einteilung in mehrere Bände.

Dieses war der erste.

Schaan, Juli 1960 *Curt Goetz*

CURT GOETZ UND VALERIE VON MARTENS

Die Verwandlung des Peterhans von Binningen

DER MEMOIREN ZWEITER TEIL

»Wer mit Humor zu sterben verstünde,
hätte die höchste Stufe der Kultur erreicht.«

Das läßt du deinen Doktor Prätorius sagen,
und ich lese es aus deinem letzten Werke,
der Geschichte des »Peterhans von Binningen«,
dem ersten Bande deiner Memoiren.

Aber von mir wirst du nicht verlangen, Geliebter,
daß ich »dem Herrn aus dem Prolog« humorig begegne.
Doch, da er dir die Feder aus der Hand genommen,
will ich versuchen, das Leben, das glückliche,
das ganz erfüllte Leben an deiner Seite aufzuzeichnen.
Und gelänge es mir, in deinem Sinne
»Ein Lächeln jemand abzuzwingen,
der Herzeleid und Sorgen hat«,
so fühlte ich, daß du noch bist. Und bleibst.

Doch erst noch haben wir das Glück,
dich selber zu hören.

Valérie

DIE VERWANDLUNG DES PETERHANS VON BINNINGEN

Dieser zweite Band beginnt gleich mit einer kolossalen Überraschung für den geneigten Leser.

Der Chronist hat sich nämlich entschlossen, den albernen Mummenschanz aufzugeben und Peterhans, der ja nun, den Kinderschuhen entwachsen, auf eigenen Füßen stehen kann und soll, der schützenden Anonymität zu berauben und ihn von jetzt ab rücksichtslos bei seinem richtigen Namen zu nennen: *Curt Goetz.*

Curt Goetz, Peterhans von Binningen und der Chronist sind also ein und dieselbe Person, ein Drillingsphänomen, der Traum jedes Schaubudenbesitzers. Ein tröstlicher Gedanke, daß es nicht dreimal so etwas gibt.

Um dem geneigten Leser Zeit zu geben, sich wieder aufzurichten, schließen wir erst einmal dieses Kapitel, um dann im nächsten in der »Ich-Form« fortzufahren. Das ist natürlich viel schwerer, weil man sich viel bescheidener geben muß und nicht mehr so viel lügen darf. Der Versuch, bei diesen Erinnerungen streng bei der Wahrheit zu bleiben, brach schon nach den ersten Seiten in sich zusammen, die sogleich eine Langeweile verbreiteten, wie sie nur bei hochliterarischen Werken erlaubt ist. Die Mischung von Wahrheit und Dichtung dürfte also das Problem im Folgenden sein. Der Leser wird es leicht auseinanderhalten können: Was er für unwahrscheinlich hält, wird Wahrheit sein — und umgekehrt.

Im allgemeinen darf man wohl sagen, daß bis auf Daten, Namen und Reihenfolge der Ereignisse so ziemlich alles stimmt, was nicht durch die natürlichen, nicht unerheblichen Gedächtnislücken des Autors sowieso dem Abgrund der Vergessenheit anheimgefallen wäre.

Bei dieser Gelegenheit sei auch betont, daß der Name von sympathischen Personen unverändert der Nachwelt überliefert sei, von unsympathischen je nach dem Grade ihrer Widerwärtigkeit verändert oder ganz weggelassen wird. Aber wir wollten ja dieses Kapitel schließen.

PAPPI

Es gibt Leute, die behaupten, daß man eine Zeit, eine Epoche, nicht nur durch eine Anhäufung von Anekdoten lebendig zu machen versuchen dürfe, sondern die unbedingt von den Autoren wenigstens hin und wieder ein paar Schweißtropfen erwarten.

Bei mir werden sie vergeblich warten.

Ich finde, nichts beleuchtet einen Charakter mikroskopischer als eine Anekdote. Und nicht nur einen Charakter, sondern eine ganze Epoche, in der solche Anekdoten entstehen konnten.

Auch ist die Anekdote der Fabel sehr ähnlich und deshalb nicht so leicht zu erzählen oder gar zu erfinden, wie man denkt, daß sie es wäre.

Und wenn man zum Beispiel *Barnowsky,* meinen ersten Berliner Theaterdirektor, den zu beschreiben ich jetzt gezwungen bin, *nicht* durch Anekdoten behandelt – wie sollte man »Pappi« behandeln?

»Wie alt sind Sie, Herr Götz?«

»Zweiundzwanzig, Herr Direktor!«

»Sehen aus wie vierundvierzig.«

Barnowsky saß an einem auffallend niedrigen Schreibtisch, zupfte an seinen Manschetten – an der rechten mit den nach innen gebogenen Fingern der rechten Hand, an der linken mit den nach innen gebogenen Fingern der linken Hand – und deutete auf einen Stuhl.

»Es sind die Gedanken, die die Stirnen furchen«, scherzte ich Platz nehmend. Dabei bemerkte ich zu meinem Schrecken, daß Barnowskys Stirn glatt war wie ein Kinderpopo. Er war überadrett gekleidet. Wie der Rayonchef eines Warenhauses.

»Erzählen Sie mir, welche Rollen Sie in Nürnberg gespielt haben.«

Ich erzählte es ihm.

»Den Rosmer auch? Das muß nicht schön gewesen sein.«

»Nun . . . ich habe in meinem Lehrer ein so hervorragendes Vorbild gehabt, daß ich mit einem blauen Auge bei der Presse davonkam. Das Publikum nahm mir sowieso alles ab.«

»Das wird sich hier ändern.«

»Das ist nicht sehr ermutigend.«

»Nein. – Aber hier ist Berlin. – Hier geht es um die Wurst.«

»Ich freue mich auf den Kampf.«

»Kampf? – Wenn einem Kritiker wie Herrn Kerr Ihre Nase nicht gefällt, sind Sie erledigt. – Wo lassen Sie arbeiten?«

»Bitte?«

»Wer ist Ihr Schneider?«

Gott sei Dank war ich auf diese Frage vorbereitet.

»Ich werde abwechselnd bei Faßkessel und Müntmann und bei Kniže arbeiten lassen.«

»Wer wird Ihr Schuhmacher sein?«

»Breitsprecher.« Hätte ich gesagt, daß meine Anzüge aus dem Kaufhaus und meine Stiefel von Salamander seien, hätte ich im Vorzimmer meine Entlassung vorgefunden.

»Dazu wird Ihre Gage kaum reichen.«

»Ich werde bald mehr bekommen. – Außerdem bin ich nicht ohne Mittel.« Diese Lüge war der glänzendste Einfall meines Lebens.

Barnowsky zupfte mit weitausholender Gebärde an seinen beiden Manschetten.

»Oh!« sagte er. Er erhob sich. Ich bemerkte, daß er durch das Aufstehen nicht größer wurde.

»Darf ich wissen, was Ihr Herr Vater ist?«

»Mein Vater ist tot. Er hinterließ mir eine Kleinigkeit.«

»Da gratuliere ich.«

»Danke.«

Er reichte mir seine zu kleine Hand. Seine Augen waren braun und kalt.

»Also auf nachher, zur Arrangierpobe. Welche Rolle spielen Sie?«

»Ich habe noch nicht nachgesehen. Sie ist mit bloßem Auge kaum erkennbar.«

»Tja . . . den Julius Cäsar werden Sie hier nicht spielen!«

»Der Himmel bewahre mich davor. Es ist die undankbarste Rolle der Weltliteratur.«

»So?« Barnowsky dachte einen Augenblick nach. »Sie mögen recht haben!«

»Darf ich für diesmal mich empfehlen?«

»Es hat mich sehr gefreut.«

Als ich die Klinke schon in der Hand hatte, sagte er noch schnell:

»Herr Götz!«

»Bitte?«

»Sie gehen anders, als Sie sprechen!«

»Ich tue – was?«

»Sie gehen anders, als Sie sprechen! – Auf Wiedersehen!«

»Auf Wiedersehen!«

»Dunnerknispel«, sagte ich mir, als ich vom Büro durch den Zuschauerraum ins Bühnenhaus zu meiner ersten Probe ging, »so einfach, Herr Götz, ist es nicht, wie Peterhans von Binningen es sich gedacht hat!«

Der träumte von »künstlerischer Arbeit, sechs bis zehn Wochen Proben anstatt zweier, befreit sein von der Qual des allnächtlichen Rollenlernens« und ähnlichem. Das würde wohl auch stimmen!

Aber das war vielleicht gar nicht das Wesentliche! Hier galt es ja nicht nur, sein Können zu beweisen, es ging darum, sich seine Freiheit zu erkämpfen, sich seine innere Haltung zu schaffen, die einen frei machte, nach innen und nach außen! Das hieß also vorerst:

Die Ohren hübsch steif halten, artig zuhören, sondieren und sich dann nicht an den Wagen fahren lassen!

Wird nicht ganz leicht sein!

Aber *angekommen* wird! Damit meinte mein guter Onkel Rémond, der große Intendant aus Köln, etwas Bestimmtes: Man sollte bis zu seinem höchstens 35. Lebensjahre selbständig, ohne Vorgesetzte, nicht mehr »angestellt« sein! Die Unabhängigkeit späterhin zu erlangen, hätte keinen Sinn mehr. Dann wäre der Rücken schon bleibend gekrümmt vom Buckeln, und man könnte seinen Kopf nicht mehr an ganz der hohen Stelle tragen, wo er hingehört. Auch wären die Freundlichkeitsmuskeln um den Mund herum vom Lächelnmüssen dann bereits verhärtet.

Wie kann ein Mensch wahrhaftig bleiben, wenn er täglich soundso viele Stunden lächeln muß, wo es nichts zu lächeln gibt!

»Er ist ein Schaute!«

Sagte ein Herr mit einem Klemmer, der die Probentafel studierte. Er hatte eine hohe Stirn und eine Riesennase.

»Bitte?« fragte ich.

»Pappi ist ein Schaute. Lassen Sie sich von ihm nicht verrückt machen. Er hat mehr große Schauspielerseelen auf dem Gewissen als Rosinen im Kopfe. Und das will etwas heißen. Mein Name ist Adalbert.«

»Ich bin ein glühender Verehrer von Ihnen, Herr Adalbert.«

»Ich finde mich auch reizend.«

»Mein Name ist Götz.«

»Freut mich. — Ist er jetzt allein?«

»Ja.«

»Ich will ihm nur sagen, daß er ein Schaute ist. Wiedersehen!« Er verschwand ins Büro.

Bis zum Probenbeginn waren noch zwanzig Minuten Zeit. Ich benutzte sie, um auf das Postamt in der Dorotheenstraße zu gehen. Da kam Adalbert plötzlich an den Schalter gestürzt, riß ein Telegrammformular ab und schrieb wütend etwas auf. Ich duckte mich.

Die Probe begann ohne ersichtlichen Grund mit anderthalbstündiger Verspätung. Vor meinem Auftritt schlug mir das Herz bis zum Halse.

Dann trat ich auf.

»Machen Sie die Türen bei sich zu Hause auch so zu?« fragte Barnowsky aus dem Zuschauerraum.

»Bitte?«

»Ob Sie die Türen bei sich zu Hause auch so zumachen, indem Sie sie einfach ins Schloß drücken, oder ob Sie eine Klinke benützen?«

»Zu Hause benütze ich die Klinke«, sagte ich artig, »weil bei uns zu Hause an jeder Tür eine Klinke dran ist. An dieser Tür ist keine Klinke dran, sondern nur ein Knopf und ein Schnapper. Auch ist diese Tür aus Pappe und geht nach der falschen Seite auf.«

»Abends wird eine richtige Tür da sein, die nach der richtigen Seite aufgehen wird. Wollen Sie die Güte haben, das bitte zu markieren. Nochmals Ihren Auftritt bitte!«

Ich fühlte, wie in meinem Hirn etwas schnappte. Ich ging wieder ab, trat wieder auf, pustete in die Hände und scharrte mit den Füßen.

»Sind Sie verrückt geworden?«

»Nein, Herr Direktor. Ich streife mir nur den Schnee von den Schuhen. Es liegt tiefer Schnee.«

»Woher wollen Sie das annehmen?«

»›So ein Sauwetter‹, habe ich zu sagen, und ›der Schnee liegt meterhoch!‹«

»Das genügt.«

»Nicht wahr?«

»Herr Hainich, sorgen Sie dafür, daß die Rolle umbesetzt wird! Sie sind frei in diesem Stück, Herr Götz!«

»Darf ich fragen warum?«

»Glauben Sie, daß am Hofe Ludwigs des Vierzehnten ein Höfling gewagt hätte ... aber das verstehen Sie nicht! Wegen ungebührlichen Benehmens.«

»*Wessen* ungebührlichen Benehmens?«

»Verlassen Sie die Bühne!«

»Gern, Herr Direktor. Aber der Tag wird kommen, wo Sie mich bitten werden, diese Bühne *nicht* zu verlassen. Guten Morgen.«

Ich wollte gehen, als Adalbert mich in der Kulisse aufhielt: »Bleiben Sie noch 'n Augenblick!«

Er ging an die Rampe und überreichte Barnowsky, der noch immer wütend an seinen Manschetten zupfte, mehrere vollbeschriebene Telegrammformulare.

Barnowsky war sprachlos.

»Herr Adalbert«, sagte er, nachdem er den Inhalt in sich aufgenommen hatte, »Herr Adalbert, ich bin manches von Ihnen gewöhnt, aber einen so pöbelhaft gemeinen Brief hätte ich doch nicht von Ihnen erwartet. Und selbst wenn ich den Inhalt verzeihen würde – Sie sind erregt, weil Sie Ihren Vorschuß nicht bekommen haben –, aber daß Sie es wagen, Ihrem Direktor auf so einem Wisch, auf abgerissenen Telegrammformularen zu schreiben, das vergesse ich Ihnen nie – nie!«

Adalbert senkte den Kopf und verließ beschämt die Bühne.

Abends erzählte man sich in allen Berliner Theatern, daß Adalbert gleich darauf in ein Papiergeschäft gegangen sei, einen Briefbogen mit vergißmeinnichtumrahmten, schnäbelnden Turteltäubchen erstanden und Barnowsky *denselben gemeinen Brief* nochmal geschrieben habe.

»Das ist der Ton, mit Hexen umzugehen«, dachte ich! Ich liebte Adalbert, der mir so wesensähnlich schien. Die Art, alle Unbill in Humor abzubiegen, es sich dadurch nur bis ans Gefieder gehen zu lassen, sein Gesicht zu wahren und bei aller Liebenswürdigkeit obenauf zu bleiben, das war es! Es machte mich daher sehr glücklich, daß Adalbert mich seinerseits erkannte und mich an sein Herz nahm.

Adalbert war durch nichts aus seiner Ruhe zu bringen. Es sei denn, daß man ihn beim Pokern störte. Das wußten die Kollegen und ersannen einen Streich, um den großen Komiker doch endlich einmal *unter* der Situation zu erleben. So saß Adalbert wie allabendlich im Bühnenklub am Pokertisch und gustierte seine Karten mit Genuß, als der Liftboy zu ihm trat:

»Herr Adalbert möchte bitte für einen Moment rauskommen«, flüsterte er ihm ins Ohr.

Mit einem mitleidigen Lächeln überhörte Adalbert die Meldung.

»Herr Adalbert möchte bitte für einen Moment rauskommen«, kam der Boy nach einer kurzen Weile noch einmal an den Tisch.

»Wohl verrückt jeworn, mein Jungchen«, sagte Adalbert.

»Herr Doktor Fried läßt Herrn Adalbert dringend nur für einen Moment bitten.«

Adalbert stand auf und ging raus.

Doktor Fried, der beliebte Hals-, Nasen- und Ohrenspezialist, stand im Begriffe, eine Naive zu heiraten, eine kleine Dame, die sehr reizvoll, aber auch sehr großzügig – gelinde ausgedrückt – im Verschenken ihrer Gunst war, was ihr Bräutigam mit viel Humor hinnahm.

Der Doktor kam auf Adalbert zu, während sich die Kollegen hinter Säulen und Portieren versteckten, um der kommenden Szene zu lauschen, und flüsterte mit gut gespielt verhaltener Erregung:

»Herr Adalbert. Es tut mir leid, daß ich Sie stören muß. Aber ich habe gehört, daß Sie über meine Braut diese und diese Äußerungen gemacht haben und . . .«

». . . und«, unterbrach ihn Adalbert, »davon kann ich kein Wort zurücknehmen«, ging an seinen Tisch zurück und spielte weiter.

DIE KOLLEGEN – UND NOCHMALS PAPPI

Alfred Abel sprach leicht sächsisch, lernte sehr schwer, konnte nie eine Rolle, sprach zögernd, und was er sprach, verstand er nicht. Das gab seinen Gestalten etwas Überirdisches, etwas, das sich niemand erklären konnte. Seine schönen braunen Augen taten das übrige. Sie waren stets ein wenig zu weit geöffnet – aus Angst vor dem nächsten Satz.

Er und *Adalbert* waren unzertrennlich. Gegen sie war Barnowsky machtlos. Die einzige Reaktion, die Barnowskys Regieblitze bei Abel auslösten, war ein geduldiges Kratzen im After, während er nachdenklich in die Fußrampe starrte.

Zum festen Ensemble gehörten auch der schöne *Theodor Loos* mit seiner herrlichen Stimme und Diktion, *Hans Sternberg* und *Guido Herzfeld.* Er hieß eigentlich *Herzberg* und hatte sich mit den Seinen überworfen, weil ihm der Familienname nicht schwungvoll, nicht künstlerisch genug klang. *Max Landa,* alias Joe Deebs . . . aber das erzähle ich nachher.

Um acht Uhr begannen unsere Vorstellungen. Zwischen sieben und halb acht kamen die Kollegen in ihre Garderoben. Es sei noch keinem gelungen, erzählt die Fama, auch wenn er schon um sechs Uhr kam, der erste am Schminktisch zu sein. Immer saß *Robert Müller,* genannt der »Nasenmüller«, schon da, und um seine schöne, sehr charaktervolle, aber auffallend große Nase zu verschminken, klebte er sich eine! Noch über die seine!

Jeder ist anders albern, sagte mein Großvater.

Albert Steinrück, Rudolf Schildkraut, Harry Walden und *Albert Bassermann* spielten als Saisongäste.

Und alles das im »Kleinen Theater«, auf einer Bühne, die nicht größer war als ein Zimmer. Und da sollten keine guten Vorstellungen herauskommen? Aber wo bleiben Barnowskys Verdienste?

O bitte! Er machte alle so nervös, daß sich zumindest niemand in den Vordergrund spielte. Aber man spürte die Kraftreserve jedes einzelnen, wie bei Autos, die 250 Sachen auf der Mühle haben, aber nur 100 fahren. Bei Vollgas hätten sie das »Kleine Theater« in Atome zerspielt!

Damit scheinen mir Barnowskys Regieerfolge und Regiegeheimnisse umrissen.

Man hatte mir gesagt, solange man Barnowsky nicht ernst nähme, ohne ihn dies merken zu lassen notabene, solange könnte man köstlich mit ihm auskommen. Und auf die Idee, Barnowsky ernst zu nehmen, wenn man ihn länger als eine Stunde auf der Probe zu beobachten Gelegenheit hatte, auf die Idee sei noch nie niemand verfallen. (Die doppelte Verneinung ist weder wienerischer Dialekt noch ein Druckfehler, sondern soll hier ihre doppelte Geltung haben!)

Was mich mit Barnowsky später verband, war eine innige Haß-Freundschaft. Was ich an ihm liebte, war seine Theaterbesessenheit, was ich an ihm haßte, seine Talentlosigkeit.

Was Barnowsky an mir haßte, war mein Talent, und was er an mir liebte, waren die Kasseneinnahmen, die ich erzielte.

Barnowskys Proben verliefen ungefähr so: Er kam und arrangierte erst seine Manschetten und seine Krawatte und dann die Stellungen einer Szene, was nicht viel mit »Regieführen« zu tun hat, sondern die Sache eines »Ordnungsbeamten« ist. Und das *war* Barnowsky.

Dann hörte er seinen Schauspielern zu – und staunte! Aber er wollte sich dies nicht anmerken lassen.

Seine Schauspieler merkten es ihm an.

So durchschaut, wurde Barnowsky unsicher und glaubte jetzt unbedingt etwas »verbessern« zu müssen. Und was er verbesserte und wie er es verbesserte, war solcher Art, daß sich jedes Wort erübrigte. Nur Blicke flogen von einem Kollegen zum anderen, und Abels obgenannte Verlegenheitsreaktion blieb die einzige Antwort. Trotzdem mußte man eine ganze Weile über Barnowskys Bemerkungen nachdenken, weil mehrere Fremdwörter darin falsch angebracht waren. Aber da sich dies stets wiederholte, war man darauf vorbereitet, und die Proben verliefen reibungslos und ohne Diskussion.

Am Nachmittag war man im Café oder in der Wohnung eines Kollegen verabredet und machte dort untereinander aus, wie man diese oder jene Szene spielen wollte. Daran wurde dann richtig studiert und gearbeitet. Und was dabei herauskam, wenn Leute wie Adalbert, Abel, Steinrück oder Harry Walden ihre Ansichten verquickten, das war dann eben großartig und richtiges Theater, für das Barnowsky als Regisseur zeichnete.

Nicht ganz ungeschickt war er im Präsentieren weiblicher Stars, das heißt, man glaubte dies, solange man nicht auf seinen immer wiederkehrenden Trick gekommen war: Er ließ alle Schauspieler laut reden, sehr laut sogar, und dann kam eine Pause und meistens noch eine Pause, und dann sprach ganz, ganz leise der weibliche Star seinen Satz, der nun ungewöhnliche Bedeutung bekam.

Probieren Sie das mal, meine Herren Regisseure!

Joe May, der Filmgewaltige dieser Tage, fragte mich: »Kurt, kannst du eine Augenbraue hochziehen, ohne die andere zu bewegen?«

Da mich diese Aufgabe nicht sonderlich reizte und mein Kollege Landa gerade in Geldnöten war, sagte ich:

»Nein, mein lieber Joe, aber Landa kann das.«

»Gut, Kurti«, gab Joe sofort nach, denn er kannte meine Hartnäckigkeit in diesen Dingen, »aber du schreibst mir wenigstens das Buch für diesen Detektiv, der mir da vorschwebt! Du weißt doch, ich fahre ganz nahe ran: Großaufnahme! Die eine Braue wird langsam hochgezogen, daß es einem den Buckel hinunterläuft! Dazu lasse ich mir viel Zeit, mein Junge!«

»Gemacht, Joe, wenn's niemand erfährt. Gib mir das Buch gleich mit.«

»Das Buch sollst du mir ja schreiben!«

»Nach welcher Idee? Wie soll die Geschichte denn sein?«

»Wie du willst, Kurtl. Das machst du besser als ich.«

Ich schrieb dieses Drehbuch, und Landa zog seine eine Braue hoch als der berühmte Detektiv, dem ich den Namen »Joe Deebs« gegeben hatte. Joe, für Joe May natürlich, was diesen kindisch freute.

Und mich, als Autor, nannte ich ... oder so ähnlich. Ich weiß es nicht mehr, denn »Die Dame in Schwarz« schlug ein, und Joe May plante eine ganze Serie, die ich ihm schreiben sollte.

Und auch schrieb.

Jeden dieser Filme unter einem anderen Pseudonym.

Damals hatte ich mir schon meine ersten zarten Sporen als Bühnenautor verdient mit dem »Lampenschirm« – die Uraufführung fand in Leipzig statt – und hatte »Nachtbeleuchtung« auf der Pfanne, nebst einer scharfumrissenen Auffassung von der Kunst des Stückeschreibens. Ich wollte alles dieses nicht durch Schauerdrehbücher, die billigste und leichteste Ware, aufs Spiel setzen. Aber damals brauchte der Film diese Kriminalgeschichten, für mich war es ein Kinderspiel, sie zu erfinden, und es machte mir Spaß, sie sauber zu schreiben.

Vor allen Dingen aber freute mich die Tatsache, daß ich aus jedem meiner Pseudonyme einen *Namen* hätte machen können. Man verlangte mehr von diesem Autor, der so »originelle Einfälle« zu haben schien. »Da kommt einer mit Grips«, schrieb jemand nach der »Dame in Schwarz«, und nach dem »Roten Signal« hieß es in einem Blatt: »Sehr ähnlich dem Stil von der ›Dame in Schwarz‹.« Das machte mir diebischen Spaß!

Als ich zur Bühne ging, da war die Frage »Künstlername« in der Familie höchst akut. Aber nicht bei mir. Ich *hatte* meinen Namen. Mein Können sollte ihn klingen machen. Und jetzt bestätigte sich mein Gefühl, daß nur der Unsichere einem Namen Bedeutung zumißt. Er weiß in sich, trotz eventueller Anfangserfolge, daß er nichts Eigenes zu geben hat, daß alles zusammengelesen, aus fremden Jagdgründen geholt ist. Hat man eine eigene Handschrift, so dringt sie unweigerlich durch *jeden* Namen hindurch, sogar durch den angeborenen! Nicht wahr, geliebter Tucholsky?

Ich spielte oft selber die Rolle des Bösewichts neben Landa. Ich habe noch manches Photo aus diesen stummen Filmen. Es ist ungemein aufregend, wenn ich zum Beispiel vom Fensterbrett auf den Kronleuchter springe und mich so durchs Zimmer schwingen lasse, um ein wertvolles Gemälde von der gegenüberliegenden Wand zu rauben (einfacher ging's nicht), während Ossi Oswalda in Ohnmacht fällt!

»Der Hund mit dem Monokel«, »Der Mann ohne Kopf«, »Pfarrer Andrews schwarze Dogge«, »Das verhangene Kellerfenster«, »Spuren«, »Das Skelett des Herrn Mauritius«, »Licht im Dachboden«, »Fliegende Schatten« sind einige, von denen ich noch Bruchteile besitze und an die ich mich genau erinnere. »Die Narbe des Herrn Staatsanwalts!«

Alles Joe Deebs-Filme, in denen Max Landa eine Braue hochzog und ungemein schaudervoll wirkte!

Und Joe May, was war das für ein Kerl! Produzent, Regisseur, Aufnahmeleiter, Kameramann, Beleuchter, Dompteur, alles in einer Person. Er konnte einfach alles und war durch und durch Künstler von unbändigem Temperament. Nur Schauspieler war er, zu seinem größten Leidwesen, nicht, denn sobald er erregt war – und er war immer erregt, wenn es ums Filmen ging, und bei ihm ging es immer ums Filmen –, stotterte er. Nicht nur mit der Zunge, auch mit Händen und Füßen.

Da wurde ihm einmal ganz plötzlich ein Schauspieler krank, und er rief mich um ein Uhr mittags an:

»Ku ... Ku ... Kurti! Du mu ... mu ... mußt mir helfen! Nur eine ei ... ei .. einzige Szene!«

»Ich kenne das, Joe«, sagte ich, »ich kann es nur machen, wenn ich Punkt sieben in meiner Garderobe im Lessingtheater bin.«

»Gu ... gu ... gut, Kurtl. Ich hole dich selber ab.«

Um zwei Uhr saßen wir in seiner Lokomotive – ein Horch war es. Um halb vier stand ich geschminkt vor seiner Kamera. Um fünf fing ich an zu drängeln und nervös zu werden. Endlich, um halb sechs war ich abgedreht, und Joe brachte mich wieder selber ins Theater. Im Auto schminkte ich mich ab.

Joe fuhr wie der Teufel. Da schien ein Heuwagen aus der Ferne beängstigend schnell auf uns zuzukommen, ohne daß Joe auch nur die geringsten Anstalten machte, zu bremsen.

»Willste drüber weg?« schrie ich ihm ins Ohr.

Und mein Joe, ganz ernst:

»Wo ... wo ... wolln wir?«

Dabei fällt mir noch etwas ein:

Am Wannsee-Ufer wurde ein Teil der »Herrin der Welt« gedreht. Ein indischer Elefant brachte die schöne blonde Mia May ins Bild und sollte auf Joes Pfeifen weiterschreiten. Das Tier machte aber nur einen einzigen Schritt, so daß sein Kopf zwar aus dem Bilde war, sein mächtiger Körper aber noch die ganze Szene verdeckte. Die Wärter gaben sich alle Mühe, kein Locken und kein Stichel half. Da sprang Joe hinzu und riß den Elefanten am Rüssel. Der stutzte einen Augenblick und warf dann, in majestätischer Ruhe und in weitem Bogen, unseren Joe — der das gar nicht mitzubekommen schien — über seine Mia hinweg hoch in die Luft, so daß er zu seinem Glück viele Meter weit in den See fiel. Aber im Fluge schrie Joe noch aus Leibeskräften: »Wei ... wei ... weiterdrehen!«

VON HELDEN UND HELDENVEREHRUNG

Im »Heidelberger« saß man nach den Premieren und wartete mit Angst im Herzen die Morgenzeitungen ab, denn damals bestimmte die Kritik, ob man weiter im Engagement blieb oder von nun an auf der Straße lag.

An jenem Abend hatte Adalbert einen seiner berlinerschütternden Erfolge beim Publikum gelandet, und am Nachbartisch rieb, ihm zu Ehren, eine Burschenschaft in vollem Wichs einen Salamander. Adalbert prostete dankend hinüber, wollte sich aber weiter nicht stören lassen und sich lieber mit den Kollegen unterhalten.

Doch die Studenten, die alle schon ziemlich voll waren — das heißt, sie waren unziemlich voll —, die Studenten, die hatten es sich in den Kopf gesetzt, Adalbert heute ganz besonders zu feiern.

Einer der jungen Herren stand auf, trat an Adalbert heran und sagte, seiner Sinne, seiner Haltung und seiner Sprache bei weitem nicht mehr mächtig:

»Herr A ... A ... Adalbert! Es ist mir eine ganz besondere Ehre, daß meine Komm ... meine Kommi ... meine Kommilitonen gerade mich erkoren haben, Ihnen, sehr verehrter Herr A ... A ... A ...«

Die letzten Worte sprach er erschüttert, fast unter Tränen, und es war rührend — und noch weit mehr war es beängstigend zu sehen —, wie sich der junge Student bemühte, sein Innerstes dem großen Künstler darzutun, was ihm nun auch gerade in dem Augenblick gelang, als Adalbert endlich seinen Kopf hob, um zu diesem von Bewunderung erfüllten und, wie gesagt, auch sonst viel zu erfüllten Jungen emporzublicken.

Hätte Adalbert doch wenigstens Bedalbert geheißen! Dieses »A« zu Anfang des Namens, der mit so viel Inbrunst gesprochen war, von allem erfüllt, was dieser sympathische junge Mann in sich hatte, wurde zum Verhängnis für den Schwärmer! Genaugenommen noch mehr für Adalbert, der nun den vielen schönen Wein, aus zweiter Hand, wenn man das sagen kann, auf seinem neuen Anzug hatte.

Alles sprang auf. Die Studenten stürzten sich auf ihren unglücklichen Kommilitonen und warfen ihn kurzerhand aus dem »Heidelberger« auf die Straße.

Und Adalbert, keine glücklichere Figur in diesem Augenblick, nahm seine Brille ab, um einigermaßen freie Sicht zu bekommen, angelte nach seinem Taschentuch aus der hinteren Hosentasche, da jenes aus der vorderen Rocktasche zu jeder Art Reinigung hoffnunglos erschien, erhob sich und verschwand, um reichlich später wieder zu erscheinen. Und zwar: In Kostüm und Maske!

Die Haare glatt zurückgekämmt und noch feucht vom Waschen, im viel zu weiten und zu langen Gehrock jenes Herrn, der in seinen alten Tagen die Retirade besorgte, zu seinem Leidwesen alternierend mit seiner Frau, einer ehemaligen Tänzerin, was er Adalbert eben bei seiner Reinigungsaktion zu erzählen Gelegenheit nahm:

»Sehn Se, mein Herr, jeder hat doch seene eigene Tragödie. Man möchte doch, wenn man nach Hause kommt, von der schweren Arbeet ... ach du lieber Jott, det scheene Seidenfutta vons Jackett is ja och ...! Nu ziehn Se einstweilen meen Jehrock über. Ick wasche Ihn'n det richtig raus, sonst passiert Ihn'n det och noch, wenn Ihn'n dieser Dunst in de Nase steicht ... Da möchte man doch daheeme seine Ordnung und seen Essen vorfinden und vor allen Dingen möchte man doch seen Frauchen, seene Ansprache zu Hause haben. Aber se sacht, nach eem so ausjefüllten, tatenreichen Leben ... um Jottes willen, mein Herr, nehm'n Se doch keene Ohdekolonche noch da druff! Die zwee Jerüche zusamm'n, na prost ... nach eem so ausjefüllten, tatenreichen Leben, sacht se, da will se im Alter nu noch so'n bisken dabei sint.«

Adalbert kam, in völlig neuartiger Form sozusagen und erschüttert von dem tragischen Schicksal des Herrn da draußen, wieder an den Tisch. Kaum hatte er Platz genommen, stand der Präses der Studentenverbindung stramm auf, kam auf Adalbert zu und sagte in vollendet preußisch militärischem Ton:

»Herr Adalbert! Gestatten Sie, Ihnen zu versichern ... wie unendlich peinlich es uns ist ... wie sehr wir alle bedauern ... in Gestalt unseres Kommilitonen, — der sich morgen mit einer Ehreneskorte die Freiheit nehmen wird, sich zu entschuldigen ... die für unsere Verbindung seit ihrem Bestehen vorbildliche Haltung verloren zu ...«

»Is ja in Ordnung«, sagte Adalbert.

»Ich bitte Sie im Namen der Verbindung, in aller Form, verehrter Herr Adalbert ...«

»Nu lassen Se man ...«

»Nein, Herr Adalbert, ich lasse es mir nicht nehmen ...«

»Sie weinen ja ooch schon, mein Junge! Beruhigen Sie sich ...«

»Ich kann mich nicht beruhigen, ehe Sie uns, Herr A... A... A...«

»Sehn Se, sehn Se«, sagte der Prinzgemahl der Tänzerin in der Retirade, »det jeht ebent nich! Ohdekolonche noch da druff uff den Naturduft! Wenn een det in de Nüstern steicht, det hält keen Ochse aus!«

Aber zum Glück war Adalberts Jackett ja wieder sauber, und so kam er in seinem schönen neuen Anzug an den Tisch zurück, die Haare frisch gewaschen und gestriegelt, kurzum, wie aus dem Ei gepellt.

Und die Kritiken um sieben Uhr morgens, die mußten nach den Erlebnissen dieser Nacht, da nach Schauspieleraberglauben ein leises Besprühen der Schulter schon genügt, um alles Glück zu bringen, himmelstürmend sein.

JULIUS CÄSAR

Die Premiere des »Julius Cäsar« im Lessingtheater war auch so eine Sache!

Es war mitten im Kriege. Barnowsky hatte mich gebeten, auf den Proben den Cäsar zu markieren, und zwar für Steinrück, der beurlaubt war und erst zu den letzten Proben kommen würde. Ich willigte ein, unter der Bedingung, daß ich in diesem Stücke dafür frei wäre. Mit der herrlichen Aussicht auf manchen schönen Abend probierte ich mit Wonne. Und ich probierte auch mit Behagen, in dem Gefühl, daß ich die Rolle ja nicht zu spielen brauchte. Beides machte mich frei und unbeschwert, so daß ich auf den Proben sehr sicher und sicher sicherer als alle anderen war, die sich mit ihren Rollen noch herumzuschlagen hatten.

Die Premiere kam näher, aber Steinrück anscheinend nicht. »Darf ich fragen, wann Herr Steinrück endlich kommt, Herr Direktor?«

»Herr Steinrück? Kommt gar nicht, lieber Götz.«

»Und wer spielt den Cäsar?«

»Sie, lieber Götz!«

»Herr Direktor, Sie werden doch nicht ... Sie werden doch meine ersten zarten Erfolge hier in Berlin ... Herr Direktor, Sie werden sie doch nicht so leichtfertig aufs Spiel setzen und mich in dieser oberfaulsten Rolle der gesamten Theaterliteratur herausstellen! Mit Bassermann als Brutus, Loos als Mark Anton, Sternberg als Cimber und so weiter und so weiter ...?«

»Sie spielen den Cäsar, lieber Götz, bitte auf die Bühne!«

Das war unmöglich! Immerhin war man ja in Berlin und nicht in Krähwinkel! Man war am Lessingtheater, neben Reinhardt die höchste Stufe, die zu erreichen war! Und die Kritiker, die da unten saßen! Jeder der Herren ein Könner und Künstler!

Hilfesuchend ging ich zu Bassermann, der mich anmannheimerte: »Du bist kroßartich als Cäsar, kroßartich bist du, Kurt!«

Also ... ich ließ mich breitschlagen und spielte den Cäsar.

Barnowsky hatte sich in der Hauptsache mit dem neuen »Sternenhimmel« und den »Massen« befaßt. Letztere waren auf der Generalprobe geradezu bemerkenswert!

Der Premierentag war da, und die meisten der Herren Komparsen, die so wunderbar trainiert waren, mußten ins Feld! Einrücken! Der Krieg ging eben vor. Es war schwer, Barnowsky dies klarzumachen. Jedenfalls fühlte er sich von der Regierung persönlich gekränkt.

Andere Römer mußten herbeigeschafft werden. Halbe Kinder kamen aus den Schulen, und der Theaterfriseur holte seinen ganzen Fundus an Bärten hervor, um aus ihnen ehrenwerte Bürger und Senatoren zu zaubern. Barnowsky probierte mit ihnen bis fünf Minuten vor sieben Uhr, ließ sich zwischendurch vom Beleuchter berichten, wie weit sein »Sternenhimmel« wäre, und zur Sicherheit versprach er, am Abend selber als Mitbürger zu fungieren, um die »Massen« zu beleben und zu dirigieren.

Die Vorstellungen des Lessingtheaters begannen stets um acht Uhr. Nur diese Premiere sollte schon um halb acht beginnen, doch war in der Aufregung vergessen worden, den Zeitungen davon Mitteilung zu machen. Fünf Minuten vor Beginn stürzte der Beleuchter, freudig erregt, zu Barnowsky:

»Herr Direktor! Een Stern brennt schon!«

Barnowsky schaute auf die Armbanduhr und sagte dann, geradezu heroisch resignierend:

»Machen Sie den auch noch aus.«

Punkt halb acht Uhr ging der Vorhang hoch. Als Cäsar hatte ich gleich in der ersten Szene aufzutreten. Das Parkett war fast leer, so daß ich nicht in so wählerischer Stimmung war zu sagen:

»Laßt wohlbeleibte Männer um mich sein«, sondern lieber gerufen hätte: »Laßt doch mehr Leute um mich sein!«

Diese erste Szene ging also — vorüber.

Darauf folgte »Brutus' Garten«, wobei es Bassermann passierte, daß er sich versprach. Bassermann aber ging nicht, wie jeder andere Schauspieler, darüber hinweg, sondern sagte den Satz noch einmal. Und versprach sich wieder. Aber nun wollte er es wissen! Er trug den Satz zum dritten Male vor, und als er ihn heraus hatte, sagte er verzweifelt — aber nicht ohne vorher seinen berühmten »Schnarcher« anzubringen, dieses Einziehen der Luft durch den offenen Mund, die das Gaumensegel flattern macht —: »Hrrrrr — 's war wieder falsch!«

Man kann nicht leugnen, daß das Publikum in gute Stimmung geriet.

Cäsars nächste Szene: Das Schlafgemach der Calpurnia. Barnowsky hatte acht Calpurnias ausprobiert. Da ihm keine gefallen hatte, spielte abends eine neunte, die ich bei dieser Gelegenheit das erstemal zu Gesicht bekam und mit der ich folglich nichts anzufangen wußte, obwohl Barnowsky versicherte, sie habe sich von Hainich alle Stellungen einstudieren lassen.

»Glauben Sie mir, lieber Götz, die Calpurnia weiß alles! Ich muß sagen, ich habe Hainich, zu meiner Freude, noch nie so aufgebracht, so aufgeschlossen, ich möchte sagen, so defleuriert aussehend gefunden — Sie brauchen gar nicht zu lächeln, lieber Götz, das ist sogar sehr gut ausgedrückt — wie nach seiner heutigen Arbeit«, sagte Barnowsky, »Sie werden sich überzeugen können.«

Aber es war sowieso ganz unwichtig, denn während dieser intimeren Szene wurde hinten, auf der funkelnagelneuen Drehscheibe, Brutus'

Garten ab- und das Kapitol aufgebaut, wobei vergessen worden war, ein Rädchen zu schmieren. Es quietschte, wie wenn man mit steilem Griffel über die Schiefertafel kratzt. Vielen Leuten im Publikum ging das auf die Nerven, weshalb sie sich die Ohren zuhielten. Ein ungewohnter, nicht unorigineller Anblick für die Schauspieler! Ich hätte es selber gerne so gemacht. Aber eine tiefergehende Art Nervosität, die unaufhaltsam steigenden Besitz von mir ergriff, gebot mir, meine Ohren den Worten der Souffleuse offenzuhalten.

Nun kam die eindrucksvollste Szene des Cäsar, im Kapitol, die gleich nach der großen Pause liegt.

Barnowsky hatte sich dazu etwas ganz Besonderes ausgedacht:

Ich hatte zu Anfang mit dem Rücken zum Publikum zu stehen, während die Senatoren und Bürger kamen und auf den amphitheatralischen Tribünen, dem Parkett gegenüber, nach und nach Platz nehmen mußten, was eine ganze Weile dauerte. Und das war gut so! Denn als sich der Vorhang hob, war das Parkett wiederum so gut wie leer. Die Einläuteklingel hatte gestreikt. Und wie der Herr Oberbeleuchter jetzt mit fachmännischer Genugtuung feststellte, war sie irrtümlich an den Rundhorizont angeschlossen worden und somit auch der Grund für das Versagen des Sternenhimmels gewesen, der jetzt allerdings nicht mehr gebraucht wurde, genauso wie die Einläuteklingel ihre Aufgabe hinter sich hatte, das heißt: gehabt hätte.

Nun kam noch ein Regieblitz von Pappi: Eine Art Abgeordneter irgendeiner Partei mußte Cäsar einen Papyrus überbringen, sobald die Senatoren ihre Plätze eingenommen hatten. Unserem Inspizienten Seelen war, zu seinem Unmut und zu seinem sowieso zehnfach überlasteten Posten, diese Rolle im letzten Moment zugeschoben worden.

Mürrisch trat er auf. Und auf seine Toga, die er nicht mehr hatte anprobieren können und die für ihn viel zu lang war, weshalb er über sie stolpern *mußte*!

Immerhin stolperte er zum Glück so in meiner Nähe, daß ich gerade noch den Papyrus erwischen konnte, ihn allerdings viel eher aufrollte als geplant war, um mein Gesicht dahinter zu verbergen. Mein Rücken, dem Publikum zugewandt, soll im gleichen Rhythmus vibriert haben wie die Togen der Senatoren, die ihre Häupter verhüllten. Nach einer geraumen Weile – länger als vorgesehen, es machte das voreilige Aufrollen des Papyrus wett – gab ich das Schriftstück zurück an Seelen, der es mit einer tiefen Verbeugung entgegennahm, sich umdrehte, um abzugehen, wieder stolperte und deutlich vernehmbar und nicht ganz im Stile Shakespeares sagte: »Na so was!«

Auch dieses trug zur Hebung der Stimmung nicht unwesentlich bei.

Im Publikum dürften allerdings nur wenige diesen Zwischenfall bemerkt haben. Denn da war unter den Bürgern Roms eine äußerst geschäftige, aufgeregte rote Mütze zu sehen, die mal da, mal dort auftauchte und wieder verschwand, hier einem Bürger etwas zuflüsterte, dort einen würdigen Senator puffte und einen anderen beinahe umstieß, die, wie es den Anschein hatte, einem angenehm· Verrückten gehören mußte, so daß man bedauerte, nicht vernehmen zu können, was dieser seltsame Bürger – eine Figur, die man von Shakespeare her nicht kannte, die neu entdeckt oder sogar hinzugedichtet worden war – was dieser seltsame Bürger zu sagen hatte. Oder sollte gerade das auch ein Genieblitz des Regisseurs sein, daß man das *nicht* hören sollte? Jedenfalls wurde laut und herzlich gelacht.

Auch auf der Bühne. Denn hier wußte man, daß diese rote Mütze zu Barnowsky gehörte, der ja versprochen hatte, die Massen anzufeuern, und der sich, ganz gegen den Rat des Garderobiers und des Friseurs, die rote Mütze nicht ausreden ließ, denn er wußte es besser: In Rom trug jeder Bürger eine rote Mütze.

Hier wirkte sie jedenfalls enorm.

Aber jetzt kam endlich, endlich der Augenblick, da Cäsar die Klaue des Löwen noch einmal verspüren lassen konnte! Sternberg, als Metellus Cimber, liegt vor ihm auf den Knien und fleht um Gnade für seinen verbannten Bruder. Der geneigte Leser weiß: Es liegt mir nicht zu übertreiben, weshalb ich unerwähnt lasse, daß Sternberg in dieser Premiere von seinem »verbrrrannten« Bruder sprach. Und dabei hatten wir Kollegen es ihm Hunderte von Malen in der Garderobe, vor seinem Auftritt, eingeschärft: »Sag ja nicht verbrannt anstatt verbannt! Alles kannst du sagen, verloren, verschollen, nur nicht verbrannt! Ja nicht verbrannt! Um Gottes willen nicht verbrannt!«

Aber, manche Premiere hat es eben in sich!

Sternberg fleht – und Cäsar springt auf!

Doch leider so heftig, daß ihm der schöne Lorbeerkranz vom Kopfe rutscht! Alle Würde ist dahin! Die Senatoren verhüllen aufs neue ihre Häupter in ihren Togen, und Sternberg flüstert:

»Armer Kurt, gerade heute hast du allen deinen Bräuten Freikarten geschenkt!«

Cäsar hat seine X Stiche bekommen und wartet nur noch auf den letzten:

»Brutus, auch du?«

Aber Bassermann kämpft am anderen Ende der weiten Bühne mit sich. Es ist ein schweres, inneres Ringen, bevor er sich mit langsam schleifendem Schritt Cäsar nähern kann, der sich schon kaum mehr aufrecht hält und nicht zusammenbrechen darf, ehe Brutus gestochen hat.

Es dauert und dauert, und ich warte und stöhne und wanke. Endlich erhebt sich Brutus' Hand, und der erlösende Dolch blitzt über mir im Rampenlicht. Da flüstert Bassermann:

»Kurt, jetzt mach noch als amal so: *hrrrrr.*«

Jedenfalls »schnarchte« ich glücklich erlöst und brach, nunmehr wirklich halb ohnmächtig, zusammen. Im Sinken hörte ich Brutus' Worte aus weiter Ferne hallen:

»Wie oft wird Cäsar noch zum Spiele bluten?«

Nicht mehr so sehr oft, dachte ich.

Der Vorhang fiel. Der Applaus war, wie man bei uns in der Schweiz sagt, minim.

Ich steuerte auf meine Garderobe zu, um mich schleunigst mit der Frage zu befassen, welchen Beruf ich nunmehr ergreifen sollte.

Herr Doktor Kosterlitz, der Theaterarzt, vertrat mir den Weg. Er liebte mich und hatte stets Worte überschwenglicher Begeisterung für mich bereit, weshalb ich ihn gerne mied. Diesmal aber hatte ich ein Lob nötig und freute mich, ihm begegnet zu sein.

Doktor Kosterlitz lächelte sein freundliches Lächeln etwas verlegen, nickte mehrmals mit dem Kopfe und sagte dann:

»Na, wieder lebendig, toter Cäsar?« und verschwand.

Noch ein Dolchstoß, dachte ich.

Da öffnete sich die eiserne Tür vom Zuschauerraum her, und Oskar Blumenthal, der gefürchtetste Kritiker, der »blutige Oskar«, erschien. *Den* wollte ich jetzt *gar* nicht sehen, aber er steuerte geradewegs auf mich zu, und jetzt stand er auch schon dicht vor mir.

Er sah mich über die goldenen Ränder seiner Brille langsam an. Sehr langsam! Dann nahm er sie ohne Eile ab, zog sein Taschentuch hervor, hielt die Gläser gegen das Licht, putzte sie sorgfältig und setzte sie wieder auf. Dann legte der »blutige Oskar« seine beiden Hände auf meine beiden Schultern, was mich zu einem erlösten Lächeln veranlaßte, und dann sagte er bedächtig und mit der Zunge schwer anstoßend, wie es seine Art war:

»Mein lieber Götz, welche Rolle sollten Sie denn ursprünglich in diesem Stücke spielen?«

Das war der letzte Dolchstoß an diesem Abend.

DAS LESSINGTHEATER IN BUDAPEST

Wir gastierten in Budapest, mit »Julius Cäsar« und den »Revuemäusen«, einem französischen Lustspiel, waren in einem ersten Hotel untergebracht, und Barnowsky war aufgeregt, als hätte er alle Rollen zu spielen.

Um acht Uhr morgens begannen die Proben für die Komparserie, die man natürlich nicht aus Berlin hatte mitnehmen können, und Barnowsky fühlte sich heute ganz besonders als Reinkarnation Napoleons.

Als ich ins Theater kam, hörte ich schon von weitem, wie *Theodor Loos*, als Mark Anton, mit voller Stimme seinen Text schmetterte. Und dann sah ich von der Kulisse aus, wie Theo sich unauffällig, aber eindeutig den Hals massierte, während er abzugehen hatte.

»Du bist völlig verrückt, Theo«, sagte ich. »Du wirst heute abend heiser sein wie ein übertägiger Nachtwächter!«

»Pappi will es doch«, sagte Theo verzweifelt.

»Dann frag ihn, ob er abends deine Rolle für dich spielen wird! Du kennst ihn doch, wenn man ihm die Meinung energisch genug und im richtigen Moment sagt, gibt er Ruhe! Es kommt ja immer nur auf den richtigen Moment an. Jetzt ist so ein Moment! Das hält doch kein Ochse aus, was du da machst! Ich für mein armes Teil verziehe mich. Man wird ja schon heiser, wenn man dir bloß zuhört!«

Und ich ging. Da rief es auch schon aus dem Zuschauerraum:

»Herr Loos, Ihr Stichwort!«

Und Theo probierte brav weiter, mit voller Stimme, immer und immer wieder die Stellen, auf die die Komparserie zu reagieren hat.

Um zwölf gab es eine kurze Pause. Man ging in die Kantine. Barnowsky, vornehm, ins Hotel, begleitet von Hubert Hainich.

Hainich war ein besonders reizender Kollege, die Bescheidenheit und Gefälligkeit in Person. Als Schauspieler konnte er so bedeutend »unbedeutend« sein. Unersetzlich aber war er, wenn es galt, einen Mann zu spielen, der »nicht da« war, abwesend, obwohl auf der Bühne. Ich zeichnete unter diesem bleibenden Eindruck meinen Rechtsanwalt Perino, Perino und Perino im »Haus in Montevideo«.

In der Hotelhalle angelangt, wurde Barnowsky von einem Herrn angesprochen, von dem er annehmen konnte, daß er um ein Autogramm bitten wollte. Barnowsky lächelte ihn freundlichst an.

»Mein Name ist Kern, Herr Direktor. Ich soll für Herrn Otzen einspringen. Ich habe auf der ganzen Fahrt die Rolle gelernt, und ich glaube, ich kann sie.«

»Das wird sich zeigen«, sagte Barnowsky von unten herab—Herr Kern war um mindestens eineinhalb Köpfe größer als er —, »figürlich entsprechen Sie jedenfalls *nicht*. Hainich, wo kann ich mir den Kern anhören?«

»Ich denke im Schreibzimmer«, sagte Hainich höflich. Im Schreibzimmer saß in einer Nische ein älterer Herr über einen Brief gebeugt, und Barnowsky machte eine ungehalten fragende Geste.

»Ach, Herr Direktor, ich glaube nicht, daß wir den Herrn stören werden«, flüsterte Hainich, rückte in der äußersten Ecke ein paar Fauteuils zurecht und brachte, etwas gedämpft, Herrn Kern das Stichwort. Und Kern sagte, auch etwas gedämpft, aber fließend, seine ersten Zeilen.

Da kamen zwei Hotelgäste herein, in ein anscheinend sehr heiteres Gespräch verwickelt.

Barnowsky sprang auf:

»Also das geht nicht, meine Herren! Sehen Sie denn nicht, daß hier Probe ist?«

Und dann ging er auf den Briefschreiber zu:

»Und Ihre Nervenlosigkeit ist mir völlig unverständlich!«

Alle drei Herren zogen sich verdutzt, lautlos zurück und Barnowsky —*fühlte* sich.

Aber nicht lange.

Ein vierter Herr betrat das Schreibzimmer, ging auf Barnowsky zu, sagte ihm einiges auf ungarisch, sagte es sehr verbindlich und überreichte ihm dabei drei Visitenkarten.

»Was soll das?« fragte Barnowsky. Und als der Herr merkte, daß er besser deutsch mit ihm sprach, sagte er höflich:

»Eine Forderung, mein Herr, auf Ihr unqualifizierbares Benehmen«, und ging.

Barnowsky stand ratlos mit den drei Dingern in der Hand, überlegte einen Augenblick, sah Hainich an, gab ihm die Karten und sagte hoheitsvoll:

»Erledigen Sie das für mich, Hainich.«

Nachmittags ging die Probe weiter. Da unser armer Theo schon reichlich mitgenommen war, erlaubte Barnowsky – dem die drei Karten vielleicht doch etwas in den Gliedern lagen – erlaubte Barnowsky ihm, sich nunmehr zu schonen.

Gegen fünf Uhr kam endlich die Szene von Herrn Götz dran, die große Szene des Cäsar, mit Komparserie.

Aber Herr Götz war nicht da.

»Wo ist Herr Götz«, rief Barnowsky, »Herr Götz hat es wohl nicht nötig? Warum ist Herr Götz nicht auf der Probe?«

Und da passierte etwas, das noch nie jemand zuvor erlebt hatte oder danach je erlebte: Unser sanfter, wohlerzogener Theodor Loos stürzte wie ein Berserker an die Rampe und brüllte mit hochrotem Kopfe, daß der Kronleuchter wackelte:

»*Weil der nicht so ein Rindvieh ist wie wir!*«

Barnowsky war sprachlos und hob die Probe auf. Und Theo hatte an diesem Abend nun wirklich keinen Ton in der Kehle.

DIE POKERPARTIE

Adalbert, Abel, Sternberg und ich fuhren zusammen vom Gastspiel in Budapest nach Berlin zurück.

»Schade«, sächselte Abel, »daß mir geene Gartn mitham, sonst genntn mir bogern.«

»Wieso«, erwiderte Adalbert und tat so, als zöge er ein Spiel aus seiner Rocktasche, mischte, ließ Abel abheben, der auch sofort darauf einging – und teilte.

Jeder nahm seine Karten auf und gustierte.

Sternberg legte gleich nieder. Er hätte heute sicher kein Glück, meinte er. Dann stieg ich aus der Partie.

»Weil du klug bist, Kurt«, sagte Adalbert, in sein Blatt versunken, »wieviel kaufst du, Alfred?«

»Zwei«, war die kurze Antwort, die nebensächlich klingen sollte, um anscheinend einen Drilling unwichtig scheinen zu lassen.

»Ich hingegen brauche nur eine«, sagte Adalbert selbstsicher. Und als er diese eine genommen hatte, schien ein Royalflush perfekt zu sein, wenn nicht sogar Fullhand! Und jetzt begannen die beiden sich hinaufzuresen in die Tausende und Zehntausende, bis Adalbert gefährlich schnell sagte:

»Ich sehe dich! Was hast du?«

Kleinlaut erwiderte Abel:

»Ich habe . . . Buben und!«

»Buben und?« sagte Adalbert, »Buben und . . . sind *guuut!*«

Die Nacht wurde im Schlafwagen durchgefahren.

Beim Auskleiden sagte Sternberg – ich lag schon im oberen Bett –:

»Du, Kurt, so gegen vier Uhr morgens kommen wir an die Grenze. Wer geht denn da wegen des großen Koffers an den Zoll?«

»Ich natürlich.«

»Quatsch! Du schläfst. Ich bin wahrscheinlich sowieso wach.«

»Kommt nicht in Frage, ich bin der Jüngere.«

»Eben. Du zeigst hier unsere Handkoffer. Det Ruff und Runter ist nischt mehr für'n älteren Herrn!«

Die Grenze kam, Sternberg ging an den Zoll, und ein Beamter öffnete die Coupétür:

»Nichts zu verzollen?«

»Nein«, sagte ich, sprang vom Bett, holte die Koffer herunter und öffnete sie.

»Danke. In Ordnung.«

Man saß beim Frühstück im Speisewagen, als Sternberg eine große Kiste herrlicher Havannas aus seinem Mantel zog, sich eine ansteckte und mir eine anbot:

»Mensch, Sternberg! Donnerwetter! Wo haste die her?«

»Aus Budapest. Geschmuggelt.«

»Wie haste das jemacht?«

»In deinem Handkoffer natürlich, du Dussel.«

DAS VERGESSENE MONOKEL

Barnowsky war heute auffallend wirsch. Meistens war er unwirsch. Und darunter hatten dann die Proben zu leiden, die Aufführungen, die Schauspieler und die Stücke.

»Es kläbt äm eens am andern«, philosophierte Abel.

Barnowskys Benehmen mir gegenüber änderte sich schlagartig, als ich in einer kleinen Rolle Szenenapplaus bekam und in der BZ von Norbert Falk mit einem ganzen Absatz gewürdigt wurde. Ich hatte einen schwerhörigen uralten Mann zu spielen, der einen einzigen, unzusammenhängenden Satz zu sagen hatte, und ich bat auf der Probe, ob ich mir aus diesem einzigen, unzusammenhängenden Satze wenigstens eine einzige zusammenhängende Pointe machen dürfe, die nun so hieß:

»Drei Sachen kann ich mir überhaupt nimmer merken:

Das erschte sind Zahlen, das zweite sind Namen und das dritte . . . das hab ich vergessen . . .!«

Von da an behandelte mich Barnowsky wie ein Kätzchen. Er besuchte mich abends in meiner Garderobe, lobte meine Anzüge und Schuhe und erkundigte sich nach meinen Hobbys. Er ließ sich so weit hinreißen, in die Nachmittagsvorstellungen zu gehen, um mich in den

Rollen zu sehen, in denen ich mit Abel alternierte, zum Beispiel als Pfarrer in »Professor Bernhardi«. Er war mehr beeindruckt, als er zugeben wollte. Ich hatte diese Rolle schon mit großem Erfolg in Nürnberg auf dem Repertoire, so daß ich ziemlich frei vom Abelschen Vorbild, das ja bei Gott auch nicht schlecht war, spielte. Es kam eine Mischung zustande, die eine schöne Reife vorzauberte.

Kurzum: »Pappi« hatte mich unter seine Lieblinge aufgenommen. Er gab sich große Mühe, es nicht zu zeigen, aber er verriet sich eines Tages eklatant:

»Es wird vom Deutschen Theater angefragt, ob Herr Götz sein Monokel im Büro habe liegenlassen«, wurde gemeldet.

Ich sah Barnowsky bis in die Lackstiefel erblassen.

»Ich habe noch nie ein Monokel getragen«, sagte ich.

Barnowsky unterbrach die Probe und bat mich in sein Büro. Er überschüttete mich mit Vorwürfen. Das sei nun der Dank! Kaum hätte ich unter seiner Leitung die ersten kleinen Erfolge, schon ließe ich mich von seinem Todfeinde wegschnappen!

»Ich habe noch nie ein Monokel getragen!«

»Aber im Büro des Deutschen Theaters waren Sie!«

»Um Freikarten einzureichen!«

»Das können Sie Ihrer Schwiegermutter erzählen!«

»Die weiß es schon. Für die sind sie nämlich!«

»Können Sie mir Ihr Ehrenwort geben, daß, falls Ihnen ein Antrag von irgendeiner Seite gemacht wird, Sie vor Ihrer Entscheidung nochmals mit mir sprechen?«

»Gern.«

»Gut«, sagte er beruhigt. Und wieder einmal reichte er mir seine Hand.

Barnowsky hatte mir einen Floh ins Ohr gesetzt, und so ging ich ins Deutsche Theater.

»Ich soll mein Monokel hier haben liegenlassen, meine Herren?« fragte ich.

»Das war ein Irrtum, das gehörte Harry Liedtke! Aber, da Sie gerade da sind, Herr Götz, warum sind Sie eigentlich nicht bei uns?«

»Wieso? Ich bin ja gerade bei Ihnen!«

»Ich meine, bei uns engagiert, Herr Götz!«

»Ich bin bei Barnowsky sehr gut aufgehoben.«

»Bei uns wären Sie es mindestens so gut. Gehen Sie doch gleich mal zu Herrn Direktor Holländer hinein.«

Direktor Holländer war wohl eine der liebenswertesten Erscheinungen am Deutschen Theater, schon seiner unvorstellbaren Zerstreutheit wegen. Er war eine Wonne für den Schauspieler, denn diese Type konnte jeder leicht kopieren. Er sprach auffallend leise, um ein einziges Wort im Satze geradezu explosiv herauszustoßen.

»Mein lieber Herr Götz«, wisperte er mit weit vorgeschobenem Unterkiefer und klein zugekniffenen Augen, »ich höre, daß Sie sich zu uns *engagieren* lassen wollen.«

»Da haben Sie sich verhört, Herr Holländer«, sagte ich bescheiden, »ich habe gehört, daß Max Reinhardt mich engagieren will.«

»Ja *eben*«, sagte Holländer.

»Ja eben«, erwiderte ich, »das ist ein großer Unterschied!«

Holländer sah mich aufmerksam an und flüsterte, sich ganz nahe an mich heranschiebend:

»Was haben Sie, lieber Götz, bei Barnowsky *Gage?*«

»Sechstausend Mark.«

»Wir bieten Ihnen«, sagte Holländer, indem er sich in dem leeren Büro ängstlich nach allen Seiten umguckte und dabei seine geballte Faust bis vor die Lippen hob, »wir bieten Ihnen *fünfe*! Was sagen Sie jetzt?«

»Lieber Herr Holländer«, sagte ich, »ich sage, daß es mir eine große Ehre wäre, bei Reinhardt engagiert zu sein, aber ich kann mich diese Ehre nicht so viel kosten lassen. Ich muß für meine Eltern sorgen.«

»Na *eben*, lieber Götz, wenn Sie ...« Da läutete das Telephon, und ich konnte deutlich hören, wie eine Damenstimme fragte, ob Herr Holländer für Frau Eckersberg zu sprechen wäre, worauf Holländer antwortete: »Bitte, Fräulein Mayer, sehen Sie mal nach, ob ich oben im *Büro* bin«, und anhängte. Und da öffnete sich auch schon die Tür, und Else Eckersberg, eine an und für sich höchst nervöse und immer aufgeregte Dame, schoß wie ein Sektpfropfen herein und legte los:

»Herr Holländer! Das geht doch wohl über die Hutschnur! Ich bekomme Urlaub von Reinhardt persönlich! Ich fahre auf meine Hochzeitsreise! Kaum bin ich in Venedig, finde ich schon Ihr Telegramm vor, das mich augenblicklich zurückbeordert. Ich bin verzweifelt, mein Mann, der Baron, ist verzweifelt, aber wir sagen uns, daß der Beruf schließlich vorgehen muß. Ich fahre also wieder nach Berlin und bekomme nun diese Mist-Statisten-Wurzen in die Hand gedrückt! Das geht denn doch zu weit! Wegen dieser zwei lausigen Sätze müssen wir unsere Hochzeitsreise unterbrechen!«

Und damit brach die neugebackene Baronin Schey in helle Tränen aus! Holländer nahm sie um die Schultern und ging mit ihr im Büro auf und ab und auf und ab und sah sie dabei, krampfhaft nachdenkend, von der Seite an:

»Fräulein Eckersberg«, sagte er verhalten, mit großer Spannung, als hätte er die Patentlösung gefunden, »Fräulein Eckersberg, heiraten Sie nicht zu *früh*!«

Nach dieser reizvollen Szene ging ich beschwingten Schrittes ins Lessingtheater und ließ mich bei Barnowsky melden, von dem ich sogleich empfangen wurde.

»Herr Direktor«, sagte ich, »meinem Versprechen zufolge möchte ich Ihnen sagen, daß ich ein Angebot bekommen habe.«

»Zu wem?«

»Das tut nichts zur Sache.«

»Natürlich zu Reinhardt, was ich ja schon lange weiß! Was haben Sie jetzt Gage bei mir?«

»Sechstausend.«

»Viel zuviel, aber ich gebe Ihnen acht!«

»Zehn.«

»Acht und keine Mark mehr.«

»Zehn, Herr Direktor, anders möchte ich nicht bleiben.«

Barnowsky läutete und verlangte ein Vertragsformular, und dann füllte er es aus, mir noch einen Blick des Unmutes zuwerfend, bevor er die Gage einsetzte. Aber, da stand es:

10 000 Mark! Und das damals!

Und als wir beide unterzeichnet hatten, da konnte ich es mir nicht verkneifen:

»Jetzt darf ich Ihnen etwas sagen, lieber Direktor Barnowsky: Ich wäre nie auf die Idee gekommen, ins Deutsche Theater zu gehen, wenn Sie mir nicht diesen Floh ins Ohr gesetzt hätten!«

»Aber ich hatte doch gehört, daß Reinhardt sich für Sie interessiert!«

»Da haben Sie eben falsch gehört.«

»Götz, aus Ihnen werde ich nicht klug.«

»Und dabei ist es so einfach, lieber Direktor: Immer wenn Sie denken, daß ich lüge, sage ich die Wahrheit ...«

»... und wenn ich denke, Sie sagen die Wahrheit, dann lügen Sie.«

»So ähnlich, Herr Direktor!«

MEINE POINTE

Es war in jenem Stück, in dem ich besagten Greis von 107 Jahren zu spielen hatte:

»Drei Sachen kann ich mir überhaupt nimmer merken:

Das erschte sind Zahlen, das zweite sind Namen und das dritte ... das hab ich vergessen.«

Es war mir außer in der Premiere, die mir den Szenenapplaus und die schöne Kritik in der BZ einbrachte, nie mehr möglich gewesen, diese Pointe zu landen.

Kaum setzte ich zu ihr an, hustete Adalbert, oder es fiel Abel gerade ein Bleistift zu Boden, oder Herzfeld rückte seinen Stuhl zurecht, oder Sternberg putzte seufzend seine Brille. Einmal fiel sogar ein langer Kehrbesen aus einem Eckchen auf die Bühne, worauf Abel sagte: »Diese Butzfraun heutzutache! Da genn'n mir noch andere Zeiten, was, Großvater?« Und einmal rülpste Adalbert laut und bemerkte: »Entschuldigung, das kommt bei mir nur aus dem Magen!« Kurzum, es kam dahin, daß ich mich jeden Abend auf die Pointe freute, die ich nicht landen konnte, und gespannt war wie ein Flitzebogen, was die Kollegen sich ausgedacht haben würden. Denn eine öde Wiederholung gab es nicht. Ehrensache!

Nun war die 100. da!

Feierlich kamen Adalbert, Sternberg und Herzfeld in meine

Garderobe und überreichten mir ein Kistchen Zigarren, wozu Adalbert sagte:

»Kurt, du bist ein reizender Kerl, und es spricht für deinen Humor, daß du es uns niemals übelgenommen hast, daß wir dir täglich deine einzige Pointe zertreten. Wir haben beschlossen, sie dich heute, zur 100., bringen zu lassen.«

Götz: »Es fällt euch wohl nischt mehr ein?«
Abel: »Im Gächenteil, für morgen ham mir schon was!«
Adalbert: »Aber heute lassen wir dich, Kurt.«
Götz: »Das kann ich doch gar nicht annehmen!«
Adalbert: »Die paar Zigarren! Sind ja ganz billig!«
Götz: »Das seh' ich. Ich meine ja euer Angebot, die Pointe!«
Adalbert: »Wir machen das gern für dich!«
Götz: »Der Gedanke macht mich ganz nervös, Kinder!«
Adalbert: »Wir haben uns gesagt, daß du heute, zur 100., doch sicher jemand drin hast, zum Beispiel die schöne schwarze Musikerin oder vielleicht die schlanke, lange, platinblonde . . .«
Götz: »Na also, dann dank ich euch auch!«
Adalbert: »Bitte, bitte.«
Herzfeld: »Gern geschehen!«
Abel: »Is ja bloß für heute, Kurt!«

Mein Stichwort kam näher, und ich wurde nervös! Ich blickte gewohnheitsmäßig im Kreise herum, ob ich nichts entdecken würde, was mich heute an Stelle meiner Pointe überraschen könnte!

Nichts! Es war *unheimlich*!

Nun kam mein Satz: »Drei Sachen kann ich mir überhaupt nimmer merken: Das erschte sind Zahlen«, sagte ich zögernd, »das zweite sind Namen« noch zögernder, »und das dritte . . .«, und da tatsächlich nichts zu passieren schien, holte ich Atem und freute mich auf meine Pointe.

Ich sagte also noch einmal, laut und sicher:

»Und das dritte . . .«

»Det wissen ma schon, det haben Se vajessen«, sagte *Adalbert*.

»EIN ECHTER GÖTZ, MEIN LIEBER GÖTZ!«

»Herr Direktor, ich hatte Ihnen versprochen, es Ihnen zu sagen, wenn ich einen Antrag bekomme. Ich habe jetzt einen.«

»Wohin, lieber Götz?« lächelte Barnowsky ungläubig.

»Das tut nichts zur Sache, Herr Direktor, aber ich kann in einer Stunde abschließen.«

»Mein lieber Götz, für so naiv dürfen Sie mich nicht halten! Ich bin Ihnen einmal reingefallen, damals, mit Reinhardt. Ein zweites Mal tue ich das nicht. Ich danke Ihnen.«

Das war um zehn Uhr morgens gewesen, im Büro des Lessingtheaters, woselbst um elf Uhr das Telephon klingelte und Herr Direktor Barnowsky gebeten wurde, Herrn Patry vom Königlichen Schauspielhaus zu hören.

»Ja? Mein lieber Patry, was kann ich für Sie tun?«

»Nichts, danke, Herr Direktor, sehr liebenswürdig! Herr Götz hat mich gebeten, Ihnen zu sagen, daß er eben bei uns unterschrieben hat.«

»*Wer?*«

»Kurt Götz.«

»...«

»Hallo? Herr Direktor, sind Sie noch da? ... Hallo ...?«

Barnowsky war für einige Tage für niemand zu sprechen.

Dann kam er abends in die Garderobe:

»Sagen Sie, lieber Götz, halten Sie sich für sehr fair?«

»Herr Direktor, wir hatten ausgemacht, daß ich es Ihnen sage, wenn ich einen Antrag bekomme. Dieses Wort habe ich gehalten. Aber Sie glaubten mir nicht.«

»Sagen Sie, Götz, wie machen Sie das? Ich glaube, ich habe Sie schon einmal gefragt: Immer wenn ich denke, Sie lügen, sagen Sie die Wahrheit, und wenn ich denke, Sie sagen die Wahrheit, lügen Sie.«

»Sehr einfach, Herr Direktor, ich sage immer die Wahrheit, nur *Sie denken*, daß ich einmal lüge und einmal die Wahrheit sage. Es liegt nur an Ihnen!«

»Das ist wieder einmal ein echter Götz, mein lieber Götz! Also gut: Was kann ich tun, damit Sie bei mir bleiben?«

»Das wird schwer sein, da Sie mich unterschreiben ließen.«

»Ich? Sie? Das ist gut! Aber lassen wir das! Ich habe eine Idee: Ich führe Ihre blödsinnigen Einakter auf ... diese ... *Nachtbeleuchtung* – ein ganz schlechter Titel. Patry kann nicht ablehnen, wenn ich Ihnen eine Chance als *Autor* gebe.«

»Versuchen Sie es, Herr Direktor.«

»Sagen Sie, lieber Götz, wie sind Sie überhaupt auf die Idee gekommen zu schreiben?«

»Um die Zeit auszufüllen, hauptsächlich.«

»Wieso? Sie spielen doch jeden Abend, sonntags immer zweimal.«

»Ja, ich spiele sogar viel zuviel, Herr Direktor. Ich wollte, ich hätte mehr Zeit.«

»Da haben Sie es wieder, lieber Götz! Jetzt sehen Sie es einmal selber! Zuerst sagen Sie, Sie müßten die Zeit ausfüllen, dann wollen Sie mehr Zeit haben!«

»Ja eben, mehr Zeit, um sie ausfüllen zu können mit einer mehr produktiven Arbeit.«

»Na hören Sie, lieber Götz, bei Ihrer Gage finden Sie das Spielen nicht produktiv?«

»Nein, trotz meiner Gage finde ich das Spielen nur reproduktiv.«

»Das sind relative Ansichtssachen, lieber Götz. Und wie kommen Sie auf die Idee, ausgerechnet Stücke zu schreiben?«

»Weil mir die Stücke, die Sie mir zu spielen geben, meistens nicht gefallen, Herr Direktor.«

»So. Und darf ich fragen, welche Stücke Ihrem Geschmack entsprechen würden?«

»Meine.«

»Sie sind nicht eingebildet, Herr Götz.«

»Nein, Herr Direktor, im Gegenteil. Meine Stücke gefallen mir so, wie ich sie schreibe, sonst würde ich sie nicht so schreiben ...«

»Wieder ein echter Götz, mein lieber Götz! Aber es ist Ihnen doch klar, daß es unwichtig ist, daß Ihre Stücke Ihnen gefallen.«

»Ganz klar, Herr Direktor.«

»Dem Publikum und hauptsächlich der Kritik müssen sie gefallen.«

»Das ist natürlich die Hauptsache.«

»Also, wenn Sie mich fragen, auf Ehre und Gewissen ...«

»Ich würde mir Herrn Direktor gegenüber nie erlauben, von Ehre und Gewissen ...«

»Wieso? Ach so! Das würde ich mir auch schwer verbitten!«

»Eben.«

»Unterbrechen Sie mich bitte jetzt nicht. Wenn Sie mich fragen, unter uns, lieber Götz, ich führe Ihre Stücke auf, um Sie als Schauspieler nicht zu verlieren, also unter Druck sozusagen, aber ich habe wenig Hoffnung, sehr wenig.«

»Das ist ein gutes Zeichen, Herr Direktor.«

»Sind Sie so abergläubisch?«

»Überhaupt nicht, Herr Direktor.«

»Na, wir werden ja sehen.«

»Eben.«

So bekam ich meine erste Chance als Autor in Berlin.

»NACHTBELEUCHTUNG«
1918

Peter Erichson, dem ersten Förderer

Mein lieber Peter,
Du hast mir keine Klitsche an der Ostsee angedreht, Du hast mir kein Reitpferd verkauft, nicht einmal die Hand Deiner Tochter hast Du mir angeboten. Lediglich meinen Paletot hast Du mir ausbügeln lassen. Etwas wenig für Deine Verhältnisse, wie Du zugeben wirst. Aber vor zehn Jahren hast Du, wie es Deinem liebenswerten Wesen eigen ist, im Bruchteil einer Minute mehr Initiative und Beweglichkeit des Geistes an den Tag gelegt als alle meine damaligen Freunde und Verwandten zusammen. Deshalb soll meine Widmung so kurz wie möglich ausdrücken, was ich ausdrücken möchte. *Kurt.*

Barnowsky mußte also, wohl oder übel, »Nachtbeleuchtung« ansetzen und ließ — was nicht sehr ermutigend war — gleichzeitig ein anderes Stück einstudieren, weil er an »Nachtbeleuchtung« nicht glaubte. Die Proben aber waren schön. Lauter gute Rollen, geschrieben von einem Schauspieler für Schauspieler!

Im ersten Einakter »Nachtbeleuchtung«, nach dem die Serie benannt ist, dreht es sich darum, daß ein Schauspieler sich dem Willen des Direktors, der in diesem Falle auch der Regisseur ist, widersetzt, in der Form, daß er sich weigert, nachdem er sich laut Rolle den tödlichen Schuß beigebracht hat, noch einen Monolog zu sprechen. Er beruft sich endlich auf den Freitod eines Kollegen, dessen Zeuge er vor kurzer Zeit war. Der Direktor, der darauf kein Gegenargument vorzubringen weiß, beendet die Diskussion kurzerhand mit der Bemerkung, daß, wenn der Freund so gestorben wäre, wie der Schauspieler vorgibt, es miterlebt zu haben, dieser eben *falsch* gestorben sei!

Gegen einen solchen »Barnowsky« kann man nicht an! Es sei denn, man wäre der Autor! Und der läßt, wenn die automatische Nachtbeleuchtung im Hause gerade wieder einmal ausgeht, jenen Freund erscheinen, der sich jüngst erschoß. Vielmehr dessen Geist! Und dieser erklärt nun, als Experte sozusagen, dem Herrn Direktor, daß er im Unrecht und besagter Monolog nach dem fatalen Schuß die Ausgeburt eines unkundigen Dichterhirns sei — und verschwindet wieder.

Der Direktor, ohne Übergang, wie das so seine Art ist, behauptet, er wäre natürlich von Anfang an *gegen* diesen dummen Monolog gewesen!

Barnowsky hatte sich auf den Proben besser amüsiert, als er zugeben wollte, und wie dann die Premiere mit großem Erfolg vorbei war, ließ er sich sogar herab, die Stücke zu loben:

»Ganz köstlich, mein lieber Götz! Besonders der erste Einakter, nach dem Sie — sehr richtig — den ganzen Zyklus benennen!

Nachtbeleuchtung! Ein großartiger Titel! Weil er so neugierig macht! Aber sagen Sie mir, im Vertrauen, lieber Götz, es würde mich interessieren: Welcher Berliner Regisseur hat Ihnen da Modell gestanden zu Ihrem verrückten Direktor?«

SEINE EXZELLENZ, GRAF VON HÜLSEN-HAESELER

150mal war »Nachtbeleuchtung« im Deutschen Künstlertheater gelaufen, als die Saison zu Ende ging, und mit der kommenden mußte ich meine Verpflichtung ans Königliche Schauspielhaus einhalten und wurde schon jetzt zu einer Antrittsvisite zu Seiner Exzellenz von Hülsen, dem Intendanten, beordert.

Ich habe mich in diesen durchaus adeligen Herrn »auf Anhieb« verliebt und habe ihn in manchen meiner Stücke auftreten lassen. Zuletzt als »Grafen von Dingelstädt« im »Herbst« der »Miniaturen«. Und ich spielte diese Rolle mit Leidenschaftlichkeit und Hingebung.

Es kam mir darauf an, diesen liebenswerten Herrn zu zeichnen als einen Grandseigneur der guten alten Zeit, der zwar humorig, ja sogar komisch erscheinen, aber nie lächerlich werden soll!

Dieses erreicht der Darsteller — wenn ich es ihm verraten darf —, indem er über der Figur ein Licht leuchten läßt, das uns verrät, daß Seine Exzellenz sich über sich selber lustig machen, unser Lächeln darüber genießerisch aus den Augenwinkeln beobachten und keineswegs verübeln, aber sehr, *sehr* ungehalten wären, wenn eine gutgezielte Pointe über höchstderoselbst nicht *ankäme* und *nicht* belacht würde! Und gerade dann, wenn unser Lächeln sich zum Lachen wandeln möchte, kommt ein kräftiger Schuß *Herz* — ohne Sentimentalität, versteht sich — hinein, um unser Lächeln beim Lächeln zu belassen.

Die Antrittsvisite bei dem Grafen von Hülsen-Haeseler verlief ungefähr so:

»Also, lieber Herr Götz, Sie kommen zu uns! Hm ...!«

Dieses »Hm« war ein hörbares Ausstoßen angestauter Luftmassen durch die Nase, bei fest geschlossenen Lippen und dabei weit auseinanderstehenden Kiefern. *Das* äußerliche Charakteristikum dieses so liebenswerten Herrn.

»Sie kommen also zu uns! Hm ...!«

»Jawohl, Exzellenz, und ich bin sehr glücklich.«

»Na, das freut ein'n denn ja auch ... Ja ... Und was woll'n Sie denn bei uns spielen? Ich meine ... was ... hm ...?«

»Exzellenz, am liebsten doch wohl ... gute Rollen.«

»Na seh'n Se! Man muß nur reden! Sag ich doch ümma! Also zum Beispiel ... woll'n Sie zum Beispiel, sagen wir, den Lutz in ›Alt-Heidelberg‹ ... hm?«

»Aber natürlich, Exzellenz! Wegen solcher Rollen geht man zum Theater. Gerade diese Rolle würde ich sehr gerne spielen.«

»Jeht man zum Theater! Na also! Hm! Man muß sich nur zu verständchen trachten. Den Lutz, den würden Sie spielen! Den würden Sie sogar gerne spielen, Herr Götz?«

»Aber natürlich, Exzellenz, liebend gern.«

»Na seh'n Se! ... Hm ... Nur ... det Stück ... det könn'n wir an unserm Hoftheater nich jebn! Hm ... Sie spielen mal als erste Rolle den ... Dings, in ... Dings, in dem Stück von dem ... Dings. Cleving war ooch nich jut!«

»Das ist nicht sehr ermutigend, Exzellenz.«

»Is es ooch nich, lieber Herr Götz! Sehn'n Se, zu uns sind schon viele jroße Künstler jekomm'n ... und sowie se bei uns war'n ... hm ... warsch aus! Der Rahm'n drückt!«

Und als ich schon an der Tür stand, um mich noch einmal zu verbeugen, da sagte Seine Exzellenz noch schnell:

»Haben Sie Kinder, lieber Herr Götz?«

»Nein, Exzellenz, leider nicht.«

»Mach'n Se sich nischt draus! Ich ooch nich! Das überspringt manchmal 'ne Jeneration!«

Viel später einmal traf ich Seine Exzellenz »Unter den Linden«. Langsam und verloren, als ob er sich zurechttasten müßte in der neuen Zeit, ging er einher. Er freute sich, als ich ihn grüßte, und blieb stehen:

»Ja ... hm ... mein lieber Herr Götz! Sie wundern sich, daß ich keen Schnurrbart mehr trage«, lächelte er, »aber Majestät sachte, daß mich ein Schnurrbart nich kleidet – stümmt jarnich, unter uns, stand mir ausjezeichnet – und da sachte ich zu Majestät: Majestät, sachte ich, wenn Maubeuge fällt, fällt der Schnurrbart ooch! ... Hm ... Maubeuge *is* jefall'n, mußte der Schnurrbart *ooch* fall'n!«

Beim Abschied fragte ich den Grafen, ob er sich die Abendvorstellung im nunmehr »Staatlichen Schauspielhaus« nicht ansehen wollte. Aber da meinte der alte Herr:

»Nee, nee ... in'n jestohlenes Theater ... hm ... jeh ich nich.«

Und ich ging auch nicht hin. Allerdings aus ganz anderen Beweggründen.

Barnowsky wollte meine »Menagerie« herausbringen, falls ich weiter bei ihm bliebe. Es ist eine Einakterserie wie »Nachtbeleuchtung«. So versuchte ich meinen Vertrag mit dem Königlichen Schauspielhaus zu lösen, wobei mir der Umstand entgegenkam, daß es ein »Königliches Schauspielhaus« nicht mehr gab, sondern ein »Staatliches Schauspielhaus«, mit dem ich ja keinen Vertrag geschlossen hatte.

»MENAGERIE«
Vier Übungen
1919

Albert Bassermann
in Dankbarkeit und Verehrung.

Ich hatte den Prozeß: »Kurt Götz gegen den König von Preußen«, wie es in den Schlagzeilen der Tagesblätter hieß, gewonnen, und Barnowsky brachte »Menagerie« heraus.

Sein Urteil nach der Generalprobe lautete:

»Also, mein lieber Götz: Das erste Stück, ›Der Spatz vom Dache‹, ist eine gewagte Angelegenheit, und ich weiß nicht ... aber es liegt am Anfang und ist dann, Gott sei Dank, bald vergessen. Das zweite, ›Die Taube in der Hand‹, das ist ganz niedlich, wenn auch vielleicht nicht lustig genug. Das dritte, ›Der Hund im Hirn‹, na, das fühlen Sie wohl selbst, ist an der Grenze des Geschmackes! Wie kann man nur auf die Idee kommen, einen Mann auf der Bühne bellen zu lassen. Nicht, daß Sie es nicht gut machen, lieber Götz, schauspielerisch, meine ich, aber ich spreche jetzt von dem abnormen Gehirn des Autors.«

»Ich bilde mir gar nicht ein, daß es so groß sei.«

»Das sagte ich auch nicht, lieber Götz. Abnorm heißt, wenn Sie es genau wissen wollen, nicht normal, abseits der Norm. Aber Sie sagten einmal ›Fremdwörter sind Glückssache‹.«

»Eben, Herr Direktor.«

»Eben. Aber lassen wir das, denn selbst wenn Sie mit den ersten drei Einaktern durchfallen, was ich leider annehmen muß, der letzte, dieser ›Hahn im Korb‹, der reißt alles wieder heraus! Ich habe, lieber Götz, das müssen Sie mir glauben, in meinem ganzen Leben noch nie so gelacht. Sie haben es ja auch an den anderen gesehen! Jedesmal, wenn Paul Morgan als Hilfsregisseur – unten in voller Rüstung und oben in diesem fadenscheinigen Unterhemd – mit seinen spindeldürren Armen nur herauskam! Und wenn er dann anfing ›seht, wie's da wieder kommt‹ – das liegt natürlich mehr an der Darstellung als am Autor – nein, da war es eben aus mit mir! Und dann der Hahn, lieber Götz, der auf sächsisch ›kalt und verschüchtert‹ ist und deshalb nicht kräht ...«

»Das liegt am Hahn, Herr Direktor.«

»Sehr richtig, lieber Götz! Nein, dieser Hahn! Wo mag der Requisiteur den nur aufgetrieben haben? Ich sage Ihnen, lieber Götz, ich will nichts berufen, aber dieses letzte Stück, ›Der Hahn im Korb‹, das wird morgen abend ein ...«

»Ich muß mich entschuldigen, Herr Direktor«, unterbrach ich und rannte davon.

Und die Premiere?

»Der Spatz vom Dache.« Das Publikum war still wie in der Kirche und der Applaus sehr eindrucksvoll.

»Die Taube in der Hand« wurde durchgelacht.

»Der Hund im Hirn« gestaltete sich zu einer Art Sensation.

Und »Der Hahn im Korb« fiel vollkommen ab. Die Kritik lobte ihn zwar über den grünen Klee, aber beim Publikum war er nicht angekommen. Der Grund hierfür: daß damals, 1919, noch kein privater Mensch eine Vorstellung von den Vorgängen in einem Filmatelier hatte und folglich deren Parodierung nicht verstehen konnte, während die Schauspieler sich totlachten. In späteren Jahren erst kam dieser Einakter, den ich damals durch »Minna Magdalena« ersetzte, zu seinem Recht.

ZWISCHENBEMERKUNG

Ich soll die Memoiren meines Mannes ergänzen, da für den geplanten zweiten und dritten Band leider nur Bruchteile vorhanden sind.

Es gäbe Berufenere als mich. Aber ich will mein Licht nicht zu sehr unter den Scheffel stellen, denn ich habe allen Schreibern und Dichtern unserer Zeit *eines* voraus:

Ich war seine Frau.

Ich habe rund neununddreißig Jahre – 14 155 Tage und 14 155 Nächte würde mein Mann ausgerechnet haben – mit ihm gelebt. Und ich habe sehr bewußt gelebt. Ich habe keine seiner Zärtlichkeiten – und darin bestand sein Leben – gedankenlos hingenommen. Und selbst den Wohlstand, der sich durch seine Arbeit ergab, habe ich jeden Tag bewußt genossen.

»Kauf dir was Schönes. Und fahr vorsichtig – bitte – denk an mich«, waren stets seine Abschiedsworte, deren Klang ich im Ohr behalte.

Und so fuhr ich in meinem schönen Wagen, um einzukaufen, und ich habe es nie getan, ohne dabei an den feinen, schmalen Kopf zu denken, dem ich dieses Vergnügen verdankte. Und wenn ich nach Hause kam, dann zeigte ich ihm meine Schätze und meine Freude an ihnen. Ich dankte ihm, und wenn es nur für ein Stückchen duftender Seife war.

Ich habe ein reiches, erfülltes Leben hinter mir an der Seite dieses Mannes, der mich »gebildet« hat und mich lehrte, die Dinge mit seinen Augen zu sehen.

An das Unterfangen, seine Memoiren zu ergänzen, darf ich mich in dem Gedanken wagen, daß es vielen Freude machen wird, über ihren Curt Goetz manches zu erfahren, was sie noch nicht wissen. Und so könnte ich, in kleinem Maße, aber in seinem Sinne noch etwas getan haben.

Ich erzähle ganz gut, das weiß ich, denn selbst mein Mann hörte mir immer wieder gerne zu. Ich habe Sinn für die Pointe, das gesprochene Wort ist mein Medium, und so werde ich schreiben müssen, wie ich rede.

Freilich, das, was mein Mann konnte, das dürfte ich nicht einmal in Gedanken nachzuahmen versuchen: Diesen Facettenschliff in jedem Sätzchen, die Fülle von Einfällen am Rande einer Begebenheit, die Scherze, die, wenn sie auch noch so abwegig erscheinen sollen, doch der »gedichteteste« Weg zur Schlußpointe sind, die, durch sie verzögert, um so genußreicher sitzt.

Es war meinem Mann so ernst um seine Heiterkeit. Er schrieb heiter, aus seiner Herzensgüte heraus, aus Mitleid mit den Menschen, möchte ich sagen. Wie oft sprach er davon, um wieviel leichter es wäre, Vorwürfe *ernst* zu behandeln. Wieviel weniger Arbeit, wieviel weniger Einfälle es bräuchte, ernst zu schreiben, wie er sein Publikum auch nicht für eine Sekunde »auslassen« dürfe, um es in seine lebensbejahende Logik zu *zwingen*! Er empfand das als seine Mission und ordnete dieser sein ganzes Leben unter.

Ja, sein ganzes arbeitsreiches und so maßvolles Leben! Er konnte auf alles, was er zu gegebener Zeit in vollen Zügen genoß, auch leicht wieder verzichten. Er erzog sich dazu, maßzuhalten. Sogar in seiner Arbeit.

»Man muß lernen, zu wissen, wann man aufhören soll. Daraus ergibt sich die Kunst des Weglassens«, sagte er.

Die Kunst des Weglassens hielt er für die höchste und keuscheste Form des Schreibens. Sie erst mache den Schreiber zum Dichter, meinte er. Wie viele seiner Leser dankten ihm und danken jetzt mir für das, was er *unausgesprochen* läßt.

»Du mußt deinen Ehrgeiz vergessen«, sagte mir eines unserer ganz gescheiten Kinder, »und mußt den Mut zu bewußter Unvollkommenheit aufbringen.«

Und so will ich denn versuchen, seine Memoiren fortzusetzen in meinem kleinen Stil. Ich will aufschreiben, was er erlebte, wie er es sah und wie er sich dazu stellte.

Und gleich jetzt, gleich zu Anfang meiner Erinnerungen möchte ich den geneigten Leser bitten, mir Nachsicht zu gewähren bei der Einführung meiner eigenen Person, die im Leben meines Mannes – Gott sei es gedankt – keine kleine Rolle spielte.

»Ich werde dir ein Denkmal setzen in meinen Memoiren, wie noch niemals eine Frau eines hatte«, sagte er mir oft in der letzten Zeit, »in meinem Kopfe ist das alles ganz fertig, ich bin nur noch zu müde, es aufzuschreiben. Diktieren kann ich das nicht, weil ich mich ganz leise auf dich konzentrieren muß.«

Welch köstliches Buch läge hier. Welch kostbares Buch, da hinter jedem seiner zärtlichen Worte, die er für mich gefunden und erfunden hätte, sein helles Wesen, sein warmes Herze stünde!

Wie wäre dieser vornehme Herr zwischen den Zeilen auf und ab spaziert und hätte uns vom Lachen zum Weinen gegängelt, wie es ihm gerade beliebte!

Aber so ...

»Ach, wir Armen!«

Ich sollte zwar nicht zu deutlich daran erinnern, wie meisterhaft es ihm geglückt wäre, Sie mich durch seine Brille sehen zu machen, seine Brille, die jeden meiner Fehler in einen Vorzug oder zumindest in eine liebenswerte Schwäche verzog. Wenn ich es trotzdem tue, so in der Zuversicht, daß von dem Erinnern an seine Schreibkunst ein Reflex in Ihren Augen haftenbliebe. Das würde meine Aufgabe erleichtern.

Valérie von Martens-Goetz

»INGEBORG«
Eine Komödie
1922

Max Adalbert, in dankbarer Erinnerung an gemeinsam geschlagene Schlachten.

Curt Goetz

Telegramm aus Berlin: »Martens Theater in der Josephstadt Wien – Können Sie ab 15. Mai als Mary in Hamburg gastieren stop Spieldauer ein Monat mit Verlängerungsklausel stop Ihre Wiener Gage und Diäten Gruß Agentur Held.«

Hamburg – Hafenviertel – Mädchenhandel kombinierte blitzschnell meine Mutter. Sie sagte kein Wort, aber ich verstand sie. Was sollte ich tun? Ich telegraphierte zurück: »Leider nein!«

Innerlich revoltierte ich! Wieder eine Chance verpaßt! Was sollte noch alles geschehen? Bei Jarno im Josephstädter Theater war ich fett gedruckt! In Prag war ich zwei Jahre gewesen und hatte dort unter Leopold Kramer alles gespielt, was gut und teuer war, vom »Käthchen von Heilbronn« angefangen, über »Alt-Heidelberg« und »Jugend« bis zu den Salondamen der französischen Lustspiele, bis zu der Charakterrolle in »Kindertragödie« von Schönherr, die ganzen Jungen in Hauptmann und Ibsen, den Ariel im »Sturm«, den Puck im »Sommernachtstraum«, »Was Ihr wollt« und was ihr wollt! Danach hatte ich am Residenztheater in München auf Engagement gastiert als Franziska in »Minna von Barnhelm« und als »Verlorene Tochter« von Ludwig Fulda. Ich war engagiert worden, aber mein Agent Frankfurter hatte den Vertrag wieder gelöst aus »Mitleid mit meiner Mutter«, wie er mir gestand, und für mich am Wiener Burgtheater abgeschlossen.

Nun war ich also wieder nichts als eine kleine Offizierstochter am Gängelbande einer liebenden Mutter! So greifbar nahe war das große Glück gewesen, Deutschland, Hamburg, ein Schritt nur nach Berlin, dem Traum jedes Künstlers! Aber den Wunsch der Mutter zu erfüllen muß man eben Opfer bringen! Ungern, aber man tut's.

Das Telegramm war aufgegeben, da klingelte das Telephon:

»Fräulein von Martens? Hier spricht Direktor Josef Jarno. Was würden Sie davon halten, die ›Ingeborg‹ bei mir zu spielen?«

»Dieses zauberhafte Stück, das Sie mich schon vor einem Jahr haben lesen lassen? Die Rolle ist sehr gut, soweit ich mich erinnere. Aber Sie wissen ja, Herr Direktor, wo nehmen wir diesen Peter Peter her?«

»Den spielt der Autor selber.«

»*Unmöglich!* Das muß doch ein äußerst reizvoller junger Herr sein, der ungewöhnlichen Charme hat! Und gut aussehen sollte er doch auch!«

»Sssso«, sagte Jarno ganz kurz und in einer ihm ungewohnten Art, »kommen Sie heute in die Vorstellung und sehen Sie sich diesen Autor an. Tun Sie mir nur den einen Gefallen und verlieben Sie sich nicht auch gleich in ihn!«

»Wer denn noch?«

»Ganz Wien.«

»Warum sind Sie so ironisch, Herr Direktor? Übrigens, wenn das Stück schon läuft – ich bin erst gestern von meinem Gastspiel aus Prag zurückgekommen und weiß noch nichts –, warum spielt ihre Ingeborg nicht weiter?«

»Das ist die Else Eckersberg, die Ihre Mary in Berlin gespielt hat. Die muß auf einmal nach Hamburg, sagt sie, weil eine andere nicht kann. Also, heute abend?«

Daß Else Eckersberg – der geneigte Leser kennt sie bereits als jene Dame, deren Hochzeitsreise von Direktor Holländer so empfindlich gestört wurde – ihr Wiener Gastspiel als »Ingeborg« abbrechen mußte, um in Hamburg eine Rolle zu übernehmen, die eigentlich mir zugedacht war, und daß dafür wiederum ich als »Ingeborg« einspringen mußte – diese doppelte Verkettung der Umstände habe ich immer gern als Fügung angesehen.

Die »Mary«, um die es in Hamburg ging, hatte ich kurz zuvor bei Jarno kreiert. Das Stück war von Siegfried Geyer für mich geschrieben worden, denn ich war damals, auch wieder durch die Verkettung von Umständen, die Sie noch erfahren sollen, das »Stadtgespräch« von Wien. Bis dahin war ich nur eine erfolgreiche Schauspielerin, wie es deren ungezählte in der Donaustadt gab.

Wie aber war ich als Kind einer Familie, in der es nur Staatsdienst, Militär oder Diplomatie gab, überhaupt Schauspielerin geworden?

Mit sechzehn war ich endlich aus der Klosterschule entlassen worden, in der ich nach den strengen Weisungen meines Vaters elf Jahre lang gewesen war. Ich haßte das Herdenleben im Internat und litt unter der Trennung von der geliebten Mutter. Mein Trost blieb meine einzige Schwester, die mein Los teilen mußte. Vater hatte für uns den Beruf der Hofdame und Lehrerin vorgesehen, so wie seine Mutter, eine geborene Gräfin Bevilaqua de la Pitze, ihn am spanischen Hofe ausgeübt hatte. Wie ich im Laufe des Lebens einsehen lernte, lag mir der Beruf der Lehrerin gar nicht so fern, wenn ich mich jetzt auch mit Händen und Füßen gegen ihn sträubte. Aber seit ich als Kind eine Zirkusvorstellung mit dem großen Sylvester Schäffer gesehen hatte, zielten alle meine Träume dahin, Zirkusreiterin zu werden, auf dem Rücken eines auf Hochglanz gestriegelten blütenzarten Schimmels auf die Befehle »des Herrn in der Mitte« zu warten, um ihm in der nächsten Nummer seine Jongleurrequisiten zuzuwerfen und ihm die Reifen zu halten, wenn er durchsprang oder sie mit brennenden Pfeilen oder Messern durchschoß. Damals muß ich noch sehr jung gewesen sein, denn vom sechsten bis zum sechzehnten Lebensjahr war ich im Kloster, wo die Statuten jeden Besuch von Theatervorstellungen oder dergleichen – auch in den Ferien – verboten.

An meinem sechzehnten Geburtstag führte meine Mutter mich das erstemal aus, und zwar, da sie hochmusikalisch war, in die Oper.

Meine Mutter hatte das Konservatorium besucht und spielte Klavier.

Sie verfügte über ein absolutes Gehör, um das wir Kinder sie zeitlebens beneideten, denn sie konnte – unbegreiflich für uns – ohne Noten alles spielen, was sie gerade hörte. Wir wohnten damals in Wien, im Sechzehnerhaus der Theobaldgasse, berühmt, weil es Franz Lehár gehörte. Meine Mutter kannte ihn von Pola her sehr gut, wo er Marinekapellmeister und mein Vater Marineoffizier war – Marinör, wie man in Wien sagte. Und zwar kannte sie ihn durch mich.

Ich war etwa drei Jahre alt. An Sonntagen ging alles nach der Kirche zur Platzmusik, wo Lehár in einem abgezirkelten Kreise der Marinekapelle im Mittelpunkt stand und dirigierte. Ich war meiner Mutter im Gedränge verlorengegangen, und magisch zog es mich zu »dem Herrn in der Mitte«, an dessen Hosenbein ich mich klammerte. In einer kleinen Garnison, wo jeder jeden kennt, wußte man, wohin ich gehörte, und so ließ Lehár mich, zum Gaudium aller, auf seinen Schultern nach Hause reiten, an der Spitze seiner Kapelle, die er ohne Unterbrechung weiter dirigierte. Zum Danke dafür ließ meine Mutter, die er in Tränen vorfand und die aufgeregt die Polizei alarmiert hatte, die ihrerseits wiederum aufgeregt den ganzen Hafen durchkämmte, diesen kleinen Kapellmeister Franz Lehár an ihren Gesellschaftsabenden Klavier spielen. Lehár erzählte uns später oft, wie sehr willkommen ihm damals der Nebenverdienst war, und daraus entstand eine lebenslängliche Freundschaft.

Als die dem Sechzehnerhause schräg gegenüberliegende Leimgrubenkirche eine neue Glocke bekam, fragte Lehár an, welchen Ton das eben einsetzende Geläute hätte. Da konnte meine Mutter sagen, zwischen g und gis, aber mehr gis! So differenziert hörte sie.

Sie führte mich damals also in die Oper, und zwar zu »Hoffmanns Erzählungen«. Nach dem Auftritt des Dr. Mirakel mußte man mich halbohnmächtig vor Angst hinaustragen. Für mich war das zuviel! Das strahlende Opernhaus an und für sich, die festlich gespannte wogende Menge, die gewaltige Musik aus dem Orchester so nahe vor mir, und gerade diese Oper!

Um das Debakel wiedergutzumachen, nahm meine Mutter mich in einen Ballettabend mit, was zu einem neuerlichen Debakel führte, denn jetzt gab ich keine Ruhe, bis ich tanzen lernen durfte, »so auf der Spitze« wie jene zauberhaften Wesen aus einer Märchenwelt, die sich mir aufgetan hatte.

Meine gute Mutter ging mit mir zum Ballettmeister der Hofoper, der es ganz unsinnig fand, in meinem hohen Alter mit einer Kunst zu beginnen, in der man die ersten Schritte – im wahrsten Sinne des Wortes – mit vier Jahren getan haben sollte.

»In mein Kurs, des is ausgeschlossn«, sagte er, »aber wanns so viel Geld zviel ham, nehmens halt Privatstundn zu Ihnan und mein Vergnügn. Wern ma halt sehn, wos dabei aussischaut!«

Ich durfte diese Privatstunden nehmen, und bei meinem damaligen eisernen Willen, bei täglich stundenlanger Arbeit an der Stange und blutdurchtränkten Ballettschuhen war ich nach nicht ganz einem Jahr »im Kurs drin«, um bald danach ausgewählt zu werden, mit dem Meister und der Primaballerina minutenlang auf der Spitze zu bleiben. Er als Schmetterling, sie als Rose und ich als Lilie! Es war eine Wohltätigkeitsvorstellung im großen Konzerthaussaale – zu einer anderen hätte meine Mutter niemals ihre Erlaubnis gegeben – wo mich Hansi Niese sah und mich danach zu ihrem Mann, Direktor Jarno, brachte und dadurch zum Theater. Jarno wollte mich gleich als Schauspielerin engagieren, doch meine Mutter ließ mich mein Handwerk erst gründlich erlernen, und so kam ich in die Akademie. Ich bestand die Aufnahmeprüfung, aber mein Professor bezweifelte, ob ich je meinen wienerischen Offiziersdialekt, wie er es nannte, ganz würde abstreifen können.

»So etwas liegt einem im Blute«, sagte er.

Gott sei Dank ist es mir aber doch gelungen. Dieser Plage verdanke ich die Fähigkeit, Dialekte imitieren zu können, nicht nur dem Klange nach, denn so ein Dialekt sitzt wirklich tiefer und nicht nur auf der Zunge. Ich war später oft imstande, anderen ihren Akzent abzugewöhnen, was auf dasselbe hinausläuft, wie ihn sich anzueignen.

Nun besuchte ich also die Akademie, in der viele waren, aus denen etwas geworden ist: Erwin Faber, jetzt in München, Oskar Homolka in USA, Carl Farkas in Wien, Elisabeth Bergner, Adrienne Gessner, Herma Clement und die Begabteste, Eigenartigste unter uns, Gretl Jacobsen, die dann die Frau Fabers wurde und ihren Beruf leider aufgab. Wenn sie auf das Podium stieg ... dann wurde es hell. Und wenn sie ihr Stimmchen erhob ... dann wurde es still. Und wenn sie uns ihre übergroßen veilchenblauen Augen sehen ließ, bei ein paar Sätzen der Ophelia im »Hamlet«, der Viola aus »Was Ihr wollt« oder des Gretchen am Spinnrade, dann nahm sie uns alle mit in eine Welt, die sie zauberte aus einem wasserklaren Herzen und einer begnadeten, eigenwillig zarten Phantasie. Unvergeßlich! Und ich weiß, daß wir alle, bewußt oder unbewußt, aus dieser Quelle schöpften.

Dann hatte ich es geschafft. Ich spielte eine Rolle nach der anderen und kam schließlich ans Burgtheater. Und im ersten Jahr meines Vertrags war ich schon in aller Leute Mund. Nur war es eine unrühmliche Sache, die mich zum Stadtgespräch werden ließ. Ich war von heute auf morgen, also fristlos, entlassen worden. Meine arme Mutter dachte wie ich, daß die Welt untergehen müßte. Direktor Jarno aber, selbst ein großer Schauspieler, mit so viel Herz für Schauspieler und Verständnis für ihre Schwächen und Vergehen, sammelte Material von Fällen, die dem meinen glichen, und empfahl, einen Anwalt zu nehmen und einen Prozeß gegen das Burgtheater zu führen. Das tat meine Mutter, und so lernte ich einen Klienten dieses Anwalts kennen, der sehr bald »mein Franzl« und mein heimlich Verlobter wurde. Mit seinem gescheiten Köpferl und seinem guten Herzen hat er mir über die schwere Zeit geholfen, in der ich glauben mußte, meinen geliebten Beruf als Schauspielerin aus eigener Schuld verscherzt zu haben.

Ich saß im Zuschauerraum in der »Ingeborg«-Vorstellung, zu der Jarno mich eingeladen hatte, und harrte der Dinge, die da kommen würden!

Dieses duftigschwebende, zarteste Stück, diese schillernde Seifenblase, in Grund und Boden gespielt von einem wahnsinnigen Autor, der sich einbildet, schauspielern zu können! Besser als wir, die wir es gelernt haben! Arrogant und verblendet wie alle Autoren! Womöglich hat er wenig Haare, aber dafür einen Bauch!

Erstes Zeichen: Zweites Zeichen:

Vorhang!

Entzückend, diese Eckersberg! Na, und ihr Muppi, mein Kollege Emil Ritter, mit dem ich viel gespielt und eben erst »Scampolo, das Gassenmädl« kreiert hatte, wie er mitgerissen war von seiner Partnerin in einen beschwingten, neuartigen Rhythmus! Großartig!

Und nun wurde er angemeldet, dieser Autor:

»Herr Peter! Peter Peter, sozusagen.«

Eine kleine Pause, in der ich dachte: Schade, schade ... Dann trat er auf.

Da stand er im Türrahmen.

Hielten alle den Atem an? Oder nur ich?

Und jetzt fing er an zu sprechen.

Ich hatte das deutliche Gefühl, daß mein Direktor Jarno sich jetzt das Vergnügen machte, mich aus dem Fond seiner Loge zu betrachten. Und wenn er dies tat, mußte er auf seine Kosten kommen!

Nein, war das ein reizender Kerl, dieser Autor! Und was für ein Schauspieler! Mit dem zu spielen, das müßte natürlich alle Träume erfüllen.

Eine Lachpause nach einer unerhört fallengelassenen Pointe ließ mir Zeit, einen Blick in die Direktionsloge zu werfen. Und da stand er, mein Direktor Jarno, im Hintergrunde, die Arme verschränkt, und genoß das Lachen des Publikums und nickte mir zu:

»Na, habe ich recht?«

Ja, ich spiele natürlich, dachte ich, mit *dem* Partner auf alle Fälle!

Aber sonst, mein lieber Direktor Jarno, von uns Frauen versteht ihr Männer nichts! Rein gar nichts! Als Mann könnte mir das Bürscherl da oben nie gefallen! Und mich verlieben in einen, auf den sie alle fliegen? Ich bin ja nicht verrückt! Ich brauche etwas Ernsteres, etwas Gewichtigeres! Einen, dem ich mich unterordnen kann, einen, der nicht nur charmant ist, sondern ...

Es war, glaube ich, 1949 nach dem großen Kriege, als mein Vetter Conrad uns besuchte und ich ihm einen Tabernakelschrank unserer gemeinsamen Großeltern zeigte und die innen reich intarsierten Türchen öffnete.

»Genau das, was du eben sagtest, mit genau den gleichen Worten, hat es deine Mutter gesagt, als sie bei uns zu Gast war und meine Eltern ihr ein altes Möbel zeigten. Ich zählte damals fünfzehn Lenze und schoß mit Pfeil und Bogen, und du warst ein Mäderl von vielleicht fünf Jahren und hattest schreckliche Angst vor mir«, erzählte er.

»Was habe ich denn eben gesagt?«

»Du sagtest: Mir kann etwas immer nur dann gefallen, wenn es innen schöner ist als außen.«

Ich glaube, das stimmt – und das gehört auch hierher.

In der Pause kam ein Logenschließer und bat mich auf die Bühne zu Herrn Direktor Jarno.

»Ich bin morgen in Preßburg, und Sie haben morgen Probe. Aber ich möchte es mir nicht nehmen lassen, Ihnen Herrn Goetz selber vorzustellen. *Leider*, Fräulein von Martens! Denn Sie *machen* natürlich das Rennen!«

Ehe ich das richtig begreifen und antworten konnte, obwohl ich genau wußte, was er meinte, klopfte Jarno an die Gästegarderobe.

»Ja?« sagte die eigenartig umflorte Stimme, die so eindeutig zu diesem Manne paßte, denn er hatte etwas Unerklärliches, Rätselhaftes, Geheimnisvolles an sich. Er zog gerade die Enden seiner Smokingschleife mit eng geschlossenen Fingerspitzen fest, den schmalen Kopf etwas nach vorn geneigt, so daß ein auffallend weißer Streifen die Iris vom unteren Augenlid trennte.

»Ja«, dachte ich oder sagte ich. Ich weiß es heute nicht mehr. Das heißt, ich wußte es sicher auch damals nicht, ob ich »ja« sagte oder nur dachte. Aber eines wußte ich: Das war er! Das war der Mann, dessen Frau ich sein wollte! Und sein würde!

SEINE PARTNERIN

Die Nacht hatte ich durchgelernt, um zehn Uhr begann die Probe und um elf ungefähr hatte Peter Peter seine Ingeborg zu küssen.

Ich drehte den Kopf weg.

»Ziege«, zischte mein Partner zwischen seinen Zeilen und seinen Zähnen, kaum, aber für mich doch hörbar.

Das war ja auch dumm von mir! Was sollte das? Wie viele Küsse hatte ich damals schon bekommen gehabt, nach dreieinhalb Jahren am Theater, mit kaum einer Rolle ohne Liebesszene! Sehr dumm von mir! Aber er gefiel mir doch so sehr, dieser Autor! Und deshalb – Ziege!

Wenn es eine Passage in diesen Memoiren gibt, die er selber hätte schreiben müssen, so ist es die unserer Begegnung und unserer Hochzeit, im Sinne von »hoher Zeit«:

Wie er mir in mein Rollenbuch von »Ingeborg« schrieb: »Fräulein von Martens, In Verehrung – gelinde ausgedrückt – Kurt Götz.« Wie unser Bühnenkuß mit einem Male intensiv war, wie die Zeilen unserer

Rollen über unsere Köpfe hinweg so lebensecht wurden, daß man sie gar nicht hätte aussprechen dürfen! So laut! Vor so vielen Leuten! Wie wir tagsüber im fliederblühenden Wiener Stadtpark den kleinen Mädchen beim Spielen zusahen, wie wir nachts durch die Praterauen streiften oder in Grinzing durch die Gäßchen. Wie wir nie eingekehrt sind und kaum sprachen, damit die Zeit nicht so schnell verginge!

Und wie ich dann meinem Verlobten, meinem schönen Franzl vom »Herrn Goetz« erzählte – was der gescheite Kerl sowieso schon wußte –, wie er uns in seinem neuen Horch nach Maria Zell fuhr, die Männer mich abends aufs Zimmer schickten und bei einer Maibowle berieten, wann wer wo geheiratet würde. Ja, fast wie in »Ingeborg«! Jeder erlebt das, was zu seinem Leben paßt, pflegte mein Mann zu sagen.

»Wanns mir mein Spatzerl net glücklich machn, Herr Goetz, hams es mit mir zu tun!« Wie oft hat mein Mann mir das erzählt, wenn er hören wollte, daß ich glücklich sei.

Und sein Wienerisch war hoffnungslos!

Am 31. Mai war »Ingeborg« zu Ende und der Abschied da. Aus den folgenden Wochen weiß ich nicht allzuviel. Nur daß mir das Herz oft stehenblieb, wenn im Straßengetümmel ein Männerhut oder Mantel ähnlich aussah wie der seine. Und daß mein guter Franzl mich sehr behutsam verwöhnte. Denn da lag noch ein arger Schatten über diesen Wochen der ersten Trennung. Mein Termin im Prozeß gegen das Burgtheater. Aber was zählte das! Täglich bekam ich Liebesbriefe, wie sie noch nie eine Frau bekommen haben konnte:

7. Juni.

Meine über alles geliebte Valérie,

ich kann mir nicht so viel Reserve auferlegen wie Du – wie machst Du das bloß – sehr dumm von mir! Wie soll ich eine Steigerung finden, wenn ich schon in der Überschrift sage: Meine über alles geliebte ...? Aber Du hast versprochen, mich *mit* meinen Fehlern zu lieben! Ich glaubte mit einem Geheimnis nach Hause zu kommen. Es war wieder nichts! Ganz Berlin weiß schon, daß ich Dich liebe. Ehrliche Freude, Begeisterung, Neid und Verleumdung tanzen Ringelreihen. Das ist sehr schön! Was mich selbst anbelangt, meine Inniggeliebte, so ist es sehr spaßig zu beobachten, wie ich immer wieder den Versuch mache, mir den Anschein zu geben, als hätte ich noch einen eigenen Willen. Mit dem Rest meines Wollens lege ich besagten, seit 30 Jahren sorgsam verwalteten eigenen Willen *freiwillig* in Deine schönen Hände, damit Du, Aas schwarzes, nicht sagen kannst, Du hättest ihn mir *genommen*! Ich lege ihn also in Deine geliebten Hände und fühle mich um Bergeslast leichter. Fühlst Du Dich schwerer, dann stelle ihn beiseite und nimm Deinen Willen. Es ist der gleiche.

... Valérie, ich weiß, auch im großen Sturm der Gefühle sollte man sich »Reserve« auferlegen. Das ist so schön männlich! Und ich tue ja auch, was ich kann, bis ich Dir diese Fähigkeit abgelauscht haben werde. Aber nur ganz zart laß Dir andeuten, daß ich Dich liebhabe.

Kurt.

12. Juni.

... und was unsere Schachpartie anbelangt, so eröffnetest Du sehr feinsinnig. Es ist eine ungewöhnliche Eröffnung, wie sie sich für einen Klassespieler ziemt. Du darfst aber nicht erwarten, daß ich schlechter spiele. Wenn der »Gegner« gleich in der Eröffnung ein Opfer bringt, so will er gewöhnlich durch diese lokale freiwillige Einbuße sich eine strategisch günstigere Gesamtposition verschaffen. Ich würde einen Fehler machen, darauf einzugehen, Geliebtes! Du willst mir also jeden Seitensprung gestatten, wenn mein Herz nicht dabei wäre! Dir, mein Schatz, glaube ich das sogar! Und ich möchte Dir nicht schreiben, was *ich* täte, wenn ein Mann Dich *nur* reizte! Denke Du es Dir aus! Im Ernst: Ich möchte und werde nichts mehr auf dieser Welt ohne Dich genießen, seit ich durch Dich ahne, was Liebe ist. Alles, was war, ist verblaßt und nicht gewesen, sofern das Erlebte nicht zu Deinem Glück beitragen wird. Wer eine Frau hat wie Dich, braucht keine sonstige Geliebte, so wie es meine Aufgabe sein muß, Dir jeden Gedanken an einen anderen zu verderben. Wir wollen uns unsere verborgensten Geheimnisse ablauschen, Liebling, und wetteifern, uns Freuden zu machen. Und uns dabei immer mehr achten und immer mehr lieben. So soll es sein und so wird es sein! Wir sind unermeßlich reich und unermeßlich glücklich, weil wir berechtigten Grund haben zu ahnen, daß wir uns nach jeder Umarmung lieber haben werden.

Kurt.

14. Juni.

... Ich habe Deinen Brief gleich auf der Post gelesen und Dir von dort jene übereilte Depesche geschickt, daß ich ohne Dich nicht mehr leben könnte. Als ich den Schalterbeamten fragte, ob diese Depesche noch heute nach Wien käme, lächelte er. Bitte! Ein preußischer Schalterbeamter *lächelt*! Wie machst Du das, Hexe!

Kurt.

14. Juni, abends.

... denn ich liebe Depeschen. Sie sind impulsiv. Was hättest Du für Briefe von mir, wenn jeder Gedanke an Dich sogleich geschrieben, jede Liebkosung sogleich niedergelegt wäre. Aber der Raum zwischen Empfindung und der Möglichkeit des langsamen Niederschreibens nimmt das Beste fort. Deshalb liebe ich Depeschen. Schick mir doch eine!

Kurt.

Ich schickte eine:

Wann wirst Du endlich um meine Hand anhalten stop Valérie.

15. Juni

Meine über alles geliebte süße kleine Braut,

hier ist der Brief an Deine Mutter. Lies ihn und entscheide, ob ich es so wagen kann! Ich umarme und küsse Dich so innig, als das ohne Lebensgefahr für so etwas Zartes, wie Du es bist, möglich ist. Und dann noch einmal. Und immer wieder! Kurt.

Sehr verehrte gnädige Frau,

nach langem vergeblichem Nachdenken, wie ich es am zartesten und schonendsten einkleiden soll, daß ich im Begriffe stehe, Ihnen das Liebste zu nehmen – weil es auch mein Liebstes ist –, verzichte ich schließlich auf jede Einleitung und gebe mir die Ehre, Sie um Valéries Hand zu bitten. Sehr liebe gnädige Frau, ich ahne alle die Einwände Ihres besorgten Mutterherzens und kann auf sie nichts erwidern als immer nur das gleiche: Ich liebe Valérie. Ich liebe Valérie mit allem, was in mir gut und würdig ist. Ich liebe sie mit der Sehnsucht eines Mannes, der plötzlich findet, was er längst als einen schönen Traum begraben hatte. Ich liebe Valérie mit einer Sehnsucht, die mich verzehren würde, bliebe sie ungestillt. Ich glaube und hoffe zu Gott, daß Valérie mich ebenso liebt. Machen Sie zwei Menschen glücklich und geben Sie uns Ihren mütterlichen Segen. Ich will Sie dafür lieben, solange ich lebe, und nicht aufhören, Ihnen dankbar zu sein. Ich will Sie dafür lieben und verehren wie meine eigene Mutter.

Werden Sie mir erlauben, Ihnen als Ihr Sohn die Hände zu küssen?

Kurt Götz.

Am 15. Juni, genau an jenem Tage, da mein Mann diese zauberhafte Werbung an meine Mutter schrieb, an diesem Tage bekam ich die Vorladung zum ersten Termin in dem Prozeß gegen das Burgtheater. Am 18. um zehn Uhr vormittags hatte ich vor dem Gericht zu erscheinen.

Während ich vor wenigen Monaten glaubte, daß mein ganzes Leben und mein Lebensglück von dem Ausgang dieses Prozesses abhinge, war er nun völlig in den Hintergrund gerückt. Ich kann nicht sagen, daß er mir gleichgültig war, im Gegenteil, ich war ehrgeizig und ich hatte das Gefühl, daß mir Unrecht geschehen war. Aber die Sache ging mir nicht mehr ans Herz. Das war ausgefüllt! Da war kein Platz mehr für irgend etwas anderes als für *ihn*! So sehr, daß ich vergessen hatte, ihm von dem Prozeß zu erzählen, was mir jetzt erst auffiel. Nun wollte ich darüber auch nicht mehr schreiben, ehe ich den Ausgang kannte, was sowieso in wenigen Tagen der Fall sein würde.

Bis dahin kamen weitere Briefe:

15. Juni, abends.

Meine Valérie,

seit ich Dir in aller Form den Heiratsantrag gemacht habe – über die Drängelei in Deiner Depesche reden wir noch –, ist mir eine Bergeslast von der Seele. Ich fühle mich frei, froh und glücklich. Je mehr ich es überlege, desto richtiger und selbstverständlicher finde ich es, daß Du darauf bestehst und Wert darauf legst, meine Frau zu werden. Daß Du trotzdem immer meine Geliebte bleiben wirst, kann bei unseren parallel laufenden Neigungen nicht ausbleiben. Jedenfalls schwöre ich es Dir, bei allem was mir heilig ist, und das ist, seit ich Dich kenne, nicht wenig! – Jetzt bin ich bei Gott pathetisch geworden.

Du Rabenaas, Du inniggeliebtes! Bilde Dir nur nicht ein, daß ich Dir nun hereingefallen bin, weil Du das so wünschtest! Ich falle Dir nämlich immer nur *darauf* herein, worauf ich hereinzufallen wünsche! Jawohl! Und den Heiratsantrag habe ich Dir nur deshalb gemacht, um die vielen Anwürfe in Deinem geliebten Brief – Du hast Talent zum Schreiben, Liebling – summarisch zu erledigen. Ich nehme Dich in die Arme und küsse Dich, meine kleine Braut, und werde Dich so festhalten bis ans Ende meiner Tage. Kurt.

16. Juni, morgens.

... Wenn doch schon eine Antwort da wäre! Mir fällt ein, daß ich Dir noch gar nicht gedankt habe dafür, daß Du meine Frau werden willst. Kennst Du auch alle meine Fehler, Valérie? Meine Liebe zu Dir wird sie läutern, und solange Du mich liebst, habe ich keine Angst. Aber ich werde schwer krank, wenn nicht bald Dein »Ja« kommt, ernstlich schwer krank!

Was wohl Dein nächster Brief für eine Anrede und Unterschrift tragen wird? Kurt.

16. Juni, abends.

... Daß nun alles so gekommen ist, wie Du es Dir vorgenommen hast, als Du auf der ersten Probe den ersten Kuß *markiertest*, ärgert mich ein bißchen! Und gerade deshalb liebe ich Dich! Man sollte immer wissen, was man will, und unbeirrbar seinen Weg gehen, wie Du es machst, Valérie. Dein Name allein ist Musik. Du bist geliebt, Valérie!

Kurt.

17. Juni, morgens.

... wie Du siehst – ich schreibe bereits das fünfte Blatt voll –, bin ich heute ganz beruhigt und zuversichtlich, obwohl noch immer kein Brief von Dir kam. Du machst ein Gastspiel für uns in Ischl perfekt, schriebst Du unlängst, aber ich hatte keinen Kopf für Geschäfte. Alles ist mir recht. Die »Isolde« kann ich natürlich nicht spielen! Figürlich und stimmlich schon, aber ich schaffe die Partie nicht in der kurzen Zeit bis Ischl! Bestimme trotzdem, wie Du willst! Auch die »Isolde«! Nur frage mich nie mehr, tu, was Du für richtig hältst! Was haben wir für einen süßen Impresario! Den tüchtigsten, den es geben kann! Deshalb vergiß die vier ersten Blätter dieses Briefes, mit allen Vorschlägen, die ich da mache, und entscheide Du! Das ist besser. Wenn Du mich führst, dann brauche ich nur mehr zu schreiben, und wir schießen wie Raketen in die Höhe, unaufhaltsam. Das spüre ich! Aber nur, wenn alles geschieht, wie Du es haben willst, meine gescheite Geliebte, meine zarteste Braut! Du mein kleines Mädchen, mit dem Wesen einer Mutter. Oder umgekehrt. Kurt.

17. Juni, mittags.

... Ich habe am Balkon geschlafen und von Dir geträumt, Valérie. und jetzt ist noch kein Brief von Dir da! Ich kann nicht hier sitzen und auf Deine Antwort warten! Ich werde wahnsinnig! Kurt.

P. S. Zur Sicherheit sende ich jetzt noch ein Telegramm an Deine geliebte Mutter und bitte sie um Deine beiden Hände!

17. Juni, abends »aus Ferbitz«!

... Ich konnte einfach nicht in Berlin bleiben. Deshalb habe ich meinen Hund und zwei Hemden genommen und bin auf unsere Jagd gefahren. Bianca sitzt neben mir und beobachtet jede Bewegung meiner schreibenden Hand. Sie wird aus ihrem veränderten Herrchen nicht recht klug. Sie läßt kein Auge von mir. Sehe ich zu ihr hinunter, so dreht sie die Pupillen ein klein wenig woanders hin und versucht recht gleichgültig dreinzuschauen ... Kurt.

18. Juni.

... Immer noch kein Brief da! Gestern saß ich noch drei Stunden »auf den Bock«. Der Bock kam auch. Aber seine Stangen bildeten ein so deutliches »V«, daß ich ihn leben ließ! Wenn das auch nicht wahr ist, meine Valérie, ich muß Dir doch auf irgendeine Weise sagen, daß ich Dich liebe. Außerdem kam der Bock nicht in Schußweite. Vielmehr eher Schußnähe!

Um von ganz etwas anderem zu reden: Ich liebe Dich. Kurt.

DER PROZESS

Am 18. Juni um zehn Uhr morgens stand ich vor dem Richter. Mein Delikt:

Ich hatte eine Vorstellung versäumt!

Ja, das gibt es! Auch wenn man nur fürs Theater lebt, wie ich damals!

Zehn Tage, genau zehn Tage vor diesem Debakel, hörte ich – es war in der Vorstellung von Hermann Bahrs »Konzert«, in dem ich die Eva Gerndl spielte – einen furchtbaren wienerischen »Schkandal«! Meine Garderobiere Rosl machte die Tür zu, obwohl es stickig heiß war.

»Des is nix fier Ihna, des hörn ma sich net an! Des is de Frau Bleibtrei und de Frau Senders. Die kennen sich scho immer net schmeckn, ober seitdem daß die Senders a Vurstöllung varseimt hat, is iberhaupt aus mit de zwa!«

»Was hat Frau Senders?«

»A Vurstöllung hots varseimt.«

»Das gibt's doch nicht!«

»Warum net? Schauns, de Frau Senders sitzt in Kaffee und sagt in Köllner, er soll ihr an Wagn bestölln fiers Theater. Und wies so in Kaffee sitzt, vergißts warums daß do sitzt und geht weg. Und geht zu aner Freindin und mocht sich mit dera an gemitlichn Obend draust bein Heirign. Und wies zhaus is, sichts wos angstöllt hot und glaubt, es triffts der Schlog. Und daß er sie net troffn hot, des kann ihr de Frau Bleibtrei net vergessn, obwohl daß des jetzt schon ocht Johr her is.«

»Also, Rosl, das könnte mir nie passieren! Wenn ich auf der Straße überfahren würde, so könnte ich noch mit letzter Kraft auf einen Zettel kritzeln: Ich gehör' ins Burgtheater in die Vorstellung.«

»Sagns des net, des kann Ihna a passiern.«

Nach zehn Tagen, wieder im »Konzert«, passierte es mir »a«. Ganz ähnlich wie Frau Senders. Ich war noch um sechs Uhr über den Ring gefahren, wo das Burgtheater etwas weitab vom Fahrdamm liegt, und sah von weitem das kurze Wort auf dem Theaterzettel, das ich für »Schwan« hielt – das einzige Stück, in dem ich in dieser Woche frei war –, das aber »Konzert« hieß. Seelenruhig fuhr ich weiter und versäumte so die Vorstellung. Das Publikum wurde nach Hause geschickt, und ganz Wien kannte plötzlich meinen Namen.

Ich wurde fristlos entlassen, und alle meine vielen schönen Rollen, um die ich so sehr beneidet war, wurden unter meine glücklichen Kolleginnen verteilt wie Ländereien nach einem verlorenen Krieg. Aber der Krieg war nicht verloren, nur eine Schlacht! Jarno brachte mich als »Star« heraus und druckte meinen Namen riesengroß auf sein Plakat. Ich spielte eine schöne Rolle nach der anderen, bis ich dann auch die »Ingeborg« bekam.

Der Richter warf mir vor, den bewußten Abend mit »ungarischen Schiebern« in einer Bar verbracht zu haben. Das war das »Letzteste«, was es damals an Gesellschaft in Wien gab, und stimmte keineswegs. Zitternd an allen Gliedern drückte ich mein Täschchen ans Herz, in dem ich alle seine Liebesbriefe als Talisman mitgenommen hatte. Und auf einmal antwortete ich ganz ruhig, daß dieser Vorwurf mit meinem Prozeß nichts zu tun hätte. In meinem Vertrag ständen beharrliche Verweigerung der Pflicht, unsittliches Betragen und heimliches Verlassen des Stadtterritoriums als Gründe für fristlose Entlassung. Wenn es den Herrn Hofrat persönlich interessierte, wo und wie ich den Abend meiner Versäumnis verbracht hätte, sagte ich, würde ich es ihm privatim gern erzählen. Mit meinem Prozeß hätte dies aber nichts zu tun.

»Sie brauchen keinen Anwalt, kleines Fräulein«, sagte er völlig umgestimmt und lächelnd, »*sehr gut!* Wie machen Sie das?«

»Ich sage wie's ist, Herr Hofrat.«

So gewann ich die erste Instanz und kam glückstrahlend nach Hause, gerade als der Briefbote mir wieder zwei Briefe aus Berlin brachte:

20. Juni.

Liebling!

Ich verspreche Dir, sogleich ernst zu werden, aber erst laß mich austoben! Ich bin so übermütig und unter diesem Übermut zutiefinnerst glücklich, wie ich wünsche, daß Du es auch seiest. Ich habe eben Deinen Brief bekommen und finde plötzlich das Regenwetter draußen prachtvoll und alle Einrichtungen dieser Welt entzückend. So viel Sonne, wie sie jede Zelle meines Herzens ausfüllt, hat in Jahrtausenden nicht geschienen. Außerdem habe ich eben Bianca ins Genick gebissen. Bianca ist ein sehr reinliches Tier, aber ich beiße sie sonst *nie* ins Genick. Sie war etwas verblüfft, verstand dann, daß ich mit ihr spielen wollte, und macht jetzt komplizierte Versuche, mich ebenfalls ins Genick zu beißen. Ich werde diesem Tier nie vergessen, wie es sich in den letzten furchtbaren Tagen des Wartens und Zweifelns betragen hat. Immer im richtigen Moment hat sie ganz vorsichtig ihren Kopf auf mein Knie geschoben und mich angeguckt. Sie hat sich fabelhaft benommen. Ich konnte mich nicht enthalten, ihr Stellen aus Deinem Briefe vorzulesen und zu sagen: Wie findest du sie? Ich soll aber bei dieser Frage sehr drohend ausgesehen haben, daß niemand gewagt haben würde, Dich nicht entzückend zu finden. Aber *was* sie dann alles gesagt hat! Ich werde mich hüten, es Dir wieder zu sagen! Wann heiraten wir?

Kurt.

21. Juni.

... Ich freue mich auf Ischl wie auf das Paradies. Bin ich sehr albern? Dann streiche bitte diesen Satz! Aber ich möchte keine männliche Zurückhaltung markieren, wo es mir ums Herz ist wie einem Quartaner. Keiner Frau würde ich gewagt haben, so sehr meine Liebe zu zeigen. Aber Dich sehe ich so anders, so daß mir jede Taktik wie ein saudummer Frevel erscheinen würde. Ich bin so glücklich, wenn ich in Deinen Briefen lese, daß ich weinen möchte. Das weißt Du wohl? Du bist eine Dichterin, Valérie, weißt Du das auch? Ich kann so viel Liebe vertragen! Bedenke, daß ich sie bis jetzt noch nie erfahren habe, bei aller meiner Erfahrung! Und vielleicht gerade deshalb! Du sagtest das einmal so schön: »Viele Frauen haben Dich geliebt, aber keine noch hat Dich an ihr Herz gelegt.« Das kann man besser nicht sagen. Du wirst es in einer Deiner Rollen finden, Liebling! Jetzt bin ich zu irgendwelcher Arbeit noch unfähig. Aber eine Beschäftigung habe ich! Ich fahre alle Briefe an Dich selber zur Bahn, an den Zug. Es ist eine kleine Reise. Noch nie hat mein Auto einem besseren Zweck gedient.

Dieser Brief soll jetzt fort und Dir nichts weiter sagen, als daß ich Dich unsagbar liebe.

Kurt.

22. Juni, wieder in Berlin.

... Du nimmst mich keiner Frau weg, Liebling, wenn das Deine Sorge ist! Frauen, die nie mein Herz besitzen konnten, weil ich erst jetzt weiß, daß ich eines zu verschenken hatte, kannst Du mich doch nicht wegnehmen! Und auf die, die mich einseitig lieben, oder gar Zufälligkeiten sind, Autogrammjägerinnen, kleine Straßenbekanntschaften, wie das bei einem Junggesellen, wie Du ja weißt, auch mal vorkommen konnte, auf die können wir wahrhaftig keine Rücksicht nehmen. Wir haben ja auch ein Recht auf Liebe und Glück! Ein Leben ohne Dich ist für mich von jetzt ab ganz undenkbar. Valérie, Du hast es so gewollt! Jetzt ist es soweit! Ich liebe Dich bedingungslos. Ich kann für Dich alles tun, alles. Nur leben ohne Dich, das kann ich nicht mehr! So wolltest Du es, meine geliebte Hexe Du! Wann heiraten wir?

... Ob Du eine Laune von mir bist? Der Unterschied zwischen der ewigen Liebe und einer Laune besteht darin, daß die Laune gewöhnlich länger dauert, sagt irgend jemand irgendwo. Heute bete ich Dich an! Ich liebe Dich mehr als die Sonne, das Meer und meine Freiheit! Wie blödsinnig arm ist die Sprache! Wir heiraten gleich, Geliebte! Ich drücke einen Kuß auf den schönsten Mund, Valérie, auf Deinen Mund, der bis ans Ende meiner Tage der meine sein wird! Es ist nicht auszudenken!

Kurt.

DIE VERLOBUNG

Anfang Juli trafen wir uns wieder zu einem Sommergastspiel mit »Ingeborg« in Salzburg und Ischl.

Unserer Liebe stand nichts im Wege, und ich konnte so gedankenlos verliebt sein, wie ich mir das gewünscht hatte.

Die süßen Jahre mit dem süßen Annerle waren längst Vergangenheit.

Danach war mein Mann in erster Ehe mit Erna Nitter verheiratet gewesen. Damals war sie eine sehr gute Soubrette, und heute ist sie eine sehr gute Schauspielerin. Er erzählte mir nicht viel von ihr, in dem Gefühl, daß alles, was vor meiner Zeit lag, für ihn nicht mehr sein und mich nicht bedrücken sollte, und Erna Nitter hat das mit den feinen Nerven der Künstlerin verstanden. Wenn ich an andere »zweite Ehen« denke, dann müßte ich schon aus diesem Grunde unserer »Verflossenen« zugetan sein. An jedem meiner Geburtstage kam ein gutes Wort von ihr ins Haus, und wenn sie in unseren Gastspielen im Parkett saß, schickte sie mir Blumen mit einem Kärtchen dran. Auf einem steht — ich fand es jetzt wieder im Schreibtisch meines Mannes —:

»Sie *muß* man liebhaben, Frau Valérie.«

1917, nach der Scheidung, die mein Mann selbstverständlich nur auf sein alleiniges Verschulden zuließ, wie sich das für einen Herrn versteht, war er frei und wollte nie wieder heiraten.

Natürlich gab es »Affairen« in diesen vielen Jahren bis zu unserer Ehe. Schwärmende willige Mädchen, die Autogramme direkt aus der Höhle des Löwen holten, Bürolistinnen, die einen auf der Straße ansprachen und nur zu gern in die Wohnung mitkommen wollten. Seife, Schmierseife, wie Onkel Rémond es nannte, auf der man leicht hätte ausgleiten können bei dem steilen Wege zur Karriere und zum Glück.

Aber mit dem Herzen hatte es nichts zu tun, und so feierten wir in Ischl unsere Verlobung in aller Stille, bei einem herrlichen Wein, der sich »St. Julien« nennt, als Gäste des dort angestammten Grafen gleichen Namens. Von da aus fuhren wir zusammen nach Berlin. Wir zogen in seine Junggesellenwohnung, besser gesagt, wir schlichen uns ein! In dunkler Nacht! Denn hier wollten wir unbemerkt heiraten und ungestört bleiben bis zum Saisonbeginn, allein auf dieser herrlichen Welt! Mein Mann sperrt die Wohnungstür auf und läßt mich eintreten.

Ich höre das Schloß knacken, als er von innen wieder zuschließt. Ich sehe uns stumm einander gegenüberstehen. Dann wirft er seinen Mantel ab und nimmt mir meinen von den Schultern und dann hebt er mich auf die Arme und trägt mich durch seine drei kleinen Räume: das Wohnzimmer mit seinem Schreibtisch und dem Balkon, das Musikzimmer mit dem Flügel, seinem Cello und der Felldecke auf der Couch. Und das Schlafzimmer. Ein Damenschlafzimmer, ganz in Pastell, mit dem breiten Bett auf einem Podest und einer Poudereuse aus Spitzen und Spiegeln.

Das fiel mir nicht einmal auf. So konnte er als Junggeselle doch nicht gelebt haben. Das mußte er haben machen lassen, und nicht erst gestern, denn so etwas braucht Zeit. Also ... so sicher war er meiner von Anfang an!

Mit meinem Verstande kann ich es nicht einmal in der Erinnerung fassen, daß ich so einfach mit ihm wegfuhr. Wenn ich von einem Mädchen aus guter Familie gehört hätte, das, ohne in aller Form verheiratet zu sein, einem Mann gefolgt sei, ich hätte den Kopf geschüttelt. Aber für mich war es so zwangsläufig und natürlich! So war es eben und so mußte es sein und so wurde ich seine Geliebte. Und ich schreibe es gerne und unumwunden hin. Schon der Gedanke, daß ich unser Zusammenleben an eine Bedingung gebunden hätte, wäre mir unerträglich, denn Überlegung gab es bei uns beiden nicht. Nur Liebe. Als der Tag der Trauung näher und näher kam, hatte ich Angst! Angst vor einer Veränderung, einem Zwang, der uns bedrücken könnte.

Aber mein Mann wußte ja für alles eine Lösung, *die* Lösung: Ich wurde dann eben seine »angetraute Geliebte«!

Warum wir nicht gleich heirateten, erzähle ich später, jetzt bin ich in meiner Erinnerung woanders.

Ich habe einen Geliebten! Dieser Gedanke ließ mich nicht los. Etwas in mir wuchs in mein Bewußtsein und machte alles bisher Erlebte unwirklich, verschwommen, als sei ich jetzt erst zu meinem Leben aufgewacht. Es zwang mich, ihn mir anzusehen, genauer und immer wieder, diesen Geliebten, diesen Mann, weil ich herauszufinden versuchte, was es war, was an ihm war, das mich so gründlich veränderte und so unerklärlich beglückte.

Und jetzt möchte ich schreiben können, so wie mein Mann es konnte, um alles zu sagen, ohne es beim Namen zu nennen, alles aufzudecken, ohne es zu entblößen.

Mit welcher Zartheit des Herzens und des Verstandes – jenen beiden Faktoren, die sich bei ihm so vollkommen die Waage hielten – erzog er mich. Meinen Gedanken und Sehnsüchten, meinen Erinnerungen und Erwartungen hat er nachgespürt bis in die endlichen Spitzen meiner Nerven, um mein Mann zu sein und ausschließlich zu bleiben und mich zu seiner Gefährtin zu bilden, wie sie ihm endgültig schien.

Er hat mich angehalten, ein Tagebuch zu führen, um dadurch bewußter leben zu lernen. Und wenn ich heute darin lese, dann bin ich gerührt und dankbar, und ich sehe erneut, wie erfüllt mein Leben ist, wie reich mein Mann es gemacht hat.

Die Erkenntnis, die mir gerade aus diesen Erfahrungen blieb, ist die uralte: daß geben seliger ist denn nehmen. Daß das Bedienen des anderen, die Hingabe an den anderen den »Liebeshelden« ausmacht und auf der anderen Seite die »vollkommene Geliebte«. Nicht Schönheit, nicht Verschwendung, nicht Raffinement oder andere Fähigkeiten.

»Es ist schade für die Menschen«, könnte ich ähnlich Strindberg sagen, daß vieles, vieles Schöne schweigend der Besitz meines Herzens allein bleiben muß, weil ich leider nicht so schreiben kann, wie mein Mann es konnte.

DAS ERFORDERLICHE EHEFÄHIGKEITSZEUGNIS

Das war der Grund, weshalb wir nicht gleich heiraten konnten, als wir in Berlin ankamen.

Ich wurde geboren, als mein Vater als Linienschiffsleutnant auf einem Zerstörer vor New York lag. Bei friedlichen Manövern natürlich! Wir Kinder der österreichischen Marine bekamen unsere Heimatberechtigung in jenem Ort, in dem der Vater zur Zeit unserer Geburt stationiert war. Auf ein Schiff konnte man natürlich nicht eingetragen werden, und so wählte die Behörde irgendeinen Ort, wo man dann zuständig und heimatberechtigt war.

Iglau!

Als ich das erste Mal im Leben meine Papiere zu Gesicht bekam, suchte ich Iglau auf der Landkarte. Der Name war mir nicht fremd, im Gegenteil rühmlich bekannt und schwellte meinen damals elfjährigen Busen mit Stolz, denn Österreich bezog seine zuverlässigsten und kräftigsten Ammen aus dieser meiner mährischen Heimatgemeinde. So hatte ich das in der Schule gelernt. Iglau verlangte – es war 1923 schon Tschechoslowakei –, um die Eheerlaubnis erteilen zu können, ein »Ähäfähigkaiitszeignis«!

Die tschechische Gesandtschaft in Berlin, bei der wir vorsprechen mußten, verwies uns an die Gemeinde Iglau, zwecks »Ausfüllung der erforderlichen Formulare in dreifacher Ausführung«, von denen wir eines dann für uns behalten sollten.

Die Auskunft schien uns nicht erschöpfend, denn Iglau wollte ja ein Zeugnis bekommen, also mußte hier in Berlin jemand ein Formular ausfüllen, das wir dann nach Iglau zu senden hätten.

So beschlossen wir, bei der Gemeinde Iglau schriftlich anzufragen, *wer* meine Ehefähigkeit zu bezeugen hätte, an Hand welcher Erklärung Iglau seinerseits die Eheerlaubnis erteilen würde.

»Die Berliner Polizei«, lautete die Antwort.

Das waren damals rund 15 000 Schupos, konstatierte mein Mann, und das wäre ihm zu viel, sagte er. Er schrieb kurzerhand zurück, er dächte, daß nur er selber in der Lage wäre, meine Ehefähigkeit zu bezeugen, und dieses erst nach der Eheschließung, welcher Aufforderung er dann gern und eingehend nachkommen würde, wozu er aber seinerseits erst die Eheerlaubnis benötige, um die Ehe schließen zu können.

Es wurde Dezember, bis die Herren der Gemeinde in Iglau die Erläuterungen meines Mannes begriffen, anscheinend mit ihm konform gingen und die Eheerlaubnis sandten, ohne weitere Kommentare und ohne ein Ehefähigkeitszeugnis bekommen zu wollen, was meinem Mann zeitlebens, wie er sagte, fehlte, denn ohne dieses, meinte er, wüßte er doch nie ganz genau, ob ich auch wirklich ehefähig sei.

MAX UND MORITZ

Von Maxe sagte mein Mann, er habe »Talent zum Freund«. Und das trifft es. Man konnte stundenlang bei Maxe sitzen oder mit ihm spazierengehen, ohne daß ein Wort gesprochen wurde. Jeder wußte, was der andere dachte. Aber wenn gesprochen wurde, dann war es entweder lustig, denn Max hatte viel Humor, oder es war interessant. Max war von Hause aus Ingenieur, ehe er gegen den Willen seines Vaters auf eigene Faust zur Bühne gehen konnte. Er war gebildet und unglaublich belesen. Und dieses in Verbindung mit einem phänomenalen Gedächtnis. Wenn man Max zufällig mal nach dem Datum fragte, dann konnte er sofort sagen, was an diesem Tage vor einem Jahr, vor fünfen oder vor zwanzig geschehen war. Und zwar nicht nur Historisches, ganz kleine private Ereignisse waren es, die er so behielt, als wären sie gestern geschehen. Max nahm meinem Mann automatisch jede unangenehme Angelegenheit ab.

»Laß mich das machen, Curt«, sagte er in seinem tiefen sammetweichen Baß, der seine schwäbische Gelassenheit so schön unterstrich, und dann war man geborgen und konnte auf ihn bauen wie auf sich selber. Max stand vor einem wie eine Wand.

Da saßen wir wieder einmal gemütlich an einem Tischchen in einer Kneipe, ich wie üblich in der Mitte und die Männer sich gegenüber.

Mein Mann unterbrach plötzlich seine Rede – etwas störte ihn irgendwo –, guckte knapp an Maxens Ohr vorbei und sagte dann gefährlich ruhig und monoton: »Kinder, da kriegt gleich einer eine von mir gelangt!« »Erscht von mir«, brüllte Max, so daß das ganze Lokal erschrak, sprang auf und warf sich und seinen Stuhl herum. Und wenn mein Mann ihn nicht gerade noch am Ärmel erwischt hätte, wäre Max dem Erstbesten an den Hals gefahren, ohne auch nur zu wissen, um wen und um was es eigentlich ging. Ja, so war Maxe!

In den ersten Wochen der Saison war mein Mann auf Proben, abends spielte er, und so wäre ich viel allein gewesen, wenn Max nicht bei mir gesessen hätte, mit seiner Pfeife im Mundwinkel, einem Buche dicht vor den bloßen Augen, die dicke Brille auf die Stirn geschoben und Bianca zu seinen Füßen.

Es war die böse Zeit der Inflation und Knappheit. Wenn mein Mann nachts aus der Vorstellung kam, mit einem Handkoffer voll Papiergeld – seine Gage war allabendlich der Gegenwert der zwei ersten Parkettreihen und verhundert- und vertausendfachte sich täglich –, dann liefen wir schnell noch zu unseren Milewskys, die uns gegenüber einen winzigen Laden und dahinter eine noch winzigere Wohnung hatten. Und der gute Mann kroch immer freundlich aus dem Bette und gab uns für die ganze Abendgage, was er beiseite legen konnte. Mal waren es zwei Pfund Äpfel, mal Kartoffeln oder Gemüse, manchmal sogar etwas Mehl oder Zucker. Am nächsten Morgen, wenn die neuen Kurse durchgesagt waren, hätte unser Koffer voll Geld längst nicht mehr gereicht. Ja, der gute Milewsky hat uns oft ausgeholfen in der bösen Zeit, und wir liebten ihn, seine Frau und seine zwei Kinder. Als wir dann wegzogen, haben wir sie aus den Augen verloren. Leider! Denn zu gern pflegte ich alle Bekanntschaften und Bindungen meines Mannes aus seiner Junggesellenzeit.

Aber 1957, als wir wieder einmal auf der Reise nach Hollywood in Chicago umsteigen mußten, da schrie eine Frauenstimme über den Bahnsteig:

»Nein, ich glaube es nicht! Curt Goetz und seine Valérie!«

Das war Milewskys Töchterchen! Jetzt Mutter von drei großen Kindern!

»Ach«, sagte sie und hatte gleich Tränen in den Augen, »war das nicht schön in meinem Berlin? Wie ich das Bein gebrochen hatte und Sie kamen immer mal an mein Bettchen? Die ganze Schule hat mich beneidet! Meine guten Eltern! Sind beide tot! Ich darf gar nicht dran denken! Die haben es Ihnen nie vergessen können, Herr Goetz, daß Sie zwei ganze Tage und fast zwei Nächte bei Muttern in der Muffbude saßen, als sie meinen Bruder erwartete. Und wie's dann soweit war, da sind Sie wie der Deibel mit ihr ins Westendkrankenhaus gepeest mit Ihrem kleinen ›Peter Moritz‹, und nach zwei Stunden war Herbertchen da! Ja, damals, 1922, hatte noch nicht jeder ein Auto! Und eine Taxe war schwer zu kriegen und kaum zu bezahlen.«

Der kleine »Peter Moritz« war ja auch nur ein wildgewordener Kinderwagen, lief aber wie der knallrote Teufel, der als Kühlerfigur vorne drauf saß und der Welt eine lange Nase drehte.

Garagist Wetzel, dicht an der Avus, hatte meinem Mann das Auto verkauft, und zwar gerade, als der Vertreter der »Peter Moritz Werke« die Wagen ablieferte, so daß mein Mann folgendes mit anzuhören in den Genuß kam:

»Ach, du lieba Jott, muß ick besoffn jewesn sint! Und jleich in sechsfacher Ausführung kommt det an!«

»Haben Sie so bestellt, Herr Wetzel! Is doch 'n bildhübsches Wägelchen!«

»Aber nich zum Fahren! Da muß noch eener zukomm'n und anschiebn!«

»Unser kleiner Wagen läuft wie die Feuerwehr!«

»Det sieht man ihm aba nich an! Ach Jott, ach Jott! Wo soll ick nur een findn, der da druff reinfällt! Ick muß det Ding ja *vakoofn,* Mensch!«

»Na das kann doch nicht schwer sein, Herr Wetzel!«

»Da müßt ihr 'n Holzhammer mitliefern, det man de Kunden erscht uffn Kopp haun kann!« Und im gleichen Atemzuge rief er: »Komm mal her, Curt! Wat sachste? Det is det Wägelchen, wo ick dir von erzählt habe! Det Beste, wat de heute uffn Markte findn kannst, wenn ick dir sare! Und wejen Fahrstunden, Mensch, Curt, ick hab doch keene Zeit für sonne Fisematenten. Komm, setz dir mal da rin! So! Kieke jradeaus, jetzt trittste links uffn Hebel und ick lasse de Nuckelpinne an. Jut so! Nu schiebste den Jang rin – Junge wat brauchste ne Fahrstunde, du kannst et ja schon – und wenn ick denn sare ›los‹, denn nimmste die linke Hinterflosse wech vons Pedal und trittst rechts jleichzeitich uffs Jass und steichst nich wieda runta bis Bitterfeld. Looos!«

Das war die erste und letzte Fahrstunde meines Mannes Anno 1921.

Daß er den Vorführwagen damals heil zurückbrachte, sah er lebenslänglich als ein reines Gotteswunder an.

MEIN ERSTER HAUSHALT

Frau Lindow, die durch Jahre meines Mannes Junggesellendasein betreute, kam jeden Vormittag, um die kleine Wohnung weiter zu besorgen.

Während sie eifrig den Staubsauger hin und her gleiten ließ, wusch, plättete oder sonst etwas tat, sprach sie dazu mit doppelter Geschwindigkeit. War sie mit einer Arbeit fertig, dann verstummte sie, bis die nächste im Gange war. Ihr Mundwerk schien mit ihren fleißigen Händen 2:1 gekoppelt zu sein. Ihre kugelrunde Figur, die von kurzen Beinen herumgehüpft wurde, dazu die immer knallroten Bäckchen, ließen mich stets an einen brutzelnden Bratapfel in der Pfanne denken.

Mein Mann stellte mich ihr gleich am ersten Morgen als seine Frau vor. Den Blick, den sie ihm und mir zuwarf, möchte ich nie vergessen. Es muß die gute Frau Lindow die Anstrengung eines Schwergewichtstemmers, der den Rekord zu brechen wünscht, gekostet haben, darauf nichts zu sagen. Aber, sie sagte nichts, und das gefiel mir sehr, denn ich, an ihrer Stelle, hätte den Mund nicht halten können!

Tags darauf ging mein Mann allein zur Probe, und da sagte sie, während sie mich mit ihren größten rundesten Augen ganz von unten hinauf ansah:

»Wolln Se Herrn Joetz denn würklich heiraten, Frau Joetz?«

Wie habe ich diesen Satz genossen! Und mein Mann erst!

»Et is ja 'n feiner Mann, jarnischt zu sarn, aber die Weibsen sin doch alle hinter ihm her! Den Mut hätte ick an Ihre Stelle nich!«

Merkwürdig. Bin ich eine eifersüchtige Natur? Ich glaube doch. Sehr sogar! Aber ich bin auf anderes eifersüchtig, als es allgemein üblich ist. Auf tiefe, gefühlsmäßige, geistige Liebe. Oder zum Beispiel auf Dienste, die man dem Geliebten erweisen kann.

Ich wußte, daß er nie wieder eine andere Frau lieben würde, und ich fühlte, daß auch er meiner so sicher war vom ersten Augenblicke an. Was konnte also geschehen? Aber ich hätte es zum Beispiel nicht erlaubt, besser gesagt, ich wußte es so einzurichten, daß kein anderer als ich ihm die Schuhe an- oder auszog, wenn ihm mal danach war. Nur ich spitzte seine Bleistifte, nur ich wählte seine Anzüge und Krawatten. Ich weiß, daß ich einmal eine an ihm sah – um zweihundert hatten wir stets, und ich kannte sie alle persönlich –, die ich sicher nicht gekauft hatte. Vom Schneider war sie als Präsent beigelegt worden. Ich verschenkte sie sofort. Aus Eifersucht. Aber auf seine Vergangenheit, auf die Frauen, die er besessen hatte, konnte ich nicht eifersüchtig sein. Vielleicht, wenn eine dagewesen wäre, mit der er wirklich glücklich war, die ihm jung gestorben und ewig im Gedächtnis geblieben wäre, wie er es viel später in seiner »Tatjana« so eindringlich zu beschreiben wußte – in der Geschichte von jenem Mädchen, das der alte Boris Michailowich Leventieff nicht vergessen kann –, dann vielleicht auf diese Vergangene. Aber sonst dachte ich, daß die Erfahrungen eines Mannes, ob nun schön oder weniger schön, der geliebten Frau zugute kämen. Und die war ich ja. Wenn wir beide über Eifersucht sprachen, gefiel es ihm, wenn ich sagte, daß es das Wesentliche wäre, das richtige Maß von Eifersucht zu finden. Im übrigen stellte ich mich auf den Standpunkt, daß er es besser hätte als ich, denn an mich würde sich leider kein Mann mehr »rantrauen«, weil keiner die Konkurrenz aufzunehmen wage, was er dann mit einem einzigen Wort: »Miststück«, »Mistbesen« oder »Hexe« abtat.

Doch zurück zu meiner guten Frau Lindow.

Noch eines der Gespräche mit dieser liebevollen und lebensklugen Frau wird mir unvergeßlich bleiben. Sie fragte mich, wie das zu einer jungen Ehe paßt, ob ich Kinder haben wollte.

»Tun Sie et nich, kleene Frau. Et sin doch jenuch da«, sagte sie und setzte sich mit einer Flickarbeit zu mir in den zweiten grünen Fauteuil am runden Tisch.

»Sehn Se, wir hatten zehn Jahre lang keene Kinder jehabt und da ham wa uns entschlossn, so'n Wurm anzunehmen. Unser Kätchen. Unser Kätchen sare ick Ihn'n! Un wie det schon so is, komm ick noch mit'n Jungen nieder. Der is heute ooch schon wieder zwölwe. 'n braver Junge, jut in die Schule, immer fleißich und jefällich. Der macht ooch mal sein Wech. Jar nischt zu sarn! Aber wenn Se uns unser Mächn wechnehm'n, sterm wa beede uff de Stelle. Und Kätchen übalebt det ooch nich.«

»Merkwürdig. Sie hängen beide mehr an dem fremden Kind?«

»Wat heest fremd und wat heest Kind? Un wat heest Vata un Mutta? Der Vata is doch merschtenteils nur der Erzeujer. Entweder er kümmert sich nich um de Kinder oder man läßt'n sich nich kümmern. Und det is ja ooch nur'n Zufall, wenn so'n Wurm ankommt. Is doch wahr! Wo wünscht sich heutzutare eene 'n Kind! Det jibts ja jar nicht mehr. Jede will doch nur arbeetn, Jeld vadien'n un sich amüsieren. Oder se kriecht et jleich, wenn se mitjeht, aus Doofheit, und wenn se Jlück hat, kann se den Erzeujer hochnehm! Ne prima Jeldquelle! Nee, junge Frau, wenn Se mir frachn, nehm Se *fertche* Jören int Haus. Die sin viel dankbarer und man hängt sein Herz jenau so dran, wie an de eechnen und – et kränkt een wenjer, wenn nischt draus würd!«

Das machte mir einen großen Eindruck, denn der Gedanke, Kinder anzunehmen, ging wie ein roter Faden durch mein ganzes Leben.

USCHI

Herr Lindow hatte einen Unfall in der Fabrik, und die brave Frau mußte uns kündigen.

Mein erstes richtiges Hausmädchen hieß Uschi, war bildschön, zwanzig Jahre jung, unbeschwert, lächelte immer und war einfach entzükkend. Uschi erklärte, sie wäre aus »besseren Kreisen« und wollte deshalb nur als »Stütze der Hausfrau« kommen, was sie ja schließlich auch wäre.

Wenn das Telephon klingelte, nahm sie den Hörer ab und sagte:

»Hier Stütze Uschi bei Curt Goetz.«

Das machte sich sogar sehr gut. So brachte ihr Frau Lindow in Eile das Notwendigste bei: uns das Frühstück zu bereiten und die Wohnung sauber zu halten. Und wir waren glücklich mit unserer Uschi.

Am zweiten Tag, nachdem Frau Lindow nicht mehr gekommen war, wurden wir von der Probe weg ans Telephon gerufen.

»Hier Stütze Uschi bei Curt Goetz.«

»Was ist denn los, Uschi?«

»Ach, eigentlich nischt«, lachte sie vergnügt, »Herr Lindemann, der doch unter uns wohnt, kam hoch und meinte, ich sollte Ihnen sagen, Sie sollten doch mal schnell heimkommen.« Und dann lachte sie ihr silberhelles Lachen. Es konnte nichts Arges sein, denn Maxe und Bianca waren mit auf der Probe. Vielleicht ein besonderer Besuch? Eine Überraschung?

»Uschi, nun bitte, was ist los zu Hause?«

»Na kommen Sie man, Sie werden schon sehen.«

Uschi hatte die Badewanne scheuern wollen, das Wasser dazu angedreht, und da klingelte im Flur das Telephon. Es war eine Freundin, und weil Uschi des Rauschens wegen nichts verstehen konnte, machte sie die Badezimmertür zu.

»Is doch logisch, nich? Und da sacht mir doch meine Freundin, daß ihre Freundin morgen Geburtstach hätte und weil sie doch lange nicht so praktisch und nicht so umsichtig ist wie ich und außerdem im Haushalt zu tun hätte, auch als Stütze wie ich, sacht sie, ich sollte eine Freundin ihrer Freundin – Edeltraude heißt sie, mit d, ein wunderhübscher Name, nich – also ich sollte die Freundin ihrer Freundin im Kaufhause treffen, um ihr zu raten. Na da konnte ich doch nicht gut absagen. Und ich war ja auch pünktlich wieder da, um ein Uhr dreißig. Wir wollten um zwei essen, es sollte ja nur das Suppenhuhn geben, und das ist ja in zehn Minuten sowieso gar. Is ja nur Suppe aus Wasser, nich? Und wie ich ankomme, steht die ganze Straße vorm Hause und macht so 'n Theater! Is doch alles in schönster Ordnung. Wasser ist doch gründliche Reinigung und trocknet wieder ab. Nich?«

Wir zogen mit Uschi für acht Tage ins Edenhotel, weil die Wohnung durchglüht und durchlüftet werden mußte, Herrn Lindemann haben wir zwei Zimmer neu tapezieren lassen müssen, und unsere Bodenbespannung hat sich von der »gründlichen Reinigung« nie wieder erholt.

»TAGESZEITEN DER LIEBE«

Am 24. November stand ich das erste Mal mit meinem Mann auf einer Berliner Bühne, und zwar in den Kammerspielen des Deutschen Theaters bei Max Reinhardt. Niccodemi, dessen »Scampolo« ich in Wien zu seiner Zufriedenheit kreiert hatte, gab mir seine »Tageszeiten der Liebe« für Berlin. Es war ein süßes Stück für Zwei, das die Liebe am Morgen, am Mittag und am Abend in zarter Andeutung zeichnet.

Meine Aufregung vor dieser Premiere war so unbeschreiblich, daß ich gar nicht merkte, daß mein Mann sich ausschließlich mit mir befaßt hatte, in meiner Rolle lebte und die seine nicht konnte. Er erzählte mir nachher, daß auch ihm erst die zufällig erhaschte Bemerkung seines Freundes Paul Otto dies zum Bewußtsein brachte. Und das war so:

Er spielte einstweilen immer noch in der Tribüne. Als er abends in die Garderobe kam, hörte er, wie Paul einem Kollegen über die Holzwände, die die Schminkplätze voneinander trennten, zurief:

»Wenn mein Curt sich nicht noch auf seinen Hosenboden setzt, spielt ihn seine Kleene morgen glatt an die Wand! Aber wie sagt man ihm das?«

Paul Otto erstarrte, als er meinen Mann in seinem Schminkspiegel sah, aber noch mehr, als er einen dicken Kuß mitten auf den Mund bekam.

»Verzeihung«, sagte mein Mann.

Und dann soll er alle Kollegen, die vormittags in der Hauptprobe gewesen waren, ausgequetscht haben, was ihnen an mir gefallen, und noch mehr, was ihnen an mir nicht gefallen hätte. Und er kam sehr vergnügt nach Hause, aß ganz schnell und lernte dann bis drei Uhr morgens. Und dann konnte er, weiß Gott, seinen Text!

Wir fuhren mit der Stadtbahn zur Premiere. Unterwegs kreisten meine Gedanken um die Möglichkeit — und ich sagte dies auch —, wie schön es wäre, wenn wir jetzt zusammen verunglücken könnten und weg wären. So groß war meine Angst. Und seine? Die kam mir gar nicht in den Sinn! Und ich hätte sie damals auch nicht verstanden, seine Sorge um mich, sein Zittern um das Gelingen jeder meiner Nuancen, sein »Sich-selber-ganz-vergessen«. Aber in unseren letzten Jahren, da habe ich mich erinnert an diese erste Zeit, wenn ich neben ihm auf der Bühne stand, nur auf ihn achten konnte, bei jedem seiner Schritte und beim leisesten Beben seiner Stimme bangte, in Angst um dieses Leben, von dem ich wußte, daß es nur mehr an einem Faden hing. Meine Rolle, die sonst so geliebte, die lief irgendwie automatisch mit, wie ein Pferd, das sich noch ohne Reiter an den zweiten Platz legt, um Kraft zu sparen für das Ziel. Denn die Pointen, das Tempo, die Steigerungen, die müssen da sein. Die Stichworte müssen fallen, wie er sie braucht. Sein Stück muß ankommen!

Da erst, nach fünfunddreißig Jahren, habe ich erkennen können, was mein Mann für mich getan hat, als er in seinem Beruf, in seiner Lieblingspassion möchte ich sagen, sich selbst vergaß um meinetwillen, um mir hinaufzuhelfen. Und da hatte ich manchmal ein wehes Glücksgefühl, daß ich in dieser Sache seine große Liebe mit gleicher Münze bezahlen konnte.

Die Kritiken nach der Premiere?

»Wir glauben es Fräulein von Martens«, las ich zum Beispiel, »daß sie am Wiener Burgtheater die Cleopatra, die Hilde Wangel, den Ariel im Sturm gespielt hat. Verdienste ohne Zweifel, doch Verdienste, die ausreichen, modernes Theater zu spielen? Wohl kaum! Hier quillt der Staub aus jeder Wandfalte, hier ist die gichtbrüchige Steifheit versunkener Theaterepochen. Nein, gnädiges Fräulein (oder gnädige Frau?), nein, so vielleicht an den Ufern der Donau, so nicht an den Ufern der Spree ...«

Als ich die Zeitung sinken ließ, entspann sich folgender Dialog:
Ich: »Sieh dir das an, bitte! So ein Verriß!«
Er: »Du liest das ganz falsch, mein Schatz!«
Er nahm mich in den Arm und las mit Schwung:
»Wir glauben es Fräulein von Martens, daß sie am Wiener Burgtheater die Cleopatra, die Hilde Wangel, den Ariel im Sturm gespielt hat. Verdienste ohne Zweifel, große Verdienste, die ausreichen modernes Theater zu spielen!«
Ich: »Zeig her! Hier steht ein Fragezeichen!«
Er: »Das ist ein Druckfehler!« (schnell weiterlesend) »Hier quillt aus jeder Gewandfalte — bitte, sogar dein Kleid wird erwähnt — eine wunderbare, leider versunkene Theaterepoche.«
»Ich: »Gib her! Das steht doch nicht da!«
Er: »Sei doch nicht so kleinlich! Man muß lesen, was der Mann schreiben *wollte,* nicht was der Setzer getastet hat. Auch ein Kritiker kann sich nicht immer klar ausdrücken! Und der Schluß hier sagt doch alles: Willkommen vom Strande der Donau am Strande der Spree! Was wollen wir eigentlich? Großartig! Hast du eine Ahnung, wie ein Verriß in Berlin aussieht? Das hier ist eine Hymne!«
Und dann gab er mir einen Kuß, einen ganz verlogenen, um dabei unbemerkt die Kritik in seiner Rocktasche verschwinden zu lassen. Ich sah sie nie wieder. Ich habe sie auch nur ungefähr angeführt. Die, wie ich viel später erfuhr, wichtigste Zeitung Berlins, die BZ, bekam ich überhaupt nie zu Gesicht. Ich glaube, mein Mann hat damals die ganze Auflage aufgekauft. Ich mußte viel, viel, viel lernen, um in Berlin und vor allen Dingen neben ihm bestehen zu können. Aber alles war herrlich, mein Traum hörte nie und nirgends auf, und ein Wunder reihte sich an das andere.
Am 18. Dezember zum Beispiel — das Datum weiß ich genau — kam ein goldbetreßter Diener in meine Garderobe — wie im Märchen — und brachte mir eine Riesenbonbonniere mit einem Orchideenstrauß von seltener Pracht, dazu einen rosaroten Brief mit einem silbernen Wappen: Ob ich mit meinem Partner der Freifrau von Baráty und ihrem Gemahl die Freude machen wollte, heute nach der Vorstellung auf einem kleinen Gesellschaftsabend zu erscheinen? Ich schickte zu meinem Mann. Er sollte entscheiden.
Vor dem Bühneneingang wartete ein Coupé. Der livrierte Diener hielt den Wagenschlag offen, ein zweiter in gleicher Kleidung saß im Führersitz. Es ging zu einer Villa am Nollendorfplatz.
Die Hausfrau begrüßte uns, und mein Mann sagte ihr, daß ich nicht Fräulein von Martens, sondern Frau Goetz sei! Die Dame bat sich aus, es niemand wissen zu lassen, bis sie selbst sich das Vergnügen machen würde, es bekanntzugeben.
Es wurde ein herrlicher Abend! Wir immer per »Sie« mit vielen Entgleisungen, die mit Grandezza überhört wurden. Auf dem Höhepunkt der Stimmung verkündete die schöne Frau des Hauses:

»Meine Herren und Damen, ich möchte Ihnen ein süßes Geheimnis verraten: Fräulein Valérie von Martens und Curt Goetz sind verheiratet!«

»Nein! Seit wann?«

»Seit übermorgen«, sagte mein Mann.

Unter hundert Fragen kam man auch auf die Trauzeugen zu sprechen. Aber die hatten wir ganz vergessen. Zwei der Gäste, das reizende Ehepaar Margerith und Udo La Roche, gewannen das Rennen um die Besetzung dieser Rollen. Und daraus ist dann eine lebenslange Freundschaft geworden.

In den Tagen, als ich meine Erinnerungen niederschrieb, rief mich Margerith wieder einmal aus Ascona an. Wir kamen auf dieses und jenes und natürlich auch auf alte Zeiten zu sprechen.

»Weißt du noch«, fragte ich, »›Tageszeiten der Liebe‹, der Abend, an dem wir euch kennenlernten, unsere Trauung am Sophie-Charlotte-Platz?«

»Natürlich, genau!«

»Und erinnerst du dich noch an das herrliche Fest, das ihr uns am selben Abend gabt?«

»Ach, Valérie! Jetzt, nach so langer Zeit, ich will gar nicht nachrechnen, wie viele Jahrzehnte es her sind, da muß ich dir etwas gestehen: Dein Mann hat damals in seiner unvergleichlichen Tischrede auf alle Anwesenden einen Vers gemacht. Nur auf uns nicht! Erinnerst du dich noch, wie wir gewettert haben? Er steckte Udo später ein Kärtchen zu, aber er hat uns streng verboten, dir unseren Vers zu verraten. Du warst uns allen damals auch zu schade dazu in deiner Zartheit. Aber heute würde er sich freuen, daß wir die Zeilen so treu behalten haben und dir jetzt damit ein Lächeln abzwingen können. Hör mal zu, Valérie.«

Ich weiß, so sehr ich Pikanterien genießen kann — zumal wenn sie von meinem Mann erdacht sind —, sie auszusprechen, kleidet mich nicht. Hier aber kommen sie aus dem Munde einer Frau, die den Charme gepachtet zu haben scheint:

»Daß Ihr für uns gezeuget habt,
Das war von Euch sehr scheene,
Nach dem Gesetze dürfen wir
Von heut' ab das alleene!«

KURT GÖTZ – CURT GOETZ

Ist es dem verehrten Leser aufgefallen, daß hier einmal *Kurt Götz* und das andere Mal *Curt Goetz* geschrieben steht?

Damit hat es seine Bewandtnis. Ich bin da in eine Schlinge geraten, die ich mir selber legte, denn ich weiß jetzt oft nicht mehr, welcher Schreibform ich mich bedienen soll. Bevor ich aber zu einem Kapitel komme, in dem Papiere bekanntlich eine große Rolle spielen — zu unserer Trauung nämlich —, möchte ich diese Frage klären.

In seinem Geburtsschein heißt mein Mann *Kurt Götz,* und da er mit seinem Namen sehr zufrieden war, nannte er sich auch als Schauspieler so wie er hieß. Auf allen alten Theaterzetteln steht *Kurt Götz.*

Als er dann im Jahre 1911 zu schreiben begann und schon seine Erstlingswerke mit Erfolg über die Bühnen gingen, riet ihm sein erster Berliner Verleger, Österheld, als Autor einen anderen Namen zu wählen. Und dies mit Rücksicht auf Übersetzungen, da man in England, Frankreich und Italien mit dem »ö« nichts anzufangen wüßte. Aber da mein Mann den Namen seiner Mutter liebte, wie er alles über die Maßen liebte, was mit Mütterchen zusammenhing — einer der Grundcharakterzüge aller Götzens übrigens — nannte er sich als Autor *Curt Goetz.*

Wir waren lange Zeit ängstlich bemüht, den Namen des Schauspielers und den »Künstlernamen« des Autors und Regisseurs fein säuberlich auseinanderzuhalten, aber mit der Zeit gaben wir es auf, und jetzt heißt es überall *Curt Goetz.*

Von nun an will auch ich ausschließlich diese Schreibform benutzen, selbst wenn eine Begebenheit in die Zeit zurückspielen sollte, da es noch *Kurt Götz* hieß, und obwohl seine Signatur, sein Autogramm, wenn Sie es genau betrachten, immer noch *Kurt Götz* ist.

Der Name begegnete uns oft im Laufe der Jahre. Immer wieder haben sich junge Schauspieler seinen Namen als Künstlernamen beizulegen versucht. Wir haben eine ganze Sammlung von Korrespondenzen über diesen wunden Punkt. Es bedurfte mancher Ratschläge oder Zurechtweisung, bis die jungen Leute, je nach dem Grade ihrer Feinnervigkeit und Bildung, zur Einsicht kamen, daß es nicht in Ordnung sei, einem Künstler den mit Fleiß und Schweiß erworbenen Namen zu stehlen. Mein Mann, in seiner Nachsicht, duldete es mehr oder weniger lang, denn, so sagte er, die Entlehnung eines fremden Namens komme aus dem bedauernswerten Gefühl der eigenen Unzulänglichkeit.

Nur zweimal in unserer langen Laufbahn am Theater sind wir Künstlern begegnet, die diesen Namen mit vollem Rechte trugen, denn meines Mannes erste Ehe und auch die unsere blieb kinderlos.

Es war 1925. Wir waren jung verheiratet und gastierten in Prag mit »Ingeborg« und »Tageszeiten der Liebe«, und zwar vom 16. bis 24. Mai. So steht es in unseren Tagebüchern. In dieser Zeitspanne hatten wir einen freien Abend. Der Prager Direktor bat uns, ihn nicht zu vergeben, da er eine Überraschung vorbereite. Und zwar setzte er »Menagerie« an, und wir sollten dieser »Festvorstellung« beiwohnen. Ich freute mich, denn ich hatte diese Einakter noch nie gesehen und ein Abend ohne Theater war für mich zeitlebens kein Abend. Aber mein Mann lächelte sehr gezwungen, als er einwilligte, und sagte mir dann, daß er ungern in seine eigenen Stücke ginge. »Wenn alles so anders ist, als ich es mir am Schreibtisch dachte, tut mir das richtig weh. Ich mache mir dann Gedanken, weil ich herausfinden will, was an meinem

Stück nicht stimmt, wenn es so anders aufgefaßt werden kann, als ich es gemeint habe. Später kam ich darauf, daß es der Regisseur sein muß, der den Schauspieler sich nicht in den bequemen Fauteuil setzen läßt, der ihm bereitgestellt ist, sondern versucht, etwas ganz Ausgefallenes, ›Originelles‹ zu machen. Sicher ist es am schwersten, nur so zu sprechen, wie einem der Schnabel gewachsen ist, und so natürlich zu sein, wie es dasteht. Eine Natürlichkeit übrigens, zu der man über einen sehr großen Umweg der Künstlerschaft gelangt, nicht eine aus Respektlosigkeit und Wurstigkeit!«

»Wie könnte man deine Rollen anders auffassen, als sie geschrieben sind? Das gibt es doch gar nicht!«

»Sag das nicht! Da war ich einmal von Direktor Rieser in Zürich zu einer Vorstellung von ›Nachtbeleuchtung‹ eingeladen. Vorher sagte er mir, ich würde meine helle Freude haben an meinem ›Fliegenden Geheimrat‹, da der Schauspieler, der den Tod darstelle, so überzeugend sei, daß die Szene nach der seinen völlig abfalle, was einem beim Lesen unbegreiflich erscheine.«

In diesem Einakter wohnen wir der letzten Ordination eines alten Arztes bei, nachdem er seiner Frau versprochen hat, seine Praxis endlich aufzugeben. An der Art, wie der alte Herr seinen Patienten behandelt, sehen wir, daß er kein »berühmter« Arzt ist!

»Der nächste bitte«, sagt der Geheimrat, und ein etwas merkwürdig aussehender Herr kommt herein. Er nennt sich Mors, wohnt überall und nirgends, weiß nicht genau, wie alt er ist und dergleichen mehr. Als der Geheimrat ihm in den Rachen guckt, wird er von dem Anblick und der Wolke von Abgrundodem fast vom Schlage getroffen.

»Ich bin's wirklich. Ich bin der Tod!«

Und Herr Mors erklärt, daß er bereit sei, einen Pakt zu schließen: Wenn der Geheimrat seine Praxis nicht aufgäbe, da er Herrn Mors doch so schön in die Hände arbeite, würde er ihn, obwohl er längst fällig sei, nicht abholen. Dem »Fliegenden Geheimrat«, der wie der »Fliegende Holländer« nun bedingungsweise weiterleben darf, bleibt die schwere Aufgabe, dieses wenig ehrenvolle Angebot seiner Frau beizubringen.

Mein Mann erzählte, daß er sich nach Riesers Ankündigung auf die Vorstellung gefreut habe.

»Ich traute meinen Ohren nicht, als es klopfte, bevor Herr Mors auftrat! Es war kein normales Klopfen, so wie es im Buche einfach heißt: Es klopft. Das Schicksal pochte an die Tür, in unheilschwangerem Rhythmus:

Tam tam tamtamtam . . . tam tam tamtamtam! Schon vor dem Auftritt war das Mißverständnis klar! Die Tür öffnete sich von Geisterhand, der Tod, mit auf den schwarzen Rock gemalten Rippen und einem als Schädel geschminkten Kopfe stand im Rahmen. Und als er Platz zu nehmen hatte, da knackte es in seinen Gelenken, was der Darsteller mit Kastagnetten, die in den langen Ärmeln versteckt waren, ganz großartig machte.

Eine kabarettistische Höchstleistung! Aber ich, als Autor, war umgebracht. Die Kreise, die im Dialog zwischen Mors und dem Geheimrat immer enger werden, bis dieser endlich erkennen muß, daß der Tod selbst vor ihm steht, waren überflüssig, ja lächerlich! Denn da war nichts allmählich sich Heranschleichendes zu erkennen!

›Was sagen Sie, Herr Goetz‹, strahlte der Regisseur nach dem Fallen des Vorhanges mich an, ›ist das eine Leistung?‹ – ›Niederschmetternd‹, sagte ich und willigte nur zu gern ein, daß die letzte Szene, deretwegen der Einakter geschrieben war, jene zwischen Herrn und Frau Geheimrat, gestrichen würde.«

Der Darsteller des Mors war Luis Rainer, der auf diese Rolle hin zu Reinhardt engagiert wurde. »Und das war seine Strafe«, fügte mein Mann lachend bei, denn er mochte Rainer sehr, »daß er dann bis an sein Lebensende nur mehr den Tod in Jedermann spielen durfte. Diesen aber unübertrefflich, obwohl das Klappern mit den Kastagnetten wegfallen mußte! Bei Hofmannsthal deckte sich Rainers Auffassung von der Rolle mit der des Dichters, nur mit meiner Rolle deckte sie sich keineswegs!«

Wir gingen also ins Theater – und erlebten auch diesmal eine Überraschung: eine bezaubernde Aufführung mit einem Hauptdarsteller, der uns entzückte.

»Wer ist das«, fragte mein Mann, »der ist ja viel besser als ich!«

Man schob uns ein Programm hin.

MENAGERIE
von
Curt Goetz

und bei jeder der vier Hauptrollen stand:

Der Spatz vom Dache, Der junge Mann	Kurt Götz
Die Taube in der Hand, Balthasar	Kurt Götz
Der Hund im Hirn, Tottori	Kurt Götz
Der Hahn im Korb, Kurt	Kurt Götz

Wir verbrachten einen reizenden Abend, Herr und Frau Götz mit Herrn und Frau Goetz. Natürlich waren Photographen eingeladen worden, und dann kamen Bilder in den Blättern mit Texten wie: »Herr Goetz schüttelt sich selber die Hand« oder »Zwillinge?« oder »Herr Goetz im Selbstgespräch«.

Dieser Kurt Götz – er stammte aus dem ehemals österreichischen Böhmerland – hieß wirklich genauso wie mein Mann und sah ihm ähnlich, obwohl nicht die entfernteste Verwandtschaft festzustellen war. Obendrein glich er meinem Mann in den Bewegungen, in der Diktion und in der Auffassung der Rollen, obwohl er nie Gelegenheit gehabt hatte, ihn auf der Bühne zu sehen. Das beruhe auf der geistigen Verwandtschaft zweier schöner Seelen, behauptete ich.

»Sollte mich mein guter Stern jemals in ein Engagement nach Wien oder Berlin führen, lieber Herr Goetz«, sagte er, »dann ändere ich meinen Namen. Das versteht sich von selbst.«

»Wenn Sie so weitermachen, mein lieber Herr Götz«, erwiderte mein Mann, »dann werde *ich* meinen Namen ändern müssen!«

Wir merkten an jenem Abend nicht, daß dieser reizende Kurt Götz im Krieg sein rechtes Bein bis zum Knie eingebüßt hatte, was er mit Bravour zu verbergen verstand; niemand konnte es ahnen, wenn er leichtfüßig über die Bühne schritt, wie seine Rolle es gerade verlangte. Leider starb er aber doch an dieser Kriegsverletzung, die sein liebes Herz auch mitgenommen zu haben schien.

Und nun kommt der zweite richtige Kurt Goetz. 1937 lernten wir ihn brieflich kennen. Da schrieb er:

»Sehr verehrter Herr Curt Goetz,

anliegend sende ich Ihnen zwei Briefe, die irrtümlich an mich gerieten. Immer wieder mahne ich die Zeitungen, mich nicht mit ›C‹ zu schreiben, und bitte stets, meinen Mittelnamen nicht wegzulassen. Ich habe deswegen schon gehörig Krach gemacht. Bei Ihnen, Herr Goetz, möchte ich mich aber entschuldigen. Ich habe, als ich mich mit Theater zu befassen begann, meinen Namen derart geändert, daß man mich nie in Verbindung mit Ihnen bringen kann. Die zwei knappen Silben hintereinander: *Curt Goetz* sind auch für mich ein hoher ehrfurchtgebietender Begriff, weshalb ich mich *Kurt Arnold Goetz* nenne.«

Das war 1937. Der Krieg kam dazwischen, und wir verloren diesen vornehmen Namensvetter leider aus den Augen.

1949/50, als mein Mann seinen Film »Frauenarzt Dr. Prätorius« herausbrachte, da meldete sich Herr Kurt Arnold Goetz wieder. Er schrieb:

»Ich darf Ihnen hier einen ganzen Stoß Briefe senden, die für Sie und nicht für mich bestimmt sind. Immer und immer wieder schreibt die Presse mich mit ›C‹ und vergißt meinen Mittelnamen. Das haben Sie noch aus der Nazizeit her, wo mir die Theaterkammer fast gebot, mich so zu schreiben wie Sie, verehrter Herr Curt Goetz, was ein Grund mehr für mich war, dies nicht zu tun. Es bleibt mir also nur übrig, mich bei Ihnen gebührend zu entschuldigen, und ich möchte Ihnen als Sühne meinen letzten Einakter ›Das schwarze Souper‹ senden. Sühne? Nun müssen Sie ihn lesen, also noch eine Zumutung meinerseits! Verzeihen Sie! ...«

Wir lasen den Einakter und zu unserem größten Erstaunen war sein Inhalt die auf Rollen verteilte »Schwammerlgeschichte« aus »Frauenarzt Dr. Prätorius«! Ja, so etwas gibt es auch! Als mein Mann »Hokuspokus« herausgebracht hatte, kam kein Geringerer als der Dichter Ludwig Fulda nach der Vorstellung in die Garderobe und sagte:

»Wenn nicht Sie es wären, mein lieber Herr Goetz, und wenn ich nicht wüßte, daß mein neues Opus nie aus meiner Schreibtischlade kam, müßte ich den Autor von ›Hokuspokus‹ wegen Plagiates verklagen. So aber gehe ich nach Hause und zerreiße mein Stück.«

Fulda hatte zu genau der gleichen Zeit genau das gleiche Thema bearbeitet wie mein Mann: Die Frau eines Malers sitzt in tiefer Trauer vor Gericht, angeklagt, ihren Mann bei einer Bootsfahrt ertränkt zu haben. Die Ähnlichkeit des Themas war verblüffend.

Kurt Arnold Goetz hat uns sein Bild gesandt. Und auch hier finde ich, daß eine Ähnlichkeit besteht. Bei ihm wäre sogar eine Verwandtschaft möglich, wenn sie auch sehr weit zurückläge, da sowohl seine, wie die Vorfahren meines Mannes mit den Hugenotten aus Frankreich kamen. Aber diese mögliche Verwandtschaft war es nicht, die meinem Mann und dadurch auch mir eine starke Sympathie für unseren Namensvetter abzwang. Es ist die innere Haltung des Herrn Kurt Arnold Goetz, die Achtung, die er dem Kollegen entgegenbringt, die angeborene Feinnervigkeit. »Man kann nicht immer gegen den Strom schwimmen, aber man muß stets genug Charakter haben, sich nicht mitreißen zu lassen«, war ein Wahlspruch meines Mannes. Er paßt gut auf Herrn Kurt Arnold Goetz! Wahrscheinlich wäre es in den Jahren 1933-44 vorteilhafter für ihn gewesen, sich »mitreißen« zu lassen. Aber er verzichtete. Das macht ihn verwandt.

DER 20. DEZEMBER 1923

Je näher der Tag unserer Trauung rückte, desto weiter wollte ich ihn hinausschieben. Wir waren so glücklich, daß ich nur einen einzigen Wunsch haben konnte: Nichts sollte sich ändern! Für meine Familie wäre der Verzicht auf eine Heirat allerdings undenkbar gewesen, aber ich hätte sie und alles aufgegeben für das Leben mit diesem Mann.

Die Trauung war auf den 20. Dezember 1923, neun Uhr festgelegt, im Standesamt am Sophie-Charlotte-Platz, Zimmer 5, rechts, zu ebener Erde.

Ich dachte an kein Brautkleid und keinen Schleier, wir ließen uns keine Ringe machen, wir wollten tun, als ob gar nichts wäre, ja, mein Mann setzte für zehn Uhr eine Probe in den Kammerspielen an, wo zu Silvester »Ingeborg« starten mußte.

Eine einzige weiße Rose hatte er am Tage zuvor heimlich gekauft und steckte sie mir an den Mantel. Fünfzehn Minuten vor neun waren wir an Ort und Stelle, im überfüllten Zimmer 5.

Pünktlich kam auch unsere Trauzeugin, die schöne Baronin Margerith. Sie trug ein schickes Hütchen aus rosa Rosenblättern, in gekonntem Kontrast zu den kostbaren Smaragdtropfen in den Ohren. Udo, ihr Mann, würde jeden Augenblick da sein!

»Zehn Minuten vor neun wurden wir aufgerufen und zwängten uns durch die Menge, um unsere Papiere abzugeben. Da fehlte Baron Udo unserem Beamten bereits sehr.

»Wenn Sie um neun nicht vollzählig eintreten, ist vor Februar kein Termin mehr frei. Sie sehen ja, was sich bei uns tut!«

Durch das weite Fenster konnte man den Sophie-Charlotte-Platz überblicken. Margerith spähte unruhig nach ihrem Udo.

Plötzlich ließ mein Mann meinen Arm fahren, stieß alle Umstehenden zur Seite, rannte hinaus, über den Platz und verschwand im Tunnel der Untergrundbahn.

»Der türmt«, sagte eine Männerstimme.

Alles lachte. Ich, als frisch importierte Wienerin, verstand das nicht und nickte dem Herrn verbindlich zu. Nach ein paar Minuten kam mein Mann atemlos an und schob einen dicken verfrorenen Taxichauffeur vor sich her.

»Sie können also trauzeugen, mein Herr?«

»Na und ob«, sagte der.

Und so standen wir zwei vor dem Standesbeamten, uns gegenüber die fürstliche Margerith La Roche und der Taxichauffeur mit der blauroten Gurkennase, der die durchlöcherten Handschuhe gar nicht von seinen klammen Fingern kriegte zu seiner so unerläßlichen Unterschrift. Udo war für einen Moment aus der Untergrundbahn aufgetaucht, hatte sich einmal umgeschaut und war wieder umgekehrt. Das hatte mein Mann durchs Fenster gesehen, war ihm nachgeeilt, aber zu spät gekommen, denn unser Baron war schon wieder auf der Fahrt zum Viktoria-Louise-Platz. Die zwei Doppelnamen hatten ihn verwirrt.

Um zehn Uhr standen wir auf unserer Probe.

Als sie zu Ende war, machte mein Mann sich allerhand zu schaffen, so daß wir als letzte das Bühnenhaus verließen. Sehr spät verließen. Denn er hatte eine Überraschung für mich!

In seiner Garderobe, vor seinem Schminkspiegel, dem er mich in einer kurzen Ansprache als seine Frau präsentierte, steckte er mir einen Brillantring an den Finger. Wo brachte er den her? Ersparnisse gab es damals in der Inflation keine. Viel später kam ich dahinter. Er hatte drei Prozent von seinen Tantiemen an der »Toten Tante« dafür bezahlt. Ein teurer Ring! Aber ich möchte ihn noch heute nicht eintauschen.

Dann ging er noch einmal mit mir auf die Bühne, um mich auch da noch vorzustellen als seine Frau: Den Kulissen und Versatzstücken, der Versenkung und dem Schnürboden, dem Souffleurkasten und der Requisitenkammer. Überall hielt er eine kleine Rede und wenn diese Herrschaften nicht an »absolute Ruhe, bitte« gewöhnt wären, dann hätte man in den Kammerspielen nie mehr eine Vorstellung zustande gebracht vor lauter Gelächter und Getratsche und Getuschle. So aber hatten sie ihre stille Freude an seinen Einfällen und Kapriolen, und immer, wenn ich wieder an ihnen vorbeikam, knisterten sie leise:

»Weißt du noch?«

Ja, es ist etwas Wunderbares um die Schweigsamkeit der Dinge. Sie sind Zeugen unserer Zärtlichkeiten, unserer Küsse, unseres Glücks und verraten uns nicht. Und wenn der Kreis der Freunde um uns kleiner wird, sind sie immer noch da. Zu ihnen können wir immer noch sagen:

»Weißt du noch?«

Als wir nach Hause kamen, stand Maxe da mit einem Rosenstrauß.

Im Zimmer lag ein großes Paket.

Vom Franzl.

Ein mit viel Liebe ausgesuchtes Hochzeitsgeschenk. Ihn hatte mein Mann auf dem laufenden gehalten. Eine Karte lag dabei mit ein paar sehr innigen Worten für uns beide – und dann hat er nie wieder von sich hören lassen. Ja, ich hatte immer Glück mit meinen Trabanten.

In der Wiener Akademie, wo ich in die Schauspielschule ging, hatten wir einen Lehrer, der seine Stunden stets damit einleitete, daß er uns ein paar Zeilen vorlas, um uns dann den Autor erraten zu lassen. Dieser Schulung verdanke ich es, daß ich im ganzen Leben niemals ein Buch las, das mir nicht lesenswert erschien, und daß ich meinem Mann seine Lektüre aussuchen durfte. Ob ich dieser herangebildeten Fähigkeit auch die Sicherheit in der Wahl meiner Freunde verdanke? Oder ob ich einfach Glück habe?

Beides, wahrscheinlich!

DIE FAMILIE

Ich lernte seine Mutter kennen.

Sie empfing mich mit offenen Armen und »liebte mich, ehe sie mich gesehen«, wie mein Mann es mir nach Wien geschrieben hatte. Obwohl ihr Sohn jedes Mädchen von Rang und Namen hätte heimführen können, wurde sie nie müde zu sagen:

»Was hat mein Junge für'n Glück gemacht.«

Wenn mir jemand aus ihrem Bekanntenkreis begegnete, so fing das Gespräch damit an: »Sie, kleine Frau, kenn ich schon aus den Erzählungen Ihrer Schwiegermutter!« Ich hätte das Dümmste anstellen können, unser Mütterchen hätte bewundernd ausgerufen:

»Wie haste das wieder gemacht, mein Herze!«

Aber das Schönste, was sie mir sagte, war, daß ihr Junge mich nie eine Träne kosten würde, so wie er sie zeitlebens nie eine Träne gekostet habe.

Vater, Mütterchens zweiter Mann und Stiefvater meines Mannes, war jener Herr, der meinen Namen »Valérie« so schön auszusprechen wußte, wie es sonst nur die Franzosen fertigkriegen. Und dabei sah er mich dann sehr liebevoll aus seinen himmelblau-lustigen Augen an.

Meines Mannes Stiefschwestern liebten ihren Bruder abgöttisch und infolgedessen liebten sie mich. Ich war geborgen.

Zur Familie gehörte auch Bianca, meines Mannes irische Setterhündin. Er hatte sie von einer Dame aus dem Publikum geschenkt bekommen, als Sühne dafür, daß er sie aus seiner Vorstellung hinauswerfen wollte! »Entweder *Sie* reden, meine Gnädigste, *oder* ich. Und wenn Sie sich unter ›Menagerie‹ etwas anderes vorgestellt haben sollten ... der

Zoo ist gegenüber.« Applaus, und eine schöne Frau verkriecht sich in den Fond ihrer Parterre-Loge. Und tags darauf kommt die kleine Bianca mit einer Riesentrauerschleife um den Hals: »Verzeihen Sie, ich bin untröstlich. Seit Wochen liege ich dem englischen Botschafter in den Ohren, sich mal *unseren* Shaw anzusehen. Endlich habe ich es geschafft und übersetze ihm jedes Wort. Und da schmeißen Sie mich raus! Das Schönste, was ich im Augenblick habe, soll Sie versöhnen. – Sie heißt Bianca.

Gräfin R. von der Schulenburg.«

DER SERVIETTENKNÖDEL

Wir lebten zu dritt, denn Max schlief zwar in seinem nahen möblierten Zimmer, war aber den ganzen Tag da. Ich kochte für uns drei. Das heißt, ich versuchte es, mit einem durch keinerlei Vorkenntnisse getrübten Ehrgeiz, denn unsere alte böhmische Toni zu Hause fand es ganz »ausschlossn«, daß jemand von der Herrschaft die Küche auch nur betrat. Von meinen Großeltern, zu denen sie als Vierzehnjährige gekommen war, sagte sie: »No die alten Heschaftn, des warns es noch vornämme Laiite. Hättns unseran net amol bemerktet!«

Max verstand es, Gott sei Dank, Suppe und Gemüse zu bereiten, und ich verlegte mich mehr auf Leckerbissen.

Einmal, als wir die Eltern zu Tisch geladen hatten, wollte ich einen »Serviettenknödel« versuchen, eine Spezialität, die meinem Mann in Wien so besonders geschmeckt hatte. »Das Kochen braucht man eigentlich gar nicht zu lernen, Max«, sagte ich, »wenn man vorher ein bißchen überlegt, geht alles ganz leicht.«

»Ich habe es auch nie gelernt, Vallcheri«, erwiderte Maxe, »nur durch Erfahrungen, aber die sind ja dazu da.«

Woraus konnte so ein »Serviettenknödel« bestehen? Er schmeckt nach gebräunter Zwiebel, also ist die drin. Salz auf alle Fälle. Und jeder Knödel ist aus Mehl und Wasser.

»Max, als echter Stuttgarter, kannte »Spätzle«, die ihrer Konsistenz nach etwas Ähnliches sein mußten, aber die kannte ich wiederum nicht, und so blieb es bei meinem »Serviettenknödel« aus Wien.

»Denk bitte nur daran, Vallcheri, daß es nicht leicht sein wird, die zwei Kilo Mehl, die du da verwenden willst, wieder zu ergattern. Es ist dann auch gar keines mehr im Haus!«

Ich nahm vorsichtshalber nur ein Kilo Mehl, salzte, mischte es mit Wasser und gebräunter Zwiebel. Die war allerdings etwas zu braun geworden, aber Max fand, daß sich das im Ganzen verlieren würde. Außerdem war gar keine andere Zwiebel mehr da.

Ich formte eine gewaltige Kugel, drückte sie etwas flach, so daß sie die Form eines Curling-Steines bekam, legte sie in die Mitte einer Serviette, wie ich das zu Hause mal flüchtig gesehen hatte, nahm die vier

Zipfel hoch, tauchte das Ganze in einen schönen weißen Emailletopf mit etwas Wasser – und ließ es kochen. Das sieht jetzt schon sehr lecker aus und wird sicher zwei Stunden brauchen, dachte ich.

Es war elf, um eins kamen die Eltern, alles klappte, wir konnten ins Zimmer gehen und gemütlich lesen.

Nach einer halben Stunde etwa stand Bianca auf und sog mit langen, hörbaren Zügen die Luft durch die untere Türspalte ein, legte dann ihren Kopf auf mein Knie und sah mir tief in die Augen.

Kurz darauf guckte Max von seinem Buche hoch, schöpfte tief Luft, auch hörbar und auch durch die Nase und sagte:

»Kann das anbrennen, Vallcheri?«

»Ausgeschlossen, Max, Wasser brennt nicht an.«

Aber zur Vorsicht sahen wir doch nach. In der Diele war es ziemlich qualmig, und in der Küche konnte Maxe sich gerade noch ans Fenster tasten, um es aufzustoßen, sonst wären wir erstickt.

Ich hatte eine wertvolle Erfahrung gemacht: Wasser kann zwar nicht anbrennen, aber heimtückisch verkochen! Und das hatte es getan. Der Topf glühte und dampfte wie eine Berglokomotive, so daß Max ihn mit Hilfe eines Lappens nur rasch auf die kühlen Steinfliesen gleiten lassen konnte.

»Am besten, Vallcheri, gießen wir Wasser drauf.«

Das ging.

»Und jetzt heben wir den Knödel in einen anderen Topf.«

Das ging nicht.

Die Serviette ließ sich herausnehmen. Leicht sogar. Sie hatte ein schwarzumrändertes Loch in der Größe des Knödels, der festgebraten oder festgeröstet, jedenfalls festgebrannt war.

»Wie kriegen wir den nur heraus, Maxe, ohne ihn zu zerbrechen?«

Mit den Händen ging es nicht. Dazu saß er zu nahe an den Wänden. Und er war auch zu glatt, zu glitschig. »Das kommt vom kalten Guß, Vallcheri, vom Abschrecken, aber das ist ganz richtig, das macht man bei allen Teigwaren so, auch bei Spätzle.«

Der Ingenieur im Maxe war es, der auf die Idee kam, den Werkzeugkasten hinzuzuziehen. Mit Hilfe einer langen Feile und des biegsamen Fuchsschwanzes gelang es uns, den Knödel zu lösen.

Nun füllten wir den größten Topf, den wir finden konnten, mit Wasser, diesmal bis an den Rand und da mußte mein Knödel hinein, was durch seine Glätte mit solcher Vehemenz geschah, daß der ganze Herd überschwemmt war.

Max steckte das Gas wieder an.

»Halt«, schrie ich, »halt, die Serviette!«

»Was soll die eigentlich, Vallcheri?«

»Aber Max, das ist doch die Hauptsache?«

»Soll die denn mitgegessen werden?«

»Ach wo, aber kochen muß der Knödel drin, das weiß ich genau. Darum heißt er doch Serviettenknödel.«

»Wenn du glaubst, Vallcheri.«

Der Topf mußte also erst wieder entleert werden. Mit vereinten Kräften schleppten wir das Riesending an die Leitung und schütteten das viele Wasser in den Ausguß. Mit dem Knödel natürlich.

»Spül ihn gut ab, Maxe, und leg ihn dann vorsichtig auf den Tisch in die neue Serviette.«

»Das sagst du so leicht, Vallcheri. Der rutscht ja immer weg, wie ein Stück Seife.«

»Laß mich das machen, Max.«

Als ich den Knödel auf dem Tisch neu einpacken wollte, sah ich, daß er auf seiner unteren Seite kohlschwarz war.

»Das müssen wir wegschneiden, Max.«

»Natürlich, sonst werden wir den leichten Brandgeruch nie los.«

Leicht war leicht untertrieben.

Kein Messer war scharf genug.

»Der ist eben noch nicht ganz gar«, sagte Max beruhigend, da er meine steigende Nervosität bemerkte, und nahm den Fuchsschwanz, der noch dalag. Ich hielt, Max sägte, und es gelang!

Nun schnell die Serviette zugeschlagen, in den Topf mit meinem Knödel, und in einer Stunde ist das Gedicht auf dem Tisch! Und das mußte es sein, denn die Eltern waren immer pünktlich.

Um es kurz zu machen:

Mein gutes Curtchen, Böses ahnend, nahm mir ritterlich die Aufgabe des Zerschneidens ab, Maxe sagte so ganz nebenbei, daß er heute eigentlich gar keinen rechten Appetit hätte, Vater sprang plötzlich vom Tisch auf, denn er hatte ganz vergessen, daß sein Cellofreund im Café auf ihn warten wollte, um mit ihm und meinem Mann etwas ganz Dringendes zu besprechen. Und so mußten die Herren fort, so leid es ihnen auch tat. Bianca roch an ihrer Schüssel und zog den Schwanz ein.

Aber Mütterchen kaute und kaute und sagte dann bewundernd:

»Wie haste das nur wieder gemacht, mein Herze!«

DIE ANKUNFT DER TONI

Am Nachmittag sollte sie eintreffen, die Toni! Ich hatte zum Kaffee gedeckt. Eine Taxe fuhr vor, Uschi sprang die drei Treppen hinunter, um mit den Koffern behilflich zu sein, dann kam der Lift nach oben, Uschi stürzte ins Zimmer, flüsterte ganz aufgekratzt: »Sie ist da, sie ist da« und huschte kichernd wieder ab.

Und dann kam Toni. Ein Bild des Jammers: Den Hut, soweit man dieses Erbstück noch einen solchen nennen konnte, schief auf dem Haar, das ihr feucht in wirren Strähnen auf der Stirn klebte. Das Gesicht verrußt und verschmiert von der damals achtunddreißigstündigen Fahrt aus Wien in fensterlosen, vollgepferchten, uralten Waggons, war sie unausgeschlafen und verstört.

»Kiss die Hand«, sagte sie und tat es auch. Erst mir, dann meinem Mann und dann Maxe, »wann i bittn derf, ob i mi erst waschn dürftet, bitt scheen die Heschaftn.«

Sie verkroch sich ins Badezimmer, und meine Männer guckten sich an.

Dann ergriff Maxe das Wort:

»Ick wees nich, ick hab' mir so 'n Wiener Mädl eigentlich etwas anders vorgestellt«, sagte er ernst und gemein. Nach unserer jungen schönen Uschi war es auch schwer, sich umzustellen. Aber leider genügten die Kenntnisse dieser kleinen »Stütze« nicht an der Seite einer Hausfrau, die selber keine Ahnung vom Haushalt hatte!

Toni kam frisch gewaschen in einem weißen Bluserl wieder.

»Ich soll ich Griesse und Kisse bringen von de gnädigen Frau Baronin und von de Baronesse Mariahne, no is es bildscheen und Kochbichl von de gnädigen Frau Geheimrätin Großmama selig hab i bringen missen, brauchts me ja nicht, wanns i da bin, aber gnädige Mama hats es wolln – na de Vorhäng sans aba net scheen, Freilein, tut me morgn gleich hinunta und wern me waschn und was wern me kochn morgen, was hats es der gnädige Baron von Goetz gern und de Herr von Kaufmann?«

Mir ging das Herz auf, und meine Männer kriegten den Mund nicht zu. Uschi machte wahrscheinlich das erstemal in ihrem Leben ein ernstes Gesicht und sah Toni an, wie man einen seltenen Käfer betrachtet.

Aber meine Toni hatte schon gewonnen. Sie war schon zu Hause.

Uschi brachte den Kaffee, und Toni servierte nach allen Regeln der Kunst. Dann nahm sie ihre Tasse vom Tisch, setzte sich auf einen Stuhl ganz an der Tür, und von dort aus führte sie die Konversation:

»Wanns die Heschaftn erlaubn, wer i mi da hersetzen, danke scheen! Na, is es indrisantes Land diese Deitschland. Abe in Wien hans mi gsagt, daß me hier deitsch spricht. Was spricht me hier fier Sprache, bitte die Heschaftn? Ma wird me das scho machn, nur Anfang is es halt schwer. Meine Mutta selig hats es ihma gsagt, ma wird me alte Kuh und ma lernt me ihma noch dazu!«

Und dann holte Max unsere Bianca, die wir bei Lindemanns untergestellt hatten, um den Empfang nicht zu turbulent zu gestalten.

»Na so was Scheenes«, flötete Toni in ihren höchsten Tönen, »no wern me mir gute Fressi kochn, sagst me du wast es willst. Vastehst es a net deitsch? No des lern i dir, wenn me Gassi Gassi gehn!«

Bianca stand vor. Wie ein Standbild! Eine Pfote gehoben, bewegungslos, gebannt. Nur die Ohren gingen ruckartig, gegen ihren Willen, auf und nieder bei diesen fremdartigen, nie gehörten Lauten. Sie wartete auf einen Befehl, drehte die Augen vorsichtig zu meinem Mann, und da kein Befehl kam, duckte sie sich unmerklich und setzte Toni mit einem Hundefreudenschrei mitten ins Gesicht. Beim Heruntergleiten fraß sie ihr noch schnell das Stück Kuchen vom Teller, was Toni so besonders »gscheit« von ihr fand.

»Da sicht me wiede! Ma sagt me, wanns de Herrgott a Türl zuschmeißt, machts er anderes auf. Ma spricht me net deitsch in Berlin, abe Hund ham me dafier!«

Max drückte sich.

Er habe Angst, sagte er!

»Angst?«

»Daß ich im Laufe des Abends zum Herzog avanciere!« Das sei ihm in unserer Republik zu gefährlich, meinte er.

Am nächsten Morgen kam Toni uns zu wecken, da wir Probe hatten. Ganz langsam und leise hörten wir sie im Zimmer herumschleichen.

»Damits es Heschaftn net aufwachn. Wie hams es Heschaftn geschlafn, bitt scheen? Und was hams es Heschaftn tramt?«

»Geträumt«, übersetzte ich.

»Mir hat geträumt«, sagte mein Mann, »wir machten eine Seereise und lagen in einem südlichen Hafen.«

»No des is es scho sehr gut! Da werns es Heschaftn heite große Glick ham! War Wasser, bitt scheen, klar ode trieb?«

»Gelb und schlammig.«

»No das is es sehr schlecht! Da werns Heschaftn heite ... abe ham me heite Donnestag und von Miedwoch auf Donnestag giltet bitt scheen sowieso nicht!«

Auf dem Wege zur Probe wollte mein Mann an einer Buchhandlung halten, um sich ein Taschenwörterbuch für »Wienerisch« zu besorgen. Als ich ihm erklärte, daß das nicht Wienerisch, sondern eine Art Abart, sogenanntes »Kuchlbemmisch«, zu deutsch »Küchenböhmisch« sei, gab er sein Vorhaben auf.

TONI

Antonie Swoboda! Der heilige Antonius, von dem man weiß, daß er alles Verlorene wiederfindet, war ihr Namens- und Schutzpatron, auf den sie baute wie auf einen Felsen.

Zweiundsechzig Jahre lang diente sie unserer Familie. Bei meiner Großmutter hatte sie als Vierzehnjährige angefangen, und als Sechsundsiebzigjährige hörte sie bei uns auf. Wenn sie jetzt meinem Mann irgendwo begegnen kann, wird er sie ans Herz drücken wie eine Mutter und wird die Hände küssen, die so treu für uns geschafft haben, was er doch so gern tat. Dann wird es viel zu lachen geben, denn auch Toni hat Humor, und zum Schluß wird er ihr ein Almosen in die Schürzentasche stecken für ihren heiligen Antonius, auf daß er mir helfe, mich wiederzufinden. Denn Toni steht mit Gott und den Heiligen auf du und du.

Ich war schwer krank in Berlin, 1925, um die Weihnachtszeit.

Bei einer argen Erkältung hatte sich meine Lunge wieder einmal gemeldet, und da nahm Toni meinen sehr verzweifelten Mann an der

Hand und führte ihn zu ihrem heiligen Antonius in unsere Westendkirche. Dort ließ sie ihn hinknien und betete ihm vor: »Heilige Antonius, mach unse Fraudi wieda gsund! Du hasts es mi ihma gholfn, hilfst mi auch jetz! De Herrli schenkt di was dafier!« Und dann flüsterte sie, damit der heilige Antonius nicht höre, daß Herrli nicht so genau wisse, was sich schickt:

»Jetz muß es de Herrli ihm was gebn.«

Mein Mann zog einen Schein aus seiner Brieftasche, aber wie eine Furie stürzte sich Toni drauf und stopfte ihn in die Tasche zurück!

»Is es de Herrli ganz verrickt worn? Das behalt sich doch de Mesner!« Und dann griff sie ihm in die Rocktasche und nahm ein paar kleine Münzen heraus, steckte sie in den Opferstock, und mit einem streng mahnenden Blick auf den Heiligen sagte sie:

»Aber weiterhelfen!«

Klingt komisch. Doch dahinter steht ein unerschütterlicher Glaube, der wie ein Mantel um die Seele liegt, sie warm hält und sie schützt vor jedem Ungemach. Beneidenswert! Ja Tonitschku konnte kaum schreiben und sprach nicht einmal ihre Muttersprache richtig, aber sie schritt durchs Leben, sicher wie eine Königin. Das heißt, wie man sich vorstellt, daß eine Königin durchs Leben schreiten sollte. Nichts konnte Toni zustoßen, was sie nicht spielend meisterte. Sie glaubte und diente.

Es grenzte oft ans Wunderbare, was sie fertigbrachte. Sie liebte unsere Setter, von denen wir einmal neun zugleich hatten: Bianca, Bambino, Bandito, Bello, Bono, Barberina, Bordolo, Bucci und Benvenuto. Aber Tonis Liebe war oft unvernünftig. Zum Beispiel lockerte sie den Hunden die Halsketten so sehr, »damit de armen Viecherl bequämm hams«, daß diese sich zu leicht abstreiften, mit den kostbaren Steuermarken verlorengingen, Herrli schimpfen und ständig neue kaufen mußte. Als das zum x-ten Male auf unserem Sommersitz in Merligen am Thunersee passiert war, gestand sie es wieder einmal:

»Abe de heilige Antonius de finds es e gleich«, sagte sie zu mir und noch mehr zu Bandito, der vor ihr saß und der ihrer Auffassung nach jede Silbe verstand, »mi ham me schonn mit ihm grett und jetzt gemme zusahmen in Kirchn. Is es nur protestantische, aber is Kirchn.«

Wir gingen mit Bandito, diesem Strolch, der seinem Namen alle Ehre machte, zum Gotteshaus. Toni nahm ihn mit hinein:

»Da bleibst es, du Mistviech, nebn uns paar Minutn sitzn und tun me betn wegn den vafluchtn Halsbandl, damits es sich de Herrli net wieda ärgern brauchts.«

Nach einer Weile gingen wir drei nach Hause, den schönen Weg auf den Hügeln, hoch über dem See. »Entspannt« würde Coué es genannt haben.

Bandito streunte durch das Gewirr der wilden Büsche und Sträucher. Als er auf Tonis Rufen und Pfeifen, das er ja gar nicht hören konnte, nicht kam, ging sie — ein sinnloses Unterfangen — ins Dickicht, ihn zu suchen, und an einem der unzähligen Ästchen, irgendwo, hing die Hunde-Halskette.

Toni war gar nicht erstaunt.

»No, da muß es Fraudi fier mi in Kirchn gehn und gibts es ihm was dafier. Aber des derf nicht in protestantische sein, da gehts es Fraudi schonn zu ihm selba! Net gleich! Der wart schonn, bis es Baronesse Zeit hat.«

»Toni«, sagte ich, »wie oft soll ich dir noch verbieten, mich so zu nennen. Das gibt es erstens gar nicht mehr, hier überhaupt nicht, und zweitens bin ich jetzt verheiratet und *Frau Goetz.*«

Toni blieb stehen. Dann sagte sie ganz dezidiert, jedes Wort betonend:

»Wann ma sich selbst aus sich nix macht, die andern machns aus einen höxtens, länxtens nix!«

»Du hast du gar nicht so unrecht, Tonischku, aber ›Frau Goetz‹ sein ist mehr wie jeder Titel, nicht?«

»Is es a wieda wahr! Was hätt me schonn ghabt, wenn me Grafn gheirat hättn! So feinen Mann hättn me mir doch nie kriegt.«

Wenn ich jetzt so über Toni schreibe, dann wird es mir wieder einmal klar, daß es die Einstellung zu den Erlebnissen ist, die entscheidet, und nicht die Erlebnisse selber. In meiner Jugend fand ich Toni gar nicht komisch. Sie war immer so und war eben, wie sie war. Erst durch die Brille meines Mannes gesehen, lernte ich sie »genießen«.

Lobte man zum Beispiel ihre Kochkunst — sie war eine Meisterin ihres Faches, denn meine Großmutter hatte sie zusammen mit meiner fast gleichaltrigen Mutter im Erzbischöflichen Palais kochen lernen lassen, und dort wußte man, was gut ist —, dann sagte sie:

»Gut kochn, is gute Schmack habn.«

Schmack steht für Geschmack, so wie Lektrische für Elektrische. Einfach, nicht wahr? Schwerer war es schon, wenn auf dem Einkaufszettelchen stand: »Bitt scheen Sinchels« — was Zündhölzchen heißt! Und für Nichteingeweihte grenzten die Aufzeichnungen auf dem Telephonblock ans Kreuzworträtselraten:

»Epor Sran zunnte.«

Das konnte mein Mann, wenn er es in Tonis Rhythmus und Tonfall las, schon ganz gut deuten: Das Ehepaar Schramm kommt zum Tee! Aber einmal hätte er fast seine Probe versäumt, als auf dem Block zu lesen war:

»1130 zurrick Muslman 1/2 Urgetz erstal pekint.«

Um 11 Uhr 30 »Zurück zu Methusalem«, um 1/212 kommt Herr Goetz dran, der erste Teil beginnt. Das erfuhren wir durch die Sekretärin des Theaters, die ich anrief, weil wir es nicht herauskriegen konnten und Toni sich etwas ungehalten außer Obligo fühlte, da sie ihre Pflicht getan und es aufgeschrieben hatte.

»Berze gurie serr bese.«

Toni wußte dazu nur zu sagen:

»Herr hats es angrufn und hats es gsagt, i soll ich des net vergessn aufschreibn, und da stehts es.«

Wer konnte so böse sein auf uns? Tagelang kamen wir nicht dahinter, bis Männe Vallentin, der damals den Riesenerfolg mit seinem Verteidiger in »Hokuspokus« hatte, uns fragte, ob wir denn auch die zwei Kritiken am Tage nach der Vorbesprechung gelesen hätten.

»Welche?«

»Aber Curt, ich habe Toni doch ausdrücklich gesagt, sie sollte ja nicht vergessen, es zu notieren! Ich wollte euch fragen, ob ihr den *Börsenkurier* (Berze gurie) gelesen habt, und *sehr* gut wäre auch die *BZ* (serr bese). Toni war sichtlich gekränkt, als mein Mann sie darauf neuerlich ermahnen mußte, doch ganz gewissenhaft alles aufzuschreiben. Aber es war anders nicht möglich, denn Toni verstand die Leute nicht, vergaß daher sofort, was gesagt wurde, und eine Meldung wie »Dame hats es angerufn« oder »Herr hats es beim Telefon gsagt« war eben nicht ausreichend.

»Toni«, sagte mein Mann, »hier ist ein schöner großer Block beim Telephon, und da schreibst du sofort und genau auf, wer angerufen hat.«

»No die Namen, die kann me ja in den Land hier ihbahaupts nie verstehn!«

»Da bittest du sehr höflich, man möchte dir den Namen buchstabieren.«

Mein Mann war auf einer Probe zu »Muselmann« länger aufgehalten, als er gedacht hatte. Er rief Toni an und bat, mir zu bestellen, mich für den Abend recht schön anzuziehen, weil er mit mir ausgehen wollte. Um acht Uhr bei Peltzer sollte ich ihn treffen. »Hast du alles gut verstanden, Toni?«

»Ja. – Bitt scheen, bukstabins mi Ihre Name!«

Mit Hochgenuß erzählte mein Mann diese Geschichte, weil sie ein »zweifelhaftes Licht« auf mich werfe, sagte er. Wie weit Toni sich in diesem Falle bewußt war, was sie sagte, das konnte sie gut verbergen! Auch damals, als das neue Gesetz gegen »Schund und Schmutz« herauskam, da stellte sie sich ganz nahe zu mir hin, als ich gerade an einem neuen Stück tippte, und fragte von ungefähr, so über die Schulter weg:

»Könnts mi gnä Fraudi sagn, was is denn des mit den neichn Gsetz fier Schund und Schmus?«

»Schmutzige und schundige Literatur darf nicht in die Öffentlichkeit, damit der Geschmack der Leute nicht verdorben wird«, sagte ich.

»So? – Was wird denn dann mit den neichn Stick von unsan Herrli?«

So könnte ich über Toni weitererzählen und würde nie ein Ende finden, denn sie begleitete unsere wichtigsten Jahre und erlebte alles mit uns und für uns wie eine Mutter.

Wenn wir spätnachts oder, besser gesagt, frühmorgens nach Hause kamen, fanden wir sie wach und angezogen.

»Toni, warum bist du nicht im Bett?«

»Wenns es Heschaftn net do sind, da hat me sowieso ka Ruh net und wenns könntet telephoniern, da kann ma net erst in Kleida schlupfn, da muß me *sofort* laufn können.«

Ausgang kannte Toni nicht:

»Is es nirgenz scheena wie zum Hause.«

Aber manchmal kriegten wir sie in Merligen doch dazu, mit uns in die herrliche Natur zu fahren. Das war nicht einfach! Mein Mann fing sie mit dem Autoplaid ein, wie man ein flüchtiges Huhn einfangen würde. Er warf ihr die Decke von hinten über und trug sie ins Auto. Toni jammerte zwar, weil sie unfrisiert und nur in der Schürze wäre, aber uns war sie schön genug, und wenn wir sie vorher aufforderten, sich zurechtzumachen, fand sie hundert Ausreden, um zu Hause bleiben zu können. Wenn wir erst unterwegs waren, dann genoß sie die Fahrten.

Einmal, als wir sie nach Lauterbrunnen verschleppt hatten, sagte sie:

»Unse Herrli wirds er des net wissen, aber bis hierher is es Gette kommen und hat e gsagt, möchtet er garnet weiterfahrn, weil kanns es nirgenz scheener sein, und hat e das geschriebn im Italienische Reise.«

Noch eine Begebenheit möchte ich erzählen, aber dann höre ich auf mit meiner Toni, die sich später sowieso noch oft genug in unsere Memoiren einschleichen wird.

In ihren ersten Tagen in Berlin kam sie einmal völlig »zerstört« nach Hause, atemlos, feuerrot, mit fliegenden Haaren:

»Bianca kommts es mi noch amol unta Lektrische! I ruf ich, i pfeif ich, nix! Sie folgts es mi net!«

»Aber Toni«, sagte mein Mann, »der Hund ist doch dressiert. Wenn du sagst: Bei Fuß, dann geht Bianca wie eine Uhr neben dir. Komm, schau vom Balkon aus zu, wie tadellos sie das macht.«

Er ging mit Bianca hinunter, und wir zwei beobachteten aus der Vogelperspektive die Dressur. Toni war sprachlos. Und dann kamen sie wieder.

»Hast du gesehen, Tonitschku, wie schön sie ›bei Fuß‹ geht?«

»Großartig! Jetz schauns es die Heschaftn runta, und i geh ich mit den Hund.«

Wir sahen, wie Bianca nicht daran dachte, Toni zu gehorchen! In übermütigster Laune kreiste sie mal vor, mal hinter ihr vom Bürgersteig auf den Fahrdamm um Toni immer wieder in tollkühnen Sprüngen und unter jauchzendem Gebell anzufallen und fast umzuwerfen. Toni winkte verzweifelt zu uns herauf und kam aufgelöst wieder.

»Ja, Toni, sagst du dem Hund denn nichts?«

»No, was denkts es de Herrli? *Brilln* tu i mit ihr! Mistviech, elendiges, hab i gschrien! Bein Herrli gehst bei die linke Haxn und bei mi net! Jo wos heißt denn des?«

Heute hätte mein Mann ein Fest gefeiert, denn heute habe ich eine 100 auf den Kopf dieses Bogens geschrieben. Ich weiß natürlich nicht, wie sich das im gedruckten Buch auswirken wird, jedenfalls war es die hundertste Seite zu diesem Bande der Memoiren, die ich aus der Schreibmaschine zog.

Mein Mann feierte nur ungern Feste. Dieses »auf Kommando« und »auf jeden Fall« lustig sein sollen und Humor zeigen müssen, machte ihn traurig. Aber »unsere« kleinen Feste, wenn es einen »richtigen« Anlaß gab und ihm danach zumute war, die wußte er zu gestalten.

Ich deckte dann den Tisch besonders schön, mit vielem alten Familiensilber und bunten Bändern, wie ich dies bei meiner Mutter so unvergleichlich gesehen hatte, und er brachte die schönsten Blumen, die er in der Stadt auftreiben konnte. Es dauerte oft lange, bis er sie fand, gerade die, die zu gerade dieser Feier paßten und die gerade das auszudrücken vermochten, was er auszudrücken gedachte. Ein kleines Schmuckstück oder ein Parfum für uns Damen versteckte er in die Servietten, und dann kochte er selbst etwas ganz Ausgefallenes.

»Herrli kochts es bessa wie i«, sagte Toni dann, wenn sie ihm stolz ihre Schürze umband, ging ihm nicht mehr von der Seite, erriet, was er brauchte, und räumte hinter ihm weg, sonst hätte die Küche auf dem Kopf gestanden.

Dann mußten Toni und ich uns ganz schön machen, und dann kam er im Smoking und servierte. Toni ließ sich mit Genuß bedienen.

»Hat me gute Fühl, daß me nie verhungern wern, weil Herrli könntet ihma als Kammerdiener gehn«, sagte sie glücklich, »und die Fraudi hats es sowieso goldene Händ«, fügte sie noch schnell hinzu, damit ich ja nicht zu kurz käme.

Für später hatte ich ein Eckchen hergerichtet, mit schönen Lichtern, Wein oder Sekt, und dann las mein Mann uns das vor, was wir feierten. Ich bekam mein Lob, wenn nicht allzu viele Tippfehler im Manuskript standen und wenn die Kommas, die er mir vorsorglich stets mitdiktierte, an der rechten Stelle saßen und nicht »wienerisch, nach Gefühl«!

Das Tippen seiner Manuskripte, das war auch eines jener Dinge, die nur ich machen durfte, obwohl ich mit meiner autodidaktischen Zweifingermethode bemitleidenswert lange an ihnen würgte. Aber meine Eifersucht ließ mich immer durchhalten und besonders meinen Mann, denn er durchschaute mich auch in diesem Punkt, wie man eine Glasscheibe durchschaut!

»Ich weiß ich schon vornhinein, was fier Rolle der Herrli spielen wirds«, sagte Toni.

»Na welche denn, Tonitschku?«

»Den Komma.«

»Wie kommst du darauf?«

»Ihma wenns es de Herrli de Fraudi diktiert hat, hab i in Küchn ghört, wies am efftesten de Komma vorkommt.«

Das war die Zeit, als mein Mann die drei Einakter zur späteren »Toten Tante« schrieb.

»DIE TOTE TANTE UND ANDERE BEGEBENHEITEN« 1924

Valérie von Martens, meiner angetrauten Geliebten, sind diese Geschichten vom Lieben und Lachen gewidmet.

In wie vielen Kritiken, Besprechungen und Interviews ist diese Widmung als die schönste der Weltliteratur gerühmt worden!

Wie edel muß das Gefäß gewesen sein, in dem der Geist diesen zarten Gedanken sich niederlassen hieß, wie gebildet der Verstand, der ihn so knapp formte, und wie warm die Hand, die ihn niederschrieb, um mich für ein Leben lang zu beglücken!

Aber die Bäume sollen ja nicht in den Himmel wachsen, sagt man, weshalb sich gerade in diese Widmung der Druckfehlerteufel eingeschlichen hat, so daß in späteren Auflagen zu lesen ist: ». . . diese Geschichten vom Leben und Lachen . . .«

Das gibt nun kaum einen Sinn, denn alle Geschichten handeln mehr oder weniger vom Leben. Aber »Das Märchen« und »Der Mörder« handeln eindeutig von der Liebe, ersteres sogar von *unserer* Liebe, ganz speziell von *unserer* Liebe.

Es ist verwunderlich, daß kein Korrektor je auf die Idee kam, anzufragen, ob dieses denn auch stimme! Und wenn ich verrate, daß auch ich erst jetzt, da ich nachschlage, um ja ganz genau zu sein, diesen Druckfehler entdecke, so wird mir das kaum jemand glauben. Ich bin glücklich, daß mein Mann nichts davon wußte. Es hätte ihn gekränkt, da die Widmung ein Geschenk für mich war, und ein Geschenk für mich, das mußte tadellos sein! Ich kann mir die Sache nur damit erklären, daß wir stets, was unsere Arbeit anbelangte, in der Zukunft lebten. Sobald also unsere Dienste zu dieser Ausgabe getan waren, beschäftigten wir uns im nächsten Moment mit den kommenden, ob sie nun zu einer Vorstellung, zu einem Film, einer Tournée oder zu einem neuen Entwurf nötig waren. So kam es, daß wir das fertige Buch nicht einmal mehr ansahen.

Sollte mein Mann mich jetzt von irgendwo her den Fehler haben finden lassen, damit ich ihn hier richtigstellen kann? »Ich weiß nicht, ob es so ist, ich weiß nicht, ob es nicht so ist. Es wäre immerhin möglich«, würde Herr Konjunktiv aus seiner »Ingeborg« sagen.

»Das Märchen, eine kitschige Begebenheit« war zuerst fertig. Das hatte er gleich nach unserer Begegnung begonnen, als ich in Wien zurückbleiben mußte. Er schrieb mir damals, daß er daran wäre, mir eine ganz gemeine Figur zu erdichten, an Hand derer er die hinterlistige und schamlose Art aufzeigen würde, mit der ich ihn »eingefangen« hätte.

»Wie eine alte Zigeunerin hast Du, Hexe, mir aus der Hand gelesen, daß ich heiraten müßte! Und die Frau hast Du gezeichnet, die einzig und allein zu mir passen würde. Und damit hast Du Dich selbst haargenau beschrieben! Hexe, sage ich! Es ist kaum zu glauben, daß ein Erwachsener, ein vernünftiger Mann wie ich, so einem unfertigen Mädl wie Dir auf diese Plumpheit Gott sei Dank reinfallen konnte!«

Etwas Wahres war ja dran! Damals interessierte ich mich sehr für Handlesekunst und Graphologie. Mein Professor Larisch an der Wiener Kunstgewerbeschule hatte mich darauf gebracht, da ich seine Kurse für Schrift und Heraldik belegte. Er erzählte mir von den Expertisen, die er als Graphologe in Kriminalfällen bei Gericht abzugeben hätte, und daß diese ihn mit dem damals interessantesten Graphologen Schermann zusammenführten. Er nahm mich in eine der Sitzungen mit, die bei Professor Pahl stattfanden und bei denen sich ganz Wien traf.

Alle Gäste hatten Schriftproben mitzubringen von Leuten, die ihnen nahestanden, und man selbst schrieb an Ort und Stelle ein paar Zeilen auf einen Zettel.

Ich hatte einen Brief von Curt Goetz abgegeben.

Auf dem großen Mitteltisch häuften sich bald die Bogen. Dann suchte Schermann jene Schriften heraus, die seiner Meinung nach zusammengehörten. Das führte zu mancher Belustigung und zu mancher Peinlichkeit in der Wiener Gesellschaft!

Auf einmal hatte er den Brief meines Mannes in die Hand bekommen. Aber ich meldete mich nicht, wie ich sollte, weil ich ahnte, daß er den von mir beschriebenen Zettel sehr bald dazu gefunden haben würde. Es schien, als wollte er diesen »herrenlosen Brief« weglegen, aber er tat es dann doch nicht. Er wühlte in dem Berg auf dem Tisch, während er sich in die Schriftzüge in dem Brief zu vertiefen schien. Dann hielt er inne. Und so, als wäre er allein im Raum, dachte er intensiver nach, um plötzlich erregt und hastig weiterzusuchen.

Und dann *hatte* er meinen Zettel.

Es war währenddessen ganz still geworden.

»Diese Schriften stehen ineinander. Ich habe das nur ein einziges Mal gesehen, in Ungarn, vor ungefähr fünf Jahren«, dachte er laut vor sich hin.

Ich tat wie die anderen, ich blickte mich um und suchte die Betreffenden zu entdecken. Die Dame des Hauses meinte, da sich niemand melde, könnten es Reste aus der letzten Sitzung sein. Die zwei Schriftproben wanderten von Hand zu Hand. Ein Raten ging los, alle sprachen durcheinander, bis eine junge Dame zu lesen begann:

»Du mein kleines Mädchen! Noch immer keine Antwort von Dir! Um die grausame Zeit des Wartens zu verkürzen, hatte ich beschlossen, sie zu verschlafen. Wo immer Du gerade stehen oder sitzen mögest, lege Dich lang, damit Du mir nicht umfällst, wenn Du zu lesen hast, was mir träumte von Dir . . .«

»Darf ich, Gnädigste«, sagte Schermann und schob den Brief zu aller Leidwesen in seine Rocktasche.

Zu Hause versuchte ich, meinen verlorenen Brief nachzudichten, so gut ich es konnte, dann aber beschloß ich, an Schermann zu schreiben. Ich gab eine Chiffre am Postamt an, wohin er mir meinen Brief sandte. Ein Zettel war daran geklammert:

»Sie, kleines Mädchen, sind ein Sonntagskind. Ich würde Ihnen gern mehr darüber sagen.

Schermann.«

Damals war ich noch auf der Suche nach meiner Handschrift. Ich schrieb, wie alle jungen Damen, die etwas auf sich hielten, ganz schräg und riesengroß. Vier bis fünf Zeilen nur durften auf ein Blatt, und die mußten über beide Seiten des Briefbogens laufen. Das war chic! Und so verrucht!

Meines Mannes Schrift war klein und fein, eher steil. Sie hatte nicht die leiseste Verwandtschaft mit der meinen. Im Laufe der Jahre jedoch wurden sich unsere Schriftzüge ähnlicher, so ähnlich, daß es oft Streit gab, weil jeder von uns behauptete, der andere hätte die unleserlichen Zeilen auf den Notizblock gekritzelt.

Dazu muß ich sagen, daß sich meine Schrift geändert hat, nicht die seine.

Als zweiten Einakter schrieb er »Die tote Tante, eine erbauliche Begebenheit«, und zum Schluß erst entstand »Der Mörder, eine ärgerliche Begebenheit«.

Ich erinnere mich noch genau des Tages, als er nach vielen Wochen der Schweigsamkeit und des Nachdenkens, einer Art geistiger Schwangerschaft, mit mir nach Zürich fuhr und wir lautlos die Serpentinen bei Mutschellen hinunterglitten. Es war ein herrlicher Tag. Die Birkenstämmchen am Wegrand standen so weiß gegen den blauen Himmel, auf dem fadenscheinige Wölkchen flatterten, wie sie nur der Mai hat.

Mein Mann hielt an, wir legten uns ins Gras, und er erzählte mir die Geschichte. Es war das erste Mal, daß ich das erlebte.

»Ich habe mich sehr mit ihr herumgeschlagen«, sagte er.

»Erst als ich den Apotheker hatte, lief sie mit mir davon.«

Das verstand ich damals noch nicht, viel später, nachdem er oft mit mir darüber gesprochen, begriff ich es: Wenn er eine Figur erdacht hatte, füllte sie sich so mit Leben, daß sie ganz von selber weiterspazierte, weiterlief, weiterrannte und ihn dann nur mehr nachzog. Sie hatte ihr eigenes Sein, ihr vorgeschriebenes Schicksal bekommen. Er konnte sie oft nur mit viel Anstrengung in der Bahn halten, in der er sie für sein Stück brauchte. Es blieb dem Autor gar nichts zu erfinden, zu erdichten. Er hätte den Lebensroman dieses erdachten Wesens aufzeichnen können, von der Geburt bis zum Tode, mit allen Vor- und Nachfahren. Aber das durfte er als »Stückeschreiber« nicht tun. Er hatte sich nur die Essenz herauszuholen, die imstande war, sein Publikum in jeder Sekunde zu fesseln. Wie gern hätte er einmal »gebadet«, ganz wohlig und geruhsam, sich gedehnt und losgelassen in einer weitläufigen Geschichte, ohne Rücksicht auf Tempo, Spannung und Pointen! Viele Jahre später hat er es sich geleistet, als er seine »Tatjana« schrieb, die er deshalb sein »natürlichstes Kind« nannte.

Mit dem Apotheker hatte es übrigens seine Bewandtnis: Den gab es! Der lebte! Wir lernten ihn fünf Jahre später kennen!

Max Kaufmann hatte diesen verschrobenen Charakter genialisch auf die Beine gestellt. Das heißt, besser gesagt, auf Krücken. Und mit diesen hatte es auch seine Bewandtnis!

Die Dame eines Jagdschlößchens erwartet mit Ungeduld ihren Gatten und den Jagdgast, die wegen eines rasenden Gewitters nicht pünktlich zum Diner erscheinen. Der Sturm stößt das Fenster auf, und eine seltsam unheimliche Gestalt schwingt sich auf Krücken über die niedere Brüstung durch die aufgebauschten Gardinen in den monderhellten Raum. Es ist der Apotheker, der sich gefällt in seinem uralten Zylinder, seinem Radmantel, seinem wehenden grauen Spitzbart und noch mehr in seinen Tiraden, dazu angetan, die Dame des Hauses zu ängstigen, da sie anscheinend über Gebühr mit dem Jagdgast geflirtet hat. Er erzählt ihr, daß er bei dem früheren Gutsherrn gern gesehen war und daß dieser ihn einmal fragte, ob er glaube, daß seine Gemahlin ihm treu sei:

»So wahr ich Ihnen diesen schäbigen Filz wiederbringe«, brüllte ich, warf den Hut ins Meer, und mit einer tadellosen Flanke über den Seesteg sprang ich nach. Ich hatte keine Ahnung, daß es dort nur zwei Fuß tief war. So zerschmetterte ich mir beide Beine . . .«

1928 verbrachten wir einen Teil des Sommers in St. Raphael an der französischen Riviera. Wir saßen beim Tee im benachbarten Fréjus auf einer Estrade, die um den großen Speisesaal lief, und sahen schräg unter uns zwei Herren bei einer Schachpartie. Der eine, uns gegenüber, verlor und ging. Der andere blieb. Als er sich gelegentlich umwandte, stand uns das Herz still. Unser Apotheker, wie er leibte und lebte! Ein hageres gelbes Gesicht mit tiefliegenden Augen und einem ellenlangen, grauen Spitzbart, wie wir ihn Maxe — sozusagen an der Grenze des Möglichen — gerade noch zugestanden hatten. Als er sah, wie fasziniert wir ihn anstarrten, machte er eine einladende Bewegung, auf das Schachbrett deutend. Das brauchte man uns nicht zweimal zu sagen.

Mein Mann baute die Figuren auf.

»Pardonnez moi, petite madame, daß ich nicht aufstehe, wenn Sie mir die Ehre erweisen, an meinen Tisch zu kommen. Ich bin etwas behindert, mit Verlaub zu sagen.«

Nun sprach er auch noch so hochtrabend wie unser Apotheker im Stück! Aber das paßte zu seiner Erscheinung! Der konnte nicht anders sprechen!

Die Partie ging zu Ende, die Tanzmusik auch, und es war Zeit zu gehen. Wir mußten uns festhalten, als der Fremde, bevor er sich erhob, zwei lange Krücken unter dem Tisch hervorzog, um an ihnen hinauszuschaukeln.

Mein Mann spielte noch öfter mit ihm Schach. Er war Armenier, Gutsbesitzer und sehr, sehr reich.

»Ja, chère Madame! So geht es im Leben! Ich habe alles, nur leider keine Beine! Ich habe sie für eine schöne Frau geopfert. Bei einer Feuersbrunst auf dem Gute meines Freundes. Damals war ich prächtig und fünfundzwanzig Jahre jung! Und was davon blieb, kleine Frau mit den großen erstaunten Augen, das haben Sie vor sich! Auf morgen, Monsieur, wenn es Ihnen beliebt! Ich küsse Ihre schmalen Hände, gnädige Frau! Auf morgen, falls unsere verrückte Welt dann noch steht!«

»DIE TOTE TANTE« – OHNE ANDERE BEGEBENHEITEN

Sie hat ein Kapitel für sich allein wohl verdient, könnte sie doch einen Band füllen!

Von ihrer Entstehung weiß ich nichts zu sagen. Mein Mann sprach nie über einen Einfall, ehe er nicht zu Ende gedacht war:

»Gedanken beherrscht man nur, solange man sie für sich behält, sobald man sie entläßt, sind sie es, die einen beherrschen«, sagte er.

Diese »Tote Tante« hat mein Mann anscheinend so schnell hingeschrieben, daß ihm keine Zeit blieb, sie mir zu erzählen.

Ich weiß nur, daß Vater öfter von einer Familie sprach, in der er Cello-Unterricht gab, einer Familie mit unzähligen Kindern. Und jedes der Kinder hatte unzählige Namen, Namen aus der Antike und von Richard Wagner entlehnt. Das machte meinem Mann viel Spaß. In der »Toten Tante« fand er Gelegenheit, diesen Spaß festzuhalten. Der Erfolg blieb nicht aus.

Wenn ich überlege, daß die vielen Kinder, die mein Mann zusätzlich rothaarig, bebrillt und übersät von Sommersprossen zeichnete, mit der Handlung, der Geschichte, dem Konflikt überhaupt nichts zu tun haben, daß sie genausogut wegbleiben könnten, dann sehe ich wieder einmal, daß es nur auf das »Wie« ankommt und nicht auf das »Was«. Wir haben diese Kinder sogar einmal weglassen müssen, wie Sie gleich lesen werden.

Die Uraufführung der »Toten Tante« fand in Wien statt, am 17. April 1924, im »Modernen Theater«. Damals lief diese Einakterserie noch unter dem Titel »Vom Lieben und Lachen«. Erst in Berlin, wo wir am 1. Oktober desselben Jahres in den Kammerspielen des Deutschen Theaters bei Max Reinhardt Premiere hatten, nannte mein Mann den Zyklus »Die tote Tante und andere Begebenheiten«.

Bei der Wiener Uraufführung meldete sich ein Herr Buchinger, auf dessen Visitenkarte zu lesen stand:

Loisl Buchinger,
Erstklassigste Gastspielunternehmung
des In- und Auslandes.

Er machte uns den Vorschlag zu einigen Abstechern in die nähere Umgebung Wiens. Viel Geld würde für uns dabei nicht herausschauen, versicherte er mit Wiener Charme und Treuherzigkeit:

»Ober, Herr van Getz, der Esterreicher is do so dankbar für die wahre Kunst, für a gutes Theater! Des hörns do jeden Obend selber. Herr Doktor van Getz, 's is do so wos Großartigs, wann ma die Leit mit so aner gschliffenen Vurstellung beglücken kann! Alsdann, mach mers?«

»Ja, wenn Sie denken«, sagte Max, »für wahre Kunst und gutes Theater sind auch wir immer zu haben. Frei wären wir sowieso an den Abenden, und wenn die Bühnenverhältnisse dort günstig sind, warum nicht?«

Ich finde in meines Mannes Notizbüchlein aus dem Jahre 1924 den Eintrag:

»Wir spielten nicht in Haindorf, auch nicht in Hinter-Haindorf, dafür aber in Nieder-Hinter-Haindorf. Wir erfuhren erst nachher, daß es Nieder-Hinter-Haindorf war. Vorher erkundigten wir uns nicht, denn wir wollten uns überraschen lassen. Wir wurden überrascht.«

Obwohl ich keine Ahnung habe, ob mein Mann diesen Ort auf einer Landkarte fand oder erfand, ob er in der Nähe Wiens liegt und ob wir dort »gastieren« hätten können oder gastiert haben, bin ich sicher, daß mein Mann sich gerade diesen Ort – mit dem er anscheinend sowieso etwas im Sinne hatte, wie die kleine Notiz verrät – ausgesucht hätte, um folgendes waschechte Schmierenerlebnis zu berichten. Wo es sich tatsächlich ereignete, weiß ich nicht mehr. Vielleicht sogar wirklich in Nieder-Hinter-Haindorf, wenn es Nieder-Hinter-Haindorf gibt.

Eines schönen Sonntagmittags fuhr das Ensemble – Max Kaufmann, Walther und Tille Steinbeck, ein Herr Neckler vom Wiener Volkstheater, mein Mann und ich – zusammengepfercht und vergnügt in Herrn Buchingers Auto los, nachdem dieser, wie er sagte, alles übrige von und mit seinem Assistenten per Bahn hatte verfrachten lassen. Wir waren etwas besorgt, ob wir auch alles an Ort und Stelle vorfinden würden, als da waren: die Requisitenkörbe, unser Kostümschrankkoffer und vor allen Dingen die zwölf Kinder.

»Des find si olles, wann ma erst do san«, war die immer wiederkehrende beruhigende Antwort unseres Beschützers. Aber bei der Ankunft, um fünf Uhr nachmittags, stellte es sich heraus, daß die Kinder nicht eingetroffen waren. Nur unser Kostümkoffer stand einsam neben dem Geleise, eine Lastzuglänge entfernt von dem Haltestellen-Unterschlupf, auf dem verregnet und abgeblättert »Nieder-Hinter-Haindorf« gerade noch zu lesen war.

»Um Gottes willen«, brach Maxe unser eisiges Schweigen, »wenn den jemand mitgenommen hätte!«

»Ober, Herr Dokter«, beruhigte Buchinger, »hier kummt do nie kaner her!«

»Schöne Aussichten für heute abend«, meinte mein Mann.

»Aaaaah, des is wos anders«, erwiderte Loisl lachend, »am Obend do find si olles, wann ma erst do san! Ober jetz, wer bringt ma jetz den Trummkoffer da auffi?« Und dabei schaute er so zuversichtlich auf das Dach seines Wagens, als läge er schon oben. »Wann die Herren valleicht die große Liebenswürdigkeit hättent . . .?«

Natürlich faßten unsere Männer mit an.

»Wos hab i gsagt? Des find si olles, wann ma erst – hooo ruck – dran is!«

Und bei dem »dran is« bekam unser Koffer seinen letzten Schwung und bumste krachend auf das Autodach.

Diese Frage war jedenfalls gelöst. Aber wo kriegten wir die zwölf Kinder her? Herr Buchinger wollte sie – »des wern ma glei ham« – auftreiben, bezweifelte jedoch, daß es in Nieder-Hinter-Haindorf deren genügend gäbe, um unser Stück *voll* zu besetzen. Aber selbst wenn es sie gegeben hätte – ein paar Minuten später, als wir den »Theatersaal« betraten, stellte sich heraus, daß auf der Bühne kein Platz gewesen wäre, sie alle zugleich zu präsentieren. Nicht einmal dann, wenn man den Tisch, der im Stück für alles Folgende unerläßlich ist, weggelassen hätte.

Mein Mann beschloß also, wohl oder übel, die Kinder zu streichen, ein Entschluß, den Herr Buchinger bereits in Wien gefaßt hatte, denn weder die Kinder noch deren Requisiten waren je mit dem »Assistenten« abgefahren!

»Na sehns, Herr van Getz, wos hab i gsagt? Des find si olles, wann ma erst do san!«

Aber so ganz alles fand sich doch nicht, denn Herr Buchinger hatte Parsival vergessen, unseren Zweitältesten, den mein Mann unbedingt haben mußte, um die drakonische Strenge des Vaters zu demonstrieren.

Walther Steinbeck, der im »Mörder« den Jagdgast und im »Märchen« Lord Hastings spielte, mußte dran glauben. Er war um acht Jahre älter als mein Mann, damals also 43 und wog gute 150 Pfund. Sein Fach war der Salonlöwe, mit allem, was dazu gehört, eine stattliche Figur, immer adrett und modisch, liebenswürdig, verführerisch und nichts Beschwerendes dahinter.

»Kinder, das könnt ihr mir nicht antun«, sagte er entrüstet.

»Aber Walther«, girrte Maxe in seinem tiefsten, überzeugendsten Baß, »hier in Nieder-Hinter-Haindorf wird das deiner Karriere keinen Abbruch tun!«

»Ich kann doch keinen Sechzehnjährigen mehr spielen!«

»Warum denn nicht, Walther? Bei deinem Talent?« sagte Max um noch ein paar Nuancen tiefer.

»Ja schon«, gab Walther etwas nachgiebiger zu, »spielen kann ich ihn natürlich! Nur – wie sehe ich aus?«

»Wieso? Wenn du von innen heraus die Nieder-Hinter-Haindorfer schauspielerisch überzeugst, fragt keiner nach den paar Jährchen!«

»Ich bin aber vielleicht doch etwas zu ... füllig. Ich meine natürlich nur für diese Rolle!«

»Jetzt wirst du unlogisch, Walther. Erstens hast du eine großartige Figur, das ist bekannt und das weißt du auch selber, und zweitens ist der Menschenschlag vom Lande noch gesund. Mir ist es sofort und ich muß sagen sehr angenehm aufgefallen, daß die Leute hier viel vollkommener gebaut sind als wir Großstädter.«

»Und wie komme ich in die kurzen Hosen hinein?«

»Das machen unsere Damen, Vallcheri und Tille. Du wirst so großartig sein als Parsival, daß sich wieder alle Frauen in dich vergaffen werden, und ich überlege schon, ob wir dir die Rolle nicht auch für später lassen, wodurch du dann ja auch mehr Gage bekommen könntest.«

»Also gut, Max, ich mache es für eine Zulage und auf deine Verantwortung.«

Tille Steinbeck, Walthers zage, mimosenhafte Frau, und ich, die wir uns für die Garderobe unserer Männer verantwortlich hielten, standen vor einem der größten Probleme unserer jungen Garderobierenlaufbahn. Wo sollten wir in Nieder-Hinter-Haindorf am Sonntagnachmittag eine kurze Hose herkriegen, in der unseres Walthers Embonpoint Platz hätte? Nur der Wirt des Ortes besaß eine solche, aber die war aus uraltem bockigem Hirschleder, maß 160 Zentimeter um die Taille und schien sich unmöglich auf Walthers 130 Zentimeter reduzieren zu lassen, zumal der Schuster von Nieder-Hinter-Haindorf mit dem Schuster von Hinter-Haindorf auf einem Tagesausflug in Wien war.

Noch um sieben Uhr hatten wir keine kurze Hose, um acht begann die Vorstellung, die Sache schien aussichtslos. Das beruhigende »des find si olles« wirkte nicht mehr und machte uns nur noch nervöser. Ein »es geht nicht« gibt es beim Theater nicht. Also, es *mußte* gehen! Ich nahm die Tinte aus dem Schränkchen in der Gaststube und einen Kochtopf aus der Küche, Walthers kurze Leinenunterhose war in einer Minute dunkelblau, und Tille bügelte sie so lang zwischen Zeitungspapier, bis sie trocken war. Und als der Auftritt in greifbare Nähe rückte, nähte Tille die kurze dunkelblaue Hose an ihrem »Dickerchen« einfach zu.

»No, wos hab i gsagt, alles find si ...!«

Natürlich spielte Walther die kleine Rolle gut und steckte die mit ihr verbundenen Ohrfeigen mit Anstand ein. Alles wäre reibungslos abgelaufen, wenn Maxe nicht der Hafer gestochen hätte!

Beim Abgang Parsivals konnte Maxe, der sich als Pastor den Drill mit gemischten Gefühlen hatte ansehen müssen, sich nicht verkneifen, bei dem tiefen Diener, den Walther mit dem Rücken zum Publikum vor ihm zu machen hatte, zu extemporieren, um uns alle zum Lachen zu bringen:

»Bist du aber seit dem letzten Mal gewachsen, mein Junge! Und die schöne neue Hose ...«, und dann blieb Maxe selber hängen vor Lachen. Und das war gerade das rechte Stichwort für den gestrengen Professor, um seinen Sprößling gleich wieder zu ducken und Maxe dadurch aus der Verlegenheit zu helfen:

»Die kostet mich auch genug! Knöpf sie aber wenigstens zu, du Lümmel!«

Walther, der, wo immer er auch stand, schon an der Tür war und sowieso nichts anderes im Sinn hatte, als so schnell wie möglich von der Bühne zu verschwinden, bekam das letzte gar nicht mehr mit, wie er sagte. Dafür fiel hinter der Bühne seine kleine Tille wie eine Latte – bums – in Ohnmacht! Gott sei Dank übertönte das Lachen im Publikum den schweren Fall, so daß ungestört weitergespielt werden konnte. Aber Maxe und mein Mann, die mußten, wie das bei uns so üblich war, für unerlaubtes Extemporieren den ganzen lustigen Heurigenabend in Nieder-Hinter-Haindorf bezahlen. »Des find si olles, wann ma erst da san« blieb lange noch eine unserer beliebtesten Redensarten.

Nach der Berliner Premiere meldeten sich gleich drei Familien, die Modell gestanden haben wollten, vielmehr *nicht* Modell gestanden haben wollten zu unserer »Toten Tante«.

Da war ein Vater in Moabit, der drohte meinem Mann mit einer Klage, weil er ihm die Idee gestohlen hätte, seinen Kindern »Wagnerische« Namen zu geben. Er könne nachweisen, daß durch Generationen alle seine Ahnen schon so geheißen hätten! Aber wenn mein Mann ihn gebührend an seinen Tantiemen beteiligen würde, könnte er von einer Klage Abstand nehmen.

Alle bedeutenden Berliner Anwälte rissen sich um den Fall und boten ihre Dienste unentgeltlich an. Doktor Alsberg, der ihn schließlich vertrat, suchte dem Gegner seine Klage so schmackhaft wie möglich zu machen, doch ließ sich dieser eines Besseren belehren. Zu unserem lebhaftesten Bedauern! Welch unvergleichliche und mühelose Reklame hätte sich daraus ergeben!

Ich studierte damals, das heißt, ich studierte *auch* damals – denn ich studierte lebenslänglich – Gesang. Damals also bei Professor Zawilowsky am Olivaer Platz. Dreimal die Woche ging ich hin und traf, außer meinem am Flügel sitzenden Meister, nur den Schüler vor mir, der öffnete und mir den Mantel abnahm, und den Schüler nach mir, der pünktlich wie die Figur einer alten Spieluhr den Kopf zur kleinen Tapetentür hereinsteckte und dann erst das Musikzimmer betrat.

Etwa zwei Wochen nach unserer Premiere öffnete sich, beinahe gespenstisch, die große Schiebetür, deren Verglasung, mit vergilbtem Olivgrün bespannt, bisher den Eindruck auf mich gemacht hatte, ungangbar, vernagelt zu sein, wie aus einem Stück von Strindberg. Beide Flügel glitten gleichzeitig auseinander und gaben einer Art rothaarigen Germania den Eintritt frei. Feierlich schritt sie auf mich zu und sagte ebenso feierlich:

»Darf ich Ihnen zu dem großen Erfolg gratulieren? Ich bin die Frau Ihres Meisters. Die Kritiken waren überwältigend, und ganz Berlin spricht von Ihrem Stück. Ich habe es gestern gesehen. Köstlich! Nur wollte ich zu gern wissen, woher Ihrem Mann meine Familie bekannt ist.«

»Ich werde ihn fragen, Frau Professor.«

»Tun Sie das, Kleines, es würde uns alle sehr interessieren.«

»Darf ich um den Namen der Familie bitten?«

»Ich bin eine geborene Haßkel, Fricka Haßkel. Meine Schwester Freja kommt sofort.«

Und Freja kam wirklich sofort. Sie war genauso riesengroß und rotblond, nur leichter, flüssiger im Wesen und in der Sprache. Sie konnte sich über die Maske meines Mannes als Professor Traugott Hermann Nägler nicht beruhigen, die mit dem roten Wallewallebart ihrem Vater so ähnlich sei, daß sie dem Stück selber gar nicht hätte folgen können, weshalb sie nächsten Monat noch einmal käme, denn früher gäbe es leider keine einzige Karte mehr. Und das ganze Gehaben meines Mannes, jede Bewegung, die Hände, die Daumen, die oft in den Hosenträgern steckten, fleischig gerötet, alles wäre so echt, daß sie annähme, mein Mann müsse ein Schüler oder ein jugendlicher Freund ihres Vaters gewesen sein, aus den Jahren, die sie mit ihrer Schwester Fricka bereits in der Großstadt verbracht habe.

»Aber«, sagte sie und drohte neckisch mit ihrem sehr großen kleinen Finger, »etwas hat Ihr Herr Gemahl hinzugedichtet! *Wir* waren nur neune! Fricka und ich sind die ältesten, dann kam Wotan, dann Siegfried und Mime, dann Brunhilde, dann Ortrud und Siglinde und die letzte ist's Walkürle.«

Es stellte sich heraus, daß mein Mann die Familie Haßkel nicht gekannt hat, was zu bedauern ist. Sicher hätte er noch manchen Leckerbissen aus ihr herausgeholt! Etwa in einem tête-à-tête mit dem Walkürle! An Sonntagen hatten wir immer zwei Vorstellungen. Zwischen diesen hielten wir in der Garderobe ein Kaffeestündchen mit den Kollegen, von denen jedesmal ein anderer eine selbstgebackene Überraschung mitbrachte. Es war urgemütlich, wenn wir alle unsere Theatergeschichten erzählten. Gerade als mein Mann die Begebenheit mit der Familie Haßkel zum besten gab, kam der Portier und bat ihn, ihm zu folgen, um einen jungen Mann anzuhören. Da der Portier so merkwürdig grinste, sprang Maxe auf:

»Laß mich das machen, Curt.«

Dann kam Maxe zurück und grinste mindestens so merkwürdig wie vorher der Portier.

»Kinder«, sagte er, »da ist eener, der könnte gleich mitspielen. Rothaarig, Sommersprossen und 'ne Brille trägt er. Den mußt du dir anhören, Curt. Der denkt ooch, daß du seine Familie veräppelst!«

Als mein Mann wiederkam, erzählte er, daß dieser junge Herr höchst erregt gewesen sei, da seine Eltern erfahren hätten, daß ihre ehrenhafte Familie durch unser Stück in der Öffentlichkeit verunglimpft würde. Der Vater wollte sich das nicht bieten lassen, da in seiner Verwandtschaft, so weit man auch zurückrechnen würde, die Schande eines unehelichen Kindes nie vorgekommen sei.

Mein Mann hatte den Jüngling so weit beruhigt, daß dieser sich bereitfand, die Abendvorstellung über sich ergehen zu lassen, um, auf den Rat meines Mannes, aus eigener Erfahrung seine Schlüsse ziehen zu können und nicht auf das Getratsche der lieben Nachbarn angewiesen zu bleiben.

Nach der Vorstellung gab der junge Mann zu, daß sie sehr amüsant gewesen sei und mit seiner Familie im Grunde nichts zu tun habe, da niemals eine Tante ein derartiges Testament hinterlassen habe, ganz zu schweigen von der »Karriere« dieser Tante.

Er ließ sich sogar von uns einladen, und wir blieben länger beisammen als geplant war, weil der junge Mann *noch* etwas auf dem Herzen hatte.

Seine guten Eltern würden sich kommenden Sonntag die Nachmittagsvorstellung ansehen. Das könne er verantworten. Aber ihr Lieblingssohn war im Kriege gefallen, und es würde die greisen Leutchen schmerzlich berühren, an ihn erinnert zu werden, wenn es hieße »Lohengrin popelt«! Denn das sei sein Name gewesen. Ob Herr Goetz für die eine Vorstellung wohl einen anderen wählen könnte?

»Nichts leichter als das«, sagte mein Mann.

Aber das hätte er nicht sagen sollen! Denn dieses Problemes wegen saßen wir bis zwei Uhr morgens im »Kindl«. Es schien unmöglich, einen »Wagnerischen« Namen zu finden, der in dieser Familie nicht so vertreten war, daß er in Verbindung mit der Beschäftigung, die ihm im Stück nun einmal zugedacht war, die greisen Eltern nicht hätte schockieren können. Im allerletzten Moment, als das »Kindl« schließen mußte, einigten wir uns auf »Fafner«, der an jenem Sonntagnachmittag verurteilt war, seine Nase zu traktieren. Fafner war zwar auch ein sehr geliebtes Familienmitglied, aber immerhin war es nur der dritte Name eines Vetters zweiten Grades.

Auch nach Wien trug uns die »Tote Tante« immer wieder, und an eines dieser Gastspiele knüpft sich sogar eine makabre Erinnerung:

Man hatte mir eine Friseuse gegeben, die auch gleich hätte mitspielen können, rothaarig und sommersprossig wie sie war, nur etwas jünger hätte sie sein müssen. Aber mir wäre sie nicht aufgefallen, wenn sie mich nicht so auffallend angesehen hätte.

»Kennen Sie mich aus meiner Wiener Zeit?« fragte ich.

»Des schonn«, sagte sie, »ober es is net wegn den. Wissens, wann i Ihna olle so siech ... mir ham a amol zwölfe ghabt. Ober da is die ›spanische Grippe‹ kommen, und in aner Wochn is mei Mann mit mir allanich um den Tisch gsessn.«

Ich muß mich unter der Schminke verfärbt haben, denn sie rückte mir einen Stuhl zurecht:

»Regns Ihna net auf, gnä Frau. Mir ham scho wieder achte. Bei uns werns immer glei Zwillinge. Scho bei mein Großvater wor des aso.

Unsere Erschtn ham a nach in Wagner gheißn. Da wor mei Mann no Beleichter in der Oper. Aber die Jetzign heißn olle natierlich.«

Zu unserer ersten Aufführungsserie der »Toten Tante« in Berlin an den Kammerspielen des Deutschen Theaters bei Max Reinhardt gehört unbedingt eine Geschichte, die mein Mann oft erzählte und die so witzig ist, daß sie von ihm erfunden sein könnte. Nicht einmal ich habe ergründet, ob sie sich ereignet hat oder seiner Phantasie entstammt. Wenn Sie mich fragen: ich glaube an die zweite Version!

Das Deutsche Theater und die Kammerspiele liegen wie Schwestern nebeneinander. Ihre Mauern sind verwachsen wie die Lenden der fernöstlichen Zwillinge, und ihre Treppen laufen über beide Fronten gleichermaßen auf den gemeinsamen Vorplatz. Ihre Theaterzettel hingen der Einfachheit halber stets nebeneinander in einem einzigen, vergitterten Kasten. Damals also rechts: »Die heilige Johanna« von Bernard Shaw und links: »Die tote Tante« von Curt Goetz. Unser Stück war etwas kürzer, daher früher zu Ende. Dieser Vorsprung ließ uns gerade immer in das herausströmende Publikum der »Heiligen Johanna« laufen, wodurch mein Mann das seltene Glück gehabt haben wollte, die folgende Bemerkung einer Dame aufzufangen:

»Wenn die zum Schluß nicht noch auf den Scheiterhaufen gekommen wäre, wüßte man gar nicht, warum das Stück ›Die tote Tante‹ heißt.«

ER SELBER

Ich habe meinen Mann oft gefragt, wie er dazu kam zu schreiben. Ich habe auch viel darüber nachgedacht, warum mein Mann gerade so schrieb, wie er schrieb. Ich möchte beinahe sagen: Er schrieb so, wie er schrieb, aus Mitleid mit den Menschen.

Dieser lockere Spaßvogel, dieser Curt Goetz, »dessen Name heißt, beglückt und leise lächeln«, wie einer seiner Verehrer es ausdrückte, dieser Curt Goetz, den Sie kennen und lieben, der war nämlich gar nicht so, wie Sie ihn kennen. Das was Sie kennen, das war seine Haltung. Und nicht nur seine äußere Haltung, es war seine innere Haltung.

Der Humor, den Sie so sehr an ihm lieben und der ihn auf die Höhen des Lebens und der Kunst trug, war ihm keineswegs angeboren! Angeboren waren ihm sein Verstand, sein Herz und sein zielbewußter Charakter, dieses: Ich lasse dich nicht, du segnest mich denn!

Und angeboren war meinem Mann ein depressives Gemüt.

Er war ein Demosthenes, ein Schwerbehinderter für den Beruf des Spaßmachers, des Bruders Leichtfuß! Er wußte, wie schwer »das Leiden an der Welt« ist, an dem zwei Drittel der Menschheit kranken. Und deshalb machte er sich auf die Suche nach einem Mittel gegen dieses arge Leiden und fand den Humor, dem er sich verschrieb, den er studierte – es gibt kein einschlägiges Werk, das er nicht kannte – und den er sich selber immer wieder erkämpfen mußte!

Sein Humor ist, wenn man das sagen kann, ein sublimierter Humor, der Niederschlag, das Konzentrat eines Kampfes gegen dunkle Gedanken, das geläuterte Ergebnis des Ringens mit der eigenen Schwermut. Deshalb ist sein Humor so rein und so heilsam.

Ich kann mich nicht erinnern, meinen Mann jemals schlecht gelaunt gesehen zu haben, aber ich wußte es, wenn er unter tiefen Depressionen litt; dann war er um so liebenswürdiger und milder.

Er schrieb 1938, als wir seine Gesammelten Werke das erstemal herausbrachten, im Geleitwort die Zeilen für seinen Grabstein:

Zieht los und türmt von Stadt zu Stadt,
Und sollte es Euch wo gelingen
Ein Lächeln Jemand abzuzwingen,
Der Herzeleid und Sorgen hat –
Dann habt Ihr Euer Sach erledigt.
Dann habt Ihr Euch und mich bestätigt ...

Ihr ziehet leise wieder ab ...
Es rauscht im Baum auf meinem Grab ...
Auf diesem Grabe steht zu lesen
Von einem Manne der gewesen:
»Ich habe mit dem Leben mich
Gefreut, gestritten und geplagt,
Und was ich ungefähr zu sagen hatte,
Das hab' ich ungefähr gesagt.«

Er hat sich redlich geplagt, aber er wollte nicht, daß man erführe, wie schwer ihm seine Leichtigkeit wurde, weil er fürchtete, daß man dann keine Freude an ihr hätte, nicht mehr unbekümmert würde lachen können. Und zum Lachen, zum Lächeln und Schmunzeln war sie ja getan, seine Arbeit.

Ich hatte von Anfang an begonnen, Briefe aus dem Publikum zu sammeln:

»Durch drei Kriegsjahre habe ich Ihre Werke mitgeschleppt wie eine Hausapotheke, mein lieber ›Doktor‹ Goetz ...«

»Ich habe Ihre Gesammelten Werke in meinem Tornister getragen, als meine liebste Last, die mir in schweren Stunden immer half.«

»Ohne Ihre Gesammelten Werke, mein lieber Herr Goetz, hätte ich den Krieg nicht überlebt, weil ich ihn nicht hätte überleben wollen!«

»Neben meinem Bette liegt unter der Bibel Ihr Buch, lieber Curt Goetz.«

Wenn so ein Brief kam, dann gab ich ihn meinem Mann. Ich sehe, wie er ihn liest, ihn hinlegt und seine Hand auf ihm ruhen läßt, als würde er neue Kraft daraus ziehen. Ein unendlich dankbares Gefühl erfüllte ihn dann, und er küßte mich, damit ich daran teilhätte. Das paßt alles so wenig zu dem Bilde, das Sie von ihm hatten, wenn er so überlegen lächelnd vor Ihnen stand, stets zu einer Pointe bereit, die dann so gut saß. Aber die Kehrseite erklärt mir die Beständigkeit seines Erfolges, das tief Beglückende an ihm und die fast fromme Zärtlichkeit, mit der Sie ihn liebten, für die ich Ihnen immer wieder danke, denn er hat sie gefühlt, Ihre Zärtlichkeit, und er hat sie sehr genossen.

Als wir die letzte Tournee machten mit seinen »Miniaturen«, wunderten wir uns, daß uns danach Autogrammbitten in Wäschekörben angebracht wurden, mehr als je zuvor. Wenn wir Gelegenheit hatten, fragte ich die jungen Leute am Bühneneingang oder in Hotelhallen, was ihnen denn an uns gefiele:

»Wir sind unmodern, wir passen doch gar nicht mehr in eure Zeit, Kinder. Was gefällt euch denn so?«

»Unsere Eltern haben uns von Ihnen erzählt, und da wollten wir uns das ansehen, und jetzt werden wir unseren Kindern ooch mal von Ihnen erzählen können, Herr Goetz. Was Sie da machen, das ist eigentlich so richtiges Theater. So ohne Pose.«

»Man vergißt das Leben, so wie es nun mal ist. Man denkt nicht mehr seine eigenen Gedanken. Man denkt leichter, so wie Sie denken, Herr Goetz, so wie ein Clown (gesprochen Klohwn).«

»Man lernt bei Ihnen geistiges Seiltanzen, und man freut sich, daß das gar nicht so schwer ist.«

»Es ist so komisch, wenn man gerade lachen will, dann muß man wieder nachdenken und dann doch wieder nicht. Man kann nicht mehr seine eigenen Wege gehen, aber man fügt sich Ihnen eigentlich ganz gern, Herr Goetz.«

Ein ganz kesser Berliner Junge gab uns die Antwort, die uns als die schönste erschien und uns die liebste war: »Man wees nich, wat et is. Det is bei Ihn'n so... so fromm, ... wie in de Kirche. Wahrscheinlich is de richtje Liebe denn so.«

Das war die eine verborgene Seite Ihres Spaßmachers Curt Goetz. Ich sollte noch eine andere betonen, die wegen seines Charmes und seiner Konzilianz so leicht übersehen wird. Das ist seine Unbestechlichkeit, die mit seiner Nachsicht Hand in Hand ging. »Man muß den anderen verstehen *wollen*«, sagte er, »und nachzugeben *versuchen*. Aber nur bis zu einem gewissen Punkt. Wenn man erkannt hat, daß etwas unwahr, unsauber, ungut ist, muß man sich davon distanzieren. Ohne tiefgründige Abneigung, aber entschieden! Und man muß die etwaigen Folgen gerne tragen.«

Können Sie sich vorstellen, daß dieser lustige, vornehme *Herr* so sehr aus dem Häuschen geraten konnte, daß er imstande war, einem, der ihn ärgerte, eine einwandfreie, richtiggehende Ohrfeige zu geben und ihn mit einem einwandfreien, richtiggehenden Fußtritt zur Tür hinauszubefördern? Es brauchte viel, um ihn zu ärgern, und es mußte eine Sache von ganz besonderer Art sein, die ihn ärgern konnte, denn meistens hatte er die Entschuldigung für den Gegner schneller zur Hand als die Parade, aber wenn es einmal soweit war, dann ...

Im Herbst 1923, zu Anfang unserer Ehe, spielte er im Deutschen Theater einen Shaw. Reinhardt selbst war verreist, nur ein stellvertretender Herr war da. Seinen Namen verschweige ich – ich halte es wie mein Mann, der in seinen Memoiren die Namen der Personen nach dem Grade ihrer Widerwärtigkeit änderte, um die echten der Nachwelt nicht zu erhalten – und nenne ihn Nielk. Ich will versuchen, diesen Herrn nicht zu hart anzufassen, da er später auswandern mußte und sicher schwer gebüßt hat.

Das Deutsche Theater hatte aus Frankfurt einen neuen Schauspieler bekommen, dem Reinhardt seit Jahren nachgespürt hatte, Otto Wallburg, einen Komiker mit Herz und Verstand, einen feinen Herrn seines Zeichens. Er und mein Mann teilten sich in den Schminktisch.

Wenn Herr Wallburg angekleidet war – er kam früher dran als mein Mann –, durfte ich manchmal in die Garderobe. Es war immer ein Fest für mich, den großen Künstlern Berlins, die da meinen Mann besuchten, persönlich begegnen zu können.

Heute war Herr Wallburg nervös und erzählte, daß er am Vormittag seinen Vertrag hätte unterzeichnen sollen, daß er es aber für die kleine Gage, die da plötzlich eingesetzt war, nicht tun könne. Er wäre besser in Frankfurt geblieben, meinte er. Nun habe er aber leider die dortige Wohnung schon gekündigt und mit Schrecken gesehen, wie hoch die Mieten in Berlin wären.

»Ich bin verzweifelt, Herr Goetz. Ich kann es mir nicht leisten. Ich habe eine Frau und drei Kinder, dazu noch eine geschiedene Frau, die ich erhalten muß.«

Da kam Herr Nielk herein, ohne zu grüßen, die Hände in den Hosentaschen, die Brillengläser verklebt, und lümmelte sich auf das Sofa, wie das seine Art war.

»Na, wie gefällt's Ihnen in Berlin, Wallburg«, sagte er mit seiner hohen, raunzigen Stimme und ohne dabei die Lippen zu bewegen.

»Tja«, sagte Herr Wallburg, »ich erzähle gerade, daß ich es mir nicht werde leisten können, das schöne Berlin, den Traum jedes Schauspielers.«

»Was heißt leisten? Zu was brauchen Sie hier eine große Gage? Hier sind Sie noch niemand. Kein Aas kennt Sie. Hier haben Sie doch nicht zu repräsentieren. Zwei Zimmer werden's auch tun, Herr Wallburg.«

»Ich habe Ihnen doch gesagt, daß ich eine große Familie zu ernähren habe. Und wenn mich Sorgen drücken, kann ich abends nicht gut gelaunt spielen.«

»Na großartig! Da kommt eine interessante Mischung von Humor mit Sorgen heraus!«

»Ach, bitte, machen Sie keine Witze auf meine Kosten. Sie sehen doch, wie verzweifelt ich bin. Aus meiner alten Wohnung muß ich heraus, und hier finde ich keine, die ich bezahlen kann.«

»Mir gefällt das! Nichts geht über einen vermiesten Komiker!«

Wallburg blieb still, aber seine Hand zitterte. Da griff mein Mann ein, während ich mich immer mehr in mein Eckchen verkrümelte.

»Verlassen Sie bitte unsere Garderobe, Herr Nielk. Wir haben in zehn Minuten aufzutreten.«

»Curt Goetz revoltiert! Gute Schlagzeile für die BZ! Was geht Sie die Sache überhaupt an, Herr Goetz?«

»Mich geht jede Sache jedes Kollegen an, dem ich helfen kann. Gehen Sie jetzt!«

Nielk war aufgestanden, hatte sich hinter Herrn Wallburg postiert, so daß dieser sein Grinsen im Spiegel sehen konnte, und sagte:

»Na schön, morgen im Büro sprechen wir weiter, Herr Wasserzug.«

Tonlos sagte Herr Wallburg:

»Ja, so heiße ich.«

Aber da knallte auch schon die Ohrfeige auf der schweißigen Backe.

»Raus, habe ich gesagt«, brüllte mein Mann, »und wenn Sie je wieder den Mut finden sollten, in meine Garderobe zu kommen, dann nehmen Sie vorher Ihre dreckigen Hände aus den Hosentaschen und putzen Sie Ihre verklebten Brillengläser, Sie Ferkel!«, und dabei bekam er einen Fußtritt, den er nicht so bald vergaß und für den er sich nach Jahren rächte, wie Sie später lesen werden.

»Ich danke Ihnen, mein lieber Wallburg«, sagte mein Mann strahlend und sichtlich erleichtert.

»Wasserzug, wie Sie eben gehört haben.«

»Gefällt mir genausogut, ich danke Ihnen, daß Sie mir die längst fällige Gelegenheit verschafft haben, diesem Widerling eine zu kleben und ihm einen Tritt mitten in seinen faulen . . .«

Da klingelte es zum Auftritt, und die beiden Männer erschraken zu Tode, als sie mich aus meinem Eckchen hervorkriechen sahen.

Auf dem Heimweg sagte mein Mann:

»Laß gut sein! Wir zwei, wir schaffen es, selbständig zu werden, unser eigenes Theater zu haben und unsere Schauspieler wie Herren und Künstler behandeln zu können. Wir schaffen das sogar sehr bald, wir zwei beide!«

SÜHNEANDACHT FÜR CURT GOETZ

Ich brachte meinem Mann Kritiken, wenn sie besonders gut waren oder in Briefen kamen von jemand, der ihm eine Freude machen wollte. Aber mein Mann las fast keine zu Ende.

»Mein Engel«, sagte ich dann, »lies doch weiter. Das Schönste kommt doch noch. Über dein Spiel.«

»Laß man«, war seine Antwort, »ich möchte gar nicht so genau wissen, wie ich es mache und was daran gefällt. Es würde mir zu bewußt und verlöre das Schwebende, das die Kunst bei allem erarbeiteten und bewußten Können haben muß, um immer noch irgendwo rätselhaft zu bleiben. Das unterscheidet die Kunst von der Virtuosität.«

Ganz selten auch ist es geschehen, daß mein Mann einem Kritiker geantwortet hat. Aber hier sind drei ergötzliche Beispiele:

Nach einem unserer »Ingeborg«-Gastspiele schrieb Diebold in Frankfurt am Main:

»Ingeborg – ein Ehebruch von Curt Goetz?

Daß er von Curt Goetz ist, macht ihn so geistreich, so amüsant, und – man höre und staune – so sauber. Und das wiederum hebt ihn über den Schwank und das Lustspiel zur Komödie.

Den Inhalt preisgeben, hieße dem Zuschauer die Spannung nehmen, den Abend morden. Man komme und erfreue sich an den hundert Nuancen, in die uns die Liebe zu einer Frau verstrickt, an den ungezählten Facetten, die wir wiedererkennen, wenn der Autor sie uns so spiegelklar vorhält, an einer Frau, pardon, einer Dame – denn nur so geht es hier –, die mit der Ehe zu jonglieren *versucht*.

Und wenn das Thema auch nicht so meisterhaft abgewandelt, der Dialog nicht so gekonnt und gearbeitet wären, der Schluß allein macht diese Komödie von Curt Goetz unsterblich, zu einem Klassiker.«

Darauf schrieb mein Mann:

»Mein sehr verehrter Herr Diebold,

wie müßte ich die Sprache meistern können, um Ihnen annähernd zu sagen, wie sehr mich Ihre Kritik freut. Verstanden zu sein, so verstanden zu sein und von Ihnen so verstanden zu sein, ist der Traum eines irrsinnig gewordenen Stückeschreibers,

Ihres
Curt Goetz.«

Noch eine Kritik über »Ingeborg«, die mein Mann beantwortete:

»Sühneandacht für Ingeborg!
Curt Goetz' Lustspiel:
Eine schamlose Zumutung!

Um den Fluch zu beseitigen, der seit der Aufführung des Lustspieles ›Ingeborg‹ von Curt Goetz auf unserer Stadt liegt, rief der Geistliche die Bewohner zu einer Sühneandacht auf. Viele hundert Gläubige waren in der vollbesetzten Kirche, während der Geistliche betete, Gott möge die Stadt von dieser Schmach befreien. Der Geistliche habe gehört, daß dem Lustspiel ›Ingeborg‹ lebhafter Beifall gespendet worden sei, und verurteilte dieses Verhalten mit Empörung. Das Stück ziehe die Würde der Frau in den Schmutz und verherrliche den Ehebruch in gemeinster Weise!

In einer Diskussion hielt eine Dame dem Geistlichen entgegen, sie fände den Ausspruch in der Sonntagspredigt, daß deshalb ein Fluch auf der Stadt liege, für ungeheuerlich und sie fühle sich nicht davon betroffen.«

»Ingeborg« ist kein Lustspiel, sondern eine Komödie und wünscht deshalb, ernster genommen zu werden als ein Lustspiel! Ihr Inhalt:

Zwei Männer lieben Ingeborg. Ihr Mann, Ottokar, der seine kleine Frau belog, indem er ihr sagte, er sei es gewesen, der sich seinerzeit, um sie zu retten, aus der Schule werfen ließ, und Herr Peter, der wahre Held, der sich damals wirklich für Ingeborg geopfert hatte, sogar ohne sie persönlich zu kennen. Bis hierher ist die Geschichte eigentlich noch ganz anständig. Nicht wahr? Nun wird sie verwickelter und etwas anrüchig, indem nämlich der Ehemann fühlt — aufgerüttelt durch den unerwarteten Besuch dieses Herrn Peter, der sich ihm als der wahre Held von damals zu erkennen gibt —, daß er der großen Liebe seiner kleinen Frau nicht so ganz würdig sei, eben wegen seiner Lüge! Und Herr Peter, der Ingeborg jetzt als verheiratete Frau wiederfindet und sich in seine »Jugendliebe aus der Ferne« sofort wieder verliebt, kämpft tapfer drei Akte lang mit sich, weil er es nicht fertigkriegt, diesen netten und anständigen Gatten zu betrügen, zumal sich dann für ihn das Idealbild der Frau verschöbe! Ingeborg, der süßen, verspielten, kindlichen Frau, darf man, so reizvoll sie auch sein muß, einen Ehebruch nicht zutrauen. Dieses beileibe nicht aus Gründen der Moral, sondern lediglich aus Gründen der Spannung! Jedes Stück lebt von seiner Spannung — Ingeborg nun schon durch die dritte Generation! —, denn wenn diese nicht ist, wenn der Zuschauer sicher wäre, daß Ingeborg ihren Mann betrügen kann, will und wird, könnte er gleich nach Hause gehen. Es sei denn, er zöge es vor, sich umsonst durch drei Akte hindurchzulangweilen, denn er weiß aus Erfahrung, daß die Zensur ihm sowieso nicht gestattet, bei dem Ehebruch zuzuschauen.

Also wirklich, ein höchst unmoralisches Stück! Einen Ausweg aus diesem Sumpf gibt es nicht! Und deshalb hat der Dichter sich erlaubt, die Frage, ob Ingeborg ihren Mann betrügen könnte oder nicht, der Phantasie des einzelnen Zuschauers zu überlassen. Jeder nach seinem Geschmack, nach den Möglichkeiten, die er in sich fühlt, denke sich das Ende der Geschichte selber aus!

Dazu fällt mir ein, daß wir in unserem »Haus in Montevideo« — das ist auch ein so unmoralisches Stück meines Mannes — eine kleine Kollegin hatten, die Nichte eines hochmoralischen Mannes. Als im zweiten Akt die Geschichte etwas zweideutig zu werden scheinen muß, stand der gestrenge Herr auf und ging. Seine Frau und seine Tochter aber blieben. Unsere kleine Kollegin erzählte uns, daß der gute Onkel seither kein leichtes Leben mehr hätte. Denn bei jeder Gelegenheit bekäme er zu hören, was das »Haus in Montevideo« lehrt, nämlich: Daß nichts so schmutzig sei, wie eine schmutzige Phantasie es machen könne!

Und das könnte man eigentlich auch die Moral dieser unmoralischen »Ingeborg« nennen.

Mein Mann beantwortete die Sühneandacht-Zeitungsnotiz mit spitzester Feder. Aber, unmoralisch wie er nun einmal so durch und durch war, hat er sie wohl einigen Freunden vorgelesen, die dann auch buchstäblich unter dem Tisch lagen, aber mir hat er verboten, diese klassische Erwiderung an die Zeitung abzusenden, weshalb ich sie auch nicht anführe und den Namen der unglücklichen Stadt verschweige.

»Ich bringe es einfach nicht fertig«, sagte mein Mann mir damals, »diesen armen Kerl zu ruinieren.«

Ja! So unmoralisch war mein Mann, und ich liebte ihn trotzdem mit Andacht!

Aber in dem folgenden Fall hat er seine Erwiderung abgeschickt, und zwar postwendend und eingeschrieben!

1932 hieß es in einer Kritik über die »Tote Tante« in einem Münchner Blatt:

»Aus jeder Zeile dieses Stückes von Curt Goetz ist ersichtlich, was für ein gemeiner Jude der Autor ist.«

Darauf schrieb mein Mann:

»Sehr geehrter Herr! Ich bin zwar kein Jude, wenn ich aber daran denke, daß Sie auch keiner sind, möchte ich lieber einer sein.

Curt Goetz«

»HOKUSPOKUS«
1925–1927
Ein Reißer in drei Akten

Der Stadt Berlin,
wo auch Fränzchen und
Margitchen wohnen.

Mein Mann liebte Berlin wie sonst keine Stadt auf der Welt. Fränzchen war Professor Franz Ernst, der Wegbereiter der Kieferchirurgie an der Charité in Berlin, ein Arzt allerersten Ranges, dessen Herz der Kunst gehörte, weshalb er seinen Beruf als Kunst ausübte. Fränzchen konnte sich eine herrliche und ausgedehnte Jagd leisten, die bei Ferbitz zwischen Lanz und Lenzen, im Bereich von Wittenberg liegt, zwei Stunden Bahnfahrt von Berlin, auf der Strecke nach Hamburg. Das Jagdhaus dort war der Platz, wo mein Mann an seiner »Nachtbeleuchtung«, an »Menagerie«, am »Lampenschirm« und am »Märchen« schrieb, liebevoll betreut von Margitchen, Frau Professor Ernst. Bei ihr trafen sich Künstler aller Art, Maler, Bildhauer, Tänzer und Tänzerinnen, Musiker und das ganze Berliner Theater. Alles fühlte sich dort zu Hause. Bei Fränzchen und Margitchen war es auch, wo mein Mann einen seiner besten und treuesten Freunde erstmals näher kennenlernte, seinen Kollegen Arthur Schröder.

Wie sich das ereignete, will ich erzählen, nachdem ich Margitchens unübersehbare Persönlichkeit gebührend gewürdigt haben werde.

Margitchen nahm bei allen, die sie kannten, einen besonderen und auch einen besonders großen Platz ein. Ob sie Fränzchen assistierte, eine Decke stickte oder kochte, alles machte sie mit Leichtigkeit, Lächeln und Liebe. Am reizendsten fand ich – und ich habe versucht, es ihr abzulauschen –, wie sie Fränzchen zuhörte, wenn er Witze erzählte, die keineswegs zahm zu nennen waren. Und da Fränzchen sehr gern Witze erzählte und stets genügend und genügend deftiges Material aus der Klinik brachte, konnte ich recht oft beobachten, mit wieviel Sinn für Gleichgewicht Margitchen voll damenhafter Empörung die harten Brokken genoß.

Mein Versuch einer Beschreibung Margitchens zaubert dem geneigten Leser, so denke ich, das Bild eines zarten Persönchens vor und würde ein solches wohl kleiden. Aber da muß ich enttäuschen oder vielmehr überraschen! Denn alle diese weiblich zarten Eigenschaften gehörten zwar tatsächlich zu Margitchen, aber Margitchen nahm nicht nur in den Herzen derer, die sie kannten, einen übergroßen Platz ein, sondern auch sonst; damit möchte ich gesagt haben, daß sie gute zwei Zentner wog und deshalb in jedem Zimmer einen besonderen Stuhl oder ein Bänkchen stehen hatte, um sich darauf bequem und vor allen Dingen *ganz* niederlassen zu können, ohne Gefahr, das Möbel in Reparatur schicken zu müssen. Margitchen war eben in jeder Beziehung eine unübersehbare Persönlichkeit.

Es sei wieder einmal hoch hergegangen im Jagdhaus zu Ferbitz, erzählte mein Mann, und er erzählte dies so gern: Alfred Abel war zu Gast, der junge Walter Gieseking, für den eigens ein Flügel herangeschafft worden war, die reizvolle Tänzerin Grit Hegesa mit ihrem holländischen Maler Jaap Kool und mein Mann. »Schade, daß mer heide Amd nich bogern genn'n«, sächselte Abel vor sich hin.

»Leider spielen wir alle nicht«, bedauerte Margitchen, »und hier im Dorfe wird sich wohl keiner auftreiben lassen, der mithalten könnte.«

Sie rief vergebens den Apotheker in Lanz, den Doktor und den Schulmeister in Lenzen an, und dann sagte Abel: »Wie wärsch, wenn mir den Ardur holten?« Und Abel erklärte Fränzchen und Margitchen, daß Arthur Schröder nicht nur der großartige Schauspieler sei, der schon bei seinem Antrittsgastspiele Berlin aufhorchen gemacht hätte, sondern auch ein äußerst amüsanter reizender Kollege.

»Hallo, Ardur«, sagte Abel am Telephon, »du bis doch heide amd frei? Du fährscht um vier vom Lehrter Bahnhowe Richtung Hamburch ab, steichst in Wittenberge aus und von dort holn mer dich. Klar? Curt Goetz und ich. Bei wem? Bei Professor Ernst. Der berühmte is es! Ja! Da biste eingeladen. Also auf bald!« Und damit hängte er an.

Mein Mann aber ging schnurstracks zum Nachbarn, dem Ortsvorsteher Alvermann, und rief Arthur Schröder noch einmal an. Und da mein Mann gut kopierte und nicht minder gut sächselte, konnte er unerkannt sagen:

»Hallo, Ardur, noch eens: Wenn de die Frau Professor siehst, reiß dich zusamm'n und laß dir nischt anmerkn! Die is nur noch 'n Hauch! Lunge. Hegstens noch drei bis vier Wochen! Allerhegstens! Also, Ardur, auf bald!« Der Zug fuhr ein. Arthur sprang heraus. Der Jagdwagen stand bereit und neben ihm Abel, Margitchen und mein Mann.

Arthur schwenkte den Hut, mein Mann ging ihm entgegen und brachte ihn an Margitchen heran:

»Darf ich vorstellen, Margitchen! Das ist unser Arthur Schröder, der, wie du weißt, zu den größten Hoffnungen berechtigt ...« Arthur führte die Hand Margitchens fast bis zum Munde ... »und das ist Frau Professor Ernst.«

»Verzeihung«, sagte Arthur höflich und charmant, ließ Margitchens Hand vorsichtig wieder los, gab Abel eine nicht ganz so vorsichtige Ohrfeige und küßte dann formvollendet Margitchen die Hand, als ob nichts gewesen wäre. Daß Abel diese Ohrfeige ohne jedwede Pause an den Übeltäter weitergab, versteht sich von selbst. Man war ja eingespielt!

Das also war bei Fränzchen und Margitchen, denen »Hokuspokus« gewidmet ist, nebst der Stadt Berlin, die mein Mann liebte wie sonst keine Stadt auf dieser Welt.

VORSPIEL

»Hokuspokus« ist das erste Stück meines Mannes, das er mit einem Vor- und Nachspiel versah, eine Gepflogenheit, die er später beibehielt, weil sie ihm die Möglichkeit bot, Mißstände der Zeit zu geißeln. Dies natürlich in der ihm eigenen Form, die niemand weh tut und doch haarscharf den wunden Punkt trifft.

Von dem Vorspiel zu »Hokuspokus« soll hier nicht die Rede sein, sondern von einigem, was sich vor dem Spielen in bezug auf das Stück abspielte, wozu ich bitte, etwas weiter ausgreifen zu dürfen.

»Sehr geehrte gnädige Frau!«

So fängt ein Brief aus einem unserer Ordner an, der sich »Anfragen aus dem Publikum« betitelt. Wie ich schon verriet, sammelte ich Briefe, die mir nach Form oder Inhalt bemerkenswert schienen und meinem Mann in seinen Memoiren, die zu schreiben er immer schon vorhatte, dienen konnten. Ich teilte sie nach ihrer Art in Ordner aller Art. Hier also wäre dieser:

»Sehr geehrte gnädige Frau!

Auch wir sind ein leichtes und lustiges Künstlerpaar — Operette —, aber wir haben leider nicht soviel Glück wie Sie. Solange wir nicht verheiratet waren, ging es. Seitdem geht es nicht mehr.

Wir lernten uns kennen, als wir zusammen in W. engagiert waren. Dort spielten wir zusammen und dabei heirateten wir uns. Und seit wir das getan haben, geht es — wie oben gesagt — nicht mehr. Deshalb möchte ich Sie sehr bitten, liebe gnädige Frau — wir sind schon immer begeisterte Verehrer von Ihnen und Ihrem Herr Gemahle ganz besonders —, uns zu verraten, wie Sie es machen. Wir möchten nämlich auch einmal in den Genuß kommen. Wie Sie berühmt zu werden, aber niemand will ein Ehepaar engagieren. Ist das nicht schrecklich?

In großer Verehrung — wie oben gesagt — mit den besten Grüßen dem Herr Gemahle

Ihre A. M.«

Ja, meine liebe kleine Frau M! Das haben auch wir kennengelernt. Ich erinnere mich, daß ich einmal eine ganze Nacht heimlich durchgeweint habe, als Herr Nielk einer Rolle wegen anrief und mein Mann nicht zu Hause war: »Warum verpatzen Sie ihm seine ganze Karriere? Es wäre doch auch so gegangen! Wer wird schon neugierig sein auf einen verheirateten ›Liebhaber‹?«

Und ein anderes Mal bot sich ihm die Gelegenheit zu sagen:

»Tun Sie doch nicht so fein!«

»Ich tue nicht fein und ich bin auch nicht fein«, sagte ich, »ich bin sogar sehr unfein, Herr Nielk, aber nicht mit Ihnen.« Das war natürlich offene Feindschaft auf der ganzen Linie, mit einem nicht bedeutenden, aber damals einflußreichen Mann der Berliner Theaterwelt.

Und auch als Autor hatte mein Mann es nie leicht. Das sah dann nachher immer nur so aus!

Jedes Stück anzubringen und durchzusetzen, war immer wieder ein Kampf, was dem Leser genauso unglaublich erscheinen wird, wie es mir immer wieder unglaublich erschien. Aber so einfach ist das eben nicht bei Theater und Film. Das wäre ja auch zu langweilig! Es gäbe keine Krisen, der Film machte nie pleite, alles schwämme in Erfolg, Seligkeit und Geld! Wo käme man denn da hin? Nein, nein! Die gewaltigen Herren verstehen ihr Fach und sorgen sehr gut für unsere Unterhaltung und Freude, von der bekanntlich die Schadenfreude die reinste sein soll.

Noch ein Brief aus dem gleichen Ordner fällt mir da ins Auge:

»Lieber Herr Curt Goetz!

Sind Sie jenes kleine mickrige Kerlchen, das einmal bei uns in Thüramühle über den Sommer war und dem eine Zigeunerin aus der Hand sagte: ›Du wirst alles immer dreimal sagen müssen, aber aus dir wird was ganz Großes!‹ Ich konnte das verständige Gesicht des achtjährigen Kindes nie mehr vergessen und deshalb weiß ich auch die Worte so genau. Die Alte hat zum Teil wirklich recht gehabt, denn aus Ihnen ist wirklich etwas geworden, wenn Sie es sind. Meine Tochter, die jetzt gerade so alt ist, wie ich zu der Zeit war, als ich in Ihrem Märchenspiel Ihre Gänseliesl sein mußte und manchen Puff wegen Talentlosigkeit von Ihnen bekam, obwohl ich gute zwei Köpfe größer war als Sie und doppelt so alt, sammelt Autogramme. Deshalb bitte ich Sie, auch wenn Sie es nicht sind, um ein solches.

Hochachtend . . .«

Die alte Zigeunerin hat nicht nur zum Teil recht behalten, sondern ganz und gar.

»Hokuspokus« war 1925 fix und fertig, und wir schickten es Barnowsky, der sich das Vorrecht erbeten hatte, alle Stücke meines Mannes als erster lesen zu dürfen. Das hatte eigentlich gar keinen Sinn, denn Barnowsky war immer skeptisch, ohne zu sagen oder zu wissen, warum er es war. Für alle Fälle!

Danach bekam es Reinhardt, der überhaupt nichts von sich hören ließ. Direktor Roberts Bühne war viel zu klein, im übrigen gab es nur noch Operettentheater und Vorstadtbühnen in Berlin, und so lag das Stück zwei Jahre in den Schreibtischen herum, während wir überall und immer wieder unsere »Tote Tante« spielen mußten.

Doch eine seltene Abwechslung gab es damals in unserem Leben: Einen Durchfall!

Maxe sagte eines Tages:

»Curt, ich habe eine großartige Idee! Du spielst mit Vallcheri ›Die Ballerina des Königs‹ in Köln, und dann ziehen wir damit weiter durch die Gegend.«

»Warum gerade in Köln?«

»Mensch, Curt, das Rheinland ist doch geräumt worden! Was glaubst du, wenn du da als oller Fritz kommst! Der Jubel!«

Das war einleuchtend. Wir studierten das Stück, das mein Mann vor Jahren schon am Lessingtheater gespielt hatte, ich bekam himmlische Kostüme, durfte sogar etwas auf der Spitze herumtanzen, was mich besonders freute – gelernt ist gelernt –, und wir fuhren mit Begeisterung nach Köln. Unser geliebter Onkel Rémond war dort Intendant und empfing uns wie immer mit offenen Armen. Seine Schauspieler waren gut einstudiert und es versprach eine schöne Vorstellung zu werden.

Der erste Akt mit dem jungen Fritz und der jungen Tänzerin ging gut vorbei, aber der Applaus war nicht groß. »Das war zu erwarten«, meinte Maxe, »erscht wenn du als Alter kommst, dann geht's los!« Der zweite Akt ging auch pflaumenweich vorüber. Nun aber kam der dritte! Der Vorhang hob sich und da stand er: Der olle Fritz! Aber keine Hand rührte sich. Max flüsterte aus der Kulisse:

»Die Leute sind ergriffen.«

Es ging weiter, der Hohenfriedberger erklang von unten her, der König trat ans Fenster und grüßte hinunter, indem er mit weit ausladender Gebärde seinen Hut zog. Dann stand er da, wie aus Erz gegossen! Aber – nichts rührte sich. Max flüsterte wieder:

»Grüß noch mal, Curt!«

Wieder schwenkte der olle Fritz seinen Hut. Wieder nichts. Dann kam die Szene des Wiedersehens mit der altgewordenen Ballerina, die nicht vergessen hatte, in ihrem Pompadour versteckt, Knöchelchen für die Windspiele des greisen Monarchen mitzubringen! Wir spielten die Szene wirklich gut, ohne Sentimentalität, was nicht so einfach war, aber trotzdem war niemand gerührt. Auch nach dem letzten Akt war der Applaus schwach. Ein Achtungserfolg. Und die Kritik schrieb, wie verabredet, insgesamt:

»Warum spielen Sie uns nicht Ihre ›Tote Tante‹, lieber Herr Goetz?«

Und in den gleichen Blättern las mein Mann:

»›Fridericus Rex‹ mit Otto Gebühr, unter persönlichem Auftreten des Künstlers.«

»Das muß ich sehen«, sagte mein Mann und wir gingen sofort in die Nachmittagsvorstellung ins Kino. Der Film lief ab und war prachtvoll. Und da saß er wirklich und leibhaftig in der Loge! Fridericus Gebühr! Unbeschreiblich echt, unübertrefflich! Und als der Streifen zu Ende war, da kam Otto auf seinen Krückstock gestützt durch den Mittelgang gehumpelt, hatte meinen Mann mit einem Blick erspäht, zwinkerte ihm zu und flüsterte tief gebückt im Vorbeigehen:

»Biste hier ooch so abjestunken wie ick, Curt?«

Am Drachenfels, bei einem herrlichen Glase Wein, kamen wir gemeinsam der Sache auf den Grund: Im Rheinland gab es unglückliche Mädchen, deren Schätze hatten wegziehen müssen, Zimmervermieterinnen, deren Wohnungen leer standen, Geschäftsleute mit mageren Einnahmen. Das Rheinland trauerte! Das gab uns unsere gute Laune zurück, und als unsere Kostüme aus Berlin eingetroffen waren, spielten wir wieder unsere »Tote Tante«, alles freute sich, und Onkel Rémond saß wiederum jeden Abend in seiner Loge, das Taschentuch vor den Augen, und winkte ab. Dabei zeigte er auf das Publikum, das auch keine Pointe versäumen sollte, und rief: »Aufhören, langsam, Pause«, aber wir verstanden ihn nicht und spielten immer lustig drauflos.

Das war es, das seltene, aber nicht einzige Intermezzo in der Folge unserer Erfolge.

Das Rätsel um Reinhardts Schweigen zu unserem »Hokuspokus« klärte sich auf, als Herr Nielk eines Tages anrief und sagte, daß er das Manuskript gleich an sich genommen hätte:

»Tja, Herr Goetz«, sagte er unheimlich höflich und in seinem Raunzton, den ihm in seiner Kindheit niemand abgewöhnt hatte nebst allen seinen anderen Unarten, »*mir* gefällt es ausnehmend gut, Ihr Stück, und ich hätte Sie deswegen schon längst aufgesucht, wenn ich nicht gefürchtet hätte, daß Sie mich wieder rauswerfen! Sie wissen doch noch? Schade« – und man sah sein fettiges Gesicht immer breiter glänzen – »tja schade, denn da ist mir gerade das Stück eines Ausländers in die Hand gekommen, das dem Ihren sehr ähnlich ist. Spielt auch im Gerichtssaal, auch ein Prozeß, auch eine angeklagte schöne Frau! Schade, nicht? Das Stück habe ich annehmen müssen, weil es ausgezeichnet ist. Sie verstehen das! Solche Zufälle gibt es. Aber Ihnen fällt schon wieder etwas ein, oder Sie warten mit Ihrem ›Hokuspokus‹ eben noch zwei Jahre, ich habe keine Angst um Sie! Wie gesagt, schade!«

Dieses Stück setzte Nielk unserem vor die Nase und konnte seine Rache auskosten bis zur Neige.

Aber – mein Mann war ein Schachspieler! Ein noch so vernichtender Zug konnte ihn nicht entmutigen. Im Gegenteil. Er forderte ihn heraus, sich zu »versammeln« und ohne Ressentiments in Geduld und Würde einen Gegenzug zu suchen. Und er fand ihn auch immer.

»Warum müssen wir in Berlin uraufführen«, sagte er eines Abends im »Kindl« zu Maxe und mir. »Für die Berliner Presse sollte man *fertig* sein! Die Uraufführung mit ihrer grenzenlosen Aufgeregtheit und Nervosität ist sicher nicht die beste Aufführung. Und wenn sie es ist, dann wäre sie es nur aus übersteigerten Nerven. Kein gutes Zeichen für ein Stück! Vergleichbar einem gedopten Rennpferd. Eine Aufführung muß so gut sein, daß sie *trotz* übersteigerter Nerven immer noch gut ist, aber nicht *wegen* dieser. Die Uraufführung ist eine einmalige Angelegenheit, ein gutes Stück sollte eine jahrzehntelange Angelegenheit sein. Die Uraufführung kann ein Durchfall werden, das Stück kann sich trotzdem bewähren. Umgekehrt kann ein Stück in der Uraufführung réussieren und dann doch nicht gehen. Also ist die Uraufführung unwichtiger als die eingespielte Vorstellung.«

Durch diese Überlegungen kam mein Mann zu einem Schluß, der damals jedem, der ihn hörte, undurchführbar schien! Nämlich: *Zuerst auf die Dörfer, dann nach Berlin!*

ALLERHAND PROBEN

Max streckte seine Fühler aus und verkaufte uns an Stettin. Das sah in keiner Weise nach einer Konkurrenzstadt von Berlin aus wie etwa München, Hamburg oder Leipzig, war auch kein zu kleines Nest und lag nicht allzu weit weg. Die Reise würde uns – da wir die Schauspieler einstudiert mitbringen sollten, um die Sache vor der Presse möglichst geheimzuhalten – im Falle eines Durchfalls nicht zu viel gekostet haben. Und das Wichtigste war: der Direktor von Stettin war Maxens alter Kollege, auf den man sich verlassen konnte. Für den 8., 9. und 11. Februar hatte er »Hokuspokus« angesetzt, und erst am Nachmittag des 7. gab er der Zeitung die Premiere bekannt und ließ seine Plakate überkleben. Max bat die Herren Direktoren von Rostock, Schwerin, Bremerhaven und Bremen, ihre Dramaturgen zur zweiten Vorstellung bereitzuhalten, für den Fall, daß es ein Erfolg würde und die Herren dann Interesse hätten.

Einstudieren mußten wir also in Berlin! Aber wo? Barnowsky war voll besetzt mit Proben und Umbesetzungsproben aller Art für seine drei Bühnen, bei Nielk wollte Maxe erst gar nicht anfragen. Wir probierten also bei unserem Kollegen Hermann Vallentin, der bei seiner reichen Schwester Mollheim lebte und damit weitaus die größte Wohnung von uns allen zur Verfügung hatte. Für die letzten Probetage bekamen wir das Lustspielhaus in der Friedrichstraße. Dort lief gerade ein Schwank, dessen Schauplatz das Schlafgemach einer leichten Dame war. Und da die Dekoration für alle drei Akte – ganz im Sinne des Stückes – immer die gleiche blieb, war sie fest eingebaut. So probierten wir auf dem und um das Riesen-Seiden-Bett dieser Dame von Welt unsere Szenen, die in einem heruntergekommenen Theaterbüro, in einem gepflegten Bibliothekszimmer, im Gerichtssaal und in einem Maleratelier spielen. Da die Requisitenkammer ordnungsgemäß versperrt war, gab es nur zwei Malertöpfchen mit weißer und rosa Farbe, die wir auf dem Korridor fanden. Aus ihnen tranken der Präsident und sein Freund ihren Sekt, und der Staatsanwalt wie auch der Verteidiger reichten sie der ohnmächtigen Angeklagten bereitwilligst als Wassergläser zu.

Das Lustspielhaus gehörte damals Direktor Saltenburg, der sogar auf unsere Generalprobe kam – natürlich vollzog sie sich auch um das festgenagelte Lotterbett herum – und nachher sagte:

»Lieber Herr Goetz, wenn Sie wollen? Einmal im Sommer! An einem Sonntagnachmittag! Gern.«

»Vielen Dank«, sagte mein Mann gerührt, »morgen nach der Uraufführung werden wir wohl auf Ihren Vorschlag zurückkommen.«

Einzig Rosa Valetti, die große Charakterkomikerin dieser Zeit, die gekommen war, ihren Bruder Hermann Vallentin als Verteidiger zu sehen und die, wie sie sagte, das Stück schon beim Lesen verschlungen hatte wie ein hungriger Löwe ein Lämmchen – und meine Schwester, die wir gerade aus Wien geholt hatten – einzig die beiden waren der Ansicht, daß dieses Stück der Schlager ungezählter Jahre werden würde. Mein Mann und ich, wir standen so tief drin in der Sache, daß wir überhaupt nichts sagen konnten, glaubten aber felsenfest an unser Stück. Maxe hatte eine so arge Grippe, daß er schielte. Ich nahm erst an, er täte dies, um mich bei guter Laune zu halten, aber das war nicht der Fall. Er schielte vor Grippe.

Am 7. Februar um zwanzig Uhr würde unser Zug nach Stettin gehen, sagte Max. Er selber hatte an diesem Abend so hohes Fieber, daß wir ihn erst am Premierentage reisen ließen.

»Ich bin froh«, sagte mein Mann, »daß wir uns für Stettin entschieden. Da kennt uns niemand, vor allem fällt die Berliner Presse weg, und wir können dort in Ruhe unser Stück ausprobieren.«

»In Ruhe« hatte mein Mann gerade gesagt, als ich einen seiner Anzüge in den großen Liegekoffer zu meinen Füßen breiten wollte. Da schrie ich aus Leibeskräften »Schnauzi«. – Schnauzi war in den letzten Jahren sein Kosename geworden, weil er in »Hokuspokus« seinen Helden sagen läßt, irgend etwas sei so weich wie eine Pferdeschnauze. –

»Schnauzi! Hilfe! Ich kann nicht mehr hoch!«

Das war nichts Neues! Immer vor einer Premiere bekam ich vor Lampenfieber eine Art Hexenschuß. Ich konnte mich nicht mehr rühren, schrie vor Schmerzen, wenn ich es versuchte, und ein Arzt mußte her.

Während mein Mann seinen Mantel umwarf, um zu unserem kleinen Doktor Meyer gegenüber zu laufen, dessen Nummer ständig besetzt war, klingelte es an der Eingangstür.

Nun möchte ich den geneigten Leser, der bis hierher die Güte hatte, mir mit Geduld und Nachsicht zu folgen, um Entschuldigung bitten und versichern, daß das, was ich jetzt hinschreiben muß, der Wahrheit entspricht, der vollen Wahrheit und nichts als der Wahrheit. So etwas ließe sich ja auch gar nicht erfinden – außer von meinem Mann. Dieser schaute durchs Guckloch.

Vor der Tür stand seine Stiefschwester, die wir in einer Irrenanstalt in Kreuzlingen glaubten.

»Schnauzi« — auch ich hieß damals so — flüsterte mein Mann, während er auf Zehenspitzen ins Zimmer zurückkam, »Elfriede steht vor der Tür! Ich bitte dich um alles in der Welt, halte dich fest und halte aus, bis ich die Arme in Sicherheit gebracht habe.« Damit lehnte er mich, gebückt wie ich war, vorsichtig an die Wand, rief dann die Polizei an, erkundigte sich nach der nächsten Nervenheilanstalt, erfuhr, daß etwas Derartiges in Lichterfelde wäre, gab mir schnell zur Stärkung noch einen Kuß und ging an die Tür, sie zu öffnen, um Elfriede möglichst unauffällig und schnell abzuführen.

»Elfriedchen, was machst du denn hier«, hörte ich ihn flöten.

»Ich komme die Mutter besuchen.« — Mütterchen war uns vor eineinhalb Jahren gestorben, was man Elfriedchen nicht hatte sagen dürfen.

»Das ist aber lieb von dir! Wo ist denn Carl?«

»Mein Gemahl sitzt auf einer Bank in Konstanz im Park. Ich hole ihn her, wenn du willst.«

»Ja, das ist gescheit. Das tun wir gleich gemeinsam.« Und willig und freundlich, wie Elfriedchen in ihrer Krankheit immer mit uns war, folgte sie ihm in eine Taxe und blieb dann auch gern in Lichterfelde in dem Zimmer, das man ihr angewiesen hatte, bis die Polizei in Berlin die Polizei in Konstanz benachrichtigte, die höchst besorgt mit dem verzweifelten Mann den Bodensee nach Elfriedchen absuchte, denn mein Schwager, Professor Carl Hönn, hatte immer ein schlechtes Gewissen, wenn ihm etwas abhanden gekommen war, seit er im Ersten Weltkrieg als Ministerialrat im Auswärtigen Amt seine Aktenmappe mit Geheimschriften in der Straßenbahn hatte liegen lassen. Er war einer der vornehmsten und zuverlässigsten Menschen, was den Charakter anbelangt, aber zerstreut, wie ein Gelehrter das eben sein zu müssen scheint. Mein Mann sagte einmal, wenn er Carl zu beschreiben hätte, würde er sagen: »Er war so zerstreut, daß jedesmal, wenn er an einem Spiegel vorbeikam, er stehenbleiben mußte, um zu überlegen, an wen in aller Welt ihn dies Gesicht erinnere!« Ja, das trifft es! Das war Carl.

Jedesmal, wenn wir Elfriedchen in ihrer Krankheit sahen, fanden wir sie gar nicht so verrückt, wie man es uns immer erzählte. An diesem Besuchstage zum Beispiel wollte sie wieder einmal nach Konstanz spazieren. Dort wollte sie in die Anlagen gehen, und dann wollte sie rasten. Dann wollte sie gezeigt bekommen, was Carl in seinen Taschen hätte, breitete alles sorgsam auf der Bank aus und zeigte besonderes Interesse für die schöne rote Brieftasche. Verrückt? Und dann wischte sie mit einem äußerst geschickten Wuppdich das ganze Zeug weg, daß es verstreut auf dem Kies lag, und während Carl seine Sachen zusammenklaubte, war Elfriedchen mit der Brieftasche verschwunden, wie es jede nicht geisteskranke Frau auch gemacht hätte, um dann so folgerichtig vorzugehen, daß sie an unserer Tür landete und klingelte.

Elfriedchen war Pianistin gewesen. Schlank, zart und überängstlich war sie vor ihrer Erkrankung, nach welcher sie aber zu einer Art Weib von beträchtlichem Umfange wurde. Die Anstalt wollte ihre Nerven in Fett gebettet wissen, so daß ihr kleines Stimmchen und ihre Überängstlichkeit nun nicht mehr zu ihrer Erscheinung paßten. Das wirkte dann etwas ... verrückt und war eindeutig der Erfolg der Behandlung in der Heilanstalt.

Zwei Jahre war es her, daß Elfriedchen plötzlich erkrankte, wohl aus Sorge um das Geschäft ihres Mannes. Sein Geschäft war es, Professor der alten Sprachen zu sein, denn er hatte alles, aber auch alles für diesen Beruf mitbekommen. Den Kopf in den Wolken, lang und hager, wie er war, stolperte er – aber immer schön klassisch – durch die Welt, als wäre sie noch so wie vor 2000 Jahren oder noch früher, »in der Steinzeit, als es noch die alten Römer gab«, verliebt in alles Schöne. Und aus Verliebtheit in die Schönheit gründete er den Seldwylaverlag, wo er so Schönes verlegte, daß wir ihn nur zweimal sanieren konnten. Unser ganzer Verdienst ging immer wieder in nichts auf, und endlich glaubte Max bremsen zu müssen. Aber Carl konnte auch nicht mehr locker lassen. So brach alles zusammen und auch Elfriedchens Nerven. Sie mußte in eine Anstalt, in der sie über eineinhalb Jahre blieb. Täglich achtzig Franken, nebst zerbrochenem Geschirr und zerrissenen Kitteln. So stand es brutal da, und Maxe rechnete später einmal aus, daß wir für weit weniger den schönen Verlag noch über eineinhalbmal hätten retten können.

Um sechs Uhr kam mein Mann zurück, packte die Koffer zu Ende und mich in warme Sachen, so daß wir um sieben die Wohnung verlassen konnten. Eine Taxe, die meiner Schmerzen wegen nur sehr langsam fahren durfte, brachte uns gerade noch an den Zug, wo wir unsere vorsorglich reservierten Plätze in dem einzigen ungeheizten Wagen fanden. Und das war am kältesten Tage des Winters 1927. In Stettin legte mein Mann mich in das heißeste Bad meines Lebens, und am Morgen war ich gesund, auch ohne Doktor. Wahrscheinlich weil die Probe auf neun Uhr angesetzt war und ich die Bühne vorzubereiten hatte.

Es war in jenen gesegneten Jahren, da jedes Theater, das auch nur ein weniges auf sich hielt, ein kubistisches Pferd, einen futuristischen Esel, expressionistische Bäume und bunte Würfel besaß, aber nicht einen einzigen profanen Stuhl. Was hier für uns aufgebaut war, glich bestenfalls einer türkischen Badeanstalt, aber keinem Gerichtssaal, der sich zum Überfluß weder von einem Theaterbüro noch von einer Bibliothek oder einem Atelier unterschied. Ich ging in die Direktion, ließ mir die Abonnentenliste geben und hängte mich ans Telephon. Um zehn Uhr hatte ich vom Apotheker einen Teppich, von der Weingroßhandlung eine Stehlampe und zwei Fauteuils, vom Café acht Stühle und drei Tische, vom Antiquitätenhändler ein Spitzentuch, von der Buchhandlung einen Kubikmeter Bücher, vom Handarbeitsgeschäft einen Blumentopf, den wir als Sektkübel benutzen konnten, von der Landesbank drei große grüne Tischdecken und aus dem Theaterbüro einen Schreibtisch und eine Bettlampe. Mit Hilfe dieser Herrlichkeiten war meine Bühne um halb zwölf fertig. In der Zwischenzeit hatte die ganze Belegschaft die regenbogenfarbenen Wellen auf den Kulissen einheitlich überstreichen müssen. Alles staunte, wie schön diese Dekoration sei, im Vergleich zu den sonst violetten, grünen und gelben Würfeln, auf denen man damals hockte, die man aber auch zusammenbauen konnte zu Schränken, Betten, Podesten und Treppen, kurz zu allem, was man sich vorstellen konnte, so daß man sich dann gar nichts mehr darunter vorstellen konnte. Alles blieb der Phantasie des Zuschauers überlassen.

Wenn man lange genug darüber nachdenkt, kommt man drauf, *wie* genial diese Idee war! Dabei so billig und, nicht zu vergessen, fortschrittlich, modern! Die Kritik nannte das »raumbildend«, »überzeugend«, »geballt«! Und allein diese an sich einfachen Würfelchen waren imstande, diese gewaltigen Attribute auch dem Autor und seinem Stück zu sichern.

Am Mittag rückte dann noch die Feuerwehr mit ihrer langen Leiter an, weil der Oberbeleuchter Anzeige erstatten mußte wegen eines Scheinwerfers, den ich zu nahe an eine Soffitte hängen ließ. Einen halben Meter mußte sie, der Vorschrift nach, entfernt sein. Ich glaubte, es wären sogar dreiviertel Meter.

»Warum wollen Sie den Scheinwerfer nicht etwas nach rückwärts schieben lassen?« fragte der Oberbeleuchter.

»Weil mein Mann eine zu lange Nase hat, wenn das Licht senkrecht auf seinen Scheitel fällt anstatt von vorn auf seine Stirn.«

»Bedaure, wenn Herr Goetz eine zu lange Nase hat, dann muß das die Feuerwehr entscheiden.«

Mit einem Zollstock bewaffnet, kletterte der Herr Oberinspektor auf seiner Leiter meinem Scheinwerfer entgegen, der dann hängenbleiben durfte, worauf wir gemeinsam zum Essen gingen, mit der Belegschaft, dem Oberbeleuchter und dem Oberinspektor. Um ein Uhr kamen wir wieder zum Theater, um endlich – und zum erstenmal vollzählig mit Dekoration und Requisiten – »unter uns und in Ruhe« probieren zu können.

Die Straße, gerade vor dem Theatereingang, war schwarz von Leuten.

»Was ist da los? So ein Ansturm an die Kasse?« scherzte mein Mann.

»Aber wo, Herr Goetz«, sagte der Inspizient, »wir waren gestern schon ausverkauft für alle drei Tage, sonst hätten wir die Frau Gemahlin ja nicht so herumfuhrwerken lassen auf unserer Bühne.«

»Aber was ist da passiert? Feuer? Ein Wasserrohrbruch? Ein Lustmord?«

»Liewa Herr Joetz«, sagte einer aus der Menge, als wir näher kamen, »da müssen Se awer viel früher uffstehn, wenn Se uns, de Bealina

Presse, hinterjehn wolln!« Und dann wurde geknipst und gefragt ohne Ende, und unsere einzige ruhige Probe war bummsdicke voll, und auch die Blätter am nächsten Tag waren voller, als wenn wir in Berlin gestartet wären! Denn daß man *nicht* in Berlin startete, war für Berlin eine Sensation mehr!

DIE URAUFFÜHRUNG

Der Schauplatz des Vorspieles zu »Hokuspokus« ist das ungeheizte Büro eines völlig pleite gegangenen Theaterdirektors, also wahrheitsgetreu, naturalistisch. Eine letzte kleine schäbige Lampe brennt auf dem Schreibtisch. Hermann Vallentin als dieser zusammengebrochene Theaterdirektor hat schlotternd, in seinen Mantel gehüllt, aufzutreten und zu den auf der Bühne Versammelten zu sagen: »Guten Abend, meine Herren.«

Männe war aber so aufgeregt, daß er sich irrte und sagte: »Guten Morgen, meine Herren.« Maxe, als Kritiker Knorr, der auf einer Seite von Walther Steinbeck, als Justizrat, gestützt, auf der anderen von meinem Mann, als Dramaturg Dr. Dummrian, mehr getragen als gehalten wurde — sonst wäre Maxe umgefallen, denn er hatte eine ganze Flasche Kognak eingeflößt bekommen gegen seine Grippe —, begann zu schwanken, zu zittern und dann mit todernstem Gesicht zu lachen. Männe stierte ihn an, guckte dann dorthin, wo Maxens Augen hingingen, nämlich auf die leuchtende Schreibtischlampe, verstand, suchte sich schnell zu verbessern und sagte laut, deutlich und ärgerlich: »Wollte sagen, guten A ... Mo ... Mahlzeit!«

Damit war für uns der Bann gebrochen! Wir lachten hemmungslos, wie nur Schauspieler auf der Bühne lachen können, deren Nerven bereits am Boden schleifen. Das Publikum lachte aus vollem Halse mit. Und es hörte nicht mehr auf zu lachen, bis der Vorhang endgültig gefallen war. Ein Erfolg, wie ihn nur ein irrsinnig gewordener Theaterdirektor erträumen kann!

28 Vorhänge notierte Maxe. Erst um halb zwölf kamen wir in unser Hotel, weil unsere Berliner Presse soviel zu fragen hatte und weil die Direktoren von Rostock, Schwerin, Bremen und Bremerhaven, die natürlich persönlich und gleich zur Uraufführung gekommen waren, sich stritten um die nächsten Abende.

Als wir dann endlich bei einer Scholle saßen, so herrlich frisch, wie es sie nur an der Waterkant gibt, sagte mein Mann:

»Alles gut und schön, Kinder! Stettin! Morgen sind wir in Rostock und übermorgen in Bremen. Erst dann können wir uns ein Urteil bilden.«

In Bremen hatten wir 46 Vorhänge.

Aber in allen diesen Städten mußten wir »Hokuspokus« unter einem anderen Titel spielen. Jeder der Herren Dramaturgen dieser Bühnen fand »Hokuspokus« *unmöglich,* man könne sich nichts darunter vorstellen, und »Hokuspokus« würde keinen Hund ins Theater locken. In Rostock hieß unser Stück »Die Mücke und der Elefant«, in Schwerin »Das Tier im Leimtopf«, in Bremerhaven »Dr. Dummrian hat das Wort« und in Bremen »Das Kleisterälchen«. Ich glaubte schon damals nicht, daß das Publikum eines Titels wegen ins Theater kommen würde, wäre er auch noch so aufschlußreich wie das »Kleisterälchen« — weiß doch jeder Mensch, was das ist —, sondern einzig wegen des Namens, an den der geneigte Leser jetzt auch denkt. Erst in Hannover, nachdem sich der sensationelle Erfolg herumgesprochen hatte, durfte mein Mann sein Stück wieder schlicht »Hokuspokus« nennen, und alles fand den Titel einfach großartig!

Die Berliner Direktoren folgten uns wie ein Kometenschweif seinem Stern. Da waren die Brüder Rotter gleich in Rostock mit riesigen Orchideenarrangements, da kam Direktor Saltenburg nach Schwerin, der mir einen Rosenstrauß überreichte, in dem ein Rubinring versteckt war. Da war Direktor Robert nach Bremen gefahren mit einer viel zu kleinen Bonbonniere. Er war bekannt als sparsam und reich. Von ihm ging die Sage, daß Herr Nielk ihm vorgeschlagen hätte, ihn zu adoptieren:

»Sie haben keine Frau, lieber Direktor, keine Kinder, keine Erben, wie wär's . ..?«

»Ich habä mier dos übärleegt«, sagte Direktor Robert tags darauf in seinem gedehntesten ungarischen Dialekt, »und ich habä mich äntschlossän, Sie zu überleebän!«

Barnowsky tauchte fast in jeder Stadt auf und brachte nach Bremerhaven ein silbernes Kaffeeservice mit, das schon zur Uraufführung hätte graviert sein sollen, aber der Juwelier hatte ihn im Stich gelassen, wie das schon so ist, gerade wenn es einem einmal wirklich darauf ankommt, denn er, Barnowsky, wäre vom ersten Moment an felsenfest von »Hokuspokus« überzeugt gewesen.

»Wie Sie das wieder geschmissen haben, mein lieber Goetz! Wie das klappt, wie das läuft! Vallentin war überhaupt noch nie so gut, Steinbeck großartig, klar und stark, Kaufmann unglaublich diskret! Alle! Jeder einzelne! Ihr kleiner Vetter Winter hinreißend! Na und Ihre Frau, angezogen wie aus Paris, und wie sie das spielt! Eine Dame! Und wie Sie beide diesen feinen dänischen Dialekt sprechen! Wo haben Sie das nur her? Und ganz genial ist der Einfall mit der zweigeteilten Bühne am Anfang, was den Umbau erspart. Aber die Hauptsache ist Ihr Stück, lieber Goetz. Man weiß doch wirklich bis zum Schluß nicht, wie das ausgehen soll. Großartig! Wie ist das möglich?«

»Das will ich Ihnen verraten. Das kommt daher, weil ich die Lösung selber noch nicht wußte, als ich den Knoten schürzte.«

»Das ist interessant. Das verstehe ich nicht. Erzählen Sie, wie schreibt man so ein Stück?«

»Ich sagte mir: Ich habe in Merligen am Thunersee eine herrliche Besitzung gekauft, für die ich nur die Anzahlungssumme erlegen konnte. Diese herrliche Besitzung gehört erst dann mir, wenn ich sie ganz bezahlt haben werde. Ich muß also Geld verdienen und viel Geld verdienen. Womit kann man das heutzutage in unserem Metier? Mit einem Reißer! Ein Reißer ist etwas sehr Schönes, überlegte ich, wenn es ein *guter* Reißer ist. Ich kaufte mir zuerst einmal *gelbes* Papier und legte es auf den Schreibtisch vor mich hin. Das sah schon nicht ganz so beängstigend leer aus wie ein weißes Blatt.

Nun fragte ich mich: Was wäre ein schönes Bild, beim Aufgehen des Vorhanges? Zwei Herren im Frack ... am Kaminfeuer ... bei Nacht. Gut. Was muß einer sagen, damit alles gleich zuhört? Darüber ging ich viele Tage mit mir spazieren.

›Ich werde heute nacht ermordet werden!‹

Das ist so verrückt, daß jeder im Publikum zuhören muß, und das ist so absurd, daß es mich als Autor interessiert, zu finden, was der andere darauf antworten könnte.

Ich glaube, das ist überhaupt ein Geheimnis des Schriftstellers: Er will sich selbst unterhalten, er spannt sich selber beim Schreiben. Sobald ich mich selber langweile beim Schreiben, muß es den anderen auch langweilen beim Zuhören, und wenn ich mich beim Schreiben unterhalte, dann unterhält sich auch das Publikum. Das sogenannte Talent ist, glaube ich, der höhere oder niederere Grad der Ansprüche, die man an sich stellt, der Grad des Geschmackes, den man dabei entwickelt. Wie unsere gute Toni sagt: ›Gut kochen, is es gute Schmack haben.‹ Gut schreiben, spielen, singen, tanzen, malen, ist guten Geschmack haben in der Betätigung, deren Technik man beherrscht. Und alles Technische kann jeder mit Fleiß auch ohne Talent beherrschen lernen. Doch das nur in Parenthese.

Nun hatte ich die zwei Herren im Frack auf der Bühne sitzen, von denen der eine sagt: ›Ich werde heute nacht ermordet werden.‹ Wenn das irgendein Herr sagt, ist das spannend. Wenn das ein Herr der hohen Gerichtsbarkeit sagt, ist das schon dichter und spannender. Und wenn das ein Richter sagt, noch dazu in der Nacht vor einem Mordprozeß, dem er zu präsidieren hat, dann ist das ›gedichtet‹ und aufs höchste spannend. Und ich, als Autor, bin damit auch schon ›eingespannt‹. Ich habe mich in diesem Stücke tatsächlich auf Abenteuer an den Schreibtisch gesetzt und habe mich von Idee zu Idee, von Satz zu Satz vorangetastet. Und immer, wenn ich nicht weiter wußte, schrieb ich hin: Es klopft! Da *mußte* mir wieder etwas einfallen! Nach dem zweiten Aktschluß hatte ich selber keine Ahnung, wie ich die Geschichte weiterführen würde, wie ich aus den Schlingen, die ich mir da gelegt hatte, herauskäme. Ich selber wußte nicht, wer der Mörder sein wird. Und weil ich das selber nicht wußte, deshalb konnte ich mich auch vorher nirgends verraten, was jeder Autor unweigerlich an irgendeiner winzigen Stelle tut, wenn er den Ausgang seiner Geschichte kennt. Ich suche seit Jahren nach einer Kriminalgeschichte, von der ich nicht schon im ersten Zehntel sagen kann, wie sie ausgehen wird und ausgehen muß. Vorausgesetzt, es handelt sich um einen Schriftsteller und nicht um einen Dilettanten, der mich aufs Eis führt.«

»Also, mein lieber Goetz, diesmal haben Sie sich selbst übertroffen, und ich bin sicher, daß Sie nie mehr im Leben etwas annähernd so Gutes schreiben werden.«

»Ein echter Barnowsky, wenn ich das sagen darf, lieber Direktor, aber mich fordert so etwas heraus zu neuen Taten.«

»Nein, wirklich, ich glaube wirklich nicht, daß es Ihnen je wieder gelingen wird . . . aber lassen wir das . . . wann fangen Sie bei mir an?«

Und Maxe schloß für diese Saison auf 100 Abende ab und für die nächste auf 250, vom 15. September 1927 bis zum 15. März 1928, bei Pappi im Komödienhaus am Schiffbauerdamm, und plante anschließend eine große Tournee.

Nach dem Gastspiel in Hannover fuhren wir also gleich wieder nach Berlin, wo dann am 20. Februar die Premiere vonstatten gehen sollte.

Barnowsky hatte das Stück nun zum x-ten Male gesehen und war ruhig und sicher wie wir alle. Nur am Nachmittag vor der Premiere, gerade als wir uns schnell noch etwas ausschlafen wollten, rief er an:

»Mein lieber, lieber Goetz, ich habe mir da einige Notizen gemacht, wie wir vielleicht doch noch einzelnes verbessern könnten! Also, wenn Sie es mir nicht übelnehmen?«

»Im Gegenteil, lieber Direktor, mir hat die ganze Zeit schon etwas gefehlt!«

»Ich glaube, lieber Goetz, wir sollten Ihre Frau anders anziehen.«

»Aha!«

»Und ich denke, Sie beiden sollten Ihren dänischen Akzent weglassen.«

»Warum, Herr Direktor?«

»Das kann ich nicht sagen. Das muß man fühlen, lieber Goetz!«

»Gerade der hat Ihnen doch so gefallen.«

»In Rostock und Schwerin! Aber für Berlin . . .?«

»Noch etwas, Herr Direktor?«

»Ja. Abgesehen davon, daß mir der Steinbeck zu deutlich ist, zu aufdringlich und Kaufmann etwas zu blaß – der müßte viel mehr ›Kerr‹ sein, so mutig römisch eins, römisch zwei, Sie verstehen –, gefällt mir die geteilte Bühne zu Anfang nicht mehr. Wir sollten dieses Direktionsbüro über die ganze Bühne gehen lassen und dann umbauen für die Bibliothek . . .«

»Aber lieber Direktor Barnowsky! Das Vorspiel darf doch nur vorüberfliegen, als Scherz. Eine Pause danach macht es schwer, kaputt, für mein Empfinden.«

»Mein lieber Goetz, warten Sie ab! Ich habe da eine großartige Idee: Wir bauen *mein* Büro, genauso wie es ist, au . . . autarkisch, bis ins kleinste autarkisch. Was sagen Sie jetzt?«

»Wenn ich nicht wütend wäre, so wäre ich authentisch sprachlos!«

»Lieber Goetz, Sie müssen die Sache durchdenken! Stellen Sie sich vor, jeder, der schon in meinem Büro war, erkennt es wieder und freut sich.«

»Wieso? Aber bitte weiter. Noch etwas?«

»Das wäre im Moment alles, lieber Goetz: Die Kostüme Ihrer Frau, der Akzent, Steinbeck und Kaufmann, die Bühne im Vorspiel. Ja, das wäre es. Aber bitte, sagen Sie etwas Besseres, lieber Goetz.«

»Ich finde Ihre Einwände überzeugend, lieber Direktor, und ich schlage Ihnen vor: Wir spielen heute abend unsere gute alte ›Tote Tante‹, die kennt jeder, da lacht jeder, und Sie sind alle Sorgen los!«

»Ein echter Goetz, lieber Goetz! Ich sagte Ihnen das alles ja nur, damit Sie mir nachher nicht den Vorwurf machen, daß ich es Ihnen nicht rechtzeitig gesagt hätte.«

»Rechtzeitig ist gut!«

»Ja, lieber Goetz, also ich sehe schon, wir lassen alles wie es ist, es geht natürlich auch so, nur in einer Sache werden Sie mir recht geben *müssen:* Ob wir den Kritiker Knorr nicht streichen sollten!«

»Deshalb ist das Vorspiel doch geschrieben!«

»Stellen Sie sich vor, unten im Parkett sitzt Kerr, und auf der Bühne sitzt er noch einmal.«

»Das habe ich mir schon beim Schreiben vorgestellt. Das ist doch der Witz!«

»Und den nimmt er uns übel.«

»Das müssen wir riskieren.«

»Und seine Kritik?«

»Da bräuchte er nur zu bemerken, daß ich es ihm diesmal bequem gemacht und er von meiner Kritik nichts wegzulassen und ihr nichts hinzuzufügen hätte.«

»Großartig, lieber Goetz! Wenn er sich aber beleidigt fühlt?«

»Dann kann ich ihm auch nicht helfen!«

»Ich fürchte, lieber Goetz, ich fürchte . . .«

»Das ist ein gutes Zeichen, lieber Direktor, und jetzt bitte lassen Sie uns noch ein paar restliche Minuten schlafen. Ich bin um sieben in meiner Garderobe, und wenn ich geschminkt bin, haben wir noch genügend Zeit, alle Ihre Verbesserungen vorzunehmen!«

Und damit hängte mein Mann an, und wir krochen unter die Decke.

»Seine Nerven möchte ich haben und Rothschilds Geld«, sagte er und fügte gleich hinzu: »Nein, meine Nerven sind mir lieber und Rothschilds Geld möchte ich auch nicht. So glücklich wie wir ist der nicht. Ich liebe mein Leben und möchte mit niemand tauschen. Nur frei sein müßte man endlich, damit man sich nicht fünf Minuten vor der Premiere solch einen Quatsch anhören muß! *Ankommen* müssen wir jetzt bald, *ankommen*!«

Und dann schliefen wir schnell noch ein Viertelstündchen, »löffelchenweise«, wie die Löffelchen im Besteckkasten so schön parallel, ganz ruhig und geborgen, bis Toni uns weckte mit den Worten: »Komm i grad von heiligen Antonius. Mi ham me sich schon gfreit, daß Arbeit und Heschaftn bald Ende haben und jetzt geht's es wieder los.«

Was das bedeutete, das kann man sich heute nicht mehr vorstellen. Abgesehen von dem Bild, von der äußeren Pracht, die jeder, der da kam, dem Theater schuldig zu sein glaubte, war da eine innere Bereitschaft, die alles nur Halbgute im Nu verdammte und alles Gute auskostete bis auf den Grund und es in den höchsten Himmel hob. Eine Pointe konnte man gar nicht so knapp bringen, als daß die Berliner sie nicht schon vorher verlacht hätten. Sie kannten eben ihre Lieblinge auswendig und wußten, was mein Mann sagen wollte, ehe er es sagte. Das war auf Schritt und Tritt ein Wettlauf, den man um Zehntel-Nasenlängen gewinnen mußte, um die letzte Silbe noch anbringen zu können, ehe sie im Gebrause des Gelächters unterging. Wie Sturzwellen schlugen die Lacher über einem zusammen, die sich nur von gespanntester Totenstille oder Applausraketen unterbrechen ließen. Was sich da tat, war »der Rausch des Tages« für jeden, der gekommen war, und besonders für die, die da oben standen. Man wußte so deutlich, warum man sie so heiß und innig liebte. Dieses Theater und dieses Publikum! Mit niemand auf der Welt hätte man tauschen wollen, wenn man die Nerven derer da unten bis in die Fingerspitzen spürte und auf ihnen spielen konnte wie auf einem Instrument. Die Misch- und Mitteltöne sind es, die man am meisten genießt, die diese Spannung bringen und nach Auflösung drängen. Dieses Spazieren auf des Messers Schneide, zwischen Ernst und Heiterkeit, dieses Seiltanzen, das Wandeln am Abgrund entlang!

Barnowsky verlor völlig den Kopf vor Begeisterung, angesteckt von der Stimmung im Hause und dem brausenden Erfolg. Er schoß hin und her und rief wie in einer Trance, ob mein Mann nun in seiner Nähe war oder nicht:

»Was habe ich gesagt, lieber Goetz, was habe ich gesagt!«

In der großen Pause, als wir Schauspieler alle glücklich um meinen Mann saßen und jeder sein Glas Sekt trank, öffnete sich die Tür. Unser Verleger, der feine Herr Bloch, trat ein. Das heißt, er wollte eintreten, als eine sonderbare Figur sich vor ihn schob. Eine Art Dandy, wie man sie von alten Witzblättern her kennt, mit leise negroidem Einschlag, breit lachend, im Frack, den Zylinder schief auf dem Kopfe, ein Stöckchen in der Hand, Brillanten an allen Fingern und Brillanten als Hemdknöpfchen. Wir haben viel später in New Orleans noch einmal eine solche Figur gesehen. Den Wirt eines kleinen exklusiven Restaurants, der unseren jetzigen Besucher nur darin übertraf, daß er auch überall, wo ein Frackanzug Knöpfe hat, Brillanten trug, wobei er trotz modernsten Schnittes auf Reißverschlüsse zugunsten des Dekors verzichtet zu haben schien.

»Dem Sägen uollen Sie Ihr scheenes Stick geben«, sagte unser Dandy in einem amerikanischen Mischmasch und zeigte mit seinem von Brillanten glitzernden Stockknauf geringschätzig auf unseren verlegenen Verleger, dessen Gast er war. »Jenner hat hundert Stickl, die er verkaufen uil. Ich aber, ich nemme nur Ihren Stick unter mein Arm und von dem Moment, uenn ich mein Fuß auf den Peer setze in New York, sage ich nix ui Hokuspokus, Hokuspokus, Hokuspokus! Und dann fahren ich mit Zug nach Chicago, San Francisco und Hollywood und machen am Loukamoutiv einen riesengroßen Plakat ›Hokuspokus‹. Meine Tochter Esther schicken ich nach London. Dasselbe. Alles immer nur Hokuspokus, Hokuspokus, Hokuspokus. Da schaun Sie den Photograph von meine Esther!« Er zog ein Bild unter Glas im Silberrahmen aus seiner Brusttasche. Auf dem Photo stand: »Mein liebsten Vater von seine Tochter. 1926.«

Der dritte Akt wurde eingeklingelt.

»Iberlegen Sie nix lang«, sagte unser Dandy, als er sich verabschiedete und »danke schenn und bye, bye auf Uidersenn!« Das war Herr Rachmann, der gewaltigste Agent in Amerika. Und das wäre es gewesen! Aber wir waren dazu nicht *reif!* Ein Stück mußte sich durch seine Qualität, durch seinen Wert, durch das Echo, das es hervorrief, durch Kasseneinnahmen allenfalls, durchsetzen, doch nicht durch marktschreierische Anpreisung im vorhinein! Nein, das lag nicht auf der Linie meines Mannes. Und ich bin sicher, auch wenn Rachmann nicht so bald nach unserer Begegnung gestorben wäre, auch wenn er das Stück noch irgendwie in die Hand bekommen hätte, es wäre damals in USA doch etwas dazwischen gekommen, denn mein Mann mußte »alles dreimal sagen«. Das war das erstemal gewesen, daß eine Verbindung zu Amerika möglich schien.

»Halt, halt, alles halt!« raste Barnowsky atemlos hin und her. »Noch nicht anfangen! Das Publikum ist noch lange nicht drin! Im Foyer werden überall Wetten abgeschlossen, wer der Mörder ist. Was habe ich gesagt, lieber Goetz, was habe ich gesagt! Wir müssen mindestens noch fünfzehn Minuten warten! Werden Sie nur nicht nervös! Was habe ich gesagt, lieber Goetz, was habe ich gesagt!«

Und die Berliner Kritik! Keiner der großen Herren wollte den Inhalt des Stückes preisgeben und das Ende verraten. Das freute meinen Mann damals am meisten, weil es so überlegt liebevoll war!

Und dann lief jeden Tag die Vorstellung ab. Abend für Abend versammelten wir uns um meinen Mann, um *seine* Kritik zu hören. Dem einen sagte er, wo er zu fest zu werden drohte, dem anderen, was er zu leicht nähme:

»Jeden Abend müssen wir uns neu machen, Kinder! Jeder da unten will *seine* Premiere haben!«

Und an mir hatte er natürlich am meisten auszusetzen, denn ich war noch nicht so lange in der Berliner Schule wie die andern, und mich wollte er eben perfekt haben. Es gab auch keinen Abend, seit ich ihn kannte, an dem ich nicht jedes Wort von ihm belauschte und ihm jede Minute zusah, auch wenn ich nicht auf der Bühne war. Und je mehr ich ihn zu ergründen suchte, desto rätselhafter wurde mir seine Kunst, seine

Leichtigkeit, die so hintergründig war. Und je mehr ich lernte und je mehr ich wußte und konnte, desto größer empfand ich den Abstand zwischen ihm und mir, und ich genoß ihn.

Barnowsky scheffelte das Geld, daß es eine Wonne war. Da ich im Vorspiel die Kassiererin zu sein hatte, kam er einmal auf die Idee, mich versteckt in die Kasse zu setzen, um den allabendlichen Kampf sehen zu können.

Die Leute drängten sich um das geschlossene Fensterchen: »Fräulein, Sie haben da noch eine Karte stecken!« »Das ist der 6. Platz in der Proszeniumsloge! Da können Sie nicht sitzen, nischt sehen und nischt hören, den kann ich Ihnen nicht ...«, und ehe die Kassiererin ausgesprochen hatte, rief ein Herr von weiter hinten: »Ick zahle Ihn'n det Doppelte, jeb'n Se her!«

Und wenn wir von unserer Schweizer Gesandtschaft eingeladen waren, dann erzählte uns der Chauffeur, der uns abzuholen kam, daß er täglich um Karten anstehen müsse und sie immer nur für die sechste Woche bekäme.

Und wenn wir nach der Vorstellung zu Peltzer, zu Horcher, zu Schlichter, ins Adlon oder ins Kindl kamen, überall stand alles auf und applaudierte uns noch einmal zu. »Schnauzi«, sagte dann mein Mann, dieser große Lebenskünstler, ganz leise, »genieße das, mein Kleines, vielleicht erleben wir das nie wieder!« Wir genossen jeden Erfolg, als ob es der letzte wäre, denn daß noch so viele nachkommen würden, und größere, das stand nur in den Sternen.

Es dürfte einmalig in der Theatergeschichte sein, daß ein Schauspieler für das »Nichtauftreten« Geld bekommt. Direktor Doktor Beer vom Deutschen Volkstheater in Wien – unter uns Kollegen hatte er den Spitznamen »der Elevenbändiger«, da er alte und älteste Rollen mit seinen Eleven zu besetzen beliebte – wollte 20 000 Mark auf den Tisch des Hauses legen, »wenn Sie *nicht* bei mir gastieren, Herr Goetz, und ich das Stück selber spielen darf!« Daß mein Mann liebend gerne annahm und Maxe schnellstens einzuwilligen befahl, zumal wir für die nächsten Jahre sowieso überbesetzt schienen, versteht sich. Aber es war Maxens Sache, Geschäfte abzuschließen, und der wollte seinen Spaß haben!

»Mein lieber Direktor Beer«, sagte er ihm, wie uns später zu Ohren kam, »ich glaube kaum, daß Curt darauf eingehen wird. Sie wissen ja, die Frau Vallcheri spielt diese Rolle so leidenschaftlich gern, und jetzt soll sie gerade in Wien auf ihren Erfolg verzichten? Ich sehe für Sie nur einen Hoffnungsschimmer! Gucken Sie sich mit mir das Schaufenster an, vor dem Vallcheri gestern so sehnsüchtig etwas bewundert hat. Vielleicht schaffen Sie es damit. Und wenn ich dann noch eine Kiste Havannas für mich bekomme, dann ... könnte ich vielleicht versuchen, den Curt zu überreden! Aber leicht wird das nicht sein!« Da es kurz vor Weihnachten war, lag dann unter dem Baum ein Etui und in diesem »mein Perlenbandeau« mit einem herrlich gefaßten Goldtopastropfen, meinem Monatsstein! Und dabei lag ein Kärtchen:

»In Liebe, für das, was Du für mich getan!
Dein Rudi.«

Meines Mannes Herumraten und meine verzweifelte Verlegenheit – wie das schon so ist, wenn man wirklich keine Ahnung hat – waren Maxens schönstes Weihnachtsgeschenk. Mein Mann rief noch in derselben Nacht Direktor Beer an und entschuldigte sich für seinen erpresserischen Freund, aber Doktor Beer, der seinen Rechtsanwalt gemacht hatte, war überglücklich, diesen Rechtsanwalt selbst spielen zu können, so daß er Maxe sagen ließ, er sei sehr untüchtig, denn er hätte mindestens das Doppelte verlangen können! Und im übrigen hätte er ihn jetzt wegen Dokumentenfälschung für die nächsten Jahre in der Hand.

Im März kamen Abende, an denen wir deutlich merkten, daß wir eine Pause nötig hatten. Es ist eine Nervenanstrengung, Hunderte von Malen das gleiche Stück ununterbrochen hintereinander zu spielen und sich jeden Abend neu zu machen, sich jeden Abend von den Worten des Partners überraschen zu lassen, jeden Abend jedes Wort, das man spricht, mitzufühlen, damit es ja nicht leer wird. Bis zur 300. Vorstellung geht so etwas, von da ab aber ist es nicht mehr so einfach. Es passierte uns, daß wir hängenblieben, nicht wußten, ob dieser Satz uns noch von gestern in den Ohren lag, ob er jetzt dran war oder erst morgen wieder kommen müßte. Manchmal warfen wir schnell einen Blick auf unsere Kleidung, um festzustellen, in welchem Akt wir standen. Wir waren heilfroh, daß das Gastspiel zu Ende ging und uns eine ganze Woche Ferien winkten.

Aber Barnowsky suchte noch immer nach einem Stück, das sich unserem anschließen sollte.

»Lieber Goetz, Sie werden mich doch nicht im Stich lassen!«

»Ich kann nicht mehr«, sagte mein Mann.

»Nach diesem Erfolg, muß ich sagen, wäre es geradezu eine Treulosigkeit, Ihren alten Direktor so in der Luft hängen zu lassen.«

»Mein lieber alter Direktor, ich kann wirklich nicht mehr. Jetzt spiele ich das Stück bei Ihnen zum 350. Male, die zehn Abende in Stettin, Rostock und so weiter macht 360mal, vorher die Proben, und dazu kommt, daß ich das Stück geschrieben habe. Es hängt mir zum Halse heraus!«

»Dann mache ich Ihnen einen Vorschlag, lieber Goetz: Spielen wir noch fünfzigmal die ›Tote Tante‹.«

»Ausgeschlossen!« warf Maxe dazwischen. »Ich habe die Tournee fix und fertig! Alles fest abgeschlossen.«

»Das, mein lieber Kaufmann, überlassen Sie mir; das richtet Ihnen Victor Barnowsky.«

Und wirklich kriegte es Barnowsky fertig, alle unsere festgelegten Daten hinauszuschieben, und wir spielten wieder unsere »Tote Tante« bis Ende April und genossen sie wie ein lauwarmes Bad nach der Sauna. Und es war kein glücklicherer Mensch unter der Sonne als unser Pappi Barnowsky!

Es gab keinen Abend, an dem er nicht in seiner Loge saß, im »Märchen« sein Taschentuch verstohlen an die Augen führte bei jener Stelle gegen Ende des Stückes, auf die es uns ankam, keinen Abend, wo er nicht in der Pause danach einen stummen Kuß auf meine Stirn zu drükken kam und dabei meinem Mann auf die Schulter klopfte mit einem umflorten »Curtchen!«. Keinen Abend gab es, an dem er in der »Toten Tante« sich nicht nach vorn und hinten und rechts und links bog vor Lachen und uns nach der Vorstellung mindestens eine Stunde lang festnagelte, um Nuancen zu zergliedern, die er wieder neu entdeckt hatte!

Unsere Wohnung hielt er in einen Blumenladen verwandelt, und ich hätte leicht eine Parfümerie eröffnen oder Sarotti Konkurrenz machen können. Er wußte einfach nicht, was er tun sollte, um uns zu zeigen, wie glücklich er mit uns war.

Aber endlich *mußte* Pappi ein Stück entdecken, um es nach unserem ansetzen zu können, denn unsere Verpflichtungen waren nun nicht mehr hinauszuschieben. Wir wären zu weit in den Sommer gekommen.

Barnowsky entdeckte ein Stück. Er versprach sich sogar viel davon, nicht zuletzt, weil dessen Autor auch Kurt hieß.

»Ich kann es mir diesmal zwar nicht denken«, sagte mein Mann bedächtig und schmunzelnd zu Maxe und mir, »aber ich fühle es bis in die Fingerspitzen, daß unser guter Pappi sich auch diesmal wieder wandeln könnte. Schätzchen, du versprichst mir, was immer auch geschehen mag, dich nicht zu ärgern oder gar zu kränken.«

Das verstand ich nicht. Was sollte denn geschehen? Barnowsky saß nicht mehr in seiner Loge. Das war nur verständlich. Eine Premiere gibt weiß Gott zu tun! Pappi rief nicht mehr an und kam auch nicht mehr. Begreiflich. Der hatte den Kopf voll neuer Probleme!

Aber darüber hinaus — so erzählte uns Maxe — erschien auch die Kassiererin nach dem zweiten Akt nicht mehr, um ihm vertragsgemäß die Abrechnung und die Gage zu überbringen.

Er ließ sich das ein paar Tage gefallen. Dann aber rief er in der großen Pause einmal ganz vorsichtig ins Büro hinauf:

»Fräuleinchen, hier spricht Max Kaufmann. Die Kasse bitte.«

»Die ist längst gegangen, Herr Kaufmann.«

»Könnte ich Pappi sprechen, Fräulein?«

»Moment, Herr Kaufmann, da muß ich schnell fragen.«

»Bitte!«

»Herr Kaufmann, Herr Direktor Barnowsky darf nicht gestört werden, aber . . .«

Dafür kam Herr Direktorstellvertreter an den Apparat. »Ja, Herr Kaufmann?«

»Mein Lieber, ich habe schon zehn Tage keine Abrechnung gesehen. Es ist ja nicht wegen des Geldes, aber ich warte jeden Abend nach der Vorstellung immer noch mindestens eine halbe Stunde auf euch. Ihr könntet es mir doch wenigstens sagen lassen, wenn etwas dazwischengekommen ist.«

»Einen Moment, Herr Kaufmann, ich frage gleich mal ...«, kam es zaghaft zurück.

»Bitte sehr, ich warte.«

»Hallo? Sind Sie noch da, Herr Kaufmann?«

»Bitte.«

»Herr Direktor Barnowsky läßt sagen, daß er anders über das Geld verfügt hat.«

»*Wie* bitte?«

»Und ich soll mich mit Ihnen in keine Diskussion einlassen.«

»Dann sagen Sie bitte Herrn Direktor Barnowsky, daß ich auch anders verfüge und den letzten Akt heute nicht mehr spielen lasse.«

Darauf kam besagter Direktorstellvertreter in die Garderobe gestürzt und beschwor Max, über seine Verfügung doch wieder anders zu verfügen und vielmals zu entschuldigen, und das Geld wäre morgen gewiß zur Stelle.

Das Geld war zur Stelle.

Auch Direktor Barnowsky erschien in der großen Pause und flötete gewohnterweise schon auf dem Korridor sein:

»*Curtchen!*«

»Ja, Herr Direktor«, rief ich zurück und öffnete die Tür, da ich zum Auftritt gerade bereit war.

»Ich meine doch nicht den Goetz«, sagte er in einem eiskalten Ton und stotterte dann etwas verlegen lächelnd weiter, »ich rief nach Kurtchen R., der mit dem Friseur wegen der Perücken in seinem neuen Stück sprechen wollte.«

Das war es, was mein Mann mir warnend angekündigt hatte. Da stand er vor mir, dieser Barnowsky, in seiner ganzen Undankbarkeit, Vergeßlichkeit, Grausamkeit. Übergangslos. Und mir schossen die Tränen in die Augen. »Mit Sentiments kann man keine Geschäfte machen«, war eine von Barnowskys oft wiederkehrenden Sentenzen, an die er jetzt gedacht haben mochte. Ich war fassungslos, hilflos, daß er nach diesem beispiellosen Gastspiel meinem Mann, als ob alles nicht gewesen wäre, wegwischte, mit einer Handbewegung – erledigt, vorbei, ausgespielt!

Und über meine Tränen geriet mein Mann wiederum außer sich.

»Ich habe dich doch gebeten, dir nichts nahegehen zu lassen. Ich habe dir weiß Gott genügend über Barnowsky erzählt!«

»Niemals! Immer nur komische Sachen!«

»Das *ist* doch komisch! Wer könnte das ernst nehmen? Und wenn, dann könnte man sich höchstens ärgern – nein, nicht einmal das, nur wundern — über dieses stratosphärische Ausmaß von Dummheit und Kurzsichtigkeit. Pappi müßte es sich jetzt langsam ausrechnen können, daß er bei unserer nächsten Premiere wieder auf den Knien liegen wird.«

»Aber dann nie wieder bei Barnowsky«, sagte Maxe empört.

»Ganz falsch«, sagte mein Mann ruhig. »Man soll sich nicht festlegen, Maxe. Man läßt die Ereignisse an sich herankommen: Hic Rhodos, hic salta! Vielleicht paßt dir das Komödienhaus wieder einmal sehr gut in den Kram, vielleicht stimmt es dann gerade mit dem Termin oder der Bühnenausmaße wegen. Ich lasse mich auch in Geschäften immer ganz gern von meinen Gefühlen leiten. Nicht von Stimmungen allerdings! Ich hänge nun mal an Pappi mit einer Haß-Liebe. Ich habe hier viel gelernt, wenn auch nicht von ihm, so doch bei ihm. Und er kann hinreißend sein. Wie hat er uns diesmal wieder verwöhnt. Die Begeisterungsfähigkeit, deren er nun einmal fähig ist und die er dann auch so unumwunden zeigt, ist immer wieder entwaffnend. Vielleicht sehnen wir uns noch einmal nach so etwas.«

So sprach mein Mann, um mich zu beruhigen. Innerlich jedoch war er etwas angeschlagen, und in seinem Hirn, da hatte wieder einmal etwas geschnappt, genauso wie damals auf der ersten Berliner Probe unter Barnowskys Regie.

Abends, bei einem guten Glase Pfälzer in Stöckels Weinstuben am Kurfürstendamm, sagte er zu Maxe und mir:

»Kinder, ich glaube, jetzt ist es soweit, jetzt *fangen wir an!* Wir machen uns selbständig!«

Und dann ließ er die Ereignisse der ganzen Jahre Revue passieren:

Den Start in Berlin,

die erste Rolle, die ihm wieder abgenommen wurde von Barnowsky, der von Anfang an so erbarmungslos versuchte, ihn unterzukriegen,

die nervenzermürbende Arbeit unter Pappis Regie, überstrahlt von der Freundschaft der großen Kollegen!

Adalbert! Seine Hilfestellung von Anfang an,

Max Landa, dem er heimlich die Rollen zimmerte und der mit seiner hochgezogenen Braue einer der ersten war, die die schwindelnden Höhen des Filmstartums erklommen, und nie und nirgends zu betonen vergaß, wem er dies verdankte, Albert Bassermann, der Größte, der Geniale, von dem ein Julius Bab schrieb, mit wieviel Achtung und Liebe er über seine Kollegen spräche, aber von keinem mit solcher Zärtlichkeit wie von Curt Goetz.

Er erinnerte sich,

wie Barnowskys Benehmen sich ihm gegenüber mit einem Schlage änderte, nachdem er es mit einem Röllchen von einem einzigen Satz fertiggebracht hatte, Berlin von sich reden zu machen,

wie Barnowsky ihn den Julius Cäsar zu spielen breitschlug, um ihn dann fallenzulassen wie eine heiße Kartoffel,

wie ein vergessenes Monokel ihn mit Holländer und Reinhardt in Berührung brachte, wie Barnowsky ihn dann wider Willen hinaufsteigern mußte in hohe und höchste Gagenstufen,

wie Pappi ihn endlich »nur unter Druck« als Autor zu Worte kommen ließ und ihm auch da von vornherein den Wind aus den Segeln zu nehmen versuchte!

Es war ein schwer erkaufter, aber großer Aufstieg.

»Kinder«, sagte er, »ich habe jetzt zwölf Jahre schweren Barnowsky auf dem Buckel. Das sollte genug sein für einen einzelnen! Jetzt machen wir uns selbständig! Jetzt *kommen wir an*!«

Freiheit war für meinen Mann das Ziel von jeher, und er verstand darunter das, was er dann sein Leben lang praktizierte: Zucht und Ordnung halten nach seinem eigenen Ermessen. Sich selbst die Zügel anlegen und die Grenzen stecken. Spielen und schreiben auf eigene Verantwortung, mit eigenen Ideen triumphieren oder zugrunde gehen. Und diesem Freiheitsideal opferte er später alle Machtpositionen, die ihm die Jahre nach 1933 boten, dieses Ideal ließ ihn den Dollars widerstehen, die Hollywood für ihn bereithielt. Was hätte er für eine Stellung einnehmen können im öffentlichen Leben, durch Posten und Pöstchen aller Art, aber er zog es vor, in aller Stille *frei* zu sein.

Und jetzt sah er die Gelegenheit gekommen, den ersten Schritt zu tun.

Zu einem eigenen Unternehmen würde alles, was wir besaßen, aufs Spiel gesetzt werden müssen. Aber dafür hatten wir ja gespart! Die Kollegen waren auf Monate fest zu engagieren. Die Gelder für Gagen, Diäten und Reisen mußten von Anfang an daliegen, denn man wußte ja nicht, ob genügend einkommen würde! Und natürlich wollte er »seine Schauspieler« bestens bezahlt wissen. Jedem bot er die doppelte Gage, die er sonst bezog. So hatte er es erträumt und so sollte es sein!

Verträge würde es keine geben mit den Kollegen, genauso wie Onkel Emil Reubke, der Intendant in Dessau, es hielt. Als dieser zu Saisonbeginn einmal einen seiner Schauspieler vermißte, konnte er das gar nicht begreifen: »Ich habe ihm am Bahnhofe doch auf Wiedersehen gesagt!« Mit den Schauspielern würde also eine Absprache genügen und ein Händedruck. Nur die Theaterdirektoren, die mußten mit Verträgen festgenagelt werden!

So stellte Max mit der ihm eigenen Genauigkeit die erste Tournee zusammen, und so begannen wir eines schönen Tages unsere Reise ins Blaue, die trotz aller Arbeit und beladen mit Ereignissen, schwerster und humorigster Art eine Reise ins Glück, in die Freiheit zu werden versprach.

Sie zu beschreiben soll meine Aufgabe im nächsten Bande sein, und dem geneigten Leser meinen Mann als »Chef« und »großen Gast« zu zeigen, meine Freude.

CURT GOETZ UND VALÉRIE VON MARTENS

Wir wandern, wir wandern . . .

DER MEMOIREN DRITTER TEIL

Unser Buch gefällt! Das wundert dich?
Mich nicht! Denn sein Objekt bist du!

Stehst du im Kreise nun der Hamlets,
der Egmonts und Mephistos längst vergangener Zeiten,
und trägst Geschichten vor, erlebte und erdachte?
Oder sitzest du und schreibst
an den Memoiren deines Erdenlebens
und feilst und dichtest?
Und streichst, wie du's so gerne tust?
Dann liest du es, so formvollendet schön.
Ich bin ganz still und lausche dir und schreibe mit.
Und zeichne so ein Bild von dir, geliebter Mann –
Ganz kümmerlich nur im Vergleich zu dem,
was in mir lebt.

Schreibe du nur. Und ich schreibe mit
und füge ein, was du uns hinterlassen.
So bliebe doch ein Schein von dem,
was uns mit dir entschwand,
führst du dabei nur zärtlich meine Hand.

Valérie

NUR EIN SCHAUSPIELER

Auch dieser letzte Band, so fürchte ich, muß mit einer Enttäuschung beginnen, wenn auch nicht mit einer so beglückenden wie der zweite!

Ich kann mein Wort nicht halten, dem geneigten Leser meinen Mann als »Chef« und »großen Gast« zu zeigen. Er wollte es nie sein. Mit bravourösem Stolz nannte er sich »nur einen Schauspieler«. Er war ein Schauspieler, der sich seine Rollen schrieb, in die ein »Schauspieler« sich einfach niederlassen kann, wie in einen Fauteuil, und alle Gefühle, die ein Menschenherz bewegen, anschlagen und, beleuchtet von Humor, genießen kann. *Alle* Gefühle! Von der glutheißen Liebe eines Romeo, über die Zweifelsqualen eines König Philipp bis zu der todesmüden Resignation eines Hamlet!

Zu hoch gegriffen?

Der Gehalt bleibt immer derselbe, in der Tragödie wie in der Komödie. Nur die Form ist unterschiedlich. »Und wehe dem Mimen«, so meinte mein Mann, »der den Gehalt zu schwer nimmt in der Tragödie und zu leicht im Schwank!«

Da finde ich zum Beispiel etwas von Alfred Polgar:

»Hinter Curt Goetz' Gelassenheit stecken äußerst reizbare Nerven. Man kann von diesem Schauspieler, wenn er nonchalant im Sessel sitzt, Aufschreie hören, die einen ans Herz greifen lassen. Doch ist er stets beherrscht in Haltung und von einem sehr hellen Verstand. Und daraus ergibt sich eine reiche Weltkenntnis, die mit Fleiß gepaart, ihm die Fähigkeit zu schreiben gibt.«

Solches über sich zu lesen, beglückte meinen Mann natürlich sehr. Aber er genoß es nur im Augenblick. Sein Verstand versenkte es sogleich in Vergessenheit, weil er wußte, daß ein Ausruhen auf Erfolg lähmt.

»Ich ziehe von einem Menschen seine Eitelkeit ab und rechne mit dem Rest«, sagte er gern. Und deshalb blieb wohl bei dem einfachen Schauspieler *Curt Goetz* noch so viel übrig, mit dem man rechnen konnte.

Nichts scheint mir jetzt mehr im Sinne meines Mannes, als auf den ersten Seiten dieses Bandes von seinen Schauspielern zu erzählen, mit denen wir reisten und lebten und denen er ja auch seine »Gesammelten Werke« gewidmet hat. Und wenn ich dabei aus dem von meinem Mann angeschlagenen Rhythmus falle und sie alle zusammen in ein langes Kapitel fasse, weil sie mir wie Eins, wie eine, wie unsere Familie erscheinen, und sollte ich dabei zu breit werden, so glaube ich, daß auch dies in seinem Sinne ist. Wurde er doch nie müde, den Schauspielern und den Schauspielern von den Schauspielern zu erzählen, von »seinen treuen Helfern«, »die sich mit ihm geplagt«, von den Schauspielern, von denen er auch einer sein wollte und auch immer einer war.

Max Kaufmann muß am ersten Platze stehn, Maxe, den der Leser schon kennt, der alles in seiner Hand hielt. Er stellte die Tourneen zusammen, machte die Verträge mit den Theaterdirektionen, verrechnete mit der Kasse, zahlte die Gagen aus und zog die Steuern ab, bestimmte die Züge, mit denen gefahren werden mußte, belegte die Plätze, sicherte Hotelzimmer, brachte den Tourneekoffer an den Gepäckwagen und holte ihn jedesmal selber wieder heraus, und spielte jeden Abend seine Rollen. Das ist es ja überhaupt: Das Gastspiel am Abend ist die Belohnung, das, was davor liegt, die Arbeit, und an ihr hatte Maxe den großen Anteil.

Hermann Vallentin! Breitschultrig, stiernackig, eine geduckte Kraft, ein Vulkan, der jeden Augenblick auszubrechen drohte! Am besten wäre er heute mit *Ernst Schröder* zu besetzen. Die hektische Röte in Männes Gesicht betonte die innere Spannung und unterstrich die kleinen hellblauen Augen, die, wie die Lichter eines Raubvogels, unabhängig voneinander und daher gleichzeitig nach rechts und links zu gukken schienen, so daß ihnen nichts entging. Man könnte sagen, daß Männe sich stets wie ein Geheimagent benahm, obzwar *so* auffallend sich nicht einmal ein Detektiv in einem amerikanischen »B-picture« geben darf. Der Leser ahnt, was ein »B-picture« im Gegensatz zu einem »A-picture« ist? Mit seiner kleinen flachgedrückten Nase in dem Kugelgesicht glich Männe einer Bulldogge. Er hatte eine. Und wie diese schnaufte, so schnaufte Männe. Und das kam so: Durch einen gescheiten Kopf jagten sich die Gedanken, von einem unbändigen Temperament getrieben, so daß er keinen Satz zu Ende sprach, sondern mitten im unvollendeten schon den nächsten begann. Dazu mischte sich die Todesangst, daß man ihm antworten könnte, wodurch Männe seine Rede hätte unterbrechen müssen — und er redete doch so gern —, weshalb er sich keine Zeit nahm Atem zu holen. Und deshalb schnaufte er dann eben.

Für Männe hatte mein Mann die Rolle des Verteidigers in »Hokuspokus« geschrieben, und keiner sprach ihm das Plädoyer so zu Danke wie er. Der Autor strahlte jeden Abend und nannte es ein forensisches Vergnügen, ihm zuzuhören. Und was außerhalb dieses Plädoyers lag, war Abend für Abend ein Kampf mit dem Drachen, denn: Erst mußte der Vorsitzende zu Worte kommen, der mit den Geschworenen hinter seinem erhöhten Tisch die Mitte der Szene beherrschte. Nach den Zeugen sprach der Staatsanwalt von einer Flanke der Bühne her, und auf der anderen Seite saß, wie ein Kampfhahn dem andern gegenüber, der Verteidiger, dessen große Rede den Akt krönte. Und bis zu dieser Rede sollte Männe ruhig bleiben! Aber das war mit seinem Temperament einfach nicht zu machen. Schon während sich der Vorhang rauschend über dem Gerichtssaal hob, drehte Männe mit einem Schwung seinen Tisch und seinen Stuhl frontal zum Publikum, was das Ebenmaß unseres Bühnenbildes zerstörte, weshalb wir Männe »anbohren« mußten. Nun saß er da, wie eine festgemachte Remonte, auf dem Stuhl und vor dem Tisch, die er nicht rücken konnte, und machte sich durch Gebärden aller Art, durch Wühlen in seinen Akten, Klopfen mit dem Bleistift, Kopfschütteln und Räuspern bemerkbar. Dies nicht etwa aus Überlegung, sondern weil es stärker war als er.

»Männe«, sagte mein Mann eines Tages, »ich beschwöre dich! Du als Vollblutschauspieler mußt doch verstehen, daß deine Rede am Schluß desto stärker wirkt, je überraschender sie kommt, je weniger man vorher von dir weiß. Darum habe ich dir diese Rolle so geschrieben und nicht, wie Regisseure leider annehmen werden, weil mir nichts eingefallen ist! Wenn *ich* diesen Verteidiger zu spielen hätte, würde ich während der niederschmetternden Rede des Staatsanwalts immer kleiner werden. Ich würde das Publikum fürchten lassen, daß ich mich geschlagen gebe. Dann stünde ich zögernd auf, suchte nach den ersten Worten, da die zurechtgelegten nach den so überzeugenden Argumenten des Staatsanwalts nicht mehr passen, finge ganz vorsichtig an und steigerte mich in meinen Triumph – Vorhang!«

»Du hast ja so recht, Curt, mein goldener«, erwiderte Männe. »Du weißt gar nicht *wie* recht du hast! Glaubst du denn, daß ich – du kennst mich – wenn ich auch mal – alles kann man mir nachsagen, Curt, aber, daß ich – wie ich noch fest bei Barnowsky war – du kannst ihn fragen, da hat doch – Valérie hör bitte zu – da hat doch Bassermann den Wallenstein – aber ihr zwei wißt besser als jeder – meine Schwester Rosa Valetti – übrigens hat die schon in der Generalprobe gesagt, daß wir mindestens 600mal – und Valérie, dir macht das – eine Dame kann man nicht spielen, die muß man, sagt die Valetti – und was Barnowsky anbelangt, der hat meiner Schwester Mollheim – bei der wohne ich, das wißt ihr – Mollheims haben doch das große Importgeschäft, in das ich eintreten sollte – ein herrliches Auslandsgeschäft mit Reisen und so – ich bin jetzt 65 und deshalb 40 Jahre beim Theater – du lachst, Curt – ich meine, nicht deshalb 40 Jahre beim Theater, weil ich jetzt 65 bin, sondern deshalb, weil ich zuerst fürs Geschäft von Mollheims lernte und dann erst mit 25 – ich wollte sagen – Reinhardt hat mir einmal gesagt, daß er die Thimig – Curt, du lachst dich kaputt, wenn ich euch das erzähle –«

»Brauchste gar nicht, Männe, das tue ich sowieso immer, wenn ich dir zuhöre«, warf mein Mann blitzschnell dazwischen und brachte Männe damit aus dem Konzept und aus dem Redeschwung, weil dieser nun die nächste Viertelstunde lachen mußte. Und darin ließ er sich dann ebensowenig stören wie im Reden.

Das also war Männe. Jeden Tag, den wir ihn kannten, gleich geladen mit Temperament, gleich zerfahren und gleich liebenswert. Ich sehe ihn, wie er zur ersten Tournee ankommt, eine kostbare Zigarre im Mund, schön gepflegt, duftend, ein Zwitterding von Damentäschchen und Aktenmappe ängstlich unter den Arm geklemmt. Darin hatte er alles, was er nicht vergessen durfte: seine Papiere, Fahrkarten, Rechnungen, Adressen von Leuten, denen er dringend schreiben mußte, Telephonnummern, die er in Städten, die wir bespielen würden, anrufen sollte, und vor allen Dingen unsere Reiseroute, um Schwester Rosa oder Schwester Mollheim zu verständigen, wo sie ihn am besten besuchen könnten. Und da er das in seinem Täschchen gewissenhaft mit sich trug, glaubte er, nicht mehr daran denken zu müssen, und vergaß alles.

Walther Steinbeck und seine *Tille!* Sie hatten ungefähr zur gleichen Zeit geheiratet wie wir und waren ein elegantes bildschönes Paar.

»Ihr Vater ist hohes Militär, Potsdam«, sagte Walther gern so ganz nebenbei, und fügte dann mit einem Seufzer hinzu: »Du kennst das ja alles, Valérie, von deinem Vater her!«

Tille sah wirklich aus wie eine Potsdamerin und benahm sich auch so. Aber als unser Walther seine Bemerkung zum soundsovielten Male so von ungefähr ins Gespräch geworfen hatte, guckte Max ins Weite und zog nachdrücklich an seiner Pfeife.

»Bäcker ist ihr Vater, 'n braver Bäcker aus dem Dambachtal bei Wiesbaden«, kam Maxe nach ein paar Tagen lachend an, »aber wir machen den Schwindel mit, Kinder!«

Das war Waltherle! Die obersten Zehntausend, Adel, Diplomatie und hohes Militär! Das war seine Schwäche. Auf unseren Tourneen konnte man ihn in vollendetem Tennisdreß, mit Schläger und Gelenkbandagen, in der Hotelhalle sitzen sehen. Er spielte nicht etwas, keineswegs, aber er genoß es, sich der Menge als Champion zu zeigen. Tillemaus mußte ihn dann vom Zimmer aus anrufen, und nichts war schöner, als wenn der Boy mit dem Namen auf der Tafel durch die Halle ging, oder gar ausrief: »Herr Steinbeck, bitte!« Dann erst hatte dieser Tag für ihn seinen Inhalt, seinen Sinn.

Nach der Tournee, wenn's in die Ferien ging und wir die beiden im Auto mithatten, wenn Tille und Walther im Fond lehnten, während mein Mann fuhr und ich neben ihm saß, dann sprangen die Hotelportiers nur so an den Wagenschlag und ließen uns als Chauffeur und Zofe ziemlich unbeachtet. Und das war es ja, diese zwingende Eleganz, die mein Mann brauchte für seinen Präsidenten im »Hokuspokus«, für Lord Hastings im »Märchen« und auch für den Ottokar in seiner »Ingeborg«. Wenn er Waltherle dann noch die richtigen Betonungen einstudiert hatte, ihm die richtigen Requisiten gab und ihn die richtigen Gänge machen ließ, wirkte er, wenn man ihm die Rolle nicht zu genau erklärte, fast hintergründig, was in Verbindung mit seiner Herzenswärme dann sehr schön war. Jedenfalls war er »ein Herr«, von innen heraus liebenswürdig, ein Partner für meinen Mann.

Tillemaus spielte jetzt in »Hokuspokus« die Zofe der Angeklagten, die als Zeugin im Prozeß zu erscheinen hat. Ängstlich, liebevoll ergeben hing sie an den Augen ihrer Herrin, unbeholfen und ein klein wenig komisch. Genau so, wie sie sein soll, bildhübsch, blond, lieblich und bemitleidenswert. Später war es einmal die begabte und schöne *Christiane Maybach*, die diese kleine Rolle in unserem Ensemble so ganz nach dem Herzen meines Mannes spielte, und sie heimste auch alle jene Lacher, die nur zwischen den Zeilen stehen, und die Szenenapplause ein, die ihr zugedacht sind.

Ferdinand von Alten: Freiherr von Lamezan, edel wie sein Name, früher Kavallerie-Offizier. Ich brauche ihn nicht zu beschreiben, ihn, von dem alles sagte, daß er meinem Mann so ähnlich sehe und ähnlich sei wie sein Bruder. Ich brauche Ferdinand nicht zu beschreiben, weil ich meinen Mann zu Worte kommen lassen kann, der uns das Bild Ferdinands zeichnet in dem Nekrolog, den er allzufrüh am Grabe des Freundes sprechen mußte:

»Mein lieber Ferdinand, mein lieber Kumpan, mein lieber Kampfgenosse und Waffenbruder!

Wie manche Schlacht haben wir gemeinsam geschlagen! Erst zehn Tage ist es her, daß ich neben Dir auf der Bühne stand, und ich kann es nicht fassen, daß Du nicht einfallen solltest, wenn ich Dir die Stichworte brächte. Die Stichworte, auf die Du mir jetzt 170mal geantwortet hast, Abend für Abend, immer mit der gleichen Treue, der gleichen Gewissenhaftigkeit, immer mit dem gleichen heißen Bemühen, Dein Bestes zu geben. Und das war nicht wenig. Aber nicht von dem Künstler laß mich heute sprechen, von dem vortrefflichen und zuverlässigen Darsteller als der Du bekannt und gewürdigt bist. Das Kunstwerk des Schauspielers ist vergänglich. Was unvergänglich bleibt und unvergessen, das ist das Wissen um ›Dich‹, um Dein Wesen, das Du denen in die Seele pflanztest, die Deinem Herzschlag lauschen durften.

Ferdinand, ich brauche es Dir nicht erst an Deiner Bahre zu gestehen, daß ich Dich zärtlich liebte. Ich habe es Dir bei Lebzeiten ins Gesicht gesagt. Ich liebte Deine Vornehmheit, ich liebte Deine Beherrschtheit, ich liebte Deine Ritterlichkeit, ich liebte die Sauberkeit Deiner Gesinnung und den Adel und die Einfalt Deiner Seele. Und wenn ich Dir das zu verstehen gab, dann wurdest Du wohl sehr verlegen in Deiner reizenden Art und wußtest nicht recht, wie Du es mir beibringen solltest, daß auch Du mich recht wohl leiden mochtest.

Und so haben wir manchen Feldzug in inniger Verbundenheit gemacht. Der letzte war besonders hart, ein Wettlauf durch ganz Deutschland mit der bösen Krankheit. Jeden von uns hat sie mal erwischt, aber Dich packte sie, um Dich nicht mehr loszulassen. Und wenn Dir auch nichts anzumerken war, wenn auch die Kollegen versichern, mit denen Du noch am Tage zuvor einen weiten Spaziergang durch die Schloßanlagen Dessaus machtest, wo wir dann abends das letzte Mal zusammen auf der Bühne standen, Du seist an diesem Tage so angeregt und gesprächig gewesen wie noch nie, so habe ich Dich doch im Verdacht, daß Du nicht sagtest, wie es um Dich stand, sondern ›Haltung bewahrtest‹, wie Du es in Deiner Kadettenschule gelernt hast. Haltung! Sie ist es, die Deiner Persönlichkeit ihr Gepräge gab.

Deine Frau erzählte uns, Du habest am Ende, als der Bart Dein blasses, schmales Gesicht zu umrahmen begann, ausgesehen, wie Du aussahst als Lehrer Gottwald in ›Hanneles Himmelfahrt‹. Und im Augenblick, da sie dies dachte, habest Du gesagt ›Ein Englein nimmt mich an der Hand und führt mich in das weite Land.‹ Und damit schliefst Du ein.

Ferdinand! *Laß* Dich führen! Hoffentlich zeigt Dir das Engelein eine bessere Welt, als die es ist, die Du verläßt, diese arme Welt, die nun wieder ärmer geworden ist. Um einen Edelmann ärmer. Es gibt einen Ritter weniger. Wohl ein Anlaß zu trauern.

Schlaf wohl, Ferdinand! Wir haben Dich geliebt, und wir waren stolz auf Dich!«

Ich hatte die Grabrede aufbewahrt, weil ich sie so schön fand in ihrer Einfachheit. Es war uns vergönnt, sie Ferdinands Tochter, die damals noch ein Kind war als es geschah, nach den schweren Jahren der Zerstörung, in denen sie alles, die Mutter und den Bruder verlor, zu senden. Sie hat große Freude an diesem einzigen Andenken an den Vater. Jetzt ist sie die Frau des Sängers *Heinz Maria Lins*, und sie hat selber ein Töchterchen, das genau so aussieht, wie sie damals aussah: bildhübsch, innig, bescheiden, edel. Eine kleine von Alten-Lamezan.

Carlchen Winter: meines Mannes Vetter im soundsovielten Grad. Er war klein und zierlich, so jugendlich in seinem Gehaben, daß er mit 45 den Bräutigam in der »Toten Tante« spielen konnte, der zu sagen hat, er wäre 27 Jahre alt. Es gab niemand, der ihm das nicht geglaubt hätte. Nach ihm hat keiner einen kleinen Regieeinfall meines Mannes so herausgebracht wie er:

Der gestrenge Professor und Schwiegervater in spe bietet ihm diktatorisch eine Zigarre an:

»Rauchen Sie?«

»Jawohl«, sagte Herr Kraft gehorsam, und man weiß, daß er es nicht tut, daß er einen Respekt – um nicht zu sagen eine Todesangst – vor diesem kohlschwarzen Ding hat, das der Professor ihm dicht unter die Nase hält. Und tapfer macht er die ersten Züge. Aber dann dreht, rollt, wuzelt, drückt und zerdrückt er diese Zigarre in seinen Fingern, so unauffällig und geschickt, aber auch so erbarmungslos, daß er am Schluß der Szene, glücklich erlöst, nichts mehr von ihr in der Hand behält.

Carlchen spielte in »Hokuspokus« nur den Gerichtsdiener. Aber er machte daraus einen Kriegsinvaliden, dessen Hinken zwar etwas leicht Unglaubwürdiges hatte, seine Staatsrente aber beträchtlich erhöht haben mochte, weshalb über getönte Brillengläser schelmisch genießerische Augen blitzten, die man im Gedächtnis behielt.

Ja, das waren sie damals, alle, die uns halfen, den Riesenerfolg von »Hokuspokus« zu landen. Jeder spielte seine zwei Rollen, eine im Vor- und Nachspiel und eine im Stück selber. Und alle waren wir dazu noch »doppelt studiert«, so daß, wenn einer hätte ausfallen müssen – außer meinem Mann natürlich — ein anderer ohne Probe hätte einspringen können. Tille konnte meine Rollen spielen, und für die Zofe war überall schnell jemand zu kriegen. Für Männe mußte Max einspringen, an dessen Stelle Ferdinand trat, den Carlchen Winter ersetzte, und der Gerichtsdiener hätte dann auch leicht besetzt werden können. Es war zu verschmerzen, wenn dieser an einem Abend nicht so vorzüglich gespielt war. Aber die Vorstellung, die mußte steigen! Unter allen Umständen! Das blieb oberstes Gebot! Und es ist auch nicht eine ausgefallen!

Doch! Eine fiel aus. Als Ferdinand uns starb. An dem Tage, als mein Mann am Grabe zu ihm sprach und seine zwei Kinder so verständnislos zu uns hinaufsahen, da fiel die Vorstellung aus. Die einzige, in unseren langen Wanderjahren.

DAS SOUFFLIERBUCH

Obwohl unsere Souffleuse im Laufe der Berliner Vorstellungen zu einer Strickmaschine geworden war, die das Lager eines Warenhauses hätte gefüllt halten können, brauchten wir sie doch für Momente, in denen jene Gehirnleere eintreten konnte, die mein Mann als Normalzustand bezeichnete. Ihr Soufflierbuch war eine Sehenswürdigkeit, ein Mysterium, aus dessen Runen niemals keiner nicht klug werden konnte. Mein Mann würde sich in dem Falle ganz sicher dieser von Toni entlehnten Form bedient haben, um die Unmöglichkeit, sich in dem Manuskript zurechtzufinden — dreifach ausgedrückt — voll zu würdigen. Nicht einmal die Souffleuse kannte sich darin aus, aber die brauchte es nicht, die konnte das Stück auswendig und soufflierte sowieso ohne Buch, weil, wie sie sagte, das Umblättern sie im Stricken stören würde.

Die Sehenswürdigkeit war so zustande gekommen:

In der Leseprobe war alles begeistert vom Stück, von den Einfällen, den Wendungen, von jedem Wort, jeder Silbe, jedem Komma.

»Curt, das macht dir heute keiner nach! Wie das klappt, der Rhythmus, wie das sitzt! Man könnte nichts weglassen, kein Wort austauschen und keines hinzufügen! Das ist eben eine gebundene Sprache!«

Dann kamen die ersten Proben, und danach die teuflischen, die ohne Rolle in der Hand, in denen man unsicher ist, den Text nicht beherrscht, tastet, sucht — und verzweifelt. Jedem könnte man jede Nuance seiner Rolle vorspielen, so sonnenklar ist das alles! Nur mit der eigenen steht man auf Kriegsfuß. Die sieht man nicht!

»Curt, mein goldener«, schnaufte Männe zum Beispiel, wenn er wieder an derselben Stelle hoffnungslos hängengeblieben war, »könnte ich mir diesen Satz anders — nur diesen einen Satzteil — ich meine nur — du mußt mich verstehen — nicht, daß ich —«

»Aber klar, Männe, mach dir das zurecht, wie es dir liegt, wie du denkst!«

»Curt«, kam Maxe leise dazwischen, »der zerreißt dir doch den ganzen Rhythmus!«

»Im Augenblick ja, aber das kriege ich schon wieder hin. Es ist leicht möglich, daß das, was Männe findet, besser ist, als das, was da steht.«

Darauf schrieb Frau Raabe den Satz nach Männes Wünschen mit Bleistift in ihrem Soufflierbuch um.

Am nächsten Tage kam Männe zu der gleichen Stelle – und blieb wieder hängen.

»Nein, liebes Rabentier, so geht das nicht – bitte schreiben Sie sich das so ein, wie ich es mir noch gestern abend – zu Hause – im Bett – pardon – Curt, wie findest du das, wenn ich –«

»Großartig!«

In der Pause kam *ich* dann an:

»Ich verstehe dich auch nicht, mein Schatz! Da arbeitest du jeden Satz aus bis ins kleinste, vermeidest sogar mal gleiche Vokale oder suchst ihre Häufung einer besonderen Wirkung zuliebe, und dann läßt du's einfach ändern! Oft in einen Satz, der den Sinn fast verschiebt!«

»Wart's doch ab! Männe ist noch nicht so weit. Ich kenne die Umwege, die er jetzt macht, die jeder, der ernstlich arbeitet, im Kampf mit dem Text geht.«

So wie Männe, so machten es alle! Ich nur deshalb nicht, weil ich meine Rolle schon so lange kannte. Meine Umwege mit ihr lagen so weit zurück, daß ich sie vergessen hatte und jetzt unnachsichtig mit denen wurde, denen ihre Rollen neu waren. Aber so etwas gab es bei meinem Mann nicht.

»Was muß dem armen Kerl passiert sein, *daß* er sich so beträgt«, fragte er, wenn wir andern auf die schlechte Laune eines Kollegen sauer reagierten. *Zuerst* fand mein Mann die Entschuldigung und suchte nach der Ursache für einen Fehler. Ich muß mich immer wieder zu solcher Denkungsart erziehen, und nur zu oft gelingt es mir daneben. Ihm war das angeboren. Oder doch nicht? Vielleicht hat er sich auch erst dazu gebracht, konsequenter, beherrschter, gekonnter. Sein Naturell brauchte den Weg allerdings nicht über den Verstand zu gehen, es nahm ihn kürzer, durch sein Herz.

In unserem Soufflierbuch blieb also kaum ein Wort auf dem andern. Nach dem Bleistift mußte der Rabenvogel die Füllfeder nehmen, weil schon zuviel radiert und verschmiert war, dann den Rotstift, dann fing das Überkleben an, und dann kamen wieder Blei, Feder und Rotstift an die Reihe.

Aber auf den letzten vierzehn Proben, etwa zwei Wochen vor der Premiere, da wurde mein Mann plötzlich unnachgiebig:

»Kinder, jetzt hat sich jeder seine Rolle zurechtgemacht, wie sie sich für ihn am besten sprechen läßt. Aber jetzt ist jedes Ändern nur noch

Nervosität und Unsicherheit. Jetzt müssen wir uns endlich festlegen und streng beim Text bleiben, damit er sich setzen kann.«

Jede Silbe mußte von nun ab gebracht werden, und es fehlte meinem Mann auch jede, die nicht kam. Im Streitfalle wurde das Soufflierbuch befragt, und das war dann immer unweigerlich auf seiner Seite.

»Wenn man das mal im Ohr hat«, sagte er, »*kann* es gar nicht anders heißen.«

Es kam dann vor, daß er einen im besten Fluß unterbrach:

»*Aber* ihre Rechnung hatte einen Fehler, heißt es, und nicht *und* ihre Rechnung hatte einen Fehler!«

»Und oder aber, das ist doch eigentlich egal, Curt.«

»Eben! *Weil* es egal ist, sag bitte *aber*!«

Auf die Tournee wollten wir unser gutes treues Soufflierbuch mitnehmen, verkritzelt wie es war, verschmiert mit Blei, Tinte, Rotstift, überklebt und wieder verschmiert von Blei, Tinte und Rotstift. Aber ehe ich es in den Tourneekoffer legte, muß ich mein »Original« – von allem habe ich mir immer eines zurückgelegt – danach einrichten, denn so wurde das Stück nun jeden Abend gespielt, und so mußte es gedruckt werden für die anderen Bühnen.

Und siehe da: Es war genau der gleiche Text in beiden Büchern! Das Soufflierbuch hatte zurückgefunden zur Urform, zum Urtext. Und wir tauften es den *Urgoetz*!

ADIEU BERLIN!

Wir hatten den Zug bestiegen, nachdem alles, angesichts der langen Reise, die vor uns lag, schweren Abschied genommen hatte: Ferdinand von Frau und Kindern, Carlchen von einigen – gleich einigen – jungen Damen. Schülerinnen nannte er sie. Männe von seinem Bulli, den Schwester Rosa und Schwester Mollheim gemeinsam an der Leine hielten, die Steinbecks von ihrem Kater, den wir »Herrn Angenehm« nannten, wir von Bianca, welche Toni unbedingt noch ans Coupéfenster heben mußte und dabei ihr Leben riskierte – ihr eigenes natürlich, nicht Biancas –, und Maxe von seinem Köter, dieser seltenen Promenadenmischung, die er einen »mexikanisch-ukrainischen Schäfer« nannte, den mein Mann »Lohengrin« getauft hatte, damit ihn keiner nach seinen Ahnen frage.

Die Herren machten uns Damen die Fensterplätze zurecht und setzten sich zu uns. Nur Männe drehte sich lange um sich selbst wie ein Hundchen, das sich nicht entschließen kann sich hinzulegen, aber schon liegen möchte. Und als er dann endlich auch saß, sagte Max mit einem Seufzer der Erleichterung: »Na, Gott sei Dank, jetzt kann's losgehen! Wenn alles klappt, sind wir erst nach fünf Monaten wieder in unserm Berlin!« Der Zug ruckte an und Männe bemerkte leise:

»Schade, daß sich unsere Tournee ihrem Ende nähert.«

Es war ein Jugendtraum meines Mannes, eine Bühne zu führen. Er besaß ein Puppentheater, das er im ersten Band flüchtig erwähnt, an dem er die Grundbegriffe für den reibungslosen Ablauf einer Theatervorstellung gelernt haben wollte. Mutter erzählte mir oft davon, wie der kleine Junge in ihrer Klinik in Halle mit seinen Puppen etwas vorspielte, wozu dann alle Hausangestellten erscheinen mußten. An ihrem Kommen selber lag ihm nicht soviel, erzählte Mütterchen, wie an dem Vorverkauf der Karten, weshalb Onkel Rémond schon damals konstatierte, daß »Curtchen ein außergewöhnliches Talent fürs Theater« habe! — Onkel Rémond war übrigens der Vater von *Fritz Rémond*, der in Frankfurt am Main sein Theater führt. Mein Mann hatte ihn sehr ins Herz geschlossen, weshalb ich ihn hier gern erwähne. Er nannte ihn einen »Schmierenhäuptling« und legte alle Zärtlichkeit und allen Stolz in diesen Namen, so wie Schönthan und Kadelburg ihn für Striese gebraucht haben wollten. »Wo gibt es heute noch einen, der so ausschließlich fürs Theater lebt, so viel davon versteht und selber spielen kann«, sagte er. Mit einem Wort, er liebte ihn eben und fühlte sich schon deshalb mit ihm sehr verwandt.

Wenn so eine Puppentheatervorstellung ausfallen mußte, weil zum Beispiel der von der kleinen Dampfmaschine betriebene rote Sammetvorhang nicht schnell genug hoch ging, wurde dies als »höhere Gewalt« erklärt, und das Eintrittsgeld konnte nicht zurückerstattet werden. Davon wurden neue Kulissen gekauft oder Taschenlampenbatterien, die für das Gewitter im nächsten Stück nötig waren. Das Donnerwetter, das aber dann da losging, konnte es mit jedem Theatergewitter an Bedrohlichkeit aufnehmen, ganz zu schweigen von einem richtigen, das an Unheimlichkeit und vor allem an Präzision diesem Puppentheatergewitter nicht das Wasser reichen konnte! Der Donner, der kam da nicht irgendwann nach dem Blitz. Der mußte sitzen! Wie eine Pointe! Mal kam er ganz schnell in Überrumplungsmethode, mal ließ er sich Zeit und spannte die Nerven aufs äußerste, bis er sich zwischen zwei Worten entlud, die nicht besser gewählt sein konnten. So eine Vorstellung war durchorganisiert vom ersten bis zum letzten Wort, genau so, wie mein Mann es jetzt auf den Tourneen auf der richtigen großen Bühne machte.

Damals, als wir sie kreierten, die Tourneen, war das etwas ganz Ausgefallenes, etwas, das erst viel später nachgemacht wurde. Es gab wohl Ensemble-Gastspiele, wenn zum Beispiel Reinhardt oder Barnowsky eine Glanzvorstellung nach Wien, Paris oder Budapest schickten, aber die Tournee, das Ziehen von einer Stadt zur anderen, das machte damals nur noch der Zirkus, denn die Wanderbühne gehörte der Vergangenheit an, seit jede Stadt ihr eigenes und ständiges Theater hatte.

Es war gar nicht leicht, so eine Tournee zusammenzustellen, die sich nur rentieren konnte, wenn jeder Abend besetzt war. Das hieß, daß man eine Perlenschnur von kleinen und kleinsten Städten zwischen die großen reihen mußte. Aber was hätte damals den Bühnenschauspieler so bekannt machen können, daß man in den vielen Städtchen, die nun einmal nötig waren, auf ihn neugierig gewesen wäre? Fernsehen gab es noch lange nicht, und der Film war von der Bühne fein säuberlich getrennt. Denn was der Filmstar damals können mußte, wurde auf der Bühne nicht gebraucht und umgekehrt. Und als der Tonfilm aufkam, da waren seine Texte noch so erbärmlich, daß der Bühnenschauspieler, verwöhnt von Klassikern, Hauptmann, Ibsen und Strindberg, sich nur in äußerster Geldnot entschloß, im Film eine Rolle zu übernehmen. Kam noch hinzu, daß das Theaterpublikum nicht in den Film ging und das Filmpublikum nicht ins Theater. Zwei Welten waren es, die sich erst mit den Jahren näherkamen.

Es war also gar nicht so einfach, die Direktoren und ihre unvermeidlichen Kommissionen für ein Ensemble-Gastspiel zu interessieren, sie zu bewegen, ihre eigene Vorstellung zurückzustellen, ihre Festengagierten und Bezahlten spazierengehen zu lassen, um dann mit dem fremden Ensemble die Abendeinnahme zu *teilen*! Absurd, wenn man es recht bedenkt! Jede Stadt hatte ja ihre »Stars«, die geliebt und angeschwärmt wurden, und die nirgends besser sein konnten »als bei uns«!

Man erzählt, daß, als *Caruso* einmal in Hamburg gastierte, eine Abonnentin mit ein paar schlichten Worten in aller Liebenswürdigkeit, aber mit Entschiedenheit den Stab über den Sangesgott brach:

»Unser Böthel singt s-tärker!«

Und in einem Konzert *Menuhins*, das wir einmal an einem freien Abend das Glück hatten besuchen zu können, sagte jemand hinter uns:

»'s isch no ganz nätt, obwohl daß es kei Hiesiger ischt!«

Beim Kalkulieren unserer ersten Tournee fiel mir der Ausspruch meines Direktors Joseph Jarno vom Theater in der Josefsstadt in Wien ein: Ein weiser Mann plant seine Vorstellung so, daß er bei einem Drittel Haus noch nichts zuzusetzen braucht! Danach richtete sich Maxe jetzt, denn mit ausverkauften Häusern, wie wir sie in Berlin damals schon gewöhnt waren, konnten wir ja nicht rechnen. Im Gegenteil! Wenn wir das erste Mal in eine Stadt kamen, war die Einnahme sehr mager. Besonders, wenn es gegen den Sommer zu ging und das Wetter schön war. Nur wenn sich, wie mein Mann sagte, »eine Abendkasse am Himmel zusammenzog«, und wenn dies nicht zu spät geschah, so daß dem Publikum noch genug Zeit zum Umkleiden blieb, waren die Aussichten günstiger. Kurz, es mußte gespart werden, wo es nur ging, und so waren wir auch unsere Bühnen- und Garderobenbelegschaft, auch weil wir nicht wußten, was uns »auf den Dörfern« erwarten würde. Dekorationen, Requisiten und Personal per Bahn mitzunehmen, wäre viel zu teuer gewesen und hätte zeitlich ja auch nie geklappt. Heute ist das ein Kinderspiel! Da fährt »die Kulisse« per LKW die Nacht durch über die Autobahn.

Aber es war nicht nur schwer, die Städte zu *bekommen*, und noch dazu in der Reihenfolge, die uns lange Reisen ersparte, sondern es war außerdem noch eine Art passiven Widerstandes zu überwinden: »Zu uns braucht niemand zu kommen, um uns zu zeigen, wie man Theater macht«, raunte es in jeder Ecke des Bühnenhauses. Und diese Resistenz, so offen zur Schau getragen, das fühlte man, die kam von oben! Sie dauerte zwar nie lange, nur bis zur ersten Pause, bis die Belegschaft uns hatte spielen sehen und vor allen Dingen, das Publikum hatte reagieren hören. Aber zu Anfang, beim Aufbau, beim Schminken und Ankleiden, wo wir gern Hilfe gehabt hätten, war der Widerstand peinlich spürbar.

Es begann meistens schon damit, daß, wenn wir ankamen, keiner da war! Nichts war vorbereitet, obwohl dem Bühnenmeister und dem Requisiteur Maxens genaueste Listen zugegangen waren. Hinzu kam noch, daß ich, »die Kleene«, die Bühne zu bauen hatte. Es war jedesmal ein Kunststück, den Verantwortlichen – in Hamburg, am Thalia-Theater war es eine Art »Doktor Rank«, der wie in Ibsens »Nora« an einem Stock durchs Haus geisterte – dahin zu kriegen, mich durch seinen Fundus zu führen und mir, oh Schreck, oft nicht zusammengehörige Kulissen und Versatzstücke herauszugeben. Erst wenn wir alle auf der Bühne mit anfaßten, die Wände regelrecht zusammenschlugen und ich auf den Leitern herumkletterte mit Hammer und Nägeln in meinem mitgebrachten Arbeitskittel, während mein Mann die Beleuchtung einsetzte, höchst eigenhändig natürlich, dann begriffen die Herren, daß wir wußten, was wir wollten. Und wenn abends die Intendanten staunten über ihre »neuen« Dekorationen, die sie da in ihren Lagern hatten, dann freuten sich alle auf unser Wiederkommen.

Immerhin waren es an die zweihundert Städte und Städtchen, die wir uns im Laufe der ersten Jahre schwer eroberten, große herrliche Bühnen wie Wiesbaden, Hamburg und Wien, von Hellmer und Fellner erbaute, und solche, die noch ein Kanonenöfchen im Zuschauerraum und die Künstlergarderoben unter der Bühne hatten, wie zum Beispiel Rheydt bei Mönchen-Gladbach, was mir so greifbar im Gedächtnis blieb, weil wir uns alle immer wieder die Köpfe an der Decke stießen, wenn wir nach dem Schminken ohne zu überlegen aufstanden, welcher Bums die bereits oben Spielenden natürlich peinlich erschreckte. Aber sonst waren wir auf alles gefaßt:

Wer beim Aufgehen des Vorhanges nicht auf der Bühne zu sein hatte, überwachte den Umbau. Einer kümmerte sich um die Möbel, probierte die Sitzhöhe der Stühle und Bänke aus, einer kontrollierte die Requisiten, die auf der Bühne, und jene, die hinter der Szene bereitliegen mußten. Ein anderer hatte alles Eßbare zu besorgen, damit es sauber und schmackhaft war, denn:

»Wenn schon, dann richtig gut«, sagte mein Mann.

Alle, die während des Spielens hinter den Kulissen waren, paßten auf, daß der nächste Auftritt, Klingelzeichen, Klopfen, Pfeifen, Rufen,

Blitz und Donner, Regen und Sturm, was immer es war, aufs Stichwort kam. Wer beim Aktschluß nicht auf den Brettern war, stand neben dem Vorhangzieher und dirigierte diese äußerst wichtige Prozedur. Wir brauchten eben keinen Inspizienten, keinen Requisiteur, auch keine Bühnenarbeiter. Wir kannten jeden Handgriff, auf und hinter der Bühne, am Schnürboden und in der Versenkung. Und in der Garderobe auch! Tille und ich klebten den Männern die Perücken und Bärte, wir packten aus, bügelten was nötig war, hängten allen ihre Kleider zurecht und packten sie nachts wieder ein. Jedes Ding hatte seinen bestimmten Platz im Tourneekorb. Privatim durften wir alle nur einen einzigen Handkoffer haben, die Damen noch eine Hutschachtel dazu. Anders wäre es bei dem oft sehr schnellen Umsteigen in kleine Lokalzüge, ohne Träger auf den Bahnhöfen, gar nicht gegangen. Aber so eingeteilt, lief alles ab wie ein Uhrwerk, über dem Abend lag eine innere Ruhe, und das Spielen, das war unsere Belohnung! Und wie die Vorstellung ausfällt, das hängt ja — was den Leser überraschen mag — nicht zum geringsten Teil vom Publikum ab.

DAS PUBLIKUM

»Jedes Publikum kriegt die Vorstellung, die es verdient«, pflegte Maxe zu sagen.

In einem kleinen Städtchen, ganz im Norden, an der Waterkant, da hatten sie uns schon am Bahnhof mit Blumen und mit scheuer Ehrfurcht empfangen. Das war darauf zurückzuführen, daß auf den Plakaten zu lesen war:

Curt Goetz
der größte dramatische Künstler mit ...

So hatte es der Herr Kritiker des kleinen Lokalblattes selbst formuliert, wie man uns stolz verriet.

»Det kann ja jut werden«, sagte mein Mann besorgt.

»Wieso«, meinte Maxe, »um so besser, wenn sie Respekt vor uns haben!«

Die Reklame wirkte sich in der Vorstellung aus, in der Vorstellung, die wir gaben, vielmehr geben mußten, durch die Vorstellung, die das Publikum sich der Reklame zufolge von uns gemacht hatte. »Dramatisch« wird vom Laien zu gern mit »tragisch« verwechselt!

Es traute sich in dieser Vorstellung niemand zu lachen. Erst stutzten wir, aber dann *wußten* wir! Und wir spielten an diesem Abend »Hokuspokus« als Tragödie, die dann doch noch, Gott sei Dank, ganz gut ausgeht. Und wir hatten donnernden Applaus. Nachher kamen dann weißgekleidete höhere Töchter ins Hotel und brachten uns Selbstgebackenes und in der Eile noch selbstgewundene Kränze. Was will man mehr!

Aber das ist es: Der Laie denkt, daß das Tragische, Ernste, schwerer zu spielen sei als das Leichte, Heitere.

Mein Mann sagte dazu:

Man stelle sich vor, der Vorhang ginge auf über einem Kinderzimmer, in dem ein zerwühltes Bettchen stünde, auf dem allenfalls ein einsamer Teddybär säße. An dem Bettchen lehnte, den Rücken zum Publikum, ein Mann in Schwarz. Der Schauspieler brauchte nichts zu tun, und alles zöge die Taschentücher. Und wenn dann noch leise Musik ein Kinderliedchen spielte, wäre des Schluchzens kein Ende. Hingegen:

»Was muß so ein armes Luder von Schauspieler alles tun, um dem Publikum ein Lächeln abzuringen. Oft tut er so viel, daß es zum Weinen ist«, sagte er.

Maria Becker erzählte uns, daß sie einmal in einem Curt-Goetz-Stück zu spielen hatte. Mit ihren großen, gescheiten Kinderaugen, die man nicht so schnell vergessen kann, sagte sie ernst:

»Ich habe gar nicht gewußt, wie schwer das Leichte ist. Ich habe mich mit dieser Rolle viel mehr geplagt als mit meinen Klassikern.«

Zu jeder Zeit gab es nur wenige mit Humor und Leichtigkeit, aber in jeder Epoche viele schwere Dramatik, und immer wurde mehr Ernstes produziert.

»........
Doch darauf haben wir verzichtet,
Weil ja das Leben Ernstes dichtet,
So Ernstes wie kein Dichtersmann
Zum Spaß sich was erfinden kann.
Und weil wir zu behaupten wagen:
Man kann auch Ernstes heiter sagen.«

Das ist aus meines Mannes Geleitwort zu seinen Gesammelten Werken. Die Genugtuung für den »falschen Irrtum« pflegte er zu sagen, die wäre, daß die leichte Ware schwerer bezahlt würde.

DER SPINAT VOM DACHE

Düsseldorf war jene denkwürdige Stadt, in der Maxe *zwei* Abende festmachen konnte. Das *erste* Mal, für gleich *zwei* Abende! Viel viel später dann war es uns möglich, wochenweise und auch für länger abzuschließen. Frau Dumont stand dieser Bühne damals vor. Unser Walther Steinbeck hatte mit ihr die Theaterschule besucht und dann in der gleichen Provinz angefangen, und so freute er sich ganz besonders auf seine frühere Kollegin, die es bis zur Direktorin gebracht hatte.

»Kinder«, sagte er, »zieht euch heute abend recht schön an, die Dumont ladet uns bestimmt auf ein Festessen zu sich. Sie hat mich immer gern gemocht, und ich werde sie vorher noch allein irgendwo zu sprechen versuchen.« Wir spielten die »Tote Tante«, und das war Ende Mai 1926. Man vergißt das nicht, wenn so etwas passiert, was da passierte: Mein Mann war mitten in seiner Szene und – der Spinat war weg! Unser Spinat, den wir mitgebracht hatten, war weg! Der Spinat, den wir so dringend brauchten, den Tille als das Mädchen Martha in fünf Minuten auf die Bühne tragen mußte! Es war unmöglich, die Nuance mit dem Spinat zu überspringen, noch dazu ohne meinen Mann, der ja schon auf der Bühne stand, dies vorher wissen zu lassen. Jene Nuance nämlich, wenn Professor Hermann Nägler in moralischer Entrüstung mit der Faust auf den Tisch schlägt und dabei den über die Tischkante ragenden Rohrstock so trifft, daß dieser – nach vorheriger kunstgerechter Anordnung – dem Gesetze der Hebelwirkung folgend, die Gabel mit dem aufgespießten Schinken und dem darübergegossenen Spinat in die Höhe wirbelt, so daß der Schinken an der Rückwand des Zimmers kleben bleibt und der Spinat dem Pastor, der dabei ist, das Testament der verstorbenen Schwester zu verlesen, die Brille bekleckert und ihm den Nacken hinunter rinnt. Ich weiß, das liest sich hart! Aber es war so nebenbei gespielt, so »leicht und doch leger«, daß es sehr lustig war und eine Riesenpause mit Lachen füllte, die wir sowieso zum Umräumen der Bühne brauchten. Max hätte den Spinat markieren können, das heißt, das Übel, das ihm durch diesen widerfuhr. Aber etwas Grünes mußte vorher auf der Schüssel gelegen haben!

Es gab in der Nähe kein Gasthaus, keiner von uns war für eine größere Zeitspanne abkömmlich, kein Arbeiter wollte den Weg machen, um uns zu retten, und keinen Garten, kein Gras gab es weit und breit.

Im Hofe nur rankte sich in schwindelnder Höhe, über das Dächlein einer roten Klinkermauer, der Efeu vom Nachbargrundstück, dessen Zugang aber versperrt war. Da gab's kein Überlegen. Walther stellte sich auf, Tille half mir auf seine Schultern, ich holte den Spinat vom Dach, den wir in aller Eile hackten und den Tille auch schon servierte, ohne daß das Spiel aufgehalten wurde. Dieses aber würden wir nachher die Frau Direktor wissen lassen, wenn sie käme, uns zu begrüßen! Die Indolenz, die Ungefälligkeit ihres Personals!

Aber – die große Kollegin kam nicht! Unbegreiflich – aber sie kam nicht.

»Vielleicht liegt es an dem Wiedersehen mit mir«, sagte Waltherle tags darauf sehr zögernd. Er habe die hohe Frau nur für einen Augenblick, wie ein eingerahmtes Bild zu Gesicht bekommen. Es war, als er gerade das kleinste Fensterchen auf der Herrenseite der Garderoben öffnete, und sich im selben Augenblick das gegenüberliegende der Damenseite auftat, so daß er nur eine tiefe Verbeugung vor der königlichen Erscheinung machen konnte, weil das Rauschen des Wassers, hüben wie drüben, jedes Wort sowieso verschlungen hätte.

»Aus Höflichkeit *mußte* ich grüßen«, sagte Waltherle ziemlich zerknirscht, »obwohl es taktvoller gewesen wäre, sie nicht zu erkennen«, seufzte er dazu.

»Da hätte man eben«, sagte Maxe tiefsinnig, »deinen Schwiegerpapa bei der Hand haben müssen. Das hohe Militär weiß immer, wie man sich benimmt.«

Jedenfalls, Frau Direktor kam nicht.

Vielleicht aber lag es gar nicht an Waltherle, sondern an der Gegend. Denn als wir wieder einmal diese Ecke des Landes bespielten, schickte uns ein Direktor einen Blumenstrauß und ließ sich entschuldigen, weil er eine Sitzung hätte, in der er von seinem Verwaltungsrat für seine Schauspieler gerade etwas erkämpfen müsse! Da ließ mein Mann bestellen, daß der Herr Direktor, in seinem Kampf für seine Schauspieler, seinen Schauspielern – und sich – eine weit bessere Position schaffte, wenn er sich bei seinem Verwaltungsrat hätte entschuldigen lassen, weil er gerade seine Kollegen begrüßen müßte! Aber das wären strategische Kniffe.

DIE HOSEN DES HERRN VON GOETZ

Großen Spaß machte es, wenn wir an Direktoren kamen, die nicht wußten, daß mein Mann und ich verheiratet waren, oder vielmehr war ihnen der Grad unseres Verheiratetseins nicht ganz geläufig. Direktoren, die einladen ließen zum »souper«, wie sich das der Hauptdarstellerin einer gastierenden Truppe gegenüber wohl gehörte! Für unsere Männer – für meinen besonders – war dieses mir zugedachte Essen dann immer ein Fressen! Einmal handelte es sich um einen Intendanten im Smoking mit blauer Hose, der sich in dieser Angelegenheit vertrauensvoll an Maxe gewendet hatte. Und dieser sagte ihm – so erzählte mir mein Curtchen –, er würde es liebend gern arrangiert haben, aber da ich eine »geborene Von« sei, würde es wegen der blauen Hose nicht gehen! Aber wirklich nur wegen dieser! Darauf soll mein Mann sich ins Gespräch gemischt – wie wiederum Max mir berichtete – und sich erbötig gemacht haben, seine Smokinghose für den Abend zur Verfügung zu stellen.

MÄNNE: »Sehr gut, Curt! Deine Hose würde zur Lockerung unserer schüchternen kleinen Valérie nicht unwesentlich beitragen.«

MAXE: »Genau! Die brächte etwas ›Verwandtes‹ mit sich.«

WALTHER: »Wieso?«

MAXE: »Na hör' mal! Das tägliche Zusammenspiel ist gar nichts?«

MÄNNE: »Wer spielt mit wem?«

MAXE: »Valérie mit Curts Hose.«

WALTHER: »Aber die liegt jetzt zuunterst im Tourneekoffer.«

MAXE: »Und der muß *leider* schleunigst zur Bahn!«

Ich kam niemals dahinter, ob und wie sich diese Geschichte zutrug. Zuzutrauen war sie meinen Männern, und eingespielt waren sie auch nicht schlecht! Aber derart gewagte Späße konnten sie sich sowieso nur in Orten erlauben, die Max nicht wieder bespielen wollte. Als sich nämlich die Nachfragen nach dem Curt-Goetz-Gastspiel häuften, konnte er anfangen wählerisch zu werden. Bis dahin gab es aber noch allerhand Spaß.

Laut unseren Verträgen zum Beispiel, mußte uns im »Märchen« ein Diener im Frack gestellt werden. Vor Aufgehen des Vorhanges erklärten wir dann dem betreffenden Herrn, wie er Max, dem Kammerdiener Charly, beim Servieren behilflich sein müsse. An einem kleinen Theater aber riß sich der junge Künstler voll Wut und gleich auf der Bühne den Frack empört herunter und stieg aus seiner Hose, weil er der Meinung gewesen war, es handle sich um die Hauptrolle, die er zu spielen bekäme.

Da ich bei »Männerhosen« bin, fällt mir ein, daß ich in unserem Ordner »Aus dem Publikum«, den ich schon erwähnte, eine einschlägige Korrespondenz Maxens mit einem Fräulein Alice Kerbs habe, eine Korrespondenz, die uns so viel Spaß machte, daß mein Mann sie selber redigierte, ihr aber Maxens breiteres schwäbisches Gepräge beließ. Ich darf Teile daraus hier anführen, obwohl die Sache Jahre später spielt, als unser »Dr. Prätorius« dann auch auf dem Tournee-Repertoire stand.

Fräulein Kerbs hatte gewettet, daß mein Mann als »Dr. Prätorius« durch das ganze Stück hindurch die gleiche Hose trüge, zum Smoking, zum Frack und zum dunklen Anzug. Das stimmte keineswegs, aber Gott sei Dank hatte die Dame keine größeren Sorgen und, Gott sei Dank, ein so intensives Interesse an der Kunst, insonderheit an der meines Mannes.

»Wenn Sie mich nicht verraten«, schreibt Maxe, »will ich Ihnen erzählen, verehrtes Fräulein Kerbs, welche besondere Bewandtnis es mit dieser Hose hat! Curt Goetz ist sehr abergläubisch und besucht vor jeder Tournee seine Hellseherin. So auch dieses Mal, wobei die Dame ihn beschwor, sich während der ganzen Reise von einem bestimmten Gegenstand doch ja nicht zu trennen, wenn er wünsche, daß alles gut ginge. Was anderes, mein liebes Fräulein Kerbs, konnte eine Dame meinen, als seine Hose – die sie natürlich nicht in den Mund nehmen wollte? Nicht wahr, das verstehen auch Sie? Und seitdem trennt sich Curt Goetz nicht mehr von diesem Kleidungsstück, er schläft darin, und es wird sogar auf ihm gebügelt, wodurch er sich erst unlängst erhebliche Verletzungen zugezogen hat. Zum Schrecken von Frau Goetz, denn sie ist es natürlich, die ihn, oder besser gesagt, auf ihm bügelt.

Zu jeder weiteren Auskunft immer gern bereit

Ihr ergebener
Max Kaufmann (Tourneeleiter)«

Darauf bekam Maxe eine Krawatte von Fräulein Kerbs geschenkt. Ein Briefchen lag dabei:

»Hochverehrter Herr Künstler und Tourneeleiter, ich danke Ihnen vom ganzen Herzen innigst und aufrichtig, weil ich dadurch meine

Wette gewonnen habe, gegen eine freche jüngere Person, die ich mit Ihnen teilen möchte, kostet daher ehrlich 2.50, gestatte mir dafür noch eine Frage. Ich verstehe nicht, wieso in dem gestrigen auch ganz herrlichen Stück »Hokuspokus« nach dem stattgefundenen Akt im Gericht dann gleich alle Herren bei der Angeklagten essen gehen. So etwas habe ich noch nie gehört in meinen Jahren. Da muß Herr von Goetz gestern doch etwas weggelassen haben, der doch sonst alles offen zur Schau stellt.

Bitte um baldige Antwort, da wieder gewettet habe

In Hochachtung Alice Kerbs.«

»Hochverehrtes Fräulein Kerbs,

wenn es etwas geben könnte, das ich mehr bewunderte als Ihren Stil, so ist es Ihr Scharfsinn. Sie haben es tatsächlich herausgekriegt!

Doch vorerst: Unbegreiflich ist es mir, daß gerade Sie noch nie von dem so bekannten *Utglichsfraat* (Ausgleichsessen) gehört haben sollten, noch dazu in Ihren Jahren, wie Sie schreiben! Rein menschlich gesprochen, müssen doch alle nach einem so anstrengenden Prozeß essen. Das fühlen wir Künstler jeden Abend in unseren Rollen nach. Ist es da nicht recht und billig, besonders letzteres, daß die Person, um die der Prozeß geht, das Essen stiftet? Allerdings ist das leider nur im hohen Norden so. Bei uns noch nicht. Aber deshalb hat Herr von Goetz, aus rein menschlichen Gründen, sein Stück dorthin verlegt. Ist das nicht schön von ihm?

Und nun zur Hauptsache: Es blieb tatsächlich ein Akt weg. Das liegt aber nicht an uns, sondern an Ihnen. Es handelt sich um den Akt, der nach dem Bootsunglück unter Wasser spielt. Das hätten Sie in Berlin sehen sollen! Sie würden unsere Schwimmkünste – besonders in den ersten Vorstellungen die von Herrn von Goetz – nie vergessen! Aber das Bassin können wir nicht überall hin mitnehmen, und hier haben Sie ja nicht einmal eine Badeanstalt. Jede Stadt bekommt eben die Vorstellung, die sie verdient.

Mit bestem Dank für die schöne Krawatte,

hochachtungsvollst Max Kaufmann.«

Ach, waren wir jung damals! Und übermütig! Und – unbekümmert! Als würde ich sie eben erst entdecken, als wäre sie neu auf dieser Welt, so erscheint mir jetzt voll Erstaunen die Unbekümmertheit als die wunderbarste Fähigkeit der Seele. Denkt denn niemand daran, frage ich mich, daß alles ein Ende hat? Daß nichts bleibt? Daß jeder einmal nur war? Gott sei Dank denkt niemand daran. Und ich bin auch einmal – siebenunddreißig Jahre lang – unbekümmert gewesen! Und wahrscheinlich habe ich in dieser langen Zeit die Kräfte aufgespeichert, die mich jetzt am Leben halten, die in mir das Vergangene wachrufen und es mich unbekümmert genießen lassen, als dürfte ich weiter unbekümmert sein.

INTIMITÄTEN

Intimitäten sollte man für sich behalten. Aber wer kann das schon? Und wer möchte sie nicht zu gern hören, besonders Intimitäten, die sich ums Theater drehen. Und was haben wir nicht alles »Intimes« erlebt im Laufe der Jahre und ganz besonders natürlich in der Zeit, da wir noch nicht so bekannt waren!

In einer Stadt Mitteldeutschlands, da saß »die Garderobe« mit verschränkten Armen da, ohne auch nur daran zu denken, für uns einen Finger krumm machen zu wollen. Auch »die Bühne« hatte anscheinend gar keine Lust, und selbst das Bureau antwortete gewunden und kühl auf unsere Reklamationen. Aber die Direktion, die saß dann freudestrahlend in der Vorstellung und lachte sich einen Ast.

»Den Jungen, Kinder, den koofe ich mir«, sagte mein Mann, und Maxe schickte eine Einladung in die Direktionsloge für ein gemütliches Zusammensein nach der Vorstellung, was Herr und Frau Intendant nur zu gern annahmen.

Mein Mann ließ die Herrschaften tief ins Glas gucken, daß die Zungen sich lösten und der Herr Direktor sein Herz auszuschütten begann:

»Tja, sehen Sie, Herr Goetz, meine Frau und ich, und unsere Schauspieler natürlich, wir freuen uns auf Ihr Gastspiel wie die Schneehasen. Aber daß Sie *gefallen,* daran habe ich gar kein Interesse! Warum soll ich morgen in der Zeitung lesen: *›So, Herr Intendant, spielt man Theater!‹* Wie soll ich den Idioten in meiner Kommission klarmachen, daß wir, mit unseren paar Pröbchen und unserem Anfängerpersonal das nie zustande kriegen können, was Sie, ganz abgesehen von Ihrer Person, mit Ihren Künstlern nach drei Monaten Proben 450mal gespielt haben? Das geht doch in die Wasserköppe nicht rein! Sehen Sie, Herr Goetz, ich bin auch keineswegs daran interessiert, daß es ausverkauft ist! Ich bekomme meine klägliche Gage, ob es voll ist oder nicht. Und warum soll ich mir von meinem Verwaltungsrat sagen lassen: *›Wenn etwas geboten wird, ist es auch ausverkauft!‹* Det wees ick alleene.«

»Lieber Intendant«, sagte mein Mann darauf, »warum lassen Sie mich dann *überhaupt* gastieren?«

»Das *muß* ich! Da sitzt in meiner Kommission vielleicht einer, der behauptet, seine Schwester in X hätte Sie dort in dem Stück gesehen, und ein anderer hat Gott behüte eine Tante in Y, die zu Ihrem Gastspiel nach Z gefahren sein will, und darauf wird dann nach der Korrespondenz gefragt, und da liegt dann das Angebot Ihres Herrn Kaufmann vor. Also, ich *muß* Sie gastieren lassen. Aber daß Sie *gefallen,* das freut mich nur privatim. Ansonsten absolut nicht.«

Auch mit Theater-Büros konnten wir manche Erfahrung machen, die man »intim« nennen kann:

In Leipzig gab es mehrere Theater, so daß ich die Stadt nennen kann, ohne die betreffende Bühne ausspielen zu müssen. Da wurden von den Autorentantiemen die Kohlengelder abgezogen. Autorentantiemen sind die Prozente der Abendeinnahmen, die, nachdem das Theater seine Abzüge gemacht und mit dem Verlag abgerechnet hat, der Autor vom Verlag, nach dessen Abzügen, für seinen — des Autors — meist monate- oft jahrelangen Schweiß, abgerechnet bekommen soll. Der Satz ist so lang und undurchsichtig wie die ganze Prozedur. Mein Mann pflegte zu scherzen, er hätte viele Tantiemen in seinem Leben bekommen, war er doch seit über fünfzig Jahren der meistgespielte Komödienautor deutscher Zunge, aber er würde sie alle liebend gern hergeben, für die, die bei den verschiedenen Abrechnungen untersch...

Ich glaube, mein Mann legte eben seine Hand auf die meine, was mich aus dem Konzept bringt, so daß ich nicht mehr weiß, was ich da eben schreiben wollte. Und ich war doch so schön in Fahrt! Ach ja, jetzt hilft er mir weiter und flüstert in sächsischem Dialekt, den er so gern gebraucht, wenn es sich um lustige Dinge handelt... »die bei den verschiedenen Abrechnungen untersch Tischchen fielen.«

Der Leser nimmt ganz richtig an, daß die Kohlengelder jene Gelder sind, die zur Beheizung des Theaters für Kohle bezahlt werden müssen. So kombinierten auch wir. Aber daß die Kohlengelder des Theaters zu den Tantiemen des Dichters in *so* enger Beziehung stünden, darüber mußte uns erst der Leipziger Direktor aufklären. Und er schien sehr ungehalten darüber zu sein, daß er uns über diesen Punkt aufklären mußte, weshalb er es in aller Kürze, in einem barschen Kommandoton tat:

»Das geschieht im Interesse des Autors! Jemand muß die Kohle bezahlen! Sonst ist es so kalt, daß überhaupt niemand kommt! Und da hat der Autor dann gar nichts davon! Das ist klar!«

Sonnenklar!

An einem anderen Theater war es eingeführt, die Garderobengebühr für die »Freikartler« vom Autorenanteil zu bezahlen, weil man die Stadtverwaltung, die die Subvention gab, unmöglich auch noch für die Garderobe der »Freikartler« aufkommen lassen könne, die aber der Garderobe-*Pächter*, laut Vertrag, bekommen *mußte*.

Wieder sonnenklar!

Das »Intimste« aber passierte uns am Rhein:

Das Haus war brechend voll, so daß noch am Kronleuchter Leute hingen, wie mein Mann in solchem Falle sagte. Aber als der Kassierer vertragsgemäß in der großen Pause mit der Abrechnung kam, brachte er einen ganz schönen Stoß unverkaufter Karten mit.

Da schminkte Maxe sich stillschweigend ab, legte einen größere Pause ein, ging mit einigen der unverkauften Billetts ins Parkett und ließ sich von den Leuten auf jenen »nicht verkauften« Plätzen ihre Karten zeigen, wobei sich herausstellte, daß tatsächlich je zwei gleiche existierten, von denen eine richtig bezahlt und besetzt war und die zweite nicht verrechnet werden mußte, da sie im unverkauften Billett-Block lag.

Max ging ans Telefon und ließ sich mit dem Büro dieses städtischen Unternehmens verbinden:

»Wenn nicht in fünf Minuten, ohne jede Rückfrage, noch glatte tausend Mark bei mir eintrudeln, reise ich heute nicht weiter, sondern bin morgen um neun Uhr bei der Staatsanwaltschaft.« Die tausend Mark waren in zwei Minuten da.

Und danach rief Maxe gleich noch einen Kollegen an, der, wie das Programm anzeigte, nächstens in dieser Stadt erwartet wurde:

»Du, wenn du hier spielst und die Abrechnung bekommst, rechne gar nicht erst nach, telefoniere ins Büro und verlange, daß unverzüglich noch tausend Mark ausbezahlt werden, anderenfalls du Anzeige erstatten würdest. Die Brüder haben hier doppelte Blocks.«

Es funktionierte auch dieses Mal.

Um wieder auf die heitere Seite zu kommen! Obwohl man zugeben muß, daß die eben geschilderten Erlebnisse auch nicht ganz unkomisch sind.

Mein Mann sagte einmal einem kleinen netten sächsischen Direktor, sich dessen Mundart nur zu gern bedienend:

»Aber heide, lieber Freund, habt er uns gehörich besch. . . windelt!«

Worauf der kleine nette Intendant entsetzlich erschrak, mit weiten Kinderaugen und ehrlich besorgter Miene die Hand gegen die Brust schlug und ausrief:

»Aber doch nur zu unsern Gunsten!«

INTIMSTES

Ich glaube, ich darf verraten, daß sich diese letzte kleine Geschichte in Naumburg ereignete, wo dann unsere »Tote Tante« so besonders ausfiel, daß ich dieser Stadt ein eigenes Kapitel widmen muß, doch nicht, ehe ich das der »Intimitäten« beende, zu dem Naumburg in ganz besonderer Weise gehört. Naumburg zählte nämlich zu jenen Bühnen, an denen wir, mein Mann und ich, ganz heimlich, unter anderen Namen gastieren fuhren. Meistens ging das nur ein einziges Mal in einem Stück, und nur in unseren allerersten Jahren, und nur dort, wo wir uns auf die jeweiligen Intendanten, meist Maxens alte Freunde, verlassen konnten, und nur wenn es diesen gelang, uns gegen Ende der Spielzeit, möglichst unvorhergesehen, einzuwerfen, als »Gäste auf Engagement«, die dann zuviel Gage haben wollten, um festgemacht werden zu können.

Da studierten wir dann klassische Rollen, die meinem Mann, wie er sagte, »wie ein laues Bad« erschienen, im Vergleich zu jenen, die er sich selber schrieb. »Das Versmaß allein«, sagte er, »trägt einen wie das Orchester den Opernsänger, während den Konzertisten, nur vom Flügel begleitet, die kleinste Schwingung verrät.«

Das waren herrliche Zeiten für mich! Denn wenn wir meines Mannes Stücke studierten, da hat er es sich gleich von Anfang an verbeten, daß zu Hause vom Stück gesprochen wurde. Dazu wären die Proben da.

»Kein Wort von dem Quatsch«, sagte er damals, »das wäre ein Scheidungsgrund!« Aber er sagte es nur dieses eine Mal.

Wir traten unter anderem in »Minna von Barnhelm« auf, mein Mann mir zuliebe als Tellheim, obwohl ihn der Riccaut de la Marlinière viel mehr gereizt hätte. Und mir zu Gefallen spielten wir auch einmal das »Käthchen von Heilbronn«, die Rolle meiner Träume. Ich weiß noch, wie erstarrt ich war, als ich ihn als Wetter vom Strahl, in der Aufführung das erste Mal natürlich, in Kostüm und Maske vor mir sah, strahlend wie sein Name es gebot, so daß es mir fast den Atem verschlug. Und das soll dann gut gewesen sein, wie mein Mann sagte. Ein besonderer Genuß war mir sein »Egmont«, der ihn von seinem ersten Theatertage an gefangenhielt, da er als Antrittsrolle in Rostock den Schneider Jetter in diesem Stück zu spielen bekam und der Egmont in seinen Augen der Rolle zuviel schuldig blieb. Welche Wonne war es, mich für meinen Egmont so ins Zeug legen zu können, mit all meinem jugendlichen Überschwang, wohlgezügelt durch seine Regie! Wie »unbekümmert« konnte ich mich loslassen! Dabei überraschten uns Paul Otto und Max Adalbert in Zoppot, wo die Herren auch zu spielen hingekommen waren. Nicht auf der Bühne, wie wir, sondern im Kasino! Aber sie verrieten Herrn Schmidt und Fräulein Müller nicht! Mein Mann behauptete damals, die beiden wären nur zu froh, wenn wir *sie* nicht verrieten! »So holt oft eine Hand mit der anderen die Kastanien aus dem Feuer«, würde Tante Klärchen wohl gesagt haben.

Einmal ließ mein Mann mich sogar die Königin in »Don Carlos« spielen. Er fand es unsinnig und phantasielos, jede Königin mit einer bombastischen Erscheinung zu besetzen, nur weil es eine Königin sei. Die in »Don Carlos« wäre ein verschrecktes Vögelchen, fern der Heimat, zerbrechlich und zart. Mit einem leichten Akzent ließ er sie mich spielen, um ihre Tragödie ganz verständlich zu machen. Meines Mannes Worte und Töne als König Philipp habe ich immer noch im Ohr: »So allein, Madame, und auch nicht eine Dame zur Begleitung . . .?«

In wieviel Liebenswürdigkeit war der schwere Verdacht gebettet! Wie gefährlich klang er für die Gattin, und hinter wieviel Besorgtheit um die kleine Königin war er versteckt für den Hof!

Sein Liebstes und sicher auch sein Bestes war sein Mephisto. Ein Erzengel von Geblüt, ein gefallener Erzengel, aber immer noch ein Erzengel, der *Fürst* der Hölle, den er überlegen, fast ohne Bewegung, äußerst sparsam gab. Ein, womöglich *ebenbürtiger* Gegner des Herrn, von ihm geschaffen wie das Gute! Der böse Geist wider *den Geist*! »Die Spottgeburt aus Dreck und Feuer« bezog sich nach seiner Auffassung lediglich auf seine Seele, wenn man das, was er Schwarzes im Busen lächelnd zu verbergen bemüht war, eine solche nennen konnte.

Sogar da durfte ich mitmachen. Die Hexe! Schlank, mit langem brennrotem Haar und schneeig weißer Haut, da sie aus der Flasche mit dem Trank der ewigen Jugend »selbst zuweilen nasche«, daher jung und verführerisch.

Auf viele Bänder sprach er in späteren Jahren immer wieder seinen Mephisto, weil er diese Rolle so sehr liebte und sie niemals so gespielt sah, wie er sie gespielt sehen wollte: Das Böse gebunden an teuflisch edle Form.

Daß mein Mann seine Karriere als Charakterspieler begann, das ist bekannt, aber daß er nur einer Wette zufolge Liebhaber wurde, habe ich noch nicht verraten:

»Es ist keine Kunst, lieber Goetz, jeden Abend so verkleidet und verschminkt auf die Bühne zu kommen, daß einen niemand erkennt, die Stimme so zu verstellen, daß die Leute im Personenverzeichnis nachsehen müssen, wer eigentlich auf der Bühne steht. Das können viele, und das gehört eher ins Varieté. Aber sich selber zu spielen, so herauszukommen, wie Gott einen geschaffen hat, dann *so* in die Rolle zu kriechen *und* zu interessieren, das wäre es! Und nur damit macht man die ganz große Karriere!« So sprach Barnowsky.

»Wo haben Sie denn das her, lieber Direktor«, erwiderte mein Mann, aber es reizte ihn auf Anhieb, »wetten, daß ich das kann? Welche Rolle geben Sie mir dazu?«

»Die Rolle können Sie haben, den ›Armand‹ in ›Seine einzige Frau‹, aber mein Kunstinstitut gebe ich dazu nicht her! Wenigstens nicht in meiner Anwesenheit!«

So kam es, daß mein Mann seinen ersten Liebhaber spielte, in einer Sommersaison in Berlin, während Barnowsky in Westerland weilte. Die Kritiken waren so gut, daß er von da ab — Liebhaber waren immer eine große Seltenheit, nicht nur heute — nur noch Liebhaber zu spielen bekam, wozu Barnowsky dann bemerkte: »Na bitte, wie habe ich mir diesen Goetz über Nacht zum Liebhaber erzogen?«

Ein Mittelding zwischen Harry Walden und Bassermann, hieß es in den Gazetten, nur merke man ihm den Charakterspieler noch an. Als er sich dann seine Rollen selber schrieb, und mit Vorliebe auch mal eine Charakterrolle dazwischen, da las man: Großartig! Aber man merkt ihm den Liebhaber noch an!

Und darin lag, so glaube ich, seine Stärke! Daß er beides war! Er packte seine Figuren von innen her von der Charakterseite an und spielte sie nach außen hin als Liebhaber. Das machte sie so hintergründig und wirkte beinahe rätselhaft. Und deshalb brauchte er keine äußeren Mittel, um seine Figuren auseinanderzuhalten. Das Publikum konnte ihn genießen, ohne zu überlegen, *wie* er es machte, einmal so angeboren aristokratisch und dann wieder so angeboren spießbürgerlich zu sein, ein großer Herr und ein engstirniger Schulmeister, so jung und so verliebt und so todmüde alt und resigniert. Und alles ohne »Steigbügel«, ohne »Hilfen«, von der Charakterseite angepackt und als Liebhaber dargeboten.

Das wäre ein Rezept.

Diese kleine Bühne wurde von Leipzig aus bespielt und war das Privatgeschäft einiger Leipziger Theaterherrn. Um recht viel verdienen zu können, wurde gespart, wo es nur möglich war, denn die Spesen gingen zu Lasten der Unternehmer. Im Gegensatz dazu machte man eine ganz unverhältnismäßige Reklame, die, wie jener nette kleine Direktor – »aber doch nur zu unsern Gunsten« – uns verriet, in den Propagandaunkosten des Leipziger Hauses untergehen konnte.

Schon als wir am Morgen das kleine Theater betraten, war eine Reporterin zur Stelle, um meinen Mann zu interviewen.

»Laß mich das machen, Curt!«

Maxens Schatten schob sich langsam aber zwingend über den Notizblock der schlanken Schönen. Max wußte, wie abhold mein Mann solchem Unternehmen war.

Wir sahen besagte Dame wieder, als sie erregt und feuerrot die Bühne überquerte und ohne sich auch nur umzusehen, das Weite suchte.

»Ach jarnischt, Curt«, brummte Max, »die Dame wollte wissen, ob alles, was du schreibst, aus dem Leben gegriffen sei. Und da hab' ich ihr gesagt, daß du das, was wir heute abend spielen werden, im Zuchthaus geschrieben hättest, wo du endlich die Vergewaltigung absitzen mußtest, die du im »Spatz vom Dache« aus deiner »Menagerie« ausgefressen hast, und da hat sie Angst bekommen, die Gans, und ist auf und davon!« –

Um acht begann die Vorstellung. Punkt halb sieben waren wir alle in den Garderoben, denn wir wußten ja nie, was uns erwarten würde, oder vielmehr *nicht* erwarten würde. Jedenfalls war bis jetzt noch kein einziger Bühnenarbeiter da. Nur der Herr Direktor erschien:

»So«, sächselte er vor sich hin, »jetzt ganns losgähn! Wenn Se sähn wolln, meine Herrn, wie heutzutache, im Zeitalter der Dechnik, een Direktor alleene de Bihne baut, genn'n Se mir zuguggn.«

So also lief der Hase! Die Arbeiter wurden gespart! Und wir halfen mit Begeisterung aus.

»Der Mörder« und »Das Märchen« gingen reibungslos vonstatten, aber dann, in der großen Pause, kam unser Direktor verstört aus dem Zuschauerraum gestürzt:

»Herr Getz, des gäht nich! Ich habe äbn erfahrn – eener dersch in Berlin gesähn hat, sacht, daß im letzten Stick e unähäliches Gind vorgommt?«

»Na und?« fiel Maxens Baß dazwischen.

»Des gäht nich, Herr Gaufmann! Bei meim fein'n Bubligum! Es is ausvergauft. Des schbricht sich rum und es gommt uns geener mähr! Um Gottes willen, Herr Gaufmann, e unähäliches Gind in unserm Familchen-Theater! Genn'n Se kei ähäliches draus machn, Herr Getz?«

»Tja«, sagte mein Mann, »wenn Sie mir das zehn Minuten früher gesagt hätten, lieber Direktor! Aber jetzt, wo der Vorhang gleich aufgehen muß . . .!«

»Aber«, sagte Maxe in seinem tiefsten, beruhigendsten Schwäbisch, »des uneheliche Kind, des spielen wir so diskret! Vorgestern waren wir in Köln. Da haben wir's gespielt, Curt, wo haben wir's da gespielt? Im Dom!«

Nicht gänzlich, aber doch etwas beruhigt, warf der Direktor seinen Rock ab, riß seine Krawatte herunter, sein Hemd auf, streifte die Ärmel hoch und machte sich, unterstützt von uns allen, an den Umbau zur »Toten Tante«.

Die aus dem »Märchen« abgespielten Möbel wurden zuhinterst aufgehäuft. Zuhinterst hieß auf dieser kleinen Bühne, diesem »Nudelbrett«, knapp hinter der Rückwand des neuaufzubauenden Zimmers.

Im »Märchen« hatten wir zwei helle, sammetbezogene funkelnagelneue Fauteuils, die mir Frau Medizinalrat a. D. auf Drängen ihres theaterbesessenen Gatten widerstrebend hatte borgen müssen, wofür er dann zwei Ehrenplätze, in der ersten Reihe, bekam. Diese zwei Prachtstücke von Clubsesseln standen nun schön nebeneinander am geschütztesten Platz, dicht hinter der Rückwand des Drittenakt-Zimmers, in der Mitte der Bühne, wo niemand durchgehen und anstreifen konnte. Aber . . . Beim Aufbau stellte sich plötzlich heraus, daß nicht genug Wände da waren, um das Zimmer in der »Toten Tante« ganz zuzubauen.

»Sie haben uns doch geschrieben, lieber Direktor, daß wir uns dieses Zimmer gar nicht erst anzusehen bräuchten, da Sie es jetzt in ›Jugend‹ sowieso haben müßten!«

»Ja, da is uns das letzte Mal een Malheur bassiert, Herr Gaufmann. Des hatt' ich ganz vergessn. Da ham mir umgebaut und die Gulissn auf'n Hof gestellt, un da hat's in der Nacht gerächnet, und die genn'n mer nun nich näm. Wenn Se se sähn wolln, genn'n Se se sähn.«

»Sehen wollen wir nichts, umbauen müssen wir«, sagte Max. »Valcheri, was machen wir da schnell?«

Mir fiel ein, daß im Gasthaus gegenüber, wo diesmal unser Spinat bereitet wurde, eine riesengroße Landkarte hing. Diese würde den größten Teil des Loches zudecken. Nach oben würde bei der niederen Bühne eine breite Latte als Abschluß genügen, und Farbe, sie den Wänden anzugleichen, hatte ich sowieso immer dabei.

Mein Mann wußte von dieser Kalamität nichts, denn er nutzte jede Sekunde der Pause, um sich vom Lord im »Märchen« in den Professor der »Toten Tante« zu wandeln. Als er aber auftrat, quittierte er die schöne große Landkarte mit sichtlichem Vergnügen. Etwas Neues! Nach Hunderten von Vorstellungen etwas Neues! Das gab ihm einen richtigen Aufschwung: der Professor blickte immer wieder mit Wohlgefallen auf die bunte Landkarte an der Hinterwand seines Zimmers. Wir alle fühlten, daß mit dieser Karte etwas geschehen würde!

Der guten Laune und des Übermutes voll, schlug der Professor, als es gerade paßte, mit seinem Rohrstock gegen die schöne Landkarte. Darauf war sie nicht vorbereitet und sauste zu Boden! Und dadurch bekam das zartbesaitete Familientheaterpublikum von Naumburg seinen verehrten Direktor in einer Verfassung zu Gesicht, in der es ihn noch niemals gesehen haben dürfte: Der Herr Direktor saß, frontal zum Publikum, mitten in dem Ausschnitt, den die Karte eben noch verdeckt hatte, in einem der beiden hellen Prachtfauteuils der Frau Medizinalrat a. D., in Hemdsärmeln, die noch vom Umbau aufgekrempelt waren, ohne Krawatte, in der rechten Hand eine wohlverdiente Maß Bier, in der Linken den Rest einer Bockwurst. Er hatte augenblicklich zu kauen aufgehört und starrte ins kreischende Publikum und mag dabei gedacht haben: »Nich bewächn, dann merkt's geener!« Nur seine rechte Hand, als gehörte sie nicht zu ihm, senkte sich langsam und kippte den Maßkrug, dessen Inhalt wie aus einem müden Brunnen mählich aber stetig in den hellen Sammet des Fauteuils der Frau Medizinalrat floß.

Die sprang auf und schrie:

»Meine Meebl, meine scheen'n Meebl!«

Sie wollte mit ihren gut und gern zwei Zentnern auf die Bühne klettern, gleich über die Rampe weg, um zu retten, was zu retten war. Aber der Herr Medizinalrat riß sie unsanft in ihren Sitz zurück, der sich nichts ahnend und unbemerkt hochgeklappt hatte, was dem Herrn Medizinalrat in der Rage entgangen sein mochte.

»Wasser«, schrie Frau Medizinalrat aus der Tiefe.

»Nee, Bier isch es«, antwortete eine Stimme von hinten.

Sogar »Feuer« hörte man schreien!

Der Vorhang mußte fallen.

Die Landkarte wurde aufgehängt, und das Stück begann wieder von vorn. Als der Vorhang sich hob, gähnten zwei leere Plätze in der Mitte der ersten Reihe uns vorwurfsvoll entgegen. Frau Medizinalrat hatte Herrn Medizinalrat in der Aufregung eine geklebt, und ihr war daraufhin eine Freundin in den Magen getreten – eine Freundin der *Frau* Medizinalrat, nicht des Herrn Medizinalrat! So etwas gab es sicher nicht unter dem feinen Familientheaterpublikum in Naumburg.

Sie hatten das Theater verlassen, weil Frau Medizinialrat einem Herzkrampf nahe war und weil Herr Medizinalrat ihr hinüberhelfen wollte. Hinüber in die *Wohnung*!

Bei »Hinüberhelfen« fällt mir ein, daß mein Mann so gern von einem alten Berliner Professor erzählte, bei dem er den Vorzug hatte, verkehren zu dürfen, und dessen harmonisches Familienleben, mit Kindern, Eltern und Schwiegereltern im selben Hause ihm stets ein Vorbild blieb. Er hatte den Professor einmal gefragt, ob der Arzt im Falle eines aussichtslosen Falles »hinüberhelfen« dürfe.

»Na, liewa Joetz«, hatte der alte Herr mit jungen, schlau blitzenden Äuglein, aus denen man immer zweierlei Wahrheit lesen konnte, gesagt, »det kak Ihn'n saren! Meina Schwiejamutta, der hak in ihrer

Krankheit vielleicht ne Spritze verabfolcht! So'n Ding! Worauf meine Jute dann sanft entschlief!«

Aber das gehört nicht hierher. Das war ja auch viel früher.

UNTERM WEIHNACHTSBAUM

In Dresden beschlossen wir unsere erste Tournee, acht Tage vor dem Weihnachtsfest, welches wir in Berlin verbringen wollten. Und da erreichte uns eine Nachricht, die uns völlig aus den Angeln hob.

Es war eine Zeitungsnotiz, die Maxe uns mit zitternder Stimme vorlas und die besagt, daß »Hokuspokus« gar nicht von *Curt Goetz* sei, sondern von einem Herrn *Rosenhayn*!

Wir nahmen den nächsten Zug nach Berlin, und unser erster Weg war zu unserem Doktor Walter Jaffé. Ach, war das ein Anwalt! Abgesehen von seinen juristischen Fähigkeiten, die er seinem Rufe nach zweifellos besaß, die wir aber zu beurteilen gar nicht in der Lage waren, hatte er eine Art, einen zu empfangen und beruhigt zu entlassen, wie ein Arzt plus Mutter und Beichtvater.

»Wat is denn los, Kinder?«

»Sehen Sie sich das an, Herr Doktor«, schluchzte ich.

»Det is ja jroßartig! Den Herrn werde ick mir koofen! Haaaaa! Der macht mir richtich Spaß! Die Schwierigkeit wird nur darin liejen ...«

»Worin, Herr Doktor?«

»... die wird nur darin liejen, den Kerl am Kneifen zu hindern! Den Mann möchte ich wejen Verleumdung nach Paragraph X, Verbreitung unwahrer Tatsachen nach Paragraph Y, Berufsschädigung nach Paragraph Z und vor allen Dingen wegen Erpressung *zu* gern im Jerichtssaale haben!«

Für unsern Doktor Jaffé saß der Gegner schon seine fünf Jahre, von sämtlichen einschlägigen Paragraphen des Gesetzbuches belastet. Und wir ließen einen Anwalt zurück, der sich wie ein reich Beschenkter gab, der gar nicht genug danken konnte, daß man gerade ihm den erlesenen Genuß dieses Falles verschaffte! Das kann man sich heute nicht einmal mehr vorstellen!

Wenn mein Mann in den Nachkriegsjahren einen Anwalt brauchte – es gab kaum ein Stück, von dem nicht irgend jemand behauptete, es sei von ihm und nicht von *Curt Goetz*, eine Behauptung, die uns später so geläufig war, daß sie uns nicht einmal mehr komisch erschien –, wenn er also einen Anwalt brauchte, dann verlief die Sache so:

Mein Mann trug den Fall mündlich oder schriftlich vor.

Dann hörte er eine Weile nichts. Dann kam »eine Akte«, die Antwort des Gegners auf unseren Einwand gegen seine Behauptung. Und dabei lag ein Briefchen:

»Sehr geehrter Herr Goetz, ich bitte um Ihre Stellungnahme.« Und wenn ich meinem Mann das vorlas, dann begann er sehr schnell im Zimmer auf und ab zu tigern und diktierte:

»Sehr geehrter Herr Doktor, *meine* Stellungnahme ist mir bekannt. Ich bitte um *Ihre* Stellungnahme, für die ich Sie sehr gern und sehr hoch honorieren möchte. Und ich bitte Sie, diese Ihre Stellungnahme dem Gegner mitzuteilen und mich von dem Endergebnis, aber nicht vorher, zu benachrichtigen. Ich habe mit vollem Vorbedacht den schweren Beruf des Anwalts *nicht* gewählt und möchte ihn daher auch nicht ausüben, am allerwenigsten unentgeltlich.

Hochachtungsvollst . . .«

Die Sache gegen Herrn Rosenhayn, die erste dieser Art, regte uns damals natürlich maßlos auf. Sie ging dann mit Erklärungen von beiden Seiten aus, so ähnlich wie die Duell-Affäre, die mein Mann im ersten Memoirenband noch selber beschreibt.

»Die Herren Curt Goetz und Rosenhayn geben zur außergerichtlichen Beilegung des zwischen ihnen schwebenden Streites um die Urheberschaft des Stückes »Hokuspokus« folgende Erklärung ab:

»Herr Rosenhayn erklärt, daß ein Plagiat oder ein inkorrektes Verhalten irgendwelcher Art seitens Herrn Curt Goetz nicht vorliegt und nimmt seine gegen ihn erhobenen Anschuldigungen voll zurück.

Ebenso erklärt Herr Curt Goetz, daß er sich inzwischen überzeugen ließ, daß Herr Rosenhayn seine Anschuldigungen in keiner bösen Absicht geäußert haben soll.

Beide Parteien nehmen ihre Klage zurück. Herr Rosenhayn verpflichtet sich, die Unkosten beider Anwälte zu decken und dafür zu sorgen, daß entsprechende Zeitungsnotizen, die Herrn Curt Goetz zur Begutachtung vorgelegt werden müssen, innerhalb von acht Tagen in den Blättern erscheinen, die die ominöse Notiz brachten.«

Mein Mann schickte seinerseits einen kleinen Beitrag an die Zeitungen, der großen Beifall fand:

Unterm Weihnachtsbaum

Es ist natürlich ein bißchen peinlich, wenn uns jemand bestätigt, daß ein Diebstahl silberner Löffel unsererseits nicht vorliegt. Wenn er es aber vorher behauptet hat, müssen wir stillhalten, wenn er es wieder zurücknimmt. Wir müssen sogar heilfroh sein. Es sei denn, wir wären pervers genug, lieber auf die Gerichte zu laufen, als Weihnachtseinkäufe zu machen.

Wie kommt man zu so etwas?

Ein mir befreundeter langjähriger Christ bedeckte dergleichen mit dem Sammelnamen: Zores des Erfolges. Denn die Bäume sollen nicht in den Himmel wachsen. Auch die Christbäume nicht. Und deshalb werde ich das aliquid, das semper hängen bleibt, an meinen Christbaum knüpfen.

Curt Goetz

Von unseren Einnahmen aus »Hokuspokus« kaufte mein Mann das »Haus am Stillen Bach« in Merligen am Thunersee. Hier verbrachten wir Jahrzehnte der Jugend mit unserer Toni, die sich jeden Bundesfeiertag nicht genug darüber wundern konnte, »wie schmackvoll daß die Schweizer die Heiser dekoltieren«. Und wenn wir dann mit ihr ins »Des Alpes« auf ein Gläschen Sekt gingen, dann sagte sie jedes Jahr immer wieder und schüttelte immer wieder energisch den Kopf dazu:

»Wie kann me nur einen Hotel ›deshalb‹ nennen!«

Unser Nachbar war Marcus Jacobi, der »Maler vom Thunersee«. Er malte den See zu allen Jahres- und Tageszeiten, in jeder Stimmung und von allen Seiten. Auch für uns malte er ein Bild: den Thunersee mit dem Niesen, unserem Fudschijama. Er sieht von Merligen her in seiner absoluten Gleichschenkligkeit wirklich so aus, und das Bild, das Marcus Jacobi uns malte, hat auch ein solch absolutes Ebenmaß.

Ich habe in der Kunstschule gelernt, daß man ein Motiv, um es richtig in den Raum zu setzen, am besten in Drittel teilt. Man würde also auf einem Gemälde, das einen Berg und einen See zum Inhalt hat, zwei Drittel der Fläche dem Berg und ein Drittel dem See geben oder umgekehrt, je nachdem, was einem wichtiger erschiene, was man betonter haben möchte. Marcus Jacobi aber malte es halb und halb. Genau in der Hälfte des Bildes sitzt, dicht am oberen Rande die Spitze des Berges, dessen gleiche Schenkel wiederum genau in der Mitte der senkrechten Ränder enden, wo der Maler quer durch die Achse der Leinwand den See ansetzt und den Berg sich in ihm spiegeln läßt. So hat das Ganze eine geometrische Strenge, die dann durch die Farbe, vom tiefsten Waschblau bis zum Weißblau der Wölkchen sonnige Heiterkeit bekommt.

So malte Marcus Jacobi, und so schien sein Leben zu sein, nach exaktem Schema, leicht und luftig. Blauäugig waren er und die Seinen, blond und schlank wie die Sonnenblumen am Zaun vor seinem Schweizerhaus. Wir lernten Merligen durch dieses Malers Augen sehen, und noch heute, im Schatten des Vergangenen, erscheint mir in der Erinnerung dort alles hell wie der Mai.

Noch einen Künstler hatte mein Mann zum Freund. Das war unser Nachbar auf der andern Seite.

Auf der andern Seite war nichts. Wildnis, Gras und Bäume, auf unberührt holprig bemoostem Grund. Aber in der Wildnis dieser Bäume versteckt, stand eine Hütte. Nichts war in ihr, als eine Art Liegestatt, ein Öfchen und Stroh, und an der Wand ein Bord mit einem Laib Brot, einem Rad Käse und einem Wasserkrug. Und vor der Hütte stand eine kleine Bank. Eigentlich war es nur ein Baumstamm, der auf zwei Stumpen lag.

Da saß dann der Alte am Feierabend, mit der Pfeife im Mund, und sah hinüber nach dem Niesen. Mein Mann setzte sich zu ihm. Der

Freund duldete es gern. Das *war* so. Obwohl er nicht einmal den Kopf drehte, wenn mein Mann ihn grüßte. Der *hatte* gegrüßt. Nach einer Weile holte auch er seine Pfeife hervor, gerade wenn es Zeit war, dem Freunde Tabak anzubieten. Der stopfte dann wieder neu, ohne dabei den Blick von dem Berg wegzunehmen. Aber mein Mann, der sah sich nicht immer nur den Niesen an, den interessierte der Freund, dieses Gesicht ohne Mienenspiel und voll Ausdruck. Die Haut wie Leder, craqueliert und gleichmäßig dunkelbraun, von der Stirn bis über die Backenknochen, über den Hals mit dem großen linksseitigen Kropf, bis zum Haaransatz auf der Brust. Sommer und Winter, Jahr für Jahr immer gleich. Alterlos.

Und waren die Pfeifen zu Ende geraucht, dann ging mein Mann mit einem beiläufigen »Grüassech«, und der Freund grüßte wieder nicht zurück. Aber die beiden mochten sich leiden.

In all den Jahren sprach mein Mann ein einziges Mal mit dem Freund:

»Wollt Ihr nicht bei mir im Garten arbeiten?«

»Bi vom Mändig . . . bis am Donschtig b'setzt.«

»Und Freitag und Samstag?«

»I verdien . . . bis am Donschtig abend gnue . . . für Chäs . . . u Brot.«

»Und wenn schlechte Zeiten kämen? Krieg?«

»Da . . . tät i arbeite bis am Fritig . . . z' Mittag.«

Als wir nach dem Krieg wiederkamen in unser »Haus am Stillen Bach«, da hieß es:

»Ihr Freund ist gestorben, Herr Goetz.«

Auch dann hat mein Mann nie gefragt, wie sein Freund eigentlich hieß. Aber er setzte sich noch jeden Feierabend auf die Bank neben ihn, rauchte eine Pfeife und sah hinüber zum Niesen, der, von Merligen aus betrachtet, so ausgeglichen über dem Thunersee thront.

Das größte Hotel im Ort war das »Beatus«. Es gehörte der Familie Segers. Mann, Frau und Kinder waren es. Waren. Der Sohn, der mit zwanzig den Betrieb übernehmen sollte, starb kurz vorher. Er hatte sich nach dem Schwimmen erkältet. Wenn seine Schwester und ihr Mann Hand in Hand über die Dorfstraße schritten, ein dunkles Paar, blutjung, groß, schlank, aus edlem Holz geschnitzt, mußte man jedes Mal für einen Augenblick staunen, daß Gott so Vollkommenes geschaffen und sich auch finden ließ. Sie bekamen ein Töchterchen und ein Söhnchen. Der junge Vater starb bald darauf. Nach Jahresfrist die Frau. Kurz danach der Kleinste. Sie waren alle zu schön für diese Welt, und der liebe Gott brauchte sie anderswo. Eine bessere Erklärung gab es nicht dafür, wenn man die müden Alten an den Gräbern stehen sah.

Nicht lange darauf brach das Herz der alten Dame, und seitdem lebte Herr Segers mit seiner Enkelin Emerita, die einzige, die ihm geblieben war, und führte das Haus genau so weiter wie eh und je, liebenswürdig, heiter, als wäre alles recht, so wie es kam und geht. Er belästigte niemand mit seinem Los.

»Liebe Dein Schicksal, es ist der Gang Gottes mit Deiner Seele.« Das schrieb mein Mann mir in mein Rollenbuch von »Lügner und Nonne«, nachdem wir mal aus dem »Beatus« kamen, wo Herr Segers uns wieder so lieb unterhalten hatte.

Merligen war uns sehr ans Herz gewachsen. Merligen mit seinen »Ansässigen«, seinen »schwerfälligen Ansässigen«, von denen manche sich rühmen, nie über Bern hinausgekommen zu sein. Das scheint einem komisch, wenn man jung ist und selber noch nicht allzuviel von der Welt gesehen hat. Aber älter geworden, wenn man die Erde nicht nur bereisen, sondern wie ich zum Beispiel, sie an der Seite eines »Stückeschreibers« erleben konnte, versteht man den Stolz, den einer hat, wenn er jeden Tag seines Erdenwallens an dem Fleck verlebte und wirkte, auf dem Gott ihn wachsen ließ. Und nicht zum geringsten Teil verdankt so ein Fleck Erde diesen »Ansässigen« sein Gepräge, diesen »schwerfälligen Ansässigen«, die imstande sind, sogar die Zeit stillestehen zu machen, indem sie der alten Sitten pflegen, genauso, wie ihre Eltern und Ahnen es hielten. Man denkt, wenn sie daherkommen, daß sie Scheuklappen tragen, nur die eigene Art verstehen, anderes nicht kennen, nicht kennen wollen. Den Anschein hat es, und wir kamen uns manches Jahr wie Fremde vor. Aber ...

Da war zum Beispiel auch der Dorfschullehrer. Er war natürlich viel mehr als das, er war Ortsvorsteher, Gemeindepräsident und was weiß ich noch alles, aber »Dorfschullehrer«, das hat etwas Warmes, weshalb wir ihn gern so nannten, wenn wir von ihm sprachen. *Mit* ihm sprachen wir nur selten, und als wir viel später einmal ein Zeugnis brauchten, zu einem Gesuch für die Adoption unserer Kinder, dachten wir, der Herr Gemeindevorsteher würde uns eben bestätigen, daß wir soundso lange in seinem Bezirk lebten und uns nichts Strafbares zuschulden kommen ließen – in dieser Zeit – wohlgemerkt!

Aber lesen Sie selber, was unser »Dorfschullehrer« schrieb:

»Der Unterzeichnete, *Hugo Hofer*, Lehrer in Merlingen, bezeugt, daß er mit Herrn und Frau *Curt Goetz*, Schriftsteller und Schauspieler, seit 20 Jahren Bürger des gleichen Ortes ist und daß ihm die beiden Eheleute bestens bekannt sind. Ich freue mich, mit gegenwärtigem Bericht bestätigen zu dürfen, daß Herr und Frau Goetz in unserer Gemeinde einen ausgezeichneten bürgerlichen Ruf genießen und daß sie, ihres rechtschaffenen und ehrbaren Charakters und ihres vorbildlichen Familienlebens wegen, sehr geachtet sind. Beide Eheleute sind häuslich veranlagt, bescheiden und ehrlich und kinderlieb. Sie leben ihrem Berufe entsprechend ein kunstbetontes Leben, doch bleibt dieses stets dem dörflichen Rahmen verbunden und in jeder Weise der guten Sitte untertan.

Als Lehrer habe ich Gelegenheit, die Kinder Goetz täglich zu beobachten und aus ihrem Verhalten auf das Haus zu schließen. Dabei freue ich mich zu sehen, daß es ihnen nach harten Kinderjahren noch vergönnt ist, eine sonnige, sorglose Jugend zu führen.

Ich halte dafür, dem Begehren von Herrn und Frau Goetz sollte ohne Bedenken stattgegeben werden, den Eltern ginge ein rechter Wunsch in Erfüllung und den Kindern geschähe ein Gotteslohn. Ich bin gern erbötig, meine Angaben vor jeder Instanz als den Tatsachen entsprechend zu bekräftigen und bitte im Interesse der Kinder und der Eltern um einen wohlwollenden und gütigen Entscheid.

Hugo Hofer, Gemeindevorstand und Lehrer.«

Mein Mann nannte dieses Zeugnis seine beste Kritik. Er liebte sie nicht nur, weil sie uns ehrte in höchstem Maße, sondern er genoß das Dichterische an ihr. Er las sie gern laut, freute sich an dem Rhythmus und spürte niemals eine einzige Silbe auf, die er hätte anders haben wollen. Er fand die Worte so wohl gesetzt, so prächtig gegeneinander gewogen, unverfälscht den Ton der gewichtigen »Ansässigen« von unserm lieben Thunersee vermittelnd.

AUS DEM STEGREIF

An unseren See, ans andere Ufer nach Einigen, zog später auch *Hans Müller*, der sich seines seltenen Namens wegen *Hans Müller-Einigen* nannte. Er war Wiener, ein Bühnenschriftsteller und eine nie versagende Quelle von Geschichten und Anekdoten aller Art.

Seine Leidenschaft, so erzählte er uns, war die Bahn. Das Leben und Treiben am Bahnhof, das Ankommen, die Begrüßung, die Abfahrt, das Abschiednehmen. Ich glaube, er gab sein ganzes Kleingeld für Bahnsteigkarten aus, und wenn er selber eine Reise tat, dann verstand er es, auch den schweigsamsten Fahrgast ins Gespräch zu ziehen, um ihm dann wenigstens eine einzige seiner Anekdoten versetzen zu können. So kannte er Gott und die Welt, führte ein gastfreies Haus und – war im Grunde einsam. Aber als er starb, da waren sie alle da, von den Zeitungen in Wien, Zürich, und Bern, und natürlich alle vom Theater, denn ihnen hatte sein Leben und Schaffen gegolten und seine ganze Liebe.

Der Pfarrer trat ans offene Grab und begann:

»In Sünden geboren und in Sünden ...«

Da hob mein Mann unwillkürlich seinen Kopf, so wie:

»Nanu«?

Dieses muß der geistliche Herr bemerkt haben, denn er blieb stecken, und er wiederholte, etwas strenge:

»In Sünden geboren und in Sünden ...«

Darauf, so erzählte man mir, denn ich war nicht dabei – mein Mann wußte es immer so einzurichten, daß ich etwas ganz Wichtiges für ihn zu tippen hatte, wenn ein schwerer Gang zu machen war: den ging er allein –, darauf also hoben alle Anwesenden die Köpfe, was den Redner natürlich wieder stören mußte. Und so sehr mein Mann gegen Wiederholungen ist, besonders wenn sie an Übertreibung grenzen, muß ich doch berichten, daß der Herr Pfarrer ein drittes Mal sagte:

»In Sünden geboren und in Sünden ...«

Und da er es nun schon dreimal und immer eindringlicher gesagt hatte – jeder halbwegs geschulte Rhetoriker steigert eine Wiederholung –, kann er überhaupt nicht mehr herunter von dem Haufen von Sünden, in denen unser Hans geboren war, so daß sich eine leise Unruhe der Trauergemeinde bemächtigte und alle hilfesuchend nach meinem Mann sahen. Und er, sich als der Schuldige fühlend, der den Anstoß zur Verwirrung des Pfarrers durch seinen Blick oder auch nur durch seinen Gedanken gegeben haben mochte, tat einen entschiedenen Schritt ans Grab und begann:

»Mein lieber Hans, im Namen aller Komödianten, der lebenden und toten, stehe ich hier, um dir ein paar Worte zu sagen. Nicht daß mich jemand laut mit dieser Ehre betraut hätte, es ist ein leiser Auftrag, dessen zu entledigen geheimnisvolle Stimmen mich mahnen.

Wenn du in Bälde dort drüben im Kreise der Komödianten an der Tafelrunde der Schatten thronen wirst, wo dann die Hamlets, die Egmonts, die Philipps, die Falstaffs und die Mephistos verklungener Zeiten an deinen Lippen hängen, um deinen Theateranekdoten zu lauschen, so besteht zwar keine Gefahr, daß dir auf absehbare Zeit der Stoff ausginge, aber vielleicht bist du doch für einen Beitrag dankbar, den ich dir mit auf den Weg geben möchte.

Ich glaube nicht, daß du die Anekdote kennst, sonst hättest du sie mir erzählt. Ich fand sie jüngst in einem Sammelband des Kollegen Waldemar, dem Neffen des Wiener Komikers, von dem er sie wohl hat, und erlaubte mir, sie zu ›dichten‹, weil mir der Kern so sehr gefiel:

Da war ein Requisiteur in einem kleinen Stadttheater. Ursprünglich wollte er Schauspieler werden, doch dazu hatte es nicht gereicht. Aber es gab keine Vorstellung, wo er nicht vom ersten Gongschlag bis zum Fallen des Eisernen in der Kulisse stand und lauschte. Und wenn nun gar ein neuer Hamlet gastierte, so war er Tage vorher und nachher verzaubert.

Er hatte ein kleines Zimmer in der Stadt. Aber er schlief – was niemand wußte – in seiner Requisitenkammer zwischen Pendulen, Teekannen, Brillen, Dokumenten mit riesigen Siegeln und anderem Krimskrams. Und nachts, wenn er mutterseelenallein im Theater war, dann schlich er auf die Bühne und rezitierte:

›Sein oder Nichtsein, das ist hier die Frage ...‹

Und alle Versatzstücke hörten ihm zu.

Und eines Morgens fand man ihn tot vor dem Souffleurkasten. Im Hamletkostüm. Das Florett in der Hand. Und in der Requisitenkammer fand man unter Pendulen, Teekannen, Brillen, Dokumenten mit riesigen Siegeln und allerlei Krimskrams ein richtiges Dokument: Sein Testament. Es bestimmte, daß sein Schädel präpariert und dem Fundus des Theaters einverleibt werde, damit der Darsteller des Hamlet sich nicht mehr mit einem Requisit aus Pappe zu begnügen brauche.

Es mag der Gedanke ihn geleitet haben, daß auf diese Weise sich doch noch sein Traum erfüllte, wenn von nun an in mancher Vorstellung die Strahlen der Scheinwerfer, gebündelt, sein edles Profil träfen, wenn Hamlet, diesen Schädel in der Hand, sagen würde:

›Ich kannte ihn, Horatio. Er war ein Bursche von unendlichem Humor . . .‹

Erzähle den toten Komödianten diese Geschichte, lieber Hans, du wirst sie großartig erzählen. Denn dieser liebenswerte, theaterbesessene Narr könntest du gewesen sein. So liebtest du uns! Und, bei Gott, du konntest lieben! Du warst im Zeichen der immer weiter um sich greifenden Entheiligung des Theaters einer der letzten Ritter der Bretter, die den Hut abnahmen, wenn sie über die Bühne gingen. Auch wenn niemand es sah.

Dafür danke ich dir im Namen aller Komödianten, der lebenden und der toten. Siehst du, wie artig die Schatten sich neigen? Ein bißchen theatralisch vielleicht. Aber das macht nichts. Das hast du ja gern.

›Gute Nacht, mein Prinz, und Engelscharen singen dich zur Ruh . . .!‹«

Ich darf dazu erzählen, daß unser sehr verehrter Gönner *Arnold H. Schwengeler,* Präsident der Schweizerischen Gesellschaft für Theaterkultur und literarischer Schriftleiter des Berner »Bund«, der in diesen Eigenschaften gekommen war, eine Rede zu halten, es nicht mehr tat. Doch tags darauf sagte er mir: Nach diesem Curt Goetz zu sprechen, wäre Selbstmord gewesen, und deshalb, so sehr er darauf brenne, die gleiche Theatergeschichte nun auch von Hans Müller zu hören, zog er es vor, diesen Genuß noch etwas hinauszuschieben. Er bat meinen Mann, die Rede für seine Zeitung aufzuzeichnen, was dieser gern tat, und deshalb konnte ich den Leser hier wieder einmal die Klaue des Löwen verspüren lassen.

Nach vielen seiner Glanzrollen haben wir nicht so begeisterte Dankesbriefe bekommen, wie nach dieser improvisierten Grabrede. Und das, obwohl mein Mann immer behauptete, er könne nicht unvorbereitet sprechen. Das habe nur *einer* in der Familie gekonnt, Onkel *Emil Reubke,* der aus purer Leidenschaft improvisierte und dabei seine Zuhörer auf Anhieb lachen und weinen machen konnte.

DER MEISTER-SCHWIMMER

Onkel *Emil Reubke* war Schauspieler und Intendant am Hoftheater in Dessau, und jener Onkel, dem, wie ich im letzten Band berichten konnte, mein Mann es abgeguckt hatte, sich auf den Handschlag der Kollegen zu verlassen und auf Verträge mit ihnen zu verzichten.

Mütterchen hatte geschrieben, daß Onkel Emil nach Kolberg an der Ostsee in die Ferien ginge, wo mein Mann sein erstes Sommerengagement zwischen dem Rostocker und dem Nürnberger Jahr abmachte.

Nichts Böses ahnend, ging Emil Reubke über die Kurpromenade, als der Direktor des Theaters, Max Biedermann – er ist übrigens der Vater von Vetter Rudi Biedermann, diesem Schauspieler von Schule und Format, wie man das heute selten findet – ihm atemlos schnaufend nachgelaufen kam:

»Emil! Eben habe ich von deinem Neffen erfahren, daß du hier bist – du mußt mir helfen – mein Liebhaber ist plötzlich krank geworden – gestern abend hat er mir noch in Schwerin den Melchthal gespielt und war großartig – und jetzt schneiden sie schon an ihm herum – Blinddarm natürlich! Es ist ausverkauft! Heute, Sonntag, Eröffnungsvorstellung!«

»Du bist wohl verrückt, Biedermann! Wer kann denn das? Heute abend!«

»*Du* kannst das, Emil! *Du* kannst!« Und Biedermann, der seinen Emil kannte, fuhr wie ein Wasserfall fort:

»Weeste noch, wie wir zusammen in Dings waren, vor fumpfzig Jahren? Erscht gestern im ›Tell‹ hab ich's wieder erzählen müssen! Damals wie du noch den Melchthal gespielt hast, weeste? Da kam doch der Trottel raus, der Brütjam – gut, er war das erschte Mal auf 'ner Bühne – und sagt: ›und ließ den spitzen Stahl ihm in die Ohren bohren‹ anstatt ›in die Augen‹. Und du, als ob's ganz richtig wär, gehst weiter voll Schwung und Rührung: ›In die Ohren, sagt Ihr? In die Oogen? In seine beiden Augen! Oh, welch' edle Gabe ist doch das Himmelslicht‹ ... und niemand hat's bemerkt.«

»Na, das war doch keine Kunst«, erwiderte Reubke mit sehr falscher Bescheidenheit, »aber heute? Ein Stück, das ich gar nicht kenne? Ich hab's an der Säule gelesen: *Er muß aufs Land.* Das ist mir nie untergekommen.«

»Ein großartiges Stück, sag ich dir! Und eine Rolle, Emil, eine Rolle!«

»Warum spielst *du* sie denn nicht?«

»Erlaube mal, ich hab' doch keine Schmiere. Wer kann denn das, von jetzt bis Abend?«

»Da sagst du's selber!«

»Emil, ich beschwöre dich! Der Kaiser ist auf der Kieler Woche und kommt morgen nach Kolberg zu Besuch!«

»Was hat denn das damit zu tun?«

»Emil, soll ich mich niederknien? Soll ich mich hier auf der Kurpromenade vor dir in den Staub werfen? Soll ich? Ich tu's!«

»Um Gottes willen«, blickte der Herr Hofschauspieler sich ängstlich um. Aber – das »großartige Stück« und vor allen Dingen »die Rolle, die Rolle« das saß schon!

»Eine gute Rolle sagst du, Biedermann?«

»Der kommt den ganzen Abend nicht von der Bühne runter!«

Da konnte Onkel Emil nicht widerstehen.

»Na ... Also ... dann ...« sagte er.

»Ich hab's ja gewußt! Ich hab's ja gewußt! Du läßt uns in der Not nicht im Stich! Ich danke dir! Ich laufe jetzt ins Theater und schicke dir sofort das Buch!«

»Nee, nee«, rief Emil Reubke ihm eiligst nach, *»das verwirrt mich bloß!«*

Und abends in der Vorstellung, da ließ Reubke sich beim Schminken von den Kollegen das Stück erzählen, und legte dann so los, daß kaum ein anderer zu Wort kam. Mein Mann, der damals immer noch siebzehn war, spielte seines Onkels Emil Schwiegervater, und wie er sagte, hatte er alle Mühe, die Augenblicke abzupassen, in denen der alte Herr immer mal wieder Luft schöpfen mußte, die einzige Gelegenheit, ein paar Worte anzubringen, die man ja nun einmal gelernt hatte! Aber im dritten Akt, da blieb sogar Emil Reubke hoffnungslos hängen! Er begann nach Worten zu suchen und sich zu wiederholen, die Souffleuse blätterte rückwärts und vorwärts, um einen Anschluß zu finden, schüttelte dann verzweifelt den Kopf, schlug das Buch hörbar zu und gab's auf.

Und die Kollegen auf der Bühne – »und da verließen sie ihn« – fingen an, sich gegen die Kulissen zu verziehen. Dort stand zitternd der Direktor. Als Reubke ihn in die Pupille kriegte, da muß etwas in seinem Hirn geschnappt haben, denn mit einem Schlag begann er eine Rede auf den Kaiser zu halten, und hatte im Nu das Haus mitgerissen. Die Kollegen spielten sich wieder näher an den großen Gast, Biedermann in der Kulisse strahlte, und an einem Höhepunkt der Rede hatte er die Geistesgegenwart, den Vorhang fallen zu lassen.

Sturmapplaus!

Aber das dicke Ende blieb nicht aus!

»Emil, das mußt du mir morgen noch einmal spielen!« Und Emil ließ sich breitschlagen. Aber er blieb an jener bewußten Stelle des dritten Aktes nicht hängen – vielleicht hatte er inzwischen doch das Stück gelesen und war verwirrt – und somit fiel die Festrede auf Majestät aus. Da revoltierte das Publikum, denn gerade diese hatte sich in dem kleinen Bad herumgesprochen, und es gab Leute, die an der Kasse ihr Geld zurückverlangten, weil das Beste vom Stück weggeblieben wäre!

DER SCHNEIDER KNIŽE

Noch ein Künstler war an den Thunersee gezogen. Nach Dürenast. Das war der Schneider Kniže. Er legt großen Wert darauf, sich »Schneider« zu nennen, und hatte dieses Handwerk von Grund auf gelernt, aber da er ein Künstler war, erhob er sein Handwerk zum Kunstwerk und wurde so der erste Schneider der Welt. Fritz Kniže war der Mann, der uns später an den Broadway brachte.

»Gut kochen, is es gute Schmack haben«, sagte unsere alte Toni, und ein guter Schneider zu sein, ist eben auch »guten Schmack« haben, und den hatte Fritz Kniže! Und noch bemerkenswerter war sein Ahnungsvermögen, das den Künstler kennzeichnet. Kniže ahnte die kommende Mode voraus, sie überraschte ihn nicht, sie war ihm nie neu. Er war

auch einer der Vereinzelten, die den Bahnbrecher der modernen Architektur, den Wiener Adolf Loos, frühzeitig erkannten, der dann auch das Geschäft Kniže am Graben baute, das heute schon unter Denkmalschutz steht. Durch Loos kam Fritz zu Kokoschka, der hier das tiefste Verständnis für sein Schaffen fand. Der Grund für dieses Verständnis war das außergewöhnliche Wissen, das Fritz Kniže von der »Kunst der primitiven Völker« besaß, und dadurch erkannte, daß sie dem Expressionismus so wesensverwandt ist. Seine Sammlung von Masken und Gefäßen, die Gebiete wie Mexiko, Guatemala, Peru, Polynesien, Neuseeland, Nordwest-Amerika und Afrika umfaßt, hat internationale Bedeutung.
Als Kniže im Jahre 1932 eine Filiale in Prag eröffnen wollte, kam er mit der dortigen Gewerkschaft nicht ins klare, weil, wie es hieß, er den Befähigungsnachweis nicht erbringen könne. Da setzte sich Fritz, der damals schon sehr vermögend war und den die bedeutendsten Ethnologen der Welt aufsuchten, in seine Werkstatt und schneiderte höchst eigenhändig einen gutsitzenden Anzug. Der endete dann als Ausstellungsstück im Gewerbemuseum in Prag.

Ja, dieser Fritz Kniže war bei aller Bescheidenheit eine bedeutende Erscheinung, den auch auf Gebieten, die ihm nicht geläufig waren, sein Formen- und Qualitätsgefühl nie im Stich ließ.

»ZIRKUS AIMÉE«

Es siedelte sich noch jemand am Thunersee an, und zwar in Thun selber: *Ralph Benatzky*. Über seine Person könnte jeder, der ihm begegnete, ein Buch schreiben, weshalb ich hier nichts vorwegnehmen will, was ein Berufenerer einmal brauchen kann. Verraten aber sei, daß mein Mann mit ihm eine Operette verbrochen hat, was nur wenigen bekannt ist.

Im Stadttheater zu Basel war die Uraufführung dieser Operette, inszeniert wie ein echter Curt Goetz, von Oskar Wälterlin, und so wie der Autor es sich gewünscht hatte, besetzt mit Schauspielern, mit großartigen *Schauspielern*.

Ein Liedchen, das mein Mann, als er in Rostock engagiert war, von Kindern singen hörte, läuft wie ein roter Faden durch das Stück:

»Wer weiß, wie das noch kimme kimme deit!«

Damit endet auch die Operette. Wir mußten das Lied immer noch einmal und immer noch einmal singen, eine Viertelstunde nach Schluß der Vorstellung immer noch einmal, und dann nur a capella, weil die Herren Musiker ihre letzten Trams erwischen mußten, aber das Publikum einfach nicht nach Hause ging. Ganz Basel sprach uns mit »Hoheit« an, weil mein Mann ein Prinz war und ich seine Prinzessin wurde. Uns war, als läge ein Rausch über meines Mannes geliebter Vaterstadt.

Und dann kamen sie alle von überallher, die Herrn Intendanten und Direktoren und machten ihre Angebote. Aber – einmal greift jeder daneben! Dann aber gründlich! So war im Handumdrehen ein Vertrag abgeschlossen mit den Brüdern Rotter, die das größte und schönste Operettenhaus besaßen, das Metropoltheater in Berlin. Dort feierten Richard Tauber und Fritzi Massary ihre Triumphe. Und gerade das war der Fehler! Denn, wie der geneigte Leser nun schon weiß, macht nicht der Künstler, sondern das Publikum macht sich seine Abendvorstellung, die es sich zum großen Teil schon vor dem Abend, durch seine Vorstellung von der Abendvorstellung macht. Und das von Tauber und der Massary verwöhnte Metropoltheaterpublikum machte sich leider vorher eine ganz falsche Vorstellung von unserer Art Vorstellung!

Meine gute Mutter saß, wie jeden Abend zuvor in Basel, nun auch in Berlin im Theater. Aus Aberglauben immer auf demselben Platz, 2. Reihe Mitte. Und sie ging stets allein ins Theater, weil sie hören wollte, was ihre Nachbarn zur Rechten und zur Linken von ihren Kindern sagten und was vor und hinter ihr über uns gesprochen wurde. Das war ihre Passion. Aber diesmal kam sie nicht ganz auf ihre Rechnung, obwohl ihr großer Sinn für Humor sie entschädigen konnte.

Als nämlich mein Mann auftrat und seine ersten Takte »sang« – ich weiß eigentlich nicht, warum ich »sang« in Gänsefüßchen setze, denn dafür, daß er keine Stimme hatte, sang er sehr schön –, als er also seine ersten Takte sang, als Prinz Sascha Bogumirsky von Stankiewicz Bredzow Mi̇̈eslov und Skrt, in schneeweißer Uniform, von Orden und Tressen strahlend wie Lohengrin plus Kaiser Wilhelm, flüsterte einer hinter meiner guten Mutter seinem Nachbarn zu:

»Warum hat sich eigentlich der Rotter mit dem Tauber verkracht?«

Unter diesem Mißverständnis fand dann die ganze Vorstellung statt.

Da hatte sich zum Beispiel eine majestätische Bogumirsky auf die Bühne zu schleichen, um ihren Verlobten zu ertappen, und, flankiert von acht Dragonern, unauffällig, wie das in der Operette nun schon mal ist, schmetterten alle Neune:

»*Leise, leise,*
Damit niemand hört, wir sind schon da!
Leise, leise,
Keinen gibt es, der uns kommen sah!
Gilt es wen zu überraschen,
Muß man schleichen wie beim Paschen,
Denn darin besteht die Überraschung ja:
Darum *leise*, darum *leise*,
Keiner hört's, keiner merkt's, und wir sind da!«

Das wäre, wie es gedacht war und wie es sich in Basel erwiesen hatte, eine Pointe gewesen, die aber in dem riesigen Haus unterging, weil man da so laut singen *mußte*, um überhaupt gehört zu werden.

Zum zweiten Aktschluß, als sich das liebende Paar im allerletzten Moment doch nicht kriegen kann und aller Augen vor Rührung schwammen, hatte der Chor leise und elegisch zu singen:

»Ach, in allen Operetten
Wird stets eins geschehn,
Wenn sich Zweie fast schon hätten,
Kommt's ans Auseinandergehn!
Und es bricht das Herz im Takt
Mit Rücksicht auf den dritten Akt.
Und dann singen alle, alle
Voller Rührung das Finale...«

Und dann kam dieses rührende Finale. Aber, das alles wurde schon in den ersten Berliner Vorstellungen gestrichen, weil die Direktion erklärte, das Publikum sei so ergriffen, wenn das arme Hascherl von Zirkuskind ihren Prinzen nicht bekäme, daß man es mit diesen Tränen in die Pause gehen lassen müsse! Selbst das energische Sträuben von Kapellmeister Becker, der in Basel den Sensationserfolg gelandet hatte – wir nahmen ihn uns nach Berlin mit – half nichts! Ja, derselbe Kapellmeister Becker war es, der aus dem ersten Band, der meinen Mann in Rostock nicht auf seine Carmenprobe kriegte! Nicht einmal er konnte die Parodie im Stück hinüberretten. Und auch die Kritik kannte meinen Mann leider nicht. Allerdings soll, wie man uns sagte, die »erste Garnitur« in den Ferien gewesen sein, weil es zu spät in der Saison war. Das auch noch! Die Zeitungen schrieben:

»Ein gewisser Curt Goetz, der, wie es heißt, schon einige Einakter geschrieben haben soll, hat sich nun an eine Operette gewagt...«

Aber dann war sie fair, die Berliner Presse, wie es der Berliner eben immer ist: »Gerechtigkeit für Curt Goetz« war die Überschrift der Kritik, der nächsten Herbstnovität. Und der Inhalt: daß es seit Offenbach kein so geistreiches Libretto gegeben habe, und daß nicht Curt Goetz, sondern die Berliner durchgefallen seien, mit ihrer Presse mitten mang.

Mein Mann hatte immer vor, diese Scharte auszuwetzen und sein musikalisches Kind »Zirkus Aimée« noch einmal so auf die Beine zu stellen, wie es gedacht war, vorausahnend, wie man das heute macht: als Musical. Aber immer wieder kam etwas Neues in seinen Kopf, und dabei wurden wir unglaublicherweise und ganz unbemerkt älter, so daß wir nie mehr dazu kamen. Ich denke aber, daß ich da noch einen seiner Wünsche erfüllen könnte, wenn ich nur ein Pärchen fände, das so verliebt spielen kann, wie wir es waren.

»DER LÜGNER UND DIE NONNE«
1929

Dem Freunde Markus Jacobi

Immer schon hatte ich mir gewünscht, schreiben zu können, und wenn ich meinen Mann so versammelt über seiner Arbeit sah, beneidete ich ihn richtig.

»Wie machst du das nur?«

»Das ist gar nicht so schwer«, meinte er, bis man begriffen hat, daß man nicht schreiben kann, ist man so berühmt geworden, daß man es nicht mehr läßt.«

Ein andermal aber sagte er wieder:

»Bleib lieber bei deinen schönen Spielereien, bei deinem Zeichnen und Malen, beim Photographieren, bei deinen Briefmarken, dem Bücherbinden oder Kinderkleidchenstricken, und überlasse mir die Arbeit. Jedesmal ist es ein Kampf und eine Qual, bis etwas nur annähernd so dasteht, wie man es sich denkt. Dieses ›Abstreichenmüssen‹ von dem, was man will, das paßt nicht zu dir.« Es war hohe Zeit geworden, fast zwei Jahre nach »Hokuspokus«, ein neues Stück zu schreiben. Der Gedanke, den letzten Erfolg, wenn schon nicht überbieten, so ihm doch gerecht werden zu sollen, ließ ihm wie immer keine Ruhe. Kein Fortschritt würde ja schon einen Rückschritt bedeuten. Ich darf mich auch nicht wiederholen, dachte er, ich muß etwas ganz anderes finden, ich muß von einer neuen Seite kommen. Und so begann er mit »Der Lügner und die Nonne«, und zwar in Kempfenhausen am Starnberger See bei Charly und Giza von Baráty, die uns für den Sommer eingeladen hatten und wo uns die Freude erwartete, auch unsere Trauzeugen, Margerith und Udo LaRoche anzutreffen. Es war erstaunlich, daß mein Mann sich bei all dem Unfug, der da getrieben wurde, aufs Schreiben konzentieren konnte. Doch das Milieu regte ihn so sehr an, daß es ihm den Duft für die ersten zwei Akte gab.

Er schlich sich vorsichtig in eine Welt, die er nur aus meinen Erzählungen kannte. Zuerst brachte er das entsprungene Nönnchen auf die Bühne, dann ließ er den Pater auftreten, der es aufspüren sollte, dann zwei Ordensschwestern, die es zurückraubten. Dann aber mußte das Kloster, auf das er sein Publikum neugierig gemacht hatte, auch tatsächlich in seiner ganzen Macht und Pracht zu sehen sein.

Eines Tages, als wir wieder in Merligen waren, kam er an: »Jetzt kannst du mir helfen. Ich bin so weit, daß ich mit dem Stück ins Kloster selber komme. Du weißt da besser Bescheid. Den Akt schreibst du jetzt mal, mein Schätzchen.«

Ich war selig und setzte mich sofort daran:

»Wie soll das werden?«

»Der Vorhang muß aufgehen, wenn wir bereits im Kloster sind. Der Empfang für die höchste Instanz, das ist der Kardinal wie du sagst, könnte vorbereitet werden. Dann muß er kommen, das Vergehen der kleinen Nonne wird ihm vorgetragen, und er wird darüber zu richten haben. So müßte der Verlauf dieses Aktes in großen Zügen sein.«

Das war natürlich *die* Aufgabe für mich! Elf Jahre lang war ich intern im Kloster erzogen worden, hatte unzählige Empfänge und Inspektionen miterlebt und kannte das ganze Drum und Dran wie meine Tasche.

»Womit soll ich anfangen?«

»Zuerst kommt der Schauplatz, mein Schätzchen.«

Ich schrieb:

Empfangshalle im Kloster.

»Was weiter?«

»Man erwartet den Kardinal.«

Ich schrieb:

Die Nonnen erwarten den Kardinal.

»Was kommt dann?«

»Vielleicht gibt die Oberin noch einige Befehle?«

Ich schrieb:

Die Oberin gibt noch einige Befehle.

»Was soll sie befehlen?«

»Das wollte ich eigentlich von dir hören, mein Schatz. Wie war denn das bei euch, wenn so hoher Besuch kam? Was gab es da für letzte Befehle?«

Was für Befehle? Was für Befehle? Ich dachte krampfhaft nach.

»Soll sie befehlen: machen Sie die Fenster und die Türen zu?«

»Warum nicht? Wenn es dich weiterbringt? In unserem Falle schiene es mir allerdings besser, wenn sie sagte: Öffnen Sie beide Flügel, Schwester X! Das gibt eine kleine Spannung, denn in diesen weitgeöffneten Flügeln wird gleich unser Kardinal stehen!«

»Du sprichst, als wärest du dabeigewesen. So *war* es doch immer bei uns! Und wenn ich dann als Hintersetzer ein transparentes buntes Kirchenfenster nehme, wird das außerdem sehr dekorativ sein! Großartig!«

Ich schrieb:

Oberin: Öffnen Sie beide Flügel der Tür, Schwester Clarissa.

Dann las ich durch, was ich bisher geschrieben hatte:

Empfangshalle im Kloster. Die Nonnen erwarten den Kardinal. Die Oberin gibt noch einige Befehle.

Oberin: Öffnen Sie beide Flügel der Tür, Schwester Clarissa.

Clarissa: Jawohl, ehrwürdige Mutter. (Sie tut es.)

Und nun, da alles in Ordnung schien, könnte der Kardinal kommen, dachte ich und schrieb:

Man hört die Klosterglocke erklingen, worauf die Schwestern sich aufregen und hin und her durcheinander aufgeregt miteinander flüstern. Dann erklingt noch ein kleines Handglöckchen, das immer näher und näher kommt, worauf die Schwestern kreisförmig niederknien. Der Kardinal erscheint in den Flügeln, gefolgt von seinem Abbé, der das kleine Handglöckchen in der Hand hat, denn er war es, der das Glöckchen geläutet hatte, das man immer näher und näher kommen hörte, bevor der Kardinal aufgetreten war.

Nun stand der Kardinal da. Und jetzt? Natürlich! Jetzt spendete er als erstes seinen Segen!

Der Kardinal spendet seinen Segen. Die kreisförmigen Schwestern neigen die Köpfe tief zur Erde.

Mein Mann guckte mir über die Schulter und deutete auf meine kreisförmigen Schwestern.

»Wieso?« sagte ich, »bitte das stimmt! Wir knieten immer in einem Kreis, wenn der Bischof zu uns kam.«

»Ich dachte nur«, meinte mein Mann, »aber mach nur weiter! Wenn man alles Überflüssige streicht, ist das eigentlich schon ganz gut, mein Schatz.«

Schritt für Schritt, sagte ich mir, kommt man schon weiter und ich schrieb:

> Nachdem der Kardinal seinen Segen spendete, gibt er ein Zeichen zum Aufstehen, und alle stehen auf.

Nun standen sie. *Wer* sollte jetzt *was* sagen? Richtig! Ich wußte ja genau, was jetzt kommen mußte! Das Vergehen der kleinen Nonne muß dem Kardinal vorgetragen werden, damit er darüber richten kann!

> Oberin: Eure ehrwürdige Eminenz! Schwester Angela hat ein Kind. Sie behauptet zwar, sie hat es nicht bekommen. Aber sie hat es.
> Kardinal (blickt sehr erstaunt.)
> Oberin: Was sollen wir machen?
> Kardinal: Da muß entschieden was geschehen!
> (Er überlegt tief.)

Und das tat ich auch. Sehr tief! Ich sagte mir, entweder muß er jetzt empört sein und die Schuldige aus dem Kloster jagen, oder er muß sagen: Das macht nichts, das kann vorkommen.

Beide Lösungen sind unbefriedigend und eine dritte gibt es nicht. Ich las das ganze wieder durch bis zu:

> Kardinal: Da muß entschieden was geschehen!

Aber *so* nicht! Ganz abgesehen davon, daß mein dritter Akt auf diese Weise kaum zwei Minuten dauern würde.

Man muß es einmal versucht haben, etwas zu »erfinden«, auf ein leeres Blatt Papier etwas zu »erdichten«. Wenn man liest, was ein anderer schrieb, findet man das meistens so selbstverständlich, daß man denkt, man würde das genau so hingeschrieben haben. Man hat das ja alles schon selber einmal gedacht! Und genauso gedacht! Man empfindet den Spickaal, kann ihn aber nicht von sich geben, wie mein Schwiegervater zu sagen pflegte, wenn seine Cellopassage nicht klingen wollte wie bei Pablo Casals!

> »Ich ging im Walde so für mich hin
> Und nichts zu suchen, das war mein Sinn.«

Kann es etwas Einfacheres, Alltäglicheres, Selbstverständlicheres geben? Und wer fände da nicht die einfachen, alltäglichen, selbstverständlichen Worte dazu? Wer? Nur der Begnadete! Sonst keiner!

Damals, als ich mich hinsetzte, eine Szene zu »dichten«, deren Inhalt mir bekannt, deren Verlauf vorgeschrieben war, eine Szene, die in einem Milieu spielen sollte, in dem ich aufwuchs, habe ich das begreifen gelernt. Und heute, da ich mich mit der Schriftstellerei etwas näher zu befassen trachte, wird mir immer klarer, was meinem Mann *gegeben* war und wie sorgsam er die Gabe pflegte!

Zu seinen Szenen einen Gedanken *noch dazu* zu haben, einen kleinen Scherz *dazu* zu finden, das ist nicht schwer. Aber die Szene erst einmal zu *er*finden! Und dann ein ganzes Stück!

Aber auch mit dem, was man *dazu* findet, ist es so eine Sache! Auch das lernte ich im Laufe der Jahre verstehen, daß man nicht eine Pointe auf die andere türmen darf – wenn es auch so aussieht! – sondern, daß man auch da Maß halten muß, daß man dem Zuhörer eine Pause lassen muß, zum Überlegen, zum Genießen, zum Ausspannen, bis er bereit ist, einem weiter zu folgen!

Deshalb war mein Mann so ungehalten, wenn er erfuhr, was alles ein Regisseur zu seinen Einfällen *noch dazu* gefunden hätte: Da lasen wir einmal von einer Aufführung der »Toten Tante«, in der ihm eine Idee als »an der Grenze des Geschmackes« angekreidet war. Er fand es rührend von der Kritik, daß sie ihn nicht in Grund und Boden verdammte! Man hatte nämlich beim Familienmahl das Kleinste nicht an den langen Tisch gesetzt, sondern an die Rampe. Mit dem Rücken zum Publikum. Und auf sein Töpfchen. Und man hatte das arme Wurm dazu erzogen, bei Pointen aufzustehen! Man stelle sich vor! Keine Pointe ist der Urgewalt einer noch so kleinen »Natürlichkeit« gewachsen. Aber selbst die gewaltigste Natur brächte die Szene nicht weiter. Und nur darauf kommt es an in einem guten Stück! Womit ich sagen darf, daß es eben, Gott sei Dank, doch nicht so einfach ist, wie man es sich denken mag. Es ist *neben* der Begabung eine lange und harte Arbeit, ein gutes Stück zu schreiben.

Mir war es nicht möglich, die Klosterszene auch nur zu beginnen. Mein Mann schrieb den Akt, als wäre er die Nonne. Er erfand ihn mit seinem sechsten Sinn, dem Ahnungsvermögen des Künstlers. Nach »Hokuspokus« glaubte jeder, er hätte Jura studiert, nach »Prätorius« Medizin. Aber das war ja keineswegs der Fall. So wie ihm sein Einfühlungsvermögen half, in der »Toten Tante« und in der »Kommode« dem Spießer seine Schwächen abzulauschen, genau so setzte es ihn instand, Lächerlichkeiten der sogenannten guten Gesellschaft aufzuspüren. Und weil er all dies mit Herzenstakt aufdeckte, tat er niemand weh dabei. Er machte, wenn er sich lustig machte, sich über sich selber lustig und nie auf Kosten anderer.

Das war wohl auch eines der Geheimnisse, warum man ihn so sehr liebte.

GOLF

Ich möchte von dem herrlichen Unfug erzählen, unter dem die ersten Akte von »Lügner und Nonne« entstanden. Es war, wie ich schon sagte, bei Frau Giza in Kempfenhausen am Starnberger See. Margerith und

Udo LaRoche waren auch dabei. Frau Giza führte den schönsten Haushalt der Welt! Sie war eine gar strenge Herrin, bei der keine Fliege es wagte, auf dem falschen Bein zu stehen. Das Personal war trainiert wie bei Hofe. Noch besser: wie unser Ensemble! Auch wenn Frau Giza mal ganz alleine war, ließ sie servieren, als hätte sie Gäste. Damit jeder Handgriff ins Blut ginge, sagte sie! Aber sie war auch eine gute Herrin und hatte ihre Leute lange, meist bis sie heirateten, und danach erst recht. Das Dienerehepaar, das Chauffeurehepaar und das Gärtnerehepaar, sie alle ließen sich vierteilen für sie.

Es war gleich in den ersten Tagen unseres Sommerurlaubs in Kempfenhausen, daß Giza und Margerith einer Einladung zu den Bayreuther Festspielen folgten. So blieben wir mit den zwei Strohwitwern Udo und Charly alleine – Udo, Bodo und Charly, so heißen die drei bösen Buben dann auch im Stück. Sie hatten für die Rückkehr ihrer Damen wieder einmal etwas Teuflisches erdacht:

Als das Auto spät nachts heimkehrte – avisiert natürlich – war das Gartentor zu! Frau Giza erblaßte! Der Chauffeur mußte aussteigen, um zu öffnen! Versperrt! Giza bat ihn zu läuten! Nichts rührte sich! Da kletterte der Chauffeur über das Schmiedeeisengitter und lief den Schlüssel zu holen, während die Damen ausstiegen. Am ersten Baumstamm der Allee, die zum Haus führte, konnte man, von den Scheinwerfern des Wagens beleuchtet, ein Plakat sehen:

Diese Villa ist umständehalber billig zu verkaufen.

Giza glaubte zu träumen. Der Chauffeur kam gelaufen und schloß auf. An einem der nächsten Bäume hing im Dunkel der Blätter der Butler, aufgeknüpft, in seinem Frack. Giza war erst einer Ohnmacht nahe, dann empört, obwohl die Tatsache, daß er sich erhängte, als Entschuldigung für sein Nichterscheinen am Tor, sie eher hätte versöhnen müssen.

Vor dem Haus lag Charlys Motorrad, verwickelt in das Fahrrad der Zofe. Leere Sektflaschen, zerschlagene Gläser und zarte Wäschestücke bildeten eine Fährte ins Haus, wo an den Zimmertüren Zettel hingen:

Vorsicht! Nicht stören bitte!

Margerith, die immer ein *good sport* war, blieb todernst, und Giza kam erst wieder zu sich, als sie allen Mut zusammennehmend eine Tür öffnete und meinen Mann in seine Arbeit vertieft fand, Udo und Charly artig lesend in einer Sofaecke, während ich in der anderen lehnte. Aber trotzdem konnte Giza sich nicht erklären, warum niemand vom Personal auf ihr Läuten ans Tor gekommen war. Das Rätsel löste sich, als Charly sie zum Bootshaus begleitete, wo dann aus der Nähe bereits sehr müde Hilferufe zu vernehmen waren.

Dort hatte Charly sich am späten Nachmittag an seinem Motorboot zu schaffen gemacht, um es, wie er dem alten Gärtner erklärte, *zu wenden!* Dabei machte er eine Bewegung, wie wenn man das Innerste zuäußerst drehen wollte, so als hätte man vor, einen Anzug zu »wenden«. Dazu brauche er viel Hilfe, erklärte er dem braven Mann, der im Laufe der Jahre an manches gewöhnt war, jetzt aber wieder einmal durchaus nicht verstehen konnte, was Herr Charly im Sinn hätte. Gehorsam holte er den Butler und dessen Frau, die nun angewiesen wurden, jeder einen bestimmten Teil des Bootes festzuhalten und ja nicht wieder loszulassen. Noch nicht genug Hilfe, meinte Charly, und so wurden auch die Frau des Gärtners und die Köchin gerufen. Und als er sie alle beisammen hatte, ging er, um den »amerikanischen Wender« zu holen. Und schloß das Bootshaus von außen. Er wußte genau, daß Gizas Leute ihr aus freien Stücken niemals einen solchen Streich spielen würden!

Charly nahm uns eines Tages in seinen Golfklub mit, um uns für diesen Sport, den wir als Tennisspieler langweilig fanden, zu gewinnen. Er zeigte uns an Ort und Stelle, wie man das machen müßte: Der lockere Schwung, das Verlegen des Körpergewichts, alles sei doch so gesund und dabei so einfach, sagte er.

»*Zu* einfach«, meinte mein Mann, »da schlägt man ein einziges Mal, und dann läuft man eine Stunde auf der Wiese herum, um das Ding zu suchen. Und selbst dabei muß einem noch so'n kleener Junge helfen. Nein! Tennis ist mir lieber.«

»*Sooo* einfach ist es nun auch wieder nicht, Curt! Das braucht jahrelange, was sage ich, jahrzehntelange Übung! Ich zum Beispiel spiele schon seit zwölf Jahren!« Dann schwang Charly überhoch aus, schwang noch einmal durch – imposant sah das aus – und haute mit aller Wucht in den Boden. Der Ball flog ganze zwei Meter vom Abschlag in den Rasen und blieb dort liegen.

»Ich glaube, das kann ich auch«, sagte mein Mann, »gib mir mal so einen Stock.«

Charly verfärbte sich:

»Das heißt *club!* Du kannst auch *Schläger* sagen. Nimm den hier, Curt.«

»Nee, der ganz helle gefällt mir besser.«

»Mit dem kommst du nie so weit.«

»So weit, wie du eben kamst, komme ich mit einem Spazierstock.«

»Das kann dem besten Spieler passieren. Aber, glaube mir, mit dem *spoon* kannst du es nicht schaffen.«

»Das werden wir sehen. Sag erst dem Zeitungsjungen, daß er mir aus dem Wege gehen soll.«

Charly bedeckte seine Augen vor Scham:

»Wenn das jemand gehört hätte! Zeitungsjunge! Das ist ein *caddy.*«

»Schön. Wo willst du, daß dein *caddy* die Kugel hinlegt?«

»*Ball,* Curt! Wir sind nicht beim Kegeln!«

»Leider! Wo soll er den Ball hinlegen und wohin soll er fliegen?«

»Der muß mit drei Schlägen in das nächste Loch, dort drüben, wo der Flaggstock im *green* steckt.«

»Dazu brauchst du *drei* Schläge? Nach *zwölf* Jahren Übung?«

»Stell dich erst mal da auf, Curt, und versuch es selber! Schwing schön hoch aus, und dann schlag mit dem *brassie* und nicht mit dem *mashie.*«

»Ich werde das machen, wie ich es mir denke, wenn du nichts dagegen hast!« Und mein Curtchen angelte sich den schönsten Schläger aus dem Satz.

»Er nimmt tatsächlich einen falschen«, schrie Charly händeringend.

Dann holte mein Mann aus, schlug zu, und der Ball sauste in einem schönen Bogen durch die Luft. Man konnte ihn richtig fliegen hören.

»So macht man das, mein Junge«, sagte er, »und jetzt fahren wir nach Hause zu Giza, spielen dort eine schöne Partie Tennis und lassen dich mit deinem *caddy* den Ball suchen. Und wenn ihr zwei ihn gefunden habt, dann kannst du mich anrufen, dann komme ich und zeige dir noch einmal, wie man das macht!«

Als wir ins Auto stiegen, merkten wir, daß ein Gelaufe und Gerufe über den ganzen Platz ging.

Was war geschehen?

Der Ball war ins Loch gerollt! Mit dem einen und einzigen Schlag!

»Na und?« sagte mein Mann, »das mache ich immer so.«

Charly blieb mit offenem Munde stehen, als wir abfuhren.

Charly rechnete: Fünfzig Personen waren schätzungsweise auf dem Platz, als es geschah, das sind mindestens zwanzig Flaschen Sekt, dann das Bier für die Platzarbeiter und die *caddies*, das macht ...

»Curt«, sagte er, »großzügig wie ich nun einmal bin, nehme ich dir den Schlag ab!«

Die nächsten Tage stand das Telefon in Kempfenhausen nicht mehr still. Charly nahm überlegen lächelnd Gratulationen entgegen und Schülerinnen an – für Schüler reiche seine Zeit nicht, meinte er.

»Na«, sagte mein Mann, »ich bezweifle, daß du sie lehren kannst, wie man mit einem Schlag ein As mit dem *brassie* von dem *mashie* zum Flaggstock am *spoon* ins Loch vom *caddy* macht.« Aber mein Mann hat es auch nie wieder versucht!

HERR JOHANSEN

»Lügner und Nonne« lag fertig da, als wir mit einem außergewöhnlich langen Gastspiel in Berlin gegen Ende Juli auch gerade fertig waren. Den letzten Abend verbrachten wir traditionsgemäß bei Fränzchen und Margitchen, die der Leser bereits kennt, und die hatten gerade Herrn Johansen entdeckt.

Herr Johansen war Hellseher! Einer, der das »zweite Gesicht« hatte und aus einer Kristallkugel die Zukunft sagen konnte. Den mußten wir noch schnell kennenlernen! Am Morgen unserer Abfahrt hielten wir, voll Spannung und nach vorheriger telefonischer Anmeldung natürlich, vor dem Hause dieses Unikums. Die Enttäuschung war arg! Ein einfacher Mann stand vor uns, weder groß noch klein, weder alt noch jung, weder dick noch dünn. Beinahe hätte ich noch geschrieben, weder blond noch braun. Und das hätte sogar auch noch gestimmt, denn er hatte überhaupt keine Haare. Eine Billardkugel kann nicht glatter und glänzender sein, als Herrn Johansens Kopf es war. Und Herr Johansen redete auch ganz durchschnittlich, einfach, bürgerlich: »Bitte, setzen Sie sich, Herr und Frau Goetz. Sie wollen etwas über Ihr neues Stück wissen?«

»Ja. Wie es im Herbst in Berlin gefallen wird?«

»Bitte sehr. Wie heißt es denn?«

»Der Lügner und die Nonne.«

»Ganz etwas Apartes, Herr Goetz! Haben Sie es dabei?«

Mein Mann holte es aus dem Wagen, Herr Johansen legte seine Hand zwischen die Blätter des Manuskripts und guckte unauffällig nach der Seite, wo auf dem Schreibtisch tatsächlich eine kleine Glaskugel lag. Ohne jedwedes Getue, ohne Vorbereitungspause sagte er:

»Das wird wieder sehr gut, Herr Goetz, aber da kommt erst etwas anderes dazwischen.«

Ich glaube, wir hatten Herrn Johansen fünf Mark zu entrichten. Nicht viel für eine Weissagung, die allerdings, reichlich vage, viele Möglichkeiten offen ließ.

»Sehr geschickt«, sagte mein Mann auf der Fahrt, »jetzt kommt zum Beispiel erst einmal unser *Urlaub dazwischen!*«

DIE HELLSEHER

Wir fuhren nach Merligen zu unserer Toni, die geschrieben hatte, daß »freindliches Ereignis von den Hund und de Katz in an Aufwaschn« bevorstünde. Und wirklich kamen wir gerade zurecht. Im Trinkzimmer zu ebener Erde, mit dem Ausgang gleich in den Garten, war rechts ein Strohlager für Bianca bereitet und links eine große Kiste für Mauzi, weil, wie Toni sagte, »Muttern verstehn se sich ihma!«

Und Toni hatte natürlich recht!

Mauzi, wenn sie raus wollte, kletterte aus ihrer Kiste und setzte sich miauend vor Bianca hin, so lange, bis diese ihre Jungen im Stich ließ, und sich in die Kiste zu den Katzen legte. Dann war Mauzi beruhigt und lief weg, während Bianca die Kätzchen treulich besorgte und sich dabei sichtlich wunderte, wie einfach das war. Denn mit einem Schwung ihrer langen Bläke war so ein Katzentier geputzt, während es bei ihren eigenen Jungen eine große Anstrengung bedeutete. Es dauerte eine ganze Zeit, bis Bianca so schlau wurde, wie es Mauzi angeboren war! Aber eines Tages hatte sie es heraus, erhob sich vom Lager, ging an die Katzenkiste und bellte. Ganz kurz und verhalten natürlich, um die Kinder nicht zu erschrecken. Mauzi rührte sich nicht. Da packte Bianca sie am Kragen, schüttelte ihr die Jungen ab, trug sie an ihr Lager und ließ sie einfach auf ihre Kinder fallen. Mauzi fand das in Ordnung und ließ sich nun ihrerseits nicht lumpen. Sie leckte an den Riesenwollknäueln mit allem Eifer, bis ihr buchstäblich die kleine Katzenzunge heraushing. Als Mauzis Junge erwachsen waren, hängten sie sich immer noch gern an Biancas lange Jagdhundohren, um ein wenig zu schaukeln. Und Bianca ließ es zu, denn für sie blieben es Kinder. Und als die jungen Hunde inzwischen dreimal so groß geworden waren wie die alte Katze, zogen sie doch brav den Schwanz ein, wenn sie mal eine sanfte Ohrfeige bekommen mußten, denn Mauzi blieb für sie immer eine Mutti.

Wir waren kaum ein paar Tage zu Hause, als Toni meldete, daß Barnowsky angerufen hätte. Auf ihn, der diesmal schon im Juni nach Westerland gefahren war, hatten wir in Berlin sehnlichst gewartet, um ihn vor seiner alljährlichen Nachkur in Sils Maria sprechen zu können. Hatte er doch das erste Anrecht auf jedes neue Stück meines Mannes, und es war hohe Zeit zu disponieren und Engagements zu tätigen für den Herbst.

»Is er auf Durchreisse nach Maria Salz, hat er g'sagt. Und i hab i g'sagt, werns es sich die Heschaftn frein, wern ma ihm einladnen, und paßts es großatig, weil me ham me sowieso heit scho Wirtschaft mit de Schweizern vom Berlin.« So meldete Toni.

Exzellenz und Madame Dinichère — er war unser Gesandter in Berlin —, die den Sommer in der Nähe des Thunersees verbrachten, waren wir längst Revanche schuldig, für die reizenden Empfänge, die sie immer wieder anläßlich unserer Premieren oder Jubiläen gaben. Barnowsky kam pünktlich und guter Laune, und es wurde ein netter Abend. Manchmal nur hatte ich das Gefühl, daß mein Mann auf Kohlen saß! Aber der hörte ja immer die Flöhe husten, wenn Pappi in der Nähe war. Beim Aufbruch erinnerte Seine Exzellenz daran, wie wir mal zusammen die Grenze zu passieren hatten und er dem Beamten, der uns inspizierte, zurief:

»Und ich bin der Schweizerische Gesandte«, worauf der Zöllner höhnisch bemerkte:

»So sähät Sie us, mit Ihrem Schnauz! Her mit dem Paß!«

Madame und Monsieur Dinichère lachten wieder so herzlich wie damals an der Grenze in Schaffhausen, und er liebkoste dabei seinen schönen Schnurrbart.

Nur Pappi blieb ernst und sagte dann:

»Ich muß dem Mann recht geben, Sie sehen wirklich nicht diplomatisch aus.« —

Oh, mein Mann der Hellseher!

Zum Glück haben die Schweizer Sinn für Humor, unsere hohen Gäste ließen die Bemerkung »diplomatisch« untergehen, und dann war der Abend überstanden.

Aber Barnowsky blieb noch ein Weilchen.

»Lieber Goetz, wie heißt eigentlich Ihr neues Stück?«

»›Der Lügner und die Nonne‹. Hier ist ein Manuskript für Sie, lieber Direktor.«

»Erzählen Sie mir schnell, was drin vorgeht.«

Und mein Mann begann:

»Drei junge Herren trainieren für ein sportliches Ereignis und dürfen den Clubstatuten zufolge in dieser Zeit keine Frauen sehen. Plötzlich hört man einen hellen Schrei vom nahen Ufer her, die Jungens stürzen fort und kommen mit einer triefenden Nonne auf den Armen wieder. Sie schlägt die Augen auf, lächelt und sagt: . . .«

»Sie brauchen gar nicht weiterzuerzählen, was sie sagt, lieber Goetz, das Stück spiele ich bereits im September, es ist von Brakel, John Evens Brakel, und heißt vorläufig ›Von Miami nach Miami Beach‹, es ist auch schon spät, ich muß morgen sehr früh weiter nach Sils Maria.«

Und damit ging Pappi und ließ sein Manuskript auf dem Sofa liegen.

Und so blieb auch dieses Stück liegen – was mein Mann für ein gutes Omen hielt. Ich natürlich war außer mir!

Mein Mann setzte sich erst einmal hin und schrieb ein Vorspiel zu dem Stück, um Herrn Johansen in der Figur des Hellsehers Sen-Han-Jo ein kleines Denkmal zu setzen, weil doch tatsächlich etwas »dazwischen« zu kommen schien. Und mir schrieb er, als Pflaster auf meine arge Wunde, die nette »Saaltochter« hinein. Zu einer »Obersaaltochter«, sagte mein Mann, fehle mir noch das äußere Format. Er habe auch daran gedacht, eine »Schießtochter« oder eine »Oberschießtochter« daraus zu machen, aber vor einem Schießstand hätte er das, was er im Vorspiel sagen wollte, nicht so gut unterbringen können, meinte er. Und so wurde es diese zauberhaft eingleisige »Saaltochter«.

Wir blieben also in unserem geliebten Merligen und erwogen, uns Fahrräder beizulegen, um bei Tonis zu guter Verpflegung, die sich ja nun auf längere Zeit erstrecken würde, nicht zu sehr aus der Form zu kommen.

Toni, ohne deren Rat und Zustimmung nichts unternommen wurde, fand es eine großartige Idee:

»Gnä Frau wirds es ausschaun wie Brinsehsin, wenns die Haar so fliegn wern in Wind, und de Herrli wird er so gräflich drauf sitzn wie Firschtlichkeit.«

Wir fuhren eine Proberunde auf dem Tennisplatz, beklatscht von Tonitschku. Es war aber auch eine Meisterleistung! Acht junge Setter, die noch nie mit einem Rad zu tun gehabt hatten und nicht wissen konnten, daß dies auch bei mir der Fall war, taumelten um uns herum, und Bianca, die Mutter der acht, war auch nicht wenig erstaunt, Herrchen und Frauchen so »verändert« zu sehen. Unendlich besorgt um uns und ihre Kinderschar kläffte sie unentwegt und war die erste, die meinem Mann ins Vorderrad rannte, wodurch er fast gestürzt wäre, weshalb ich sofort auf der Nase lag, worauf Toni erklärte:

»Rad is es sowieso nur fier gwennliche Leite. Wenn ma Auto ham, brauch ma kan Drahtesel, Mistviech elendiges längstens nicht«, und die Räder gingen zurück.

Dafür baten wir Max zu uns. Er kam mit seinem Lohengrin. Der war inzwischen sonderlich geworden, noch sonderlicher, als er es immer schon war. Jetzt knurrte er sogar, wenn es sein eigenes Herrchen war, der dem Futternapf zu nahe kam. Aber er, Lohengrin, glaubte es sich erlauben zu dürfen, Maxe seinen Braten vom Teller zu reißen. Maxe beschloß nun seinerseits zu knurren, wenn sich Lohengrin bei Tisch von hinten an ihn heranschlich. Und das wirkte. Es war ja auch klar, denn das versteht jeder Hund.

DIE LINGUISTIN

Es war September geworden. Pappi hatte uns wieder einmal schmählich im Stich gelassen, und es wurde fast zu spät in der Saison für Vorbereitungen zu einer Herbsttournee. Trotzdem beschlossen wir drei, schleunigst nach Berlin zu reisen.

Im Auto vorn saßen mein Mann und ich, und im Fond Max, seinen Lohengrin zwischen den Beinen, und Toni mit Bianca, Mauzi, Mau und Mo und den acht jungen Hunden in einer Kiste, ganz abgesehen von Gepäck und Stößen von Zeitungspapier, die Toni mitführen zu müssen glaubte, um den Wagen einigermaßen in Ordnung halten zu können.

»Das kann ja gut werden«, sagte mein Mann, als die Straßen in der schon abendlich beleuchteten Stadt immer bekannter wurden und die Schreckminute des Herrn Portier vom ›Frankfurter Hof‹, bei dem wir wie immer Zimmer bestellt hatten, unaufhaltsam in greifbare Nähe rückte, »ich gehöre für die nächste halbe Stunde jedenfalls nicht dazu!«

»I hab me des scho ausdenkt, wie me des machn«, sagte Toni ruhig. Wir fuhren vor. Maxe sprang zum Empfang, Toni drückte mir die Leine mit Bianca dran in die Hand, stieg, Mauzi im Arm, aus dem Wagen und schritt majestätisch durch die Halle. Mit wogendem Busen! Denn rechts und links in der Bluse hatte sie je vier dreiwochenalte Hunde und ein Kätzchen stecken. Sie ging schnurstracks auf den Lift zu, in dem Max auf sie wartete, und dann war sie verschwunden. Wir schickten ihr ein reichliches Grießbrei-Mahl aufs Zimmer.

Am Morgen fragte uns der Portier, was für einen Beruf und welche Nationalität unsere Begleitdame hätte:

»Entschuldigen Sie, Herr Goetz, aber es ist uns aufgefallen, daß Sie sie als Köchin eingetragen haben. Dafür, verzeihen Sie, Herr Goetz, scheint es doch eine zu gebildete und feine Dame zu sein. Sie verlangte nach und nach alle Zeitungen, die aufliegen, später auch die französischen, die englischen, die spanischen und gegen Morgen war es ihr, wie sie am Telefon sagte, ganz egal, welcher Sprache sie auch seien, worauf ich türkische und ungarische vorschlug und diese dann vom Bahnhof holen ließ.«

Um zehn Uhr, laut Verabredung, verließ Toni ein tadellos sauberes Hotelzimmer, wie eine gebildete und feine Dame das eben macht, und ging, mit wogendem Busen, stolz, Mauzi im Arm, bestaunt von dem Hotelpersonal, ans Auto, und wir fuhren weiter nach Berlin.

WIEDER BEI PAPPI

Spät in der Saison, am 7. Dezember, begann unsere Tournee mit »Lügner und Nonne«, und zwar in Hamburg am Thalia-Theater, und artete schon dort so aus, daß nach den vierzehn Vorstellungen, die Max abgeschlossen hatte, die Spesen der Fünf-Monat-Tournee eingespielt waren. Bis zum Sommer wären wir sorgenlos auf Fahrt geblieben, wenn nicht Pappi Barnowsky uns erschienen wäre. Als Geist, bleich und unheimlich, wie es nur der Geist eines Theaterdirektors sein kann, dem ein Stück danebengegangen war. »Lieber Goetz, wie sind Sie damals nur auf die blödsinnige Idee gekommen, Ihr Stück hätte mit dem von Brakel oder wie der Bursche heißt, etwas zu tun? Sie kannten es ja gar nicht! Nur weil da auch eine Frau aus dem Wasser gezogen wird? Man soll nie über ein Stück urteilen, das man nicht kennt!«

»Wie wahr, lieber Direktor.«

»Außerdem ist das nur eine Preisschwimmerin, und bei Ihnen ist es eine Nonne! Das ist doch ein Unterschied!«

»Wieso? Wenn beide naß sind?«

Aber da mußte Pappi selber lachen und kam dann sofort und sehr »diplomatisch« auf meines Mannes wunden Punkt:

»Ich habe mir Ihr Stück jetzt eben angesehen, lieber Goetz. Reizend! Das heißt, *Sie* sind für mich ja völlig uninteressant, ich kenne Sie wohl zu lange, aber Ihre *Frau*! Ihre kleine *Frau*! Sie verstehen das ja gar nicht! Man könnte dieses Nönnchen unter einen Glassturz stellen, um es zu kon ...«

»Konsumieren, lieber Direktor, ganz meine Meinung, unsere Tournee dauert bis Anfang Mai, wann sollen wir bei Ihnen beginnen?«

»Machen Sie keine Witze, lieber Goetz, ich habe Sie eben telefonisch für den 23. Dezember bei mir angesetzt, also müssen Sie spätestens in zehn Tagen in Berlin sein.«

Maxe verschob die Tournee, und gleich nach dem Hamburger Gastspiel waren wir pünktlich im Komödienhaus am Schiffbauerdamm bei Pappi Barnowsky, 60 zu 40, er war immer nobel.

Eigentlich hätte mein Mann das Vorspiel mit Herrn Sen-Han-Jo und seiner Weissagung jetzt wieder streichen können, wenn es nicht inzwischen so gut gefallen und meine Saaltochter mir nicht noch mehr Spaß gemacht hätte als mein Nönnchen, und – wenn nicht vorher so viel »dazwischengekommen« wäre!

Jeder, der diesen Namen hört, wiederholt ihn und drückt dabei seine Stimme in die tiefste Lage: *Adele Sandrock!* Sie war eine ganz große Liebe meines Mannes. Er hat sie zwar erst als »komische Alte« kennengelernt, aber jeder Theatermensch konnte spüren, was sie der Kunst gegeben haben mußte als Salondame und später als Tragödin. Jetzt, in »Lügnerin und Nonne« war die markanteste Erscheinung im Stück, Frau von Schicketanz, *Adele Sandrock,* unser großer Gast, diese unheilschwangere, überlebensgroße, dunkle Berolina. Sie verfügte über eine klassische Sprechtechnik und einen sonoren Alt, welche Gaben sie auch für die nebensächlichsten Bemerkungen voll einsetzte. Darin, und daß sie das genau wußte, lag, so glaube ich, die Wirkung ihrer Komik.

Adele lebte mit ihrer Schwester Wilhelmine, und immer, wenn Adele etwas nicht paßte, sagte sie drohend:

»Wenn . . . dann nimmt mich meine Schwester Wilhelmine vom Theater!« Nein, das stimmt nicht. Die Sandrock sagte nie etwas. Sie deklamierte! Und sie deklamierte auch diese Drohung noch im hohen Alter, als jeder längst wußte, daß Wilhelminchen, im Gegensatz zu Adele, klein, schmächtig und von höchst schüchterner Natur war. Wenn mein Mann darüber sprach, bemerkte er dazu, wie rätselhaft es wäre, daß zwei Menschen, aus den gleichen Zutaten gemacht, so verschieden ausfallen könnten.

Wilhelmine blickte voll Ehrfurcht zu ihrer großen Schwester auf, und machte ihr die Sekretärin, die Garderobiere, die Köchin, die Zofe, die Waschfrau, kurz alles. Sie mußte jeden Pfennig, den sie ausgab, umdrehen, und jeden, den sie nicht ausgab, auf Adeles Konto legen, und blieb zeitlebens arm wie eine Kirchenmaus, denn Adelchen war . . . sparsam wie ein Affe!

Im Dezember, eben zu der Zeit, als wir sie im Ensemble hatten, wiederholte es sich alljährlich, daß Adele in der großen Pause nicht in ihrer Garderobe bei Wilhelmine blieb, sondern ins Konversationszimmer zu den Kollegen kam, um dort »heimlich« zu stricken.

»Das wird«, rezitierte sie, »das Paar Handschuhe für das kommende Jahr neunzehnhundertunddreißig für Wilhelmine. Das bekommt sie jedesmal als Überraschung zum heiligen Weihnachtsfest, also schon in acht Tagen. Diesmal nebst einer Theaterkarte, damit sie mich in meiner Rolle auch einmal von unten sehen kann.« Und dann strickte das alte Donnerblech, wie mein Mann sie nannte, und murmelte weiter vor sich hin, wobei auch ihr Murmeln gebieterisch war und den Rhythmus wohlaufgebauter klassischer Zeilen behielt:

»Zu *denken,*
Daß ich ein *Dienstmädchen* halten,
Es *ernähren,*
Und ihm jetzt etwas *schenken* müßte!
Und dann zum neuen Jahr vielleicht noch *Geld!*«

Bis hierhin hatte Adele gesteigert, um dann auf dem Höhepunkt »*Geld*« auszuruhen, und ihre Stimme dann wie einen Sturzbach in die dunkle Tiefe stürzen zu lassen, bei den Worten:

»Nein! Dann schon lieber *so*!«

Unter solch »gefälliger Betrachtung« ging die Pause zu Ende, Wilhelmine klopfte vorsichtig an die Tür, Adele stopfte hastig das Strickzeug zur Hälfte in einen uralten Pompadour, den Schwesterchen nachsichtig lächelnd unter ihrer Garderobierenschürze mit einem sanften: »Ich gucke gewiß nicht, Adelchen« verschwinden ließ.

Die hundert Geschichten um die Sandrock haben alle einen ihrer feldherrnhaften Aussprüche zur Pointe, weshalb ich jene seltene wählen möchte, die »stumm« bleibt: Mal spielte die blutjunge Grete Mosheim ein Stück, in dem ihr der zweite Aktschluß gehörte. Aber die Sandrock, die wußte genau, an welch zarten Fäden eine Pointe hängt! Bald gelang es Adele, die in eben dieser Szene nicht hervortreten sollte, der jungen Kollegin ihren Aktschluß zu »schmeißen«! Das kam dem Regisseur zu Ohren, und er sagte:

»Frau Sandrock, ich möchte Ihnen einen Vorschlag zur Güte machen: Ich zahle an jedem Abend, an dem Sie den Aktschluß nicht stören, Ihr Taxi, das Sie nachts nach Hause bringt.«

»Gemacht«, donnerte die Sandrock, so wie ein Kommandant sagt: »Abtreten«.

Der Aktschluß klappte wieder.

Nur sonnabends und sonntags nicht, da nahm Adele die Straßenbahn. Die zwei ausverkauften Häuser, diese Stimmung, die das mit sich bringt, das war stärker.

Meinen Mann entzückte die Ungeniertheit, mit der sie sich durchschaut gab, die Selbstverständlichkeit, mit der sie annahm, daß *jeder* Schauspieler *nur so* denken und handeln könnte wie sie. Und er delektierte sich geradezu an dem Ehrgeiz, den ein ausrangierter Gaul noch in den Knochen spürt, sobald er auf die Rennbahn kommt und sich automatisch in die Zügel legt. Da sei etwas jung geblieben in dieser großen Komödiantenseele, meinte er, das solch altes Donnerblech immer noch sehr liebenswert mache.

VON LIEBEN KLEINEN SEELEN UND EINER GROSSEN FRAU

In »Lügner und Nonne«, dieses eine Mal, war meinem Mann anscheinend etwas daneben gelungen. Mit diesem Stück wollte er sich vor meinem Glaubensbekenntnis verbeugen, um mir eine Freude zu machen, und der Katholizismus sprach ja auch den Künstler in ihm an. Er ging oft mit mir in meine Kirche, besonders gern in Dorfkapellen und gegen Abend, wenn die letzten Sonnenstrahlen durch die kleine Bogentür noch schnell wie auf den Knien über die Fliesen bis zum Altar hinrutschen und die Fenster so sattbunt sind.

Nun kam es in »Lügner und Nonne« immer wieder mal vor, daß Leute das Theater ostentativ verließen. Da mußte etwas nicht stimmen! Aber was? Mein Mann konnte es nicht entdecken, und ich erst recht nicht.

Man sprach damals in Berlin von einem geistlichen Herrn, einem Jesuiten, der schöne Bücher schrieb und eine Art Verbindungsoffizier zwischen dem Heiligen Stuhl und dem modernen Leben war. Ich schrieb an ihn. Er wußte von unserem Stück. Ich glaube, er wußte überhaupt alles. Er folgte unserer Einladung und kam in die Vorstellung und nachher zu uns nach Hause, wo Tonitschku bemerkte:

»Da sicht me wiede! Schauts er aus wie ganz gwennliche Mensch und is er g'scheiteste Mann im Berlin — nach unsern Herrli!« Und am nächsten Morgen, als sie uns wecken kam, sagte sie:

»Hab i paar Sexerl in Papierl g'wicklt und ihm in Taschn g'steckt fier den heiligen Antonius, damit daß der die Wörter find, was die Leit ärgern.«

Für unseren geistlichen Herrn war es kaum glaublich, daß mein Mann das Dogma nicht studiert haben sollte. Es gefiel ihm, wie weltweise und philosophisch er den Kardinal sprechen läßt, wie selbstverständlich er den Ungehorsam neben der Unkeuschheit als schwereres Vergehen bezeichnet, entspränge der Ungehorsam doch der Hoffart, der satanischen Sünde, einer geistigen Sünde, einer Sünde wider Gott, den Geist.

Schon nach wenigen Tagen schrieb er uns, auf Stellen hinweisend, die im Grunde richtig seien, aber von »kleinen Seelen« falsch verstanden würden. Diese änderte mein Mann gern, und wir spielten dann zu unserer und aller Freude dieses Stück noch viele hundert Male.

Aber trotzdem ging es damit nicht immer ganz glatt, weil die Figur dieses Kirchenfürsten äußerst feiner Fingerspitzen bedarf. Da machte sich zum Beispiel in einer Stadt ein Schauspieler, der es gut meinte, die Maske des dortigen Kardinals zurecht, der besonders beliebt war. Auftrittsapplaus! In der Premiere habe sich das ganze Parkett erhoben, berichtete die Presse. Aber dann? Was behielten die lieben »kleinen Seelen« im Gedächtnis? Unser Kardinal hat einen Sohn! Heimlich! Wer hätte das gedacht? Was konnte man dagegen tun?

War es der heilige Antonius wegen der »paar Sexerln im Papierl« oder waren es unsere beiden Mütter, die damals schon im Himmel waren, die über uns wachten?

Mein Mann nahm sich ein Herz und schrieb einen Brief, in dem er sich für seinen Kollegen zu entschuldigen versuchte. Daraus entspann sich eine kleine Korrespondenz mit dem bischöflichen Sekretariat, die wie in einem Curt-Goetz-Stück eine unerwartete Wendung nahm. Man wisse, hieß es da plötzlich, daß mein Mann vier Nonnen gerettet hätte, die in den bösen Jahren nach 1933 in Bedrängnis geraten waren. Das kam so:

Immer wenn wir unsere »Tote Tante« mit den vielen Kindern spielten, kamen Leute mit ihren Kindersorgen zu uns, und manche unter ihnen boten uns sogar ihre Sorgenkinder zur Adoption an. Und damals, als wir mit »Lügner und Nonne« gastierten, hatte man anscheinend das Gefühl, daß wir auch da für Einschlägiges zuständig wären. Auf einer Tournee, die uns an die Grenzstädte führte, kleideten wir die vier Bedrängten in meine Sachen, und mein Mann fuhr sie des Nachts, je zwei und zwei, ins Nachbarland. Das war damals nicht so einfach, aber er fühlte sich, wie er sagte, wie in seinen Kinderjahren, als er Karl May verschlang — den er übrigens zeitlebens las. Die Trachten schickte Maxe im Kostümkoffer mit unseren Nonnenkleidern dann einfach nach.

Und jetzt sollte meinem Mann der Georgsritterorden verliehen werden. Ein huldvoller Anruf lud ihn ins Palais. Aber mein Mann sagte ab. Er schrieb, daß man vielleicht übersehen hätte, daß er Protestant sei, wozu seine Eltern ihn gemacht hätten, weshalb er diesem Glauben treu bleiben wollte, und daß er dächte, dieser Umstand könnte wieder bei »lieben kleinen Seelen« Ärgernis erregen. Aber im Geiste und im Herzen trüge er mit Stolz die Auszeichnung der Kirche seiner Frau und würde stets bemüht sein, sich ihrer würdig zu erweisen.

Ich möchte dieses Kapitel nicht beenden, ohne einen Brief anzuführen, der sich auf »Lügner und Nonne« bezieht, der in seiner klaren Schrift vor mir liegt, und den eine Frau geschrieben hat, die wir alle mit heiterer Ehrfurcht liebten, ob ihrer Haltung als Frau von Max Reinhardt, die trotz ihrer Bescheidenheit doch immer die große Frau unter uns war.

»Sehr verehrter Herr Goetz,
ich danke Ihnen von ganzem Herzen für den gestrigen Abend! Ich war von Anfang an glücklich, gespannt und gerührt. Nur ein Schmerz, daß Reinhardt nicht mit sein konnte. Ich bin sicher, Sie hätten ihn bis hinauf gespürt. Es lag über dem ganzen Abend soviel verwandte Lust am Theater — wir hätten sicher wieder gesagt, daß wir Sie um dieses Zustandebringen beneiden. Das Stück hat soviel Überraschung im Dialog, im Geschehen, in den Figuren, ich hätte gleich mittun mögen. Bitte grüßen Sie Ihre kleine Frau herzlich von mir und sagen Sie ihr, daß sie mich entzückt hat. Auch hier die Überraschung von der wirklich erschütternden Komik zum Ernst. Also nochmals allen Dank und meine wärmste aufrichtigste Bewunderung.

Ihre *Helene Thimig*«

Als mein Mann einmal — das einzige Mal — unter Reinhardts Regie arbeitete, fragte der Kollege Paul Otto den Professor, warum er nicht auch mal einen Curt Goetz inszeniere, worauf Reinhardt schnarrte:

»Das wäre doppelt besetzt. Ich könnte doch immer nur dasselbe sagen, was Sie sagen, Herr Goetz. Sie brauchen mich nicht, und ich brauche Sie nicht. Ihre Stücke *kann* man nur so spielen, wie Sie sie spielen: ernsthaft.«

Dieses »ernsthaft« das ist es! Und das ist es auch, warum mein Mann Reinhardt so sehr liebte. Weil er so »ernsthaft« spielen ließ. Besonders Lustiges!

DAS LUSTSPIELHAUS IN DER FRIEDRICHSTRASSE

Für die Saison 1931–32 übernahm mein Mann selber einmal eine Berliner Bühne. Das heißt, er übernahm sie nicht so wie man sich das vorstellt, im Laufe von Verhandlungen zum Beispiel, sondern während der Chauffeur der Brüder Rotter die Stoßstange seines Wagens von der unseren loszukriegen versuchte. Es war am Titisee im Schwarzwald. Die Brüder Rotter waren nach der kleinen Karambolage aus ihrem Straßenkreuzer ausgestiegen, erkannten meinen Mann, stellten sich vor und trugen ihm ihr Lustspielhaus an, eine Absurdität, an die mein Mann, der stets nur darauf bedacht war, frei zu bleiben, nie im entferntesten gedacht hätte! Das Ganze dauerte kaum zehn Minuten und kostete meinen Mann nicht ein einziges Wort, denn die Rotters hatten ihre Methode. Man könne sie nicht nur Theaterdirektoren, sondern jedem Geschäftsmann wärmstens empfehlen, behauptete mein Mann. Sie machten das so:

Bruder Fritz stellte sich sofort auf Seite dessen, den die Brüder zu irgend etwas überreden wollten, und brachte einen sehr vernünftigen Einwand gegen das Angebot Bruder Alfreds vor, den dieser dann widerlegte, und äußerst geschickt widerlegte, worauf Fritz ihm genau das entgegenhielt, was man selber einzuwenden hatte. So ging das eine Weile hin und her, man hörte klar und deutlich, sozusagen als Unbeteiligter als neutraler Dritter, alles Für und Wider, wobei Alfred zum Schluß recht behielt, und wie man einsehen mußte, mit Recht recht behielt. Dann gab man sich freundlich grüßend zum Abschied die Hand – und war engagiert. Und danach hatte man noch das schöne Gefühl, in Bruder Fritz den besten Vertreter seiner eigenen Interessen zu haben und folglich bei Rotters bestens aufgehoben zu sein.

Rotters galten in Theaterkreisen als »Parvenus«. Das stimmte aber keineswegs. Alfred hatte seinen Dr. jur., machte aber keinen Gebrauch davon und ließ sich lieber stolz »Direktor« nennen. Wenn man mit ihm über Goethe, Shakespeare oder Strindberg sprach, wußte er mehr zu sagen als wir alle zusammen.

Rotters ließen das Lustspielhaus für uns herrichten wie ein kleines Hoftheater, in Rot und Gold, mit barocken Lüstern, Wandarmen und Spiegelchen. Genauso waren auch die Künstlergarderoben, von denen jede ein Telefon auf dem Schminktisch hatte, für die damalige Zeit eine Sensation. Natürlich war meinem Mann völlig freie Hand gelassen, und nur das Rechnerische ließ er von Rotters besorgen, weil wir beide kein Interesse dafür aufbringen konnten. Uns reizte immer nur alles das, was auf der Bühne passierte.

Das markanteste Erlebnis dieser Saison fiel in eine Vorstellung der Einakterserie »Die Tote Tante«. Radio und Extrablätter brachten es unter dem Titel:

»Großfeuer im Lustspielhaus bei *Curt Goetz.*«

Die Berliner hielten das für eine Pointe meines Mannes, bis sie in den Zeitungen die Bilder von brennenden Schreibtischen und Klavieren sahen, die aus den Fenstern des dritten Stocks in den Hof flogen. Das Theater selber lag nämlich im Hinterhaus, während über der Einfahrt und der Kasse auf der Friedrichstraße Büros und Wohnungen untergebracht waren, die mit ihren Fenstern zum Teil auf den Hof gingen.

Ich hatte den ersten Einakter einer Kollegin überlassen, die diese Rolle irgendwo auf Engagement zu spielen hatte. So war ich bis zur kleinen Pause frei.

Die Sache begann damit, daß ein Feuerwehrmann eiligst zu mir kam und meldete, es sei Feuer im Hause, man müßte verhindern, daß das Publikum in den Hof käme, bevor gelöscht sei, weshalb ich meinem Mann, der mitten in seiner Szene war, zu verstehen geben müßte, möglichst langsam zu spielen, um die große Pause recht weit hinauszuschieben.

Mein Mann machte darüber folgende Skizze:

GROSSFEUER IM LUSTSPIELHAUS

Es fing damit an, daß Valérie in der Kulisse stand und eine Art Schwimmbewegung machte. Sie formte die Lippen zu einem »u«, hob die Hände, als wollte sie mich segnen und begann Arme und Oberkörper in einem ruhigen Rhythmus zu wiegen. So als wollte sie mir ein langsameres als das von mir auf der Bühne angeschlagene Tempo suggerieren.

Während ich mir überlege, ob meine arme Frau verrückt geworden sei, denn wenn sie auch die Dekorationen entwirft, die Kostüme bestimmt und jedes Requisit auf Stilechtheit prüft, den Rhythmus meiner Stücke pflege ich noch immer selbst anzugeben. Und während ich meiner »Isabella« die Geschichte von der angeschossenen Ente weitererzähle, beginnt ein unheimliches Hasten, hinter der Szene, neben der Szene, auf dem Schnürboden, oben und unten, rechts und links.

Der Diener tritt auf. Ich frage ihn mit den Augen. Er flüstert mir etwas zu, das ich nicht verstehe, und geht wieder ab.

Zwischen dem Öffnen und Schließen der Tür kann ich wieder einen Blick auf Valérie werfen, die mich mitleidig ansieht und eine übertriebene Geste der Beruhigung zu mir hin macht. So etwa, wie man sich einem Verrückten gegenüber verhält, den man dicht vor einem Tobsuchtsanfall wähnt.

»Ist an meiner Perücke oder meiner Schminke etwas in Unordnung?« frage ich meine »Isabella«.

»Nee«, sagt sie.

Vielleicht ist Carlchen Winter noch nicht im Hause, denke ich, und wir sollen seinen Auftritt hinauszögern. In diesem Augenblick bemerke ich Carlchen, wie er fix und fertig als Jagdgast angezogen auf allen vieren zur Tür kriecht, um einen Zettel auf die Bühne zu schieben. Als ihm das nicht gelingt, stellt er sich ans Fenster und versucht, durch ein paar artige Verbeugungen meine Aufmerksamkeit auf sich zu lenken. Dann beginnt er, in geziemender Ehrfurcht, aber doch sehr deutlich, mir Zeichen zu machen, die ebenfalls darauf abzielen, mein Tempo zu drücken.

Ich spiele mich unauffällig ans Fenster, wo Valérie jetzt auftaucht, und höre, was sie mir zuflüstert:

»Langsam spielen . . ., es ist Feuer im Haus!«

»Was ist los?« fragt meine Isabella.

»Nichts.«

Und während ich ihr, meiner Rolle gemäß, klarzumachen suche, daß ich nicht den Jagdgast, sondern eine Ente geschossen habe, überlege ich mir, warum man langsam spielen soll, wenn Feuer im Hause ist.

Aber einen Sinn muß es haben, also spiele ich langsam. Kurz vor Aktschluß habe ich abzugehen und anderthalb Minuten Zeit bis zum nächsten Auftritt. Ich erfahre, daß es im Vorderhaus brennt, daß vorläufig eine Gefahr für das Publikum noch nicht besteht, wohl aber die größte Besorgnis, daß Zuschauer im Zwischenakt den Raum verlassen und beim Anblick von sechs Feuerlöschzügen, den aus dem Dach schlagenden Flammen und den auf den Hof stürzenden Kommoden und Tischen eine Panik verursachen könnten, die bei dem überfüllten Hause zu einer Katastrophe führen mußte.

Ich trete auf, spiele — und überlege.

Aktschluß.

Ich rufe mir den Theatermeister und drohe ihn zu erschießen, wenn der Umbau vom ersten zum zweiten Stück länger als eine Minute dauert, lasse Auftrag an die Logenschließer ergehen, unauffällig zu verhindern, daß jemand während dieser Minute den Zuschauerraum verläßt. Es ginge gleich weiter, weil Herr Goetz heute eilig wäre.

Valérie hat das Garderobenpersonal und alle Kollegen in Reih und Glied gestellt, mit Perücken und Kleidern für den nächsten Akt über dem Arm. Sie reißen uns alles vom Leibe und stecken uns in die vorbereitete Garderobe. Nach einer Minute ist umgebaut, wir sind umgekleidet, das zweite Stück beginnt.

Ich kann die Szene nicht verlassen und erfahre den Stand der Schlacht lediglich durch die jeweils auftretenden Kollegen, eine Verbindung, die der Branddirektor mit großem Geschick aufrecht erhält.

Maxe, als Herr Charly, serviert mit unerschütterlicher Ruhe »Champignons im Omelette«, und setzt ebenso ruhig, aber leise hinzu: »Jetzt schlagen sie det Dach ein.«

Und während Advokat Hastings eine Zigarette anzündet, erfahre ich hinter seiner das Streichholz abdeckenden Hand, daß man »über mechanische Leitern an den Brandherd vorgedrungen ist«.

»Wieviel Uhr haben Sie genau, Herr Charly?«

»12 Uhr 45, Mylord« – und leise: »und wenn wir nicht langsamer spielen, sind die Kinder für die ›Tote Tante‹ noch nicht alle im Haus. Der Branddirektor läßt sie nicht über die abgesperrte Straße in den Hof. Die Garderobiere muß jedes einzeln herübertragen!«

Erst da Valérie zu mir ins Fenster klettert, kann sie mir melden: »Es ist alles vorbei.«

Herr Branddirektor! Wenn es nach Recht und Gerechtigkeit ginge – doch ich will Ihnen den Brief zeigen, den ich bekommen habe:

Sehr geehrter Herr Direktor Curt Goetz!

Wenn es nach Recht und Gerechtigkeit ginge, müßte Ihr Bild und das des leitenden Branddirektors heute in allen Zeitungen sein, und Sie müßten als Helden der Nation gefeiert werden. Denn die Umsicht des Branddirektors und Ihre kaum zu fassende Kaltblütigkeit – ich habe Sie noch nie so gut spielen sehen und bin schon zum xten Male in Ihrem Stück – hat gestern zweifellos vielen Menschen das Leben gerettet. Wieviel Nerven und Willenskraft gehören dazu, 800 Menschen in Bann zu halten und dabei zu wissen, daß es brennt! Welche Verantwortungsfreudigkeit! Denn wäre es schiefgegangen – nicht auszudenken! Aber es ist gutgegangen. Es hat immerhin anderthalb Stunden lichterloh gebrannt. Und keiner durfte etwas merken. Und weil ich Ihr Bild, das des Herrn Branddirektors und Ihrer so überaus disziplinierten Schauspieler heute in allen Zeitungen vermisse, deshalb gestatten Sie mir, Ihnen auf diesem Wege meine Bewunderung auszudrücken.

Ihr Dr. med. Hans von Werner.

Ich veröffentliche diesen Brief, weil er einen Satz enthält, der aufhorchen läßt und geeignet ist, auf etwaige bisher schlummernde Fähigkeiten des Herrn Branddirektors ein interessantes Licht zu werfen – sofern es erlaubt ist, in unmittelbarer Nähe eines Branddirektors von Licht werfen zu sprechen! – Ich meine den Satz von dem »guten Spiel wie noch nie«. Sollte das an dem von Herrn Branddirektor vorgeschriebenen Tempo liegen? Was machen Sie im Januar, Herr Branddirektor? Ehe Sie zu Barnowsky abschließen, fragen Sie bitte bei mir an. Aber freilich, warum sollten Sie Ihren gemütlichen Beruf mit unserem gefährlichen vertauschen?

Denn das lassen Sie sich gesagt sein, lieber Herr Dr. med. Hans von Werner, was Sie mir und meinen Schauspielern in diesem Falle an Nervenkraft andichten, das ist gewiß sehr schmeichelhaft, aber wir müssen das in aller Bescheidenheit, aber ebenso bestimmt ablehnen. Da kommt – seien Sie nicht böse – da kommt uns nur ein Lacher aus! Denn gemessen an den Aufregungen einer Premiere und den Gefahren einer solchen, ist so ein Theaterbrand eine Sommerfrische!

Ende 1931 nahm mein Mann ein Stück unter die Feder, das er »Die Mikrobe der menschlichen Dummheit« nennen wollte. Er wollte sich mal etwas »von der Seele« schreiben, etwas, das ihn zu innerst anging, etwas Ernstes! Die Schwierigkeit wäre, es in gefällige Form zu bringen, so daß die Leute es hinnähmen und gern hinnähmen. Niemand liebt einen erhobenen Zeigefinger, sagte er, predigen wäre einfach, und so tiefschürfend zu sein, daß es niemand verstände, noch einfacher. Aber diesmal sollten die Leute ihm nicht nur »zuhören«, sondern »aufhorchen«. Das wollte er, und so kam er zu dem Schluß:

»Es gibt nur eines, was die Leute lieber haben als ernste Stücke, das sind lustige Stücke. Und deshalb muß auch mein Doktor Prätorius wieder lustig werden!«

Es wurde für dieses Jahr weder ein Berliner Gastspiel noch eine Tournee geplant, keine Einladungen wurden ausgegeben, wir blieben mit Toni allein in Merligen, und mein Mann spann sich ein in seine Gedanken wie eine Raupe in ihren Kokon.

Ich denke gerade an diese Zeit so gern zurück, es war wieder einmal eine, in der ich ihn ganz für mich allein hatte, eine Zeit, die gleichmäßig, einfach und unbeschwert verlief, ohne Friseur- und Manikürsorgen, im Hauskleidchen und niederen Absätzen.

Nur Maxens Briefe belasteten uns, weil sie von der Krise des Theaters erzählten. Es war natürlich eine allgemeine »Wirtschaftskrise«, aber wir waren Schauspieler und sahen alles Weltgeschehen vom Wohl und Wehe des Theaters aus, und Maxens Briefe waren wegen der verzweifelten Lage des Theaters eben verzweifelt:

26. März 1932

... Wie gut, daß Curt in solcher Ruhe an seinem neuen Stück arbeiten kann. Wie wird er es nennen? Allein nach dem, was Ihr mir darüber erzähltet, muß es die Leute von den Sitzen heben. Und die Theater haben ein gutes Stück so nötig! Alle sind sie hundeleer! Schories besuchte mich, der Friseur, der die Perücken für »Lügner« gemacht hat. Seit Monaten hat er keinen Pfennig bekommen. Die Schauspieler werden ab und zu mit zehn Mark abgespeist. Der Rendant Eisenblätter kommt gar nicht mehr ins Büro, weil er den Jammer nicht anhören will. Das Lessingtheater spielt jetzt auf Teilung, »Der rasende Sperling«. Der Hauptdarsteller hat mir selber gesagt, daß er noch keinen Abend über drei Mark ausbezahlt bekam. Überall Versammlungen, Besprechungen, Gequassel! Wie soll das enden? Ich habe versucht, im Film anzukommen. Wenn man da stundenlang wartet, neben Wassmann, Landa, Tiedtke, Wegener etc. und nur sieht, wie mehr und mehr Schauspieler ankommen, sehnt man sich nach einem ruhigen Massengrab. Grauenhaft! Aber alles wartet auf den neuen Curt Goetz! Ich auch,

Max.

Silvester 1932 haben wir ihn dann aus der Taufe gehoben, unseren »Dr. med. Hiob Prätorius«. Wir hatten ganze drei Monate in Merligen daran probiert, eine Zeit, die unser Ensemble als »paradiesisch« bezeichnete. Und es war wirklich schön, denn wir konnten unseren Kollegen etwas bieten, was es kaum mehr gab, Zuversicht und Hoffnung. Wie von Max geplant, starteten wir in Stuttgart, bei seinem Freund Direktor Kraushaar, und schlossen eine Tournee an. Da erst kam das große Geschehen, der Umsturz, die *Politik* an uns heran.

POLITISCH LIED – EIN GARSTIG LIED

In Halle an der Saale war es, wo wir nach der Vorstellung in der »Goldenen Kugel« saßen, mit meines Mannes Jugendliebe, der ewig jungen Mystifax, und ihrem Mann, als die Nachricht vom Reichstagsbrand kam.

Der Reichstag brennt! Alles war entsetzlich aufgeregt! Warum eigentlich, dachte ich? Wenn ein Wohnhaus brennt und Kinder sind im Spiel und müssen unter Lebensgefahr der Feuerwehrleute gerettet werden, wenn Rauch und Flammen aus den Fenstern schlagen und Frauen werden aus dem dritten Stock in Sprungtücher geworfen, das würde mich ergriffen haben. Aber daß ein staatliches Gebäude in der Nacht, wo kein Mensch drin ist, brennt, das konnte mich nicht aufregen. Ich muß gestehen, daß ich nicht einmal genau wußte, wo dieser »Reichstag« lag und zu was er gut war. Erst als er brannte, fragte ich mich vorsichtig durch und erfuhr, daß der Reichstag in Berlin unserem Parlament in Wien entspreche, und erst als Ruine habe ich das »Reichstagsgebäude« mit Bewußtsein gesehen.

Unsere ganze Tournee aber stand unter dem Zeichen des »Reichstagsbrandes«, und aus den Zeitungsnachrichten ging summarisch hervor, daß die Russen kämen, um gleichermaßen das ganze Land in Brand zu stecken!

Mein Mann lehnte es ab, über den »Quatsch« auch nur zu diskutieren, wahrscheinlich besonders deshalb, weil er sah, wie sehr ich mich ängstigen ließ.

So überlegte ich selber: *Rußland!* An was dachte ich bei Rußland? An die herrlichen Dichter und Rollenschreiber, die ich liebte, dachte ich. Und was wußte ich über den Kommunismus? Daß es eine Revolution gegeben hatte, mit allen ihren Schrecken, genau wie die französische 1789, und daß es jetzt, wie in Frankreich nach der Revolution, dem Volk besser ging. Aber daß die, denen es nun besser ging, kommen sollten, um ganz Deutschland anzuzünden, das konnte man bei kühler Überlegung doch wirklich nicht glauben. Das, was hinter diesem »Zeitungsquatsch« stand, die Politik, das, was allenfalls wahr daran hätte sein können, interessierte mich nicht nur nicht, sondern ich hatte eine Scheu davor, wie vor allem, was ich nicht durchschaue, was ich nicht verstehe, was mir zu groß scheint, mir über den Kopf wachsen kann. Und für so etwas hielt ich »die Politik«!

Als Hitler dann die Wahl gewonnen hatte, schrieb uns eine Dame aus Berlin – sie unterrichtete eine besondere Sprechtechnik, und wir gingen zu ihr, um die unsere leicht und lebendig zu halten –, ihr Mann und sie hätten helle Tränen der Freude geweint, als sie übers Radio die Glocken aus Potsdam hörten, nach der Wahl *des* Mannes, den ihr geliebtes Vaterland bräuchte. Ihr Mann war Abgeordneter der deutschnationalen Partei und sie war – Jüdin. Als ihr Junge, ein aufgeweckter blonder Bengel, nicht lange danach einmal aus der Schule kam und jubelnd durchs Haus am Roseneck schmetterte: »Wenn's Judenblut vom Messer spritzt«, da wußte auch dieses Politikerehepaar, *wie* dringend ihr geliebtes Vaterland diesen Mann gebraucht hat!

Weil ich mich an diese Zeit so genau erinnern kann, möchte ich – und ich bitte mir die hochtrabende Bemerkung zu verzeihen – die Deutschen immer in Schutz nehmen, wenn man ihnen vorwirft, daß sie das große Unheil der Welt verschuldeten, *weil sie Hitler gewählt hätten.* Es blieb meinem Mann immer unbegreiflich, daß man später, nachdem man die Greueltaten der Nationalsozialisten offen sah, ihnen doch nie zutraute, daß sie die Wahlergebnisse, die angeblich 98prozentig für Hitler waren, *gefälscht* haben könnten, und daß man den Deutschen immer wieder vorhielt, sie *alle* hätten Hitler gewählt, und daß man darin ihre Schuld sehen wollte. Die lag, wie mein Mann es nannte, in den »Fleißaufgaben«. Als jeder den Abgrund, den moralischen Bergrutsch erkennen konnte, gab es Leute, die es ihren Fähigkeiten und ihrer Stellung zufolge nicht nötig hatten, Leute, die leicht hätten auswandern können, oder gar solche, die sogar Ausländer *waren,* die nur zu ihrem persönlichen Vorteil, auf Kosten von weniger glücklichen Kollegen, mitmachten. Mein Mann nahm die *kleinen* Mitläufer in Schutz. Wie viele Helden werden in jedem Jahrhundert geboren? fragte er. Warum sollte ein kleiner Schuster in Hildesheim sich an die Wand stellen lassen und seine Frau und Kinder mit ins Unglück ziehen, wenn er nicht die Hand hob zum Gruße und nicht stillschweigend einer unter Tausenden blieb?

Doch genug davon! Politisch Lied – ein garstig Lied!

Als wir nach dieser Tournee wieder heimkamen, im April 1933 war es, legte Tonitschku wie gewöhnlich die Post auf den Frühstückstisch, mein Mann schob mir wie immer die Briefe zu und wollte die Zeitungen durchfliegen. Aber – es gelang ihm nicht!

»Nein«, sagte er, »das kann ich nicht mehr lesen. Dieses Deutsch, das da auf einmal praktiziert wird, ist so grauenhaft, daß ich am liebsten aufhörte, in dieser Sprache zu schreiben. Von zwei Möglichkeiten sich ausdrücken zu können, ist todsicher die häßlichere gewählt: Schlagartig, letztlich! Was sind das für abstoßend unschöne Worte! Man macht sich die Augen schmutzig, wenn man diese Zeitungen liest.«

Dann tat er etwas, was er sonst nie tat, er spannte höchst eigenhändig einen Bogen mit Durchschlägen in die Maschine und bestellte die Zeitungen alle ab.

Maxens Briefe blieben die einzige Brücke zur Außenwelt, zum Theater, zu Berlin! Wenn ich in der Folge Stellen aus diesen Briefen anführe, so geben sie die beste Kenntnis von den Geschehnissen in dieser Zeitspanne.

Wenn ich meines Mannes Einstellung zu dem, was über Deutschland hereinbrach, niederschreiben wollte, wäre es damit getan, zu berichten, daß er es überhörte, wenn ihm Verlockungen angeboten wurden – wie: Staatstheater, Filmpapst, Schloß Bellevue mit sechzehn Bediensteten auf Staatskosten etc. – und nach Amerika ging. Und als sie ihm drüben ankreideten, daß er kein Anti-Nazi-Stück schriebe, um sich dort zu legitimieren, sagte er, daß seine Domäne der Humor sei. Um diesen zu Worte kommen zu lassen, müsse man *über* den Dingen stehen, was ihm in diesem Falle nicht und in diesem Leben nicht mehr gelingen würde.

So bringe ich hier Abschnitte aus unserer Korrespondenz mit Max, dem Freund, der so gut auf uns eingespielt war wie kein zweiter. Und da jeder Mensch, wie mein Mann immer sagte, nur *sein* Leben erleben kann, wird sich hier das große Weltgeschehen vom kleineren Gesichtspunkt des Theaters aus zeigen.

10. April 1933.

... Seid Ihr denn darüber orientiert, was sich alles hier bei uns ereignet? Im Reich fast überall neue Intendanten. Keiner kennt sich mehr aus, und jeder erzählt etwas anderes. Es soll jetzt alles »organisiert« werden: *Zelle* Schauspiel, *Zelle* Film, *Zelle* Rundfunk. Warum gerade *Zelle*? Das klingt so nach Gefängnis! Alle rennen zu Versammlungen. Heute nacht ist Fahnenweihe des Kampfbundes *Zelle* Schauspiel! Am 1. Mai Abmarsch der *Zelle* zum Tempelhofer Feld mit Fahne – aber ohne mich. Jede Woche einmal Appell nach Bestimmung des *Zellenführers*. Trotzdem sind die Theater alle noch leer, und die Schauspieler verdienen weniger denn je. – Die drei Direktoren der Verkehrsbank sind verhaftet. Warum weiß niemand, nicht einmal ihre Frauen. Von Schories werde ich nächstens Eure Perücken abholen, die er zur Reinigung mitnahm. Hoffentlich existiert er noch. Man weiß das heute nie! Manchmal kommt mir alles vor wie in der Inquisition. Die Weltgeschichte scheint sich wiederholen zu wollen. So werden sich auch die Folgen wiederholen.

27. April 1933.

... Ich bin sicher, daß, wenn wir jetzt »Prätorius« in Berlin bringen wollten, sich Schwierigkeiten ergeben würden. Freigeistiges gibt es jetzt nicht. Aber ebenso fest bin ich davon überzeugt, daß sich bis zum Herbst die Stimmung gemäßigt haben wird, so daß wir dann anstandslos spielen können. Schließlich muß das Theater ja weiter existieren, und daß es mit einem ganz auf Parteipolitik gestellten Spielplan erledigt ist, sieht man heute schon. Das Deutsche Theater brachte am 4. April »Ewiges Volk«, das schon am 7. abgesetzt wurde. Es war kein Publikum da! Im Schillertheater wird ein Soldatenstück gegeben, »Der Hias«, was ich schon 1916 am Fronttheater spielte, übelster Kitsch! Das Theater wird morgen wieder geschlossen. Wer will so etwas sehen? Nicht einmal umsonst kriegen sie die Leute rein.

Auf einmal wechselte Max seinen Ton. Es hatte sich auch in Berlin herumgesprochen, daß Auslandsbriefe geöffnet und zensuriert wurden, was nicht wenige ins Gefängnis brachte. Max bediente sich in der Folge einer Ausdrucksweise, deren Sarkasmus er und auch wir genossen, die aber jeder Zensur standhalten konnte.

14. Mai 1933.

... Man sagt, daß unsere Briefe ins Ausland zensuriert werden, so wie die, die wir aus dem Ausland bekommen. Das wäre ja schon wie im Krieg, und Ihr glaubt das sicher so wenig wie ich hier. Was hätte das auch für einen Sinn? Ich schreibe deshalb so wie immer, frei von der Leber weg. – Wie freue ich mich jetzt immer, wenn ich prominente Kollegen, die früher nicht so prominent waren, in der neuen Uniform sehe, aber ich kann mir Dich gar nicht in der so kleidsamen Tracht vorstellen, Curt! Es liegt wohl daran, daß Du mit Ausnahme von »Zirkus Aimée« selten eine Rüstung getragen hast. Du würdest Dich leider auch sicher erkälten, denn um in diesem braunen Hemd herumzulaufen, dazu muß man *sehr* abgehärtet sein. – Über die Stimmung in Genf, die merkwürdigerweise gegen Deutschland ist, werdet Ihr ja unterrichtet sein. Es gibt hier viele Idioten, die behaupten, Deutschland renne geradewegs in einen neuen Krieg. Aber die muß man reden lassen. Übrigens sollen unsere braunen Hemden bei der Maifeier, die einen erhebenden Verlauf nahm, wo Hunderttausende 10 bis 12 Stunden zusammengepfercht, Schulter an Schulter lauschen durften, ohne einen Schritt auf die Seite machen zu können, ihren praktischen Wert durchaus bewiesen haben. – Die Situation der Theater ist verzweifelt. »Tell« im Deutschen Theater macht jetzt auch nichts. Es ist für das Publikum heute eben weniger verlockend, ins Theater zu gehen, wo man so viel schönes Theater ohne Eintrittsgeld hat und wo man doch auch durch jeden Theaterbesuch Gefahr läuft, eine Ministerrede am Radio zu versäumen. Schiller hat ja ganz nette Sachen geschrieben, aber wenn ich deshalb auf die herrlichen Worte verzichten sollte, die mir vielleicht an dem Abend unser Doktor Goebbels zuruft, die mein deutsches Herz in seinen Grundfesten erbeben lassen, dann huste ich auf den ganzen Schiller.

Euer Max.

Am 22. Mai besuchte uns ein Freund Maxens aus Stuttgart, der uns einen Brief mitbrachte, in dem Maxe sich etwas Luft machen konnte, wenn ihm anscheinend auch nicht sehr viel Zeit dazu gegeben war.

20. Mai 1933.

Ihr Liebsten, diesen Brief bringt Euch ein Freund meines Bruders Walther. Er schrieb mir, daß er Euch besuchen würde? Natürlich muß »Prätorius« nach Berlin! Obwohl ich Euch raten müßte, weit fern zu bleiben von dem Dreck. Aber das Stück wird viele anständige Menschen aufrichten, und das ist der Mühe wert, ist Deine schönste Aufgabe, Curt! Also werden wir die Zähne zusammenbeißen und Ihr kommt mit Scheuklappen. Wir machen es kurz in Berlin und nehmen dann noch einige Städte mit, so daß unser Ensemble wieder mal etwas verdient, was es für eine Zeit über Wasser hält, und dann nichts wie wieder raus mit Euch! Ich bleibe hier. Meine Hundepeitsche hängt bereit. Ich kenne sie jetzt alle und will den Tag, wo das ein Ende hat, hier erleben! Gebt Euer herrliches Stück ja nicht dem Verlag, so daß es dann überall gespielt werden kann. Das verdienen die nicht, die heute die Theater in Händen haben. Überall neue Intendanten, die man nicht kennt. Die Burschen werden wir uns erst mal ansehen müssen. Schreibt bitte oft, mein einziger Lichtblick, ich spreche nur mehr mit sehr wenigen. Ich renne jetzt hinüber zur Post und hoffe, daß Euch dieser Brief über den Stuttgarter pünktlich erreicht. Max.

Damals schon begann mein Mann, seine Fühler ins Ausland zu strekken. Wir beschlossen, uns aufs Englische zu verlegen und bekamen einen ganz reizenden Studenten aus London ins Haus, der in Bern Germanistik studierte, einen Mr. Arthur T. Hatto. Heute ist er Professor an der Universität in London und übersetzt das »Nibelungenlied«. Damals übersetzte er uns eine Szene aus »Hokuspokus« — sic transit, die wir einstudieren wollten, um damit unser Glück zu gegebener Zeit in London zu versuchen. Inzwischen kamen weiter Maxens Berichte:

1. Juni 1933.

... Ihr wart am Meer und habt sicher wieder viel Schönes erlebt, aber mit dem, was wir hier immer wieder Neues und Schönes erleben, könntet Ihr doch nicht mitkommen. Vor allen Dingen ist es der herrliche Verbrüderungstaumel, der uns alle hier erfaßt. Gestern fuhr ich in der Elektrischen nach Hause und stand auf der Hinterplattform. Als der Wagen in einer Kurve schwankte, griff ich nach oben, um mich an einem Riemen zu halten. Der Schaffner mißverstand die Bewegung des rechten Armes, rief *Heil Hitler,* fiel mir um den Hals und gab mir einen Kuß! Das sind eben jetzt herrliche Zeiten! Wann hat man früher von einem Schaffner einen Kuß bekommen? Da konnte man tage- ja wochenlang hin und her fahren, diese Kerle blieben kalt bis ans Herz. Heute schwankt der Wagen, schon hast Du den Langersehnten. Das soll nur ein kleines Beispiel sein von dem Aufblühen der deutschen Volksseele, von der Ihr Euch da unten im Schweizerländli gar keinen Begriff machen könnt! Und erst unsere deutsche Dichtkunst, die jetzt seit dem Mittelalter wieder erwachen kann:

Doch wenn auch kalt die Winde blasen,
Wenn Sturmwind durch die Lüfte weht,
Wir halten hoch und stramm die Nasen,
Da Goebbels jetzt am Ruder steht.

Ist das nicht erhebend? Das soll von »unserm Doktor« selber sein und hieß in seiner Urfassung »Da unser Führer jetzt oben steht«. Unser Doktor hätte sich in seiner deutschen Bescheidenheit ja nie selber besungen, wie zum Beispiel dieser Jude Heine das macht, bei dem fast alle Gedichte mit »Ich« anfangen: »Ich weiß nicht, was soll es bedeuten.« So ein Mist! Dieser aber ist gar nicht von Heine, da hat er nur seinen Namen druntergefälscht, unter diese schlicht-schöne Volksweise. Aber zurück zu unserer deutschen Dichtkunst. Die letzte Zeile wurde von dem deutschen Dichter Horst Wessel umgedichtet auf: »Da Goebbels jetzt am Ruder steht«. Das ist doch lange nicht so dichterisch wie die Zeile unseres Doktors, nicht wahr, Curt? Du kannst das beurteilen!

In diesem Sinne Euer Max.

Im Sommer, für Juni und Juli hatten wir Kollegen eingeladen, die uns viel Schmerzliches von Berlin erzählten und uns auch einen Brief von Max mitbrachten, der wieder am besten für sich selber spricht.

3. Juni 1933.

Meine Liebsten. Die Wendungen, die ich Euch durch die Post schreiben muß, versteht Ihr ja. Das sehe ich aus Euren Antworten. Aber alles was Ihr dort lest oder hört, ist immer nur halb so schlimm wie die Wirklichkeit. Der Größenwahn und die Überheblichkeit der Regierung erinnern an Ludwig II., wenn sie nicht so maßlos ungebildet wären. Gestern abend hörte ich mir im Radio wieder einmal eine Rede an, über die neue deutsche Kultur, die so grauenhaft war, daß man sich im tiefsten Herzen schämen muß, heute zu diesem Volk zu gehören. Was ich Dir hauptsächlich sagen will, Curt, übereile nichts mit Deinem herrlichen Stück! Wenn wir das jetzt in Berlin herausbrächten, müßten wir darauf gefaßt sein, daß das Theater jeden Abend mit Partei gefüllt wird, und wenn denen dann irgendeine Stelle nicht paßt, müßten wir mit Skandal rechnen. Und dann könnten wir stolz sein! Schnitzler, Polgar, Shaw, Werfel, Remarque, Thomas Mann und viele andere wurden hier verbrannt (ihre Bücher). Und was jetzt aufgeführt wird und geplant ist, ist der größte Bockmist aller Zeiten. Es ist keine Ehre dazu zu gehören. Man muß abwarten! Dieser Wahnsinn muß ein Ende nehmen so oder so! Und man muß die Nerven haben zu warten oder anständig zu verrecken! Jakob Tiedtke konnte letzten Monat seine Miete wieder nicht bezahlen. Niemand ging es jemals so miserabel. Aber alle haben ein Brett vor dem Kopf und rennen in diese Zellenversammlungen und machen dort ihren Kotau.

Über einen Abend bei Sch. werden die Kollegen Dir erzählen. Dieser verschlafene Idiot macht jetzt auf frisch-fröhlich Jung-Siegfried! Möchte am liebsten morgen schon in Frankreich einmarschieren lassen – nicht selber einmarschieren natürlich! »Denen endlich mal zeigen, was 'ne Harke ist! Es muß mal aufgeräumt werden! Deutschland immer mal wieder in der Welt voran!« Das ist die Stimmung, unter der Du heute hier zu leben hast! Die Gehirnleere siegt! Kniet jeden Morgen vor Euerem schönen Bett, dankt Gott, daß Ihr am Thunersee sitzt, und überlegt zehntausendmal, ob Ihr Euer schönes Stück, in dem so viel Ehrlichkeit, menschliche Güte und Arbeit steckt, dem Pöbel hier hinschmeißen wollt. Es ist zum Verzweifeln! Gott schütze Euch und uns hier!

Max.

Die folgenden Briefausschnitte sind wie ein kleines Geschichtsbuch, weil sie die sich überstürzenden Ereignisse chronologisch berichten. Aber ganz nebenbei verraten sie uns Wichtiges, Privates, wie die Verhaftung von Kollegen und anderes.

22. Juni 1933.

... Es gießt in Strömen. Zu schade, denn heute ist Sonnwendfeier im Stadion. Minister Goebbels hält eine Rede über die Entwicklung der deutschen Revolution, auf die wir alle schon so lange warten! Bei dem Wetter kann ich leider nicht hingehen. In allen Menschen hier webt und singt der deutsche Frühling und die Natur sch... uns was! Liest denn der liebe Gott den »Völkischen Beobachter« nicht? Er wird sich noch unseren Zorn zuziehen und sitzt eines Tages mit seinem Petrus in Schutzhaft neben Wallauer, Otto, Carl Weiß und Bernhardy. – Hier werden jetzt schon die Österreicher ausgewiesen, was ich für sehr richtig halte. Die sind gegen uns und brauchen also die Segnungen der neuen Regierung nicht mitzugenießen. Die sollen nur wieder nach Wien und den dortigen Fraß fressen. Mit Grauen denke ich an die Backhendl im September 1930 beim Eisvogel im Prater mit Euch. Schauderhaft!

Max.

27. September 1933.

... Ein Jammer, daß Ihr jetzt nach Wien müßt, um zu spielen. Aber der Beruf geht Euch ja immer vor. Uns, Gott sei Dank, nicht mehr, weil so viele Theater geschlossen bleiben. Ihr Armen, ich hätte Euch sonst geraten, jetzt nach Genf zu reisen. Ihr hättet dann dort Gelegenheit gehabt, unseren Doktor zu sehen und reden zu hören, um endlich einen Begriff zu bekommen, warum diesem herrlichen germanischen Menschen alle Herzen zufliegen. Der wird den Brüdern in Genf schon klarmachen, daß heute nur noch das deutsche Volk eine Existenzberechtigung hat. Da kann Herr Stresemann und wie alle die Volksverräter hießen, einpacken! – Von Adalberts Beisetzung will ich Euch noch die wirklich ergreifende Szene schildern, wie in der Kapelle die Kollegen in

SA-Uniform — nur leider diese Prominenten, die er gar nicht kannte und von denen ich auch nicht gewußt habe, daß sie so prominent sind, und wo die bisher steckten — durch den Mittelgang marschierten, vor der Urne Aufstellung nahmen, Hacken zusammenschlugen und mit deutschem Gruß von Adalbert Abschied nahmen. Es war ein erhebender Augenblick, und ich hörte unsern Freund, der doch immer so gern Klassiker spielen wollte, seinen Gruß murmeln.

16. Oktober 1933.

... Hier herrscht überall großer Jubel nach der befreienden Tat des Führers am Sonnabend. Alles ist beflaggt. Jetzt stehen wir doch endlich wieder ganz allein! Alles ist vernichtet, was die verbrecherischen Staatsmänner in den letzten 14 Jahren aufgebaut hatten. Es ist fabelhaft, wie die ganze Weltpresse auf unserer Seite steht. Ich lese das aus den hiesigen Zeitungen. Selbst die französischen Blätter beglückwünschen den Führer zu seinem energischen Schritt und schreiben, daß seine staatsmännische Geste Deutschland schlagartig wieder in die Reihe der führenden Nationen stellt. Aus Amerika soll ein Strom von Glückwunschdepeschen einlaufen. Hoffentlich werdet Ihr in dem rückständigen Wien nicht falsch unterrichtet, da man dort einen gewissen Neid auf uns nicht wird unterdrücken können!

21. Oktober 1933.

... Ich danke Euch für die neuerliche Einladung, aber ich kann leider nicht abkommen, je weiter die Zeit fortschreitet. So habe ich doch auch Gelegenheit, am 12. November hier zu wählen. Wer die Wahl hat, hat die Qual, mußte man früher sagen. Diese Qual hat die Regierung in sehr vornehmer Weise dem deutschen Wähler diesmal abgenommen, es gibt nur eine Partei. Wenn unsere früheren Verbrecherregierungen diesen Dreh doch auch schon begriffen hätten, dann wäre manches anders gekommen. Wenn man nicht wählt, ersieht man das aus der Wahlliste, und es winkt Oranienburg, wo es jetzt sehr ungemütlich sein soll, weil da ja lauter Kerle sitzen, die gegen unsere großartige Regierung sind, so wie Doktor Gräfenberg, unser Zigarrenhändler Lindemann und Scheele. Das muß furchtbar sein, solchen Verbrechern dort zu begegnen. Da wähle ich lieber.

1. November 1933.

... Ich höre gottlob in jüngster Zeit viel Erfreuliches, und die Menschen, mit denen ich zusammenkomme, sind guten Mutes. Ich habe jetzt die Überzeugung gewonnen, daß Ihr unbedingt in Berlin spielen müßt. Und zwar bald. Alles lechzt danach, und die Situation ist hoffnungsvoller, da es scheint, daß der Höhepunkt erklommen ist. Höher kann es ja auch nicht mehr gehen. Und warum sollt Ihr gerade auf unserem Höhepunkt nicht mit dabeisein dürfen? Ich verhandle also vorerst wegen Berlin und stelle danach eine Tournee zusammen. Es ist nicht leichter geworden, denn jetzt gibt es neben den Abonnements auch noch die »NS-Kulturgemeinde«, »Kraft durch Freude« und die »Deutsche Bühne«. Nur Intendanten fehlen noch an vielen Theatern. Ich werde Dein Stück wohl auch »einreichen« müssen. Das ist jetzt Gott sei Dank alles strenger geworden und ist Vorschrift. Da wirst Du dann die Bestätigung unserer Regierung in Händen haben, daß »Prätorius« ein gutes Stück ist. Das ist Dir sicher das wichtigste. Mir jedenfalls.

Max.

5. November 1933.

... Ich mußte zu Schlösser ins Propagandaministerium. Er war aber nicht zu sprechen. Die Herren sind ja alle so überarbeitet, wahrscheinlich, weil so wenige Theater noch spielen. Er ließ mir sagen, unser Stück »Prätorius« könne nur gespielt werden, wenn »Hiob« wegbleibt. Warum, verstehe ich nicht. Das sei ein so schöner alter Name, sagte ich, und paßte doch gerade in unsere Zeit, wo wir alle lernen, unsere Ahnen bis auf Jahrhunderte zurückzuverfolgen. Aber sie gaben mir nicht recht — und nicht nach. Ob du ihn »Josef« nennst?

Es eilt, Max.

8. November 1933.

... Dein Telegramm mit dem Wortlaut:

»Doktor med. Hiob Prätorius oder gar nicht«

habe ich weitergegeben und wurde eben angeläutet, daß wir spielen dürfen. Schlösser mache zwar keine Luftsprünge, aber damit überhaupt gespielt wird, will er es nachsichtig erlauben! Wir können also im Januar 34 in Berlin herauskommen, und ich denke, nach zwei Monaten gehen wir dann auf Tournee, so plane ich es vorläufig. Man kann ja nie wissen, was das Morgen bringt! Man wird so hin und her gerissen! Wie gern möchte ich schon heute meine Koffer packen, aber nicht zur Tournee, sondern um zu Euch zu kommen. Um von dem ganzen Krempel nichts mehr zu hören! Wir würden uns einkapseln wie zu einem Winterschlaf, um aufzuwachen, wenn der ganze Dreck vorbei ist. Ich meine die Tournee mit ihren Schrecken! Aber, Curt, die *muß* sein, wenigstens Berlin, denn vielen, vielen tust Du etwas Gutes damit, Curt! Und wer kann das heute schon! Sie haben es so nötig! Nur dieser Gedanke darf uns leiten. Drum, durchhalten, wie der Führer immer sagt.

Max.

TROTZDEM

Am 11. Januar 1934 hatten wir die Berliner Premiere von *»Dr. med. Hiob Prätorius«*, wie immer im Theater am Schiffbauerdamm. Pappi Barnowsky war nicht mehr da — wie so viele — und wir alle vermißten ihn schmerzlich. Wie liebenswürdig waren seine Unzulänglichkeiten, aufgewogen von seiner Theaterbesessenheit, gegen das, was jetzt den Thespiskarren zu ziehen versuchte!

Max hatte nur für zwei Monate abgeschlossen, um allenfalls im Herbst wiederzukommen, immer in der Hoffnung, daß sich bis dann die Verhältnisse geändert haben würden. An das Berliner Gastspiel schloß sich eine kurze Tournee, die in Wien endete.

Dort sahen wir uns an einem freien Nachmittag ein Stück an. Unser Verlag wünschte, es von meinem Mann bearbeitet zu bekommen. Das Stück hieß »Towárisch«. Das Thema sprang ihn sofort an, obwohl ihm die Aufführung ganz gegen den Strich ging.

In Wien fanden wir Post vor. Ein Brief enthielt die Aufforderung, Stellung zu nehmen zu einer Rundfrage. Mein Mann beantwortete Rundfragen grundsätzlich nicht:

»Ich brauche meine paar dürftigen Einfälle für meine eigenen Stücke«, pflegte er zu sagen. Aber *diese* Rundfrage, die reizte ihn! Die Zeitung brachte seine Antwort dann auch als einzige in Kursivschrift, wo sie zwischen langatmigen und tiefschürfenden Abhandlungen nur so in die Augen sprang und uns eine Flut von Dankesbriefen ins Haus brachte. Dank für das endlich wieder einmal gehabte »Goetz-Lachen«! Über 150mal wurde uns der Zeitungsausschnitt zugeschickt, meist mit dem Bemerken, wie oft er für Verwandte und Bekannte abgeschrieben wurde und wer alles in Familie und Freundeskreis ihn schon auswendig konnte. Das machte Spaß!

Hier ist die Antwort meines Mannes:

Sehr geehrter Herr Fechter, zu Ihrer Frage, ob wir eigentlich *Humor* haben, ist mir nach langem Nachdenken eingefallen, daß irgendwer einmal gesagt hat: Humor ist, wenn man trotzdem lacht. Es genügt also nicht, daß wir lachen, um Humor zu beweisen. Wir müssen *trotzdem* lachen.

Da es aber in unseren gesegneten Zeitläuften in einer friedvollen Welt nichts gibt, das uns die Laune verderben könnte, so haben wir auch nichts, über das wir *trotzdem* lachen könnten. Ich komme also zu dem Schluß, daß heutzutage die Voraussetzungen für Humor fehlen. Es sei denn, daß man ihn trotzdem hat. Dann hat man ihn natürlich.

Ihr sehr ergebener Curt Goetz.

Im Herbst fuhren wir *trotzdem* nicht wieder nach Berlin, obwohl wir von dort täglich angerufen wurden, denn unser »Prätorius« war ja nur angekratzt für die Millionenstadt. Wir blieben in Merligen, wo mein Mann sich mit »Towárisch« befaßte, einem Thema, das ihn nicht mehr losließ. Und damit komme ich zu einem Stück meines Mannes, dessen Autor Jacques Deval ist. Das hört sich nicht ganz richtig an, aber es stimmt *trotzdem*!

Ein Stück zu übersetzen, nicht es in eine andere Sprache zu übertragen, es zu *übersetzen*, kostet mehr Kopfzerbrechen, als ein Stück zu schreiben – wenn man überhaupt ein Stück schreiben kann. Und nur wenn man das könnte, sagte mein Mann, dann kann man ein Stück *übersetzen*. Da vieles, was in der Muttersprache gefällt und im rein Sprachlichen liegt, in fremden Landen nicht ankommen kann, bedarf es einer »Umdichtung«, was eben nur Sache eines Dichters sein kann. Das ist einer der Gründe, warum mein Mann noch nicht ins Französische und ins Englische »übersetzt« ist. Denn wo gibt es bald so einen Id . . ., der seine eigene Arbeit, die ihm einen Batzen Geld bringt, auf viele, viele Monate zurückstellt, sich in einen ausländischen Kollegen, der dann ja nur eine Konkurrenz bedeuten wird, hineindenkt, um nachher einen winzigen Teil von dessen Tantiemen abzubekommen? Nein, so einen Idealisten – jetzt habe ich das Wort gefunden – gibt es nicht oft!

Bei »Towárisch«, richtig ausgesprochen »Towárischtsch«, wobei das »o« ein Laut zwischen o und a ist, um ganz genau zu sein, war es so:

Der Vorwurf sprang meinen Mann an:

Ein durch die Revolution vertriebenes russisches Fürstenpaar verdingt sich gezwungenermaßen im Ausland als Kammerdiener und Zofe, obwohl die zwei das Milliardenvermögen des Zaren gerettet und in ihrem Besitz haben. Ein Sowjetkommissar, derselbe, der im Trubel des Umsturzes die Fürstin vergewaltigte, hat den Auftrag, das Zarenvermögen von dem Fürstenpaar für das hungernde russische Volk zu erbitten. Ein herrlicher Vorwurf, der Gelegenheit zu einer Auseinandersetzung zweier Weltanschauungen – und zu sehr viel Spaß bietet.

Viel Spaß war durch die Situation – ein Fürstenpaar als Hausangestellte einer neureichen Familie – im Orginal vorhanden. Aber um den Ernst der Sache ging der Autor herum. Um den hatte er sich, wie mein Mann es nannte, gedrückt. Der Sowjetkommissar erscheint zwar im zweiten Akt auf einer Party der Neureichen. Es ist ein Moment voll Spannung, wenn er seinem Erzfeind gegenübersteht und sich von der fürstlichen Zofe ein Glas Wasser servieren lassen kann, von der Frau, die er »so genau kennt«.

Aber damit war das Stück zu Ende. Es folgte der unumgängliche schwache, äußerliche, dritte Akt, der in der Küche spielte, wo das geschlagene Fürstenpaar sich traurig gegenübersaß. Dorthin schlich der Kommissar und versuchte sie zu überreden, ihm das Geld des Zaren für Rußland auszufolgen. Der Fürst schrieb den Milliardenscheck, und der Kommissar schüttelte der Fürstin zur Versöhnung die Hand: *»Towárisch«*, was soviel heißt wie »Kamerad«, und dann verschwand er. Und dann erinnerte sich das Fürstenpaar, daß es ja heute noch zu einem nächtlichen Emigrantenfest geladen sei. Er stürzte sich in seine kaiserlich-russische Uniform, und sie warf ihre Hoftoilette über – eine gemütliche Flucht aus Rußland muß es gewesen sein, daß man solches mitnehmen konnte – und ehe der Vorhang fiel, gedachte das hohe Paar doch noch seiner Dienerpflicht und stellte für morgen früh die Milchflasche vor die Tür.

Vorhang! Aus.

Mein Mann konnte immer den Finger auf die schwache Stelle legen – auch bei seinen eigenen Stücken. Hier war sie da, wo alle Voraussetzungen für ein grandioses Aufeinanderprallen zweier Weltanschauungen gegeben waren.

Der Moment der großen Spannung, da sich im Angesichte der ganzen Gesellschaft die Feinde Auge in Auge gegenüberstehen, mußte genutzt werden. Hier mußte man, wie mein Mann es nannte, »zu den Göttern hinabsteigen« – und sich plagen! Die große Szene, die Auseinandersetzung mußte kommen, in der *beide* Vertreter der gegensätzlichen Weltanschauungen recht haben, in der *beide* ehrlich überzeugt zu sein und dem Gegner Achtung abzugewinnen haben. Und man durfte bei dem schweren Thema nicht *zu* schwer werden, um dem Stil des Stückes Rechnung zu tragen.

In meines Mannes »Übersetzung« sind wir beim Aufgehen des Vorhanges zum dritten Akt genau dort, wo wir im zweiten Akt die Szene verließen. Und jetzt folgt die Auseinandersetzung, die mitangehört wird von der ganzen Gesellschaft, die nicht nur politisch interessiert ist, sondern ihr Kapital in Geschäften stecken hat, die davon abhängen, ob das Geld nach Rußland geht oder nicht. Auf dem Höhepunkt der Szene bekommt der Kommissar die Milliarden für sein hungerndes Volk, aber dann fordert der Fürst ihn zum Duell, als Sühne für die Beleidigung seiner Gattin, der Fürstin Tatjana Petrovna Romanowa:

FÜRST OURATIEFF: Wann paßt es Ihnen, sich mit mir zu duellieren, General Gorotschénko?

GOROTSCHENKO: Es paßt mir gar nicht, Prinz Ourátieff! Mein Leben gehört den Sowjets!

TATJANA *ironisch begütigend:* Meinetwegen brauchst du ihn nicht umzubringen, Liebling. Ich kann mich an ihn überhaupt nicht erinnern!

GOROTSCHENKO *taumelt, wie einer, der eine Ohrfeige bekam, einen Schritt zurück, wobei er den Teetisch umstößt. Dann faßt er sich sogleich:* Sie haben eine prachtvolle Frau, Prinz Ourátieff. *Zur Fürstin:* Ich nehme diesen Schlag hin, Madame! Und den Scheck!

TATJANA: Der Scheck ist für Rußland!

FÜRST OURATIEFF: Der Schlag ist für Sie!

GOROTSCHENKO: Für Rußland stecke ich beides ein!

Der überzeugungstreue Kommissar hat sich einen *guten* Abgang gemacht. Und dann nimmt der Fürst seine kleine Fürstin in den Arm und sagt zu *ihr:* »Towárisch«, was so viel heißt wie »Kamerad«!

Ein Brief an Fritz Wreede, Chef seines Verlages Bloch, macht den Standpunkt meines Mannes zu seiner »Übersetzung« ganz deutlich:

»Mein lieber Fritz, es ist schade, daß ich von Deiner Pariser Reise nicht früher Kenntnis erhielt, sonst hätte ich es doch eingerichtet, daß Du das Manuskript von *Towárisch* dort gehabt hättest.

Es ist Vieles und Entscheidendes geändert, und ich arbeite immer weiter daran. Du kennst mich ja. Ob man Herrn Deval, dem ich meine Verehrung zu übermitteln bitte und dem ich schon selber geschrieben hätte, wenn mein Französisch besser wäre, mit Einzelheiten plagen soll, ehe man ihm das Ganze unterbreitet? Wenn ihn das Ganze packt, werden ihm Einzelheiten gleichgültig sein. Wenn er aber zum Beispiel nur hört, daß der letzte Akt nicht in der Küche spielt und die Maskerade der beiden Helden wegbleibt, wird er Dir vielleicht eine kleben. Die Idee der Küche, die beim Lesen so reizend wirkt, enttäuscht. Es unterbricht der Wechsel der Szene die Spannung, die beim Schluß des zweiten Aktes zu einem Höhepunkt zu führen verspricht, und die natürlich auch nicht durch das selbstmörderische Extempore: »Ich habe in sein Glas hineingespuckt« dolchstoßartig um ihre Früchte gebracht werden darf. Daß Maskerade und Sentimentalität in Berlin nur in der Operette möglich sind, wird schwer jemand glauben, der eben Berlin nicht kennt. Meine Änderung ermöglicht – und das muß den Dichter versöhnen –, daß die Spannung im letzten Akt bis zum Zerreißen getrieben werden kann, daß der Zusammenprall der beiden Weltanschauungen plastisch wird und daß der Ausgang, ohne die Grazie des Stückes zu beeinträchtigen, ein wenig nachdenklich wird, was bei der Aktualität des Stückes nicht schaden kann. –

Was Du davon Herrn Deval vor Unterbreitung des Fertigen verraten willst, muß ich Deinen Fingerspitzen überlassen. Du kannst jedenfalls überzeugt sein, daß ich das Stück behandle, als wär's mein eigenes. Das würde nicht hindern, daß es Mist ist. Wir fahren morgen nach Rom, anschließend an die Riviera. Mitte September sind wir zu den *Towárisch*-Proben in Berlin, da ich meinen *Prätorius* zurückstelle.

Curt.

Meinem Mann machte diese Bearbeitung dreifachen Spaß. Er liebte ein Stück mit gleichstarken Kontrahenten. Wie in »Hokuspokus« dem Verteidiger den Staatsanwalt, wie in »Ingeborg« dem Liebhaber den reizenden Ehemann, so wünschte er hier dem Zaristen den überzeugten Kommissar gegenüberzustellen – gleich gewichtig – und er war ängstlich darauf bedacht, daß letzterer mit einem »Herrn« besetzt war und nicht, wie es damals gewünscht wurde, mit einem ungebildeten, ungepflegten Polterer. Die Spannung im Stück würde leiden, und der Sieg wäre zu billig, wenn der Gegner von vornherein vom Autor und vom Regisseur benachteiligt würde! Das war von jeher die Einstellung meines Mannes. Sie resultierte schon daraus, daß er als junger Charakterspieler oft den Gegner des Stars, meistens Bassermanns, zu spielen hatte. Er setzte seinen Stolz darein, mit Würde zu verlieren, und stattete diese Rollen mit allen ihm zu Gebote stehenden Vorzügen aus. Und Bassermann strahlte, wenn mein Mann ihm den Sieg schwermachte.

In allen Stücken meines Mannes kann man diesen Ehrgeiz des Autors erkennen:

»Wenn der Shunderson so gespielt wird, wie ich ihn sehe«, sagte er einmal auf einer Probe und spielte ihn uns auch so vor, »dann existiert der ganze Prätorius nicht, obwohl er sich Fusseln ans Maul redet!«

Zweitens reizte meinen Mann die Bearbeitung von »Towárisch« auch aus dem Grunde, weil sie Gelegenheit bot, Politisches anzugreifen, was seinem Publikum große Freude machte, was aber von der »Partei« als ein Vorwurf gegen die russische Regierung mißverstanden wurde. Im Parkett hörte man ab und zu vor Stellen, die sich schnell herumgesprochen hatten:

»Paß auf! Jetzt kommt's!«

Zum Beispiel: »Ihr nehmt das *Wollen* aus der Welt, setzt dafür das *Müssen*, und das Ganze nennt Ihr *Freiheit!*« Oder: »Blicken Sie sich um im lebendigen Garten Gottes: Alles gibt es, nur nicht den Begriff der *Gleichheit!* Kein Baum, kein Blatt, kein Schmetterling gleicht dem andern, und solange es Menschen gibt, werden sie sich unterscheiden in ihrem Denken, Fühlen und Wollen.«

Und drittens: Eine kleine Schadenfreude war dabei! Maxe hatte erfahren, daß Jacques Deval Jude sei, was natürlich strenges Geheimnis bleiben mußte. Aber, der Teufel schlief nicht fest! Eines Tages kam einer in Uniform. Er käme nicht im Auftrage, brüstete er sich, sondern »aus eigener Überzeugung«.

»Mensch«, sagte Maxe, »wo haben Sie denn den Unsinn her! Halten Sie bloß die Schnauze, sonst kommt et raus, det Sie 'n Drückeberger waren! Ick war an der Front: Det Stück heest *Towárisch*! *Tow* heißt auf russisch hoch! Also, *Hoch arisch!* Tow, tow, tow!« Der Uniformierte hat sich nie wieder blicken lassen.

GANZ DEUTSCHLAND ATMET AUF!

1. Juli 1934.

Ihr Lieben, gestern hat unser Führer entdeckt, daß Röhm homosexuell ist, und hat ihn deshalb gleich erschossen. Ganz Deutschland atmet auf! Stabschef Röhm ist entlarvt, abgesetzt und aus der Partei ausgestoßen! Es hat sich herausgestellt, daß er homosexuell war und sich deshalb für seinen Posten nicht eignet. Der Führer hat ihn auf frischer Tat am Tegernsee ertappt, und mit ihm andere Gruppenführer. Wer hätte das von diesem frischen mutigen Mann gedacht, der immer so warme Reden hielt? Der Führer soll außer sich gewesen sein und hat bestimmt, daß von jetzt ab die Homosexualität in der SA verboten ist, und daß jede Mutter ihr Kind von jetzt an zur Hitlerjugend bringt, ohne daß ihm etwas zustößt. Alles atmet auf! General Schleicher soll mit Röhm unter einer Decke gesteckt haben — versteh mich recht, nicht in Tegernsee auf homosexuelle Weise —, sondern es soll ein Komplott gegen unseren Führer bestanden haben. General Schleicher sollte verhaftet werden, aber da er nicht gleich darauf einging, wurde er tödlich verletzt, ebenso seine Frau, die gerade aus dem Nebenzimmer kam. Sieben Gruppen- und Obergruppenführer, die auch verwickelt waren, wurden schon gestern in München erschossen. Ich weiß nicht, ob sie auch homosexuell waren, jedenfalls sind sie es heute nicht mehr, und das haben wir dem Führer zu verdanken. Er ist radikal vorgegangen. Ich muß da an ein Wort Egmonts denken, Du hast es immer so schön gebracht, Curt: »So leid mir's tut, den armen Teufeln, die ohnedies geplagt genug sind, ihren besten Spaß zu versagen!« Aber so was geht doch wirklich nicht, ich muß da dem Führer unbedingt recht geben. Der Stabschef Röhm soll, und auch so hinten rum, mächtig mit dem Geld geaast haben. Der Führer hat jetzt bestimmt, daß im Stabsquartier nicht mehr monatlich 30 000 Mark für Essen und Trinken ausgegeben werden, er sagt sehr richtig, das war einmal! Wir wollen sparsam sein und den Volksgenossen mit gutem Beispiel vorangehen, nicht nur in der Homosexualität. Alles atmet auf! Es ist doch ein schrecklicher Gedanke, daß eine arme Witwe ihr letztes Scherflein gibt für hungernde Volksgenossen, und Röhm und die anderen verprassen das Geld für Sekt und Austern und Homosexualität. Da könnte man doch wirklich den Glauben an diese herrliche Bewegung verlieren. Aber der Führer hat jetzt einen mächtigen Riegel vorgeschoben. Alles atmet auf! Du kannst Dir denken, Curt, daß gestern hier eine große Aufregung war, aber als man nun heute in der Zeitung las, wie der Führer da energisch hineingegriffen hat, wurde sofort alles ruhig und fuhr ins Freibad Wannsee. Das Wetter ist prachtvoll, kein Wölkchen am Himmel, und das möge auch für unser Deutschland gelten. Laßt Euch nicht den Kopf verdrehen, wenn Ihr dort Schauermärchen hört und lest. Glaubt mir, es ist bei uns alles normal und in schönster Ordnung, und es geht aufwärts! Wenn auch manchmal hinten rum, aber nun gerade!

Max.

18. September 1934.

... Willst Du »Towárisch« Deinem »Prätorius« denn wirklich vor die Nase setzen und es hier im Januar zuerst spielen? Alle halten Dich für verrückt, wo »Prätorius« ein todsicheres Geschäft ist und wir höchstens ein paar Tage Proben bräuchten! Und du verzichtest auf Deine schönen Tantiemen! Wie immer dem auch sein möge, ich habe mich noch nie so wie dieses Mal auf Euer Kommen gefreut, wenn es auch sehr egoistisch von mir ist! Aber man hört gottlob vieles, was unsern Mut nicht sinken läßt. Unser Führer wird es schon schaffen, wenn ihn auch manches entmutigen müßte. Die Gemeinheit Polens, ausgerechnet unser Freund, jetzt den Minderheitenvertrag zu kündigen! Das ist doch ein Schlag gegen Deutschland! Und heute tritt Rußland in den Völkerbund ein. Ist das gut für uns? Und wie wird in der Saar wieder gegen uns gehetzt! Der Führer hat ja jetzt in Nürnberg in sieben Tagen sieben große Reden gehalten, die teilweise umwerfend waren, aber das Ausland bleibt stur. Jetzt kommt wieder das Erntedankfest auf dem Bückeberg, wo zirka 800000 Menschen vor dem Führer defilieren und ihm für die gute Ernte danken werden. Ja, wie soll der Führer es dem Ausland denn recht machen? Noch mehr Reden kann er doch nicht halten! Nee, das kann er nicht! — Im Theater des Volkes ist jetzt »Sommernachtstraum«, aber ohne die Musik von Mendelssohn. Gott sei Dank, denn dann wird es leer sein. Verzeihung! Nicht leer sein, wollte ich schreiben, aber meine Schreibmaschine ist zu alt und reagiert nicht so schnell. Genau wie ich.

Euer Max.

6. Oktober 1934.

... Wenn Du denkst, daß, wie Du schreibst, Ihr den Berlinern einen besonderen Dienst tut, wenn Ihr gerade jetzt »Towárisch« bringt, sind natürlich alle damit einverstanden. Nur versteht es niemand, da sie es mit Deinem »Prätorius« vergleichen. Ist Deine neue Fassung denn so anders geworden? »Prätorius« ist hintergründig und »Towárisch« doch nur ein Lustspiel, sehr, sehr nett, aber oberflächlich, wenn auch aktuell. Genug Russen haben wir ja hier als Kellner und Tellerwäscher. Und wenn Ihr da am Schluß in den Originalkostümen kommt, wird denen sicher das Herz höher schlagen. — Hindenburgs Testament nennen sie hier »Die Josefslegende«. Ich finde das sehr frivol und wenig ehrerbietig dem Retter Deutschlands gegenüber. Denn ohne ihn hätten wir den Führer nicht. Das heißt, der größte Dank gebührt dem Sohn! Der scheint ja überhaupt ein Wohltäter der Menschheit zu sein! Habt Ihr dort von dem Osthilfeskandal gehört? Es ist ja auch wirklich ein Skandal, daß diese Großtat vom Sohne Hindenburgs nicht mehr gefeiert wird, zumal wir ihm, wie gesagt, den Führer verdanken, denn er hat dem Vater ja immer geraten, das zu tun, was für ihn am besten ist.

So sorgte denn der Vater für den Sohn, wie es im neuen Deutschland deutsche Art und Sitte.

Max.

»ALSO ...«

Die Premiere von »Towárisch« hatten wir am 4. Januar 1935, wieder im Komödienhaus am Schiffbauerdamm. Doktor Goebbels kam in die Vorstellung, wovon wir vorher Kenntnis erhielten, worauf mein Mann unseren schweizerischen Gesandten, Exzellenz Dinichère, einlud, der dann schon, bevor der Vorhang in die Höhe ging, bei Doktor Goebbels in der Loge war, um ihm zu danken, daß er »einem Landsmann« die Ehre seines Besuches erwiese. Und dabei schüttelte er ihm, wie er uns erzählte, bedeutungsvoll die Hand: Landsmann! Schweizer! Vorsicht!

Es war um die Zeit, als der »Winterhilfe-Skandal« umging, und es war verboten, darüber zu sprechen, denn Parteigenossen hatten Gelder aus den Sammelbüchsen entwendet. Das konnte mein Mann sich nicht entgehen lassen!

»Was ist das, eine Kollekte?« ließ er mich in meiner Rolle fragen.

»Eine Kollekte ist, wenn ein Mensch, den wir noch nie gesehen haben, Geld von uns verlangt für Menschen, die *er* noch nie gesehen hat, und die *ihn* noch nie gesehen haben, und die *wir* noch nie gesehen haben, und die *uns* noch nie gesehen haben, und die das *Geld* nie zu sehen bekommen – das ist eine Kollekte.«

Darauf war eine Totenstille im Haus, in der man eine Stecknadel hätte zu Boden fallen hören können. Und dann begann Doktor Goebbels – geistesgegenwärtig – zu applaudieren, und das Publikum fiel erlöst ein. Aber es war die gefährlichste Theaterpause, die wir je erlebten.

Der Autor Jacques Deval kam aus Hollywood, wo der Franzose seit Jahren lebte, und freute sich sehr über unsere Vorstellung, und wir freuten uns sehr zu erfahren, wie gut er deutsch sprach. Seine Kritik nach dem Abend – es war bei »Henry Bender« in der Bleibtreustraße – lautete:

»Ich wollte, ich hätte geschrieben, was Sie gespielt haben, Herr Goetz.«

Während dieses Gastspieles hatte die Filmkammer die berühmte *Pola Negri* für den Film »Stadt Lemberg« aus Amerika kommen lassen. Plötzlich stand in der Zeitung, daß Pola »nichtarisch« wäre. Ich muß den Ausdruck für das Folgende zitieren, obwohl mein Mann ihn strikte vermied. Er lehnte es ab, wie ein Ungebildeter nachzuplappern, und hatte den Ausdruck nachgeschlagen, um ihn dann natürlich erst recht nicht zu gebrauchen:

»Arier: Vorfahren der Inder, Perser, Skythen, in den Namen *Iran* und *Iron* der Osseten im Kaukasus erhalten, Vorfahren auch der Inder und Iranier an den Abhängen des Hindukusch am Oxus.« Mein Mann freute sich immer sehr, wenn einer sich brüstete, er wäre ein Nachfahre »des Oxus« und glaubte es ihm aufs Wort.

Die schöne Pola fand es natürlich unter ihrer Würde, auf den Angriff zu reagieren. Ihr Film war fast zu Ende gedreht und großartig geworden.

Aber eines Tages – wie es dazu kam, konnte niemand sagen – stand in der BZ groß und breit auf dem Titelblatt:

»Pola Negri ist Polin, also Arierin!«

Damit war jede Diskussion über dieses Thema erledigt und *verboten*!

»Towárisch« war im voraus auf Wochen ausverkauft. Da klingelte bei uns das Telefon. Der Verlag teilte meinem Mann mit, daß das Propagandaministerium bis zum kommenden Donnerstag den Ariernachweis von Herrn Deval zu sehen wünsche, ansonsten das Stück abgesetzt werden müßte! Tableau!

Mein Mann hatte sich, anläßlich Devals Besuch in Berlin, unzählige Male mit ihm fotografieren lassen, wie dies üblich ist. Deval fuhr von Berlin nach Prag, wo er einem Reporter erzählte, daß er Jude und stolz darauf sei. Und dieses brachte das »Prager Tagblatt« als Text unter einem Foto, das Deval mit meinem Mann zeigte.

Daher also wehte der Wind!

Mein Mann ging in seinen Verlag, wo sie alle bleich waren wie die neugetünchten Bürowände, und bat, nichts zu unternehmen, bis er sich die Sache durch den Kopf hätte gehen lassen. Dann kam er wieder nach Hause, dann spielte er abends seine Rolle mit Genuß, dann schlief er vorzüglich, und am nächsten Morgen diktierte er mir einen Brief an das Propagandaministerium:

»Sehr geehrte Herren, Jacques Deval ist Franzose, also Arier.

Hochachtungsvoll, Curt Goetz.«

Dann spielten wir »Towárisch« noch über hundertmal in Berlin. Zu dieser Zeit aßen wir abends nach der Vorstellung gern in einem russischen Lokal, in der Fasanenstraße. Das paßte so recht und war uns von *Nina*, einer »ruuussischen Seeele«, empfohlen worden, von der wir, während sie uns massierte, unseren Akzent für »Towárisch« erlernten. Es gab ganz köstliche Gerichte in der Fasanenstraße, und dort spielte auch ein »ruuussischer« Geiger. Riesengroß und breit war der Kaukasier, blond und blauäugig, und aus seiner Geige kamen die zartesten Töne. Er lehrte uns die zwei russischen Liedchen, die wir in unserem Stück brauchten. In seiner Pause setzte er sich jeden Abend zu uns, trank einen Wodka mit und überhörte prüfend unsere russischen Zeilen.

Eines Abends stand ein anderer Geiger auf dem Podium. Unser Kaukasier jammerte serrr! Seine Musik sei seit chcheute »zersäääätzend«, weil sein Vater Jude gewesen sei. Aber der neue Geiger, tröstete er uns, würde uns auch unsere Lieblingsmelodien spielen, er habe ihn genau instruiert, und »bei der chcheiligen Madooona«, er habe es ihm versprochen! Er sei ein Jugendfreund, auf den er sich verlassen könne, und sein Schwager. Und er sah dabei mit treuen schwermütigen Bernhardineraugen zu ihm hinauf:

»Maaan von Schwäster! Volljude! Aber ist er spääter aaangekooomen in Deutschland. Waren wirrr schon gescheiter und weiß njiiimaaand.«

ENGLISCH LERNEN – *KEIN* VERGNÜGEN

Während mein Mann an »Towárisch« arbeitete, studierte ich Englisch, um den Vorsprung, den er vor mir hatte, aufzuholen. Der Vorsprung kam daher, daß mein Mann in der Schule Englisch gelernt hatte, während ich zur Zeit des Weltkrieges im Kloster war, wo des Krieges wegen die Sprache des Feindes tabu war. Unser schöner alter Gruß: »Gelobt sei Jesus Christus, in Ewigkeit, amen«, mußte geändert werden. Er hieß nun: »Gott strafe England, er strafe es!«

»England« und »es« waren zu betonen.

Wenn mir jetzt einfällt, daß wir die ehrwürdigen Schwestern dabei freundlich anzulächeln hatten, wie sich das bei einem Gruß ja auch schickt, und womöglich noch einen Knicks machen mußten, wenn es eine höhere Schwester oder gar die Mutter Oberin war, denen wir begegneten, so weiß ich gar nicht, was ich davon halten soll.

Was mir aber bemerkenswert erscheint, das ist, daß ich dabei am eigenen Leibe zu fühlen bekam, daß Gedanken und Wünsche, ob gute, ob böse, wie Bumerangs auf den, der diese Gedanken und Wünsche aussendet, zurückfallen, denn ich war es, weiß Gott, die gestraft war, als ich, ausgewachsen, büffeln mußte, was Kindern spielerisch zufliegt.

Diese Idee mit den guten und den bösen Gedanken, die sich wie Bumerangs benehmen, hat mein Mann, da es eine lang gehegte Lieblingsidee von ihm war, in einem seiner letzten Einakter »Der Ausbruch des Weltfriedens« tiefsinnig und dabei natürlich lustig behandelt.

Im Sommer 1935 waren unsere englischen Kenntnisse so weit gediehen, daß wir uns entschlossen, nach London zu reisen. Wir konnten unsere »Hokuspokus«-Szene so gut, hätte man uns aus tiefstem Schlaf geweckt, auf das Stichwort wäre die Antwort gefallen. Natürlich war diese Szene das einzige, was wir *in englisch* konnten, aber dies in einem Tempo und mit einer Leichtigkeit, als hätten wir niemals *nicht* Englisch gekonnt.

»Where is the baby?«

»What Baby?«

»Our baby.«

»Not here yet!«

»When will it come?« etc. etc. etc.

Es konnte uns einfach nichts passieren, und so fuhren wir mit diesen tiefgehenden Kenntnissen der englischen Sprache in unserem schönen Packard nach London. Aber weil es dort lange Straßen gibt, wo, wie in einem Angsttraum, alle Häuser haargenau gleich sind – jetzt gibt es leider auch hier schon solche Angsttraumstraßen –, kamen wir nicht zurecht und konnten unser Hotel nicht finden. Wir nahmen unser Wörterbuch zur Hand und stellten Wort für Wort folgenden Satz zusammen:

Please ... Officer – wir hatten gelernt, daß man in England einen Schupo »officer« nennen muß – please ... officer ... where ... is ... the ... hotel .. Dorchester?

Wir übten diesen Satz, und dann bat ich meinen Mann, ihn dem Schutzmann vorzutragen, der in der Mitte des großen Platzes, auf dem wir hielten, majestätisch den Verkehr regelte. Mein Mann aber meinte, weil ich schon viel besser Englisch könne als er und sowieso immer die Vorlautere sei, müsse ich das übernehmen, und außerdem würde er sich eher ein Loch ins Knie bohren, bevor er sich zu so etwas hätte. Und dann stieg er aus, und ich rückte ans Steuer. Ich sah meinen Mann sich dem »officer« nähern, der, überlebensgroß, auf mein Curtchen nur so herabsah. Dann aber beugte er sein Ohr, ohne sich in seinen Schwimmübungen stören zu lassen, lauschend zu ihm nieder, richtete sich darauf in seiner ganzen Größe wieder auf und stoppte, wie ein Kapellmeister sein ganzes Orchester, den Verkehr nach allen Richtungen hin, worauf mein Mann die Flucht ergriff, ins Auto sprang und schrie:

»Fahr los!«

Ich bog um die nächste Ecke und blieb da vor Schreck stehen.

»Glaube mir«, sagte mein Mann immer noch atemlos, »ich war in meiner ganzen Karriere noch nie so aufgeregt, wie vor diesem ersten englischen Satz, und ich habe gesagt:

›Please officer, where is the baby‹, worauf er antwortete: ›What baby?‹, wonach ich noch imstande war zu sagen: ›Our baby‹. Das weitere hast du ja gesehen.«

Nicht nur deshalb wollten wir gleich wieder nach Merligen zurück, sondern weil ich beleidigt war, daß London Curt Goetz nicht kannte. Natürlich habe ich nicht daran gedacht, daß wir in Berlin 1935 auch nicht wußten, wer John Gilgood, Sir Hartwick oder Olivier waren.

Aber London hatte uns noch einiges zu bieten!

Eine Emigrantin, die wir dort bei der Lehrerin Elisabeth Bergners kennenlernten, wollte uns bekannt machen mit Mr. *Bostock*, einem Herrn, der zu dieser Zeit fast alle Sprechbühnen Londons besaß. Aber mein Mann wollte das nicht. Was sollten wir mit einem, der kein Wort Deutsch verstand? Es habe Elisabeth Bergner über ein Jahr gekostet, diesen Herrn kennenzulernen, versicherte die Dame, und dies, obwohl die Bergner es damals sehr leicht hatte, denn sie wurde als Musterexemplar der Hitlervertriebenen sogar einmal zur Queen geführt. Das Musterexemplar stimmte nicht ganz, denn die Bergner mit ihrem gescheiten Köpfchen ging, Gott sei Dank, schon lange vorher aus Deutschland. Sie ging, mit Recht verärgert durch die Presse, die ihr, einer Schauspielerin dieses Ranges, nach der Shakespeareschen Julia höchst ungehörige Kritiken schrieb. Gut, man fand, daß ihr die Rolle nicht lag, aber immerhin blieb sie doch *die* Bergner! Die ganze Schauspielerschaft stand hinter ihr.

Nach längerer Überlegung entschloß sich mein Mann, diesen Mr. Bostock zu empfangen, bei uns im Hotel, doch erst nach zwei Wochen. Und damit hatte er etwas ganz Bestimmtes vor.

EMPFANG IM DORCHESTER

Mr. Bostock kam mit der Dame, die ihn uns zuführen wollte, pünktlich zur verabredeten Stunde ins Dorchester Hotel. Ich empfing ihn in fließendem Englisch, aber mit Angst im Herzen, daß ich durch ein Zögern

Mr. Bostock Gelegenheit geben könnte, etwas zu sagen. Denn das hätte ich nicht verstanden. Aber er unterbrach mich nicht, bis zu dem Satz, den ich heute noch weiß:

»Would you like to have a drink, a double one?«

Das sollte so ganz englisch sein, dieses »a double one«, und es erstaunte Mr. Bostock auch sichtlich, so daß er sich an die Dame wandte und ihr anscheinend sagte, daß er mein Englisch ganz ausgezeichnet finde. So kam es mir wenigstens vor. Dieses »a double one« war auch das Stichwort für meinen Mann, der hinter der Portiere zum Schlafzimmer stand und jetzt pünktlich »auftrat«.

»Wieso«, flüsterte er, leicht ärgerlich und in natürlich auch fließendem Englisch, »konntest du Mr. Bostock erzählen, daß ich am Telefon aufgehalten war? Du weißt doch, daß mein Wagen an den Londoner Verkehr nicht gewöhnt ist!«

Dieser kleine halblaute Disput beeindruckte Mr. Bostock wieder sehr! Als mein Mann dann auf ihn zuging und ihn überschüttete mit Komplimenten über England, London im besonderen und im ganz besonderen über ihn selber, da war es um Mr. Bostock geschehn! Um meinen Mann allerdings beinahe auch! Denn Mr. Bostock sagte etwas!

»Auch darauf bin ich vorbereitet«, erwiderte mein Mann lächelnd und — ich müßte es nicht mehr sagen — in perfektestem Englisch, »daß Sie auch mal etwas äußern würden. Aber ich fände es sehr liebenswürdig von Ihnen, wenn auch Sie sich jetzt an Ihre Rolle hielten, die ich Ihnen hier überreichen darf. Bitte sagen Sie nichts, was nicht in Ihren Zeilen steht.«

Mr. Bostock hatte Humor. Er las brav seinen Part. Auch sein Englisch soll perfekt gewesen sein, wenn auch nicht »Hochenglisch«, sondern eher cockney, wie man uns später verriet:

»Lieber Mr. Goetz, ich weiß, Sie und Ihre charmante Frau sind berühmt über den ganzen Kontinent!«

»Sie schmeicheln«, fiel mein Mann leise dazwischen.

»O nein! Bei weitem nicht, Mr. Goetz. Ich kenne alle Ihre Stücke auswendig!« Mr. Bostock zählte sie auf, so wie sie da standen, und dann fragte er uns, welches seiner Theater er uns zur Verfügung stellen dürfe, und schloß mit der Ermahnung, daß wir auch ja genügend Gage fordern sollten.

Und dann waren wir bis vier Uhr morgens mit ihm beisammen und konnten kein Wort mehr mit ihm wechseln. Aber immerhin haben wir soviel verstanden, daß es ein Affenkram ist, Rollen wie die Papageien einzustudieren und damit auf eine Bühne zu gehen. Und deshalb festigte sich unser Entschluß von Tag zu Tag, reuig in die Heimat zurückzukehren und in Berlin einen Film zu machen, den man dann, um sich im Ausland vorzustellen, ablaufen lassen konnte, ohne in einer fremden Sprache stottern zu müssen.

Es ging nicht alles immer so glatt in unserem schönen Leben! Aber London blieb doch unvergeßlich, weil sich uns, ganz unerwartet, in den letzten Tagen unseres Aufenthaltes ein Traum erfüllte: ein Besuch bei G. B. Shaw. Zu dieser Begegnung finde ich eine Skizze meines Mannes, auf deren linker oberer Ecke geschrieben steht:

Zu meinen Memoiren:

In London, im Dorchester Hotel, stießen wir im Fahrstuhl mit Siegfried Trebitsch zusammen, dem Shaw-Übersetzer. Er war sehr erfreut, uns zu sehen, und lud uns für nächsten Sonntag ein, Shaw zu besuchen.

»Das trifft sich großartig! Ich möchte Sie Ihrem Onkel vorstellen«, sagte er. Und eine kalte Grausamkeit kroch durch diesen harmlosen Satz.

Dazu muß ich folgende Erklärung geben:

Gleich als mir seinerzeit meine damals vierundachtzigjährige Basler Tante Lina Goetz-Probst nach einem Gastspiel daselbst — *ich* hatte dort gastiert, nicht die Tante — verriet, daß ich mit Shaw verwandt sei, hatte ich mir in einer Aufwallung heißen Mitgefühls geschworen, niemals der Welt das Geheimnis, warum Shaw so gute Stücke schriebe, preiszugeben. Wie es trotzdem zu Ohren eines Wiener Kritikers gekommen war, weiß ich nicht. Jedenfalls hatte dieser witzige Herr in seiner Besprechung eines meiner Stücke geschrieben: »... und jetzt kommt etwas, wovon wir gar nicht wissen, ob wir es ohne Erlaubnis von Trebitsch veröffentlichen dürfen: Der Goetz ist mit dem Shaw verwandt!«

Nicht daß ich fürchtete, Trebitsch könnte diesen Scherz übelgenommen haben, nein, aber ... vielleicht *glaubte* er es nicht? Vielleicht hielt er mich für einen Aufschneider? Und vielleicht ... vielleicht stimmte es wirklich nicht? Vielleicht hatte sich Tante Lina geirrt? — Ob sie noch lebte? Sie war immerhin hochbetagt.

Diese Gedanken schossen mir durch den Kopf, als Trebitsch vollendete:

»Sie werden mir doch nicht absagen, lieber Freund? Oder krank werden? Oder inzwischen abreisen?«

»Ich denke nicht, lieber Professor.«

»Also Sonntag.«

»Gut«, sagte ich, »wir holen Sie ab.«

»Nein, *ich* hole *Sie* ab«, sagte Trebitsch.

Ich depeschierte noch am gleichen Abend nach Basel und bat meine Tante Lina um genaue Einzelheiten des Verwandtschaftsgrades. Und den lieben Gott bat ich, daß Linchen noch leben und ihr Gedächtnis nicht gelitten haben möge.

Am nächsten Vormittag teilte mir Trebitsch mit, daß sich Shaw sehr freuen würde, uns kennenzulernen. Und es bleibe bei nächstem Sonntag. Und von da an erkundigte er sich täglich nach unserem Befinden.

Keine Antwort der Tante.

Am Sonntag holte uns Trebitsch, eine halbe Stunde früher als verabredet, von unserem Hotelzimmer ab. Er schien überrascht, uns anzutreffen. Beim Verlassen des Hotels kam der Boy mir nachgelaufen und händigte mir eine Expreß-Postkarte aus Basel ein. Ich senkte sie in meine Manteltasche und streichelte sie. Wir erreichten Shaws Haus ein wenig zu früh, und so gingen wir noch ein Weilchen auf und ab.

Da sahen wir einen Hünen um die Ecke biegen. Er hatte seinen Spazierstock geschultert wie ein Gewehr. – Man hatte Shaw gesagt, in seinem Alter müsse er einen Stock tragen. Und das tat er nun auch. Weit ausschreitend kam er daher. Wir hätten uns gar nicht so an die Mauer zu drücken brauchen, er hätte uns sowieso nicht bemerkt. Seine blauen Augen waren in die Ferne gerichtet. Seine Riesenbeine trugen ihn an uns vorbei.

Zehn Minuten später standen wir ihm und seiner Frau gegenüber. Wir entschuldigten uns wegen unseres barbarischen Englisch, worauf Shaw uns versicherte, daß er uns für geborene Londoner gehalten hätte. Während des Lunch – ich will mich hängen lassen, wenn der berühmte Vegetarier nicht ein Filet Mignon gegessen hat – brachte Trebitsch das Gespräch auf die Verwandtschaft. Ich holte meine Postkarte aus Basel aus der Tasche, und nach einem Herzklopfen wurde die Verwandtschaft über einen General Ponsenby – Gott segne ihn – festgestellt. Für meinen Geschmack war der Verwandtschaftsgrad zu weitläufig, aber Trebitsch war befriedigt.

Während des Essens mußte ich mich zusammennehmen, Shaw nicht immerzu anzustarren, eine Anstrengung, die mir, fürchte ich, nicht ganz gelungen ist. Man *muß* ihn anstarren.

Natürlich wäre es für den Leser nun interessant zu wissen, was der große Mann alles gesagt hat, und für den Schreiber wäre es gut, es hier herzusetzen – was nebenbei diesem Kapitel einen Schimmer von Berechtigung verleihen würde –, aber leider hat er nichts gesagt. Die Konversation wurde von Trebitsch und den beiden Damen geführt, während Shaw sich damit begnügte, mich hin und wieder anzulächeln.

Es war ein reizendes listiges Schmunzeln, das ich absorbierte wie ein Kätzchen die Milch. Ich weiß nicht, warum ich ihm so dankbar war für diese stumme Art der Unterhaltung. Sie werden sagen, weil ich ihn sowieso nicht verstanden hätte. Nein, nicht nur das. Es war auch etwas anderes. Sie wissen schon!

Und noch einmal muß ich den Leser enttäuschen. Anstatt der kalten Ironie, die man mir versprochen hatte, ging eine ganz ordinäre Herzenswärme von ihm aus, die ich in der Erinnerung heute noch spüre ...

Und dann, dieses Lächeln, wie gesagt ... Und noch etwas: Daß ich, im Schatten des Riesen, der Sprache nicht mächtig, verlegen war, ist kein Wunder. Aber Shaw war es auch.

Und das ist das Netteste, was man über einen großen Mann sagen kann. Meinen Sie nicht?

DIE SCHLINGEN WERDEN ENGER

Ein Brief von Max wurde uns vom Hotelportier übergeben. Eine Dame aus Berlin, die ihre kranke Tochter in London zu besuchen kam – die Frau unseres Theo Loos – hatte ihn mitgebracht.

5. Juli 1935.

Mein lieber Curt, ich habe ein Schreiben aus der Bank bekommen, ich vermute, es ist von unserm alten Schalterbeamten, in dem er mir vertraulich mitteilt, daß der monatliche Transfer Deiner Tantiemen nicht mehr erfolgen darf. Daraufhin ging ich zur Bank und erkundigte mich ganz nebenbei, wie es denn mit Deinem Transfer stünde. Es war zur Zeit ein Herr aus dem Ministerium da, der mir erklärte, daß er bei der Durchsicht der Bücher gerade auf diesen Punkt gestoßen sei und Weisung bekommen habe, eine Transferbewilligung nur dann einreichen zu lassen, wenn Herr Goetz dafür *etwas leisten* würde! Darauf erklärte ich ihm, daß Deine große Arbeit, auf Grund derer ganz Deutschland Deine Stücke spielt und die Schauspieler wie die Theater Gelegenheit haben zu verdienen, ja bereits in schlaflosen Nächten geleistet *ist!* Nun geht der Transfer wieder weiter. Aber sicher nicht lange! Wie wäre es, wenn wir jetzt Valéries Idee mit den »Gesammelten Werken« in Angriff nehmen würden? So können wir das Geld, das hier von den Tantiemen aufläuft, gut verwenden. Vielen hier würde ein Genuß verschafft, und es wäre eine Arbeit, bei der Ihr nicht hier zu sein bräuchtet. Antwortet bitte gleich!

Max.

Als wir aus London heimkamen, fanden wir gleich zwei Briefe vor. Sie zeigen, wie Schritt für Schritt die Lage in Deutschland bedrohlicher und die Schlingen immer enger gezogen wurden. Auch läßt Max wieder so deutlich erkennen, welch groteske Verwirrung in dem Denken der Masse Mensch Platz gegriffen hatte.

14. August 1935.

... Hier ist natürlich alles in bester Ordnung. Es ist doch ein großes Glück, daß alle ausländischen Blätter jetzt für immer verboten sind. So wird auch der Meckerer nicht das Gegenteil von dem behaupten können, was wirklich in der Welt geschieht, wie *unsere* Zeitungen es wahrheitsgetreu berichten. Dr. Goebbels hielt gestern wieder eine herrliche Rede

– der Gute hat eigens seinen Urlaub dafür unterbrochen –, daß wir zwar vor einem harten Winter stehen werden, daß aber im Frühjahr alles überwunden ist. Ich ärgere mich, wenn dann Idioten sagen: Das hören wir nun schon das dritte Jahr, und das Leben wird immer schwerer! Diese Banausen haben eben keine Ahnung von den Schwierigkeiten, dem Ärger mit dem jüdischen Zentrum zum Beispiel! Und dann noch der Stahlhelm, der aus Nichtariern, Halbjuden und sogar Vierteljuden besteht und jetzt, Gott sei Dank, endlich aufgelöst wurde. Es ist ja ein Gotteswunder, daß der Führer den ganzen Plunder nicht längst hingeschmissen hat. Er hat doch Geld und könnte vergnügt und ohne Sorgen im Ausland leben. Ich und viele andere hätten das längst getan. Aber er hält durch und wird Deutschland so weit bringen, wie wir es uns nie hätten träumen lassen. Kürzlich fuhr ich mal mit dem Rad von Gatow nach Cladow. Ja, da staunste! Eine Kaserne neben der anderen, Flieger, Reichswehr, Kanonen usw. Da lacht einem alten Soldaten das Herz, und man sieht, unser Geld wird nicht in die Luft verpulvert! Und man weiß endlich, wofür gesammelt wird!

Max.

1. September 1935.

... Die Sommer- und Erholungspause von unserem Doktor, die er in Heiligendamm verbrachte – wie gern wäre ich da auch hingefahren – ist vorbei, aber der Kampf noch nicht, sagte er, und deshalb sind vorerst mal alle Mischehen zwischen Juden und Christen verboten. Wunderbar! Vor allem für die Kinder. Denkt Euch: Eine Christin heiratet einen Juden und Kinder kommen. Die Familie sitzt beim Essen, *sie* schimpft auf den Führer, und *er* ruft *Heil Hitler!* Wem sollen die armen Kinder glauben? Wo bleibt da die Ehrfurcht vor dem Elternhaus, auf der unser Nationalsozialismus doch aufgebaut ist! Diesem Zustand, nicht nur beim Essen, sondern überhaupt, mußte doch mal ein Ende gemacht werden. Ganz abgesehen von der so wichtigen Rassenfrage, die damit auch zu tun haben soll.

Deshalb in Eile, Max.

In diesem Herbst begannen wir mit den Vorarbeiten für die Herausgabe unserer »Gesammelten Werke«. Maxe holte Voranschläge von Verlegern, Druckern und Buchbindern ein, und wir ließen Skizzen von verschiedenen Künstlern machen, weil die Ausgabe illustriert sein sollte. Maxe schrieb, daß diese Arbeit allein ihn über die nächste Zeit hinweggebracht hätte, die Zeit, in der es dann auch mit der Verpflegung bergab ging.

1. Oktober 1935.

... Viele schimpfen hier über die Teuerung. Ich merke nichts davon. Was mir zu teuer ist, esse ich nicht. Ich esse kein Obst, was ja sehr ungesund ist, weil es von unsern jüdischen Gegnern im Ausland mit

Vitriol bespritzt wird. Also bitte, seht Euch vor! Wenig Fleisch esse ich, sehr wenig sogar, 100 Gramm per Woche, weil man das kaum bekommt und weil man in unserem Alter überhaupt keines essen soll. Kartoffeln mag ich sowieso nicht, von Fett oder gar Butter bekäme ich Magenkrämpfe, meine Haushälterin macht sich nichts aus Nudeln, die machen dick, sagt sie, Gemüse, das wißt Ihr ja, ist mir verhaßt. Also wir kommen sehr gut durch, und wenn ich mich auch etwas einschränken müßte, von einer eigentlichen Teuerung *könnte* man ja gar nichts merken, weil man ja schon lange diese Dinge nicht mehr kaufen kann. Also alles Lüge der Meckerer.

Max.

5. Dezember 1935.

... Mein Tommy ist nun schon tot. Es ist besser für ihn. Ich hatte ihn 14 Jahre lang, herrliche Jahre, bis auf die letzten drei! Ich meine nur, weil er nämlich alt wurde. Er hat ja, Gott sei Dank, von diesen schrecklichen Jahren nichts gemerkt, und er war immer quietschvergnügt und freute sich seines Lebens. Ich habe eine schöne Kiste machen lassen und ihm sein Bettchen hineingelegt. Nun weiß ich wenigstens, wo er liegt und kann ihn besuchen. Ich konnte ihn nicht vom Schinder holen lassen in dem Gedanken, daß sich irgendein Kommunist in ein paar Monaten mit meinem Tommy die Hände wäscht. Für die Parteileute hätte ich es ja gern getan, denn Seife ist kaum mehr zu bekommen. Er war ja auch so mager. Kein Hauch von Fett mehr an ihm. Fast so wie an mir. Die Kiste war ziemlich teuer, und unser Blockwart, der doch alles sieht, Gott sei Dank, beanstandete dies auch und brachte mir das »Schwarze Korps«, in dem mit Recht ein geharnischter Artikel steht, man sollte das Geld lieber armen Säuglingen zuwenden. Das würde ich gern tun, sagte ich ihm, aber wer garantiert mir denn, daß der Säugling später auch zur Partei gehören darf? Das kann mir auch das »Schwarze Korps« nicht vorher sagen, sagte ich! Von Tommy aber weiß ich, daß er sich immer ans Radio schlich, wenn das Horst-Wessel-Lied erklang. Und dann drehte Tommy sich so schön langsam um sich herum, wie er das unter den schattigen Bäumen in unserer Halmstraße machte. Und dann mußte ich aber schnell mit ihm runter! Und ich habe den Blockwart daran erinnert, daß er mich doch so oft mit Tommy unten gesehen haben muß. Und darauf hat er sich Gott sei Dank beruhigt. Und so kann auch ich wieder ruhig schlafen.

Max.

15. Dezember 1935.

... Seit meiner letzten Unterredung mit unserm Blockwart ist er so nett zu mir und will mir jetzt sogar zu Weihnachten einen seiner jungen Hunde – er hat einen Wurf – anbieten. Aber ich sagte ihm, ich warte lieber noch ab, wie er sich in den nächsten Wochen auswächst. Und ich müßte ja auch erst bestätigt bekommen, daß der Hund auch wirklich reinarisch-rassig ist. Er schwört, daß er die reinste Mischrasse ist, die es geben kann, und will mir einen Stammbaum ausstellen lassen. Ich sagte ihm aber, daß da einer doch hineinschreiben könnte, was er wollte, aber das erklärte er mir dann: »Wer ein Jude ist, bestimme ich«, hat der Führer gesagt, und die Partei ist das ausübende Organ des Führers. Dieses hat zum Beispiel jetzt bestimmt, daß Herr Augsburger in der Eschenallee Gruppenführer wird, obwohl sein Vater Jude war, weil der Führer mit seinem Organ das ausgelöscht hat. Und wenn mir jetzt das Organ des Führers bestätigt, daß der Hund reine Mischrasse ist, dann ist es eben so, egal wer der Vater war, und das kann mir dann genügen. Er hat ja recht, aber ich warte trotzdem noch ab, denn vorerst ist mir der Hund noch nicht braun genug.

Max.

»DIE SIEBEN OHRFEIGEN«

Die Arbeit an den »Gesammelten Werken«, die wegen empfindlichen Materialmangels nur sehr langsam vonstatten ging, machte uns trotzdem viel Freude. Es war so schön, das Papier selber auswählen zu können, die Schrifttypen zu suchen und den Einband zu bestimmen. Kenntnisse, die ich mir lange vorher in meiner Mädchenzeit in Wien erworben hatte, als ich die Buchbinderei erlernte, kamen mir jetzt sehr zugute. Nun stand es fest: Die drei Bände würden im Selbstverlag erscheinen in einer Auflage von sechstausend. Sie würden ausgestattet mit Federzeichnungen von *Gunther Böhmer*, der damals bei seinem Freunde *Hermann Hesse* im Tessin lebte. Gunther Böhmer kam zu uns nach Merligen. Manches Motiv, das ihm dort gefiel, hat er zur Illustration unserer drei Bände in seinen lustigen Zeichnungen festgehalten.

So verging das Jahr, in dem mein Mann auch das Drehbuch zu den *»Sieben Ohrfeigen«*, einem Film für die UFA, schrieb, der dann im Herbst 1936 herauskam. Wir haben ihn nie gesehen, nur Max berichtete darüber, und die Kritiken sowie das so wichtige »Geschäft« sollen »himmelstürmend« gewesen sein.

19. Oktober 1936.

Lieber Curt. Für morgen konnte ich eine Karte zu Deinen »*Sieben Ohrfeigen*« ergattern und berichte Dir dann darüber. Ganz Berlin spricht von dem Film, und es ist ein Bombengeschäft seit Wochen. Hier werden jetzt einige Lebensmittel etwas knapp, aber darauf hat ja der Führer in seiner Nürnberger Proklamation hingewiesen, also macht es nichts. Wir kaufen jetzt Rohstoffe für unsere Devisen anstatt Butter. Man muß eben den Schmachtriemen enger schnüren, und das tut man gern, wenn man weiß, daß wir dafür Kanonen bekommen, um uns verteidigen zu können. Manche hamstern hier. Ich natürlich nicht. Wenn ich das sehe, gibt's Krach! Wo kämen wir da hin, wenn alle Volksgenossen vorsorgen wollten! Zu essen werden wir immer haben, hat der Führer gesagt — und das genügt mir!

Max.

20. Oktober 1936.

... Gestern war ich also in Deinen »Sieben Ohrfeigen«. Bezaubernd! Das Publikum brüllte vor Lachen, es gab bei Goetz-Pointen immer Szenenapplaus. Nur leider sind die meisten Leute zu spät gekommen, nicht zu Deinem Film, aber im Vorprogramm war doch der ganze herrliche Nürnberger Parteitag zu sehen. Es ist aber ein gutes Zeichen für Deinen Film, daß sich auch die paar Leute, die von Anfang an da waren und von den heroischen welterschütternden Bildern und Reden ergriffen wurden, so schnell und willig auf Deinen Ulk umstellen konnten. Es war wirklich ein herrlicher Abend — nach langer, langer Zeit.

Max.

8. November 1936.

Lieber Curt, Deine »Sieben Ohrfeigen« laufen immer noch mit unvermindertem Besuch, wie die UFA mir sagt. Heute ist Sonntag. Eintopf! Ich wollte heute einmal ausschlafen, dann meinen Sonntagvormittagsspaziergang machen, aber die Winterhilfe-Sammler nicht versäumen und erst recht unsern Blockwart nicht, der doch so gewissenhaft ist, daß er am Eintopftag wirklich in alle Töpfe (Kochtöpfe) im Hause guckt. Gott sei Dank kamen die Sammler schon um 7 Uhr früh, so konnte ich zu allen Sonntagsgenüssen kommen, nur zum Schlafen nicht. Aber das ist ja auch nicht wichtig.

Max.

»DAS LAND DER LIEBE«

Ich habe etwas nachzutragen, was zum Verständnis des Danachfolgenden wichtig ist. Während des Berliner »Towárisch«-Gastspieles bekam ich meine erste Filmrolle im »Land der Liebe«, Regie *Reinhold Schünzel.* Er war ein großartiger Charakterspieler gewesen und vorzüglich deshalb ein so bedeutender Regisseur geworden, weil er jedem Schauspieler alles und jedes vormachen konnte, weshalb er auch kleine Leute, Anfänger und sogar Nichtskönner, die ja entsprechend billiger waren, in großen Rollen herauszustellen vermochte. Er hatte uns wieder einmal auf der Bühne gesehen, und er wollte uns für seinen Film interessieren, hauptsächlich, weil er wünschte, mein Mann möchte ihm beim Drehbuch helfen. Mein Mann machte das gern, in diesem Falle ganz besonders, denn Schünzel war bei der Partei nicht gut angeschrieben. Es paßte ihr ein Vorfahre väterlicher oder mütterlicher Seite nicht, weshalb sie Schünzel goldene Brücken bauen wollte, was Schünzel wieder nicht paßte. Er behielt lieber seine Papiere, so wie sie waren und stellte anheim, dann eben nicht mehr arbeiten zu dürfen. Das gefiel meinem Mann, und außerdem bot der Stoff die Möglichkeit, Probleme der Zeit zu beleuchten, was ihn ja immer reizte.

Aber leider geriet er mit Schünzel dabei stets in Konflikt: »Reinhold«, hörte ich meinen Mann immer wieder sagen, »man muß so etwas so geschickt machen, daß sie uns nicht an den Wagen fahren können! So wie es mir im *Towárisch* gelang, was dir deshalb doch so gut gefällt!

Du willst einen kleinen hinkenden Minister zeigen! Erstens einmal stößt es jeden anständigen Menschen ab, wenn man jemand etwas vorwirft, was ihm angeboren ist, wofür er nichts kann. Damit würden wir uns mit den Herren hier ja auf eine Stufe stellen! Man hat Wichtigeres anzugreifen! Und das muß man geschickt machen. Was hast du davon, wenn du nach dem Film auswandern mußt, und was noch viel schlimmer wäre, wenn das, worauf es uns ankommt, herausgeschnitten wird! Da wäre weder dir noch mir, noch sonst jemand geholfen!«

Leider war Schünzel ein eigenwilliger und kurzsichtiger Herr und durch den Beruf des Filmregisseurs, der leicht zur Überheblichkeit verleitet, zum Despoten geworden. Damals lernten wir *Kurt Hoffmann* kennen, der bei Schünzel Hilfsregisseur und Assistent war. Sicher hat er von seinem Meister viel Filmisches und Filmtechnisches gelernt, und vielleicht auch manches sehen müssen, was sich *hinter* der Leinwand oft Grausames abspielt. Wir jedenfalls haben Hoffmann damals aus tiefster Seele bedauert, und mein Mann wäre schwer mit Schünzel aneinandergeraten, wenn er es hätte mit ansehen müssen, wie Schünzel keine Gelegenheit verpaßte, seinem Stab in aller Öffentlichkeit eins auszuwischen.

»Das Land der Liebe« kam im Frühjahr 1937 heraus, und Max konnte uns nicht allzuviel darüber berichten. Doch was er schrieb, zeugte davon, daß Reinhold Schünzel sich am Schneidetisch eher von seinen Ressentiments hatte leiten lassen, als von den weisen Ratschlägen meines Mannes.

27. Mai 1937.

... Von »Land der Liebe« hört man die widersprechendsten Dinge. Die einen sagen, der Film wäre verboten, die andern, er wird geschnitten. Manche sagen, daß Du, Curt, in Deutschland Spielverbot hättest und daß auch alle Deine Stücke gesperrt werden wegen dieses Films, weil Du der Autor wärst. Und Valérie soll die beste darin sein. Zu schade um ihre Kunst in einem Film, der so gegen unsere Regierung ist. Ja hat sie denn das nicht gemerkt? Ihr hättet mir die Rollen zeigen sollen, ich verstehe jetzt soviel von Politik! Das seht Ihr ja aus meinen Briefen. Schünzel soll geflohen sein.

Max.

Im Juni dieses Jahres sah es besonders böse aus, und man sprach überall nur vom Krieg. Max schrieb dazu:

25. Juni 1937.
... Lange kann es nicht mehr dauern. Der unerhörte Überfall auf unsere »Leipzig«! Man sieht an dem Schlachtkreuzer heute noch eine 10 cm lange Schürfspur von dem Torpedo, wo die ganze Farbe ab ist. Das kann doch nicht einfach hingenommen werden. Wir haben jetzt auch eine fabelhafte Volksmaske, die in diesen Tagen verteilt wird, also sind wir auf jeden Angriff gefaßt! Meine blöde Haushälterin sagt in ihrer dummen Eitelkeit, sie setzt keine auf, weil sie ihr nicht steht! So sind die Frauen! Über ihrer Fratze vergessen sie das Vaterland und die heiligen Wünsche des Führers! ...

29. Juni 1937.
... Ich glaube, die Sache mit Deinem Transfer, Curt, wird jetzt wieder akut, und Ihr werdet hier spielen müssen. Ich schlage »Lügner und Nonne« vor, das würde vom Kostüm her sehr gut passen, wo der Führer endlich mal gründlich aufräumt unter den Pfaffen jeder Konfession. Lest Ihr denn dort von den vielen Greueln, die sich immer wieder in Klöstern und Kirchen ereignen? Die Haut schaudert einem, wenn man sich vorstellt, daß man selber mal so einem Wüstling in der Kutte und mit Beffchen in die Hände fallen könnte. Wie soll man sich da nur wehren? Jedenfalls besuche ich vorerst keine Kirche mehr, ehe ich nicht absolute Gewißheit habe, daß mir nichts, aber auch gar nichts passieren kann. Also macht Euch keine Sorgen um Euern Max.

In seinem nächsten Brief teilte Max uns mit, daß das Ministerium nun absolut darauf bestehe, daß wir jedes Jahr wenigstens zwei Monate in Deutschland spielen, um die Bewilligung für den Transfer der Tantiemen, die aus den vielen Städten einliefen, zu bekommen.

Max schloß folglich wieder für ein Berliner Gastspiel ab, und zwar mit der »Toten Tante«, die wir schon viele Jahre nicht mehr gespielt hatten. Am 11. Februar 1938 sollte die Premiere, diesmal im Theater am Kurfürstendamm, vonstatten gehen, das damals Direktor *Hans Wölffer*, einem Freunde Maxens, gehörte.

Während Max verhandelte, wurde die Frage des »Ariernachweises« wieder einmal aufgeworfen. Das war nichts Außergewöhnliches vor Gastspielen, und bisher hatte mein Mann stets bestellen lassen, daß er es eines freien Schweizers für unwürdig hielte, sich Kollegen gegenüber, die da vielleicht weniger glücklich in die neuen Vorschriften paßten, eines Vorteils zu bedienen, zu dem er nichts dazu getan hätte. Er würde dann vorziehen, gar nicht zu gastieren. Darauf herrschte dann immer Stille, und Gastspiele und Tourneen liefen an.

Diesmal aber kam eine dringliche Anfrage aus dem Propagandaministerium! Eingeschrieben! Darin hieß es ungefähr so:

»Sehr geehrter Herr Goetz, um Anfechtungen der Art, wie Sie aus beiliegendem Zeitungsabschnitt entnehmen wollen, entgegentreten zu können, bitten wir Sie, uns Ihren Ariernachweis vorzulegen.

Mit deutschem Gruß, Heil Hitler ...«

Die beiliegende Zeitungsnotiz aus dem »Völkischen Beobachter« war betitelt:

Curt Goetz hebräisch

und besagte, daß man in Palästina seine Stücke auf hebräisch spiele, was nach den Informationen des Propagandaministeriums bei arischen Großeltern eines Autors nicht möglich wäre, und die Theater im Reiche mögen sich vorsehen, wenn Curt Goetz wiederkäme, um zu gastieren.

Da setzte mein Mann sich hin und schrieb an das Propagandaministerium:

»Sehr geehrte Herren,
aus der mir freundlicherweise zugesandten Notiz des ›Völkischen Beobachter‹ sehe ich zu meinem großen Erstaunen, daß meine Stücke in Palästina gespielt werden.

Aus meinen Stammbäumen sehe ich zu meinem größten Erstaunen, daß ich vollarisch bin.

Da die Palästinenser ohne meine Erlaubnis meine Stücke spielen, schlage ich vor, Repressalien zu ergreifen und jüdische Stücke zu spielen.

Hochachtungsvoll Curt Goetz.«

Mein Mann bildete sich darauf nicht viel ein, wenn er sie alle so an der Nase herumführen konnte, sondern er genoß bei solcher Gelegenheit dankbar sein Schweizertum. Aber vielen Leuten machte es viel Spaß, und wenn er es auch unter seiner Würde fand, später in Hollywood, wo es, weit vom Schuß, leicht und gefahrlos gewesen wäre, sich dieser »bravourösen Taten« zu rühmen, so haben es in Deutschland viele nicht übersehen und nicht vergessen, daß es in den bösen Jahren auch für einen Curt Goetz bequemer und einträglicher gewesen wäre, seinen Witz und Geist in das Horn der Regierenden zu blasen. Und daß er das nicht tat, das ist es, was ihm vom ersten Tage seines Wiederkommens ein so unvergleichliches Comeback bereitete. Ich glaube, selbst bei einem Durchfall, und vielleicht gerade dann, wären ihm alle Herzen zugeflogen, weil jeder fühlte, daß Anstand der Grundzug dieses Herrn war, der sich nichts darauf zugute hielt, ein »Mensch« zu sein.

Im Februar 1938 kamen wir, um den heißumstrittenen Transfer für das laufende Jahr zu »erspielen«, und ahnten nicht, daß es das letzte Berliner Gastspiel sein würde, vor einer langen, langen Pause.

Die Reporter staunten uns an wie eine Fata Morgana, als wir ihnen tatsächlich und leibhaftig gegenüberstanden, weil ihnen das »Land der Liebe« und der »hebräische Curt Goetz« in den Knochen staken. Allerhand Gerüchte waren durch die Blätter geschwirrt, und hundert Fragen sollte mein Mann jetzt beantworten. Aber er haßte Interviews und schrieb deshalb gleich für alle Zeitungen *eine* Antwort:

DEMENTI

Ich lese in den Ferien keine Zeitungen. Insofern unterscheiden sie sich nicht von meinen Arbeitsperioden. Dennoch kann ich es nicht verhindern, daß ab und zu Gerüchte die Einsamkeit meines Ohres heimsuchen über Gerüchte, die in den Zeitungen stehen.

Ich liebe Gerüchte. Sie haben vor der Wahrheit das eine voraus, daß sie nicht wahr zu sein brauchen. Denn die Wahrheit ist langweilig. Ich versuchte, bei der Niederschrift meiner Memoiren, die ich unlängst begann, sie zum obersten Grundsatz zu erheben. Und es ist mir tatsächlich gelungen, schon in den ersten vier Zeilen jene penetrante Öde zu verbreiten, die wahrheitsgetreuen Schilderungen anzuhaften pflegt. So daß ich keine Bedenken trug, von der fünften Zeile an zu lügen.

Natürlich lüge ich nicht wahllos, und Sie dürfen sich auf mich verlassen, daß ich in Auswahl und Mischung von Wahrheit und Dichtung sehr vorsichtig bin. Eine Wahrheit benutze ich nur dann, wenn sie aussieht wie eine Lüge. Ein untrügliches Zeichen, daß sie verwendbar ist. Und von einer Lüge mache ich nur dann Gebrauch, wenn sie den Stempel der Wahrheit an der Stirn trägt. Die Hauptsache bleibt, daß man von meiner Wahrhaftigkeit durchdrungen ist.

Bewährt hat sich folgendes: Ich nehme ein wirklich gehabtes Erlebnis und schildere es *nicht.* Sondern die *Gerüchte,* die um dieses hätten entstehen *können.*

Ich liebe also Gerüchte. Und wenn in auswärtigen Zeitungen gestanden haben soll, daß im Zusammenhang mit dem Verbot des deutschen Films »Das Land der Liebe« mir und meiner Frau Schwierigkeiten von den deutschen Behörden gemacht worden seien und wir nur als Hundeschlitten verkleidet die Grenzen hätten passieren können, so habe ich gegen solche Gerüchte gewiß nicht das geringste einzuwenden. Im Gegenteil: Ich entkleide mich jeder Romantik, wenn ich demgegenüber feststellen muß, daß man uns wie immer gastlich aufgenommen hat und wir das Land nicht durch einen ungewöhnlichen Trick, sondern auf ein ganz gewöhnliches Triptik betreten haben.

Am schmerzlichsten trifft es mich, daß ich nicht einmal die beanstandeten Textstellen des verbotenen Films für mich in Anspruch nehmen kann. Denn das wäre zweifellos das Interessanteste.

Sie werden sagen: Warum dementieren Sie also?

Das ist so: wenn ich es nicht tue, gebe ich stillschweigend zu. Dann habe ich gelogen. Das darf man aber nur, wenn es nicht an den Tag kommt. Es muß aber an den Tag kommen. Dann aber habe ich den Ruf meiner Wahrhaftigkeit eingebüßt. Und den brauche ich noch – siehe oben – für meine späteren Lügen. Ist das klar?

Und deshalb muß ich diesmal bei der Wahrheit bleiben: Die beanstandeten Stellen sind leider alle von mir.

Curt Goetz.

GESAMMELTE WERKE

Dieses Sammelwerk ist Max Kaufmann gewidmet
und allen treuen Helfern,
die sich mit mir geplagt haben.

Mit diesen Worten wollte mein Mann sagen, daß alle seine Stücke jedem Schauspieler zugehören, der irgendwann und irgendwo in diesen Stücken spielt.

Die drei Bände dieser Erstausgabe sahen entzückend aus. *Gunther Böhmer* hatte sie nicht nur illustriert, sondern ihnen auch zarte »Hemdchen« in Aquarell gemalt.

Max, der die Bücher von seiner kleinen Wohnung in Charlottenburg aus vertrieb, wurden sie aus der Hand gerissen, so daß *H. Laupp*, der Drucker in Tübingen, Mühe hatte, nachzukommen. Von den vielen Gratulationen und Dankesbriefen, die anläßlich dieser Ausgabe ins Haus kamen, möchte ich einen anführen, den einer der Berliner Studenten schrieb, die in der Hörsaalszene im »Prätorius« statieren durften, eine Aufgabe, um die nicht gekämpft, sondern gerauft wurde!

Berlin, 25. Januar 1938.

Kommen Sie mit Ihrer lieben Frau denn gar nicht mehr zu uns? Und Sie glauben, wenn Sie den Berlinern als Ersatz Ihre Gesammelten Werke schicken, das genüge? Die sind freilich wunderschön. Wer würde sich nicht freuen, die Stücke alle auf einmal zu besitzen! Und die lustigen Zeichnungen! Und der Prolog!

Ja, so weit wäre alles in Ordnung. Man käme auch nicht darauf, Ihnen einen Brief zu schreiben – wenn nicht plötzlich am Schluß des Prologs – dieses Grab erwähnt wäre. Das ist zu arg! Es mag für den Dichter hübsch sein, davon zu sprechen, aber bestimmt wollen *wir* nichts davon hören. Haben Sie sich nicht überlegt, wieviel Kummer Sie damit machten? Denken Sie denn nicht an Ihre kleine Frau? Außerdem paßt es jetzt noch gar nicht. Vielleicht in vierzig Jahren, wenn Sie der reizendste Großpapa Europas sein werden, mit dem längsten, silbrigsten Bart, den man je gesehen hat, dann wird der Gedanke daran würdig und harmonisch sein. Aber jetzt! Welche Idee von jemand, der von allen Menschen geliebt und so nötig gebraucht wird, sich einfach in ein Grab unter einen angenehmen Baum legen zu wollen. Sie können das ebensowenig tun, wie eine Mutter von ihren Kindern davonlaufen kann. Es ist doch niemand da, der die Menschen auf eine so beglückende Art zum Lachen brächte, niemand, der ihnen zeigt, daß das Leben viel leichter und einfacher sein kann, als sie es sich denken, und niemand, der die »Mikrobe der menschlichen Dummheit« so erfolgreich bekämpft. Aus Ihrer Hand schlucken die Leute sogar Weisheiten, ohne zu merken, daß es welche sind, weil sie hinter lauter Übermut und Grazie stekken. Die Leute mögen doch Weisheiten nicht leiden und würden sehr böse, wenn sie sie entdeckten. Von Ihnen nehmen sie sie unbekümmert an. Und nicht nur die Geistvollen — bei denen ist es selbstverständlich — sogar die größten Idioten. Und das ist so großartig! Niemand sonst bringt das fertig. Nicht wahr, Sie sehen ein, daß Sie in den vierzig Jahren, bis Sie der Großpapa mit dem langen weißen Bart sind, noch viele Stücke schreiben müssen! Am allerschönsten ist »Prätorius«. Darin durfte ich statieren. Wirklich, das ist ungeheuer aufregend. Man ist ganz intensiv da, so sehr, daß die Luft davon knistern müßte, man sieht und hört alles deutlich, aber man selbst kann sich nicht manifestieren und ist unsichtbar und unhörbar, genau wie ein Gespenst. Dieses hat's noch leichter, denn es darf mal mit den Ketten rasseln und wimmern. Aber ich glaube nicht, daß Sie mir das erlaubt hätten. Und so war ich eben ein braves, aufmerksames, ruhiges Gespenst und wurde nie müde, die wundervolle Rede zu hören. — Und jetzt wünsche ich Ihnen, daß Sie Kraft und Gesundheit behalten, daß Sie eine lange und glückliche Zeit mit Ihrer verehrten und geliebten Frau verbringen, und uns, daß Sie mal wieder Lust zum Schreiben kriegen.

Und diese Wünsche sind stark, sehr stark, stärker als das verlockendste Grab!

Eines Ihrer Berliner Gespenster aus »Prätorius«.

Das erste Exemplar der »Gesammelten Werke«, das mein Mann in die Hände bekam, legte er ganz heimlich beiseite. Ich fand es dann zu seinem 50. Geburtstag auf seinem Gabentisch als Geschenk für mich. Und da ich alle seine Widmungen für mich verraten habe, glaube ich, diese nicht unterschlagen zu sollen:

Für Valérie
nach 50 Jahren Überlegung zum 17. XI. 38.

Ich hab' mir das Gehirn zerdacht
Und manchen schönen Reim gemacht,
Doch will mir keiner von den allen
Für Dich, mein Liebchen, recht gefallen.

Das kann nur auf mein Schätzchen zielen!
So schön, und fein, und zart, und rein.
Man muß sofort beim Lesen fühlen:
Es muß etwas Besond're sein!

Was kann *nur* auf mein Schätzchen passen?
Mußt Du Dir's schriftlich geben lassen?
Ich stehe da und schäme mich . . .
So dumm es klingt: Ich liebe Dich!

P. E.

Es hatte sich herumgesprochen, daß wir nach Amerika fahren würden, und viele Freunde schickten uns Abschiedsgrüße. Ein origineller Brief, der sich sogar an die Biographen meines Mannes wendet, kam von P. E.

Peter Erichson war der Inhaber der Hintstorffschen Druckerei in Rostock, wo mein Mann sich als Siebzehnjähriger in seinem ersten Engagement durchhungern mußte, und dort war P. E. der erste, der ihm Geld borgte. Darüber schrieb mein Mann ihm, als er ihm 1957 zum 75. Geburtstag gratulieren mußte:

Zu meinen Wunschträumen gehört jener, noch einmal mit Dir zu sitzen, Dir gegenüberzusitzen und Dir zuzuhören. Beileibe nicht alles zu glauben. Nur Dir zuzuhören. Dich zu beobachten. Mich an Deiner strotzenden Vitalität zu freuen. Und immer noch eins zu trinken. – Und der Tag wird kommen, wo das eintreten wird! Verlaß Dich drauf.

Inzwischen habe ich beim Sortieren alter und lieber vergilbter Briefe zu meiner Verwunderung festgestellt, daß ich Dir die 100 Mark, die Du mir gepumpt hast, tatsächlich wiedergegeben habe. Ich empfinde das irgendwie als Schönheitsfehler in unserem Freundschaftsbild. Solltest Du ähnlich fühlen, könnten wir das Geld einem wohltätigen Zweck zuführen. Wir könnten es zum Beispiel bei oben erwähntem Wiedersehen versaufen. Was allerdings bedeuten würde, daß *Du* bezahlen müßtest.

Bis dahin umarme ich Dich mit beiden Armen und in aufrichtiger Liebe

Dein Curt.

Der originelle Brief Peter Erichsons, der uns hinüberbegleitete nach den USA, wird hier nicht mit meinem vollen Imprimatur gedruckt, indem ich nämlich die nicht ganz zarten Ausdrücke, wie sie von Mann zu Mann wohl schicklich sind, überspringe und es dem Verlag überlasse, sie eigenmächtig zu setzen und drucken zu lassen. Ich jedenfalls weiß von nichts, ich zeichne nicht verantwortlich.

»C. G. wird nie ein vornehmer Mann werden!« –
dachte ich beim Verlassen seines Napoleon-Filmes. –

»Sch . . . !« – – –

Doch meine Erinnerung lachte und stellte mit Befriedigung fest: Merkst du denn nicht, daß die Jahre Curt Goetz männlicher und präziser im Ausdruck gemacht haben?!!

Wie ich das beweisen will?! – Ganz einfach! –

Da ist ein Brief C. G.s aus der Jugendzeit – aus der Zeit, als du noch die Ehre hattest, C. G.s einziger Wechsel-Bankier sein zu dürfen. Besonders dann, wenn auf C. G.s öfteren Gastspielreisen Frack und Paletot »getürmt« waren. Da endeten dann die Briefe alle mit dem jugendlichen Schlachtruf an das Leben:

»Sch . . . dreck verfluchter!« – – –

Heute nach 30 Jahren eines beispiellos künstlerischen Aufstieges, der das vollendete Tragen eines Herren-Fracks, wie die graziöse Vorstellung aller eigenen und gesammelten Geistes-Werke unter Beweis stellt, – heute wo die internationalen Bankiers die sorgenden Nächte über die sorgfältige Unterbringung des C. G.-Kapitals verbringen, heute also sind alle jugendlichen Arabesken und Floskeln verschwunden, und aus dem ehemals romantischen

»Sch . . . dreck verfluchter!« – – –

ist das einzige herrische

»Sch . . . « – – –

geworden! – – – Für C. G.-Biographen eine Fundgrube mikroskopischer Untersuchungen, ja eine direkte Dissertations-Aufgabe:

»Wo blieb der Dreck?!« – – –

Den wird sich Curt Goetz wahrscheinlich von den Füßen schütteln, bevor er nach Hollywood geht – – – um danach verjüngt wieder zurückzukehren mit seinem ehemaligen alten Schlachtruf an das Leben: »Sch . . .dreck – verfluchter!« – toi! toi! toi!

P. E.

WAS HÄNSCHEN NICHT LERNT, LERNT HANS UM SO MEHR

Jeder macht sich seine Vorstellung von Amerika. Einer sieht in Gedanken Wolkenkratzer, ein anderer Menschengewühl auf Straßen, in Kaufhäusern und Speisehallen, ein dritter stellt sich achtfache Fahrbahnen vor, die unter- und übereinander verlaufen, und einer träumt von *parties* mit schäumendem Sekt, schmuckbeladenen Frauen, angebetet von *playboys*. Meine Vorstellung von Amerika bekam ich aus den Erzählungen meines Mannes über seinen Bruder.

Hans, so sagte mein Mann, sah aus wie Max. Blond, mit leicht rötlichem Stich und dazu blaue Augen, die mein Mann zu seinem dunklen Haar auch hatte. Das kam von Vaters Seite her, der mit seinem rotblonden Vollbart wie Wilhelm Tell ausgesehen haben mag.

Bruder Hans war um etwa acht Jahre älter als mein Mann und ihm schon aus diesem Grunde überlegen, so daß der Kleine den Großen stets nur anstaunen konnte. Curtchen erlernte schon mit sieben vom großen Bruder das Schauspiel und wunderte sich jahrelang darüber, wieso es ihm dabei nicht ein einziges Mal gelingen wollte, um den ersten Zug im Spiel zu haben, »weiß« zu ziehen, wenn Hans ihm seine Fäuste entgegenstreckte. Bis das kleine Curtchen endlich entdeckte, daß der große Hans in *jeder* Faust eine schwarze Figur hielt.

Später, als Hans in die Jahre kam, da die Mädchen ihm massenweise nachliefen, was Curtchen kolossal imponierte, mußte er für den großen Bruder den Postillon d'amour spielen, und, wenn Nebenbuhler ihm auflauerten, hatte er manchen Strauß für Hans auszufechten.

Und noch später, als Mütterchen zum zweiten Male heiratete, war Hans eines Tages — weg.

Hans brannte durch nach Amerika. Der Grund hierfür, so schrieb der Fünfzehnjährige in seinem Abschiedsbrief an Mütterchen, wären die »verdammten Sprachen«, mit denen er in der Schule nicht zurechtkäme. Der tiefe Grund mag Eifersucht auf den zweiten Vater gewesen sein. Denn Mütterchen war für ihre zwei Buben das Höchste auf der Welt. Zeitlebens behielt mein Mann seine Narben im Haaransatz und auf dem linken Daumen, die von Kämpfen mit Hans stammten, als Mütterchen etwas verlangt hatte und die Buben sich rauften, es ihr zu bringen. Zu Mütterchens Geburtstagen, da wurden die Sparschweinchen einfach umgedreht, ausgeleert, und der Inhalt zum Kaufmann getragen. Natürlich mußten sich die kleinen Kassen auf geheimnisvolle Weise in erhöhtem Maße auffüllen, was Mütterchen damals nicht ganz leichtfiel, aber sie genoß die Großzügigkeit ihrer Söhne mit Dankbarkeit und bis an ihr Lebensende, wenn es meinem Mann auch vergönnt war, späterhin mehr für seine Mutter tun zu können als sein großer Bruder.

Die Briefe, die von Hans ins Elternhaus kamen, las Mütterchen unter Tränen und Lachen vor. Auf der »Mimi« war Hans nach Amerika gesegelt, mit seinem Freund Alexander von Oustien. Erst wollten sie auf eine Insel verschlagen worden sein, wo sie den Kapitän »vertrimmten« und dann »aussetzten«, worauf Hans Indianerhäuptling geworden war, weil er eine Rothaut gefreit hatte! Mütterchen war hin und her gerissen von Angst und Bewunderung für die blühende Phantasie ihres Jungen, die sie ja kannte.

Der nächste Brief nach Jahresfrist kam aus USA. Er erzählte, daß Hans Liftboy sei. Und nach zwei Jahren kam einer, der seinen Besuch ankündigte, weil es Hans doch wieder zur See gezogen hätte. Und kaum war der Brief da, stank das ganze Haus nach Teer, weil Hans, damit Mütterchen in Ohnmacht fiele, *bevor* er sie umarmte, seinen Schiffssack vorausgeschickt hatte.

Und dann kam er leibhaftig an, der große Bruder, und sprach ein Kauderwelsch, daß man wieder nur staunen konnte! Und Hans sah aus, wie man sich einen richtigen Seemann eben vorgestellt hatte, nur noch echter. Und wenn man morgens in sein Zimmer kam, da machte er Boxübungen, »mit bloßer Hand«, wie er bravourös erklärte, an einem *punchingball*, den er sich konstruieren mußte, um trainieren zu können! Da hing nämlich an der Wäscheleine, vom Fensterkreuz zur Deckenlampe, Mütterchens Korsett, ausgestopft mit dem Sofakissen, an seinen Schnüren auf die Küchenstuhllehne heruntergespannt! Es sah unerhört interessant aus, und Curtchen, elfjährig, wäre nie auf den Gedanken gekommen, daß das Bluff sein könnte! Aber dann, als Hans nach Jahren wieder einmal kam, war Curtchen schon groß, fünfzehn Jahre alt, da konnte nicht mehr geblufft werden. Und doch, als Mütterchen Hans bat, ihr die Jalousie hochzuziehen, die irgendwo hake, da fiel diese gleich mitsamt dem Fensterstock unter Krachen in den Hof hinunter, weil man ja eben an Schiffstaue so gewöhnt war. Und wieder konnte Curtchen nur staunen!

Nach jahrelanger Pause voll Hangen und Bangen kam — ein Buch! Ein Wälzer!

Über den Naturlaut »R«
in den lebenden und toten Sprachen der Welt
von Dr. phil. John Walther Goetz.

Ein Briefchen lag dabei, das in kargen Worten einen Besuch für das nächste Jahr in Aussicht stellte.

Nun hatte er sich doch gefunden, dieser geliebte Sohn und Bruder! Nach langen Jahren des Abenteuerns, kam er als Doktor und Gelehrter heim.

»Und wenn auch die Jahre verrinnen«, sagte Tante Klärchen gerührt, »der Apfel fällt doch wieder ins Nest.«

DIE DURCHSICHTIGE DAME

Es war in dem Jahr, als mein Mann in Nürnberg spielte. Als er da eines Abends aus der Vorstellung ging und das Bühnentürchen hinter ihm ins Schloß fiel, hörte er aus dem Dunkel ein heiseres »Körtchen!«. Es klang verwandt, und doch ganz fremd. Er guckte sich um — und da stand Hans vor ihm. Und Curtchen fiel fast in Ohnmacht!

»Hans! Bist du's wirklich?«

»Pst!«

»Was machst du denn hier?«

»Schschschschscht! nich so laut! Es darf doch geener uwissen that isch da!«

Als ob das in Nürnberg, ums »Intime Theater« herum, jemand interessiert hätte! Aber das war Hans, der Abenteurer, der es liebte, sich verfolgt zu wissen, genau wie damals, als man Indianer spielte und Karl May vorgelesen bekam.

Dann gingen die beiden auf meines Mannes Bude. Und vor dem Einschlafen wurde erzählt und erzählt, und Pläne wurden gemacht für morgen. Wo sollte man da hingehen? Was gab es Sehenswertes in Nürnberg?

»Das kunsthistorische Museum in erster Linie«, schlug mein Mann dem gelehrten Bruder vor, und kam durch einen langsamen Blick des Doktor John Döblju nicht mehr zu einem nächsten Vorschlag, denn er kannte diesen Blick, der von unsäglichem Mitleid erfüllt war.

»Isch werde dir morgen sagen, wo man hier in Nürnberg hingäht.«

Man saß am nächsten Abend im »Schwarzen Krokodil«, einem Lokal, ganz außerhalb der Stadt, wo eine »durchsichtige Dame« zu sehen war. Hans, begeistert von Nürnberg, konnte nicht genug von ihr bekommen. Immer wieder zog es ihn zu der Dame, die tatsächlich durchsichtig war, die im Türkensitz auf einer Mahagonisäule saß, als Odaliske kostümiert, mit offenem Haar, eine Strähne vorn herum um den nicht mehr ganz knusprigen Hals geschlungen. Ihr Lendengurt hatte eine Schnalle, in der ein Opernglas steckte, durch welches man auf Grund von Spiegelungen geheimnisvoller Art das sehen konnte, was hinter der Dame war. Aber erst, nachdem man eine Münze in eine Art Opferstock an der Mahagonisäule geworfen hatte. Immer wieder mußte mein Mann hinter der Odaliske vorbeigehen, stehen bleiben, sich drehen, sich beugen, grüßen, winken, während Hans staunend ins Opernglas guckte:

»Kört«, rief er dann in seinem englischen Sächsisch oder sächsischen Englisch, »isch säh dir! Jetzt gäh du vorbei! Hahahaha! Jetz bleib e bischn schtähn, boy! Jetz dräh dir slowly! Hahaha! Buck dir jetzt schnell, Kört! Wonderful! Hallo! Byby!« Hans konnte sich einfach nicht beruhigen, und mein Mann konnte wieder — nur staunen!

Dieser Seemannsgeschmack des Dr. phil. entzückte Mütterchen nicht unbedingt, aber er brächte ein ganz neues Moment in dic Familie, meinte sie stolz.

Dann hörte man wieder jahrelang nichts von Hans, bis ein Brief aus Chicago kam, mit einem Foto. Hans als Mönch!

»Wundere Dich nicht, Mütterchen«, hieß es da, »wenn ich Dir jetzt seltener schreibe. Meine Ordensregel verbietet mir das Korrespondieren mit Personen weiblichen Geschlechts. Nur an Männer darf ich schreiben. Bei Zwittern bedarf es der Genehmigung des Heiligen Vaters.«

Da Mütterchen und mein Mann an diesem Satz vor Lachen nicht gestorben sind, konnte mein Mann ihn gleich original in seine »Ingeborg« aufnehmen, an der er damals schon schrieb.

Später kam allerdings die Nachricht, daß Hans die ewigen Gelübde doch nicht ablegen würde, sondern nach Rio zu gehen gedenke. Aber die Zeit im Kloster sei nicht vertan gewesen, er hätte wunderbare Menschen kennengelernt, sie zu Freunden fürs Leben gemacht, und Portugiesisch hätte er studiert. Und jetzt mache er noch schnell seinen Professor. Das kam so ganz nebenbei und war wohl auch nebensächlich in dem reichen Leben dieses Bruders.

Um 1930 hieß es mal wieder, daß Hans kommen würde. Aber er kam nicht.

Nachdem wir ihm 1932 Mütterchens Tod mitgeteilt hatten, kam ein Brief voll Wehmut und Sehnsucht nach dem kleinen Bruder und seiner »liebreizenden Frau, die Du mir so zu schildern imstande warst, daß ich ihre Schwester heiraten möchte«. Das blieb sein letztes Lebenszeichen.

DER BRIEF DES DR. OSWALDO SERPA

Als mein Mann seinen »Prätorius« schrieb, das Stück, an dem ihm am meisten gelegen war, widmete er es dem Andenken an den Bruder Hans, der für ihn das köstlichste Gemisch blieb, ein Gemisch von Gelehrtheit und Verrücktheit, ein Wesen, das er anstaunte vom Moment an, da er denken konnte, bis zum letzten, da er von ihm hörte. Und Hans ließ sich so gern anstaunen von seinem kleinen Bruder!

Daß Hans gestorben sei, 1937, erfuhren wir aus dem Brief eines seiner Schüler, der von ihm Englisch, Latein, Portugiesisch und Deutsch gelernt hatte und dann selber seinen Doktor machte, von Dr. Oswaldo Serpa, der uns bei unserem Berliner Gastspiel, dem letzten vor dem großen Kriege, besuchte und bittere Tränen weinte, als er meinem Mann in der Rolle des Professor Nägler in der »Toten Tante« sah, weil er ihn so sehr an Bruder Hans erinnerte. Er erzählte uns die köstlichsten Geschichten über ihn, die ich hoffentlich noch Gelegenheit haben werde, niederzuschreiben. Er versicherte uns, daß alle Türen und Arme in Rio weit auffliegen würden, wenn wir einmal dorthin reisten, als Verwandte von Dr. John W. Goetz, der dort so bekannt und hoch gewertet sei.

Der Brief von Dr. Oswaldo Serpa war meinem Mann so lieb und zeichnet Hans in so besonderer Art, daß mein Mann ihn in unserer Erstausgabe der »Gesammelten Werke« vor seinen »Prätorius« setzte:

Hochverehrter Herr Curt Goetz,
ich sehe es als meine traurige Pflicht an, Sie von den Umständen des Ablebens des Doktor und Professor John W. Goetz zu benachrichtigen, indem ich mich mit Recht rühmen kann, sein bester Freund in Brasilien gewesen zu sein.

Neulich hatte sich der ausgezeichnete Mann in Intanhandu, Staat Minas-Geras im Inneren Brasiliens niedergelassen, wo er sich im dortigen Collegio seiner pädagogischen Tätigkeit ruhig widmen zu können hoffte. Unglücklicherweise fühlte er bald darauf, daß ein physisches Übel rasch ärger zu werden begann, dergestalt, daß er sich genötigt sah, sich nach der Hauptstadt Rio de Janeiro zu begeben, wo ihm seine Freunde ein passendes Unterkommen in einer Heilanstalt verschafften, in welcher er gezwungen wurde, sich einer Operation zu unterwerfen; sie war, sagte man ihm, absolut notwendig. Alles war aber vergebens, und zwanzig Tage darauf erlag er einem heftigen Blutsturz.

Als Bruder des Verschiedenen mögen Sie, wenn nicht eine Tröstung, so wenigstens eine Linderung Ihres Schmerzes in dem Umstand finden, daß es dem teuern Leidenden an Nichts ermangelte, was die sorgfältigste und gewissenhafteste Behandlung seiner Krankheit nur erfordern konnte. Er starb von Freunden umgeben und, obgleich von Geldmitteln ziemlich entblößt, konnte er nichtsdestoweniger über alles verfügen, was ihm in seiner Lage nötig war, indem keine Opfer gespart wurden, um den gelehrten Mann am Leben zu erhalten: an Komfort, guter Pflege und ärztlichem Beistand fehlte ihm während seiner Leidenszeit durchaus nichts. Übrigens wollte ihm seine gute Laune bis zu den letzten Stunden nicht versagen, so daß noch am Vorabend seines Todes hörten, die sein Lager umstanden, den lustigen Anekdoten zu, die er ihnen zu erzählen mit seiner gewohnten Bereitwilligkeit aufgelegt war. Ebensoviel wegen seines leutseligen Wesens wie auch seiner geistigen Gaben halber, war hier Dr. Goetz sehr beliebt, geachtet und geschätzt, zumal da die leider zu kurze Lebenslaufbahn, die er durchwandert hat, nicht spurlos für uns Brasilianer vorbeigezogen ist, sondern nutzbringende Früchte zeitigte und hinter sich ließ.

Der Verstorbene hat ein Testament hinterlassen, das schon vollstreckt ist, und zwar den brasilianischen Gesetzen gemäß, in Erwägung, daß er sich im Jahre 1920 bereits naturalisieren lassen hatte. Ich bin sein einziger Vermächtniserbe geworden und mich im Besitz seines vermachten Vermögens gesetzt habe, das bestand aus:

1. Zimmermöbel, die ich einigen armen Personen zum Geschenk machte,

2. etwa 500 Bücher, die sich gegenwärtig in meinem Besitz befinden,

3. Originaltexten und schriftstellerischen Rechten auf einige Handbücher der englischen, portugiesischen, französischen, deutschen und lateinischen Sprachen,

4. einiger philosophischer Arbeiten,

5. einer Klapperschlange.

Ich bitte Sie, den Ausdruck meines Beileides entgegennehmen zu wollen, mit dem ich die Ehre habe zu zeichnen

hochachtungsvoll
Oswaldo Serpa, Collegio Pedro II
Rio de Janeiro, Brasil.

Wie oft, wenn wir später in Californien von unserer Farm im Valley über die Hollywoodhügel nach Beverly Hills fuhren, sagte mein Mann, wie schön es sich hier, in den wilden Büschen, mit Hans würde Indianer spielen lassen! Und am Hollywood Boulevard dachten wir erst recht an ihn!

Da war zum Beispiel in einem Schaufenster unter anderen Nippsachen eine Dame aus Keramik, nicht viel mehr als 15 cm lang. Wenig bekleidet liegt sie auf dem Rücken, die Beine lässig angezogen und übereinandergeschlagen, die Hände wohlig im Nacken, den Kopf zur Seite gedreht. So stellt sie mit halb geschlossenen Augen ihren überentwickelten Busen freigebig zur Schau, dessen Knospen blitzende Diamantsplitter sind! Und — man sehe und staune — die Brüste lassen sich einzeln abheben und streuen Pfeffer und Salz! Daneben mag das Foto einer üppigen Schönen stehen, als Salome verkleidet, mit einem Wald von Haaren, die aussehen, als hätte sie ein billiger Friseur mit einem viel zu kleinen Eisen gerade eingedreht. Und blond, natürlich, ist Salome! Und diese Pracht steckt in einem Rahmen, der mit schillernden Muscheln besetzt ist, die knallrosa und türkisblau gefärbt irisieren!

Wer kauft so etwas? Wer stellt sich so etwas auf den Tisch? Professor Doktor John W. Goetz. Der hätte diese Sachen bestaunt. Und gefallen hätten sie ihm auch. Es gibt eben Dinge, von denen sich unsere Schulweisheit wirklich nichts träumen läßt. Und besonders in Amerika. Doch da bin ich ganz unversehens schon nach Übersee geraten.

ABSCHIED VON DER TONI

Sie hatte uns schon längere Zeit vorher verlassen müssen, die Toni, weil ihr Herz und die Beine nicht mehr recht mitmachen wollten. Mein Mann kaufte ihr ein Häuschen bei Wien, und setzte ihr eine Rente aus, so daß sie bei ihren Verwandten das Alter genießen konnte. Und Bambino und Bandito, zwei Kinder ihrer geliebten Bianca, gaben wir ihr auch noch mit.

Am 11. Februar 1939 verließen wir Merligen, um uns am 14. in aller Ruhe auf der »Isle de France« einschiffen zu können, die uns von Le Havre nach New York bringen sollte. Am 12. Februar war die Wiener Premiere unseres Filmes »Napoleon ist an allem schuld« — eine Schuld auch dem Leser gegenüber, die ich gleich nach diesem Kapitel abtragen darf. Natürlich konnten wir da nicht hin, aber ich bat den Verleih, die Saschafilm, unsere Toni auf den Ehrenplatz zu setzen und ihr die Blumen überreichen zu lassen, die für mich bestimmt waren. Die Sascha machte das liebend gern und brachte uns Tonitschku vorher sogar noch ans Radio! Doch weil wir auf unserem Gerät die Station nicht bekamen, sendete uns Radio Bern die Wiener Aufnahme über eine besondere Welle ins Haus.

Wir saßen um zwei nachmittags zur Abfahrt bereit, schon in unseren Pelzen, und lauschten der vertrauten, bescheidenen Stimme. Ein Strom von Tränen ließ uns vieles überhören, was wir später zu lesen bekamen. Es war rührend, wie die gute Alte sich mühte, es ja recht zu machen, und so langsam und bedächtig sprach.

»Wie lange waren Sie denn bei den Herrschaften, Fräulein Toni?«

»Na des war... des war...«, sie dachte angestrengt nach. Aber nicht darüber, wie lange es wirklich gewesen war — das wußte sie genau, 42 Jahre lang in der Familie —, sondern darüber, ob, wenn sie es sagte, uns dies nicht zu alt erscheinen ließe!

»No ... des warns es scho so paar Jahr, bitt schenn!«

»Sind die Geschichten denn alle wahr, Fräulein Toni, die Herr Goetz in seinen Stücken erzählt? Die müßten Sie doch alle miterlebt haben?«

Das war für Tonitschku die Frage des Jüngsten Gerichts! Was wäre besser für Herrli, überlegte sie, wenn sie wahr wären oder wenn er sie erfunden hätte? Eine schwer zu beantwortende Frage!

Ihr Gewissen entschied sich, so knapp vor dem Erscheinen vor dem höchsten Richter, für ihren Herrli — zu lügen:

»Die sans es — bitt schenn — alle wahr!«

»Diese Lüge wird dir dereinst nicht angerechnet werden!«

Das ist mein Lieblingssatz aus unserem Napoleonfilm. Mein Mann legte ihn seinem Helden in den Mund, und er bringt ihn mit einer Fülle von undefinierbaren Gedanken und Gefühlen. Er, Napoleon, hat gefragt, ob man an die Treue seiner Josephine glauben, und aus Mitleid mit dem geschlagenen großen Kaiser sagt man zögernd »Ja«!

»Diese Lüge wird dir dereinst nicht angerechnet werden!« erwidert dankbar der Herrscher.

Damit wäre ich dabei, über unseren ersten gemeinsamen Film »Napoleon ist an allem schuld« zu berichten.

»NAPOLEON IST AN ALLEM SCHULD«

Zu dieser Zeit war *Fredl Strauss* unser Gesangsmeister, eine Type, die zu beschreiben ich mir vorbehalten muß, wenn ich mit meinen Berichten in Amerika sein werde, denn dort paßt Fredl, der Urwiener, noch weniger hin als nach Berlin.

Fredl Strauss brachte meinem Mann seinen Freund *Peter Gillmann*, und dieser brachte meinem Mann eine Idee. Weil meinem Mann die Idee gefiel und ihm die außergewöhnlichen Bedingungen zusagten, die Fredl Strauss von der Tobis erwirkte, entschloß er sich, aus dieser Idee mit Peter Gillmann einen Film zu machen. Und auch, weil unsere Erfahrungen in London uns gelehrt hatten, wie wenig einfach, um nicht zu sagen, unmöglich, es ist, sich im Auslande als verheiratetes Schauspielerpaar vorzustellen! Soll man, wenn man überhaupt Zutritt zu den »Göttern« bekommt, in fremder Zunge stammeln: Wir sind Schauspieler und möchten gern spielen? Da ist es einfacher, einen Film ablaufen zu lassen, dachten wir, und deshalb wollten wir einen machen.

Und wir machten einen. Und er wurde ein außergewöhnlicher Erfolg. Wir sahen ihn noch einmal vor wenigen Jahren im Fernsehen. Damals hatten noch nicht alle unsere Nachbarn ein Gerät und luden sich zu dem Abend bei uns ein.

Kurz vor Beginn bekamen wir Lampenfieber! Ob wir uns den alten Schmarren nicht lieber allein ansehen sollten? Filme werden so schnell unmodern und wirken dann unfreiwillig komisch! Aber wir konnten feststellen, daß auch diese Arbeit meines Mannes keine Eintagsfliege ist und daß man diesen Film heute nicht anders und nicht besser machen könnte. Natürlich wirken eingelegte Tanznummern veraltet, der Rhythmus allein hat sich zu sehr geändert. Auch die Tontechnik wird heute besser genutzt. Ein wahrer Jammer ist es zum Beispiel, daß man keine Einzelstimme dicht vor das Mikrofon stellte, um besonders reizende Texte zum Verständnis zu bringen, die im Chorgesang untergehen. Aber im großen und ganzen bringt der Film heute noch, nach mehr als 25 Jahren, viel Geld ein, und das Publikum lacht und lächelt immer noch an den dazu bestimmten Stellen — in jeder Szene öfter als sonst in einem ganzen Film heiterer Prägung. Was will man mehr?

Der »Napoleon« war unser erster gemeinsamer Film. Mein Mann flimmerte, als er noch ganz jung war, und schrieb auch allerhand Drehbücher. Als Regisseur drehte er mit »Napoleon« seinen zweiten Film. Sein erster war »Friedrich von Schiller«, Theo Loos in der Titelrolle, noch ein Stummfilm. Er machte ihn knapp vor der Inflation, wo er durch Zusammenbrüche der Geldgeber dem Untergang geweiht war. 1925 führte er ihn mir einmal vor: Die Karlsschüler, die Erstaufführung der »Räuber« in Mannheim in dem genau nachgebildeten Theater, mit den Windlichtern in der Rampe, die Flucht mit Streicher! Ich war hell begeistert, mit allen, die den Film sahen.

Mein Mann machte ihn natürlich mit Maxe, und die beiden konnten mir nie genug erzählen von den abenteuerlichen Aufnahmen, wie zum Beispiel eine württembergische Kompanie zum nächtlichen Fest in der Solitude aufmarschierte, wie knapp vor der Aufnahme der Wind umsprang und den Rauch auf die mit Kränzen und Fackeln geschmückte Fassade warf, so daß es aussah, als brenne und qualme das ganze Schloß.

»Alles rum!« kommandierte der Hilfsregisseur Kiekebusch und gab seinem Assistenten Großstück einen Schubs, und in zehn Minuten war die Südfront dekoriert und zum Drehen bereit. Da aber sprang der Wind noch einmal um! Die Wagen ratterten mit den Scheinwerfern und allem, was zu so einer Arbeit gebraucht wird, zur Nordfront zurück! Es wurde gedreht! Und dann war die ganze Passage doch unbrauchbar! Ein kleines Modell aus Gips wurde gegossen von der schönen Solitude, im Atelier in aller Ruhe nächtlich ausgeleuchtet, und ergab so eine der schönsten Aufnahmen des Films.

Die lustigste und für die beiden Männer unvergeßlichste Szene aber spielte sich um die Flucht Schillers ab!

Maxe, mit seinem vertrauenerregenden Schwäbisch, hatte den Museumsdirektor überredet, ihm die Kutsche, in der Schiller mit Streicher während des Festes auf der Solitude geflohen war, für eine einzige Aufnahme zu borgen. Diese Unterredung zählte Max zu den Schwerarbeiten an diesem Film. Aber er bewältigte sie!

Der Wagen sah wunderbar aus, zwei Pferde wurden stilgerecht vorgespannt, der Kutscher auf den Bock gesetzt, Schiller mit seinem Freunde hineingesteckt und das Spinett Streichers auf die Hinterwand geschnürt. So zogen die Pferde vorsichtig los durch das Eßlinger Tor.

»Sehr gut«, rief mein Mann, »gleich noch mal!«

Aber seine letzten Worte gingen in einem fürchterlichen Getöse unter. Denn gleich hinter dem Tor fiel der Wagen sozusagen in sich zusammen. Als mein Mann mit seinem Stab angestürzt kam, sah er, wie er sagte, nur noch einen Trümmerhaufen, auf dem zwei Pferde mit ihrer Hinterhand nervös herumtrampelten, gehalten von dem Kutscher, der wie ein zappelnder Maikäfer, mit dem Rücken auf dem Bretterberg liegend, ängstlich dem auszuweichen versuchte, was die Pferde in ihrer Angst auch noch drauffallen ließen!

»Das bringt Glück!« schrie mein Mann Maxe zu. Doch der sah nur die Scherben, über die sich jetzt Frau Loos warf und »Mein Mann, mein Mann« wimmerte.

Sicher wäre Theo zu retten jetzt das Wichtigste gewesen, zumal Kiekebusch, im Manuskript blätternd, sagte:

»Schade, den Loos hätten wir noch gebraucht für Szene 395 bis 397.«

Aber da, Gott sei Dank, kroch Theo schon selber aus den Splittern und sagte nur:

»Sehr weit sind wir am ersten Tage unserer Flucht nicht gekommen, Curt!«

Maxe hörte nichts von alledem. Der hatte nur einen Gedanken: Wie bringe ich diesen Bretterhaufen wieder auf seinen Platz im Museum? Tage und Nächte saß er bei Schlossern, Spenglern, Schreinern und Malern, und danach konnte man die historische Kutsche im Museum wieder bewundern, und es ist ein wahres Glück, daß es nicht sprechen kann, dieses wohlerhaltene, unversehrte Prunkstück aus den Schillerjahren.

Das also war meines Mannes erste Großtat als Regisseur eines, wie man so schön sagt, Millionenfilms. Und seine zweite war unser »Napoleon«. Dazu soll die Rede meines Mannes sprechen, die er nach der Premiere in Berlin gehalten hat:

»Meine Damen und Herren, verehrte Presse, liebe Tobis!

Ich danke Ihnen von ganzem Herzen für den reizenden Empfang, den Sie mir und meinem Film — die Zeitungen lese ich ja erst morgen —, den Sie mir und meinem Film bereitet haben. Lassen Sie mich diese Gelegenheit beim Schopfe fassen, einmal *nicht* von diesem blöden Film zu sprechen, sondern lassen Sie es sich genügen, wenn ich Ihnen sage: Es war nicht ganz leicht!

Als einer unserer gewiegtesten Filmregisseure mein Manuskript gelesen hatte, sagte er: Ich werde in den nächsten drei Monaten mich lediglich erkundigen, beim wievielten Nervenzusammenbruch du bist, dann werde ich ungefähr wissen, wo du hältst. Denn dieser Film ist kein Film, sondern ein Hindernisrennen.

Wie Sie wahrscheinlich wissen, meine Damen und Herren, *jeder* Filmautor wird im Laufe der Atelierarbeit unweigerlich verrückt, *jeder* Hauptdarsteller wird, sei es vom Autor, sei es vom Regisseur, in kürzester Frist verrückt *gemacht*, und *jeder* Regisseur muß schon *vorher* verrückt gewesen sein, um sich solch eine Bürde und Verantwortung aufzuladen. Wenn Sie aber Autor, Regisseur und Hauptdarsteller in einer Person sind, so bedeutet das, daß das Schicksal Sie aufrichtig liebt. Denn wen es liebt, den züchtigt es. Wenn Sie aber außerdem der Gatte der Hauptdarstellerin sind, dann ... ja ... dann macht das alles wieder gut. Jawohl!

Meine Damen und Herren, wenn meine kleine Frau nicht hier säße, und somit die Gefahr bestünde, daß sie durch Worte der Anerkennung noch kecker zu mir würde, als sie es schon ist — und sie ist es —, so würde ich Ihnen verraten, wie tapfer sie sich benommen hat, wie zähe und ausdauernd, wie sie, wenn es die Sache erforderte, nicht zurückschreckte, sich unbeliebt zu machen. Sogar bei mir. Jawohl! Ich habe immer gewußt, daß sie auch eine gute Tänzerin ist, aber den Spitzentanz, den sie manchmal auf meiner Nase vollführte, *den* hätte man verfilmen sollen. Aber, wie Sie sich überzeugen konnten, hatte sie eben doch hin und wieder einen Gedanken, der gar nicht so blöde war, als wie es sich nachher herausgestellt hat ... wollte sagen: der, wie es sich nachher herausgestellt hat, gar nicht so blöde war. Im Ernst: Denken Sie an die Napoleonszenen, ich spielte beide Rollen, den Lord und den Napoleon, und mußte mich ganz auf sie, die dann allein an der Kamera stand, verlassen. Und Sie werden zugeben, daß ich nicht verlassen war! Meine Damen und Herren, ich konnte sie nicht zwingen, aber ... Mutti, verbeuge dich!

Wovon wollte ich eigentlich sprechen?«

»Nicht vom Film!«

»Haben Sie das wieder gehört. Mit so etwas bin ich verheiratet! Ich habe ja nicht von *dem* Film gesprochen, sondern von dem Film, der um den Film *herum* war. Und der war grotesk. Schau dich in den Spiegel, Mutti!

A propos Spiegel! Wir hatten ein Ballett von nur 60 Girls bekommen können. Und weil mir das nicht kompliziert genug war, hatte ich 70 Spiegel dazu erfunden. Das war nun wirklich aufregend: Wenn ein einziges Girl die Nasenspitze um einen Millimeter zu weit vorstreckte, hatte ich 60 mal 70, das sind 4200 falsche Nasenspitzen im Bild — bitte rechnen Sie nicht nach, Rechnungen stimmen bei mir nie. Nun waren es ja nicht nur Nasenspitzen, die die Girls vorstreckten! Können Sie sich vorstellen, was ich zu tun hatte? Wenn das letzte Girl ausgerichtet war, fiel das erste in Ohnmacht. Und wenn ich es aufheben wollte — kam Valérie dazwischen! Das Ballett hat überhaupt viel Spaß gemacht. An seinem Höhepunkt, einem Trick, haben wir drei ganze Tage gearbeitet. Das war der Moment, wo die Girls als Grenadiere nach hinten auf die Spiegel zuschreiten, sich im Umdrehen in Mädchen verwandeln und als solche wieder nach vorn kommen. Das mußte natürlich in zwei Etappen gedreht werden, weil die Girls sich ja umzukleiden hatten, von den Grenadieruniformen in die Mädchenschleier. Es wurden also die 120

Zehenspitzen der Grenadiere mit 120 Nägeln im Fußboden markiert, auf die nach dem Umkleiden die 120 Zehenspitzen der Mädchen kommen mußten. Und da die Kinder schon reichlich müde waren, lud Valérie sie zu einem Eis ein, das sie im aufgebauten Parkett vor unserer Varietébühne hatte auftragen lassen, und auf das sich unsere Mädchen mit Begeisterung stürzten.

Inzwischen wurde die Kamera mit einem Lattenzaun umgeben, damit niemand anstöße, weil ja die geringste Veränderung sich katastrophal auswirken mußte. Es war ein erhebendes Gefühl, den menschlichen Geist über die Materie triumphieren zu sehen! Alle Vorsichtsmaßnahmen waren getroffen: Die Kamera *konnte* nicht wackeln. Und sie *hat* auch nicht gewackelt! Aber *wir* haben gewackelt, als wir im Vorführraum saßen, und sahen, wie die Grenadiere nach hinten marschierten, wie sie, im prachtvollen Schwung sich drehend, sich in Mädchen verwandelten, und wieder nach vorn kamen, während ... ja während die Tische und Stühle in unserem Parkett, das im Bild mit angeschnitten war, während die Tische und Stühle in unserem Parkett vor lauter Begeisterung einen Sprung von links nach rechts machten, der auf jeder Olympiade Aufsehen erweckt hätte! Denn man kann zwar die Kamera einbetonieren, man kann den Standort jedes Tisches und jedes Stuhles durch Nägel im Fußboden markieren – das kann man alles machen, aber auf den Gedanken, daß jemand die Tische nach der Pause auf die *falschen* Nägel stellt, auf die Nägel der Zwischenräume zwischen diesen Tischen, die unglücklicherweise genausogroß waren wie die Tische selber, auf diese Tücke des Objekts, nein, darauf konnte man nicht kommen! Diesen Trick, der den Höhepunkt der Revue darstellen sollte, haben wir dann weggeschmissen. Denn eine Wiederholung hätte uns 65 000 Mark gekostet.

A propos Kosten:

Der Film war mit 1 200 000 Mark veranschlagt und hat 1 100 000 Mark gekostet. Das Drehbuch wurde einen Tag *früher* abgeliefert, als es im Vertrag festgelegt war, und wir haben neun Drehtage weniger gebraucht, als vorgesehen waren. Das schlägt jeder Tradition und jedem Aberglauben ins Gesicht, und ich war darüber äußerst bestürzt! Ein solcher Film *kann* nicht gefallen! Und wenn er Ihnen dennoch gefallen hat, meine Damen und Herren, dann könnte nur Napoleon daran schuld sein, oder, dann irren Sie sich eben. Und dafür danke ich Ihnen!«

LIEBER LESER,

hier erst wollte mein Mann seinen dritten Band beginnen lassen, mit unserer Reise nach Amerika.

Sein zweiter Band wäre viel geraffter ausgefallen. Er hätte Ihnen nur die Rosinen serviert, wohl auch in dem Gefühl, daß der reiche Quell seines Erlebens immer wieder Neues anbrächte.

Ich aber, da leider nichts mehr hinzukommen kann, glaubte annehmen zu dürfen, daß Sie, die Sie die Bücher meines Mannes gern lesen, *alles* um ihn interessieren wird, und so halte ich in der Mitte des dritten Bandes, bei 1939, wo ich an seinem Anfang sein sollte.

Für den dritten Band wählte mein Mann den Titel:

»Die Schlacht am Broadway.«

Ich will ihn dann verwenden, wenn es zu dieser »Schlacht« kommt, was allerdings erst kurz vor unserer Heimreise 1945 war.

Jetzt lesen Sie bitte meines Mannes Kapitel über unsere Ankunft in Amerika.

IM LANDE DER FREIHEIT

Schade, daß du das erste Auftauchen der Freiheitsstatue beim Einlaufen in den New Yorker Hafen nicht so recht genießen kannst: Absperrketten auf Deck stören nicht nur die Symbolik des Anblickes, sondern beeinträchtigen auch körperlich deine Bewegungsfreiheit. Dienen sie doch dazu, dich am Verlassen des Schiffes zu hindern, ehe deine Einreisepapiere, dein Paß, deine Röntgenaufnahme, dein Impfzeugnis und deine Fingerabdrücke geprüft sind.

Andererseits haben die Ketten das Gute, daß du dich an ihnen festhalten kannst, wenn das Ungeheuer der Statue näher und näher kommt. Die Göttin der Freiheit ist nicht, wie du dir vorgestellt hast, eine leichtbeschwingte, liebliche, einladende, schwerelose Erscheinung, sondern ein Mordstrumm von einem Weibsbild, mit tausend Tonnen Blei im Hintern und einer Fackel in der Hand, um besser sehen zu können, wer kommt. Sie sieht ziemlich wütend aus, und es gibt Leute, die behaupten, sie hätten sie flüstern hören: »Auch auf Sie haben wir hier nicht gewartet!«

»Isn't she gorgeous?!« fragte eine Dame neben mir.

Ich beeilte mich, das zu bestätigen.

»Heuchler!« sagte Valérie, die sich an einer anderen Kette festhielt.

»How do you like our Statue of Liberty?« wurde sie in diesem Augenblick von einem Amerikaner mit einem prachtvollen Gebiß falscher Zähne gefragt.

»Gorgeous!« sagte Valérie.

Nun muß ich zugeben, daß wir beide von der Grippe, respektive den beiden Grippen, die wir aus der alten Welt mitgebracht hatten, vielleicht noch zu geschwächt waren, um das Wunder dieses Baudenkmals gebührend in uns aufnehmen zu können, zumal der Gedanke etwas in uns aufzunehmen nach der noch nicht ganz überstandenen Seekrankheit überhaupt etwas Gewagtes hatte. Die »Isle de France« hatte sich gegen Windstärke neun bis elf durch den Ozean gebohrt, gekollert, getrudelt, geschwänzelt, so daß die Passagiere den Speisesaal, inklusive Hummer und Kaviar, nur am ersten Abend zu Gesicht bekamen. Für den Rest der Reise nahmen sie ihre Zwiebäcke in ihren Kabinen ein. Im Speisesaal waren Stühle und Tische festgebohrt, sonst hätten sie sich ebenfalls übergeben.

Nachdem wir geschworen hatten, daß wir nicht beabsichtigten, die Verfassung der Vereinigten Staaten zu stürzen, noch den Präsidenten der Vereinigten Staaten zu ermorden – was eine allgemeine Entspannung hervorrief –, durften wir unsern Hund holen. Vielmehr unsere Hündin. Sie war eine englische Setterlady, schneeweiß, mit einem schwarzen Auge und dem dazugehörigen schwarzen Ohr. (Im ganzen hatte sie natürlich zwei Augen und zwei Ohren, aber nur auf der linken Seite trug sie beides schwarz.) Als wir sie auf dem Hundedeck aus ihrem Verschlag befreiten, zog sie in rasender Fahrt erst einige Kreise um uns, um dann direkten Kurs auf Valérie zu nehmen, der sie mit vollem Erfolg gegen die Brust sprang. Die Angepeilte ging glatt zu Boden, und Thea konnte ihr in dieser Stellung bequemer in die Nasenlöcher lecken. Nachdem ich Valérie befreit hatte, wobei mich mein unter den Arm geklemmtes Cello sehr störte, und nachdem es mir gelungen war, die Leine am Halsband zu befestigen, was erst glückte, als Valérie sich lang auf den Hund legte, konnten wir endlich das Schiff, das inzwischen angelegt hatte, verlassen. Der Balanceakt über den Laufsteg vollzog sich nicht so glatt, wie man gewünscht hätte, was teils an Thea lag, die einen riesigen Drang zu haben schien, festen Boden unter die Pfoten zu bekommen, teils an meinem Cello, das bei jedem Leinenruck konvulsivische Zuckungen vollführte, die Nebenmann und Hintermann gefährdeten, teils an einem Akkordeon, das Valérie noch im letzten Augenblick mitzunehmen die Geistesgegenwart gehabt hatte und welches Valérie nun ebenfalls in der Bewegungsfreiheit hinderte, soweit sie sich überhaupt noch bewegen konnte.

Natürlich hätte Leukothea wissen müssen, daß sie nicht der einzige Passagier auf einem Ozeanriesen ist und daß ein solcher außer Herrchen und Frauchen auch noch andere Tiere und sperrige Gegenstände befördert, aber dennoch ist es wohl verzeihlich, wenn sie nervös wurde, als inmitten des Krawalles der von dem Schiff gleitenden Koffer, Käfige, Kisten, Ballen, Autos, Kühlschränke und Särge plötzlich links ein Konzertflügel und rechts ein Elefant an ihrer schwarzen Nasenspitze vorbeischwebten. (Ihre Nasenspitze war auch schwarz.) Sie zog so stark an, daß die Leine zerriß.

Sie ging ab wie ein Telegramm, voraus in die riesige Zollhalle, wo sie versuchte, den kreuz und quer dahinrollenden Gepäckkarren auszuweichen.

Ich habe nie besonders laut pfeifen können, aber an diesem Tage brachte ich es nicht einmal zu einem Zischen.

Zum Glück hatte ein Bürger der Vereinigten Staaten, der, paffend die Pfeife im Munde, an der Barriere lehnte, wo er anscheinend gewohnheitsmäßig den Trubel eines einlaufenden Schiffes genoß, den Vorgang beobachtet. Er raste hinter Leukothea her.

Als wir die Zollhalle betraten, brachte er sie uns.

Valérie hätte ihn geküßt, wenn er nicht die Pfeife im Munde gehabt hätte. Während des Versuches, die Leine zu knüpfen, ging Thea ein zweites Mal davon, irritiert durch das Gebrüll eines Löwen.

Unser Freund wieder hinter ihr her.

Als er sie zurückbrachte, sagte er:

»Now I have got it, she doesn't like you!«

»But we like you very much«, sagte Valérie in einem verzweifelten Versuch, ihm unsere Dankbarkeit in seiner Muttersprache auszudrücken.

»Take it easy, Lady«, sagte der Mann freundlich.

Er belehrte uns noch, daß wir beim Buchstaben »G« auf unser Gepäck warten müßten und, sobald dieses da sei, uns einen Zolloffizier zu holen hätten.

Dann widmete er sich wieder seinen Beobachtungen.

Wir setzten uns erschöpft. Ich auf meine Schreibmaschine, Valérie auf ihr Akkordeon.

Und warteten.

»Sterben hätten wir auch in Merligen können«, bemerkte Valérie, »diese eisige Zugluft wird uns den Rest geben!«

»Wollen wir uns begraben oder verbrennen lassen?« wollte ich wissen.

Der amerikanische Herr mit dem prachtvollen Gebiß, der uns an Deck angesprochen hatte, setzte sich zu uns, wozu er seine Thermosflasche benutzte.

»Sind Sie zum ersten Male in diesem Lande?« fragte er in gebrochenem Deutsch.

»Vielleicht zum letzten«, sagte ich.

»O no«, sagte er, »wer einmal hier war, kommt immer wieder!«

»Mein Mann meint es anders: Wir sind von einer Grippe noch nicht wiederhergestellt!«

»Oh!« sagte der Herr, erhob sich von seiner Thermosflasche, öffnete sie und hielt sie Valérie unter die Nase.

»Take this!«

Valérie nippte wie ein Bienchen, machte große Augen, dann nahm sie einen Schluck, der einem Ochsen alle Ehre gemacht hätte. Dann reichte sie mir die Flasche.

»Heißer Kaffee!« erläuterte sie.

»You take the rest!« ermunterte mich unser Freund.

Ich trank die Flasche leer. Es war purer Whisky.

Wir fühlten uns augenblicklich wohler und zu einem Gespräch aufgelegt.

»Glauben Sie«, fragte ich unsern Freund, »daß jemand, der die Absicht hat, den Präsidenten der Vereinigten Staaten zu ermorden, dieses bei der Landung den Behörden bekanntgeben wird?«

»Well ... what's your name?«

»Goetz.«

»Buchstabieren Sie das für mich.«

Ich tat es.

»And your first name?«

»Curt.«

»Well, Cört, du mußt das von verschiedenen Angeln sehen, see? Erstens ist die Ermordung des amerikanischen Präsidenten eine typisch amerikanische Angelegenheit und nicht das business irgendeines gottverdammten foreigners – if you know what I mean?«

»Genau.«

»Wenn nun ein Amerikaner den amerikanischen Präsidenten umbringt, so wird er seine guten Gründe dafür haben. Und er wird hängen. Wenn du aber als Fremder den amerikanischen Präsidenten umbringst – not that I blame you –, so können wir dich nicht ohne weiteres hängen, sondern müssen dich eventuell als Verbrecher an dein eigenes verdammtes Vaterland ausliefern! – Was für ein Landsmann bist du?«

»Schweizer.«

»Ich bin so glücklich, daß du Schweizer bist! Ein wunderbares Land! Bis auf seine Zollbeamten! Und seine Verkehrsvorschriften, of course! Ich will lieber meiner Tante im Wald begegnen, als noch einmal quer durch euer gottverdammtes Zürich fahren! Wie zur Hölle soll eine Person, die aus Massachusetts kommt, wissen, wo die Talstraße ist? *Nur Talstraße!* heißt ein Zeichen. Und wehe, wenn du jetzt nicht zur Talstraße fährst! Du *willst* gar nicht zur Talstraße! Du willst vielleicht zu einer ganz anderen Straße? Das gibt's nicht! Wenn du auf dieses Zeichen *Nur Talstraße* weiterfährst, so *mußt* du zur Talstraße! Ein Verkehrspolizist hat mir das erklärt. Aus seinen Ausführungen habe ich entnommen, daß die Verkehrspolizei voraussetzt, daß jeder Fremde, der sich Zürich nähert, den Stadtplan vorher auswendig gelernt hat. Bei meiner Großmutter! Gott gebe, daß ich dem Genie, das für den Verkehrswirbel in Zürich verantwortlich ist, nicht einmal alleine begegne! Wir haben in ganz Amerika zwei Zeichen: rot und grün. Bei grün kannst du fahren, bei rot mußt du halten. Und jeder hält sich dran. Das ist alles! In Zürich hat man Zeichen, wo man fahren darf, wie man *vielleicht* fahren darf, wo man eventuell *doch* nicht fahren darf, wo man halten muß, oder vielleicht doch noch weiterfahren darf und wo man *bestimmt* halten muß! Dann gibt es Zeichen mit viel Text, den du sorgfältig studieren mußt, falls die nachfolgenden Wagen dich nicht durch ihr Hupkonzert in deiner Lektüre stören! Und dann ... aber vielleicht sollte ich aufhören?«

»Nicht aufhören!« sagte ich.

»Fahren Sie fort!« sagte Valérie.

»Und dann: jeder, der von rechts kommt, hat Vorfahrtsrecht, ganz egal, ob er aus einem Mauseloch oder der lausigsten Nebenstraße in deine Hauptstraße einbiegt, ganz egal, ob er ein Äppelwagen, ein Drehorgelmann, ein Radfahrer oder eine Kuhherde ist! Und er besteht auf seinem Recht mit einer Sturheit, als hätte er es auf dem Rütli geschworen. Auf den Schweizer Friedhöfen sollen sich die Grabschriften mehren: Hier ruht einer, der das Vorfahrtsrecht hatte! – Möge er ruhen! Gott verdamme seine Seele!«

»Es ist eben eine alte Stadt mit engen Straßen«, glaubte Valérie bemerken zu müssen.

»Du sagst es, Valérie! Und eine sehr schöne Stadt – at that! Weißt du, was wir machen würden, wenn wir eine so schöne unbefahrbare Stadt in Amerika hätten? Wir würden an jeder Einfallstraße riesige Parkplätze errichten, wo du deinen Wagen parken und gegen ein Paar Rollschuhe eintauschen kannst. Dann kannst du die Schönheit dieser Stadt genießen! *Ohne* Mordgedanken! Und diese originelle Lösung würde dem Fremdenverkehr nur zuträglich sein! – Und dann noch etwas . . . oder soll ich aufhören?«

»Fahren Sie fort!« sagten wir synchron.

»Euer Theater! Bei meiner Großmutter! Ich komme alle fünf Jahre mal nach Zürich. Und dann sehe ich alle fünf Jahre dasselbe Stück unter einem anderen Titel und von einem anderen Autor. Es läuft immer auf dasselbe hinaus: die deprimierten Zuschauer noch mehr zu deprimieren. Und das gelingt den ausgezeichneten Schauspielern, die ihr habt, ausgezeichnet. Es ist erstaunlich, was sogar im alten Europa die Snobs sich bieten lassen!«

»Wir sind vom Thema abgekommen. Wir sprachen von der Ermordung des amerikanischen Präsidenten«, glaubte ich einlenken zu sollen.

»Außerdem haben die Stücke statt drei Akten siebzehn bis zweiundvierzig Bilder. Dann bleibe ich doch gleich in Amerika, oder ich gehe ins Kino. Aber das kann ich in Zürich als Fremder auch nicht, weil die Kinobesitzer zu verbockt sind, die Anfangszeiten ihrer verdammten Filme in die Annonce zu setzen, weil jeder Züricher die sowieso kennt!«

»Das ist Dienst am Kunden, um die Fremden vor Schaden zu bewahren«, versuchte ich ihm zu erklären – »aber wir sprachen von der Ermordung des amerikanischen Präsidenten!«

»That's it. – Wie ich dir sagte, Cört, wenn du den amerikanischen Präsidenten ermordest, und du kannst beweisen, daß es dir nur ein Herzensbedürfnis war und nicht *politische* Motive deine Tat bestimmt haben, so müssen wir dich ausliefern. Wenn du aber geschworen hast bei der Landung, es *nicht* zu tun, und du tust es dann *doch*, dann hast du einen *Meineid* geschworen, und dann können wir dich wegen *Meineids* zweiundzwanzig Jahre ins Zuchthaus stecken. Erst nach Verbüßung dieser Strafe müssen wir dich, falls du noch am Leben und transportfähig bist, ausliefern zur Bestrafung in deinem Heimatlande, ob du nun darauf noch Wert legst oder nicht!«

Er spuckte aus.

»Ich glaube jetzt einen Überblick gewonnen zu haben«, sagte ich.

»Natürlich hast du die Chance«, fuhr er fort, »daß du, wenn du einen *demokratischen* Präsidenten ermordet hast und die *Republikaner* kommen ans Ruder, begnadigt wirst. Und wenn dich deine Mutter in USA geboren hat, was sich bei den Emigranten von 1933 jetzt oft herausstellt, da sie meistens aus dem ewig wandernden Volke stammen, kannst du als solcher es selbst einmal zum Präsidenten der Vereinigten Staaten bringen. Aber diese Karrieren sind selten.«

»Du solltest es dir doch noch einmal überlegen«, riet Valérie, die sich von ihrem Akkordeon erhoben hatte, um einen Zolloffizier zu holen, da unsere Koffer eingetrudelt waren.

Welche harmlose Freude ist es doch immer, wenn man auf Reisen sein Gepäck wiedersieht!

Den Zolloffizier, den Valérie jetzt heranschleifte, hätte ich auf der Stelle umarmen mögen, weil er gleich als erstes Valéries Akkordeon beschlagnahmte wegen Einfuhrverbotes dieses Artikels. Diese Sorge waren wir los!

»Haben Sie sonst noch etwas Verbotenes oder Verzollbares?« fragte der Zöllner in gebrochenem Deutsch und sah mir dabei in die Augen, als wollte er mir eine Brille anmessen.

»Ich habe nicht die leiseste Ahnung. Vielleicht überzeugen Sie sich selbst.«

»Darauf können Sie wetten«, sagte er freundlich.

»Von uns aus«, meinte Valérie, »können Sie alles hierbehalten, weil wir morgen früh sowieso tot sind, wenn wir noch zehn Minuten in dieser eiskalten Zugluft stehen müssen! Wir sind nach einer Grippe, müssen Sie wissen!«

Unser Freund übersetzte das wortwörtlich.

»Ist das so?« fragte der Offizier teilnehmend und untersuchte jeden Quadratzentimeter unseres Gepäcks. Selbst in die F-Löcher meines Cellos spähte er.

»Er sucht nach Kokain«, klärte unser Freund uns auf, »darauf sind sie ganz verrückt!«

»Hätte ich das gewußt, hätte ich ihm welches mitgebracht!« sagte Valérie.

Nach einer Stunde war alles erledigt.

Wir durften unser Gepäck zum Taxistand bringen lassen.

»Wenn Sie mal nach Denver kommen, vergessen Sie nicht, mich aufzusuchen«, sagte unser Freund, während unser Gepäck verstaut wurde. »Hier ist meine Karte!«

»Wir werden es nicht vergessen. Und Dank für alles!«

»Good luck to you!«

Und zu unserem Taxichauffeur sagte er:

»Should you try to cheat these people, I'll knock your teeth out!«

»Okay, Mister!«

Noch einmal winkte er und verschwand.

»Hotel Elysee«, sagte ich in fließendem Englisch.

»Jawohl, Herr Joetz«, sagte der amerikanische Chauffeur aus Berlin.

»Sie kennen uns?« fragte Valérie, mehr erfreut als geistreich.

»Na jewiß doch, jnä Frau! Lohengrin popelt!«

Damit ruckten wir an.

»Ein wunderbares Land!« flüsterte mir Valérie zu.

EIN BERLINER IN NEW YORK

»Det hier, meine Herrschaften, is der Columbus Circle«, sagte unser Taxidriver. »Wat Se da stehn sehn, Herr und Frau Joetz, is der Columbus. *Beinahe* hättn Se'n *nich* mehr da stehn sehn, weil die Behörden den olln Herrn neulich schon schleifen wollten. Aber we, the people – wir, das Volk – warn dajejen, weil wir saren, eener, der Amerika entdeckt hat, verdient ooch, det er'n Denkmal hat!«

»Sehr richtig!«

»Na jewiß doch! Ich will nüscht saren, wenn er noch keen Denkmal *jehabt* hätte un man sich übalejen würde, ob man ihm eens setzen soll dafür, det er so wat entdeckt hat. Aber wenn er nu schon eens *hat*, ihm det wieda unterm Hintern wechzuziehen, sozusaren, det is doch allerhand Undankbarkeit! Un deshalb haben wir, das Volk – we, the people – jesaacht: Hände wech!«

»Sind Sie schon lange amerikanischer Bürger?«

»Heute sind es sechs Wochen uff'n Tach.«

»Man gewöhnt sich wohl schnell an die Freiheit in diesem Lande?« wollte Valérie wissen.

»Ick werde Ihn'n wat saren, jnädije Frau: Erstens jewöhnt man sich schnell dran, un zweetens is et mit der Freiheit ooch so Wiese wersa. Eenmal ausspucken in de Unterjrundbahn kost 500 Dollar oder zwee Jahre Zuchthaus oder *beides*. Det könn'n Se schwarz uff weiß in jeder Subway anjeschlajen sehn. Un wat de Redefreiheit anbelangt: über den Präsidenten der Vereinigten Staaten könn'n Se schimpfen, wie Se wolln – jeder wird Ihn'n jern zuhörn – aba versuchn Se dat mal mit dem nächsten Schutzmann! Der knallt Ihn'n eens vor'n Latz, det Ihn'n de Oojen trän'n. Wenn er *jut* jelaunt is! Wenn er schlecht jelaunt is, bringt er Se außerdem ins Loch wejen Beamtenbeleidjung.«

»Wie lange sind Sie schon hier?«

»Seit 33. Seit der Tapezierer uffjetaucht is un mit sein'm Kleistertopp janz Europa anjeschmiert hat!«

»Glauben Sie, daß Krieg kommt?«

»Na jewiß doch, jnädije Frau! Noch in diesem Herbst, wenn Se et jenau wissn wolln. Seit unser Präsident in seine Wahlrede jesaacht hat, Amerika würde sich diesmal *nich* wieder in een'n Kriech mischn, hat er doch dem Tapezierer det jrüne Licht jejebn. Ohne daß er's wollte, natürlich. Der Armleuchter *hier* wees doch nich, daß der Armleuchter *drüben* nich wees, dat Wahlreden hier nischt bedeuten!«

»Und Sie glauben, Amerika wird sich doch einmischen?«

»Woruff Se sich verlassn könn'n. Un de deutschen Diplomaten werden es Amerika leicht machn! Un wenn se wieda 'n Schiff versenken müßtn – diese dreimal verdammtn Armleuchter!«

»Na – Sie sind ja nun in Sicherheit!«

»Ja – det bin ick!«

»Und sind Sie glücklich hier?«

»Happy! Jeder is hier happy! Aber jlücklich – nee!«

»Was fehlt Ihnen?«

»Berlin.« – Es entstand eine Pause.

»Es wird nicht nur Berlin sein, es wird Deutschland sein, das Ihnen fehlt.« – Wieder eine Pause. Mein Blick fiel auf die riesengroße »Taxi-Driver's License« mit Photo, die unter Cellophan auf der Rückwand der Vorderlehne angeschlagen und zu einem Viertel verdeckt war von einem alten »Führerschein«.

Wilhelm Schmidt
geb. 5. August 1896
in Potsdam bei Berlin.

»Wissn Se«, sagte endlich Herr Schmidt, »als man uns 1918, als wir jeschlagn, vahungat und valaust unsere verkrüppeltn Knochn in de Heimat schlepptn, die Achselklappn von de Uniform'n riß, da dachte ick, Schlimmeres kann keen'm Menschn nie wieda passiern. Vajessen warn unsere Heldentatn, vajessn, det wir vier Jahre bis unters Kinn in der Sch . . . im Schlamm jestandn, jelejn, jekauert un de Kameradn um uns herum krepiert warn. Et war nich so sehr die anjetane Schmach, die een so fertich machte, als de Tatsache, det Menschn so jemein un so erbärmlich sein könn'n. Tiefer jeht et nu nich mehr, ha'k mir jedacht. Doch, Herr un Frau Joetz, et jing noch tiefa! Als dieser Schizofähnrich ufftauchte, dieser Kleisterpriester, als man zusehn mußte, wie sich det Volk der Dichter und Denker von eem Analphabetn, der nich mal deutsch sprechn konnte, wie ne Herde Hammel an de Nase rumführn ließ . . . det muß ick saren, Herr un Frau Joetz, *der* Anblick war *noch* trauriger! Da ha'k zu meina Olln jesaacht: pack de Koffer, Mutter, hier ham wir nischt mehr zu suchn! Der Mann is nich nur varückt, der is ooch 'n Vabrecher. Un schlimmer als'n Vabrecher is een unjebildeter Vabrecher. Un schlimmer als een unjebildeter Vabrecher is een *halb*jebildeter Vabrecher . . . un hier is Ihr Hotel!«

Wir hielten.

Er half den Pagen beim Ausladen des Gepäcks.

»Sie könnten mir einen großen Dienst erweisen, Herr Schmidt: wieviel gibt man in diesem Lande Trinkgeld?«

»Offiziell jarnischt, Herr Joetz. Wenn Se zehn Prozent jebn, is et O.K. Wenn Se mehr jebn, sin Se een *sucker*. Am bestn, Se lassn de Frau Jemahlin zahln, die riecht det, wo ja un wo nich.«

Ich drückte ihm die Hand.

»Es hat mich sehr gefreut, Herr Schmidt, Ihre Bekanntschaft gemacht zu haben!«

»Det kann ick von mir nich saren, Herr Joetz, denn Ihre Bekanntschaft ha'k schon lange jemacht un et war imma 'ne Freude! Meine Olle un ick – na, die wird staun'n, wenn ick ihr erzähle – warn in alln Ihrn Stücken!«

»Grüßen Sie sie von uns!« sagte Valérie, die jetzt ihr Leben für ihn gegeben hätte. Er schüttelte ihr die Hand, als wollte er ihr den Arm auskugeln.

»Det will ick, jnädije Frau. Un saren Se Ihrem Jattn, er wird hier viel Jrosset un Scheenet kenn'n lern'n! Un wenn ihm mal wat als – saren wir mal – fremd uffstoßen sollte, denn soll er immer an sein'n Bettler im *Lampenschirm* denkn: Ärgern Sie sich nich, wundern Sie sich man bloß! . . . Good luck to both of you . . .«

Er fuhr los.

Valérie winkte mit dem Taschentuch und hatte Tränen in den Augen.

»Der kennt aber seine Klassiker!« sagte sie, während wir in die Hotelhalle gingen.

FRÜHSTÜCK IM DRUGSTORE

Am nächsten Morgen weckte uns der Ansager von dem automatisch eingestellten Radio mit der Mitteilung, another beautiful morning sei angebrochen, und zwar sei es der Morgen des 22. Februar 1939, und everything sei lovely, und der liebe Gott sei in seinem Himmel, heute mindestens – und wer, zur Hölle, kümmere sich um morgen.

»Take it easy and keep smiling«, ermahnte er zum Schluß seines Morgengrußes – für den Fall, daß vielleicht doch etwas schiefgehen sollte.

Das erste, was meine Frau und ich feststellten, nachdem wir erwacht und uns wiedererkannt hatten, war, daß wir beide puppengesund waren und uns fühlten »like a million dollars«, wie uns gestern abend der Hotelclerk prophezeit hatte, als wir Arrangements hinsichtlich unserer Bestattung treffen wollten.

»Die Mikrokosmen sind einfach erfroren«, meinte Valérie.

»Die Symptome haben sich unter der Kälte gespalten und dadurch ihre Kraft eingebüßt«, gab ich zum besten.

Dieses Spiel mit falschen Begriffen und Fremdworten ist sehr unterhaltsam, kann aber gefährlich werden, wenn man es sich angewöhnt. Es ist unter Umständen schwer, in einer Gesellschaft überzeugend zu erklären, daß man nur falschen Spaß gemacht hat und daß alles mit der Schiefe der Ekliptik zusammenhängt.

Der Hotelclerk hatte uns auch geraten, das Frühstück nicht im Hotel einzunehmen, sondern, wie jeder Amerikaner, im Drugstore.

»Ich weiß nicht«, sagte Valérie, »ob ich in einer Drogerie frühstücken möchte!«

»Wir wollen doch Land und Leute kennenlernen«, überredete ich sie.

Unser Weg führte uns am Empire State Building vorbei. Wir blickten die Fassade hinauf, bis uns die Genicke schmerzten. Dann sagte Valérie:

»Ich möchte mein Akkordeon wiederhaben!« sagte sie.

Ich bin bei ihr an seltsame Gedankenassoziationen gewöhnt.

»Sei froh, daß wir es los sind«, sagte ich. »Denke an die Schlepperei. Es steht doch am Zoll sehr gut. Wenn wir nach Europa zurückfahren, nehmen wir es wieder mit!«

»Bis dahin ist es verrostet.«

»Hoffentlich!«

»Wir werden noch darauf zurückkommen!«

»Ich möchte *nicht* darauf zurückkommen!«

»Das Nette an dir ist«, sagte Valérie, »daß du auf die Dauer Vernunftgründen zugänglich bist.«

»*Noch* bin ich nicht zugänglich!«

»Auf die *Dauer*, sagte ich.«

»Hier ist der Drugstore.«

Wir nahmen unser Frühstück auf einem hohen Stuhl an der Theke ein. Auf *je* einem natürlich. Es bestand aus geröstetem Brot, die flüssige Butter mit einem Pinsel darübergestrichen — »Saves you a lot of trouble«, bemerkte der Clerk bei dieser Beschäftigung —, Marmelade und einer Tasse prachtvollen Kaffees. Kostet 30 Cents. Es schmeckte köstlich. Der Anblick einer Klistierspritze neben einem Faß voller Bibeln störte *überhaupt* nicht.

»Es gefällt mir bereits *sehr* gut in diesem Lande!« sagte ich.

»Um auf das Akkordeon zurückzukommen . . .« begann Valérie.

»Schau dir das an«, sagte ich und deutete auf ein Stück Torte, das eigentlich hinter uns in einem Glasschrank stand, aber durch einen Spiegel dem Kunden übermittelt wurde, so daß dieser sich während der Mahlzeit die Nachspeise schon aussuchen konnte. »Läuft dir da nicht das Wasser im Munde zusammen?«

Das tat es in der Tat auch mir.

In violetten, roten, giftgrünen und gelben Schichten lagen die Cremefüllungen appetitlich übereinander.

»Soll ich dir eins kaufen?«

»Bitte!« sagte Valérie.

So ist sie! Für Süßigkeiten würde sie nicht nur ihr Akkordeon, sondern auch ihre Seligkeit im Stich lassen — eventuell.

Das Stück Torte, das in natura womöglich noch verlockender aussah als im Spiegel, kostete 10 Cents.

Valérie biß hinein . . . und sah plötzlich ziemlich albern aus. Ihre Kinnbacken, die eben erst zu kauen begonnen hatten, hielten in ihrer Tätigkeit inne wie zwei Maurer, wenn es zwölfe schlägt. Ein etwas gefrorenes Lächeln umspielte ihre noch halboffenen Lippen. Ohne ein

Wort stand sie auf und verschwand durch die Tür, auf der »Girls« stand.

Ich kostete die Torte. Sie schmeckte wie Haarpomade mit Meersalz. Es war wie ein Schlag auf die Zunge.

»Warum hast du die Torte nicht aufgegessen?« fragte Valérie, als sie zurückkam.

»Ich mache mir nichts aus Süßigkeiten.«

»Sie ist nicht süß! — Hast du sie gekostet?«

»Nein.«

»Doch. — Sonst hättest du sie nicht stehenlassen.«

Sie wurde sehr nachdenklich — Valérie, nicht die Torte.

Dann sagte sie:

»Wieso Schlepperei?«

»Wieso Schlepperei?« fragte ich ebenfalls.

»Wir gehen doch nicht zu Fuß nach Californien!«

»Ich erinnere mich nicht, diesen Vorschlag gemacht zu haben.«

»Du sagtest, wir würden mit dem Akkordeon eine Schlepperei haben.«

»Es ist ein großes unhandliches Gepäckstück. Denk an den Transport zum Bahnhof, an das Verstauen im Coupé. In Chicago müssen wir in einen anderen Zug. Nicht nur in einen andern Zug, sondern auf einen andern Bahnhof. Wieder Verstauen des Handgepäcks im Coupé. Denk an die Taxifahrt von Los Angeles bis Hollywood!«

»Der *Offizier* hat erklärt, wenn ich mir eine Einfuhrbewilligung beschaffe, kann ich das Akkordeon mitnehmen!«

»Und ich erklärte dir soeben ...«

»... was der Transport für Schwierigkeiten machen würde. Und damit hast du vollständig recht!«

Ich atmete auf.

»Wenn wir uns aber hier in New York ein Auto kaufen und mit ihm nach Californien fahren, hätten wir keine Umsteigerei, und das Akkordeon hätte bequem Platz.«

»Ich kann doch nicht wegen des Akkordeons ein Auto kaufen!«

»Nicht wegen des Akkordeons, sondern aus Sparsamkeit!«

»Aus Spar ...?«

»Müssen wir uns in Hollywood sowieso einen Wagen kaufen? Ja oder nein?«

»Ja!«

»Dort sind die Wagen um 100 Dollar teurer, weil sie erst hinuntergefahren werden müssen. Haben wir schon einmal 100 Dollar gespart!« Sie schrieb auf die Papierserviette die Zahl 100. »Ferner sparen wir 500 Dollar für unsere beiden Fahrkarten und noch einmal 500 Dollar für die spätere Rückfahrt nach New York. Macht weitere 1000 Dollar!« Sie notierte die Zahl. »Vor unserer Rückschiffung nach Europa würden wir den Wagen hier wieder verkaufen für mindestens 1000 Dollar.« Sie notierte die Zahl. »Wir können das tun, da wir ja unseren alten noch sehr guten Packard in Merligen ließen, wo er auf uns wartet. Dadurch, daß wir ihn in Merligen ließen, habe wir die Überseetransporte gespart, pro Reise 500 Dollar, macht nochmals 1000 Dollar.« Sie machte einen Strich unter die Zahlen und addierte. »Das sind also 3100 Dollar – in Worten dreitausendeinhundert Dollar –, die du von dem Preis des neuen Wagens abziehen mußt. Ein neuer Wagen kostet 2500 Dollar. Haben wir also 600 Dollar *verdient*, fahren im eigenen Wagen nach Californien, lernen Land und Leute und die Sprache kennen. Wir werden zwölf bis vierzehn Tage für die Reise brauchen und manche Abenteuer zu bestehen haben, über welche du ein Buch schreiben wirst – denke an Karl May –, dessen Erträgnisse ich hier gar nicht in Anschlag bringen will. Es wird romantisch und gefährlich sein. Und billig, wie gesagt. Wenn du aber dein Geld so leicht verdienst, daß du es zum Fenster hinauswerfen kannst, so können wir natürlich auch mit der Bahn fahren, unsere Kenntnisse von Land und Leuten uns beim Speisewagenkellner erwerben, während unsere arme Leukothea wieder vier Tage und Nächte ins Hundecoupé muß!«

Ich hatte, ohne es zu merken, die Torte aufgegessen.

AUTOKAUF

Schon in Europa ist ein Autokauf eine aufregende Sache, und nun erst in New York!

Wir schliefen die halbe Nacht nicht. Wir machten Notizen, wälzten unsere Diktionärs und lernten Sätze auswendig wie für die Schule. Die größte Angst hatten wir vor dem »amerikanischen Tempo«! So ein Verkäufer würde etwas endlos Langes in rasender Geschwindigkeit herunterleiern, wir würden kein Wort verstehen, verlegen lächeln, hin und wieder »please what« sagen und plötzlich in einem Wagen sitzen, den wir gar nicht haben wollten! Aber das sollte uns auf keinen Fall passieren! Wir wußten, was wir wollten!

Der Morgen kam, wir machten uns so schön wie möglich und fragten den Hotelportier:

»Please – Sir – where – can – we – here – a car – buy – please?«

»Herr van Getz«, sagte der Sir, »des is hier in New York ganz a einfache Sachn. Net so kompliziert wia in Wien. Wien! Wien! Wo san de Zeitn, wies in der Josephstadt die *Ingeborg* gschpült und uns de Frau Gemahlin weggholt ham? Jessas war ma da jung! Alsdann Herr van Getz, zweng den Auto, da lass ma Ihna in die ssert Avenue foahrn, da steigns aus und da is so a Autogeschäft nebn an andern und da suchns Ihna aus, wos wolln. Jetzt ham ma grad Glick. Manchmol wars schlecht. Da hat ma fir an olte Kraxn so vühl zahlt, wie fir an neichn Wogn, und den hat ma erscht nur kriagt, wann ma untern Tisch gschmiert hot. Ober jetzt, da schauns her, in dera Zeitung kennens lesn – wanns des lesn kenna – daß a jeder, der was a Auto kauft, umasunst an Törki kriagt.«

»Um Gottes willen, wir brauchen keinen Chauffeur«, sagte Valérie entsetzt, »am allerwenigsten einen Türken. Wir haben mit unserem Englisch genug zu tun!«

»A Törki, Gnädigste, des is a Truthahn!«

»Was sollen wir mit einem Truthahn?«

»Den gebns halt nachher mir, gnä Frau!« Damit schob er uns durch die Drehtür, und wir fuhren mit einem dieser mit Recht berühmten Autobusse in die Third Avenue, wo ein Autoladen neben dem anderen liegt.

DER EINMANN-AUTOBUSSCHAFFNER-CHAUFFEUR

Zu den Sehenswürdigkeiten New Yorks gehört unbedingt der Einmann-Autobusschaffner-Chauffeur.

Diese Einrichtung muß man gesehen haben!

So ein Bus hat zwei Türen: Eine vorn zum Einsteigen, eine hinten zum Aussteigen. Beim Einsteigen wirft jeder Fahrgast seinen Obolus in die Büchse neben dem Fahrer. Dieser hört am Klang, was für ein Geldstück es ist. Hast du einen »dime« eingeworfen, und die Fahrt kostet nur sieben Cents, so drückt der Schaffner auf einen Knopf, und der Apparat spuckt drei Cents wieder aus. (Eine automatische Maschine ist ununterbrochen in Tätigkeit, das eingeworfene Geld in »dimes«, »nickels« und »cents« zu sortieren, um diese je nach Bedarf als Wechselgeld wieder von sich zu geben.) Fahrscheine gibt es keine. Die Zahl der Fahrgäste trägt der Fahrer in ein Buch ein, während er den Kompressor der Luftbremse laufen läßt. Dabei beantwortet er alle Fragen, die die Einsteigenden an ihn stellen. In einem Spiegel beobachtet er, wann hinten der letzte Aussteigende den Fuß vom Trittbrett genommen hat, worauf er die Hintertür elektrisch schließt. Ein schielender Blick nach rechts läßt ihn sehen, wann der letzte Einsteigende den Vorderperron erklommen hat. Noch ein Druck, und die Vordertüre schließt sich, während er den Fuß von der Kupplung nimmt und schon fährt. Das alles spielt sich in fünf bis zehn Sekunden ab. Bis zum nächsten Stop sind es zwei bis drei Minuten. Und alles wiederholt sich. Obgleich den Fahrgästen die Unterhaltung mit dem Fahrer verboten ist, unterhält sich der Fahrer gern mit den Fahrgästen, was nicht verboten ist. Er ist immer gut gelaunt, tauscht mit den neben ihm fahrenden oder ihn überholenden Kollegen Meinungen aus, die nur in schweren Fällen in Beleidigungen der Ahnen des Gesprächspartners ausarten. Niemand nimmt etwas übel. Im übrigen bemüht er sich, auf Haaresbreite an der hinteren Stoßstange des Vordermannes zu bleiben. Wie er ahnt, wann der Vordermann bremsen wird, ist eine Sache höherer Eingebung. Jedenfalls fährt er nicht auf den Vordermann drauf. Manchmal lenkt er das Steuer mit den Knien, wenn er noch eine Eintragung in sein Buch zu machen hat, zu der ihm beim letzten Stop keine Zeit mehr geblieben war.

»Wir möchten zum nächsten Chrysler Ausstellungsladen«, stotterte ich in mühsamem Englisch.

»No objection, Mister. – Three blocks east after the fifth stop.«

»Thank you.«

»You bet!«

Der nächste Stop kam, und die Jongleur-Künste des Fahrers wiederholten sich. Ein Kontrolleur bestieg den Wagen und prüfte das Buch. Rasseln der Geldwechselmaschine, Rattern der Vakuum-Pumpe, hintere Tür zu, vordere auch, nachdem der Kontrolleur abgesprungen war. Und weiter ging es.

Und immer im Auspuffgas des Vordermannes.

Es war jetzt im Februar schon kaum auszuhalten. Wie mußte das im August sein?

»Wie lange haben Sie Dienst?«

»Sechs Stunden, zwei Stunden Pause, und noch mal vier.«

Ich mußte an unsere Schweizer Jünglinge denken, die hoheitsvoll auf ihrem Thrönchen im Inneren des Wagens sitzen und nichts zu tun haben als Billette und möglichst unhöfliche Auskünfte zu geben: An Einheimische in Schweizer Mundart und an Auswärtige erst recht in Schweizer Mundart. Sowieso!

O mein Heimatland, wie hast du dich verändert! Bloß weil du die Gnade und das Glück hattest, 600 Jahre keinen Krieg gehabt zu haben!

»You are German?«

»I'm Swiss.«

»I'm glad you are Swiss. – What a beautiful country!«

»You know Switzerland?«

»No.«

Hätte ich gesagt, ich sei Chinese, so hätte er geantwortet, daß er glücklich sei, ich sei Chinese. Das gehört zur amerikanischen Höflichkeit. Haben Sie schon einmal einen Schweizer sagen hören, er sei glücklich, daß jemand aus Oklahoma komme? – Nein? – Ich auch nicht. –

»Here we are. – Good luck to you!«

Wir stiegen aus.

Der Bus rasselte weiter.

AMERIKANISCHES TEMPO

Wir gingen zuerst zu Chrysler. Zwei herrliche Wagen im Schaufenster lockten unwiderstehlich in die Riesenhalle, in der zwei weitere Traumtypen sich majestätisch auf Spiegelscheiben drehten. Ein wundervoller Anblick! Ganz weit hinten, am anderen Ende der Halle, saßen vier Herren in Korbsesseln an einem Tischchen und ließen uns ungestört von einem Wagen zum andern gehen. Dann faßten wir den Entschluß, die Herren anzureden. Als wir uns ihnen näherten, riefen alle vier »hallo«. Es klang erstaunt, als sagte der Berliner: Nanu, wat suchn Sie denn hier?

»We want to buy a car«, sagte ich.

Darüber war das Erstaunen dieser Herrn im wahrsten Sinne des Wortes *unbeschreiblich* groß:

»Is . . . that . . . so?« sagte der eine und konnte es einfach nicht fassen.

»Yes«, sagte ich.

»Yes«, sagte Valérie.

Darauf gab es eine Diskussion unter den Vieren mit dem Resultat, daß einer sich erhob und fragte:

»What's your name?«

»Curt Goetz.«

»My name is Georges.«

»Please, Mister Georges«, sagte Valérie.

»Just Georges«, unterbrach er kurz, »and what's *your* name?«

»Valérie Goetz.«

»Wääälöry! Ich kenne eine Französin mit diesem Namen! Woher kommt ihr?«

»Switzerland.«

»Is . . . that . . . so? Ich bin so glücklich, daß ihr aus der Schweiz kommt! Ein herrliches Land, nicht wahr?«

»Sie kennen es?«

»Nein. Wääälöry, come here! Write your name down for me, will you?«

Valérie schrieb unsere Namen nieder.

»Nun sieh mal an«, sagte Georges, »und du bist sicher, Köhrt, du willst einen Wagen haben?«

»Yes.«

»Well«, kratzte er sich hinterm Ohr, und es klang wie: Tja, da kann man nichts machen!

»Which one? Welchen?«

»What — is — this — red — car — worth — please?«

»You mean how much it is? Du meinst wieviel der ist?«

»Yessss.« Das »s« geriet mir viel zu lang, weil es das »Sir« vertuschen mußte, das ich beinah wieder drangehängt hätte. Aber das wollte Georges ja nicht!

»Dieser Wagen kostet dich, Köhrt . . . einen Moment . . .« und Georges schlenderte durch die Halle, verschwand in einer Tapetentür und kam wieder mit Block, Bleistift und einem Stoß von Prospekten, die er auf den Tisch knallte. Er setzte sich schweratmend zu seinen Kollegen und begann zu schreiben und zu rechnen. Nach zehn Minuten konnte Georges uns sagen, wie teuer der rote Wagen sei.

Aber wir waren in dieser Zeit auch nicht faul gewesen. Ich hatte mein Wörterbuch herausgezogen und den Satz zusammengestellt:

»How — many — cylinders — has — the — red — sportscar — please?«

Georges war *sehr* erstaunt über diese Frage, nicht minder als seine Kollegen, die sich kopfschüttelnd anblickten. Da hatten wir anscheinend einen *großen* Fehler gemacht! Wahrscheinlich weiß jeder halbwegs gebildete Amerikaner, wie viele Zylinder jeder Motor jeder Type jeder Marke hat!

Georges erhob sich und winkte uns, ihm zum roten Wagen zu folgen:

»Laßt uns sehen«, sagte er und schickte sich an, die Motorhaube zu heben. Aber die hatte ihre Tücken.

»Boys«, rief Georges zu seinen Kameraden hinüber, daß es nur so hallte, »weiß einer von euch, wie diese gottverdammte Haube aufgeht?«

Einer der Boys, der weißhaarige hagere, entschloß sich zu kommen. Die Hände sicher in den Hosentaschen verwahrt, schlurfte er auf uns zu und sagte dann, die Lippen kaum bewegend:

»Ich habe selber einmal einen Chrysler gefahren. Aber wer kann sagen, ob dieser hier auch noch so aufgeht?«

Dabei bückte er sich sehr tief, die Hände immer noch gut versorgt, und schien nach etwas in der Gegend der vorderen Pufferstange zu suchen.

»Oh yes! Du hast Glück!« Dann zog er die eine Hand langsam aus der Tasche, hob die Haube hoch und lachte dabei ganz erstaunt:

»Es geht! Was sagst du dazu?«

Nun konnte Georges die Zylinder zählen und tat es auch.

»Acht hat er«, rief er seinen Freunden zu.

Inzwischen überlegten wir, daß wir von einem Zweisitzer ja nur träumen durften, von einem einmal ganz sportlichen Wagen, wie diesem roten hier! Denn da war Fredl Strauss, dessen ellenlange Depesche uns bei unserer Ankunft übergeben worden war. Er würde in wenigen Tagen in New York sein, um dann, wie längst verabredet, mit uns per Auto durch das ganze Land nach Hollywood zu fahren. Fredl konnte man für eine Reise von mindestens zwölf Tagen keinen wenn auch noch so komfortablen *Notsitz* anbieten! Das war unmöglich! Wir mußten also schweren Herzens an einen Viersitzer denken, wo Fredl es sich mit Leukothea richtig bequem machen könnte.

Wir zeigten auf den grauen Sedan:

»What — is — this — car — worth — please?«

»Du meinst wieviel der ist, Köhrt?«

Georges setzte sich wieder an den kleinen Tisch und begann den Preis zu errechnen, wobei ihm jetzt seine Kollegen zu helfen schienen. Diesmal dauerte es etwas länger, bis wir das Resultat bekamen. Ich weiß nicht, ob das an der Type lag oder an der Mithilfe der Boys.

Inzwischen hatten wir leise beraten, wie wir es anstellen könnten, nachdem wir Georges nun schon soviel Zeit geraubt und soviel Mühe gemacht hatten, wegzukommen, ohne zu kaufen! Wir wollten uns doch gerne noch andere Wagen ansehen!

»Children! Darlings!« jubelte Georges. »Seid ihr nicht clever? Geht und schaut euch alles an, was New York zu bieten hat! Ich hoffe, ihr findet, was ihr wollt, Köhrt! Gott segne euch!«

Georges war ein Stein vom Herzen gefallen. Und hatte er nicht recht? Da saß er so gemütlich mit seinen Kollegen beisammen und bekam dafür sein schönes Gehalt, und nun kamen Wildfremde und störten ihn? It doesn't make sense! Das gibt wirklich keinen Sinn!

Wir gingen zu *Buick*. Unser Verkäufer, diesmal Herby — Herbertchen — erzählte uns *und spielte es uns vor*, daß er bis vorgestern noch »tra tra tra« in einem Nachtlokal am Broadway in einer Band geblasen hätte, was ihm aber keinen Spaß mehr machte, daß er gestern in einem Drugstore »gluck gluck gluck« Kaffee ausschenkte, was ihm aber gar nicht zusagte, und daß er an einem Verkauf in der Autobranche nicht interessiert sei, ehe er sagen könnte »whether he will like it or not«. Sehr begreiflich. Von seinem Standpunkt aus. Wir aber dachten an unsere so oft verspotteten Berner, die im Vergleich zu Herby gedopte Sanguiniker sind!

Dann sahen wir uns andere Autos anderer Firmen an und gingen nach drei Leidenstagen zu *Chrysler* zurück.

»Hallo Wääälöry, hallo Köhrt«, hallte es uns vierstimmig entgegen.

»Na, Süßings«, sagte Georges, »habt ihr euren Wagen gefunden? Was für einer ist es?«

»We want the gray *Chrysler*«, sagte ich.

»Mach keine Witze, Köhrt«, lachte Georges und konnte sich ausschütten über den Gedanken, daß wir anscheinend tatsächlich einen *Chrysler* kaufen wollten. Wir aber fragten schüchtern noch einmal nach dem Preis.

Georges schlurfte schweratmend in die bewußte Tapetentür und kam mit Block, Bleistift und einem Stoß von Prospekten zurück. Er setzte sich zu seinen Kollegen, begann zu schreiben und zu rechnen, und nach zehn Minuten . . . gelernt ist gelernt!

»Now you know it for good, kids«, sagte er und lehnte sich erschöpft in seinen Korbsessel. Als ich aber mein Scheckbuch zog, da war alles, was wir uns unter »amerikanischem Tempo« vorgestellt hatten, ein läppisches Kinderspiel, verglichen zu dem, was sich jetzt tat!

Georges, unsern Scheck fest in der Hand, verschwand so schnell, daß man es wirklich nur als ein »Verschwinden« bezeichnen konnte. Er kam mit einem Formular zurückgeflogen, das er uns zu unterzeichnen drängte, und nahm uns unsere Pässe ab. Dann stürzte er in einen Nebenraum, durch dessen breites Fenster wir ihn sechs Telephonapparate gleichzeitig bedienen sahen, in einer Art, die jeden Jongleur hätte vor Neid erbleichen lassen. Er kam in nicht mehr und nicht weniger als anderthalb Minuten wieder, um die Spiegelscheibe vor dem Schaufenster, in dem unser grauer Sedan stand, elektrisch zu versenken und den Wagen aus dem eigens für diesen Zweck abschüssig angelegten Laden auf die Straße rollen zu lassen. Da standen drei Burschen, wie aus der Erde gestampft, füllten mit Kannen den Tank, und ehe wir es uns versahen, saßen wir im gestarteten Wagen, während ein Polizist gelaufen kam, um die Nummern in die Schilder zu schieben und uns die nötigen Papiere auszuhändigen, und wir waren glückliche Besitzer eines *Chrysler* Sedan.

Und eines riesigen toten Vogels, den Georges uns beim Abfahren in den Wagen warf. Auf einem Zettel, der nicht im Schnabel, sondern im entgegengesetzten Ende steckte, stand:

Bratfertig!

DIE FAHRPRÜFUNG

Wir hatten unser Auto, und mein Mann hatte seinen internationalen Führerschein. Er wollte, daß auch ich einen hätte, um mich auf der langen Strecke nach Hollywood einzufahren. Ich hatte schon einmal als Mädchen zu Hause eine Prüfung gemacht, aber die galt längst nicht mehr, und bestimmt nicht für Amerika. Ich hatte nur noch eine schwache Ahnung vom Fahren, aber doch genug Frechheit, mich zur Prüfung zu melden, zumal mein Mann mir die Handgriffe für den neuen *Chrysler*, die ja viel einfacher waren als die, die ich seinerzeit gelernt hatte, erklärte.

Ich saß neben dem Prüfer, einem »Polizisten in Uniform«, und fuhr.

»Turn left«, sagte er mehrmals. Ich tat, als verstünde ich ihn nicht, und fuhr immer geradeaus weiter. Ich hätte nicht gewagt, in diesem Verkehr, den ich zu meinen Erinnerungen ans Autolenken ganz vergessen hatte hinzuzurechnen, nach links zu biegen! Aber einmal mußte es sein! Dabei blieb mir dann auch der Wagen prompt stehen. Inmitten der Kreuzung. Ich faßte geistesgegenwärtig an meinen Kopf, so als hätte ich Schmerzen. Galant, wie Amerikaner nun mal gegen uns Frauen sind, setzte sich der Prüfer an den Volant und fuhr mich zum Ausgangspunkt, dem Polizeigebäude, zurück. Da stand mein Mann am Straßenrand und winkte resigniert ab, als er uns in verkehrter Sitzordnung ankommen sah. Der Prüfer stieg aus und warf ganz nebenbei hin:

»I'm sorry, come back next Friday!«

Dann ging er zu meinem Mann und unterhielt sich mit ihm. Das heißt, das war ja nicht möglich, er redete nur auf ihn ein und beobachtete anscheinend mit Wohlgefallen seine Reaktionen auf mein Mißgeschick. Mich ließ er völlig links liegen und stieg dann zu seinem nächsten Opfer in den nächsten Wagen.

»Was hat er dir gesagt«, wollte ich wissen.

»Sorry, hat er gesagt.«

»Das weiß ich. Das hat er mir ja gleich gesagt. Aber was hat er dir sonst noch gesagt?«

»Keine Ahnung.«

Nachmittags waren wir bei einem alten Freund zu Gast, einem Rechtsanwalt vom Kurfürstendamm in Berlin. Er bemerkte meine Traurigkeit und wollte wissen, was mir zugestoßen sei.

»Etwas, das mir im Leben noch nie passiert ist«, sagte ich, »ich bin durchgefallen. Bei der Fahrprüfung.«

Er lehnte sich mit Bedacht in den Sessel zurück, sah mich mit sehr großer Verwunderung an und sagte, jedes einzelne Wort betonend:

»Ja, haben Sie den Mann denn nicht bestochen?«

Ich schnappte nach Luft bei dieser Frage des Rechtsgelehrten:

»Bestochen? Einen Polizisten? In Uniform? Mit meinem Englisch?«

»Nee, mit Ihren Dollars! Wat hat der Mann denn jesacht?«

»Er sagte, sorry, und ich sollte Freitag wiederkommen.«

»Na also! Sie jlobn doch nich, kleene Frau, det der Mann denkt, det Se bis Freitach fahrn könn'n! Der *hofft*, det Se bis dahin een Vernünftjen treffn, der Ihn'n sacht, det Se ihm fünf Dollars jebn müssn!«

Der Freitag kam. Ich hatte die Nacht nicht geschlafen. Mein Mann stand wieder brav am Straßenrand, als ich mit dem Prüfer abfuhr, und stand noch dort, als ich ankam und bei der Gelegenheit beinahe in einen Möbelwagen stieß. Als der vorbei war – ganze fünf Zentimeter vor meinem Kühler vorbei –, sah ich gerade noch, wie mein Mann, bleich vor Schreck, die Hand von den Augen nahm.

Der Prüfer winkte ihm, sich zu uns zu setzen.

»Schöner Tag heute«, sagte er.

»Yes.«

»Ihre Frau ist Schauspielerin«, las er aus meinem Paß.

»Yes.«

»Da sollten Sie nach Hollywood gehen.«

»Yes.«

»In Hollywood ist das Wetter immer schön.«

»Yes.«

»Bei uns in New York ist es nicht immer schön.«

»Yes.«

»Gestern war es nicht schön, und heute ist es sehr schön.«

»Yes.«

»Und morgen ... Gott weiß ...«

Mein Mann zog vorsichtig seine Brieftasche und fing an Dollars zu zählen. Als er bei fünfen angelangt war, griff der Prüfer ihm in die Noten, sagte: »That's right« und gab mir meinen Paß zurück mit dem bereits auf meinen Namen ausgefertigten Fahrausweis für USA.

Hört sich komisch an? Aber wenn man länger drüben ist, dann erfährt man immer wieder, daß die Amerikaner und besonders diese Herrn in Uniform in erster Linie Psychologen zu sein scheinen. Meiner zum Beispiel wußte genau, mit wem er es zu tun hatte! Nämlich nicht mit mir, sondern mit meinem Mann! Und mit dem unterhielt er sich, auch wenn der kein Wort verstand, und er »roch«, daß dieser Mann in seiner Besorgtheit um mich mich auch nicht gewissenlos auf die Menschheit loslassen würde!

And that's it!

FAHRSCHULE

Nachdem ich meine Fahrprüfung bestanden und meinen Führerschein bekommen hatte, lernte ich fahren. Bei meinem Mann. Es soll sehr wenige geben, die bei ihrem Ehepartner fahren lernen können. Natürlich liegt das nur an dem Ehepartner. Bei mir auch. Ich erinnere mich noch sehr genau:

ER: Nicht so schnell beim ersten Anfahren! Du mußt den Motor langsam warm werden lassen und den Wagen erst richtig in die Hand bekommen.

ICH: Bitte, nun bleibt er mir ganz stehen!

ER: Fahr die Rechtskurven mehr aus, mein Schätzchen.

ICH: Nun bin ich am Randstein!

ER: Achtgeben beim Vorfahren!

ICH: Ich weiß schon, langsam!

ER: Nein, wenn du dich einmal entschieden *hast*, mußt du *schnell* vorbei, um den Gefahrenmoment zu verkürzen. So ist es recht! Nun schön wieder nach rechts, um die Bahn frei zu geben! Aber nicht so knapp vor dem Kühler des Überholten!

ICH: Der hat noch genug Platz!

ER: O nein! Der steht ja nicht still! Der fährt in deinem Tempo! Und laß bitte immer *beide* Händchen am Steuer! Nicht wie der Berliner, der den Arm um seine Braut geschlungen hielt und dem der Schupo auf der Kreuzung nachrief: »Beide Hände nehmen!« Worauf der Herr zurückschrie: »Und womit soll ick fahren, Dussel?« – Du mußt dich viel mehr rechts halten, Schätzchen! Und heute fährst du im ganzen zu langsam.

ICH: Ach, heute zu langsam, gestern zu schnell! Wie *soll* ich denn nur fahren?

ER: Gut sollst du fahren!

Mein Mann faßte diesen dehnbaren Begriff einmal so zusammen: »Man fährt gut, wenn der Mitfahrer sich wohl fühlt.« Wie in der Ehe: Man ist ein guter Ehepartner, wenn der andere sich wohl fühlt. Das hieße aber nicht, fügte er hinzu, daß man ein Ehetrottel sein dürfte!

EHESCHULE

Ich glaube, es wäre an der Zeit, nach den vielen Geschehnissen, die ich erzählte, und den Anekdoten, die diese beleuchten sollten, auch wieder etwas von unserem Leben zu sagen. Ich werde immer wieder in Briefen aufgefordert, und sogar die Jugend fragt mich oft um Rat und will wissen, wie man eine Ehe glücklich gestaltet. Wenn ich darauf antworten soll, dann muß ich mir erst überlegen, was unsere Ehe glücklich machte. Und da komme ich immer wieder zu dem Schluß, daß es hauptsächlich an der Nachsicht meines Mannes lag. Der Teil, den *ich* dazu beitragen konnte, war vielleicht, daß ich mir seiner Nachsicht und Güte immer bewußt war und sie nicht gedankenlos und als selbstverständlich hinnahm. Wenn mein Mann in seinem letzten Werk, in den »Miniaturen« sagt: »Ich habe meine Frau nie *mehr* geliebt als heute, wo ich alle ihre Fehler kenne«, so hatte das seine Richtigkeit. Ich habe einmal von einem Weisen gelesen, dem sein Diener, in völliger Zerknirschung, die Scherben der kostbaren Lieblingsschale seines Herrn brachte. Der Weise kittete sie zusammen, zeigte sie seinem Diener wieder und sagte dabei: »Findest nicht auch du sie mit den reizvollen Linien noch schöner als zuvor?« Die Seele dieses längst vergangenen Weisen war, glaube ich, in meinen Mann gewandert. Sicher gibt es nicht viele »Leute«, die so die Voraussetzung für das irdische Glück mitbringen, aber jeder Mensch hat die Anlage dazu. In der Zeit der ersten großen Liebe blüht sie auf, da liebt man alle Fehler des Partners oder übersieht sie zumindest. Liebe macht blind, sagt man dann. Später vernachlässigt man diese angeborene Fähigkeit des Herzens und läßt sie verkümmern. Ich glaube aber, daß man sie bewußt pflegen kann, diese Fähigkeit glücklich zu sein und die Liebe jung zu halten. Ich will dazu in *unserer* glücklichen Ehe Anhaltspunkte suchen. Natürlich war sie langsam eine alte Ehe geworden! Aber uns kam sie nach fünfzehn Jahren noch grün vor, und es kommt mir jetzt erst zum Bewußtsein, daß ich mir niemals Rechenschaft darüber gab, daß wir drei, mein Mann, ich und unsere Ehe, alt wurden. Ich fühlte mich immer jung an seiner Seite, und ich erschien auch immer jünger als ich war. Ich merkte das, wenn ich Jugendfreunde traf, die ihrem Aussehen nach meine Eltern hätten sein können und doch genauso alt waren wie ich, aber eben . . . nicht so glücklich! Und das wiederum merkte man an der Art, wie diese »alten« Eheleute miteinander verkehrten, wie sie sich gehen ließen, in ihrer Haltung, ihren Reden, in ihren Gefühlen. Ich glaube, es ist eines der Geheimnisse einer guten Ehe, daß man sich nach Jahr und Tag noch genauso zu einander *benimmt* wie zu Anfang. Und das hat jeder in der Hand! Das Altwerden leider nicht. Der Mann sollte immer der werbende Liebhaber bleiben, und die Frau das Mädchen, um das es sich zu werben lohnt. Den Brautschleier, dieses Symbol des Reizes und Reizens, sollte man nie zerreißen lassen.

Man müßte sich, wie zu Anfang des großen Erlebens, *volle* Aufmerksamkeit schenken. Man müßte immer wieder mit *ungeteiltem* Interesse zuhören, wenn der andere etwas sagt, und dieser müßte immer wieder mit *ungeteilten* Gedanken sagen, was er zu sagen hat, und nicht nur so »gemütlich«, nebenbei, mit den Augen, und vor allem mit dem Kopf in einer Zeitung oder in irgendeiner anderen Arbeit! Mir kommt es jetzt zugute, daß ich mir angewöhnte, meinem Mann aufmerksam zuzuhören. Ich habe es dadurch jetzt leicht zu erzählen, weil jede Wendung, jede Schwingung seiner Stimme mir im Gedächtnis blieb. Ich habe eben immer *zugehört*, wenn er sprach. Und weil mein Mann das merkte, erzählte er mir auch gern.

Als ich noch Mädchen war, in Wien, klagte ein lieber Freund unseres Hauses meiner Mutter sein Leid. Er habe ein entzückendes Geschöpf geheiratet, habe reizende Buben und sei gar nicht glücklich, denn wenn er heimkomme, drehe die kleine Frau nicht einmal mehr den Kopf nach ihm. Nur der Hund springe ihm entgegen. Das machte mir damals einen so starken Eindruck, daß ich später jedesmal, wenn mein Mann nach Hause kam, daran denken mußte. Und ich sah dann auch, wie er sich jedesmal freute, wenn ich ihm entgegenkam und meinen Kuß verlangte. Vielleicht sind das nur Äußerlichkeiten und haben mit der »großen Liebe« nichts zu tun. Ich aber glaube daran, daß Äußerlichkeiten nach innen wirken.

Erst kürzlich konnte ich es miterleben, wie ein Mann um ein Mädchen freite. Er konnte nichts mitbringen in diese Ehe als sein bescheidenes Auftreten, seine Aufmerksamkeit, seine Gefälligkeit. Er sprang nur so, um überall mit anfassen zu können. Und das wäre genug gewesen. Aber im Augenblick, da er das Mädchen hatte, glaubte er »den Herrn« spielen zu sollen. Aber den kann man ja nicht spielen, der muß man *sein*! Und das hängt beileibe nicht mit Reichtum und Geld zusammen, sondern es ist eine Fähigkeit des Herzens, die angeboren ist, und ein Takt, der allenfalls anerzogen werden kann.

Wenn bei uns bei Tisch etwas fehlte, stand mein Mann wortlos auf, um es zu holen. Aber ich war meistens schneller. Nie aber wäre er einfach sitzengeblieben und hätte sich bedienen lassen wie ein »Herr«, sondern er stand auf *wie ein Herr*! Und das genau noch so nach dreißig Jahren wie zu Anfang. Er freute sich daran, wie gerne ich für ihn lief, und ich freute mich, daß ich ihm etwas bringen konnte. Aus so dummen kleinen Freuden setzt sich eine »junge« Ehe zusammen.

Wir hatten als Kinder eine französische Gouvernante. Als ihr jemand einmal das »Du« anbot, antwortete sie: »Non, merci! Un peu de cérémonie entretient l'amitié: ein bißchen Förmlichkeit erhält die Freundschaft.« Und auch die Liebe. Und nachlässige Formen zerstören sie vor der Zeit. Etwas, das man Keuschheit der Manieren nennen könnte, hält jung.

Ich glaube auch, daß eine Ehe gut bleibt, wenn die Partner die ganz private Welt des andern respektieren. Mein Mann ließ mich *mein* Leben leben. Deshalb kann ich es heute noch ausfüllen, so daß mir auch jetzt noch jeder Tag zu kurz wird. Mein Mann unterstützte nicht nur alle meine Hobbies, sondern setzte sie an erste Stelle, also noch vor die Arbeit, die ich für ihn tun sollte. Wenn mich etwas interessierte, Radio, Fernsehen, die neue Atomwissenschaft, dann versorgte er mich mit Büchern, so wie er mich aufmerksam mit allen Neuerungen für meine Passion des Markensammelns überraschte. Und er störte mich nie, wenn ich versunken war in eines meiner Hobbies.

Und noch etwas scheint mir sehr wichtig: Er ging nie in mein Zimmer, wenn ich nicht drin war. Er öffnete nie eine Schublade, ohne zu fragen. Ja, selbst wenn er mal an den Eisschrank kam, fragte er, ob er ihn öffnen und sich etwas herausholen könne.

Er fand, daß die Küche zum Reiche der Frau gehöre, in dem sie sich ihr Zeug eingeteilt hätte, und daß man da nicht einfach etwas nehmen könnte, ohne sie dadurch möglicherweise in Verlegenheit zu bringen. Aber genau so wußte er, daß ich mir wie eine Diebin vorgekommen wäre, hätte ich auch nur ein Wort gelesen, das noch in seiner Schreibmaschine steckte, das er mir nicht zum Lesen gegeben hätte. Bei aller Vertrautheit und bei dem innigsten Ineinanderleben haben wir diese Grenzen nie überschritten. Wir hatten in den Sachen oder gar Taschen des anderen nichts zu suchen und lasen niemals einen Brief, den wir uns nicht ausdrücklich zum Lesen gaben. Diesem letzten Umstand verdanke ich es, daß ich in den vier Jahren seiner schweren Krankheit mit Forschungsinstituten und großen Ärzten aus aller Welt in Verbindung stehen konnte. Wenn es auch nicht entscheidend half, hat es doch manche Erleichterung geschafft und gab mir wenigstens die Gewißheit, daß alles nur Menschenmögliche geschah. Und vor allen Dingen hat mein Mann dadurch nie erfahren, wie schwer krank er war, und ich konnte ihn bis zum Ende hoffen lassen.

Ich möchte zum Schluß noch verraten, daß mein Mann mir immer viel Geld gab, viel Geld für mich! Viel Geld im Verhältnis zu dem, was er verdiente, denn zu Anfang mußten wir sehr, aber sehr sparen! Mein Mann wollte, daß ich frei und unabhängig wäre, auch unabhängig von ihm in allen meinen Entschlüssen. Deshalb sollte ich *mein* Geld haben, um mich im Falle einer Trennung ganz frei entscheiden zu können, und er würde sich, sagte er, was immer auch geschähe, nur auf sein alleiniges Verschulden von mir scheiden lassen, weil er an einer Frau, die einmal seinen Namen trug, keinen Makel lassen wollte!

Ein Herr ist eben ein Herr! Mit dem läßt sich's leicht eine gute Ehe führen. Und man merkt nicht einmal, daß die Ehe alt wird.

NEW YORK

Gibt es überhaupt noch etwas, das man über New York schreiben könnte, das nicht schon geschrieben wäre? Kaum! Aber die Gedanken, die durch meinen Kopf gingen beim Anblick der Prachtavenues von New York, möchte ich versuchen, in Worte zu fassen.

Das Tempo war es in erster Linie, das mir auffiel! Während man im Zeitalter des Pferdewagens mit einer Stundengeschwindigkeit von 24 km durch die Straßen fahren konnte – so ließ ich mir sagen –, kann man dies heute nur noch mit 17,5 tun. Schneller kommt man auf keinen Fall vorwärts, welches Fahrzeug man auch nähme. Deshalb, wenn das Ziel nicht allzu weit ist, läuft man lieber. Das heißt, man *geht*! Laufen könnte man nicht in dem Gedränge. Auch würde man, so glaube ich, sofort verhaftet werden, wenn man im wahrsten Sinne des Wortes so aus der Reihe tanzte! Das ist nämlich etwas, das der Amerikaner *nicht mag*! Es scheint sich auch in den USA, wie heute auf der ganzen Welt, eine Art Gleichschaltung, eine Nivellierungslust Platz gemacht zu haben. Wer seinen Kopf aus der Masse herausstreckt, muß eins draufkriegen – oder er wird ihm abgehauen. Das ist der Zug der Zeit. In Amerika haben wir das später auch bei den Wahlen erfahren können. Man wählt nicht denjenigen, der gescheiter, erfahrener oder sonst etwas mehr zu sein verspricht. Man wählt den »regular guy«, den »Normalburschen«, den »Durchschnittskerl«, mit dem man sich identifizieren kann. Und deshalb haben die Kandidaten es nicht leicht, weil es gar nicht so leicht ist, seinen Verstand zu verbergen. Dazu gehört sehr viel Verstand. Und auch nachher, als Präsident, muß dieser Normalkerl sich manche Ungeschicklichkeit leisten, oder einen gelungenen Coup wenigstens ungeschickt servieren können. Dann versteht man ihn, diesen »regular guy«, weil man es ja selber genauso ungeschickt gemacht hätte. Der große Spaß liegt nachher darin, daß niemand herausbekommen kann, ob es eine beabsichtigte oder eine unbeabsichtigte Ungeschicklichkeit war. Das hat dann mit Diplomatie, Politik oder sonst einer Geheimwissenschaft zu tun. Doch zurück zu den New Yorker Straßen.

Im gleichen Maße, wie sich die Geschwindigkeit der Stadt dem Menschen wieder anpaßt, langsamer und dadurch naturnäher wird, baut er sich dort seine Häuser naturfremder, unmenschlicher sozusagen. Manche Straße, zum Beispiel die Park Avenue an der Grand Central Station, sieht aus, als gehörte sie gar nicht mehr auf unsere Erde. Bei Nacht erscheint sie wie vom Mond heruntergespiegelt. Da steht ein Riesenblock neben dem anderen, sich nach oben in gewaltigen Stufenabsätzen verjüngend, einer aus flaschengrünem Glas, einer aus klarem Glas, einer aus tiefschwarzem Glas. Da sitzen Tausende von Spiegelscheiben neben-, über- und untereinander, verbunden nur mit einer Naht, einem schmalen Steg von Aluminium, Stahl oder Gold. Unheimlich luftig sieht so ein Koloß aus! Schwerelos erscheint er, wie eine kubische Seifenblase. Zum Wegpusten, wenn er so vor einem schwebt, beschienen vom Mond, der sich tausendfach in seinen Scheiben sehen kann. Es könnte einen gar nicht wundern, wenn sich die Luftspiegelung plötzlich auflöste, wenn so ein moderner Wolkenkratzer entschwebte, zurückfände auf seinen Planeten.

Ist so ein Gebilde schön? Dazu ist es zu kalt. Gewaltig? Dazu ist es zu leicht. Phantastisch? Dazu ist es zu leer. Nein, alles das ist es nicht. Aber *erstaunlich*, das ist es. Und erstaunlich ist auch der Gedanke, daß das Fernweh des Menschen so groß geworden ist, daß er so Weltfremdes erdenken kann. Der Anblick bleibt – beängstigend.

Wie würde das aussehen nach einem Bombeneinschlag, dachte ich. Ein Gebirge von Glassplittern und Zementstaub und ein Gewirr von verbogenem Eisengestänge. Trostlos sachlich! Trostlos weltfremd! Trostlos tot!

Und ich denke an die Ruinen von Nürnberg, später, 1945. Als wir in ihnen herumstiegen, mein Mann und ich, um das »Intime Theater« zu suchen, in dem er seine ersten schönen Rollen spielte, da wo ihn sein

Annerle am Bühnentürchen erwartete! Davon war nichts mehr! Nicht einmal der Fleck, auf dem das Theater gestanden haben mußte, war zu finden. Aber die rötlichen Sandsteintrümmer sagten aus von Händen, die sie berührt, behauen, geformt hatten. Die Steine waren ein Teil von unserer Erde geblieben, ein Stück Leben von unserem Leben. Sie waren gewachsen, wie wir gewachsen waren, und wie wir lagen sie jetzt zerbrochen da. Aber sie hörten nicht auf zu sein, denn sie hatten eine Vergangenheit. Und sie sprachen unsere Sprache, immer noch, und wir empfanden tränenfeuchte, warme Trauer bei ihrem Anblick.

ZUFALL ODER FÜGUNG?

Einen Tag, bevor wir New York verließen, ereignete sich etwas, das man Zufall oder Fügung nennen kann.

Ich sollte Bleistifte kaufen. Ich ging zu Woolworth, nicht ahnend, welchen Schock ich da bekommen würde. Und zwar war es ein Schock von der Art, wie ich ihn bekomme beim Anblick surrealistischer Bilder, weil ich es nicht verdauen kann, wenn ein Ding nicht zum anderen paßt, wenn mir die gedankliche Verbindung auch noch so logisch erscheint: Ein Korsett wächst an einem Baumast, vor einer Landschaft, aus der Hände sprießen, rechts vorn ein halbes Fahrrad in einem viertel Barockrahmen, links vorn ein achtel Mikroskop neben einer ganzen Kaffeekanne, die ein Auge hat. Logisch ist das, aber eben unordentlich.

So ungefähr wirkte auf mich der Anblick einer Verkäuferin, die auf einen Fürstenthron gehörte, nicht aber hinter einen Ladentisch. Sie sah aus wie alle Filmstars zusammen. Rötliche Locken umrahmten ein milchigrosiges Gesicht, in dem Wimpern bis an die Brauen hinauf und bis auf die Backenknochen hinunter reichten. Dazu ein leuchtendroter Mund und die in gleichem Ton strahlenden Fingernägel an der schneeigen Hand, die die Göttliche, das Kinn aufgestützt, wie zum Vergleich unter die Lippen legte. Ich konnte mich über den Anblick dieser surrealistischen Warenhausverkäuferin erst fassen, als ich am Nebentisch und dann an allen Tischen um mich herum ähnliche surrealistische Wunderwesen sah. In Californien war ich dann nicht mehr so erschüttert. Man ist ja undankbar und nimmt alles Herrliche zu bald als selbstverständlich hin! So wie man die Pracht eines Ford gar nicht genug anerkennt, wenn man ihn zu Tausenden erglänzen sieht, so gewöhnt man sich leider auch an diese *girls,* die wie von Ford in Serien gemacht zu sein scheinen. Sie sehen alle gleich herrlich aus in ihrem vollendeten *make up,* ihren Frisuren *dernier cri,* sie haben sich alle gleich zu benehmen gelernt und bewegen sich alle gleich charmant nach dem Muster der letzten *hits* in Film, Theater und *bestseller.* Einfach wunderbar, so daß einem Mann die Wahl wirklich schwerfallen muß, und es ihm letzten Endes — wenn das nicht frivol wäre — egal sein könnte, welche er sich nimmt.

Nachdem ich mich gefaßt hatte, sagte ich:

»Please, Miss, I want pencils.«

Ohne ihre malerische Pose zu ändern, flüsterte die Schöne:

»Take what you like.«

An die dreißig Kästchen waren da auf dem schrägen Tisch vor ihr, mit Stiften in allen Farben und Längen. Ich zeigte auf die gelben.

»A kah«, sagte das Märchenwesen, denn es hatte inzwischen zu kauen begonnen und konnte deshalb das schöne »Oh keh« nicht so ganz richtig aussprechen. Darauf stammelte ich:

»Please — what — costs — it?« Worauf die Hand sich von der Wange löste und auf die von mir gewählten Stifte zeigte, während die Miss sagte:

»What das at sah?«

Das konnte nur bedeuten, daß ich dorthin schauen sollte, wo das Händchen hinwies. Und da stand tatsächlich auch der Preis. »Seven Cents«, berichtete ich der Schönen, die das von ihrem Platz aus und sitzend wirklich nicht sehen konnte.

»A kah«, sagte sie wieder und streckte die kleine Hand nach dem Gelde. Ich nahm sechs Bleistifte, zeigte sie ihr und reichte ihr einen Dollar.

»Oooooh«, sagte die Miss, zog den Gummi langfädig aus den strahlendweißen Perlzähnen und pappte ihn unter den Ladentisch.

»Wait a minute! Moment! Sieben Cents steht dran?«

»Yes, please, Miss.«

»Wait a minute!« Dann drehte sie sich auf ihrem Sitz zu ihrer Nachbarin am Handschuhtisch:

»Mary! Six times seven?«

»Wait a minute«, sagte Mary und murmelte etwas vor sich hin. Dann aber schüttelte sie ihr platinblondes Köpfchen, und nach einer kurzen Weile lieblicher Ratlosigkeit, die ihre dunkelschwülen Augensterne verrieten, schwebte sie an den Strumpftisch, auf dessen Ende eine Kasse stand, tippte sechsmal eine Sieben und rief dann sonnig herüber:

»Fourty-two-o-o!«

Mit welcher Leichtigkeit eine so dumme kleine Maschine über den großen menschlichen Verstand zu siegen vermag, konnten wir noch oft bewundern.

Nachdem meine Aufmerksamkeit nunmehr auf den Strumpftisch gelenkt war, fiel mir ein, daß ich Strümpfe nötig hatte. Aber da war guter Rat teuer! Wie sagt man »Strümpfe ohne Naht«?

»Please, Miss«, begann ich und blickte dem Naturwunder in Schwarz in die himmelblauen Augen, »I want this«, ich zeigte auf meine Strümpfe, »but no ...«, ich bog mich umständlich um mich herum. Unsinnig, wie man bei solcher Gelegenheit versucht, selber die nicht vorhandene Naht an dem Strumpf sehen zu wollen, die ja nur die Verkäuferin zu sehen bräuchte! Aber gerade diese umständliche Bewegung muß es gewesen sein, die die Aufmerksamkeit einer Dame erweckte, die am nächsten Tisch in Gebetbüchern und Rosenkränzen wühlte, die jetzt vor dem Osterfest in Bergen auflagen. Sie starrte mich an:

»Sind Sie nicht die Tochter des Korvettenkapitäns so und so?« fragte sie und ließ dabei alles fallen, was sie in den Händen hatte.

»Ja«, antwortete ich etwas verlegen.

»Jaaaaa«, sagte sie, in eine andere Welt versinkend, »er hat mich einmal zu Tisch geführt, an der Hoftafel in Schönbrunn. Ich war dort englische Gouvernante bei Erzherzog Max. Das ist lange her! Ihr Vater war ein fescher Marinör, und sooooo galant! Wir kannten ihn alle. Ich habe Sie sofort erkannt an der Ähnlichkeit.«

Ich weiß nicht mehr, was ich mir dachte, in erster Linie war ich sicher froh, jemand zu haben, der deutsch sprach. Der unwahrscheinliche Zufall, in der fremden Millionenstadt auf der anderen Seite der Welt von jemand an der Ähnlichkeit mit meinem Vater erkannt zu werden, kam mir erst zum Bewußtsein, als die Dame, Miss Colin, sich vorstellte als Privatsekretärin von Mr. Rubin, *the head of MGM*, die höchste Instanz der Filmgroßfirma Metro Goldwyn Meyer aus Hollywood. Denn Hollywood zu sehen, war auch ein wichtiger Punkt unserer Reise.

Mein Mann lud Miss Colin zum Abendessen, und wir fanden genug Berührungspunkte, besonders natürlich den Film betreffend. Miss Colin machte gleich allerhand Vorschläge zu Engagements, aber wir wollten ja nur das Land kennenlernen, Hollywood sehen und dann weiterreisen zu Dr. Oswaldo Serpa, dem Freund von Bruder Hans, der uns nach Rio eingeladen hatte.

Und eines stand überhaupt felsenfest:

»Den Fehler«, sagte mein Mann, »den wir in London machten, nämlich etwas zu beginnen, ohne die Sprache richtig zu beherrschen und die Bräuche des Landes einigermaßen zu kennen, den machen wir bestimmt nicht wieder!«

FAHRT NACH HOLLYWOOD

Ich glaube schon verraten zu haben, daß Fredl Strauss Wiener ist? Immer wenn man auf ihn zu sprechen kam, sagte mein Mann automatisch:

»Sansdennkommen?«

Die erste Silbe dieses Wortes verleitet zu denken, das wäre Sanskrit. Aber es ist Wienerisch und ist die Antwort eines österreichischen Offiziers an einen deutschen Offizier im ersten Weltkrieg. Und sie kam auf folgende Weise zustande:

DEUTSCHER OFFIZIER *sehr aufgeregt am Feldtelephon, während seine Mannschaft den verwaisten Graben schnellstens besetzt:* Aber, aber Herr Kolleje! Et war doch Order, det Se uns *erst* den Jraben überjeben und *nachher* Ihre neue Stellung beziehen!

ÖSTERREICHISCHER OFFIZIER *sehr freundlich:* Na ja! Mir san holt scho a bisserl früher fort, weil mir ham jausnen wolln. Des mocht do nix!

DEUTSCHER OFFIZIER *empört brüllend:* Det macht nüscht?! Und wenn die Franzosen jekomm'n wären?

ÖSTERREICHISCHER OFFIZIER *verbindlich:* Sans denn kommen?

Es erübrigt sich zu erzählen, daß Fredl seine Reisepläne änderte, vergaß, uns dies mitzuteilen, und nicht kam, so daß wir alleine in dem großen Wagen nach Hollywood fuhren.

Aber dort trafen wir Fredl gleich, und er versicherte uns, daß er die heißen Tage im Californischen Meer genossen hätte und daß es auch für uns »viel gescheiter« gewesen wäre, in der luftgekühlten Bahn in drei kurzen Tagen nach dem Süden zu rutschen als vierzehn Tage lang im Auto durch die Bullenhitze zu zotteln.

Leider muß ich jetzt manches weglassen, was uns schon auf der Fahrt nach Hollywood passierte, wie ich auch späterhin viele Erlebnisse überspringen muß, denn mein letzter Memoirenband darf nicht zu dick werden, weshalb ich mich auf das Wesentliche beschränken sollte.

Zu gern hätte ich erzählt, wie wir, stundenlang im 130-km-Tempo sonnenausgetrocknete Wüsten durchquerend, plötzlich eine Fata Morgana sahen, und ich schrie: »Haaaalt! Fahr bitte schnell zurück!«

Mein Mann ließ den Wagen hinter den Dornbuschhügel gleiten, den wir eben passiert hatten. Und siehe da: Es war *keine* Fata Morgana. Es war ein Zaun. Und dahinter, wie aus Pappe, eine Reihe wilder Tiere, Büffel, Pferde und Bergziegen, sich bäumend in gefährlichen Attituden! Und es waren wirklich wilde Büffel, Pferde und Bergziegen in gefährlichen Attituden aus Pappe.

Unser Auto stand noch nicht ganz still, als ein alter Cowboy den Wagenschlag aufriß und uns, als wir ausstiegen, eine halbe Indianerhose umwarf! Jedem eine Vorderfront einer Indianerhose, die an einer Stahlfeder hing, die wiederum sich um die Taille legte. Dann stülpte er uns breitrandige Hüte auf den Kopf, hob mich in den Sattel eines der Pappepferde und machte meinem Mann vor, wie er das wilde Tier unter mir mit aller Kraft an den Zügel zurückreißen müßte, was mein Curtchen sehr gut nachmachte. Der alte Cowboy sagte etwas wie »good actor«, worauf ich bemerkte »no good English«. Dann ging der Cowboy zu einem Schilderhäuschen, welches lief. Ja! Es lief auf schmalspurigen Schienen, die Reihe der wilden Pappetiere entlang. Aus dem Schilderhäuschen stürzte jetzt eine alte Indianerin im Federschmuck und schrie:

»Ich hab's doch glaich geheert, daß Se Deitsche sin! Ich bin aus Dräsdn gebürtch. Da genn mer unns unnterhaltn, bis Ihre Bilder entwicklt sin. Mei Mann is aus Texas, der schbricht egal Englisch. Aber ich hab's scheene Hochdeitsche wächn dem doch nich verlernd. Wartn Se een Momend, ich gäh schnell wieder ins Labor zurick und mach Ihre Bilder glaich fertch. Ich mache Ihn'n sexe fir den Breis von drein, weil Sie's sin!«

Wir bekamen unsere Photos als Wildwesterer in weiteren zwei Minuten, sechs Stück fünf Dollars, wobei wir noch erfuhren, daß Photographieren hierzulande einträglich sei, was wir – ein sechsmalneun Photo 3 Mark 54 – absolut nicht glauben wollten; daß das sächsische Texaspaar jedes Jahr irgendwo anders in der Wüste seine Pferde aufschlägt, die alten an Ort und Stelle verkommen läßt, weil Abreißen und Transport mehr kosten würden als »eene neie Garnidur«, die sowieso geliefert werden müßte, wohin »mer se äm hamm will«, und daß das Ehepaar, sobald es genügend Dollars gemacht hätte, sein Alter in Dresden zu genießen gedächte.

»Ich würte mich herzlich frein, wenn Sie zwei desselbe in unserer Nähe auch machen würten. Die Bilder, de machn sich alleine, aber ich zeiche Ihnen, wie mer sich als Indianer und Indianerin dazuphotographieren läßt, wenn so ein Gunde verainzelt auftritt. Dann genntn mer gemiedlich Hochdeitsch quassln.«

Die Photos habe ich noch und

Ob Dich die höchsten Gipfel grüßen,
Zieht es Dich zu der Wüste hin,
Liegt Dir ein Paradies zu Füßen:
Een Sachse liegt schon mittendrin!

schrieb die Indianerin hinten drauf.

»HERE IS YOUR AGENT«

Nach vierzehn Tagen kamen wir in Los Angeles an. Das große Beverly Hills Hotel liegt am Sunset Boulevard, und dahinter hat es in einem Orangengarten viele kleine Bungalows stehen. So ein Häuschen, Nummer 17, bekamen wir dank Miss Colin's Fürsorge. Es bestand aus zwei Zimmern, eingerichtet wie im Märchen! Alles in hell-olivfarbenem Leder auf gebleichter Birke, zitronengelbe Portieren und ebensolcher Bodenbelag, dazu Traumküche und Traumbad in Orangetönen. Ungeahnt schön! Der Preis war auch ungeahnt. Damals, 1938, vierhundert Dollars die Woche! Aber wir erfuhren es erst später, so daß wir die erste Nacht in dem orangenblütenduftenden Garten wie im Paradiese schliefen. Am Morgen servierte ein Neger das Frühstück ins Bett, und eine Negerin, seine Frau Gemahlin, zog ein Rosengebüsch ins Zimmer, von dem sie eine Karte nahm.

»Mrs. A. will call«, stand darauf.

Es dauerte nicht lange und das Telephon klingelte:

»Here is your agent Mrs. A. Ich spreche auch deutsch. Miss Colin hat mir alles gesagt. Ich bin in einer halben Stunde bei euch.«

In einer halben Stunde fuhr eine Lokomotive vor, aus der eine mittelalte Dame stieg, die in einem Satz sagte: »Die Rosen sind von mir, gern geschehen, Mankiewicz von der Emm Dschi Emm erwartet euch morgen um zehn Uhr, er kommt mit seinem *Road to Rome* nicht weiter, weil das Paar nach Sherwood zusammen ins Bett geht, was die Hays Office nicht erlaubt, vielleicht fällt Ihnen etwas ein, dann sind Sie gleich drin, Mr. Goetz, hier lasse ich Ihnen das halbe Manuskript und die ganze Story und ein *dictionnary.*« Und ehe wir nachschlagen konnten, was die vielen Fremdworte bedeuteten, war sie schon wieder weg.

»Was machen wir jetzt?« fragte ich.

»Wir sehen uns das gleich mal an.«

»Du hast doch geschworen, daß wir unseren Fehler aus London hier auf keinen Fall wiederholen würden! Erst müssen wir Englisch lernen!«

»Dabei werden wir sehr *viel* Englisch lernen. Die Verrücktheit von dieser Mrs. A. fasziniert mich. Und wenn jemand mit einer Geschichte nicht weiterkommt, interessiert mich das besonders, wie du weißt!«

Wir setzten uns hin und begannen, das Manuskript zu lesen, wobei wir natürlich hauptsächlich Vokabeln nachschlugen. Aber wir kamen bis zum Morgen doch ziemlich weit, wenigstens über die kritische Stelle hinaus.

»Selbstverständlich«, sagte mein Mann, »erlaubt das die Filmzensur nicht. Und dafür muß man ihr dankbar sein! Denn wenn sich das Paar schon so früh in die Arme sinkt, ist die Spannung für den Rest weg. Man macht das am besten gleich so, daß sie sich überhaupt erst nach dem Ende des Films kriegen, was dann noch den Vorteil hat, daß jeder im Publikum sich das dann nach seinem persönlichen Geschmack ausmalen darf. Aber ich kann mir nicht denken, daß die nicht schon längst auf diese einfachste Lösung gekommen sein sollten.«

Um 9.45 fuhr Mrs. A. vor und brachte uns zur MGM.

»Curt Goetz! Ich weiß natürlich genau, wer Sie sind«, sagte Joe Mankiewicz in ausgezeichnetem Deutsch, »und ich glaube, ich habe nur auf Sie gewartet. Meine Braut ist eine Schauspielerin aus Wien, die hat mir viel von Ihnen erzählt. Sie hat auch einmal *Lügner und Nonne* gespielt. Das schreit doch nach Verfilmung. Aber was ich im Augenblick brauche, ist *Road to Rome.* Haben Sie etwas gefunden?«

»Etwas, von dem ich glaube, daß ihr das längst habt.«

Und mein Mann begann seine Gedanken zu entwickeln. Mankiewicz hörte aufmerksam zu und sagte dann ruhig und bestimmt, ohne einen Blick von meinem Mann zu wenden:

»I want this man.« Worauf Mrs. A., die dicht hinter uns Platz genommen hatte, ihren Kopf zwischen unsere Köpfe steckte und flüsterte:

»Wir verlangen fünftausend Dollars die Woche.«

Worauf wir unsererseits stumm blieben.

Dann verabschiedete man sich in hoher Stimmung und mit einem Drink, und wir mußten zu einem anderen Drink in ein anderes Büro, wo der Vertrag aufgesetzt werden sollte.

Fünftausend Dollars pro Woche! Bei Gott, das war kein Pappenstiel!

»Darf ich um Ihre Unterschrift bitten, Mr. Goetz?«

»Bitte.«

»Am Rande bemerkt... Sie haben doch eine Arbeitsbewilligung, Mr. Goetz?«

»Was ist das?«

»Sind Sie auf ein Emigrationsvisum ins Land gekommen?«

»Nein. Als Besucher.«

»Ja, dann tut es uns leid. Dann können wir Ihnen nur tausend Dollars zahlen, weil wir Ihnen eine Arbeitsbewilligung beschaffen müssen. Interessiert Sie das dann noch, Mr. Goetz?«

»Ja«, sagte mein Mann, denn er hatte schon Blut geleckt an der Story, und Mankiewicz gefiel ihm besonders gut.

»Allright«, sagte der Herr hinter dem Schreibtisch, nahm den Hörer von der Gabel und monoton, die Lippen kaum bewegend, flüsterte er in den Apparat:

»Here is a guy by the name of Goetz. Curt Goetz. Ci ju ar ti, dschi ou i ti si. Yes, like in Sürick. Right. Swiss. We need him. Thank you.«

Diese kolossale Leistung der MGM kostete meinen Mann so viele Tausend Dollars, daß er nie ausrechnen wollte, wie viele es waren.

Aber eintausend Dollars pro Woche war auch ganz schön, für eine Story, die einen reizte, und dafür, daß man eigentlich gar nicht arbeiten wollte, und auch dafür, daß wir kaum Englisch konnten!

Am nächsten Morgen schon ging mein Mann in sein »Büro« in die MGM.

Dieses Büro war eine von vielen vielen Zellen, die auf endlosen Gängen nebeneinander liegen.

In dem Büro war nichts als ein Schreibtisch, ein Schreibmaschinentischchen, zwei Stühle und ein Kleiderständer. Auf dem Schreibtisch lag Papier und stand eine Vase mit scharfgespitzten Bleistiften, ein aggressives Blumenbukett. Auf dem Schreibmaschinentischchen stand eine Schreibmaschine. In der Schreibmaschine steckte ein Blatt:

Abandon hope, all Ye who enter here.

Mein Mann brachte das Blatt mit nach Hause. Nachdem wir es uns übersetzt hatten, überlegten wir, ob das eine Schriftprobe war von jemand, der die Maschine zu testen hatte, oder ob der vorherige Zelleninhaber dieses als Gruß für seinen Nachfolger zurücklassen wollte.

Mein Mann ließ seinem Nachfolger diese tiefen Worte Dantes auch wieder in der Schreibmaschine zurück. Man hatte ja etwas gelernt! Und gerade Höflichkeit ist etwas, das wir Europäer von den Amerikanern lernen können!

RÄTSEL...

So ein Studio ist eine Traumstadt. Da gibt es alles, was man braucht, um einen Film zu machen. Und für alles gibt es ein eigenes Department. Sogar eines für die Fehler, die gemacht werden. Ein sogenanntes »remake department«! Und dieses ist natürlich sehr böse, wenn keine Fehler gemacht werden! Die wollen ja auch leben! Und so ein Studio, das *funktioniert!*

Als mein Mann an *Road to Rome* schrieb, wollte Mankiewicz eine Szene im Lager Hannibals, in der dieser die Elefanten zum Einzug in Rom kriegsbemalen läßt, etwas länger ausgespielt haben. Dazu brauchte man Namen von Generälen, Hauptleuten usw.

»Ich werde mich mal nachmittags in die Bibliothek setzen und nachschlagen«, sagte mein Mann, »da werden sich solche Namen finden.«

Mankiewicz guckte mitleidig und nahm den Hörer von der Gabel:

»Mr. Goetz braucht Generäle für Hannibals Einzug in Rom«, flüsterte er, und als mein Mann gleich darauf wieder in sein Büro kam, lag eine Liste mit dreißig Namen da, und man konnte sein Leben verwetten, daß alle historisch hieb- und stichfest waren.

Ja, so ein Studio funktioniert! Und hier ist es leicht, einen Film zu machen, denkt der Europäer! Aber . . .

»Herr Goetz«, rief Herr Nebenzahl, ein Produzent, der aus Berlin gekommen war, meinen Mann eines Tages an, »Sie müssen das Manuskript, das ich Ihnen jetzt hinüberschicke, sofort lesen. Ich fange morgen mit dieser Produktion an, und Sie schreiben mir das Buch, wenn es Ihnen gefällt.«

»Ich bin doch fest bei . . .«

»Ich habe mit Louis B. Mayer selbst gesprochen. Mein erster Film hat ihm gestern bei der Vorführung so gefallen, daß ich freie Hand habe für den nächsten.«

»Donnerwetter!«

»Ja! War ich nicht klug, für diesen ersten Film keinen langfristigen Vertrag zu machen, wie die das hier wollten? Erst muß man doch etwas zeigen. Ich habe mich mit einer sehr mäßigen Wochengage begnügt, bis ich jetzt meinen Vertrag selber diktieren kann. Und das werde ich jetzt auch tun!«

»Gratuliere!«

Mein Mann las die Nacht durch, denn die Story gefiel ihm. Am Morgen rief er Nebenzahl in seinem Büro an.

»Oh, Mr. Goetz«, flötete ein süßes Stimmchen, »sorry, but Mr. Nebenzahl is not anymore on the lot. He was such a nice guy, wasn't he? Mr. Nebenzahl ist nicht mehr bei uns. Er war ein so netter Kerl, nicht wahr?«

Mittags rief mein Mann ihn zu Hause an:

»Was ist los, Herr Nebenzahl?«

»Ich komme ins Büro, und meine kleine Sekretärin zeigt lächelnd auf einen Brief auf meinem Schreibtisch. Drin liegt mein Wochenscheck, den ich befriedigt in die Tasche schiebe. Dann fordere ich die Kleine auf, sich an die Maschine zu setzen, worauf sie sagt:

›First look at your check!‹

Ich sehe ihn mir an, und da steht in ganz feinen Zügen quer über dem oberen linken Eck: *Last!*

›Was heißt das?‹ frage ich.

›You are fired, Sie sind gefeuert‹, lächelte sie süß.

Erst bin ich sprachlos, dann will ich den Hörer abheben, um meine Frau anzurufen. Da legt die Kleine ihr Händchen auf das meine und flötet:

›Sorry, you are not supposed to use our phone anymore! Es tut mir leid, aber Sie dürfen unser Telephon nicht mehr benutzen!‹

Die Kleine war dann die einzige, die meinen Gruß noch erwiderte. Niemand war für mich zu sprechen, keiner kannte mich mehr, auch nicht der Portier, dem ich erst gestern fünf Dollars gegeben habe. Ich schlich aus dem Gebäude wie ein Aussätziger. Was sagen Sie dazu!«

»Na, wahrscheinlich haben Sie nach Ihrem großen Erfolg jetzt viel zuviel Gage verlangt!«

»*Verlangt?* Es hat mich ja noch nicht einmal einer *gefragt!*«

... ÜBER RÄTSEL

»Du erinnerst dich, Curt«, sagte ein Produzent, »daß ich dir mal sagte, daß hier einer wäre, der im Begriffe stände, eine große Dummheit zu machen! Nun, da hast du sie! Er plant einen Film, einen sehr guten Film sogar. Gutes Buch, gute Besetzung, er entdeckt sogar einen neuen Star, Lana Turner. Man ist zufrieden, und ihr Europäer seid stolz. Und dann dreht er den Film.«

»L. B. Mayer war doch gestern begeistert!«

»Ja! Bevor er wußte, was das wert ist! Dann erfuhr er aber, daß der Film, der aussieht wie eineinhalb Millionen, in sechs Wochen gedreht war und sechshundertfünfzigtausend gekostet hat.«

»Das ist doch großartig!«

»Im Gegenteil! Dazu braucht keiner aus Europa zu kommen, um uns zu zeigen, daß ein Film so gemacht werden kann! Das wissen wir selber! Aber wo bringen wir in so einer Produktion unsere *overheads*, unsere laufenden Unkosten, unter, die wir Mr. Rubin in New York vorrechnen müssen? Wo sind da die sechstausendfünfhundert pro Woche von Mr. Heimann, von Harry N. und noch sechs *executives*? Und wo sind meine viertausendfünfhundert und die aller anderen Produzenten am *lot?* Und wo bleiben deine tausend Dollars und die von deinen Kollegen, Curt? Ein Clark-Gable-Film zum Beispiel muß so kalkuliert sein, daß er, *ehe* er ins Atelier geht, eine Million gekostet haben muß. Den Quatsch, den Nebenzahl machte, der stört uns nur! Und das haben wir alle im vorhinein gesehen!«

»Warum hat ihm denn das keiner gesagt?«

»*None of our business, Curt!* Aber den sind wir los!«

Also so war das hier! Ein Film mußte teuer sein!

O nein! So war das nicht! Da waren viele, die flogen, weil sie das Budget überschritten. Es war eben jedesmal und in jedem Falle anders, und man lernte nie aus.

Es änderten sich aber auch die Zeiten! Es kam ein Tag, an dem sogar Sparmaßnahmen angeordnet wurden. Jeder Schriftsteller mußte täglich eine bestimmte Zahl von Seiten abliefern, sonst machte er sich in den Augen der Obrigkeit nicht bezahlt. Und auf den Tischen in den Kantinen durften auch keine Gratis-Streichhölzer mehr liegen! Alles mußte kontrolliert sein, bis ins kleinste. Im allgemeinen natürlich nur, denn auch da gab es wie überall und immer gewaltige Ausnahmen! Aber so wehmütig man jetzt in Hollywood von den Fleischtöpfen um 1938 sprach, so träumte man 1938 von den Zeiten um 1925.

Man erzählte sich zum Beispiel von einem ungarischen Dichter, der in dieser guten alten Zeit engagiert worden war und den nach Beendigung seines Vertrages ein ihm befreundeter Produzent »mitlaufen« ließ, weil er eben gerade da war. Sein Vertrag lautete 1912 auf einen Wochenlohn von zwanzig Dollars. Davon konnte er damals leben. Der Vertrag garantierte eine jährliche Steigerung von fünf Dollars. 1925 bezog er schon fünfundachtzig und 1938 bereits ansehnliche einhundertundfünfzig Dollars pro Woche.

Das Ressort dieses Musensohnes allerdings war, die Blätter seines Heimatlandes zu lesen und zu berichten, was er da alles über das Filmwesen geschrieben fand. Im Krieg 1914 kamen dann keine ungarischen Zeitungen mehr, und der junge Mann sah dem Ende seines so sicheren Einkommens mit Bangen entgegen, zumal sein Gönner inzwischen auf den Broadway hinübergewechselt war. Er begann seine Berichte zu strecken, und als dies nicht beanstandet wurde – wahrscheinlich waren sie sowieso nie gelesen worden –, kopierte er die Muster der vergangenen Jahre, so als ob die Zeitungen von Übersee regelmäßig einliefen.

Eines aber war ihm klar: Er durfte nicht auffallen!

Jeden Morgen kam er als allererster ins Büro und verließ es als allerletzter, um von niemand gesehen zu werden. Tagsüber stand er hauptsächlich lauschend an seiner Bürotürspalte, um den Moment abzupassen, wo keiner ihn treffen würde, wenn er in den Waschraum flitzte. Dort mußte er dann oft eine ganze Stunde lauern, bis er unbemerkt in sein Büro zurückflitzen konnte. Er kannte die intimsten Gepflogenheiten jedes einzelnen auf seiner Etage, als wäre er mit jedem innigst befreundet, aber ihn und seine Gepflogenheiten kannte niemand! So sah er die Jahre hindurch viele kommen und gehen und überlebte sie alle in Heimlichkeit und Einsamkeit.

Bis eines Tages, im Jahre 1938, unser kleiner Dichter vom Schicksal ereilt wurde, in einer kleinen, schlanken, eleganten Gestalt. Ganz gegen jede Regel kam da plötzlich ein vornehm bescheidener Herr auf Gummisohlen den Gang entlang, grüßte freundlich und fragte:

»Wer sind Sie, Lieber?«

»Andy Bortos. Ich bin Schriftsteller. Und wer sind Sie?«

»Ich bin Ihr Boß, L. B. Mayer. Freut mich, Sie zu kennen.«

Und dann kam der nächste Scheck mit dem zarten *Last* über der linken oberen Ecke.

Und seitdem ist Andy Bortos, ehemaliger Dichter aus Budapest und seit langem amerikanischer Staatsbürger, Postbeamter in Beverly Hills. Am Schalter für Postwertzeichen in kleinen Mengen steht jetzt sein Namensschildchen, das so viele viele Jahre – sechsundzwanzig waren es genau – stolz an der Tür einer Schriftstellerzelle in der MGM gesteckt hatte.

Wenn man ihn etwas zu fragen hat, dann hört er am Akzent, daß man Europäer ist, und erzählt einem, daß er eigentlich Dichter sei und daß er nun schon fünfzehn Stories bei den Studios in Umlauf hätte.

»Sinn hat es eigentlich keinen«, meint er, »aber es ist wie in der Lotterie. Wenn man nicht mitmacht, kann man nicht gewinnen.«

LOTTERIESPIEL

Das war die beste und vielleicht auch die einzige Erklärung für Hollywood: eine »Lotterie«!

Das »Haus in Montevideo«, meines Mannes turbulenteste Komödie, wäre 1942 auch fast einmal »gezogen« worden. Es hing nur an einem ...

Aber, bitte, lesen Sie selber, woran es hing.

Dorian Ötvös, ein »ächtär Ungor«, meines Mannes Freund und Übersetzer dieses Stückes, kam eines Tages aufgeregt an:

»Curt! Vor drei Wochen erzählt mir mein Vetter Julian, daß sein Freund Ferry jetzt für Georges K. schreibt, und daß Georges unausgesetzt Zitate aus deinem ›Haus in Montevideo‹ anbringt und sich jedesmal dabei krank lacht. Nachdem ich ihm, wie du weißt, das Manuskript vor über einem Jahr gebracht habe, denke ich, daß da vielleicht etwas zu machen ist! Ich sitze also die letzten drei Wochen im Studio herum und warte, ob ich Georges sprechen kann. Unmöglich! So ein Produzent – wenn er einen *job* hat; als er mit mir gut war, hatte er noch keinen – ist unnahbar wie ein Gott!

Heute will ich gerade wieder gehn, da kommt er mit Ferry an mir vorbei. Er redet auf ihn ein wie ein Wasserfall. Du kennst ihn ja, aber wie er mich sieht, schiebt er den Ferry ab, wie das so seine Art ist, guckt mich groß an und sagt:

›Sie kenne ich doch? Natürlich! Sie haben mir damals ins Sanatorium diese großartige Story von dem *Goetz* gebracht! Lohengrin popelt! Der Lehrer mit den zwölf Kindern, die alle Brillen und Sommersprossen haben!‹ Ich habe es mir verkniffen, ihm zu sagen, daß er mich von früher her sogar *sehr* gut kennt. Das will hier ja keiner wissen! Alle waren sie schon immer große Herrn und sind alles nur aus sich selbst geworden! Also sage ich bescheiden: ›Ja, und ich wollte Sie fragen, warum Sie diese großartige Story eigentlich nicht machen?‹

›Ich bin in großer Eile‹, sagt er, ›weil ich zum Lunch in der Columbia sein muß. Wir kämpfen nämlich um denselben Komödienstoff. Den

Preis haben wir dadurch schon auf das Zwölffache getrieben! Unsinn natürlich! Der Stoff ist nicht einmal gut und vor allem nicht lustig genug . . .‹

›Na eben‹, sage ich, ›es gibt nicht so sehr viele wirklich lustige Stoffe, und da dachte ich, Sie an das *Haus in Montevideo* zu erinnern.‹

›Das war eine großartige Sache‹, sagt er, ›ich erzähl Ihnen das, wenn Sie mitkommen können.‹

Er läßt den Wagen an und lacht dabei schon übers ganze Gesicht.

›Die Sache war so, Dorian‹, sagt er, ›ich lasse mir seit Jahren allwöchentlich im Massageinstitut eine elektrische Darmspülung machen. Das ist sehr gesund, und wenn man so viele Parties durchstehen muß wie unsereins, geradezu unerläßlich. Ich bin im Sitzbad bereit, und der Masseur schließt den Apparat an. Das war an dem Tage des *Santa Anita Handicaps,* 1941, als dann Bay View gewann. Hat 90 000 Dollars gezahlt! Leider habe ich durch die ganze Unglücksgeschichte nicht einmal mitwetten können. War eben ein Pechtag für mich! Also, ich sitze, der Apparat ist in Gang, und da klingelt das Telephon. Der Masseur geht ins Büro hinüber, und ich höre ihn sprechen, mit Jack, dem *bookmaker.* Da fällt doch die Tür ins Schloß. Und der hört das nicht einmal und spricht und spricht von Tips und Pferden, der Apparat läuft und läuft, ich rufe und rufe und werde schon ganz schwach. Ich weiß nicht, ob Sie wissen, lieber Dorian, *wie* gefährlich das ist, wenn dieses Ding nicht rechtzeitig abgeschaltet wird? Ich schreie vor Angst und fühle noch, wie sich mein ganzes Inneres nach außen kehrt. Kurz, der Masseur findet mich ohnmächtig, und ich finde mich dann im Spital wieder! Ich habe Schreckliches durchgemacht, Dorian, glauben Sie mir! Das wünsche ich meinem ärgsten Feinde nicht! Nicht Hitler und nicht Warner Brothers! Wenn ich nicht eine so großartige Pflegerin bekommen hätte, wäre ich nicht mehr, denn ich hätte mich umgebracht. Aber die Gute hat mich brav und treu – wenn auch für sehr viel Geld – mit Morphium versorgt, so daß ich nach verhältnismäßig kurzer Zeit ganz zufrieden war. Aber mein Bruder war es nicht. Er ließ das gute Kind verhaften und mich in das Sanatorium bringen, wo Sie mich damals besucht haben. Die Entwöhnungskur war grauenhaft! Bis zu dem Moment, wo der Arzt auf eine geniale Idee kam: Abwechslung! Arbeit zur Abwechslung! Großartig, was? Und das war damals, als mein Bruder Sie angerufen hat, und Sie mir dann die Story von dem *Goetz* brachten. Seitdem wird der Name *Goetz* bei uns groß geschrieben, denn: By galley, that story did it! Diese Story hat es geschafft! Mein Bruder und ich, wir haben uns nie wieder so gut unterhalten wie damals.

Köstlich, Dorian! Diese Einfälle von dem *Goetz*! Und dieser Dialog dazu! Kaum glaublich, daß das alles aus einem Kopf kommt. Da brauchten wir hier zwölf *writers* und vierundzwanzig *gagmen* dazu! Die Geschichte zum Beispiel von dem Wolf mit den zwölf hungrigen Schafen! Allein die Idee, daß nicht der Wolf hungrig ist, sondern die Schafe, ist ein Vermögen wert! Und dann der Vorschlag des gequälten Vaters an den Bräutigam seiner Tochter, die Nachspeise zuerst zu essen, um die Suppe nachher nicht zu heiraten! Unübertrefflich, sage ich Ihnen, ist das! Und das sagt auch mein Bruder immer. Wie gesund, sagt er, muß die Story sein, wenn wir, die wir sie fast auswendig können, nach so langer Zeit immer wieder fasziniert sind! Noch heute lachen wir uns krank darüber, und meine ganze Familie bringt Zitate an, wo es nur paßt. Und es paßt immer und überall! Ich werde Ihnen ewig dankbar sein, Dorian, denn wirklich, *nur* die Story von dem *Goetz* hat mir das Leben gerettet! And I mean it!‹

›Na, und warum machen Sie die Story, die Ihnen das Leben gerettet hat, nicht?‹

Mit einem Blick auf mich, als hätte ein Halbidiot ihm etwas Unzumutbares vorgeschlagen, sagte er:

›Ich bin ja wieder ganz gesund! So long, Dorian!‹ Und damit ließ er mich stehen, um sich in der Columbia den Kopf zu zerbrechen, wie man einen schwachen faden Stoff lustig macht!«

Aber der schwache fade Stoff, dessen Verfilmung anderthalb Millionen Dollar verschlang und nie das Licht der Galapremiere erblickte, wurde eben »gezogen«.

»IT'S GOT TO BE LOGICAL!«

Mein Mann schrieb an *The road to Rome*, an dieser rätselhaften Geschichte von Hannibal ante portas. Mankiewicz war immer entzückt von dem, was er zu lesen bekam.

Das war für Hollywood anscheinend neu. Denn keiner wollte es glauben! Wie wir uns erzählen ließen, sitzen da nämlich vier bis zwanzig Herrn an ein und derselben Story, haben Ihrem Produzenten täglich Bericht zu erstatten über das, was ihnen eingefallen ist, und müssen vorlegen, was sie geschrieben haben. Das wird dann am nächsten Tage »geändert«. Das hat aber nichts mit den Einfällen oder dem Geschriebenen zu tun, sondern das ist Routine, denn es geht um den *screencredit.*

Der *screencredit* ist die Namensnennung im Vorspann des Filmes und ist ausschlaggebend für die Höhe des Wochenschecks. Die Namensnennung hängt davon ab, wieviel der Betreffende zu dem Manuskript beigetragen hat. Und dieses wiederum wird nicht gewertet nach der Bedeutung eines Einfalles, sondern es wird ganz einfach nach Zeilen ausgezählt. Hat einer soundsoviel Zeilen über das festgelegte Minimum in eigenen Worten zu dem Text geliefert, die endgültig in der Aufnahme Verwendung finden, so hat er Anspruch auf einen *screencredit.* Es ist daher begreiflich, daß Texte, die in Romanen oder Stücken von Dichtern stehen, nach allen nur erdenklichen Möglichkeiten »geändert« werden. Screencredithalber. So gab es zum Beispiel einen Nestroy, bei dem der Name Nestroy selbstverständlich gar nicht vorkommt. Erst in den Kritiken, die von dem eklatanten Durchfall berichteten, kam der Name des Missetäters ans Tageslicht.

Daß so *viele* an ein und derselben Story schreiben, kommt einem Europäer sonderbar vor. Wie können die vielen wissen, fragt man sich, was der Autor vorhat, wie *er* seine Geschichte sieht, wie er sie führen will? Aber in Hollywood kommt es eben weniger auf den Autor an als auf *Logik*!

»It's got to be logical«, ist das oberste Gebot für das Schreiben, und jeder Produzent sagt es seinem Schriftstellerstab in jeder Story-Konferenz immer wieder. Das Ergebnis dieses obersten aller Gebote spiegelt dann ja auch jeder Hollywoodfilm deutlich wider, und daß so *viele* Schriftsteller an einem Manuskript arbeiten, ist eben auch *logisch*!

Einer hat zum Beispiel an der Liebesszene, die auf einem Bahnhof spielt, entscheidend mitgearbeitet. Der Film hat außergewöhnlichen Erfolg. Ist es da nicht logisch, daß dieser Herr nun in allen Filmen, die bei seiner Firma gerade in Arbeit sind, die Liebesszenen zu schreiben bekommt? Und daß diese Liebesszenen wieder auf Bahnhöfen spielen müssen, um auch wieder diesen Erfolg zu haben, ist so logisch, daß man es nicht zu erwähnen braucht.

Auf diese Weise hat Hollywood Spezialisten für jede Art von Szene herangebildet, und aus lauter Spezialszenen setzt sich dann so ein Film zusammen. Überwältigend! Man bestaunt ihn vom ersten Moment an und fürchtet nur, daß er nicht durchgehalten werden könnte. Aber er *wird* durchgehalten! Im Gegenteil! Jede folgende Szene übertrumpft die vorangegangene. Nur nachher, wenn man aus dem Kino geht, schon an der nächsten Straßenecke, hat man dieses »œuvre« vergessen! Hingegen den ärmlichen französischen Streifen »La femme du boulanger«, der nur in Scheunenwinkeln gedreht werden konnte, bei dem in technischer Hinsicht kaum eine Aufnahme zur anderen paßt, so einen kleinen »schlechten« Film, den nur ein einzelner Dichter machte, den vergißt man sein Leben lang nicht mehr. Seltsam.

Daß man sich die Großtaten der Kinematographie nicht merken kann, darin liegt auch Logik, Weisheit und Methode, wie uns ein sehr gewichtiger Produzent in Hollywood mit folgenden Worten erklärte:

»Wo käme unser Geschäftsleben hin, wenn ein Businessman abends einen Film zu sehen bekäme, über den er am nächsten Tag im Büro noch nachdenken müßte, anstatt sich mit aller Innigkeit und seiner ganzen Wollust seinem Business hinzugeben?«

Logisch! Natürlich bestätigen Ausnahmen die Regel. Aber wenn man bedenkt, wie viele Filme Hollywood damals im Jahr lieferte — über dreihundert — und wie wenige aus den vielen Jahren man im Gedächtnis behielt, so beweist es, daß es eben doch nur Ausnahmen sind. Und noch einen logischen Grund hat es, daß man so viele Schriftsteller an eine Story setzt: Angenommen, der Film ginge daneben. In dem Falle würde der Produzent zur Rechenschaft gezogen und würde vielleicht sagen können:

»Ich habe George Bernard Shaw an der Story gehabt.«

Darauf könnte man ihm logisch erwidern:

»Der ist, wie Sie sehen, nicht gut!«

Kann der Produzent aber sagen, daß er zwanzig Schriftsteller an seiner Story arbeiten ließ, dann ist die logische Antwort:

»You did what you could! Du hast getan, was du konntest!«

MR. RÄFFLSN

Mein Mann arbeitete gern für *Joe Mankiewicz.* Ein Brief an ihn zeigt dies, und wohl auch, wie sehr *Mr. Mankiewicz* auf die Arbeitsweise meines Mannes einging.

Lieber Joe,
im Anschluß an unsere gestrige Konferenz — leider hast Du nur so wenig Zeit für mich, und ich lerne so gern und so viel bei Dir — stehe ich nach wie vor auf dem Standpunkt, daß ein guter Tendenzfilm sich von einem weniger guten dadurch unterscheidet, daß man ihm die Tendenz *nicht* anmerkt. Eine Ansicht, die durchaus nicht von jedermann geteilt wird.

Nach sorgfältigem Studium bin ich doch wieder zu dem Eindruck gelangt, daß die Bekehrung Hannibals nicht überzeugt, so wie sie da steht, ganz zu schweigen von der Bekehrung des Heeres, die völlig unglaubwürdig ist, so dichterisch der Gedanke bleibt, der da steht. Die Absicht beginnt hier so laut zu klappern, daß sie die Wirkung gefährdet. Man soll die Absicht merken. Gewiß. Und vielleicht wird der Zuschauer sie gutmütig hinnehmen. Aber er wird nicht *überzeugt* sein! Und damit schaden wir dem Gedanken, für den wir fechten, mehr als wir ihm nützen. Man kann ein geiles, ausgehungertes Barbarenheer nicht fragen, ob es Wein und Weiber haben will — eine Vorstellung, mit der man es 11 Jahre gefüttert hat — oder lieber umkehren möchte, um nach weiteren monatelangen Strapazen in die Arme der Frau Gemahlin zu fallen, ohne bei diesem Heer ein Höllengelächter auszulösen! Hier verläßt die Story die innere Wahrhaftigkeit und gleitet ins Bodenlose. Der Gedanke, freiwillig umzukehren, kann wohl im Kopf der ideal veranlagten Amythis entstehen, aber der Wirklichkeit kann und darf er nicht standhalten. Und das bringt mich auf folgende Idee, von der ich noch nicht sagen kann, ob sie gut und durchzuhalten ist:

Wenn Amythis dem Hannibal, der aus Menschenverachtung zu dem geworden ist, was er ist, klar zu machen versuchte, daß die Menschen im allgemeinen *gut* sind, daß es immer nur einzelne bleiben — in diesem Falle *er* selber — der sie schlecht macht, sagt Hannibal: »Wenn Du mir *das* beweisen kannst, werde ich abziehen, ohne einen Stein Roms vom andern zu lösen!«

Und *jetzt* befragt er das Heer! Die Männer halten das für seinen besten Witz. Ein Höllengelächter bricht los! Triumphierend blickt Hannibal auf Amythis! Aber sein Lachen erstirbt vor der grenzenlosen Trauer, die auf dem Antlitz der Amythis liegt. Das ist nicht die Sorge um ihr Leben oder um das Bestehen Roms, sondern das ist der Ausdruck eines Menschen, vor dessen Augen alles versinkt, an das er bisher geglaubt hat, alles, was ihm das Leben lebenswert erscheinen ließ.

Und zum ersten Male lernt Hannibal ein Gefühl kennen, das ihm bisher fremd war: *Mitleid*! Mit der Frau, die bis jetzt nur seine Sinne gefangennahm, fühlt er ein tiefes, brennendes Mitleid!

Er runzelt die Stirn, und der Blick, mit dem er das Heer streift, ist kein guter!

Jetzt brüllt man zu ihm hinauf, daß man nichts dagegen habe, nach Karthago zurückzukehren, um die versprochenen Pöstchen zu beziehen, aber erst *nachdem* Rom zerstört wäre!

Da wendet Hannibal sich weg. Wenn jetzt sein Auge von den leidenschaftzerfressenen Gesichtern seiner besoffenen Krieger auf das Antlitz Amythis zurückkehrt, die gleichsam nackt vor dem Hohn seiner Kumpane dasteht, überzieht eine Röte sein Gesicht! Wieder hat er ein neues Gefühl kennengelernt: Die *Scham*! Und er dreht sich jäh um und verkriecht sich in sein Zelt.

So kommen wir Schritt für Schritt weiter, um dieses unglaubwürdige und geheimnisumwitterte »Märchen« der Geschichte zu erklären, um zu zeigen, daß es etwas gibt, das stärker ist als Haß, Macht, Sieg ... die *Liebe*!

Ich glaube, das wird Dir gefallen, Joe! Laß es mich bald wissen!

Curt.

Weil meinem Mann diese Arbeit soviel Freude machte, gewöhnte er sich schnell daran, in seiner kahlen Zelle zu schreiben, was wir beide nie für möglich gehalten hätten. Aber die Zelle in der MGM hatte auch ihre Vorteile. Niemand kam, ihn zu stören, weil er keinen kannte. Auch hatte er sich geschworen, den Hörer nicht abzunehmen, wenn das Telephon klingelte. Das bildete keine Ausnahme von seinen Gepflogenheiten, aber den heiligen Schwur hatte er erst kürzlich in New York getan, und das kam so:

Unser alter Freund Felix J. aus Berlin hatte uns für einen Abend bei einem seiner Freunde untergestellt, mit dem er eine längst festgelegte Konferenz wahrnehmen mußte. Diesen Freund stellte uns Felix als Mr. Räfflsn vor.

»Wenn man sich diese verdammten englischen Namen, die nichts besagen, nur leichter merken könnte«, sagte mein Mann, dessen schwache Seite Namen überhaupt waren.

»Wir werden an reffen denken, an das Reffen eines Segels«, sagte ich, »oder an eine Raffel.«

Wir saßen in den bequemen Fauteuils des Mr. Räfflsn, als unprogrammäßig das Telephon klingelte!

»Wir gehen nicht ran! Als Gast in einem Hause tut man das sowieso nicht!«

»Aber wenn es Mr. Räfflsn selber wäre?«

»Geh du hin!«

»Ausgeschlossen!«

Mein Mann erhob sich ungern und, gleich sehr nervös, flüsterte er mir zu, als ob er schon gehört werden könnte von diesem Feind am andern Ende der Strippe:

»Und wenn er es *nicht* ist? Wie sagt man: er ist weg, aus, weggegangen?«

»Away!«

Mein Mann nahm den Hörer ab.

»Hallo? ... No ... no ... Mister Räfflsn ... away ... no ... I ... am ... only ... a ghost ... in ... the house! Mister Räfflsn ... yes ... past away!«

Mein Mann behauptete, bei diesem Telephonat fünf Pfund verloren zu haben, und schwor deshalb, in USA nie wieder an den Apparat zu gehen, ein Schwur, dem er dann auch in Europa noch treu blieb.

Als unser Gastgeber gegen Mitternacht heim kam, konnten wir ihm nur berichten, wie unsere gute Tonitschku gesagt haben würde — wir hatten ihr viel abzubitten gelernt in diesem fremden Land —: »Herr hats es ang'rufn.«

Da erklärte uns Felix, daß es in Amerika üblich und ein Zeichen der Höflichkeit sei, sich den Namen eines noch Unbekannten buchstabieren zu lassen, weil es Interesse verriete und den Wunsch, sich den Namen auch einprägen zu wollen.

Daraufhin baten wir Mr. Räfflsn, uns seinen Namen freundlichst zu buchstabieren!

R a p h a e l s o h n.

ERSTE SCHRITTE ZUM STARTUM

Mrs. A. war rührend bemüht um uns. Ein ganz kleines Mißverständnis herrschte allerdings in unseren Auffassungen, denn sie sagte immer wieder voll Zuversicht:

»Aus Ihnen, Herr *Goetz*, mache ich etwas!«

»Sehr liebenswürdig«, sagte dann mein Mann mit einem nachsichtigen Lächeln, während ich mir dabei fast die Zunge abbiß, »ich glaube, das wird von der Arbeit abhängen, die ich liefern werde, und die liegt letzten Endes bei jemand sehr Unsichtbarem, wenn Sie wissen, was ich meine ...?«

Mrs. A. wußte es nicht. Sie hörte sich diese Bemerkung ihrerseits auch mit Nachsicht an, so als dächte sie, einen armen europäischen Trottel muß man ausreden lassen, aber diesen charmanten Kerl kriege ich schon noch in meine Gasse!

»Gib ihn nur ganz in unsere Hände, Valérie, *darling*«, sagte sie zärtlich, »ich habe den Stab schon engagiert. Ich habe die besten Leute an der Hand, und wir werden es schaffen! Aus Köhrt wird etwas werden, das schwöre ich dir! Ihr braucht jetzt vor allem einen Masseur, eine Lehrerin, einen *business manager* und einen *publicity man.*«

»Für einen guten Masseur bin ich sehr dankbar«, sagte mein Mann, »und auch für eine Englisch-Lehrerin, obwohl ich Aussprache und Tonfall lieber einem Mann ablauschen möchte.«

»Natürlich, Liebling, aber das kommt viel später! Jetzt, Süßings, müßt ihr erst einmal lernen, den Produzenten zu gefallen, ihre Frauen zu unterhalten und euch auf Parties richtig zu benehmen. Wartet es nur ab, Kinder!«

»Ich kann das alles *kaum* mehr erwarten«, sagte mein Mann und drückte dabei unauffällig aber sehr intensiv meine Hand, um die Antwort, die mir das Herz abdrückte, dem Gehege meiner Zähne nicht entschlüpfen zu lassen.

»Fein, Köhrt«, sagte Mrs. A. »Euer *businessman* wird euch besonders gefallen! Ein sonniger Boy! Der legt euer Geld großartig an!«

»Welches Geld?«

»Das aus der Schweiz – wir lassen es herüberkommen – und das, was wir hier verdienen werden!«

»Das sollten wir eigentlich erst abwarten, ehe wir ihn bemühen.«

»Don't worry, Köhrt! Ihr müßt jetzt nur *einen* Gedanken haben: Star werden! Und dazu wird Garry, euer *publicity man*, die Hauptsache beitragen. Jede Woche bringt er eine Sensation in die Blätter!«

»Worüber?«

»Über euch!«

»*Was* über uns?«

»Das findet sich, *darlings!* Familiäres, Intimes, Politisches, das macht Garry mit der linken Hand! Er hat gerade auch den dicken Sänger aus Berlin gemacht. Er hat der kleinen Frau – sie ist süß, aber der größte Hasenfuß der Welt, aus Angst will sie nicht einmal Autofahren lernen –, Garry hat ihr ein Privatflugzeug angedichtet, aus dem sie in der Luft in einen Bomber umzusteigen hatte, das Gleichgewicht verlor, mit Geistesgegenwart den Fallschirm aufspannte und so zufällig im Garten des Sängers landete, der sie sofort geheiratet hat, was natürlich die glücklichste Ehe geben mußte. Ist das eine Idee? Sofort bekam er daraufhin eine Rolle und war gemacht. Heute geht er mit den Chefs auf die Löwenjagd und ist der beste Freund von Louis B. Aber das ist noch gar nichts! Einen Schauspieler aus Wien führte Garry als jenen Künstler ein, der den Revolver mitbrachte, mit dem Dollfuß ermordet wurde. Genial! Nicht wahr? Ihr könnt euch vorstellen, wie dieser Mann auf unseren Parties herumgereicht wird. Dazu hat ihm unsere Lehrerin Tricks einstudiert mit Bindfaden und Streichhölzern und hat ihm ein paar zweideutige Witze eingepaukt, die er charmant nacherzählt. Der Mann war gemacht. Nach drei Monaten verkehrte er schon bei Zsa-Zsa und Betty. Das habe ich auch mit euch vor!«

»Verzeihung«, sagte mein Mann, »aber von alledem, was Garry da in die Zeitungen brachte, ist doch kein Wort wahr!«

»Natürlich nicht! Publicity ist nie wahr! Das weiß jedes Kind! Die ist immer nur für die Masse!«

»Aber wenn jeder weiß, daß das alles nicht wahr ist . . .?«

»So macht es den Betreffenden doch interessant, nicht?«

»Vielleicht! Aber es hat nichts mit seinen Fähigkeiten, mit Talent und Leistung zu tun!«

»Das ist auch unwichtig. Hauptsache ist: Star werden! Also 8.30 treffen wir uns bei Ixens. So long, *sweeties*!«

Zu unserer ersten Hollywoodparty waren wir in ein Haus geladen, das, wie im alten Rom ein Atrium, um ein Swimmingpool gebaut war. Wunderbar! Wie überhaupt die Wohnkultur, der Wohnkomfort in USA groß geschrieben werden muß. Dazu waren die Eltern der Hausfrau Europäer und hatten seinerzeit echte Möbel aus der Heimat mitgebracht, eine Seltenheit damals, auf die sie sehr stolz waren. Nur schien es dann unerklärlich, daß überall zwischen diesen antiken Möbeln ganz schauderhafte, dunkelbraune Eisenklappstühle standen, die nebenbei noch alles eher als bequem waren.

Dazu kann mein Mann im folgenden Kapitel die Erklärung geben.

REKLAME

In keinem Lande der Erde spielt die Reklame eine so gewaltige Rolle wie in Amerika. Es genügt nicht, daß du etwas Gutes zu verkaufen hast, du mußt es den Leuten auch sagen. Und es ist natürlich leichter, eine Eiscreme zu verkaufen als einen Sarg. — Bei Epidemien herabgesetzte Preise! — Und es gehört ein besonderer Charme dazu, dem Publikum das Sterben schmackhaft zu machen. So siehst du zum Beispiel auf allen großen Boulevards von Hollywood und Los Angeles riesenhafte Plakate mit einem bezaubernden Mädchen am Telephon. Ein Mädchen, so faszinierend, wie sie nur in Amerika und speziell in Hollywood wachsen. Es ist kein Filmstar, nur das Telephongirl eines Beerdigungsinstitutes. Sie lächelt dich so reizend einladend an, daß du am liebsten eine Leiter nehmen möchtest, um sie herunterzuholen. Unter ihr stehen die Worte:

»Ein Anruf genügt und ich bringe Sie und Ihre Lieben unter die Erde.« Wer könnte der Einladung eines solchen Mädchens widerstehen?

Die Beerdigungsfirmen sind übrigens die einzigen Institutionen, so paradox es klingt, die für dich etwas tun, solange du noch am Leben bist. Und zwar kostenlos! Wenn du dich verpflichtest, dich bei ihnen begraben zu lassen, leihen Sie dir jeden Monat Dutzende von Klappstühlen umsonst, die dir, wenn du Parties gibst, sehr gelegen kommen. Die Anzahl hängt von der Klasse deiner Bestattung ab. Erster Klasse zwölf Dutzend, zweiter Klasse sechs Dutzend, dritter Klasse zwei Dutzend. Wenn du deine Frau gleich mitverkaufst, kriegst du besagte Klappstühle zweimal monatlich. Und wenn du mindestens zwei deiner Kinder gleichfalls in den Handel wirfst – if you throw them in – kriegst du so viele Klappstühle als du willst und so oft du willst. Wenn du überlegst, wieviel Whisky auf diesen Klappstühlen getrunken wird – Whisky ist die verbreitetste Todesursache in Hollywood –, mußt du die smarte Kalkulation bewundern. Manche Ankündigungen dieser Gesellschaften klingen etwas ungeduldig, zumindest ungehalten, so als seien sie des trocknen Tones nun satt. Zum Beispiel:

Warum wollen Sie noch länger leben,
wenn Sie schon für 68 Dollars
ein anständiges Begräbnis haben können?

Ich weiß auch nicht, geneigter Leser, ob du weißt, daß du dich hier in »gewärmter, wurmfreier Erde« bestatten lassen kannst? Jawohl! So heißt es in der Reklame der Unternehmung. Und es sind von den dort Beigesetzten noch nie Reklamationen dieser Reklame wegen gekommen.

Besagte Unternehmer unterlassen auch nichts, um dich auf Schritt und Tritt an dein bevorstehendes Ableben zu erinnern. In jeder Zeitung, in jedem Journal, in jedem Magazin, in jedem Theaterprogramm siehst du Abbildungen herrlicher Parkanlagen, wo du dir heute schon gegen eine bescheidene Anzahlung das Plätzchen aussuchen kannst, wo dich später kein Mensch mehr besuchen wird. Denn der Kult endet mit der letzten Handvoll Dreck, den sie auf deinen Sargdeckel schmeißen!

Aber darüber lächelst du mit deinem angeschminkten Lächeln. Denn der Dreck, mit dem sie dich hier ein Leben lang beschmissen haben, war weder gewärmt noch wurmfrei.

Trotzdem! Wenn du dich begraben lassen willst, kann ich dir keinen geeigneteren Ort empfehlen als Hollywood.

Die Sorgfalt, mit der man dich hier unter die Erde bringt, steht in verblüffendem Gegensatz zu der Gleichgültigkeit, mit der man dich umgibt, solange du noch am Leben bist.

Das ist um so bemerkenswerter, als nirgends so sehr wie hier der Standpunkt vertreten wird, daß ein lebender Hund mehr wert ist als ein toter König. – Die Tatsache, daß es sogar Leute gibt, die behaupten, ein toter Hund sei mehr wert als ein toter König, weil man aus einem toten Hund Seife machen kann, was man mit einem toten König noch nie versucht hat, ändert nichts an der prinzipiellen Gültigkeit dieser Einstellung. – Um so bemerkenswerter, sage ich, ist der Kult, den man mit dir treibt, sobald der letzte Hauch einer Konkurrenzfähigkeit deine sterbliche Hülle verlassen hat. – Wie sagte Napoleon beim Anblick des pompösen Grabmales eines prominenten Feindes? »Ich wollte, *alle* meine Feinde wären so schön begraben.« –

Ich weiß nicht, ob du weißt, daß in Amerika die Leichen geschminkt werden? Ja, mein Freund. Aber nirgends so gut wie in Hollywood. Du siehst aus wie neu. Und für fünf Dollars extra wird dir ein Lächeln angezaubert, daß du dich nicht wiedererkennst. Ich sah hier Leute in ihren Särgen liegen, die seit Jahren nicht mehr so vergnügt ausgesehen haben.

Als ich meinen braven Masseur Hartley beerdigte und ihn zum letzten Mal durch das kleine Fenster betrachtete, das in jedem Sarg zu Häupten angebracht ist, mußte ich feststellen, daß er aussah wie ein Konfirmand. Und er war doch über fünfzig. In diesem Alter ist man sehr eifersüchtig, wenn man eine junge Frau hat. Und er hatte eine gehabt. Auf das Gerücht hin, daß sie ihn in San Franzisko betrüge, hatte er sich in sein Auto geworfen und war nach San Franzisko gerast. Auf dem Weg nach dort war er in einen Coca-Cola-Wagen gefahren und tödlich verunglückt. Dabei war das Gerücht, daß seine Frau ihn in San Franzisko betrüge, falsch. Während er in Wut und Nebel nach San Franzisko jagte, lag sie in Hollywood in ihrem Bett. Mit seinem bedeutend jüngeren Bruder. – Doch das gehört nicht hierher.

Was ich sagen wollte ist, daß die Vollkommenheit, die die Leichenschminker in ihrer Kunst erreicht haben, in der Tat staunenswert ist. Ich habe mit einem dieser Herrn gesprochen. Er versicherte mir, daß der Nervenzusammenbruch, den er sich zugezogen habe bei der Paramount, als er noch lebende Filmstars schminkte, jetzt völlig im Abklingen sei. Seine Klienten widersprächen nie, drängelten nie und hätten auch nichts dagegen, wenn er bei der Arbeit sein Sandwich verzehre. »Sehen Sie, Mr. Goetz, der hier«, sagte er, mit seinem Wurstbrötchen auf den Kunden deutend, den er gerade bearbeitete, »hat heute nicht ein einziges Mal widersprochen. Und früher konnte er nicht genug mäkeln, der Sonofabitch.«

Sonofabitch ist kein russischer Eigenname, sondern bedeutet, wir wir schon von Karl May wissen, »Sohn einer Hündin«. Es wird eigentlich geschrieben: son of a bitch. Manche schreiben es: son-of-a-bitch. Manche: sonofabitch. Aber geschrieben wird es immer. Und gesprochen noch öfter. Und selbst, wenn man »son of a gun« sagt oder schreibt, was Sohn einer Kanone bedeutet, so weiß doch jeder, daß man son of a bitch sagen möchte. Hier, im wilden Westen, sagt man Sonofabitch und meint auch Sonofabitch. Ohne dieses Wort würde Hollywood explodieren wie ein überheizter Kessel ohne Sicherheitsventil.

Übrigens muß man immer der Wahrheit die Ehre geben und feststellen, daß hie und da Anstrengungen gemacht werden, den freigebigen Gebrauch dieses Ausdruckes einzudämmen. Erst neulich las ich in einem Magazin die Mahnung, daß, bei aller Respektierung der freien amerikanischen Meinungsäußerung, es vielleicht doch nicht angebracht sei, den Präsidenten der Vereinigten Staaten kurzerhand als

Sonofabitchinthewhitehouse

zu bezeichnen. Das wäre, schreibt das Magazin, keine Reklame für Amerika.

DER MASSEUR

Vom Tode unseres Masseurs, Mr. Andy Hartley, erfuhren wir dadurch, daß er nicht kam. Er kam Montag morgen nicht und Dienstag morgen nicht. Aber Dienstag nachmittag rief er an. Das heißt, nicht er rief an, sondern seine Stimme:

»Hartley speaking«, sagte er wie immer.

»Ach, Mister Hartley! Warum kommen Sie nicht? Sind Sie krank?«

»Nein, Mrs. Goetz, tot! Mein Bruder Andy ist Sonntag verunglückt und war sofort mausetot. But don't worry, it's my line too. Ich übernehme Sie beide. Wie wär's mit morgen um acht?«

»Aber, das ist ja schrecklich!«

»Zu früh für Sie? Mach ich's um halb neun. Wir begraben Andy morgen sowieso erst um elf Uhr, geht mit der Massage noch gut aus. Ich bin pünktlich! So long!«

Wir saßen in der Aufbahrungskapelle, zwischen uns die kleine Rumänin Mimi, eine Maniküre, die sechsjährig 1924 mit ihren Großeltern eingewandert war. Sie sprach ein noch sehr gutes Deutsch. Sie hatte sich telephonisch als Andy's *sweetheart* vorgestellt und gebeten, sie mitzunehmen, weil sein Auto bei dem Unglück ja gänzlich verbrannte und in Mrs. Hartley's Wagen kein Platz mehr wäre. Die Kleine war sehr blaß und lehnte sich fester an mich, als ein Herr in Schwarz meinen Mann auf die Schulter tippte und ihm bedeutete, mitzukommen. Aus einem Lautsprecher hinter Blumen sang eine Frauenstimme:

»Oh, sweet mystery of love, at last I found thy!«

Es war eine Schülerin von Andy's Mutter, die so schön sang. Andy's Mutter war wie jeder in Hollywood beim Film. Aber seit zwei Jahren brauchte man nur noch ihre Stimme, die jugendlich und schlank geblieben war. Davon konnte man nicht leben, und deshalb unterrichtete Mrs. Hartley.

Vorgestern hatte sie die letzte Stunde gegeben, so erzählte uns Mimi auf dem Wege zum Friedhof, weil Mrs. Hartley unbedingt hatte mitfahren wollen nach San Franzisko, um der Sünde des Ehebruchs ihrer Schwiegertochter Einhalt zu gebieten:

»Sie war überhaupt eine sehr fromme Dame«, schluchzte Mimi, »und hat sich so sehr darüber gekränkt, daß Andy bei jeder Gelegenheit *God damn it* sagte. Sie hat sich jedes Mal bekreuzigt, wenn er fluchte, und dann gesagt, daß man den Namen Gottes nur in der Sterbestunde auf den Lippen haben sollte! Und nun hat sich ihr frommer Wunsch erfüllt«, lächelte die Kleine versöhnlich, »denn Andy's letzte Worte im Augenblick des Zusammenstoßes waren bestimmt *God damn it*! Das hat die Gute sicher noch gehört. Ich wünsche es ihr von ganzem Herzen. Sie liebte ihn so sehr. Und mich auch, weil Andy und ich uns liebten. Nun liegt sie zu seinen Füßen — es war ja nicht viel von ihr da —, und die kleine Bestechung war billiger als ein zweiter Sarg. Das ist sicher in Andy's Sinn.«

Der Gesang war zu Ende, und alles folgte dem Sarg zum Grabe. In der breiten Kapellentür kreuzte man sich mit einem eintretenden Hochzeitszug, die Braut genau im Türbogen mit dem Toten, weil das doppeltes Glück zu bringen verspricht. — Wenn die erst gewußt hätte, daß es hier vierfach . . .

Mir gab es, obwohl wir von dem Brauch schon wußten, dennoch einen Stich, und unwillkürlich suchten meine Augen nach meinem Mann. Erst als der Sarg von den sechs Herren, die ihn trugen, niedergesetzt wurde, sah ich, daß mein Mann einer von den sechsen war.

Auf dem Heimweg sagte Mimi zufrieden und sogar etwas stolz, daß sie es gewesen wäre, die das arrangiert hätte. Sie war stets so eifersüchtig, gestand sie unter tränenfeuchtem Lächeln, daß sie Andy nie einen Freund erlaubte. Nur mit meinem Mann hätte sie eine Ausnahme gemacht, weil die beiden ja nicht viel miteinander reden konnten:

»Das ist wohl Gottes Fügung gewesen«, meinte sie, »denn so hat ihn doch sein bester Freund zu Grabe getragen, wie sich das gehört.«

DIE LEHRERIN

»Come in! Is it you, Mr. and Mrs. Curt Goetz«, fragte sie bei der ersten Begrüßung, denn sie war eine gebürtige Engländerin und sagte erst im dritten Satz »Honig«.

»Ja, das sind wir«, sagte mein Mann artig und küßte ihr die Hand, was sie sichtlich beeindruckte. Sie hatte eine auffallend schöne Aussprache, auch im Deutschen, und den Unterricht bei ihr kann man eine leckere Bereicherung unserer Erfahrungen bei den ersten Schritten auf dem Wege zum Startum nennen.

»Ich fange gleich mit Ihnen an, Curt! Bitte lesen Sie das für mich«, flötete sie, bot uns Platz an und streckte sich verführerisch aufs Sofa. Als mein Mann ihrer Einladung nachgekommen war — zu lesen, die Miss war mindestens sechsundsechzig Jahre alt —, sagte sie:

»Das muß man mit *viel* mehr Ausdruck sagen, Curt!«

»Meiner Auffassung nach . . .«

»Honig, die spielt bei uns keine Rolle! Ich bin schon lange hier und weiß genau, wie der Produzent dich haben will. Zuallererst mußt du dich mit Charme geben lernen, damit du auf uns Frauen wirkst. Wir wollen gleich damit starten: Wenn du dir zum Beispiel eine Zigarette anzündest – nimm dort eine, darling –, dann machst du das so, daß du dabei die Augen hochrollst. Sieh mich an! Wir üben das jetzt! Mach es genau nach! ... Und guckt mich nicht so ernst an, ihr beide! Die Hauptsache ist hier das richtige Benehmen. Die Rollen sind dann *meine* Sorge. Die studiere ich euch sowieso ein ... Du guckst schon wieder ganz ernst, Süßer! Zähne zeigen, Curt! So wie ich! Deine sind doch sogar sehr schön! Schade! Ich hätte dich gerne zu meinem Dr. Cowen, *the friendly credit dentist,* dem freundlichen Kreditzahnarzt, gebracht. Der hat meine gemacht. Seht euch das an!«

Und dabei nahm sie ihre wunderschönen aus dem Mund und hielt sie uns unter die Nasen.

Es scheint das Schicksal meines Mannes gewesen zu sein, immer nur eine einzige Stunde von seinen dramatischen Lehrern zu bekommen und somit zeitlebens ungeschult zu bleiben.

DER BUSINESS MANAGER

Chancey war ein blonder, sonniger Boy von etwa fünfzig Jahren. Er sprach sogar ein wenig Deutsch, was er im ersten Weltkrieg erlernt hatte, und sagte geheimnisvoll, daß er etwas ganz Besonderes für uns in petto hätte, aber seine Klienten dürften es nicht wissen, weil sie ihn sofort *firen* würden, wenn sie erführen, daß er uns, den *newcomers,* diesen Pfirsich eines Geschäftes zuschanzte.

Er lud uns tags darauf zum Lunch und holte uns um zehn Uhr ab. Wir folgten seinem Wagen. Der Weg führte aus der Stadt, die Küste entlang, wo Öltürme von den Hügeln bis tief ins Meer hinein wie Wälder aus Eisenleitern stehen. Und wie das Dickicht im Forst, dukken sich auch hier zwischen die hohen Gestänge noch niedere, nur mannshohe Pumpen, die aussehen wie eine Kreuzung von Hund und Rabe. Mit ihren Schnauzenschnäbeln picken sie bei jedem Nicken des Kopfes – zwölfmal in der Minute – einen Dollar aus der Erde, Tag und Nacht, seit Jahr und Tag und für viele kommende Jahre. Nur manche unter ihnen sind leer geworden und stehen still und gucken mit ihrer großen Niete, die wie ein Auge über dem Schnauzenschnabel sitzt, beschämt und neidvoll auf die Nachbarn, die noch pumpen können.

Chancey bog in die Hügel ein und hielt vor einer Scheune. Er hupte, worauf drei reizende ältere Herrn kamen, um uns zu begrüßen. Innen sah die Scheune gar nicht aus wie eine Scheune. Die Wände waren mit Bildchen und Zweigen behangen, und eine herrliche Tafel war gedeckt, mit allem, was man sich wünschen kann, vom Hummer bis zu Erdbeeren und Ananas. Natürlich kostet das alles in Californien nicht gar soviel, aber der Anblick ist nun mal betörend, und immerhin war es nur ein kleiner *business manager*, der uns zum Lunch eingeladen und hier für eine ganze Gesellschaft hatte auffahren lassen. Ich war die einzige Frau und mußte die *tête* nehmen. Es wurde uns und Switzerland viel zugeprostet. Wir verstanden kein Wort, nur die große Herzlichkeit der Gesellschaft konnten wir empfinden.

Nach dem Lunch sprang alles in die Autos, man fuhr noch tiefer in die Hügel hinein und hielt vor einem Lattenzaun, in dessen Törchen ein mißtrauischer Cowboy lehnte und so den Eintritt versperrte. Nachdem Chancey ihn überredet hatte, ließ er ihn und einige Herrn ein. Uns aber nicht. Bis es Chancey's »bestechender« Art gelang, auch uns ins Allerheiligste zu bringen. Auf den ersten Blick sah das große Geheimnis gar nicht geheimnisvoll aus. Es stand da genau so ein Rabenhund, wie wir Hunderte auf dem Wege gesehen hatten.

»It's a new one«, flüsterte Chancey uns zu.

Einer der Herrn brachte jetzt ein Mikroskop aus dem Wagen. Dann kam ein Arbeiter, ein Weißer, der aber so ölverschmiert war, daß er als Neger hätte gelten können. Er schob einen sandigen Abstrich unter die Lupe. Alle Herrn, einer nach dem anderen, sahen sich das in der Vergrößerung an, und jeder in seiner Art drückte höchste Befriedigung aus. Auch wir durften gucken, aber uns *greenhorns* sagte das natürlich gar nichts. Zwei der Herrn rieben dann etwas von dem Erdreich zwischen den Fingerspitzen, rochen daran und ließen uns riechen.

»Es stinkt«, sagte mein Mann.

»Good for you«, flüsterte Chancey strahlend, »spätestens übermorgen stoßen wir auf Öl, dann pumpt der da auch!« Dabei tätschelte er den Rabenhund, der sich das stumm und still gefallen ließ.

»My friends love you! Sie nehmen euch rein ins Geschäft«, rief uns Chancey bei der Abfahrt nach, »also morgen um zehn! Vor der Bank. Ich kaufe zwanzigtausend Dollars Anteile für euch!«

Wir fuhren heimwärts. Mein Mann lächelte vor sich hin.

»Woran denkst du?«

»An den Ölprinzen von Karl May«, sagte er und kehrte mit diesen Worten um: »Wir wollen uns das noch einmal alleine und in Ruhe ansehen.«

Wie alleine und in welch himmlischer Ruhe wir uns das ansehen konnten!

Ausgestorben lag alles da um den toten Ölhund, und die Scheune sah auch innen wie eine Scheune aus. Alle Requisiten waren mitgenommen worden — für ein nächstes Bankett wahrscheinlich.

»Well, I tried«, sagte Chancey am nächsten Morgen, als wir ihm telephonisch für immer absagten, »ich hab's versucht! No hard feelings. Nichts für ungut! Anyway, I'm glad you are no suckers!« Dann hängte er an.

Ein *sucker* zu sein ist das »Letzteste« in den Augen des Amerikaners. Und deshalb, als wir den toten Rabenhund wieder verließen, sah er uns aus seiner Niete voll Hochachtung nach, aber eben doch ohne dieses freundliche Nicken, das bei jeder Verbeugung einen blanken Dollar aus der Erde holt.

Nur Mrs. A. schien, nachdem sie den Tod des Masseurs mit Gleichgültigkeit und den Ausfall der Lehrerin mit Gleichmut hingenommen hatte, etwas verstimmt zu sein. Warum? Das erfuhren wir erst nach näherer Bekanntschaft mit Garry, dem *publicity man.*

DER PUBLICITY MAN

Garry war einundzwanzig Jahre alt, wie Mrs. A. uns verriet, aber von ihm konnte man nicht sagen, daß er ein sonniger Junge gewesen wäre. Er war düster und – stotterte. Mein Mann betonte nach unserer Begegnung mit ihm, daß er es hasse, jemand einen angeborenen Fehler anzukreiden, aber ...

»Aber alles hat seine Grenzen«, sagte er, »hast du bemerkt, daß dieser Kerl sogar auf dem *falschen* Konsonanten stottert? Jedes Mal, wenn man denkt, er wird no sagen, sagt er n-n-n-nyes, und wenn er yes sagen will, sagt er I --l-l dont't think so! Eine gute Nuance für eine Rolle, die ich mir sehr bald schreiben werde, um meine Berliner wieder mal von den Sitzen zu heben! Aber ich trau dem Kerl nicht. Der hat – durch sein Leiden bedingt – etwas Hinterlistiges in seinem Wesen!«

Mein Mann dichtete diese so gut beobachtete Nuance des »falschen Stotterns«, wie er es nannte, einer Figur in »Nichts Neues aus Hollywood« an. Er verliebte sich während des Schreibens in diese Rolle so sehr, daß sie umwerfend komisch wurde, so daß jeder Schauspieler, der sie spielt, in ihr »entdeckt« wird.

Der falschstotternde Garry sah nicht aus, als stammten die »genialen Einfälle«, von denen Mrs. A. uns erzählte, aus seinem Kopf. Aber wer könnte so einen *American boy* je ausmachen? Mein Mann kam überhaupt zu dem Schluß, daß der tiefste Grund des Versagens eines Europäers in Amerika, und umgekehrt, darin zu suchen ist, daß die Amerikaner so aussehen wie wir. Hätten sie – oder wir – eine giftgrüne oder himmelblaue Hautfarbe, so wären sowohl sie wie wir auf die Verschiedenheit unserer Auffassungen vorbereitet oder zumindest offen für jede Absurdität. So fällt man von einem Erstaunen ins andere, eine Unerklärlichkeit löst die andere ab, und man *muß* den kürzeren ziehen. Wie bei Bruder Hans, der meinen Mann gegen alle Spielregeln zwischen zwei schwarzen Schachfiguren wählen ließ, anstatt zwischen einer weißen und einer schwarzen. Hier nennen wir das, zum Beispiel, einen ordinären Betrug. In USA nennt man es *smartness,* und einer, der so etwas macht, ist ein *smart guy,* ein erfinderischer, gescheiter Kopf. Und das stimmt ja eigentlich auch. Einen, der das nicht macht, nennt man einen *sucker,* einen der sich ausnützen, aussaugen läßt, einen Idioten. Aus so einem kann auch nichts werden. Bei uns hier ja auch nicht.

Garry kam jeden Donnerstag pünktlich zu einer *publicity conference*, die folgendermaßen verlief:

»Hallo!«

»Hallo!«

Ich stellte ihm einen Whisky *on the rocks* hin, den er langsam betrachtete und dann ebenso austrank.

Inzwischen schrieb mein Mann ihm seinen Wochenscheck, den er schnell ansah und dann ebenso einsteckte.

»Hallo!«

»Hallo!«

Nach sechs Wochen fragte mein Mann Mrs. A., ob sie Garry nicht wieder entlassen könnte.

»You don't mean it, Köhrt! He is such a nice boy, isn't he? Das kann man ihm nicht antun! Er liebt euch so sehr!«

Garry kam weiter, — siehe oben.

Nach acht Wochen rief *ich* Mrs. A. an:

»Bitte befreien Sie uns von diesem Garry! Schreiben tut er sowieso nichts, und seine stummen Besuche müssen doch auch ihm peinlich sein!«

»Wie zartfühlend du das beobachtet hast, Välöri! Aber worüber soll der arme Junge schreiben? Über euere Ehe? Das *okeht* Köhrt nicht. Skandalgeschichten macht ihr keine. Über Politik darf er nicht, weil es eure Verwandtschaft drüben in Europa gefährden könnte. Also liegt es an euch, daß er nicht schreibt!«

Nach elf Wochen, eine Woche vor dem Ablauf des mit Garry vereinbarten Vertrages, rief Mrs. A. meinen Mann an:

»Köhrt, darling, morgen kommt Garry wieder zu euch. Schreib *du* ihm doch etwas. Schreib ihm das Erlebnis mit dem Apfel auf, das euch an der Grenze von Californien passierte, das du so lustig erzählt hast! Ich übersetze es ihm, und Garry bringt es am nächsten Tag in alle Blätter. Das ist eine *firstclass publicity!* Gib ihm noch diese letzte Chance!«

»Hoffentlich stottert er nicht auch beim Schreiben«, seufzte mein Mann, als er die kleine Begebenheit niederschrieb, die ich leider nur noch aus dem Gedächtnis nacherzählen kann.

GRENZZWISCHENFALL

Als wir von New York nach Hollywood fuhren, war auf einmal ein Schlagbaum über die Straße gelegt!

»Wir sind verkehrt gefahren, wir sind wieder in Europa«, sagte mein Mann! Ein freundlicher Beamter — »also doch nicht in Europa« — fragte uns etwas, das wir natürlich nicht verstanden, und zeigte auf eine Riesentafel, auf der *California* stand. Wir übersetzten das in »Californien« und kombinierten, daß wir vor diesem Staate wären und nicht hineingelassen würden!

Der Beamte bedeutete uns auszusteigen. Wir taten es. Auch Leukothea mußte aus dem Wagen. Dann ging der Beamte in ein Häuschen, so eines, wie es alle Grenzbeamten auf der ganzen Welt haben, dann kam er mit noch drei Beamten aus diesem Häuschen wieder heraus. Alle durchsuchten unser Auto. Sehr gründlich! Aber sie fanden anscheinend nichts, was sie interessiert hätte, und legten alles wieder an seinen richtigen Platz.

Nur im allerletzten Moment, da entdeckte einer der Herrn ein Papiersäckchen, das mit dem Rest unseres Speiseproviants hinten im Fenster lag. Zwei Käsebrote und ein Apfel waren noch drin.

Der Beamte bot jedem von uns ein Käsebrot an, was wir, angesichts dieser ungemütlichen Visitation völlig appetitlos, Leukothea gaben, die uns sichtlich für verrückt hielt. Den Apfel aber, den behielt der Beamte für sich und ging mit ihm und einem sehr ernsten Gesicht, gefolgt von den drei anderen Beamten, wieder in sein Häuschen.

Eine unheimliche Pause entstand, in der wir uns stumm in unseren Wagen setzten, der Strafe gewärtig, die da kommen mußte. Andere Länder, andere Sitten! Aber, daß Unkenntnis der Gesetze nicht vor Strafe schützt, das gilt überall.

Die vier Beamten kamen mit unserem Schmuggelgut wieder ans Auto und zeigten uns unseren Apfel, der halbiert war. Drin war ein Wurm. Die Herren schüttelten die Köpfe. Der Wurm auch. Dann zeigte unser Beamter mit gestrecktem Zeigefinger auf den Wurm im Apfel und dann hielt er mir, der er am nächsten stand, diesen gestreckten Zeigefinger ziemlich dicht vor die Nase und wackelte mit ihm hin und her, was in allen Ländern der Welt »nein« heißt. Dann klappte er unseren Apfel wieder zu und wartete, bis zwei der Beamten eine Riesenkiste voll Orangen aus dem Häuschen brachten und sie uns ins Auto stellten, während der vierte Herr den Schlagbaum öffnete und uns höflich das Zeichen zur Durchfahrt gab. Amerika, du Land der Wunder! Für einen einzigen wurmigen Apfel bekommt man eine Kiste gesunder Orangen, und dies, weil anscheinend die Einfuhr von Fleisch nach Californien nicht gestattet ist. Welcher Unterschied auch hierin! Versuchte man in Europa, etwas Verbotenes einzuschmuggeln, bekäme man im besten Falle eine Geldstrafe! Amerika läßt sich seine Verbote etwas kosten!

Garry brachte uns die Geschichte, die nun wieder ins Deutsche übertragen, so lautet:

»Das Schweizer Ehepaar Curt und Valérie Goetz, das in Europa so berühmt ist wie bei uns Lunt-Fontain, hatte ein außergewöhnlich komisches — »extremely funny« — Erlebnis an der Grenze Californiens. Als man in ihrem grauen Chrysler Sedan 1938 in einer Tüte einen Apfel fand, mußte der Beamte den Apfel konfiszieren, um die Einschleppung von Ungeziefer zu verhindern, was das Ehepaar aber nicht wußte, da dies in der Schweiz nicht üblich ist.«

Mein Mann fand die Story *so* komisch, daß er fürchtete, ganz Hollywood könnte sich darüber totlachen, und deshalb — da er es damals ja noch nicht kannte — *okehte* er auch diese *publicity* nicht.

Und das wäre das Ende von Garry als unserem *publicity man* gewesen, wenn nicht ...

ANDERE LÄNDER, ANDERE SITTEN

Am nächsten Donnerstag machten wir eine Fahrt ans Meer, weil wir ja endlich nicht mehr auf Garrys Besuch zu warten hatten. Gott sei Dank! Aber als wir nach Hause kamen, lag ein Brief auf dem Tisch und eine Zeitung, in der ein kleiner Artikel rot umrandet war. Wir lasen zuerst den Brief:

»Lieber Herr Goetz,
ich bin nicht gekommen Sie zu sehen, um meinen Scheck für diese letzte Woche zu bekommen — diese Dinge beunruhigen mich nie —.

Ich wollte Ihnen nur diesen Artikel zeigen, bevor jemand anderer Ihnen davon berichtet. Ich denke, Sie werden etwas gegen die Tatsache haben, daß in der Story *Nazi*-Deutschland erwähnt ist. Ich könnte diese abträgliche Story, kraft meiner Stellung bei der Presse, aus anderen größeren Blättern heraushalten. Auch wäre ich imstande, eine Erwiderung in die morgigen Ausgaben zu plazieren, die sagen würde, daß Ihre Arbeit in keiner Weise propagandistisch, sondern nur eine stark dramatische Geschichte ist. Darüber hinaus aber denke ich, es ist eine gute Reklame! Denken Sie nicht auch? Wenn Sie irgend etwas in bezug auf diese Story mit mir besprechen wollen, so bin ich immer am Vormittag im Büro, Telephon: BR 251352 Ext. 18.«

Wir verstanden kein Wort, das heißt, wir konnten den Brief gut lesen, hatten aber keine Ahnung, was er besagen sollte.

Nun lasen wir den kleinen Artikel:

»Die bemitleidenswerte Situation von neunhundert deutsch-jüdischen Flüchtlingen, welchen die Landung in Kuba verwehrt wurde, ist das Thema einer Film-Story, die *Curt Goetz,* ein Schriftsteller der MGM, sich gewählt und geschützt hat. MGM sieht mit Gefallen auf *Goetzens* Thema und hat ihn autorisiert, seinen Stoff in endgültige Form zu bringen für eine sofortige Sommerproduktion. Ihrer wahren Natur nach ist die Flüchtlingsgeschichte eine *Anti-Nazi-Story,* mit den Hauptszenen an Bord des Schiffes. *Goetz,* ein Schweizer, ist ein Neffe von G. B. Shaw. *The road to Rome,* welche Story er bearbeitete, ist ein Film für Clark Gable und Greta Garbo.«

Das war Feuer auf dem Dach! Was tun? Von Schweizer Freunden erfuhr ich den Namen eines Anwalts, der Deutsch konnte, Mr. Cohen. Ich rannte zu ihm.

»Don't worry«, sagte Mr. Cohen, indem er versuchte, meinen Wortschwall zu unterbrechen, was nicht ganz leicht war! »Darüber regt sich hier niemand auf. Das ist Publicity, und morgen steht wieder eine ganz andere in den Blättern!«

»Ja, aber wenn man das in Deutschland liest, wo wir unsere nächsten Verwandten haben, ist das für die nicht so einfach! An der ganzen Sache ist ja auch kein wahres Wort! Mein Mann hat von dieser Kuba-Geschichte niemals auch nur eine Silbe reden hören, geschweige denn, daß sie ihm angeboten wurde oder daß er sogar an dieser Story arbeiten würde! Man muß denjenigen, der diese Lügen in die Zeitung brachte, doch belangen können und ihn bestimmen, das in aller Form und sofort zu widerrufen! Bitte, lieber Mr. Cohen, finden Sie zuerst einmal heraus, *wer* das in die Zeitung gab!«

»Ihr seid Kinder, ihr Europäer«, sagte Mr. Cohen. »Wer das in die Zeitung gegeben hat, brauche ich nicht erst herauszufinden! Das liegt doch auf der Hand! Euer *publicity man*! Wer sonst hätte ein Interesse daran? Und warum? Weil er seinen Vertrag verlängert haben will, der mit dieser Woche ablaufen würde!«

»Aber das ist doch glatte Erpressung!«

»*Pschschschscht!* Gebrauchen Sie dieses Wort in diesem Lande nie wieder! Da können Sie in einer halben Stunde Ihr ganzes Vermögen loswerden!«

Verzweifelt lief ich nach Hause, und mein Mann schrieb folgenden Brief:

»Mr. Garry X.,
nachdem ich nunmehr in Erfahrung gebracht habe, daß Sie es sind, der die unwahre Notiz über den Flüchtlingsdampfer in die Zeitung brachte, halte ich unser Abkommen für sofort und endgültig gelöst. Auch lehne ich es ab, Sie für diese Notiz, die die einzige Leistung in den Monaten unseres Vertragsverhältnisses darstellt, zu honorieren. Sie hatten strikten Auftrag, jede politische Tendenz nicht nur zu vermeiden, sondern vielmehr stets meine absolute Neutralität, die mir mein Schweizertum und meine Behörden auferlegen, zu betonen.

Sie hatten strikten Auftrag, nichts zu veröffentlichen, das ich nicht zur Begutachtung gelesen und signiert hatte. Über die eigentümliche Tatsache, daß Sie mir eine von Ihnen erfundene, von Ihnen verfaßte und von Ihnen veröffentlichte Notiz ins Haus bringen, mit einem Begleitschreiben versehen, das besagt, Sie könnten diese Notiz, die Sie für abträglich hielten, aus größeren Zeitungen heraushalten, möchte ich kein Wort verlieren. Curt Goetz.«

Ich brachte den Brief eiligst zu Mr. Cohen, der ihn übersetzen und an Garry weiterleiten sollte.

»Was ist das nächste, was geschehen muß?« fragte ich.

»Wenn ihr mir folgen wollt«, sagte der alte Herr, »dann ladet ihr Garry zum Tee und sagt ihm, daß ihr von seiner guten Absicht überzeugt seid – er schreibt ja vorsorglich, daß er den Artikel für eine gute *publicity* hält – und dann schenkt ihr ihm dreihundert Dollars, damit er es leichter verschmerzt, daß er seinen *job* bei euch — es ist übrigens sein allererster — verliert. Und Mrs. A., die ihr ja auch loswerden wollt und loswerden sollt, die kostet natürlich etwas mehr, denn sie verliert auch mehr!«

»Zehn Prozent der MGM-Gage.«

»That's what *you* think! Die nimmt natürlich von allen, die sie euch zuführt, Prozente, auch von ihrem leiblichen Neffen Garry. Business is business! Mrs. A. gebt ihr tausend Dollars und bittet sie, euch aus ihren bewährten Händen zu entlassen, weil ihr auf länger verreisen wollt. Und mir gebt ihr für meinen unbezahlbaren Rat — wie unbezahlbar der ist, werdet ihr im Laufe der Zeit erfahren — und dafür, daß ich den Brief an Garry *unterschlage*, alles in allem nur zweihundert Dollars!«

Which we did! Was wir machten!

Weil mein Mann nämlich sofort und nicht erst im Laufe der Zeit erkannte, *wie* unbezahlbar der Rat unseres Mr. Cohen war. Und er machte es auch gern in der Erkenntnis, daß man sich nicht an einen Kartentisch setzen darf, wenn man die Spielregeln nicht kennt!

Und von den Spielregeln in den USA könnte man unzählige Beispiele anführen, bei denen sich dem Europäer die Haare sträuben, und zu denen mein Mann stets bemerkte, daß man nie vergessen dürfe, daß bei *unseren* Spielregeln sich den Amerikanern die *Mägen* umdrehen!

DER MÄCHTIGE

»Curt«, sagte Mankiewicz, »du machst deine Sache so großartig, daß es sich im ganzen Studio herumgesprochen hat!«

»Wer mag diese Ente ausgebrütet haben, Joe«, sagte mein Mann, »ich danke dir, aber wenn du zufrieden bist, genügt es mir.«

Man merkte, daß es wahr war, was der Mächtige gesagt hatte. Sogar die Verbeugungen der Portiers wurden tiefer, der Parkwächter nahm plötzlich den Wagen ab, und — das sollte aber niemand wissen — er parkte ihn auf dem *nahen* Platz, dort, wo nur die Wagen jener Herren stehen durften, die über 3000 pro Woche machten. Nicht Meilen! Dollars!

»Curt«, sagte der Mächtige nach einigen Wochen wieder, »ich fahre morgen auf Hochzeitsreise nach New York, und wenn ich in drei Wochen wieder da bin, dann machst du deine Ferien. Das heißt, wenn dein Manuskript bis dahin fix und fertig ist.«

Mein Mann schrieb, und was er schrieb, ließ der junge Ehemann sich täglich von seinem Sekretär durchsagen. Und als er zurückkam, läutete das Telephon bei uns gleich dreimal hintereinander:

1. »Curt, der Schluß der Story übertrifft alles! Von deinen Ferien kann jetzt keine Rede sein, ich fange morgen mit der Produktion an!« So sprach der Mächtige.

2. »Valérie«, erklang die Stimme der frisch gebackenen jungen Frau, »ich bin eifersüchtig! Auf der ganzen Hochzeitsreise hat sich mein Mann mehr für Curts Story begeistert als für mich!«

3. »This is R. speaking. You better take your vacation now, Mr. Goetz.« Das war *the head of the writers,* ein junger Mann, allen Schriftstellern des Studios übergeordnet und bemüht, sich Autorität zu verschaffen, was nötig war, denn es wußte ja nicht jeder, daß er der Schwiegersohn vom großen M-P-C-Konzern war.

»Mankiewicz hat mir eben mitgeteilt«, erwiderte mein Mann, »daß wir morgen mit der Produktion von ›Road to Rome‹ beginnen.«

»Sie machen am besten jetzt gleich Ihre Ferien, Mr. Goetz.«

»Wie lange?«

»Whatever the contract says. Wie's im Vertrag steht.«

Das waren sechs Wochen.

Da stimmte etwas nicht!

Am nächsten Morgen sprach mein Mann seinen Produzenten, und er erzählte darüber ungefähr so:

»Joe war weiß wie die Wand und sagte:

›Curt, was sagst du, dem Heymann gefällt unsere Story nicht! Aber – und darauf kannst du *sehr* stolz sein – *er will dich sprechen!*‹

›Wer ist Heymann?‹

›Mein *executive.*‹«

Der Allmächtige also! 6500 pro Woche! Der Mächtige machte nur 4500.

»Was wirst du tun, Joe«, fragte mein Mann.

»There is nothing I can do but drop you like a hot potatoe! Da kann ich nichts tun, als dich fallen zu lassen wie eine heiße Kartoffel!«

Und das tat er. Und daß er das so geradeheraus sagte, hat mein Mann ihm hoch angerechnet und liebte ihn seitdem noch mehr. – Der Gott in Hollywood ist, nach unseren damaligen Erfahrungen, *der job.* Und den riskiert *keiner*! Wer immer es auch sei. Und für nichts auf der Welt. Für keinen Freund, für keine Liebe, für keine Überzeugung! Denn man ist in Hollywood nur das wert, was man auf dem letzten Wochenscheck stehen hat. Bezieht man keinen, ist man eben *nichts* wert. Gar nichts! Und *jeder* kann seinen *job* verlieren, ob er 35 Dollars oder tausende pro Woche macht. Oft nur durch ein Wort, eine Gebärde, einen Blick, der dem Vorgesetzten nicht behagt, und alles Gewesene zählt dann nicht mehr. Sogar der gute Charakter, der einem überschwenglich angedichtet wurde, solange man mit »im Geschäft« war – den man allenfalls sogar wirklich hat – wird einem abgesprochen, genau wie jedes Können, vor dem vorher alles in Ehrfurcht erstarb. Und der Wechsel geschieht ganz übergangslos. So wie es dort keine Dämmerung gibt. Eben ist noch heller Tag, und nur in Minuten ist es finstere Nacht. So wird man von heute auf morgen nicht mehr angerufen, nicht mehr eingeladen, nicht mehr gegrüßt. Es ist ja auch nichts zu holen bei einem, der keinen *job* hat. Waste of time!

Ist es da ein Wunder, daß jeder einen fallen läßt wie eine heiße Kartoffel und für seinen Boß nur *eine* Antwort kennt: »I guess you are right, Sir?«

DER ALLMÄCHTIGE

Stolz ging mein Mann zu Mr. Heymann, der ihn sprechen wollte.

»Hallo, Mr. Goetz! Setzen Sie sich! I like you, I like your smile, but I don't like your story.«

»Gerade darauf käme es an, Mr. Heymann. *Was* gefällt Ihnen zum Beispiel nicht?«

»Schon einmal die Namen: Hannibal und Hasdrubal!«

»Ja, die sind aber historisch.«

»Historisch! Zu *ihrer* Zeit vielleicht! Aber heute! It's confusing! Nie weiß man who is who!«

»Es tut mir leid, aber so hießen die Brüder!«

»You are telling me! Ich kenne die Geschichte von der Wölfin und den Zwillingen.«

Mein Mann blieb still.

»Und hat man Ihnen nicht gesagt, Mr. Goetz, daß ich wollte, daß Sie in Karthago« — auf englisch Carthage, also Kärthetsch — »anfangen und das Heer durch die Wüste ziehen lassen nach Rom? Über die Alpen, das kostet unnütz viel Geld. Wüste haben wir hier genug. Warum haben Sie das nicht gemacht?«

»Durch welche Wüste sollte Hannibal ziehen?«

»Durch die afrikanische natürlich.«

»Da muß er, verzeihen Sie, in die verkehrte Richtung marschieren.«

»Wo liegt Karthago überhaupt?«

»An der Nordküste Afrikas.«

Ein kurzer Blick aus kalten kleinen Augen, der sagt: Wie kannst du Niemand, mit deinen lumpigen tausend Dollars pro Woche, mehr wissen als ich mit meinen sechstausendfünfhundert? Und dann, ganz leise, ruhig und gelassen, im Gefühl seiner Macht, sagte er:

»To hell with Carthage.«

»THE ROAD TO ROME«

Durch die verdammenden Worte des allmächtigen Mr. Heymann liegt der Stoff *ge-shelved*, das heißt, in den Regalen. Ein reizvolles Geheimnis der Geschichte, deren es so wenige gibt, das Geheimnis, warum das völlig intakte, zum Einmarsch in das wehrlos daliegende Rom festlich geschmückte Heer Hannibals, das elf Jahre der Entbehrung auf sich genommen hat, um diesen einen Tag zu erleben ... *abzog*! Warum die Staubwolke, die das Gestampfe der Pferde, Elefanten und Krieger beim morgendlichen Aufbruch in die Luft wirbelte, warum diese Staubwolke, vor der sich Rom so lange gefürchtet und die man jetzt von den sieben Hügeln aus aufsteigen sah, nicht näher kam, sondern ... sich in der Ferne verlor! Dieses Thema, von Sherwood hervorgeholt und gedichtet, dieses Drama, in das auch mein Mann so viel Wirkung mit tieferer Bedeutung stecken konnte, indem er aufzeigte, daß man Rom wohl zerschlagen, aber nicht »zerstören« könne, weil eine Stadt eine geistige Macht, eine innere Haltung sei, ein Thema, das sich ihm so willig bot zu beweisen, daß Liebe stärker ist als Haß, dieses Skript liegt brach! Und obwohl es mit jedem geschichtlichen Ereignis unserer Tage akuteller wurde, konnte man es nicht verwenden. Und warum? Weil ein Mann, der sechstausendfünfhundert Dollars pro Woche machte, nicht wußte, wo Karthago liegt. Weil man einen Mann, der sechstausendfünfhundert Dollars pro Woche machte, nicht bloßstellen durfte. So ein Mann *macht* keine Fehler! Angenommen, so ein Mann hätte sich herabgelassen zu fragen, ob er recht daran täte, diese Story kaltzustellen, es hätte weit und breit nur *eine* Antwort gegeben: I guess you are right, Sir!

Zu alledem muß ich sagen, daß unsere Erfahrungen aus den Jahren 1938 bis 1945 stammen! Es hat sich vieles in Hollywood ändern müssen, schon aus dem Grunde, weil es eine Filmindustrie, wie wir sie kannten, die jedes Jahr viele hundert Filme lieferte und eine Großmacht in Amerika bedeutete, *nicht mehr gibt*! Damals, als wir drüben waren, hörte man es schon krachen in allen Fugen. Vielleicht noch nicht in finanzieller Hinsicht, das entzog sich unserer Kenntnis und unserem Interesse, aber es gab keinen *Künstler*, der nicht sagte: So kann es nicht weitergehen!

Hollywood hat seitdem, der Not gehorchend, seine Balltoilette mit einem Wochentagskleid vertauscht und ist, während es früher Californien beherrschte, ein unwichtiger Teil dieses Staates geworden, der von Jahr zu Jahr an Einwohnern wächst. Man kannte schon lange den Tag, an dem er New York überflügelt haben würde. So ist Los Angeles mit Hollywood heute »normal«. Früher wußte man, daß der Schuhputzer, der Gärtner, der Milchmann, der Priester, der Elektriker, der Gastwirt und der Kellner, der Ladeninhaber wie der Verkäufer, der Postbote, der Postbeamte und der Postmeister, daß sie alle zum Film gehören oder gehörten oder zu gehören trachteten. Heute ist für sie alle der Film uninteressant geworden, weil Los Angeles nunmehr alle Industrien beherbergt, bei denen man genausoviel und sicherer verdienen kann. Hollywood ist heute nur noch eine Illusion für den, der es nicht gesehen hat. Auch der Platz selber ist zu einem der am wenigsten anziehenden Stadtteile geworden, es ist keine »gute Adresse« mehr. Kein Star wohnt dort, und auch die Studios, die wenigen, die allenfalls noch Filme machen, liegen längst nicht mehr in Hollywood, sondern viele Meilen weit davon entfernt.

Ich fand ein paar flüchtige Notizen meines Mannes, die er sich über diese Traumstadt machte:

HOLLYWOOD

Ich glaube, Hollywood ist der Platz auf unserer schönen Welt, wo am meisten geleistet, am meisten geliebt und am meisten gelitten wird. Von diesen drei Beschäftigungen wird am allermeisten gelitten, dann, wie gesagt, sehr viel gearbeitet, und am wenigsten aber viel geliebt.

Die Liebe hat in Hollywood nicht die sentimentale Bedeutung wie in Europa. Sie ist unbeschwerter, natürlicher. Sie gehört mehr in das Gebiet der Freiübungen. Aber sie ist sehr verbreitet. Ob die Sage von der Temperamentlosigkeit der Amerikaner Lüge ist oder nicht, kann ich nicht beurteilen, aber sicher sind die Amerikaner gute Turner.

In Hollywood kommen »girls« hauptsächlich als Sekretärinnen vor, als welche sie die verschiedensten Betätigungen ausüben. Aber alle diese bildschönen Wesen kauen fünfundzwanzig Stunden am Tage Kaugummi, wie meines Wissens jedes Wesen hier Kaugummi kaut. Die Sekretärinnen, die sich in unserem Sinne als Sekretärinnen betätigen, kauen, um die tödliche Langeweile ihres Berufes zu überkommen, der darin besteht, daß sie jahrein jahraus, jahraus jahrein dieselbe Story zu tippen haben. Wie sie es trotzdem noch fertigbringen zu lächeln, weiß ich nicht. Das Kaugummikauen ist eine Nationalgewohnheit, das mit der Monotonie des Dollarmachens zusammenhängt, mit der Freudlosigkeit am Beruf, der, was er auch sei, kein Beruf im europäischen Sinne ist, sondern ein *job*, ein Mittel zum Dollarmachen.

Mädchen kommen in Hollywood selten vor. Es sind weibliche Wesen von nicht über fünf Jahren, die sehr schnell laufen können.

DIESES GRAUENHAFTE AMERIKA!

Wir machten Ferien, nicht ganz so leichten Gemütes, wie man Ferien machen sollte, denn viel ehrliche Arbeit und ein Stück Herz waren begraben. Und das war eine völlig neuartige Erfahrung für meinen Mann.

»Ich habe noch niemals vergebens eine Zeile geschrieben«, sagte er oft, und das stimmte auch. Er schrieb viel als Übung, vorsätzlich als Übung; aber was er schrieb, um produziert zu werden, das überlegte er erst so lange, bis es reif war, produziert zu werden, und produziert wurde. Das sagt nicht, daß das Anbringen, das Verkaufen, kein Kampf gewesen wäre. Im Gegenteil, Barnowsky spielte seine ersten Einakter nur gezwungenermaßen, »Hokuspokus« lag volle zwei Jahre herum, und so ging es weiter, bis zu seiner vorletzten Einakterserie, den »Miniaturen«, die auch erst »abgelehnt« wurden und dann solch ein Triumph für ihn waren. Und für seine allerletzte Serie, die ich auch schon wieder »bedauernd« zurückbekam, werde ich nicht so leicht ein Opfer finden! Jetzt haben die Herren es ja auch einfach! Sie werden sagen, Herr Goetz hat sich alles so auf den Leib geschrieben, daß er es selber spielen müßte! Dabei übersehen sie, daß mein Mann seit über vierzig Jahren der meistgespielte Komödienschreiber deutscher Zunge ist. Und was für einen Riesenleib müßte er gehabt haben, wenn er vom dümmlichen Komiker über den von Wilde angehauchten Lord zum Shaw'schen Kardinal, wie Diebold ihn qualifizierte, bis zu seinem Dr. Prätorius spielen konnte, wobei die letztgenannte Rolle nur völlig erfüllt ist, wenn sie den Gelehrten und den homme à femme glaubhaft macht und neben allen erdenklichen Tönen und Mischtönen auch den jungenhaften, man könnte sagen Schiller'schen Schwung hat, wie mein Mann diesen am deutlichsten in seiner Anatomierede durchleuchten ließ, ohne ihn zu servieren! Er hatte aber gar keinen so großen Leib! Er war ein Schauspieler, der an großen Beispielen wie Bassermann, Steinrück, der Lucie Höflich und der Käthe Dorsch gelernt hatte, sich seine Rollen nicht »zurechtzumachen«, wie das später üblich wurde, sondern die Hindernisse zu »nehmen«, sich die Stellen und die Töne, die ihm nicht lagen, zu »erarbeiten«. Und daran wuchs er und vergrößerte so mit jeder Rolle, mit jedem Abend seine Spannweite!

Wir fuhren erst einmal in die Ferien, denn *ich* brauchte Zerstreuung, ich hatte die Nase voll von diesem grauenhaften Amerika!

Als wir in New York landeten und gleich an den so netten Taxidriver kamen – »Lohengrin popelt« –, fand ich dieses Land, wie mir jeder zugeben muß, herrlich. Aber jetzt, nach dieser Erfahrung in Hollywood! Da war ja England, wo man nicht wußte, wer *Curt Goetz* ist, noch besser! Die Amerikaner haben keinen Verstand und kein Herz! Und damit hat sich's!

Wir fuhren zur Weltausstellung nach San Franzisko. Um auf das Messegelände zu kommen, mußten wir über die schönste Brücke der Welt, über »Golden Gate«. Wie eine Hängematte für alle Engel des Himmels schwingt sie in der Luft und tönt dabei ganz leise. Wie eine langgezogene verkehrte Fermate spannt sie ihren Bogen, der uns den Atem anzuhalten zwingt, wenn man sie das erstemal sieht.

Von der Brücke aus überschaut man den Parkplatz, der, mit dem Horizont gewölbt, bis nach Asien zu reichen scheint. Die Eingänge zur »World Fair« waren von gläsernen Zylindern flankiert, in denen sich Wendeltreppen in den Himmel zu schrauben versuchten, so zart und locker, daß man verstand, warum das Glas um sie herum war. Auf diesen Wendeltreppen standen, verstreut, Zivilisten, die sich die Autos da unten anguckten. Ein merkwürdiger Anblick, dachten wir. Und als wir das dachten, sagte der Mann, der uns unsere Eintrittskarten reichte, bedeutungsvoll, verschmitzt:

»Eff-bi-ei.«

»Thank you«, sagten wir, was in USA für alle Fälle und immer eine richtige Antwort ist.

Wir wurden irgendwohin gelotst und stiegen aus.

»Bleib schön ruhig, wir sind bald wieder da«, sagten wir zu Leukothea und setzten sie ans Steuer, wie immer bei solcher Gelegenheit.

Das verstand Thea genau und drehte den Kopf zur anderen Seite, um sich den Abschied leichter zu machen. Aber sie gähnte dabei, um uns zu zeigen, daß sie sowieso zu müde wäre mitzukommen und viel lieber dabliebe. Mein Mann schloß den Wagen ab, zahlte dem Parkwächter seinen Obolus und bekam dafür eine fünfstellige Nummer. Gewissenhaft wie er nun mal war, ging er dann immer noch einmal um den Wagen herum, die vier Türen zu probieren. Dann spazierten wir, untergehakt, der großen Sensation des Jahres entgegen. Einmal noch, bevor wir um die Ecke bogen, drehten wir uns um, und da war Thea natürlich schon wieder auf den Hintersitz gesprungen und guckte mit hochgezogenen Ohren und schiefgestelltem Köpfchen uns sehnsüchtig nach! So sind wir Frauen! Warum zeigen wir nicht gleich ehrlich, wie es uns ums Herz ist! Vielleicht würden wir dann überallhin mitgenommen? Aber nein! Wir spielen, daß es uns ganz gleich oder sogar lieber ist, nicht mitzukommen! Unbegreiflich!

Noch ein Winken zu Thea und wir versanken füreinander im Ozean der parkenden Autos.

Die »World Fair« war unüberschaubar. Die Franzosen mit ihrer Innenarchitektur ließen uns stundenlang nicht los. Und dann erst der russische Pavillon! Von der kleinen Spielkarte bis zu den Bühnenmodellen war es ein reiner Kunstgenuß, der uns dermaßen fesselte, daß wir vergaßen zu Mittag zu essen, Thea vergaßen, alles vergaßen — und zu nichts anderem mehr kamen, bis wir vor Müdigkeit und Hunger fast zusammenbrachen und es finstere Nacht geworden war.

Aneinandergelehnt wankten wir in die nächste Speisegelegenheit. Lieber hätten wir jetzt in Ruhe unser Mahl genossen als das überdimensionale Gekrache und Geblitze eines amerikanischen Feuerwerks, das gerade einsetzte. Wir ließen uns schnellstens ein Freßpaket für unsere arme Thea zurechtmachen und suchten dann schleunigst unser Auto.

Der Wagen . . . war leer!

Das Fensterchen an der hinteren Tür, das sich schräg stellen läßt zu besserer Lüftung, war aufgedrückt. Thea mußte mit ihrer Schnauze den kleinen Hebel, der es verschließt, hochgestoßen haben, und anscheinend hatte sie sich dann, schlank wie sie war, durch die immerhin fünfzehn Zentimeter breite Spalte drücken können, denn die Türen waren alle fest verschlossen.

Ich stürzte zum nächsten Parkwächter:

»Unser Hund ist weg . . . ein weißer . . . langhaarig . . . mit schwarzen Flecken . . . ein Setter . . . haben Sie ihn nicht gesehen«, stammelte ich auf englisch zusammen, »ein Jagdhund . . . so groß ist er . . . Sie müssen ihn doch gesehen haben!«

Mein Mann sah meine Verzweiflung und erkannte die Aussichtslosigkeit der Situation. Er zog mich zum Wagen zurück und war bemüht, mir klarzumachen, daß es genauso sinnlos sei, hier einen Hund zu suchen wie einen Ring am Sonntag im Strandsand von Nizza. Und er versuchte mich damit zu trösten, daß jeder, der Thea fände, sich sofort in sie verlieben müßte und sie nie wieder hergäbe. Und daß sie es viel besser bei einem Herrchen hätte, das sie nicht so gedankenlos lange allein ließe, noch dazu bei einem Feuerwerk, das sogar Menschen zum Ausreißen zwänge, geschweige denn einen Jagdhund, der das Schießen nicht vertrüge.

Heulend saß ich neben ihm, und wir fuhren langsam kreuz und quer durch den endlosen Parkplatz, weil wir immer noch glaubten, unsere Thea irgendwo aufleuchten zu sehen. Aussichtslos, natürlich!

Da waren wir wieder an Wendeltreppen in gläsernen Türmen angelangt und gleich hinter diesen waren Sperren, an denen man, wie bei jeder Ausstellung, sein Billett abgeben muß. Aber noch ehe mein Mann dies tun konnte, schrillte ein Pfeifen durch die Luft, wie bei einer Verbrecherjagd im Film. Ein *cop* schob sich, lautlos wie sein Schatten, von hinten auf unsere Höhe und hielt uns an, indem er, mit einem strengen Blick auf den Fahrer, diesem bedeutete, an der Bordschwelle zu halten:

»Curb!«

Dann stieg er ab von seiner Lokomotive und schob diese langsam und sicher so genau vor unsern Wagen, daß ein Entkommen unmöglich war — gekonnt ist gekonnt — und gab uns somit genug Zeit, alle Vergehen zu durchdenken, die ein Fahrer hätte begehen können. Dann steckte er seinen Kopf in unser Auto, fixierte meinen Mann atemraubend peinlich und sagte:

»Your driver's license.«

Er bekam sie — und steckte sie ein! O Gott! Dann fragte er barsch:

»What's the matter? Was ist los mit der Lady?«

Beide wurden wir verlegen. Was sollte das? Wo wollte der *cop* hinaus?

Daß ich weinte, konnte nicht der Grund sein, uns nachzufahren, abzusteigen und Fragen zu stellen? Und doch war es so. Der *cop* setzte sogar einen Apparat von ungeahnten Ausmaßen in Bewegung. Und veranlaßt war er dazu von diesen Eff-bi-eis in den Glastürmen, denen nichts entgeht, nicht einmal das Weinen einer Frau, wie wir eben erfahren konnten.

»What's the matter? Was haben Sie ihr getan?«

»Sie weint«, stotterte mein Mann, »weil unser Hund weg ist. Our dog! Waiting in the car ... we came back ... dog ... gone!«

»That's too bad! Das ist aber dumm!«

»Thank you very much«, sagte mein Mann und stieß mich an, damit auch ich mein »Thank you« schluchze, und wollte fahren.

»O no«, lachte der *cop*, »that would suit you right, das könnte Ihnen so passen, Mr. Goetz, so einfach lasse ich Sie nicht weg! Was für ein Hund war das?«

Er notierte: Ein Setter, Louellensetter, englischer Setter, weiß mit schwarzen Tupfen, langhaarig, ein Jagdhund.

»What's his name?«

»Thea.«

»Thea«, wiederholte er, »female. Wait a minute.«

Er winkte den Herrn in den gläsernen Türmen, die ihm zunickten, dann ging er an sein Motorrad und sprach in ein Mikrophon, und nach kaum einer Minute hallte es über das ganze Gelände, in Frauen- und Männerstimmen, hohen und tiefen und in allen Sprachen der Welt:

»A setter ... named Thea ... Thea, une chienne à chasse, Thea, langhaarig ... Thea, white with black dots ... Thea, un cane da caccia ... Thea, weiß mit schwarzen Flecken ... Thea, a hound, Thea, Thea ... the lady is crying on gate 75 east ... Thea ... Thea ... Thea ...«

Es hatte etwas Überirdisches, dieses Rufen durch die Nacht, die nichts hatte von schauriger Weite, die sich reich bestirnt wölbte zu einem schützenden Dom, der die Stimmen von ringsum aus seiner Kuppel zurückwarf, um sie zu einem Chor zu einen. Es war, wie man sich ein Gottesurteil denken könnte, wie das Verkünden der Engel, die Sprachverwirrung von Babylon zu enden.

Wir fuhren mit unserer Thea nach Hause. Sie saß jetzt zwischen uns und praßte sich fest mal an mich, mal an Herrchen. Das heißt, wir preßten uns fest an sie, während das Mistvieh uns eher zu verstehen gab, daß man seinen Hund nicht so lange allein läßt in fremder Umgebung und daß sie sehr verwöhnt worden sei, weshalb unser schäbiges Freßpaket sie wenig interessiere. Und daß es wunderschön sei in diesem Lande. Und daß die Amerikaner sehr viel Herz hätten. Ja, das sagte sie uns. Hollywood ist nicht Amerika, sagte sie. Und die Enttäuschungen, die man dort erfährt, die fügen einem nicht »die Amerikaner« zu, sondern Leute, die zufällig dort sind und genausogut irgendwo anders sein könnten. Es sind sogar immer die Leute, die in Amerika noch gar nicht richtig angewachsen sind, die 150prozentigen Amerikaner! Die *Amerikaner*, sagte Thea, die sind O.K. Und sie mußte es wissen!

DIE GARBO

Nach unseren Ferien bekam mein Mann die Aufgabe, bei einem anderen Produzenten eine Story für die Garbo zu schreiben. Das war natürlich eine Sache!

Da saß sie nun unter einem riesengroßen welligen Strohhut und mit ihren breiten Sonnenbrillen und besuchte ihn in seinem Büro — und lächelte ihn von so nahe an! Er hatte sie schon einmal kennengelernt, in Berlin, als er die ersten Jahre bei Barnowsky war. Sein Freund, Willi Waldking, derselbe, der später den Schillerfilm finanzierte, entdeckte die kleine Handschuhnäherin aus Schweden, die einen märchenhaften Zauber ausstrahlte, die dann in Berlin ihre ersten Schritte auf der Leinwand tat. Und nun saß sie da und lächelte, so wie nur die Garbo lächeln kann. Beglückend! Aber *nur* für Europäer beglückend, sagt

Amerika mit spöttischem Mund, denn für USA soll die Garbo nie ein Geschäft gewesen sein. Hier ist sie eher eine lächerliche Figur. Wenn einer dort im Kabarett Persönlichkeiten kopiert, an welcher Fähigkeit man unerfindlicherweise das schauspielerische Talent mißt, so fehlt sicher nie die Garbo mit ihrem langgezogenen *»I waaant to be alooone«*, worüber man dann herzlich lacht. Und wenn man als Europäer protestiert und ihre unvergeßliche »Kameliendame« oder ihre unvergleichliche »Königin Christine« anführt, dann schüttelt sich der Amerikaner über die »schaudervolle Rührseligkeit« der Garbo. Man kann es nicht glauben, aber es ist so. Der zweite Weltkrieg, der jede Geschäftsverbindung nach Europa für lange unterbrach, bestätigte es, weil er die Karriere der Garbo geradezu abschnitt, da Amerika eben keinen Film von ihr verlangte. Ein Versuch wurde gemacht. Es war ihr letzter Film, und es war jener Film, den mein Mann zu schreiben bekam. Ich möchte gleich vorwegnehmen, daß nicht eine einzige seiner Zeilen stehenblieb, weshalb er, Gott sei es gedankt, auch keinen *screencredit* bekam. Er hätte die zwei Stunden Schmach ertragen, die so ein Film dauert, aber er hätte den Gedanken nie verwunden, daß auch nur eines seiner Worte das Schicksal der Garbo besiegeln half. Denn dieser Film, der sich dann »The two-faced Woman« betitelte, wurde so, daß nicht einmal die Göttliche ihn retten konnte. Auch nicht für Europäer! Und das will etwas heißen!

DIE GARBO-STORY

Man war sich einig darüber, daß es ein leichter Stoff werden sollte, eine Komödie, aber das Problem dabei, über das man sich monatelang den Kopf zerbrach, war, daß die Garbo ein »Naturkind« spielen wollte. Da ihre »großen Frauen« in USA sowieso nicht gefielen, wollte sie auch einmal etwas anderes versuchen Es war dazu in den Jahren, als sie mit Gaylord Hauser, dem Wiener Natur-Arzt, befreundet war, was sie beeinflußt und ihren Wunsch verstärkt haben mag. Aber das Studio wollte, daß sie, wie von jeher, eine »Dame« spielt.

Mein Mann trug die Idee vor, ihr eine Doppelrolle zu schreiben, Zwillingsschwestern, die umständehalber nicht zusammen aufwachsen konnten, die eine auf einem Landgut, die andere in der Großstadt. Es gibt ein Stück von Ludwig Fulda, das sich um Zwillingsschwestern dreht. Dieses ließ sich mein Mann kommen, um sich und das Studio in keinen Konflikt zu bringen. Aber die Idee meines Mannes befaßt sich – im Gegensatz zu Fuldas – nur scheinbar mit Zwillingen, wie der Leser gleich erfahren wird. Die Geschichte verläuft in großen Zügen folgendermaßen:

Ein gefeierter Bühnenschriftsteller vom Broadway lernt auf seiner Ferienfahrt die Nichte eines schwedischen Gutsbesitzers kennen und verliebt sich in sie, weil sie, im Gegensatz zum ewigen Broadway-Parfum, ausgesprochen nach Ammoniak riecht, was auf ihren häufigen Verkehr mit Pferden zurückzuführen ist. Das Ammoniak hatte die bereits etwas müden Sinne des Dichters belebt und ihn in den Stand versetzt, neben dem Ammoniak auch den Charme zu schmecken, mit dem sich das Wesen kleidete wie eine Schlampe, auch sehr im Gegensatz zu den Broadway-Girls. Diese Tatsache gewann dadurch an Reiz, daß dieses Wesen bildschön, schlankbeinig, aus edlem Holz geschnitzt war, und es veranlaßte den eingeschworenen Junggesellen sogar zu heiraten.

Um ihren Neigungen Rechnung zu tragen, zieht er mit der Angetrauten nach Californien, kauft dort eine *ranch,* wo sie sich glücklich auf Pferden tummeln, er glücklich seine Stücke schreiben kann.

Sein Geburtstag naht heran, zu dem sich die Broadwayschauspieler ein Rendezvous bei ihm geben, um die mysteriöse Frau kennenzulernen, die es fertigbrachte, ihn zu entführen, und nicht ohne die heimliche Absicht, ihn wieder an den Broadway zu locken, wo er ihrer Meinung nach einzig hingehört.

Die Party steigt, alles ist da, nur die Hausfrau nicht. Der Hausherr entschuldigt sie verlegen, der Alkohol und die Broadway-Atmosphäre tun das Ihre dazu, und er wird ernstlich verstimmt.

Da ist in der Nähe ein Rodeo, ein Zirkus. In der Arena kämpft ein Bär mit seinem Besitzer, das heißt, er kämpft nicht mit ihm, wie er sollte, sondern er umarmt ihn zärtlich und leckt ihm voll Wonne übers Gesicht. Das paßt einem Matrosen in der obersten Reihe nicht. Er wirft eine Orange nach dem Bären. Und eine zweite. Die geht ins Auge. Und das paßt wiederum dem Bären nicht. Er läßt ab von seinem Herrn und tappt in die Richtung, aus der die Orange kam. Über Barrieren steigt er und krachende Bänke, durch die kreischende Menge. Ein Cowboy zieht geistesgegenwärtig seinen Revolver und trifft den Bären in die Hintertatze.

»Jetzt kannst du ihn ganz totschießen«, schreit der Bärenbesitzer, »hinkend kann er mich nicht mehr ernähren!«

Der Cowboy hebt noch einmal seinen Revolver.

Eine Frauenhand legt sich auf den Lauf:

»Was kostet der Bär?«

Der Eigentümer versichert, es sei sein bester Bär!

Die Frauenhand schreibt einen Scheck.

»Wie heißt der Bär?«

»Nepomuk.«

»Komm, Nepomuk«, und die Dame nimmt Nepomuk beim Ohr, führt ihn zum Auto und setzt ihn in den Fond: »Warte, Nepomuk, ich muß nur zu Hause anrufen, daß sie dir ein schönes Plätzchen vorbereiten.«

Nach der für den Hausherrn so peinlich verlaufenen Party sitzt er an dem Bett seiner Frau und macht ihr Vorhaltungen:

»Du blamierst dich und mich! Und dabei könntest du genauso eine große Dame sein! Genau so könntest du aussehen«, sagt er und hält ihr das Titelblatt einer Illustrierten unter die Nase!

Natürlich könnte sie genau so aussehen, denn das ist ihre Zwillingsschwester, die Frau des schwedischen Gesandten für USA, die Modekönigin des Jahres, mit blauschwarz gefärbtem Haar zu einer schneeweißen Balltoilette. Fabelhaft!

Ihr Mann möge doch nach New York fahren, schlägt sie vor, um sich die Schwester näher anzusehen! Und gegen eine Scheidung wäre nichts einzuwenden.

»Außer, daß ich dich liebe«, sagt der Dichter. Aber er müßte sowieso nach New York, zu der Premiere seines neuen Stückes. Und über dem Bild der schönen Schwester bleibt die blonde Garbo in Gedanken versunken.

Schönheitssalon in New York: Fünf Damen sind eifrig um etwas bemüht, das, in weiße Tücher gerollt, auf einem Ruhebett liegt. Eine pedikürt den rechten Fuß, eine den linken, eine manikürt die rechte Hand, eine die linke, und die fünfte Dame macht Dampfumschläge aufs Gesicht.

Sie wechselt die Kompresse.

Es ist der Dichter, der sich hier auffrischen läßt.

Premierenfeier im Hotel des Gefeierten. Am Nebentisch sitzt eine Dame. Allein. Hochelegant. Die Schwester!

Blumen, Bekanntschaft, Liebe, Leidenschaft!

Ich kann nicht die ganze Story erzählen mit allen ihren Einfällen. Gesagt sei nur, daß der Dichter, von seinem Gewissen geplagt, zu seiner blonden Garbo in Californien zurückfährt, um ihr zu gestehen, daß er sich in die dunkle Schwester in New York sterblich verliebte. Aber als er seine Frau wiedersieht, wie sie ihm in fliegenden Haaren, halbnackend, auf einem wilden Pferd entgegengeritten kommt, da weiß er, daß er sofort wieder nach New York fahren muß, um der schwarzen Schönen abzusagen.

Er fährt ein paarmal hin und her, leidet entsetzlich darunter, daß er die Blonde mit der Schwarzen und die Schwarze mit der Blonden betrügt — aber es scheint ihm doch ganz gut zu bekommen — bis eines Tages die schwarze Dame ihm gesteht, daß ihre Leidenschaft nicht ohne Folgen bliebe! Tableau! Zurück nach Californien! Hier erwartet ihn seine Frau am Swimmingpool, sich sonnend. Sie sei nicht ganz wohl, sagt sie, sonst wäre sie ihm entgegengeritten wie immer. Der Grund hierfür wäre das viele Hin- und Herfliegen zwischen Californien und New York, das sie so angestrengt hätte. Aber sie würde es gern weitermachen, weil sie es furchtbar aufregend fände, immer neue Seiten an ihrem geliebten Mann zu entdecken. Nur die Haare hielten das ewige Umfärben leider nicht durch.

Zum Schluß liegt die Garbo im Bett, von Zwillingen genesen, von denen das eine Baby blonde, das andere Ansätze zu schwarzen Härchen hat.

Gleich soll der geneigte Leser erfahren, was aus dieser Story geworden ist!

Die Story-Konferenz ist die Besprechung, die die Schriftsteller mit ihren Produzenten täglich haben, über die Story, an der sie gerade schreiben. In so einer Story-Konferenz wird die Story »zerredet«. Der Produzent, den alles packte, was man ihm das erstemal vortrug, *kennt* nun den Hergang, es überrascht ihn folglich nicht mehr, was ihn das erstemal überraschte. Er kann sich nicht mehr in die Lage dessen versetzen, der die Story zum ersten Male hört. Dazu kommt, daß er zwischen den Story-Konferenzen mit anderen über die Story spricht, und jeder ihm etwas anderes über die Story sagt. Nun ist er total verwirrt. Hauptsächlich aber will er den Autoren beweisen, daß er mehr versteht als sie, da er ja auch mehr Gage bekommt als sie. Er muß also den Autoren und vielleicht auch sich selber beweisen, daß er die Gage verdient, die er nicht verdient. Und das ist eine Story-Konferenz.

Bis jetzt hatte mein Mann nur seinen geliebten Joe, den Produzenten von »Road to Rome« gekannt, der ihn alleine schreiben ließ, der, als Sohn eines deutschen Professors der deutschen Sprache, es ihm leicht gemacht hatte. Nun aber lernte er zum erstenmal eine »Story-Konferenz« kennen.

Salka Viertel, die Freundin der Garbo, war meinem Mann beigegeben, sie übersetzte ins Englische, was er schrieb, freute sich über alles, was er schrieb, und er liebte sie sehr. Besonders deshalb, weil sie durch Wochen hindurch mit einer Engelsgeduld, die ihresgleichen sucht, dem Produzenten die Story erklärte. Man muß sich vorstellen, unter welchen Voraussetzungen, mit was für Erwartungen ein bescheidener europäischer Filmzwerg einem Hollywood-Produzenten gegenübertritt!

Das Filmparadies wird sich auftun, man wird endlich sehen, wie man es wirklich zu machen hat! Mit ausgewachsenen Minderwertigkeitsgefühlen denkt man an die Wunderwerke, die man, von Hollywood auf die Leinwand gezaubert, bestaunte. Man weiß ja noch nicht, daß so ein amerikanischer Film *der* Spitzenfilm von Hunderten ist, die in einem Jahr gemacht werden, und man weiß natürlich auch nicht, unter welchem »Trotzdem«, das über ganz Hollywood stehen müßte, wie mein Mann später sagte, so ein phantastischer Film zustande kommt!

Mein Mann spielte mir seine erste, sehr kurze Story-Konferenz vor, um an meiner Reaktion zu prüfen, ob er selber noch ganz normal sei:

SALKA: Ein Broadway-Dichter fährt nach Schweden.

DER PRODUZENT: Why?

SALKA: Er macht seine Ferienreise.

DER PRODUZENT: Why Sweden?

SALKA: Zur Abwechslung.

DER PRODUZENT: Okay.

SALKA: Da reitet ein bildschönes Mädel mit fliegendem blondem Haar dicht an seinem Wagen vorbei. Die will er kennenlernen!

DER PRODUZENT: Why?

SALKA: Weil sie ihm so sehr gefällt.

DER PRODUZENT: Why?

SALKA: Weil sie für ihn, der immer nur am Broadway lebt, ein neuer und aufregender Eindruck ist.

DER PRODUZENT: Okay.

SALKA: Er entdeckt, woher sie kam, und macht auf dem Gut einen Besuch.

DER PRODUZENT: Why?

SALKA: Um sie kennenzulernen.

DER PRODUZENT: Should he? – Maybe he shouldn't. – Maybe it's too early in the picture? – Or should we start with that? – Well, you think it over, kids. – But I think we gained a lot. – Thank you.

Zu deutsch:

DER PRODUZENT: Soll er? – Vielleicht soll er nicht. – Vielleicht ist das noch zu früh im Film? – Oder sollten wir überhaupt damit anfangen? – Am besten, ihr denkt darüber nach, Kinder. – Aber ich glaube, wir sind einen großen Schritt weitergekommen. – Danke.

»DIE BÄRENGESCHICHTE«

Die vorletzte Einakter-Serie meines Mannes heißt »Seifenblasen«. Der letzte Einakter dieser Serie ist »Die Bärengeschichte« und enthält die Erfahrungen, die mein Mann in seinen Story-Konferenzen machte, insonderheit jene aus den Garbo-Story-Konferenzen. Ich glaube, es ist am besten, wenn ich die betreffenden Stellen hier anführe:

Beverly, der Produzent
Rex Rexon, der Dichter
Evelyn, der Star
Allen, der Regisseur

BEVERLY *kommt mit Allen aus der Bibliothek:* Hör, Rexchen! ...

EVELYN: Ei weh, »Rexchen«!

REX: »Rexchen«, schon faul!

EVELYN: Jetzt geht's los!

BEVERLY: Was geht los?

EVELYN: Jetzt wird die Story »zerredet«, auf ihre »Wahrscheinlichkeit«, auf ihre »Logik« geprüft, alles Ungewohnte, alles Neue, Originelle von ihr gebürstet, bis sie dasteht wie ein Christbaum zu Ostern, wie ein abgeputzter Schmetterling.

BEVERLY: Aber nicht doch, Baby! Es handelt sich ja nur um den Bären. *Zu Rex:* Ist es nicht ein bißchen unwahrscheinlich, daß der Bär sie nicht beißt, wenn sie ihn am Ohr nimmt?

REX: Warum soll er sie beißen? Sie hat ihm doch das Leben gerettet.

BEVERLY: Und das w e i ß der Bär?

REX: Natürlich!

EVELYN: Das ist doch das Poetische daran! Das Leichte, schillernd wie eine Seifenblase.

BEVERLY: Du meinst?

REX: Er hat gesehen, wie sie den Scheck schrieb!

BEVERLY: Du glaubst?

REX: Natürlich, er ist ja nicht blind!

EVELYN: Wenn er auch eine Zitrone ins Auge gekriegt hat ...

BEVERLY *selig, etwas verbessern zu können:* Eine Orange ...

EVELYN: Oder eine Orange! Wenn jemand einen Scheck schreibt, das sieht er mit einem Auge!

BEVERLY *der gar nicht merkt, daß er veräppelt wird:* Und nun ist er ihr dankbar?

REX: Nun ist er ihr dankbar.

BEVERLY: Und das weiß das Publikum?

REX: Was?

BEVERLY: Daß der Bär das weiß?

REX: Daß der Bär was weiß?

BEVERLY: Daß sie ihm das Leben gerettet hat und er ihr nun dankbar ist!

REX: Das sieht es doch! Daran, daß er sie nicht beißt und daß er ihr überallhin folgt!

BEVERLY: Hm ... Könnte man das nicht ein bißchen deutlicher machen?

EVELYN: Das kann man gar nicht deutlicher machen. Ein angeschossener Bär läßt sich von einer Frau streicheln und am Ohr nehmen und folgt ihr wie ein Hund! — Das ist keusch, einfach und deutlich!

BEVERLY *unbeirrt seinen engstirnigen Gedanken folgend:* Er sitzt hinten, nicht wahr?

REX: Wer?

BEVERLY: Der Bär. Im Auto!

REX: Ja.

BEVERLY: Und sie sitzt vorn und fährt.

REX: Ja.

BEVERLY *leise, voll Spannung und begeistert von seinem eigenen Einfall:* Könnte man seine Dankbarkeit nicht dadurch unterstreichen, daß er ihr während der Fahrt von hinten ins Genick leckt? *Allgemeines peinliches Schweigen.* Stellt euch den Spannungsmoment vor! Großaufnahme: Die Schnauze des Bären nähert sich ... Jeder denkt, er wird sie beißen ...

EVELYN: Kein Mensch denkt das ...

BEVERLY *unbeirrt:* Und statt dessen leckt er sie von hinten unter den Haaransatz ...

EVELYN: Und sie ist kitzlig, verreißt den Wagen, überschlägt sich und ist tot. Einsam humpelt der Bär auf dem Highway der untergehenden Sonne entgegen. Er wird kleiner und immer kleiner. Ende. Und das alles in den ersten hundert Metern.

BEVERLY: Ich glaube, du machst dich über mich lustig, Baby?

ALLEN: Ich finde Ihre Idee ausgezeichnet, Boß. Ausgezeichnet!

BEVERLY *vorsichtig zu Rex:* Was sagst du, »Rexchen«?

REX: Man kann das machen, aber es ist lange nicht so gut. Die Seifenblase, wie Evelyn es nannte, zerplatzt, und ein Batzen Seife bleibt liegen. Es ist draufgedrückt, ausgeruht auf der Pointe, es ist nicht mehr so keusch, wie Evelyn sagte. Und außerdem ...

EVELYN: Und außerdem hat Rex heute Geburtstag und keine Story-Konferenz!

In der Mitte des Einakters:

BEVERLY *kommt mit Allen aufgeregt aus der Bibliothek, den Vertrag in der Hand:* Baby! Wir haben es! Du spielst die Dame vom Lande! Und der Bär ... paß auf, Baby, der Bär bekommt, damit es glaubhafter wird ... nun ... was ...?

EVELYN: Nun?

BEVERLY: Es liegt doch auf der Hand, Kinder! Na, Rexchen... ein...

ALLEN *der sich nicht halten kann:* Ein Halsband!!!

BEVERLY: Jetzt nimmt der mir die Pointe! Ist das eine Idee? Du nimmst ihn also nicht am Ohr, Baby. Das würde er sich nicht gefallen lassen, sondern am Halsband!

EVELYN: Und das läßt er sich gefallen?

REX: Wer?

BEVERLY: Der Bär ...

EVELYN: Nein, der Autor?!

BEVERLY *ängstlich zu Rex:* Na, Rexchen?

REX: Was sagst du, Evelyn?

EVELYN: Ich würde sagen, das hängt von der Gage ab. Mit Halsband tausend pro Woche mehr.

BEVERLY: Wieso denn? Umgekehrt, Baby! M i t ist es doch weniger gefährlich.

EVELYN: Aber mir macht es auch weniger Spaß.

ALLEN *geflissentlich:* Ich hätte sogar noch eine bessere Idee, Boß! Wir geben an das Halsband eine L e i n e ...?

BEVERLY *küßt Allen, ehe er sich's versehen kann:* Das ist wieder genial! So kann überhaupt nichts passieren!

REX: Wieso, wieso? Trotz Halsband und Leine könnte der Bär doch auf Evelyn losgehen?

BEVERLY: Das würde der n i e tun! Sie hat ihm doch das Leben gerettet!

EVELYN: Und das w e i ß der?

BEVERLY: Wer?

EVELYN: Der Bär.

REX *sofort mitmachend*: Der weiß w a s ?

BEVERLY: Daß sie ihm das Leben gerettet hat.

REX: Ach richtig! Das hatten wir ganz vergessen!

Am Schluß:

ALLEN *aufgeregt:* Moment, ich habe vorher noch eine Idee!

EVELYN: Zu spät! *Sie schwingt den Scheck in der Luft und läßt ihn im Dekolleté verschwinden!*

ALLEN: Ich meine eine Idee für unsern Bären! *Er flüstert Beverly etwas ins Ohr.*

BEVERLY *küßt Allen, küßt Rex, Evelyn, Fips und Herrn von Manteufel:* Nein, daß m i r das nicht eingefallen ist! Rex, du wirst dich hassen, daß du darauf nicht gekommen bist! Der Bär bekommt . . .

REX: Na, was denn?

BEVERLY: Einen Beißkorb! Einen Maulkorb kriegt der Bär!

REX: Eigentlich schade!

BEVERLY: Warum?

REX: Weil er dann nicht mehr tun kann, was du mich jetzt kannst! *Er geht resigniert ab.*

BEVERLY *blickt ihm nach und sagt ratlos zu Evelyn:* Was meint er damit?

EVELYN: Ich habe keine Ahnung. Ich bin eine Dame!

DER FILMSTAR

Was von meines Mannes Garbo-Story beibehalten wurde, war lediglich die Idee der Zwillingsschwestern. Aber der Grund, warum mein Mann auf die Idee kam, nämlich dem Wunsche der Garbo, ein Naturkind spielen zu wollen, und dem Verlangen des Studios, sie wieder eine Dame spielen zu lassen, Rechnung zu tragen, wurde schon übersehen. Wahrscheinlich wurde er »zerredet«, erst verwischt, dann verwässert, dann vergessen. Man ließ die Garbo eine Dame spielen und als Gegenstück eine *Skilehrerin*! Rein optisch, was ja im Film so wichtig ist, gibt diese Gegenüberstellung nichts her, denn in einem Skidreß sieht eine Dame genauso aus wie ein Landkind. Wie soll die Schauspielerin die Dame im Skidreß von der Lehrerin im Skidreß anschaulich auseinanderhalten? Und wenn der Skidreß ab war und man die Garbo im Negligé zeigte, wußte man erst recht nicht »who is who«! So gedankenlos es war, die grundlegende Idee zu vergessen, so unsinnig war der ganze Film geworden. Kein Wunder, daß er mit Pauken und Trompeten durchfiel und die Garbo nie wieder filmen wollte. Ein Glück nur, daß durch den Durchfall nur wenige ihn gesehen haben. Die unerreichte Garbo war hier zu irgendeiner unbedeutenden durchschnittlichen Frau gemacht, denn . . .

Was ist schon der Star? »Lassen *Sie* sich nicht den Erfolg der *Firma* zu Kopf steigen!« Das steht im Studio groß und breit zu lesen! Diese Mahnung ist viel tiefgründiger, als sie zu sein scheint. Denn was den Film so groß macht, ist seine Möglichkeit, ein Durchschnittswesen

— deren es ja so viele gibt — so »aufzuziehen«, daß ihm die Welt zu Füßen sinkt. Aber genauso kann der Film mit seinen Möglichkeiten eine Größe vernichten. Siehe Garbo.

Um auf der Bühne ein Star zu sein, muß man zwischen acht und zehn etwas *können*. Um im Film Star zu sein, muß man die Zuneigung des Produzenten besitzen. Denn der Film kann jedes Manko, besonders das Manko von Talent, *umgehen*. Früher war die Technik noch nicht so weit. Ein starkes inneres Erleben zu haben und es gekonnt zum Ausdruck zu bringen, wie eine Garbo, eine Asta Nielsen, eine Ellen Richter — unvergeßlich ihre »Kaiserin Elisabeth« —, ein Paul Wegener — sein »Golem« —, ein Emil Jannings, ein Conny Veidt das fertigbrachten, dazu gehörte Schauspielkunst, und die großen Künstler jener Tage verdienten es, »Stern« genannt zu werden. Heute stört Talent nicht, aber es ist nicht notwendig. Von zweien, von denen die eine Begabung mitbringt, die andere sich leichter photographieren läßt, wird letztere gewählt. Das ist für die Filmindustrie auch richtig, denn eine, die sich leicht photographiert, spart Zeit und daher Geld. Den Mangel an Begabung kann man billiger umgehen als photographische Schwierigkeiten.

Daß man Darstellungskunst zum Filmen nicht braucht, ist leicht zu beweisen, wenn man überlegt, was Darstellungskunst ist: Der Bühnenschauspieler studiert seine Rolle, während der Filmschauspieler seine Zeilen auswendig lernt. Diese Bemerkung trifft den Kern viel genauer, als es im ersten Augenblick scheint. Denn das Wesentliche an der Darstellungskunst ist das Erfassen der Figur! Dieses Wissen: hier fahre ich ab und dort muß ich ankommen! Dazu das Gefühl, diesen Bogen zu spannen, das Gefühl für Dosierung: wie weit darf sich bis zu einer bestimmten Stelle dieser Charakter dem Publikum offenbaren, und wieviel muß noch verschleiert bleiben, um bis zum letzten Ende zu interessieren? Der Regisseur hilft ungemein, wenn er diese Dinge, die vom Schauspieler meist nur gefühlsmäßig geahnt werden, verstandesmäßig weiß und unterstützt. Aber am Abend, zwischen acht und zehn, wenn der Schauspieler alles und fast sich selbst vergessen muß, ist er allein auf weiter Flur. Allein mit seinem Talent und kann es nur mit diesem, dem nicht zu errechnenden Faktor, schaffen! Von alledem hat der Filmschauspieler keine Ahnung und darf auch keine Ahnung davon haben, schon weil es ihm bei jedem Satz das Herz brechen müßte! Ich erinnere mich, daß ich mir in meinem ersten Film, »Das Land der Liebe«, eine Szene so schön verhaucht zurechtgelegt hatte, daß ich mich richtig darauf freute. Dann wurde sie aufgenommen, und Herr Schünzel rief:

»Ganz falsch! Ich brauche jedes Wort laut und klar, darüber liegt ja Musik!«

»Der denkende Schauspieler ist noch einmal soviel wert«, heißt es. Im Film ist das umgekehrt, und der Filmstar ist, was die Schauspielkunst angeht, ein Produkt des »Puzzle«, das der Produzent mit einem Stab zusammensetzt. Und wehe dem Star, der dem Produzenten und seinem Stab da nicht ganz zu Willen ist!

»Mensch, Curt«, sagte Hans Albers so oft, »du weißt ja gar nicht, wie gut du's hast, daß du dein eigener Regisseur bist!«

Mein Mann wußte es genau!

Wir konnten in Hollywood einem großen Regisseur bei einer Aufnahme zusehen:

Der Star saß auf einem Barhocker, ein Anblick für Götter! Rotblond mit grünen Augensternen.

»Paß auf, Baby«, sagte der Regisseur, »schau auf meine Hand, du gehst mit den Augen mit, und wenn wir ganz unten sind, sagst du: *nein.*«

Es sah berauschend aus, als durch das Senken des Köpfchens die Lichter und Schatten im Goldhaar spielten.

Dann kam der männliche Star an die Reihe, auch ein blendend aussehender Kerl:

»Du streichst das Zündholz an der Schuhsohle an und machst einen Zug aus der Zigarette. Dabei fahre ich ran. Wenn ich die Hand hebe, haben wir deinen Kopf ganz groß drin. Da paffst du den Rauch langsam aus und sagst dann einfach: *Willst du, Baby?*«

Wir lunchten dann mit dem Regisseur und bemerkten, wie schwer es für den Darsteller sei, kleine Fetzen aus dem Dialog bringen zu müssen, ganz ohne Zusammenhang.

»Irrtum, Irrtum«, sagte er, »die *dürfen* gar keinen Zusammenhang kennen! Das zum Beispiel, war die große Szene im Film, die ich ganz leicht und einfach haben will. Er bietet ihr ein Vermögen an, eine Ranch, Schmuck, Pelze etc. etc., wenn sie mit ihm kommt. Willst du, Baby, fragt er, und sie antwortete: Nein. Stell dir vor, Curt, die Ziege wüßte, um was es geht! Entweder sie sagt: Ja, oder ein so unglaubwürdiges Nein, daß ich es nicht brauchen kann. Believe me, this way, it saves us a lot of trouble!«

Genauso, wie der *tender* im *drugstore* einem die schon zerlassene Butter auf den Toast spritzt: »Saves you a lot of trouble!«

DIE LETZTE STORY-KONFERENZ

Die letzte dieser Konferenzen – wieder bei einem anderen Produzenten – muß man entschieden als erfolgreich und lehrreich bezeichnen.

Die Aufgabe war, eine Story um ein Texasgirl zu erfinden. Die Probeaufnahmen der in Aussicht genommenen Hauptdarstellerin wurden vorgeführt. Ein temperamentloses Texasgirl wäre ja an und für sich etwas Interessantes, meinte mein Mann, bezweifelte aber die Waschechtheit dieser Dame und gab außerdem zu bedenken, daß eine Story um ein Texasgirl eher die Sache eines Eingeborenen sei. Aber er kam damit nicht durch, denn die Story sollte auch einen »genialen Dreh« bekommen, der die Hauptdarstellerin so talent- und temperamentlos erscheinen lassen durfte, wie sie es in Wirklichkeit war. Dann wurde noch gesagt, daß die Rolle siebzehn Jahre alt sein müsse, da das Girl siebzehn Jahre alt wäre, worauf mein Mann vorsorglich bemerkte, daß man nicht vergessen dürfe, dies nachher ins Programm zu setzen. Darauf entstand eine Pause, und dann entspann sich ein Streit um die Hosen des Texasgirls.

Mein Mann hatte nämlich die Cowboyhose, die sie in der Probeaufnahme trug, bewundert, einfach weil er das Bedürfnis hatte, etwas zu loben, aber er hatte diese Cowboyhosen als »Blue Jeans« bezeichnet.

Und das war falsch!

Was man nämlich bei uns »Blue Jeans« nennt, das sind keine »Blue Jeans«. Eine »Blue Jeans« ist eine himmelblaue leichte, lange, weite Leinenhose, von der eines der Beine bis unters Knie hochgekrempelt getragen wird. Die Cowboyhose hingegen, die wir irrtümlich »Blue Jeans« nennen, ist eine *»Liewei«*! So wird sie ausgesprochen. Geschrieben wird sie schlicht »Levy«, weil ein Herr Levy aus Černowitz – oder Umgebung – der erste war, der in Amerika, und zwar in Texas, eine Fabrik für solche Cowboyhosen errichtete, weshalb diese Cowboyhosen ihm zu Ehren und ihm zu Danke jetzt echt amerikanisch »Levys«, sprich *»Lieweis«*, genannt werden.

Von den Levys des Texasgirls kam man wieder herunter und auf das Texasgirl zurück. Der Produzent wollte beschwören, daß die Dame nicht älter als siebzehn sei, er kenne sie so genau, sagte er schmunzelnd, daß er sogar ihren Geburtsschein in Händen gehabt hätte. Dazu bemerkte mein Mann, daß es immerhin eher anzunehmen wäre, daß sich der Beamte bei der Eintragung um die läppischen zwanzig Jahre geirrt hätte als der liebe Gott.

»Jetzt aber werden Sie Augen machen, Sie ungläubiger Thomas«, sagte der Produzent lachend und freute sich wie ein Kind auf seine Pointe, »der Erfinder von den Lieweis war nämlich mein Onkel, der Bruder von meinem Vater, und das Texasgirl ist seine Enkelin! Jetzt *müssen* Sie mir glauben, Herr Goetz! Wie?«

Mein Mann glaubte ihm und kaufte eine Hühnerfarm.

31. AUGUST 1939

In dieser Nacht, um Punkt 12 Uhr, sollten die Würfel fallen, da würde Hitlers Angebot an Polen ablaufen, und – wenn nicht noch etwas Überirdisches geschähe, müßte der Krieg beginnen! Die Nachbarn hatten uns zu sich gebeten. Wir gingen gern hin, um an dem Abend nicht allein zu bleiben und um dort Basler Freunde zu treffen, die uns auf dem laufenden halten konnten über das, was stündlich durchgesagt wurde, was wir ja nur teilweise verstehen konnten.

Spannungsgeladen erklang knapp vor Mitternacht die Stimme des Ansagers, der, wie es uns schien, die langen Pausen ließ für das Wunder, das die Welt noch retten könnte:

»Jetzt sind es noch drei Minuten bis zwölf Uhr« – *Pause* – »noch zweieinhalb Minuten« – *Pause* – er war leiser geworden, »noch zwei Minuten« – *Pause* – seine Stimme war tonlos, »noch *eine* Minute« – *Pause* – man konnte seinen Atem hören. Dann kam es nur noch gehaucht:

»Dreißig Sekunden, zwanzig Sekunden, zehn Sekunden, noch fünf, noch *eine Sekunde*! *Der Krieg ist«* – und nun fortissimo, in ein rasendes Tempo fallend – »ausgebrochen, und wenn Sie sich noch keinen Wagen gekauft haben, sehen Sie sich erst den neuen FORD an!« – und bewundernd ging es von Mund zu Mund, daß die Radiominute am 31. August 1939 Ford eine Million Dollars gekostet hätte! Nur jene Firmen, die sich auch um diese »worldwide publicity« bemüht hatten – denn alle Welt hing an diesen schicksalsträchtigen Worten, denen die Reklame so blitzschnell folgte, daß man das Atmen vergaß –, hörten neidvoll hin, mit der kleinen Genugtuung, daß sie wenigstens dazu beitrugen, den Preis für Ford so ansehnlich hinaufzutreiben.

Ich glaube, daß in dieser »teueren« Minute noch kein Amerikaner daran dachte, daß dann im Kriege *jede* Minute so viel kosten würde. Und wir Europäer konnten das viele Herzeleid ausrechnen, weil wir das von 1914 noch deutlich im Gedächtnis hatten.

DAS ENDE UNSERER HOLLYWOODKARRIERE

Mein Mann wurde gerufen, seinen Vertrag endlich zu unterzeichnen, da die Arbeitsbewilligung lange schon vorlag, aber er hatte so gar keinen rechten Schwung mehr dazu. Dort war man gewöhnt, daß jeder, und besonders jeder Europäer, der ja von der Heimat abgeschnitten und somit auch brotlos war, überglücklich sofort unterschrieb.

Da stand zum Beispiel gleich zu Anfang, daß er sich für fünf Jahre verpflichten müßte.

»Wer sagt das?«

»Ihr Agent, Mr. Goetz.«

»Ich denke nicht daran, mein Leben in den luftgekühlten Räumen von Hollywood zu beschließen, ich will in meine Berge zurück«, sagte er.

»Ihr Agent hat das so angegeben, und das müssen Sie unterschreiben.«

Das war neu! Der Agent hatte absolute Gewalt über einen? *Er* bestimmte? Und was er bestimmte, war im Interesse des Studios. So ein Studio, erklärte man uns, steht ja auch länger und fester als ein Klient. Und ohne Agenten verhandelt kein Studio. Der Agent war, genau besehen, ein Agent für das Studio, bezahlt vom Klienten. Und der Agent gängelte einen, wie es für das Studio günstig war. Und wer sich nicht gängeln ließ, kam auf eine schwarze Liste. Nein, schwarze Listen gab es nicht, aber ein Grund würde sich finden lassen, warum Hollywood diesen Kerl nicht brauchen konnte. Dazu bot die Politik im Augenblick beste Gelegenheit.

»Auf ein Jahr schließe ich ab«, sagte mein Mann, »aber auf keinen Tag länger, denn sobald der Krieg zu Ende ist, will ich in meine Heimat.«

»Auf fünf Jahre, Herr Goetz, wie es Ihr Agent vorschrieb, oder gar nicht.«

»Dann bitte gar nicht.«

Sie kriegten den Mund nicht zu, genau wie viele Jahre später, als mein Mann seinen »Dr. Prätorius« dort verkaufte und lieber 100 000 Dollars schießen lassen wollte, als den deutschen Film einstampfen zu lassen, der zu Hause so viele beglücken konnte, die es so nötig hatten, damals in der schwersten Zeit.

Mein Mann wurde nicht lange nach der Besprechung, in der er seinen Vertrag nicht unterzeichnete, zu Louis B. Mayer selber gerufen und erlebte dort eine angenehme Überraschung.

Louis B. Mayer war ein Herr! Einer noch aus jener Generation, die Hollywood zu Hollywood gemacht hatten, einer, der noch sehr viel vom Film und von den Schauspielern verstand. Er unterhielt sich lange mit meinem Mann, besonders über unsern »Napoleonfilm«, den er sich hatte kommen und vorführen lassen:

»Geschrieben, Regie geführt und selber gespielt«, sagte L. B. Mayer immer wieder, »so etwas haben wir hier nicht. Ich habe Sie übrigens vor ein paar Jahren im Sommer in Karlsbad in Ihrem Stück *Ingeborg* gesehen. Das sollten Sie einmal verfilmen. Ein großartiges Stück.«

»Danke, Mr. Mayer.«

»Warum wollen Sie eigentlich nicht unterschreiben, Mr. Goetz? Wenn ich Ihnen die 5000 pro Woche bezahle, die Ihnen zu Anfang vorgeschlagen wurden?«

»Sie wollen ja nicht meine Arbeit, das Studio will meine *Seele* kaufen, und zum *Yesman* bin ich nicht geboren. Ich ziehe mich lieber auf eine Farm zurück, bis der Krieg zu Ende ist, und züchte Hühner. Damit kann ich mich hier über Wasser halten und sogar nützlich machen.«

»Warum gerade Hühner . . .?«

»Das . . . möchte ich gerade Ihnen nicht verraten, Mr. Mayer.«

Er schüttelte meinem Mann sehr warm die Hand:

»Es war mir ein großes Vergnügen, Mr. Goetz, mit Ihnen gesprochen zu haben, und ich kann Sie jetzt verstehen! God bless you. And I thank you.«

Fragte man meinen Mann später, warum er sich eine Hühnerfarm beigelegt hätte, dann sagte er, er hätte dies getan, weil er lieber 2000 Hühnern »unter den Pürzel« sähe — er hat sich viel drastischer ausgedrückt — als einem Produzenten ins Gesicht. Dieses Bonmot meines Mannes machte unglaublich schnell die Runde! Aber ob es dem feinen alten Mr. Louis B., den es wirklich interessiert hatte, je zu Ohren kam, haben wir nie erfahren können.

Wir zogen auf unsere Farm. Sie lag im Valley, im Tal, hinter den Hügeln von Hollywood. Es war die mittlere von drei sogenannten *gentlemen-ranches,* in einem Hain aus alten englischen Nußbäumen, in den sich drei Besitzer geteilt hatten. Wir nannten sie die *Swiss Farm.* Vorn stand das langgestreckte *ranch-house,* dahinter lag das Swimmingpool und an dessen Seiten zwei kleine Bungalows. Eines davon wurde meines Mannes Arbeitsraum, und das zweite wartete als Gästehaus auf Maxe, wenn er kommen würde, und auf unsere Verwandten. Dahinter waren drei *acres* Land, auf deren äußerstem Ende die Hühner.

Die Schwierigkeiten und das Herzzerbrechen dieser Zeit will ich überspringen. Ich erinnere mich nicht mehr so genau, wie alles ineinanderging. Man vergißt das Häßliche Gott sei Dank und behält das Schöne ewig im Sinn. Ich kann selbst nach »langem vergeblichen Nachdenken« — wie mein Mann das gern als Widmung in Gästebücher schrieb und dann nichts als seinen Namen daruntersetzte — nicht dahinterkommen, wie er alles dies heiter gestaltet haben würde: Das Bangen um die Heimat, wenn die Bomber aus den nahen Werken dröhnend ausprobiert und dann über das große Wasser geschickt wurden. Die Angst um Deutschland, das mit dem Dritten Reich zugrunde gehen mußte! Und die Verachtung der Emigranten, die meinen Mann einen Nazispion nannten, weil er wieder nach Deutschland wollte, während man sich hier fest verschwor, »dieses Land nie wieder zu betreten«. Was half es, wenn man ihm zum Abschied, 1945, sagte, man verstünde es nicht, daß er bei seinem Humor den Nazispion jemals ernst genommen hätte! Kein Mensch hätte das je geglaubt! Aber man mußte sich die Konkurrenz vom Halse halten! Wenn einer da war, der *wirklich* schreiben konnte, was wäre aus all den emigrierten Film-Autoren geworden, die in Bausch und Bogen mit je 200 Dollars pro Woche engagiert worden waren? Die Erklärung kam zu spät. Ich weiß, daß ich es nicht miterleben wollte, wie Schmutzfinken an meines Mannes sauberer Weste herumfingerten. Er aber sagte, man müsse sich überlegen, wie man sich selber benehmen würde, wenn einem der Boden unter den Füßen so weggezogen worden wäre wie den Emigranten aus Deutschland. Diesen Dingen eine versöhnliche Seite abzugewinnen, dazu gehört Größe. Deshalb möchte ich sie lieber überspringen.

Maxens Briefe! Sie waren wieder einmal das Einzige! Und auch die ferne Aussicht, mit ihm bei einem guten Glase Wein sitzen zu können und sich gegenseitig wieder alles Erlebte von der Seele zu erzählen!

26. September 1939
... Ist es denn möglich, daß man Euch dort die kalte Schulter zeigt? Hier würdet Ihr gerade jetzt in den Himmel gehoben, wo jeder so dankbar ist für geistige Nahrung, die es ja auch kaum mehr gibt. Auf die

Anfragen, die von überallher kommen, wann Ihr denn wieder gastiert, könnte ich mir Antwortkarten zu Hunderten drucken lassen — wenn man noch etwas drucken lassen könnte. Aber wo sind denn die alle, die hier vor Ehrfurcht erstarben, wenn Curt sie nur ansprach! Und der lange hohle Topp — ich sagte Euch ja immer, daß er ein Augendiener ist —, den Du, Curt, durchgeschleppt hast bis zum letzten Spieltag und den wir heimlich aus Deiner Tasche zahlen mußten, weil er wegen seiner Abstammung nicht auf der Zahlliste erscheinen durfte? Warum macht der sein faules Maul nicht auf und erzählt, was Du alles für ihn und so viele andere tatest? Spuck ihm für mich ins Gesicht, wenn Du ihn sehen solltest, was ich nicht hoffe! Pfui Deibel! — Und was soll ich von mir erzählen? Mephisto: Das Beste, was du wissen kannst, darfst du den Buben doch nicht sagen! ...

10. Oktober 1939
... Ich vergaß Euch zu schreiben, daß ich meinen Führerschein gemacht habe und kann Euch nicht genug danken dafür, daß Ihr mir Eueren Opel geschenkt habt, ein unbeschreiblicher Auftrieb für meine oft unerträgliche Lebensüberdrüssigkeit. Es gibt mir meinen Humor wieder, denn es gibt ja nur selten etwas Erfreuliches, wie zum Beispiel der Riesenerfolg des Tages der Solidarität! Die Nachbarin erzählte mir, daß ihr der Führer persönlich 100 Mark in die Büchse (Sammelbüchse) steckte. Ich finde das großartig, diese Freigebigkeit! Ihr nicht auch? Natürlich gibt es Neidhammel, Meckerer, die sagen, wenn's der Führer nicht kann, der hat ja genug Geld! Ich sage, er arbeitet auch schwer und sorgt für uns, und es ist herrlich, wenn er dann an einem Tag ohne Besinnen seine paar Spargroschen in die Büchsen (Sammelbüchsen) hineinsteckt ...

25. Oktober 1939
... Man bekommt alles nur mehr auf Karten, und auch an die Verdunklung hat man sich gewöhnt. Die Hauptsache ist eben »durchhalten«! In dem Gedanken, daß endlich, endlich diesem gottverdammten Schuft — den Chamberlain meine ich — der all das Elend auf dem Gewissen hat, der Hals gründlich gebrochen wird, in diesem Gedanken wird jeder anständige Deutsche gern alle Entbehrungen auf sich nehmen. Die Greuelmärchen, die die Engländer in die Welt senden, werden natürlich auch hier, namentlich von den vielen vielen Juden weiterverbreitet, so daß sich unsere Regierung gezwungen sah, allen ihr Radio abzufordern. Die bekommen jetzt die armen Arier von der Partei, und da sind wir dann sicher, denn daß sich ein Arier die englischen Nachrichten anhört, ist ein so absurder Gedanke für mich wie der, daß wir diesen gerechten Krieg verlieren könnten. Ich werde versuchen, Frau Pflaum das schöne Radio zu erhalten, das Ihr ihr zum Abschied geschenkt habt. Wenn es nicht geht, kaufe ich es ihr noch ab und lade sie aber dann zu mir ein, dann bin ich sicher, daß sie arisch hört! ...

12. November 1939
... Wie denkst Du Dir das, Valérie, daß wir zu Euch kommen sollen? Und Du kennst ja auch meine Anschauung! Meine Hundepeitsche hängt bereit, und ich kenne jeden, der sich nicht so benommen hat, wie es meinen Anschauungen entspricht. Den Tag muß ich hier erleben, sonst wäre alle Qual umsonst erlitten!

Max.

2. Dezember 1939
... Ihr schreibt »Auf baldiges Wiedersehen«! Glaubt Ihr denn daran? Was soll ich von hier berichten? Sicher lest Ihr dort vom Krieg Unrichtiges, aber Ihr werdet Euch schon das rechte Bild machen, dessen bin ich sicher. Haltet nur die Daumen, so wie ich es Tag und Nacht tue. Bei Tag habe ich sowieso nichts anderes zu tun, obwohl es bei uns keine Arbeitslosigkeit gibt, wie im Ausland, und bei Nacht kann man schwer schlafen. Dann träume ich immer wieder von Tonis Gulasch und daß man von dem vielen Essen mit einem verdorbenen Magen herumlaufen mußte. Wie wohl fühlen wir uns heute dagegen. Nicht ganz so üppig, aber gesund! Ich wiege 64 Kilo, bin ja nur 179 groß ...

17. Dezember 1939
... Wir müssen uns auf eine lange Dauer des Nichtsehens vorbereiten. Das Leben wird täglich schwerer und der Magen leichter! Aber man muß durchhalten. Der Heimweg nach dem Theater in der absoluten Dunkelheit soll sehr beschwerlich sein. Da bin ich froh, daß ich so lange schon arbeitslos bin. Habt Ihr die Rede des Führers gelesen? Sie war wieder einzig, obwohl immer dasselbe. Wie er das nur macht seit so vielen Jahren? Aber das Ausland geht wieder einmal nicht auf seine Ideen ein. Warum nur? Er tut doch wirklich alles, um es vor dem sicheren Untergang zu retten! Mein Fuß ist immer noch geschwollen. Ich muß eben Bandagen tragen, auch ums Maul. Alles Gute! Denkt an uns!

Max.

8. Januar 1940
... Man muß eben Geduld haben, aber es ist schwer, sich an alles zu gewöhnen und sich so vieles abzugewöhnen! Die »schöne, freundliche Gewohnheit des Daseins« ist eine Qual geworden. Man verliert das Interesse für alles. Nur noch an das bißchen Fressen denkt man — aber man denkt nur dran. Hoffentlich werden die Engländer bald besiegt. Man hofft, daß die Russen, unsere Freunde, uns helfen werden. Auf dem Hotel Adlon flattert das Sowjetbanner, und seit Rußland im November dem Antikominternpakt beigetreten ist, fühlen wir uns geborgen bei ihnen. Es ist ein schmerzlicher Gedanke für mich, daß mein kranker Fuß mich hindert, an dem Krieg teilzunehmen. Ich bin ja erst 62 Jahre alt. Das wäre ja gelacht! Aber ich kann eben leider keinen

Finger rühren zu der guten Sache, wegen meines Beines. Ich erkläre das dem Blockwart immer wieder.

Max.

5. März 1940
... Man hat sich an alles gewöhnt, an die Rationierung, an die Verdunklung, an die Kleiderkarten. Ein schönes Gefühl ist es, daß die Oberen nicht wie früher hamstern können, wenn wir in Fetzen gehen. Das richtet einen immer wieder auf. Man träumt ja manchmal von Kaffee und Butter und Zigaretten, aber man weiß, daß auch unser Führer und Dr. Goebbels darben, und der Gedanke stählt unglaublich! Meine Nachbarin ist kindisch und jammert um Klopapier! Das ist aber doch nun wirklich das Überflüssigste, das braucht heute niemand mehr. Wozu? Wenn man sich schon mal die Schuhreste abwischen will, opfert man eben den Völkischen Beobachter. Kohle hatten wir immer genug, nur der Transport war so erschwert, daß wir sie nicht bekommen konnten.

Max.

24. Mai 1940
... Ihr könnt Euch nicht vorstellen, wie glücklich wir sind. Die fortwährenden Siegesnachrichten vom Kriegsschauplatz! Der Krieg wird im Sommer aus sein, denn dann sind die Engländer bestimmt erledigt. Das ist aber dann die gerechte Strafe. Während der Führer gerüstet hat, haben diese Idioten geschlafen. In allem ist er ihnen zuvorgekommen! Dann darf man eben keinen Krieg anfangen, wenn man so wenig darauf vorbereitet ist! Sind unsere Zeitungen nicht klug, daß sie uns das so erklären? Ich wäre nie dahintergekommen.

Max.

8. Juni 1940
... Alles spricht hier vom baldigen Frieden, denn nach der glorreichen Einnahme von Paris muß die Welt ja nachgeben. Wie unser Führer durch das Tor in Paris einmarschierte, da sollen alle Franzosen sich tief verneigt haben und gesagt haben, Napoleon wäre nicht so schön marschiert, und der ist ja auch einmal durchgegangen. Aber durch unser Brandenburger Tor wird nie ein fremder Soldat gehen, dafür garantiert Dr. Goebbels. Und das ist ein so großer Gedanke, daß man wirklich nicht mehr zu essen braucht, weil einem da jeder Appetit vergeht.

Max.

25. August 1940
... Wir haben jetzt immerhin ein Jahr Krieg, und wenn man auch als guter Deutscher stolz auf die Erfolge ist, und wenn man auch keinen einzigen Augenblick am glücklichen Ausgang des Völkerringens zweifelt, trotzdem muß man im Interesse des Ganzen, und man tut es ja

auch gern, auf manches verzichten, was in letzter Zeit hinzukam. Nun werdet Ihr fragen: »Ja, Du Idiot, auf was mußt Du denn schon verzichten?« Darauf wüßte ich nun eigentlich in der Eile keine richtige Antwort. Der Brief soll ja nicht zu lang werden und muß ja heute abend noch in den Kasten, und es ist schon bald Mittag. Deshalb schließe ich. Ich wiege jetzt 62 Kilo, also was Ihr dort hört, sind alles Greuelmärchen.

Euer Max.

Maxens Briefe wurden immer spärlicher und ihr Humor gequälter. Arbeit war die einzige Medizin gegen das viele Nachdenken, das doch nicht nützen konnte, und so stürzten wir uns Hals über Kopf in jede Arbeit, die sich bot. Ich nähte allerhand, photographierte und richtete Häuser ein, und mein Mann befaßte sich zuerst einmal mit dem Erstellen der »Wohnungen« für die Hühner. Er nahm sich einen uralten Cowboy, einen Mr. Coldwell, zu Hilfe, der selber seit vielen Jahren eine Hühnerfarm im Valley besaß.

Als alles fertig war, sagte Mr. Coldwell in einer ruhigen Art, wie Garry Cooper sie hatte — dem er auch ähnlich sah, nur um Jahrzehnte älter —, den letzten Worten seiner philosophischen Überlegung besonderen Nachdruck gebend, indem er einem Nagel, der das gar nicht nötig hatte, noch drei kräftige Hammerschläge gab:

»Ich überlege immer, wie glücklich ein Mann sein könnte, ohne diese *gott—verdammten—Hühner*!«

Das war der Anfang unserer Laufbahn als Farmer. Aber wir brachten es zu einer Musterfarm und waren sehr stolz, wenn das *Government* uns durch das *Forestry Department* Leute schickte, sich ein Beispiel zu nehmen. Und was das Wichtigste war — da man nicht einen Centime aus der Schweiz nach drüben bekommen konnte, geschweige denn einen Pfennig aus Deutschland —, sie ernährte uns redlich. Wir freuten uns jeden Donnerstag über den Scheck für die Eier der letzten Woche. Wenn die vollen Kisten abgeholt wurden und die leeren erwartungsvoll bereitgestellt waren, sagte mein Mann:

»Es ist ein herrliches Gefühl, wenn man im vorhinein weiß, daß das, was man produziert, gefallen wird.«

»IT'S A GIFT«

Als Farmer standen wir sehr zeitig auf, besorgten die Hühner, sprangen dann in unser Pool, und täglich gegen neun Uhr saß mein Mann an seinem Schreibtisch und arbeitete. An einem Abend, es war bei kunstbesessenen Freunden, den Reitlers aus Wien, behauptete jemand, daß es leichter wäre, Einakter zu schreiben als ein abendfüllendes Stück.

»Sicher«, sagte mein Mann, »wenn man bedenkt, daß einem zu einem Einakter um so viel weniger Unsinn einfallen, daß man um so viel weniger Unbrauchbares hinschreiben und dann wieder wegstreichen muß, und daß der Durchfall um so viel weniger lange durchzustehen ist, wenn man das bedenkt, dann haben Sie recht!«

Aber, meinte er, wenn man von guten Einaktern, von solchen mit einer gewissen Lebensdauer spräche, dann wären drei Einakter zwar nicht dreimal so schwer zu schreiben wie ein ganzes Stück, aber doch mindestens ebenso schwer, abgesehen von dem Umstande, daß man zu einem Stück nur einen, zu drei Einaktern drei Einfälle haben müßte. Ein guter Einakter, sagte er, muß die Idee und die Charaktere so konzentriert und durchgearbeitet enthalten, daß ein abendfüllendes Stück daraus gemacht werden kann.

Dieses Gespräch gab den Anstoß zum »Haus in Montevideo«. Da mein Mann dieses Stück in Californien, zusammen mit seinem Freund Dorian und deshalb in englischer Sprache schrieb, hieß es »It's a gift«, was zwei Bedeutungen haben kann, »Es ist ein Geschenk« oder »Das sind Gaben«. Beide Bedeutungen werden dem Inhalt gerecht.

Daß es gerade zu diesem Stück kam, geschah einer Wette zufolge, die an jenem Abend bei Reitlers abgeschlossen wurde. Mein Mann hatte gewettet, aus jedem seiner Einakter ein abendfüllendes Stück machen zu können. Kleine Zettel wurden in eine Vase getan, einer zog »Die Tote Tante«, so mußte diese verarbeitet werden, und ich glaube, mein Mann hat gehalten, was er versprach.

Ein Laie, ein oberflächlicher Begutachter, könnte versucht sein, auf Anhieb zu sagen, daß das »Haus in Montevideo« die ausgewalzte »Tote Tante« sei. Diese Gefahr lag nahe. Und mein Mann sah sie auch, diese Gefahr!

»Natürlich«, so sagte er, »darf man an der einen Grundidee nicht hängenbleiben, sie zerziehen, sie verwässern. Man muß sich schon noch manches *dazu* einfallen lassen. Aber wenn man seine Figuren einmal kennt, und das tut man, wenn man sie sich im Einakter richtig erarbeitet hat, dann findet man auch, was ihnen noch alles hätte zustoßen können.«

Die Grundidee der »Toten Tante« ist die, daß ein allzu moralischer Schulmeister seine Schwester wegen ihres jugendlichen Vergehens vom Hause jagt. Sie wird berühmt und reich, verliert ihr Söhnchen und findet selber ein frühes Ende. Ihr Testament besagt, daß die Erbin ihres ansehnlichen Vermögens die Tochter des tugendhaften Bruders wird, unter der Bedingung:

»Bedingung ist lediglich, daß Genannte bis zu ihrem vollendeten 17. Lebensjahre mit Zustimmung ihres Vaters, meines Bruders Traugott Hermann Nägler, Mutter eines unehelichen Kindes wird . . .«

Der besondere Reiz dieses Stückes ist es, dem so moralischen Vater zusehen zu können, wie er sich windet, um dem Bräutigam seiner sechzehnjährigen Tochter klarzumachen, daß es mehr oder weniger in dessen Hand läge, zu entscheiden, ob die Familie in Armut bleiben oder fürderhin ein Leben in Wohlstand führen wird. Aber der Professor kommt nicht weit mit seinen Erläuterungen, weil vor allen Dingen sein Vaterherz siegt, das ihn seine Tochter ja doch nicht verkaufen läßt. Dafür belohnt ihn dann das gute Schicksal, indem der Bräutigam gestehen muß, daß er ein uneheliches Kind in die Ehe mitzubringen gedenkt. So wird das Testament der toten Tante erfüllt, da die noch nicht siebzehnjährige Tochter des tugendhaften Bruders mit dessen Zustimmung »Mutter eines unehelichen Kindes« wird. Diese Idee wäre so ergiebig, meinte mein Mann, daß man sie sehr lange in die Länge ziehen könnte, ohne zu langweilen. Aber damit begnügte er sich nicht. Er erfand die mindestens ebenso ergiebige Begebenheit mit dem Haus in Montevideo dazu, aus der man, wie er sagte, an und für sich ein ganzes und gutes Stück machen könnte. Denn die Idee, daß eine Schwester, die von ihrem Bruder verjagt wurde, weil sie als Mädchen ein Kind bekam, diesem gestrengen Bruder dann ein Haus vererbt, das allem Anscheine nach ein sehr »freudiges« ist, gibt allein genug her. Zu der Idee vom »Haus in Montevideo« brauchte man gar nicht die Geschichte von der »Toten Tante«, daß nämlich die Tochter des Bruders ein uneheliches Kind bekommen muß!

Wer das »Haus in Montevideo« sah, wird sich an die Figur der Madame de la Rocco erinnern, die unsere Lia Eibenschitz so prägnant verkörperte, an den zerstreut hintergründigen Rechtsanwalt Perino, Perino und Perino unseres Freundes Mylong-Muenz, der das Testament vollstrecken soll, an den märchenhaften Zauber von Ingeborg Körner als Carmencita, an das köstliche »Gleichnis» vom Wolf mit den zwölf hungrigen Schäfchen, das dem Pastor die Sünde schmackhaft machen soll, an den besorgten Brief der daheimgebliebenen Mutter, den der Professor auf seine stilistischen Fehler hin prüft! So reiht sich eine hinzugekommene Idee an die andere, bis zum Schluß der Konflikt eine ganz andere Lösung findet als im Einakter. Denn jetzt heißt das Testament der toten Tante ja auch ganz anders als in der »Toten Tante«: »Sollte jedoch eine Tragödie wie die meine sich wiederholen, am trauten Herde meines tugendhaften Bruders, Professor Doktor Traugott Hermann Nägler, dann natürlich fließt obgenannte Summe ...«

Die Erbschaft ist hier nicht mehr an die Tochter gebunden, was den Fall sogar wesentlich erschwert! Wer außer der Sechzehnjährigen könnte in Frage stehen? Um dieses Problem überraschend zu lösen, erfand mein Mann noch die Geschichte der »Atlanta«, des Schiffes, auf dem Vater und Mutter getraut wurden, auf dem die Kinder nun auch wieder heiraten wollen, was aber durch ein Gesetz unmöglich wird. Denn diesem Gesetz nach wird dieses selbige Schiff um 27 Zentimeter zu kurz befunden, um als Ort einer Trauung zugelassen zu sein. Und da dieses Gesetz obendrein rückwirkend ist, wird die vor achtzehn Jahren auf der »Atlanta« geschlossene Ehe des Professors ungültig und macht die Frau Professor zur Erbin. *Sie* hat, vor siebzehn Jahren am trauten Herde des Bruders der toten Tante, einem unehelichen Kinde das Leben geschenkt.

Daß der tugendhafte Bruder jetzt mit zwölf »Bastards« dasteht, fällt dem Erfinder dieser Idee in den Schoß.

Es ist erstaunlich, wie wenig der Einakter mit dem Stück zu tun hat. Es ist fast nur das Beiwerk, das blieb, das allerdings so originell und erquickend und so einprägsam ist, daß man es nicht missen möchte: die zwölf Kinder vor allen Dingen, die Familie, das Milieu. Daß die zwölf Kinder in beiden Fällen mit dem Konflikt, mit dem Stoff nichts zu tun haben und wegbleiben könnten, ist besonders interessant. Ich glaube, mein Mann hat mit seinem Versuch bewiesen, daß man aus einem guten Einakter ein gutes abendfüllendes Stück machen kann, ohne zu dehnen und zu strecken.

Mein Mann liebte es, dem Autor den Boden unter den Füßen wegzuziehen und sich auf neue Abenteuer zu begeben, so wie er das im »Haus in Montevideo« machte, als er das Testament abänderte, wodurch die Tochter Innocentia, wie sie in der »Toten Tante« noch hieß, nicht mehr die Erbin sein *mußte*, sondern es nur sein *konnte*.

Wenn man jemand vorher gesagt hätte, daß zu dem kleinbürgerlichen Milieu der »Toten Tante« ein zu erbendes feudales »Haus der Freuden« hinzukommen würde, hätte wahrscheinlich jeder geantwortet, daß das unmöglich oder zumindest schade sei und das Stück eher verderben könnte. Und wenn sich jetzt zum Beispiel herausstellte, daß dieses Haus in Montevideo wirklich ein solches Haus wäre, würde alles den Kopf schütteln. Aber zugeben müßte man, daß es unerschöpfliche Möglichkeiten für heitere Szenen hergäbe! Und man kann darauf nicht nur schwören, sondern wetten, daß mein Mann sich auch wieder auf elegante Weise herausgewunden hätte, daß alles in Harmonie und in Ehren zu- und ausgegangen wäre.

Ich sage nicht zuviel, wenn ich erzähle, daß ich in den Jahren unserer Tourneen, weit weit über tausend Briefe beantwortet habe, von »ganz Gescheiten«, die herausgefunden haben wollten, daß das Testament *nicht* erfüllt sei. Da brauchte ich immer nur den Wortlaut des Textbuches einzusenden, den ich mir hundertstückweise hatte drucken lassen. Besonders als dann das »Haus in Montevideo« herauskam – das war im Herbst 1945 im Züricher Schauspielhaus –, regnete es Mengen von Reklamationen, weil den Leuten noch das Testament der »Toten Tante« im Ohr lag. Natürlich gehört nicht einmal der tierische Ernst eines humorlosen Anwalts dazu, um das Testament in *beiden* Fällen anzufechten, entweder einer Amoral wegen oder weil man hinter der Formulierung den wahren letzten Willen der Verstorbenen suchen müßte. Aber, Gott sei Dank, handelt es sich hier um ein Theaterstück, um eine Welt, die nicht zeigen soll, wie das Leben *ist* – das wäre nicht halb so lebendig –, sondern wie es sein *könnte*!

DER MAPPLFINSCH

Zu dem »Haus in Montevideo« möchte ich noch zwei Punkte erwähnen dürfen, auf die mein Mann richtiggehend stolz war, und die jenen, die versuchen wollen, ein Stück zu schreiben, von Nutzen sein könnten.

Erstens, die »Exposition«. Sie wurde in Komödien, Lustspielen und Schwänken fast immer durch einen Dialog, meistens zwischen Diener und Stubenmädchen, gebracht, die sich nach Aufgehen des Vorhanges über die Zustände im Haus, über die »Herrschaft« unterhielten. Danach konnte die Handlung beginnen, und wenn dann der Hausherr auftrat, war das Publikum im Bilde, warum er sich benahm, wie er sich benahm, und warum er dies oder jenes so und nicht anders sagte. Heute läßt man das Publikum auf elegantere Weise wissen, was es wissen muß, um dem Vorgang folgen zu können. Man erzählt ihm die Vorgeschichte, ohne daß man das Handwerk klappern hört.

Mein Mann liebte von allen seinen Expositionen die vom »Haus in Montevideo« am meisten. Die Vorgeschichte dieses Stückes ist, daß der gestrenge Professor Traugott Hermann Nägler seiner Schwester den Stuhl vor die Tür seines ach so ehrbaren Hauses setzte, weil sie ein uneheliches Kind bekam. Wie sagt man das seinem Publikum auf behutsame Art? Oder sogar in humorvoller Weise? Denn ein uneheliches Kind, man kann es drehen und wenden wie man will, ist in jeder gutbürgerlichen Familie, auch heute noch, zuerst einmal eine Katastrophe, und schon aus Mitleid kann man dieses, auch von Gesetzes wegen benachteiligte Geschöpfchen nicht mit heller Freude begrüßen.

Ich wünschte, der geneigte Leser würde diese »Exposition« versuchen, ehe er weiterliest, um zu erfahren, daß das gar nicht so einfach ist, wie es nachher zu sein scheint, wenn es dann da steht! Mein Mann machte das so:

Der Pastor hält dem Professor vor, daß er seine Schwester verstieß, und sagt:

PASTOR (begütigend): »Wir sind allzumal Sünder! Der kleine Fehltritt . . .«

PROFESSOR (entrüstet): »Was würden Sie einen *größeren* nennen? Zwillinge?«

Mit dem einzigen Wort »Zwillinge« ist alles gesagt, und die ganze Peinlichkeit ist mit einem Scherz, mit einer gutsitzenden Pointe überwunden. Auf diese »Einwortexposition« war mein Mann, wie gesagt, richtig stolz, denn die gibt es sicher nicht oft in der Theaterliteratur.

(Um denen, die ihren Curt Goetz kennen, den Protestbrief zu ersparen, möchte ich verraten, daß ich wohl weiß, daß diese Stelle, ins Buch gedruckt und zum Lesen bestimmt, etwas anders lautet. Aber auf der Bühne, wo Mienenspiel und Betonung hinzukamen, sprach mein Mann sie immer so knapp, wie sie jetzt hier steht.)

Zweitens war mein Mann stolz auf seinen Traugott Hermann Nägler, den er niemals auch nur in der Nähe einer Schule zeigte, denn einen Schulmeister, meinte er, »der aus allen Knopplöchern nach Schule stinkt«, in seiner Schule zu zeigen, wäre phantasielos. Darüber sprachen wir, als er am Drehbuch für den Film arbeitete und die Schauplätze wechseln mußten. Da wäre die Schule das Naheliegendste gewesen, und mein Mann hatte auch mal Szenen, auf dem Weg zur Schule, und eine in der Schule, aber das gefiel ihm nicht, und er wußte lange nicht, warum es ihm nicht gefiel, bis er einmal sagte:

»Jetzt hab' ich es! Da liegt kein Witz mehr drin! Das ist banal, Konfektion, das ist mit dem Holzhammer draufgehaun, das kitzelt die Nerven nicht, deshalb langweilt es mich. Ich würde«, sagte er, »nur einen Schulmeister in die Schule stellen, der *kein* Schulmeister ist, wie zum Beispiel unseren *Finsch*, aus dem Gymnasium in Halle an der Saale, den wir den »Mapplfinsch« nannten.

Über diesen »Mapplfinsch« sprach mein Mann überhaupt zu gern. Seinen Spitznamen dankte er dem Umstande, daß er auch Französisch unterrichtete. Als er da in einer der ersten Stunden die Schüler lehrte sich vorzustellen, ging der alte Herr von einem zum andern und sagte jedem mit artiger Verbeugung: »Je m'appelle Finsch«, was sich in seinem Sächsisch eben anhörte wie »Mapplfinsch«.

Aber dieser »Mapplfinsch« — noch in der Erinnerung war mein Mann sehr verliebt in diesen Lehrer — muß ein goldiger Kerl gewesen sein. Er saß »eeegal« unter den Schülern, auf einem Pult oder in einer Bank, und unterhielt sich mit ihnen ganz privatim. Einmal, in Naturkunde, suchte er verzweifelt in allen seinen Taschen und sächselte dabei vor sich hin:

»Da hab' ich eich doch was mitbringn woll. Wo is es denn? Wo biste mei Gleener? Wo is er denn nur, Gottverdimmich? Na gomm doch schon! Ah, da habt er ihn! Da säht eich mal des wunderbare Dierchn an, das Gott geschaffn hat zu unsrer Freide im wunderscheenen Monat Mai. Gucke da! Die Fühler! Wie gleene Fächer! Und de scheen'n, hartn, braun'n Flieglchn und de Beene mit den Klauen dran. Damit hat sich der Kerl in meiner Tasche so festhaltn genn'n. Braucht er ja auch, im Frühlingssturm, auf'n Baum, wo er dann so viel Schadn anrichtet. Wie lang is denn des Dierchn? Nu lägn mer dich auf'n Rückn, du Strolch. So edwa zwanzch Millimeter biste lang. Säht eich nur das auf Hochklanz bolierde Görperchn an! Und rechts und links dieses kreideblitzweiße Ornamend, das wie 'ne Säge aussieht, und das de altn Kriechn schon bewundert und verwendet ham, als Guirlande auf ihren Dogas! Ich wees, Götz, es heest Dogen, aber des verstäht geener. Und außerdem ham de Kriechn geene Dogas getragn, sondern een Himation. Wo warn mir? Ja, also de altn Kriechn auf ihren Dogas. Nu grade!«

Was auch immer dieser »Mapplfinsch« unterrichtete, hat sich jeder Schüler bis an sein Lebensende merken *müssen*, sagte mein Mann. Und die Stunde über die Maikäfer endete dann noch so:

»Ach, Ginder, was ich noch sagn wollde, am Nachmittag gommt der Herr Direktor Fredersdorff, der Rechnknecht, in de Schdunde. Wersch wees, häbt de rechte Hand, wersch nich wees, de linke. Adchee, Ginder!«

Diesen »Schulmeister«, sagte mein Mann, den könnte man natürlich *nur* in der Schule zeigen, diesen seinen geliebten »Mapplfinsch«.

Nur ein kleiner Unterschied — aber eben *sein Stil.*

VORGEPLÄNKEL

Die Arbeit an »It's a gift« ließ uns die Schwere der Zeit oft vergessen, so viel haben wir dabei gelacht! Und das war ein gutes Zeichen für das Stück, denn mein Mann vertrat den Standpunkt, daß das Publikum einen mindestens so guten Geschmack hätte wie er. Wenn er sich beim Schreiben langweilte, würde das Publikum sich ebenso langweilen, dachte er, und wenn er sich unterhielte, würde es sich ebensogut unterhalten.

Dorian brachte einen Agenten ins Haus, Mr. Diamond, der von dem Stück gleich so begeistert war, daß er es unter den Arm klemmte und damit nach New York fuhr. Und damit begann auch die Schlacht am Broadway!

Zu jeder Schlacht gehören Vorgeplänkel, und die gab es auch bei dieser! Es fing damit an, daß ein Theaterdirektor sich schon nach der Lektüre für das Stück interessierte, ohne Mr. Diamond auch nur empfangen zu haben. Dieser Theaterdirektor, es soll der erste gewesen sein, dem Mr. Diamond das Stück gezeigt hat, interessierte sich gleich so sehr dafür, daß er sofort einen Optionsvertrag schickte und einen reizenden Brief dazu:

»Ich bin verrückt nach Eurem Stück, — am crazy about it, but, you boys, dig in and send me forty pages more — Jungens, schürft und schickt mir noch vierzig Seiten!«

»Der alte Esel«, sagte Dorian, »sieht die Lachpausen nicht und hält das Stück deshalb für zu kurz!«

»Aber wir werden *brave boys* sein«, sagte mein Mann, »und die vierzig Seiten schreiben, die dann sowieso wieder herausgestrichen werden müssen! Der wird sich wundern, der Herr Direktor! Besonders, wenn er uns, zwei *boys* von zusammen über hundert Jahren, zu Gesicht bekommen wird!«

Die vierzig Seiten »nach Maß« gingen nach New York, worauf ein beglückter Brief kam.

Im August hatte das Interesse des Herrn Direktors begonnen, und im September und Oktober, pünktlich am 1. des Monats, kamen die hundert Dollars Optionssumme, die das Gesetz dem Interessenten zu zahlen vorschreibt. Aber im November kamen sie nicht mehr. Ich wartete bis zum 15. und rief dann bei Mr. Diamond an.

»May be he changed his mind«, sagte er ganz ruhig.

»Das hätte er uns doch schreiben können!«

»Why? He doesn't pay, so you know, he doesn't want it anymore.«

Die Saison war verloren und mit zweihundert Dollars jämmerlich bezahlt.

Mein Mann dachte an die armen Autoren, die auf dieses Geld angewiesen sind — und auf diese Direktoren! Und er dachte auch — an Pappi Barnowsky!

Wir hatten ihn wiedergefunden in Hollywood, wo er ärmlich lebte, und mein Mann es dankbar genoß, ihm etwas unter die Arme greifen zu können.

Barnowsky war müde und kränklich geworden, aber er war ganz derselbe geblieben, sich so treu, als ob nichts geschehen wäre. Das war bewundernswert.

Er ging wenig unter Leute, aber uns besuchte er einmal. Er setzte sich mitten in die Mitte des langen Sofas, das mitten in der Mitte des *Livingroom* stand, legte seine beiden Arme weitausladend über die Lehne

— nicht ohne vorher seine Manschetten zurechtgezupft zu haben —, und dann schlug er langsam das eine Bein über das andere. Er sah sich alles ganz genau an, von der Decke über die Vorhänge, die Möbel, das Klavier, das Cello, die Blumen in den Vasen, bis zum Bodenbelag und so wieder zurück zur Decke, und sagte dann halb versonnen, halb überlegend und dabei langsam mit dem Kopf nickend:

»Und das alles für *mein* Geld, mein lieber Goetz!«

Dann aber lächelte er sehr verlegen, und mein Mann erwiderte schnell:

»Mein lieber Direktor, das ist das erste Mal in unserer langen Bekanntschaft, daß ich das Bedürfnis habe, Ihnen einen Kuß zu geben.«

Dann fingen wir alle drei an zu weinen.

Das war das letzte Mal, daß wir ihn sahen, unseren *Pappi Barnowsky.*

»TATJANA«

Der verlorenen Saison verdankte mein Mann den glücklichen Gedanken, sich einen lange gehegten Wunsch zu erfüllen, nämlich *Prosa* zu schreiben. So entstand damals die Legende »Tatjana«, die er sein liebstes und sein natürlichstes Kind nannte. Sie entstand hauptsächlich in den Wochen der Regenzeit, die in dem kleinen Buch so gut beschrieben ist. Wir kannten das, Gott sei Dank, und holten gleich in der ersten Nacht alle größeren Behälter, Eimer, Schüsseln und Vasen hervor, um sie in den Zimmern dann dort unterstellen zu können, wo es durch die Decke tropfen würde.

Als wir dies das erste Mal in Beverly Hills erlebten, in dem Haus, das wir dann gegen die Farm eintauschten, waren wir entsetzlich aufgeregt und riefen unseren Häusermakler an, der uns dieses »Wrack von einem Haus« angedreht hatte! Der wußte gar nicht, was wir von ihm wollten und schickte uns, um uns loszuwerden, einen Architekten. Der bewunderte unser »Wrack«, besonders wegen seiner seltenen Stabilität. Er sagte, wir wären ihm so sympathisch, daß er auf das Geschäft, das ihm hier in den Schoß fiele, lieber verzichte und uns dafür einen guten Rat gebe. Es koste viel zuviel Geld zu untersuchen, meinte er, woher und wieso der Regen durch das Dach käme. Wir sollten es ruhig so machen wie alle Leute: für die drei kurzen Wochen die Möbel etwas verrücken, die Behälter schön unterstellen, um die Bodenbespannung zu schützen, und später die Decken neu streichen lassen für die vielen langen schönen Monate. Das machten wir danach auch jedes Jahr so. Die Betten standen dann eben windschief mitten im Zimmer, mein Toilettentisch im Eck unter einem aufgespannten Schirm, so daß der Regen in den Teigmodel tropfen konnte — die Idee mit dem Schirm nahmen wir von Spitzweg —, im Speisezimmer stand der runde Mitteltisch an der Wand, und wir regten uns gar nicht mehr darüber auf.

Aber jetzt, auf der Farm, war die Regenzeit ein ander Ding! Die achthundert Leger unter ihren Dächern und einen Meter über der Erde, saßen fein im Trockenen. Die langen Käfigreihen sahen aus wie die Pfahlbauten, und wenn sie sich jetzt so im Wasser spiegelten, erschienen sie noch hochbeiniger. Aber ihre Insassen wollten gefüttert und die Eier eingesammelt werden! In Gummistiefeln und Gummimänteln stapften wir durch unser Überschwemmungsgebiet. Wenn es mittags die Sonne hell beschien, sah alles so sauber und akkurat aus wie eine japanische Federzeichnung.

Als ich an meinem mächsten Geburtstag erwachte, lag die fertige »Tatjana« in ihrem Schreibmaschinenschriftkleidchen auf meinem Bett, unter einem Strauß roter Rosen, wie ihn mein Mann auf geheimnisvolle Weise zu beschaffen wußte, wo immer wir auch waren.

Die Widmung auf der ersten Seite lautete:

»Mein liebes armes Schätzelein,
Spinn mich in Deine Träume ein,
Wie ich es mach mit Deinem Bild,
Das meine Seele ganz erfüllt.
So liegen wir und halten still
Inmitten Sturm und Kampfgewühl
Und warten ab, ob diese Welt
Uns nicht am End doch noch gefällt!«

... UND ANDERE KLEINE MÄDCHEN

Mein Mann las seine Sachen gern im Freundeskreis vor. An dem Erfolg, den er jetzt bei den Vorlesungen hatte, reifte sein Entschluß, die »Tatjana« übersetzen zu lassen und sie einem Verlag einzureichen.

Hans Habe, der ein vorbildliches Englisch schrieb und den Stil und Sinn der Legende ganz erfassen konnte, machte die Übersetzung. Dann wurde uns ein Verleger empfohlen, von dem man sagte, daß er Deutschen gut gesinnt sei. Das war etwas, das betont sein wollte!

Heute kann man sich das nicht vorstellen, denn heute wird jeder Deutsche mit offenen Armen aufgenommen. Damals wurde man verachtet und gehaßt, wenn man ein deutsches Wort sprach, und man lief Gefahr, verprügelt zu werden. Das ist nicht übertrieben. Man konnte es den Amerikanern nicht verargen, denn sie mußten ihre Söhne, ihre Väter, ihre Männer opfern in einem Krieg, den diese »damned Nazis« angefangen hatten, und für die Amerikaner waren Deutschsprechende eben nur »damned Nazis« oder geflüchtete Juden. Dazwischen gab es für sie nichts.

Ich schrieb an den Verlag und sandte das Manuskript ein. Es kam zurück. Die Antwortnote lautete, der Autor möge sich seine Story als eine gespannte Wäscheleine vorstellen, die straff von einem Ende zum andern laufen müßte. Alles Beiwerk sei uninteressant. Kurz und knapp, wäre die Losung. *Aber,* wenn es ihm gelänge, aus seinen hundert Seiten vier- bis fünfhundert zu machen, dann wäre die Sache zu erwägen, denn dann könnte man so ein Buch um fünf Dollar herum verkaufen.

Das war für meinen Mann so aufschlußreich, daß er dadurch einen großen Schritt weiterkam. Nämlich in der Erkenntnis, daß Mathematik zu studieren für einen Schriftsteller das Wichtigste gewesen wäre. In Europa hatte sie denn ihren großen Erfolg, seine kleine »Tatjana«, zu allererst 1945 im Artemisverlag in Zürich.

Max Ophüls, der feinnervige Regisseur, war in Hollywood lange hinter uns her, sie zu verfilmen mit der damals blutjungen *Leslie Carron*. Aber mein Mann träumte davon, diese Sache selber zu machen. Er suchte viele Jahre nach »seiner« Tatjana, aber leider fand er nie die ganz Richtige. Dann wollte *Rex Harrison* sie für sich und seine kleine Frau haben, die ihm der Tod so plötzlich und so grausam entriß.

Vor zwei Jahren, 1961, besuchte mich *Soltan Korda* aus London. Auch er hatte sich in die »Tatjana« verliebt und wollte sie mit *Peter Ustinov* in der Hauptrolle machen. Leider starb Korda wenige Wochen nach seinem Besuch. Ihm hätte ich die Legende anvertraut, nach allem, was er über sie zu sagen wußte.

Bei seinem Besuch erwähnte er auch, daß Nabokovs »Lolita« dasselbe Thema behandle wie ein Jahrzehnt vorher unsere »Tatjana«. Das war meinem Mann gleich nach Erscheinen dieses Buches von vielen Seiten geschrieben worden. Aus allen Winkeln der Erde bekam er die »Lolita« deshalb zugeschickt. Er las das Buch mit vielem Interesse, fand besonders den ersten Teil ausgezeichnet, und sagte dazu:

»In diesem Falle ist es ein Unglück, daß das Buch so gut geschrieben ist!« Diese Kunst wäre einer besseren, einer positiven Sache würdig, meinte er. Ob Nabokov von »Tatjana«, vielleicht auch von »Ingeborg« Anregungen empfangen haben konnte, ließ er offen. Er sagte sich, wenn ihm jemand etwas nachmache, wäre das ein Beweis, wie gut seine Idee sein müsse, und ihm würde wieder eine andere einfallen.

Vor kurzem beschäftigte sich Wilhelm Montenbruck mit dieser Sache. Er schrieb im »Badischen Tagblatt« vom 25. 8. 1962:

»Curt Goetz, der bezaubernde Komödiant und Stückeschreiber, schlägt das gefährliche Lolitathema — sein späteres Tatjanathema — schon 1922 in seiner so berühmten ›Ingeborg‹ mit voller Deutlichkeit an. Sie war jahrelang aus Curt Goetzens Mund von Berliner Bühnen herab zu hören. Ob ihn nicht auch Vladimir Nabokov, der, von Unterbrechungen abgesehen, von 1922 bis 1930 in Berlin lebte, gehört hat? Ist die Vor- und Nachnamensgleichheit des Humbert Humbert ein später Dank Nabokovs an Curt Goetz und seinen Peter Peter?

Bei allem Abstand der seelenzerfasernden, vielschichtigen Analyse in Nabakovs ›Lolita‹ von der pointiert knappen Kunst des Komödienschreibers Goetz in seiner ›Tatjana‹, das Thema ist das gleiche.

Das Thema — hier in zarten Linien heiter umrissen, dort mit dunklen Tinten düster auslaviert — bleibt dasselbe. Und wenn die Kunst unter ihren vielen Aufgaben vielleicht auch die hat, uns ein wenig nachdenklich zu machen, so mag der, dem die ›Lolita‹ allzu bitter schmeckt, sich an die Süße der ›Tatjana‹ halten. Nachdenklicher in seinem Urteil wird er auch bei der so viel kürzeren und deliziöseren Curt-Goetz-Lektüre werden. Ist er dazu ein literarischer Feinschmecker, wird er das literarische Gesetz wieder einmal bestätigt finden, daß zu uns Dinge erst aus dem Ausland kommen müssen, die wir vorstufenhaft längst besaßen.«

Sehr lustig wäre es, wenn Herr Nabokov jener Herr von der englischen Gesandtschaft gewesen wäre, der mit jener Dame in der Loge saß, die ihm den »deutschen Shaw« vorstellen wollte und durch ihr ewiges Übersetzungsgeflüster wegen Ruhestörung von meinem Mann aus dem Theater geworfen wurde, die ihm dann in ihrer Verzweiflung ihren schönsten Hund, unsere Bianca schenkte!

Das wäre fast zu rund, um nicht erdichtet zu sein.

DIE SCHLACHT AM BROADWAY

»Quam deus perdere vult, dementat prius!« Das heißt: »Jetzt muß ich auch noch den Broadway versuchen!« Und das hatte mein Mann wirklich vor, nach den Enttäuschungen mit Film und Prosa. Deshalb übersetzte er noch seinen »Dr. med. Hiob Prätorius« und »Hokuspokus«, um genügend Auswahl zu haben für das, war kommen würde.

Es machte ihm viel Spaß, wenn man ihm sagte, daß er auch im Englischen ein ungewöhnliches Sprachgefühl hätte. Natürlich mußte er sich Hilfe nehmen, aber die letzte Entscheidung für eine Formulierung, die lag bei ihm. Und da ließ er nicht locker, bis diese so klang und so saß, wie er es hörte, selbst wenn er die Vokabel dazu nicht selber gefunden hatte. Für ihn war es äußerst wichtig, ob da stand: the dead, the late, the deceased, the departed oder sonstwie. An *dieser* Stelle mußte eben gerade *dieser* Ausdruck kommen und kein anderer.

Mein Mann sprach nicht viel englisch, weil er Hemmungen hatte. Er war gewohnt, perfekt zu sein. Es war für ihn daher nicht so leicht wie zum Beispiel für mich, die ich wild drauflos kauderwelschte und mich schon in meiner Muttersprache simpel auszudrücken gewohnt war, während seine besonderen Gedanken seiner Rede ja auch im Deutschen einen besonderen Schliff gaben.

Nachdem die Übersetzungen fertig waren, begannen wir sie in nun gewohnter Weise mit verteilten Rollen zu lesen. Das war eine gute Englisch-Übung für uns. Nicht ohne Hintergedanken luden wir Mr. Diamond zu so einer Vorlesung im Freundeskreis, und er regte prompt an, mit ihm auf den Broadway zu kommen, um die Stücke dort genau so vorzutragen.

Das machten wir, und damit setzte sie ein, *Die Schlacht am Broadway,* zu der mein Mann noch selber die folgenden einleitenden Worte schrieb:

EIN TOLLKÜHNES UNTERFANGEN

Gleich bei unserer Einfahrt in den New Yorker Hafen, als die Wolkenkratzer Manhattans drohend und ehrfurchtgebietend uns entgegenschwammen, war es mir, als hörte ich die Göttin der Freiheit, die dort auf hohem Felsen in luftiger Höhe Wache hält – mit einer Fackel in der Hand, um besser sehen zu können, wer kommt – bei meinem Anblick flüstern:

»Auch auf *Sie* haben wir hier nicht gewartet.«

Und es sei gleich vorweggenommen, daß ich dieses Gewisper aus dem Gehäuse meiner Ohren nie mehr ganz losgeworden bin, so sehr ich mich oft schüttelte, und daß sich im Laufe meines Aufenthaltes in den Vereinigten Staaten von Amerika diese Ahnung meiner völligen Überflüssigkeit in diesen Gefilden fast bis zur Gewißheit verdichtete. Vielleicht hat man dort wirklich nicht auf mich gewartet. Jedenfalls kam ich mir oft fehl am Ort vor und sinnlos wie ein Hühnerauge an einer Prothese. Sobald ich bemerkte, daß die Wolkenkratzer nur deshalb so in die Höhe strebten, um mein Selbstgefühl in gleichem Maße herabzudrücken, wurde ich verstimmt. Und es befestigte sich in mir der Wunsch, diese Wolkenkratzer zu erobern. Mitsamt dem Erdteil, auf dem sie standen. Und zwar nicht mit Feuer und Schwert, sondern mit meiner Feder.

Ein tollkühnes Unterfangen!

Man überlege einmal, wie schwer es ist, in der eigenen Sprache Erfolg zu haben! Und nun gar in einer fremden! In einem fremden Lande mit unbekannten Mentalitäten! Man wird mir die Bewunderung nicht versagen für den Mut, ich möchte fast meinen, die Waghalsigkeit meines Entschlusses!

Er endete denn auch in einem völligen Debakel.

Aber eins nach dem andern.

THERE YOU ARE!

In New York angekommen, war mein erster Gedanke, den Theatergewaltigen Mr. Gr. aufzusuchen – »you boys dig in, and send me some 40 pages more« –, der die Option für »It's a gift« bezahlt hatte und das Stück dann wieder fallen ließ. Ich wollte zu gern erfahren, warum er das tat. Daraus konnte man lernen, und vielleicht einen großen Fehler vermeiden.

Mr. Diamond kannte Mr. Gr. nicht, der wie eine Leuchtrakete am Broadwayhimmel aufgeflammt war und sich jetzt, wie es schien, geheimnisvoll im Dunkeln hielt. Jedenfalls, sich bei einem Broadwayproduzenten Zutritt zu verschaffen, ist nie einfach. Mein Mann überlegte, wie der Schock am besten abzufangen wäre, wenn der alte Herr sich einem »boy« gegenübersehen würde, nicht viel jünger als er selber. Deshalb wurde beschlossen, ich sollte erst einmal alleine zu ihm gehen, um ihn zu beschnuppern. Mir war gar nicht wohl dabei.

Schon das Haus in der 44. Straße erschreckte mich, weil ich mich in alten, verwinkelten, zerwohnten Häusern fürchte. Ein wackeliger Fahrstuhl hing in der Mitte der Treppe, hinter einem ehemals grau gestrichenen engmaschigen Gitter, das vom dritten Stock bis in den Keller grausam laut erzitterte, wenn oben die Lifttür zufiel. Es blieb finster, als ich einstieg. Nicht ganz! Die müde Birne versuchte zu flackern, wenn man an einer bestimmten Stelle stand. Oder vielleicht hätte man schwerer sein müssen? Bei dem Gedanken möglicherweise steckenzubleiben, stieg ich wieder aus und tastete mich an die Treppe.

Dreie mußte ich steigen. Alle Stockwerke sahen gleich aus, ein kurzer schmaler Korridor, mit spärlichem Licht durch Milchglastüren, auf denen Firmennamen standen und allerhand Unfug dazugekratzt war. Der Gang endete immer auf der einen Seite in einer Tür mit nur zwei Buchstaben, und in diesem dritten Stockwerk auf der anderen Seite in einer Tür, die ebenfalls offen stand.

Ich konnte daher in diesen Raum hineinsehen. Er war etwas, das man in Wien ein »Kabinett« nennt, nur daß ein Wiener Kabinett ein einfenstriges Zimmerchen ist, das als solches angelegt und ausgebaut wurde. Dieses Kabinett aber war die so arg zu kurz gekommene Hälfte eines zweifenstrigen Raumes, daß man nur den einen Flügel des einen Fensters hätte öffnen können. Woraus der Fußboden gemacht war, konnte man nicht mehr erkennen, denn das Haus stand sicher seit 1890, und da sammelt sich ja allerhand Staub an. Nur das Knarren beim Betreten ließ auf Holz schließen. In dem Kabinett stand, dicht an den nichtzuöffnenden Fensterflügel gedrückt ein Sofa, mit dunkelbraunem Wachstuch bezogen, und mit einer hohen geschwungenen Rückenlehne. Auf diesem Möbel türmten sich Bücher und Partituren, mit und ohne Einband, bis hoch über die Lehne auf die Wand hinauf. Sie ließen nur einen Sitzplatz frei, der von einem Stoffrest mit türkischem Muster bedeckt war, was man an seinen Rändern noch gut erkannte. Vor jenem Fensterflügel, der sich öffnen ließ, stand ein Kleiderständer. Den hätte man allerdings wegbiegen müssen, wenn man das Fenster hätte öffnen wollen, weshalb es anscheinend jahrelang nicht mehr geschehen war. An dem Kleiderständer hing einsam ein dunkelblaues mitgenommenes Jackett. Es hing zum Teil schon über dem Schreibtisch, der mit seinem modernen Bürokippstuhl das Ameublement vervollständigte. Zu Anfang dunkelbraun, dann von unkundiger Hand weiß überstrichen, war der Sekretär endlich mit viel zu nasser Farbe schwarz lackiert worden. Diesen Werdegang verrieten seine teilweise auf- und teilweise abgeplatzten Blasen, wie die Ringe eines Baumes dessen Alter verraten. Im übrigen stand dieser Schreibtisch mit seinem Kippstuhl viel zu dicht vor der grüngepolsterten zweiflügeligen Tür zum *boss*.

Ich hatte nur einen Blick in dieses leere Kabinett werfen können. Es so genau in mich aufzunehmen, sollte ich erst später Gelegenheit haben, als mein Mann, den ich bald darauf holen ging, mir zuflüsterte:

»Merk dir das gut für unsere Memoiren!«

Im Augenblick hatte ich also nicht viel Zeit dazu, weil vom andern Ende des Korridors, aus der Tür mit den zwei Buchstaben, ein Jüngling in Hemdsärmeln kam. Ich drückte mich an die Wand – der Gang war ja sehr eng –, und er schob sich an mir vorbei, ins Kabinett hinein. Und machte die Tür zu.

Da ich dieses Kabinett schon einigermaßen kannte, hatte ich das Gefühl, daß dieser junge Mann mir folglich auch bekannter sei, als die Leute hinter den anderen Türen, und ich klopfte bei ihm an. Er steckte den Kopf heraus. Ich fragte nach Mr. Gr., dem Broadway-Theaterdirektor, worauf der junge Mann kurzangebunden sagte:

»Kommen Sie in einer Stunde.«

»Wohin, bitte?« fragte ich.

»Hierher, zu mir«, sagte er ungehalten, als hätte ich das wissen müssen. Meine Frage war aber auch dumm, denn als sich die Tür jetzt wieder schloß, konnte ich groß und breit auf ihr lesen:

Theatrical Enterprises inc.

Jedenfalls war ich hier am rechten Ort, und ich rief meinen Mann an und konnte ihn jetzt überreden, mich zu dem geheimnisvoll unnahbaren Mr. Gr. zu begleiten, wobei ich ihm verschwieg, wie ungnädig schon sein Bürodiener war.

Wir kletterten zusammen in den dritten Stock des Hauses in der 44. Straße, ich klopfte an, und die bekannte Stimme sagte: »Come in.«

»Wir möchten Mr. Gr. sprechen.«

»Wait a minute«, sagte der junge Mann, und bot mir so nebenbei den Platz auf dem Sofa an. Ein zweiter für meinen Mann war nicht da. Was mich das schon störte! Aber ich setzte mich. Leider. Denn dem Sofa fehlte ein Bein, und die Lawine von den aufgetürmten Büchern und Noten rollte auf und über mich. Den jungen Mann überraschte sie nicht so wie uns, aber es dauerte eine ganze Weile, bis wir drei, er unter Stöhnen, alles wieder aufs Sofa gehäuft hatten, um diesem fehlenden Bein die Balance zu halten. Übrigens geschah dem Sofa Unrecht. Es fehlte ihm gar kein Bein. Es – eine solide alte Zigarrenkiste – war nur ein wenig nach hinten gerutscht. Wahrscheinlich hatte sogar ich sie beim Setzen weggestoßen. Der Bürodiener stellte sie hochkant an die rechte Stelle, so daß ich bequem Platz nehmen konnte.

»Also, was wünschen Sie?«

»Das ist Mr. *Curt Goetz*«, sagte ich, »und ich bin Mrs. Goetz. Wir möchten Mr. Gr. sprechen.«

»Was wollen Sie von ihm?«

»Mr. Gr. hat sich einmal für ein Stück meines Mannes interessiert, ›It's a gift‹, und hat es dann wieder . . .«

»O ja, ich erinnere mich.«

Es geht nichts über geschultes, aufmerksames Personal, dachte ich, das würde mir viel Erzählen und Erklären sparen! Der junge Mann, er mochte zweiundzwanzig sein, nahm das dunkelblaue Jackett und zog es an, um uns, wie sich das gehört, in gebührendem Aufzug bei Mr. Gr.

zu melden, der wohl hinter der grüngepolsterten Tür residierte. Deshalb erhob ich mich auch, warf einen Blick auf meinen Mann und zupfte seine Krawatte zurecht, an der gar nichts zurechtzuzupfen war. Dann guckte der Bürodiener auf seine Armbanduhr und sagte:

»Bleiben Sie sitzen.«

Es war also noch nicht soweit. Aber nun geschah wieder einmal etwas, das einen Europäer vor die Aufgabe des völligen Umdenkens stellt. Während ich Platz nahm, setzte sich der junge Mann hinter den Schreibtisch und schloß die Lade auf. Er tat dies mit einem Schlüssel, der an einer langen Stahlkette hing, die aus seiner, von dieser Stahlkette an den Rändern abgewetzten Hosentasche kam, zog den Schub auf, legte sich zurück und seine Füße auf den Tisch, stemmte den einen gegen die Kante, was seinen Stuhl nach hinten kippte, und so, fast liegend, schlug er ein Manuskript auf, das er aus dem Schub genommen hatte, sah uns von unten hinauf von oben herab an, ganz Produzent, während sich in uns der Gedanke zur Gewißheit verdichten konnte, daß dieser ungeschlachte Jüngling der geheimnisumwitterte Mr. Gr. selber war. Dann drehte er sich mit seinem Stuhl zu mir und sagte leutselig:

»Ich werde Ihnen etwas sagen, Mrs. Goetz, Ihr Mann hat gar keine so schlechten Ideen! Aber *so*«, und dabei tippte er auf das Manuskript, »*so* geht das natürlich nicht! Der erste Akt ist Unsinn, das wissen Sie wohl selber. Der zweite Akt – ich habe damals versucht ihn zurechtzubiegen, aber so etwas ist leider gar nicht so einfach! Aus dem dritten Akt ließe sich *vielleicht* etwas machen!«

Dann drehte Mr. Gr. seinen Stuhl so, daß er meinen Mann ins Auge bekam, und sagte, jedes Wort und besonders das letzte betonend:

»What you need, is a *writer*! Was Sie brauchen, ist einer der *schreiben* kann!«

Mir schwollen die Adern, und das war der Moment, wo mein Mann mir zuflüsterte:

»Merk dir das gut für unsere Memoiren!«

»Wissen Sie«, sagte ich weniger leutselig als Mr. Gr., »daß dieser Mann noch kein Wort geschrieben hat, das nicht Tausende Male über die Bühnen ging? Wie viele Stücke haben *Sie* denn schon geschrieben?«

»Ich habe erst eines produziert«, sagte er.

»Habe ich recht verstanden? *Eines?* Dieser Mann hat ein Dutzend auf die Beine gestellt, von denen jedes einzelne, wie Sie es hier nennen, ein ›smash hit‹ war! Und Sie haben nur *eines*, und *nur* produziert?«

»Ich bin ja noch jung! Jeder muß einmal anfangen. Ich habe dieses Mal sogar Pech gehabt. Es ging nur ein Mal, dann war es aus. Aber ich habe ein Fingerspitzengefühl für Stücke! Deshalb fange ich auch wieder von vorn an. Jetzt hole ich wieder Kaffee und Bier fürs Büro, aber mal kriege ich schon wieder eine Chance und produziere wieder selber ein Stück.«

»Na, viel Glück«, sagte ich, während mein Mann mich zur Tür schob, um ein größeres Unglück zu vermeiden. Aber da fragte Mr. Gr. noch ganz schnell:

»Sagen Sie: *Wo* haben Sie denn Ihre Stücke so erfolgreich spielen lassen? *Wo* war das?«

Sehr stolz sagte ich:

»Wenn Sie es wissen wollen, *in Berlin*!«

»There you are«, erwiderte er.

Es war ein Glück, daß ich damals noch nicht verstand, was dieses »there you are« meinte!

Im Hotel hatten wir dann einen Krach!

»Warum mußtest du dich aufregen, Schätzchen, und dich mit diesem armen Jungen, der mein Enkel sein könnte, in einen Disput einlassen?«

»Na hör mal, wenn er dich so beleidigt?«

»Das kann der doch gar nicht! Dieser beneidenswerte Bursche! Eine Stunde nur möchte ich so selbstsicher sein, wie er es sein Leben lang ist!«

»Siehst du, *das* hätte ich ihm erwidern sollen!«

»Nein, mein Schatz, *gar nichts* hättest du ihm erwidern sollen! Nach ihrem Höhepunkt kann eine Szene nur noch abfallen, deshalb muß man *auf* ihrem Höhepunkt Schluß machen. Es war doch herrlich, wie der Junge zu mir sagte: Was Sie brauchen, ist einer, der schreiben kann! Darauf gibt es keine Antwort. Alles was man da entgegnen würde, *kann* nur schwächer sein. Oder Unsinn. Und den muß man den andern reden lassen.«

Ob mein Kapitel auch hätte enden sollen mit:

»What you need, Mr. Goetz, is a *writer*?«

DIE THEATER

Was uns Schauspieler an einem Theater zumeist interessiert, ist der Innenraum, und der sieht in einem New Yorker Haus genauso aus wie bei uns, mehr oder weniger alt, mehr oder weniger schön. Mehr alt, weniger schön. Aber von außen ist so ein amerikanischer Musentempel eine Besonderheit für uns Europäer, weil er nämlich keine Besonderheit ist wie bei uns in Europa, sondern ein ganz gewöhnliches Wohnhaus.

Die Broadwaytheater stehen alle nebeneinander, in einer Reihe, und bilden so eine Straße, eine einfache, schmale, altmodische Straße. Denn in New York ist es so — ich möchte mich auf die Richtigkeit der Reihenfolge nicht festlegen —, daß zum Beispiel in der 34. Straße alle Schmuckfedernfabrikanten, aber ausschließlich Schmuckfedernfabrikanten, ihre Geschäfte haben. In der 35. Straße gibt es dafür nur Porzellan, in der 36. nur orthopädische Schuhe, in der 37. nur Hutgestecke, in der 38. haben nur Glasperlenerzeuger ihre Läden, in der 39. bekommt man nur Mieder und Büstenhalter, in der 40. sind nur Diamantenhändler zu Hause, in der 41. gibt es nur Badezimmer- und Wasserspülvorrichtungen, in der 42. nur Kunstblumen, in der 43. nur chirurgische Instrumente und Glasaugen und in der 44. eben nur Theater.

Bei den verschiedenen Waren hat es sich als praktisch herausgestellt, wenn der Einkäufer nicht erst durch die ganze Stadt laufen muß, um das zu finden, was er sucht. Ob es sich bei den Theatern als praktisch erwies, läßt sich nur vermuten. Bei der An- und Abfahrt allerdings ist das Gedränge lebensgefährlich, und an ein Feuer darf man gar nicht denken. Aber man kann sich vorstellen, daß es sogar sehr praktisch ist, wenn einem ein Stück nicht gefällt — das kann man sich zwar nicht gut vorstellen —, daß man schnell gegenüber oder nebenan weiterhören geht, und so die ganze Straße durch, wenn doch der Abend nun schon mal für Theater gebucht war. Man könnte dann auch in Gesellschaft gleich zu Anfang der Saison mitreden, denn man hat alle Stücke vom Broadway gesehen, in einer Art gedrängter Übersicht, einer »Viewer's digest«, genau so, wie man ja alle Bücher gelesen hat, wenn man in »Reader's digest« blätterte, und dann eben mitreden kann. Man muß doch zugeben, daß es auch fürs Theater praktisch ist, alle Tassen in einem Schrank zu haben.

Die schmale, altmodische Straße, die aus den Broadwaytheatern besteht, ist also die 44., aber nicht der Broadway, wie man denken könnte. Der Broadway, wie der Name schon sagt, ist eine breite Straße und verläuft senkrecht zu den Nummernstraßen, er durchquert die 44. *Der Broadway* ist aber der Sammelname für den Theaterbetrieb von New York. Das heißt, von ganz USA. Denn in ganz USA gibt es sonst keine Theater. Das stimmt nicht mathematisch genau, aber da man sie tatsächlich an den Fingern abzählen kann, in dem Lande, das 160 Millionen Einwohner hat, kann man mit Fug und Recht sagen, Amerika hat keine Theater außer den »Broadway«.

Die 44. Straße unterscheidet sich nicht von der mit den Hutgestecken oder den orthopädischen Schuhen. Sie ist genauso voll tanzender Lichtreklamen und Plakaten, und was von den Fassaden zu sehen übrig bliebe, ist genauso mitleidig mit einem Gewirr verrosteter Eisentreppen und Leitern verdeckt, von den Dachsimsen bis knapp auf die Köpfe der Passanten.

Das also ist die für europäische Ohren so poetisch und anziehend klingende Theaterstraße! Das ist das Theatergäßchen von Amerika, der *Broadway*, der seine magische Kraft von den schwindelnden Höhen der Dollarsummen herleitet, die man dort verdienen *kann*!

DER »ANGEL«

Der »Engel«, auf englisch »the angel«, ist der Engel, der einem das viele Geld gibt, das man braucht, eine Vorstellung auf die Beine zu stellen, um sie dem Theaterdirektor vorzuführen, damit dieser sich entscheiden kann, ob er sein Theater dazu hergibt oder nicht. Die Zumutung, ein Stück zu lesen, würde er als persönliche Beleidigung zurückweisen, denn mit solchem Krimskrams gibt er sich nicht ab. Er ist ein großer und gewaltiger Herr, hat seine Theater und erhält dafür ein Fixum und eine Beteiligung. Kommt auf seinen Teil dann zu wenig, ist der Vertrag automatisch hinfällig und er nimmt ein anderes Stück in sein Haus. Ist das Stück aber gut gegangen und hat im Laufe der Jahre ein Mammutvermögen gebracht, dann steckt der Gewaltige dieses Geld in eine Schuhfabrik oder was es sonst Aussichtsreiches auf dem Markte gibt, und wird ein noch größerer und noch gewaltigerer Theaterdirektor.

Nun fragt man sich, wie weiß so ein Theaterdirektor, welches Stück er überhaupt in sein Haus nehmen soll? Das ist für ihn nicht so schwer zu entscheiden. Ein Stück muß einstudiert und ausgestattet werden. Dann wird es auf einer kleinen Bühne in der Nähe von New York herausgebracht, und der Theaterdirektor wird eingeladen, es sich anzusehen. Dann weiß er allerdings noch nicht, ob es ihm gefällt. Das weiß er erst, wenn dann am nächsten Tag die Kritik heraus ist. Aber dann *weiß* er, ob es ihm gestern gefallen hat. Es ist also klar, daß man, um in USA ein Stück spielen zu können, in erster Linie einen »Angel« braucht.

Und wir fanden einen! Und was für einen! Einen Mr. *Eddy Baggarozzi*, dessen Namen wir nur in goldenen Lettern geschrieben sehen wollten, obwohl er, genau wie wir, keinen einzigen Fehler ausließ, um »It's a gift«, unser »Haus in Montevideo«, seinem sichern Ende zuzuführen.

DAS ANGELN NACH DEM »ANGEL«

Man kann einen »angel« nur finden, wenn man das Stück vorliest! Entweder ihm selber oder jemand, der ihm dann von dem Vorgelesenen erzählen kann. Nachdem wir viele Vorlesungen kreuz und quer durch die Banken, Fabriken und Büros von New York gemacht hatten, von denen jede in ihrer Art »besonders« war, besonders humorig, besonders ernst, immer besonders erfolglos, beschloß unser lieber guter »Schneider Kniže«, Vorlesungen in seinem gepflegten Hause zu veranstalten. Ich weiß nicht, ob er jedem, der zur ersten kam, einen Anzug gratis versprach, zuzutrauen war es ihm, denn es kamen rund achtzig Personen.

Wir lasen »It's a gift«, was so gut gefiel, daß sich jede weitere Werbung erübrigte. Die Zuhörer beglückwünschten und bestürmten meinen Mann von allen Seiten. Das Ergebnis war, daß wir am folgenden Tage mit Mr. Diamond in eine Fabrik gefahren wurden, weit drunten in der Nähe des Hafens, um dort das Stück wieder vorzulesen. Die Fabrik, mehrere Bretterbuden, sah etwas improvisiert aus, aber es war ja 1945, wo des Krieges wegen Fabriken nur so aus der Erde schossen.

Es war »lunchhour«, Mittagszeit, für uns sehr günstig, denn wir wurden im Lesen höchstens alle fünf Minuten unterbrochen und nur durch das Klingeln der Telephone, die im Halbkreis auf dem Riesenschreibtisch um unseren zukünftigen »angel« standen, und gewissenhaft von ihm bedient wurden.

Ich könnte es nur schwer beschreiben, was für Qualen ich litt, wenn mein Mann in einem Satz, natürlich gerade vor der Pointe — peng — unterbrochen wurde, was er mit einer Ruhe hinnahm, die ihresgleichen suchen kann. Bei solcher Gelegenheit hatte ich ihn immer in Verdacht, daß er nur sein Gehirn registrieren ließ, um das Erlebnis dann irgendwo einmal »verwenden« zu können — nicht ärgern, nur wundern —, weshalb das Ungemach ihm gar nicht dick genug kommen konnte. Von einer Stimmung, was das Wichtigste gewesen wäre, konnte natürlich keine Rede sein. Um so größer war unser Erstaunen, als dieser Engel sagte, wir sollten nicht weiter nach Geld suchen, er würde es uns geben!

Am gleichen Abend waren die Blätter voll von geheimnisumwitterten Notizen über ein Stück, das ein unbekannter Produzent von einem unbekannten Autor erworben hatte, um es mit unbekannten Stars auf den Broadway zu bringen.

DIE BESETZUNG

Mr. Diamond erklärte uns, daß zur Besetzung der Rollen ein New Yorker Agent hinzugezogen werden müsse, was dann auch geschah. Mr. Diamond erklärte uns auch, daß der Agent an jedem Tage nur *eine* Figur besetzen könnte. Wir beschlossen daher, mit einer kleineren Rolle zu beginnen, mit dem Rechtsanwalt aus dem zweiten Akt, um daran erst einmal zu lernen, wie so eine Besetzung in New York überhaupt vor sich ginge.

Es kam ein netter Herr ins Hotel und zückte seinen Bleistift:

»Wie denken Sie sich den Rechtsanwalt, Mr. Goetz?«

»Ich denke ihn mir als einen etwas nervösen, sehr geschäftigen Herrn, der mit dem Kopf immer noch in seiner gestrigen Prozeßverhandlung steckt, dabei aber schon an den Fall denkt, den er morgen verteidigen wird. Er ist also überall, nur nicht hier. Er ist sozusagen gar nicht anwesend. Er tritt zum Beispiel gleich mit den Worten auf: ›Danke gut, Ihnen auch‹, weil er die Leute, die er hier zu treffen beabsichtigt, schon lange bevor er auftrat, in seinen Gedanken begrüßte. Jetzt übersieht er sie, wenn sie vor ihm stehen, und gibt sich gleich selber die Antwort auf die Fragen, die er ihnen stellt.«

Mein Mann sprach eine ganze Weile. Er hatte sich darauf gut vorbereitet, um sich richtig verständlich machen zu können. Der Agent hörte interessiert zu und sagte dann freundlich:

»Sind Sie fertig, Mr. Goetz?«

»Ja«, sagte mein Mann, »das wäre wohl das, was ich mir unter diesem Rechtsanwalt vorstelle.«

»That's perfectly allright, Mr. Goetz, But now, let's talk business: Wie groß ist er? Wie schwer ist er? Was für eine Haarfarbe soll er haben? Trägt er eine Brille? Mit oder ohne Rand? Was für Schuhe und was für einen Anzug hat er an? Einreihig oder zweireihig, oder kommt er in Hemdsärmeln oder im Mantel?«

Erst sagte mein Mann, daß ihm das eigentlich egal sei, aber dann wollte er kein Spielverderber sein und machte seine Angaben: Dunkles Haar, mittelgroß, Brille, hellgrauer Anzug, einreihig usw. usw. Am nächsten Morgen klingelte das Telephon, der Agent ließ uns in die

Halle bitten. Da der Lift in diesem Hotel eine halbe Treppe über der Halle lag, bot sich uns, als wir ausstiegen, ein angsttraumartiger Anblick.

Unter uns standen lauter gleiche Herren! Etwa sechzig an der Zahl. Alle gleich groß, alle mit schwarzem Haar, alle mit Brille, alle im hellgrauen Anzug, einreihig. Und alle grüßten zu uns hinauf. Ich weiß nicht mehr, ob wir zurückgegrüßt haben.

Der Agent stieg so stolz ob seiner Tüchtigkeit zu uns hinauf, daß er stolperte und uns daher buchstäblich kniefällig bat, ihn aufs Zimmer mitzunehmen, um die Herrn, einen nach dem andern, vorsprechen zu lassen. Ein Rollenbuch habe er bereits mitgebracht, sagte er.

So ein Rollenbuch sieht auch wieder ganz anders aus als bei uns. Da steht vor dem Satz, den man zu sagen hat, das Stichwort, nämlich die drei letzten Worte des Partners. Wenn vier Worte einen Satz bilden würden, wie »das ist nicht schön«, stehen doch nur drei Worte da: »ist nicht schön«. Und wenn zwei Worte einen Satz ausmachten, wie »Good bye«, so steht dann doch noch das letzte Wort des vorhergehenden Satzes davor: »Nudelauflauf. Good bye!«

Die Regiebemerkungen sind in Befehlsform gesetzt. Wenn diese bei uns lauten würde: »Sorgenvoll stützt er den Kopf in die Hand, sieht sinnend seiner Frau nach, geht ans Fenster und atmet schwer . . .«, so heißt das hier: »Stütze deinen Kopf in deine rechte Hand! Schau zur Tür! Geh ans Fenster! Atme hörbar!«

Der Agent gebärdete sich jetzt wie ein Photograph zu Großmutters Zeiten, und »arrangierte« uns nebeneinander aufs Sofa, »repräsentativ«, wie er es nannte, und dann ließ er den ersten Herrn ein. Der grüßte. Der Agent gab ihm das Rollenbuch. Er las ein paar Sätze und sagte dann im gleichen Atemzug:

»Mögen Sie das?«

Mein Mann war so überrascht, daß er nicht sofort antworten konnte, aber da sprang der Agent gleich ein und sagte:

»Nein. Aber gehen Sie jetzt ins Palace Hotel, dort sitzt Produzent N, der sucht dasselbe, aber ohne Brille. Danke sehr.«

Der Herr nahm die Brille ab, grüßte freundlich und ließ den nächsten ein. Der machte gleich einen sehr guten Eindruck, weshalb mein Mann ihn fragte, ob er sich die Sache nicht erst in unserem Buch durchlesen wollte, um zu erfahren, um was es eigentlich ginge.

»Wozu?«, sagte er äußerst liebenswürdig, »entweder Sie können meinen Ton brauchen oder nicht. Einfach.«

Es war bald Mittag, und der Agent mahnte, sich für ein paar Herrn zu entschließen, mit denen wir uns auf den ersten fünf Proben in Ruhe unterhalten könnten. Da wäre absolut kein Risiko damit verbunden!

Chinesisch für uns!

Jedenfalls hörten wir heraus, daß Eile am Platze war, und so wünschte mein Mann die andern Herrn zu sprechen, ohne sie die dummen Zeilen lesen zu lassen. Das konnte der Agent nun wieder nicht begreifen und schüttelte nur den Kopf. Beileibe nicht frech, eher bewundernd sollte das herauskommen, denn mein Mann war ja sein Boß! Er bezahlte ihn indirekt durch die Prozente der Schauspielergagen. Deshalb sagte er höflichst:

»I guess you are right, Sir.«

So ging es jeden Tag mit einer anderen Rolle, bis dann der Regisseur zu besetzen war. Dazu konnten wir gar nichts sagen, aber da die jungen Herrn alle gleich liebenswürdig waren und alle das Gleiche sagten, war es egal, denn Regie führen würde mein Mann sowieso selber.

Den Namen unseres Regisseurs habe ich vergessen. Ich nenne ihn Mister H., »Mr. Eetsch«. — So ungefähr sah er aus.

DIE PROBEN

Für die Proben gibt es eigene Probenhäuser. Das sind ausgediente, leere Mietshäuser. Ein ausgedientes Haus in Amerika ist mindestens so ausgedient wie eines in Europa, und wenn ich sage »leer«, so meine ich »leer«, denn nicht einmal ein Stuhl steht drin. Den muß man sich mitbringen oder in der Nähe für Geld ausborgen. Die Portiers der Nebengebäude halten solche zu diesem Zweck zur Verfügung.

Unser »angel« war ein Engel. Er fuhr uns das erste Mal selber zu dem Probenhaus. Wir hätten es nie gefunden und wären, weil wir bei seinem Anblick die Adresse für falsch gehalten hätten, sofort umgekehrt. Auch für Eddy war es der erste Besuch in einem Probenhaus, denn er hatte noch nie ein Stück lanciert. Er lancierte anderes. Teile für Flammenwerfer.

Als er unsere Ratlosigkeit in dem leeren Wohnzimmer sah, besprach er sich mit dem Regisseur. Der holte den Bühnenbildner, und dieser machte uns — ganz ausnahmsweise — Kreidestriche auf den Boden, dort wo Türen und Fenster, Tische und Stühle angenommen waren. Das erleichterte die Sache natürlich *kolossal*! Und Mr. Eetsch, der ja viel tiefer als wir erfassen konnte, welch unglaubliches Entgegenkommen uns da erwiesen wurde, neigte sich vor unserem Eddy bis auf den Boden vor Dankbarkeit und bedeutete uns vergeblich, es ihm gleichzutun. Überhaupt hatte Mr. Eetsch sehr viel an uns umzuerziehen.

Mit den Requisiten hatten wir kein so großes Glück wie mit der Dekoration — den Kreidestrichen meine ich —, und dabei wäre es doch auch nicht unwichtig gewesen, mit den vielen Tellern und Löffeln für die zwölf Kinder zu probieren. Aber Mr. Eetsch erklärte uns, daß ein Requisiteur uns nur dann seine Teller und Löffel borgen dürfe, wenn man seine Teller und Löffel mit ihm zusammen, und nur auf eine ganze Woche engagierte. Das sei aber viel zu teuer, und Requisiten von zu Hause mitzubringen sei asozial. Nun, die New Yorker Kollegen mußten ja an diese Art Proben gewöhnt sein, und wir selbst kannten unsere Rollen von der »Toten Tante« her und wußten, was wir mit ihnen wollten.

Aber es war sogar gut, daß wir die Teller und Löffel für die Eingangsszene mit den Kindern nicht bekamen, denn die Minderjährigen durften sowieso erst zu viel späteren Proben erscheinen, wie Mr. Eetsch erklärte.

Er sagte uns auch, daß das Gesetz – »it's a law« – im ganzen nur drei Wochen Proben innerhalb eines Jahres für ein Stück gestatte. Den ersten Tag dieser mageren drei Wochen hatten wir leider vertan mit dem Warten auf die Kreidestriche, also war keine Minute mehr mit Tellern und Löffeln zu verlieren.

Das Probieren selber war auch nicht das, war *wir* unter Probieren verstehen. Die Schauspieler lasen teilnahmslos ihre Sätze ab, und wenn man sie zum Beispiel bat, sich Stellungen oder sonst etwas einzuzeichnen, zuckten sie freundlich die Achseln, und Mr. Eetsch meinte lächelnd, das wäre jetzt noch nicht nötig. Privatim sprach niemand mit niemandem.

Am sechsten Probentag gab es eine große Überraschung! Da kamen unsere Kollegen völlig verändert an, gesprächig und geradezu freundschaftlich, probierten mit Lust und Liebe – ganz europäisch – und notierten alles bereitwillig, was mein Mann zu sagen wußte, und – wir hier könnten uns ein Beispiel nehmen – sie konnten ihre Rollen von vorn nach hinten und von hinten nach vorn. Ohne Souffleur! Den gibt es nämlich nicht!

Mr. Eetsch verstand unser Erstaunen über die Veränderung in unseren Schauspielern nicht und sagte immer nur lächelnd:

»Das ist doch die *sechste* Probe, Mr. Goetz! *Das* ist es!«

Später haben uns die Kollegen erklärt, was für eine besondere Bedeutung die sechste Probe hat. In den ersten fünf Proben nämlich kann man die Schauspieler noch auswechseln, weshalb man sie für diese Proben nicht bezahlen muß. Erst *nach* der fünften Probe wissen sie, daß sie behalten und bezahlt werden. Dann lernen sie ihre Rollen, denn dafür sind sie bezahlt.

Ganz merkwürdig war es auch, wenn es nicht mehr zu verheimlichen ging, daß eine Pointe drohte. Da wartete der betreffende Schauspieler artig und guckte zu Mr. Eetsch. Der erklärte dann meinem Mann, daß an dieser Stelle zweifellos gelacht werden würde – was mein Mann gar nicht glauben wollte – und fragte, ob mein Mann diese Pointe bringen würde, oder ob er wünsche, daß ich sie brächte, denn selbstredend gehörten die Pointen den Hauptdarstellern! Es erregte großes Befremden, als mein Mann erklärte, die Pointen sollten dort verbleiben, wo er sie hingesetzt hätte. Man sah deutlich, daß sie alle dachten: Was hat der verschlagene Europäer mit uns vor? Aber dann, als sie merkten, daß es ihre Pointen blieben, die sogar von uns unterstützt wurden, dann begannen sie uns zu lieben. Dann gab es keinen Tag mehr, an dem sie uns nicht Geschenke mitbrachten, Blumen, Kuchen oder Wein.

Zur achten Probe kamen die Kinder das erstemal. Zwölf Kinder und achtzehn Eltern! Jedes Kind mußte, »dem Gesetz nach« mindestens einen Elternteil dabei haben! Ich überspringe die Kämpfe zwischen den Kindern untereinander, und den Eltern untereinander, und den Kindern mit ihren Eltern und den Eltern mit den Kindern anderer Eltern. Die Kämpfe gingen um jedes Wort, das ein Kind zu sagen bekam, um jede Stellung, jede Bewegung, jedes Kleid und jede Haarschleife. Glauben würde man mir sowieso nicht, wenn ich erzählte, daß zweimal die Rettungsgesellschaft ankam wegen blutender Köpfe, und wenn ich die Bezeichnungen hinschriebe, die schon die jüngsten dieser süßen Kleinen für ihre Mütter und auch für die Mütter der anderen Kinder in großer Auswahl und in seltsamsten Variationen bereit hatten, würde diese Seite durch keine Zensur gehen. Deshalb begnüge ich mich damit zu sagen, daß die Kinder und die Eltern, zusammengesucht aus den verschiedensten Bezirken und Schichten, in dreißig verschiedenen Dialekten brüllten, die sie auch untereinander nicht verstanden, weil oder weshalb sie sich so anbrüllten, wie man das eben tut, wenn man sich nicht verstanden glaubt.

In der zehnten Probe passierte wieder etwas Ungewöhnliches:

Die Tür öffnete sich, und herein trat unser »angel«, mit einem Stuhl und einem Pokergesicht. – Ein Pokergesicht ist ein undurchsichtiges Gesicht, wie man es sich beim Pokerspielen angewöhnt haben sollte! – Wir wollten Eddy entgegengehen, aber Mr. Eetsch hielt uns zurück, so wie ein Schutzmann die vordrängende Menge zurückhält, wenn ein König kommt.

Hinter unserm »angel«, im Gänsemarsch, kamen ungefähr achtzehn Leute mit Stühlen und Pokergesichtern. Die Leute setzten sich auf die Stühle, während Eddy, der uns doch so verwöhnte mit Blumen und allabendlichem Ausführen in die schönsten Lokale, uns ein heimliches Zeichen machte und im übrigen tat, als kenne er uns nicht.

Abends holte er uns in seiner gewohnten lieben Art und erklärte uns, daß diese Leute, mit denen er zur Probe gekommen war, sich an dem Geschäft beteiligen wollten, weshalb sie das Recht hätten, sich anzusehen, wofür sie ihr Geld borgten. Das war verständlich, nur fanden wir, daß wir sie dann sehr liebenswürdig hätten empfangen müssen und ihnen über unser Stück vieles hätten erzählen sollen. Nein! Um Gottes willen! Das wäre unmöglich! Geldgeber dürfe man nicht beeinflussen! Das wäre ja etwas wie Bestechung! Unfair wäre das! Aber die Leute seien sowieso entzückt, nur würden sie die »Atlanta« nicht bewilligen! Die gefiele ihnen nicht, sie sei nicht talentiert genug. Man würde ihr großzügig die ganzen drei Probewochen auszahlen und ihre Rolle der Tochter eines der ersten Broadwaykritiker geben, die sich um sie beworben hätte.

Bis hierher ging der Spaß. Aber da setzte mein Curtchen sich zur Wehr! Es war mir sowieso ein Rätsel, daß wir das bisher nicht getan hatten, besonders ich, die ich gewohnt war, wie eine Löwin loszugehen, wenn etwas nicht genau so geschah, wie mein Mann es sich dachte. Aber in einem fremden Lande ist eben alles anders! Und wenn man gar vorhat, sein Stück auf die Beine zu stellen und es zum Überfluß noch selber spielt, dann ist es, als versuchte man seilzutanzen ohne Beine. Man kommt sich vor wie in einem bösen Traum, aus dem man nicht erwachen kann, man weiß genau, daß alles, was man macht, falsch ist, aber man trabt folgsam mit, nach dem einzigen Gesetz, das das Theater kennt: Die Vorstellung muß steigen!

Aber, wie gesagt, im Falle »Atlanta« da ließen wir nicht locker. Mit Mr. Diamond und unserem Eddy an einem schön gedeckten Tisch bei

Sardi's in der 44. Straße würde sich darüber in aller Ruhe und Entschiedenheit sprechen lassen.

Bei Sardi's da sitzen sie alle, die Broadwayschauspieler, nach der Vorstellung, und wir konnten sie aus unserem Eck beobachten. Die *Bergner* saß da in ihren langen weißen Glacéhandschuhen. Wir hatten ihr Stück gesehen. Die zwei ersten Akte spielte sie, wie eben nur sie so etwas spielen kann, eine lückenlose Kette von seltsam erdachten Nuancen. Aber das verstand der Broadway ja gar nicht, und das Stück plätscherte so dahin. Dann aber kam der letzte Akt: Sie hatte die Tür verrammt vor ihrem Verfolger. Er aber, o Schreck, kam durchs Fenster! Ein Geraune des Entsetzens ging durch das Haus. Dann warf er die Frau aufs Bett, und die griff geschickt nach ihrem Kopf, und wie zufällig ergoß sich eine Flut von rotbraunem Haar bis auf den Fußboden.

»Ist sie nicht groß«, flüsterte man jetzt vom Parkett bis in den Rang!

Unser Mr. Diamond ging an ihren Tisch und beglückwünschte sie und kam ganz benommen zurück:

»Welche Schauspielerin! Sie ist noch in ihrer Rolle. Eine Stunde nach der Vorstellung, noch in Trance und sieht alles um sich kaum! Das ist wahre Kunst!« Da konnte mein Mann mit dem Hamburger Abonnenten nach dem Ende von »Don Carlos«, wenn alle tot sind, sagen: »Gott, was doch für'n Mißvers-tändnis!«

Jetzt ging es um unsere »Atlanta«. Man hatte sie uns aus einer Schauspielschule gebracht. Sie war grazil und rotblond, und mit ihren auffallend weißen Schneidezähnchen sah sie aus wie ein Eichhörnchen im Sommer. Ihr Vater war Eichhörnchenforscher. Sie hatte den idealen Ton für das kokett-unschuldige Ding in unserem Stück. Mein Mann hatte sie gar nicht vorsprechen lassen und sich nach keiner anderen Besetzung mehr umgesehen, seitdem wir sie kannten. Nun wollten wir wissen, was den Geldgebern an dieser interessanten kleinen Person nicht gefiele. Es sei Wahnsinn, sagte Eddy, ein Mädchen zu nehmen, das noch nie auf der Bühne gestanden hätte, wo wir doch selber für New York neu waren. Es sei verrückt, meinte Mr. Diamond, sich die Chance entgehen zu lassen, diese Rolle der Tochter eines ersten Broadway-Kritikers geben zu können! Damit hatten die Herrn nicht unrecht. Aber der Künstler siegte wie immer in meinem Curtchen, und wir behielten unsere kleine »Atlanta«. Sie war etwas, das es heute nicht einmal mehr in Europa zu geben scheint, sie war »ein junges Mädchen«. Heute gibt es, wie mein Mann zu sagen liebte, Kinder und dann gleich Hu . . . pardon . . . hungrige Bestien! Süße Bestien, setzte er dann hinzu!

Wie gesagt, wir behielten unsere kleine »Atlanta«, und sie sitzt sicher jetzt oft bei Sardi's und läßt sich bestaunen. Denn sie ist heute der größte Stern am Broadway-Himmel, *Julie Harris!*

Noch ein amerikanischer Star verdankt meinem Mann seine Entdekkung. Wir waren noch keine vier Wochen in Hollywood, als wir zu einer Schülervorstellung in die Hochschule geladen wurden. Man gab »Die lustigen Weiber«, als Operette sozusagen, und nannte es »The merry wifes swing it«. Mit primitivsten Mitteln, aber im Überschwang der Jugend und der guten Laune gespielt und gesungen, war die Sache hinreißend. Und besonders *ein* Schüler hatte eine Stimme, die alle kleinen Mängel wettmachte.

Die Kinder suchten einen »angel«, der ihnen 5000 Dollars leihen würde, um in einem richtigen Theater starten zu können, wodurch sie sich dann ihr Studiengeld verdienen wollten. Mein Mann gab ihnen die 5000 Dollars, im Hinblick auf diese eine prachtvolle Stimme, von der man einmal hören würde, prophezeite er, und unter der Bedingung, daß die Aufführung so primitiv bliebe, wie sie war. Denn den Anforderungen einer richtigen Vorstellung konnten diese Kinder natürlich noch nicht entsprechen. Durch pompöse Ausstattung und großes Orchester würden alle jetzt reizvollen Unzulänglichkeiten als Mängel zu empfinden sein.

Leider wußte der Herr Regisseur es besser.

Wir haben die Vorstellung gesehen und gingen nach dem ersten Akt, um uns die süße Erinnerung an jene Schülervorstellung nicht ganz zu verderben, und nach drei Abenden war die Herrlichkeit begraben.

Aber *diese* eine Stimme, die blieb allen lange im Ohr! Sie gehörte *Georges London,* den wir später in der Wiener Oper wiederhörten. Er weiß bis heute sicher nicht, wer sein erster »angel« war.

VORWEHEN

Kurz vor der Premiere häuften sich die Kalamitäten. Da war zum Beispiel die Kleiderfrage. Man hatte mir nur Samt, Seide und Brokat zur Wahl vorgelegt. Einfache Waschstoffe, wie sie zu der armen Frau Nägler gehören, wären unmöglich, weil es die *Hauptrolle* wäre.

Ethel Barrimore verkörperte in diesen Jahren die Köchin im »Veruntreuten Himmel« von Werfel und erschien vor dem Papst in Schleiern und Schleppen wie eine büßende Königin. Das verlange der Broadway, hieß es.

Es wurden meine Maße genommen, danach eine Puppe angefertigt, die mir die Anproben ersparte, und alles weitere war Sache der Unternehmung.

Die Dekorationen sahen wir das erste Mal knapp vor der Hauptprobe, der ersten Probe im Theater auf der Bühne. Hohe Zimmer, wie sie unsere Großeltern kannten, mit schmiedeeisernen Gittern, wie in New Orleans aus der Zeit Napoleons! Man suchte uns zu überzeugen, daß arme kinderreiche Familien am besten so ein altes Luxushaus nähmen, weil gerade diese Häuser in der Miete am billigsten wären. Aber leider konnte man das nicht ins Programm setzen, und so machten die großen Patrizierräume den harten Kampf des armen Schulmeisters um die Erbschaft, wenn auch nicht unglaubwürdig, so doch etwas unsympathischer.

Unser Schock aber, als wir die Kleider zur Generalprobe geliefert bekamen, lähmte unsere Zungen und unsern Widerstand, um so mehr, als so kurz vor der Premiere, in dem fremden Land, nichts mehr zu retten war. Das Stück spielte, wie wir uns jetzt zusammenreimen konnten, um die *Jahrhundertwende!* Erklärt wurde es uns damit, daß es ja fast um diese Zeit geschrieben sei, daß Kostüme dem Regisseur die Arbeit wesentlich leichter machten, weil sie dem Auge so viel mehr böten als moderne Kleider, und daß es so einen »Professor« *heute* nicht mehr gäbe, weil die Zeit der strengen Moral überwunden sei!

Da sehnte sich mein Mann nach seinem »heiligen« Barnowsky und nach dessen hoher Bildung!

»So einen Professor hat es *nie* gegeben«, wollte er herausschreien, »darum gibt es ihn *heute* und wird es ihn *immer* geben, solange Menschen übermoralisch und engherzig sind! Meinen Professor Nägler wird man, wenn man ihn uns durch das Kostüm entfernt, höchstens bestaunen, man wird sich aber nicht mit ihm so ganz identifizieren, wie man es soll, um dessen Schwächen in sich selbst zu entdecken! Man wird sich nicht so herzlich ausschütten können vor Lachen über ihn, ihn nicht so sehr bemitleiden und dadurch nicht so sehr lieb gewinnen, als wenn wir ihm ›heute‹ jeden Tag begegnen könnten.«

Eine Stärke der Stücke meines Mannes liegt ja darin, daß sie *kein* Datum tragen, sondern heute und noch morgen spielen. Und das können sie auch, weil sie nicht sentimental sondern gefühlsreich, nicht intellektuell sondern gescheit sind.

Aber wem sollte ich das erzählen? Wem hier konnte man erklären, daß das Kostüm die Lebensnähe nimmt und daher auch jede Pointe erst übersetzt ankommen läßt! Wer hätte verstanden, *warum* in Kostümstücken nie so aus vollem Halse und aus vollen Herzen gelacht werden *kann,* wie in einer modernen Komödie? Wem hier hätte ich von *Bergson* sprechen können oder von *Ortega y Gasset?*

Dieser Professor Nägler, wenn man ihn in seine geistige Heimat, in die Tage der Engherzigkeit, in die Jahrhundertwende zurückversetzt, anstatt ihn ein Überbleibsel aus jener überwundenen Zeit sein zu lassen, so daß er sich im Kampf mit der neuen Zeit und dann mit sich selber befindet, verliert den Boden unter den Füßen. Der Sinn und Kern des Stückes wird zerstört. In diesem Fall würde die Frau Professor Nägler eine emanzipierte Person werden, die ihrem Jahrhundert vorauseilt, die »Unmoral« einer unehelichen Mutter begreift und entschuldigt! Das »Haus in Montevideo«, zurückversetzt in die Jahrhundertwende, würde ein ganz anderes Stück ergeben, nie aber das, was mein Mann geschrieben hat. Aber wem sollte ich das hier erklären? In englisch! Kurz, die Premiere wurde zu einem Angsttraum, und nur ein besessener Schauspieler, plus einem Autor, der um sein Stück zittert, wird sich vorstellen können, in welcher Stimmung wir jetzt an unsere »Opening Night« gingen.

Was war nur zu tun? Wir konnten nur beten, keinem Spiegel zu begegnen. Der Schauspieler weiß, was es heißt, wenn man anders aussieht, als man es sich gedacht hat. Einen einzigen Hoffnungsstrahl gab es!

Wir eröffneten nämlich *kalt.* So nennt man es, wenn man in New York die tatsächliche Premiere hat und das Stück auf keiner Versuchsbühne ausprobierte. Der vielen Kinder wegen mußte es diesmal so sein, denn die Reise, die Unterbringung und der Verdienstausfall der unumgänglichen Eltern hätten viel zuviel gekostet.

Bei so einer *kalten* Eröffnung gibt es aber, zum Glück, *drei* »previews«. Zu diesen kommt Publikum, aber keine Presse. Und in diesen drei Tagen gelang es uns, unsere Kostüme so zu »mildern«, daß wir uns in ihnen »heutig« fühlen konnten. Eddy verschaffte auch noch einige modernere Möbelstücke, so daß das Ganze zusammengewürfelt und dadurch auch bescheidener wirkte.

Was *wir* noch dazutun konnten, das war, unser Bestes zu geben, um wenigstens vor uns selber in Ehren zu sterben. Das hieß mit Scheuklappen unterzutauchen in die Rollen. Und das versuchten wir.

OPENING NIGHT

Der Vorhang hob sich. Nach meinen ersten Worten zu meinem Töchterchen Atlanta trat mein Mann auf!

In seinem rotblonden Backenbart stolzierte da ein selbstbewußter Schönling quer über die Bühne, wie ein Hahn auf dem Mist. Das genügte zu einem Sturmapplaus. Und damit war die Schlacht für uns gewonnen. Eine Pointe nach der andern fiel und saß, und wir dachten, wir wären in Berlin und nicht in einem fremden Lande, dessen Sprache wir plapperten, ohne ihre Möglichkeiten nutzen zu können. Dann traten die zwölf rothaarigen, sommersprossigen, bebrillten Kinder im Gänsemarsch auf, und es ließe sich nur schwer beschreiben, was sich im Zuschauerraum tat, als diese nicht wie bei uns die Nebenflüsse des Po hersagten, sondern — in rasendem Tempo — die Präsidenten der Vereinigten Staaten, von Georges Washington bis Franklin Delano Roosevelt *und* umgekehrt von Roosevelt bis Washington. Ich muß es dabei bewenden lassen, daß das Publikum die Zwischenakte durchapplaudierte.

Es ist Sitte in New York, daß sich der Darsteller nach der Vorstellung nicht sofort abschminkt. Er muß Besucher aus dem Publikum abwarten, die ihn in Kostüm und Maske aus der Nähe sehen wollen — im Gegensatz zu Europa, wo man sich versteckt und ängstlich vermeidet, so gesehen zu werden. Fast eine Stunde nach dem Ende der Vorstellung kamen wir erst dazu, uns umzukleiden.

Ich hatte gerade meine schönen blonden Zöpfe weggelegt und meine Fingerspitzen in die Abschminke getaucht, als meine Tür aufgestoßen wurde. Die Hände in den Taschen, den Hut im Nacken, kamen drei Gangster herein. Ich bezeichne diese Herrn als Gangster nur deshalb, weil sie so aussahen, wie das, was wir uns unter Gangstern vorzustellen gewohnt sind. Was sie waren, haben wir nicht erfahren, denn wir sahen sie leider Gottes nie wieder. Sie fragten:

»Wo steckt dieser Kerl von einem Produzenten? Wir wollen Geld investieren in diese *hell of a show*!« Letzteres verstand ich nicht. Geld investieren, verstand ich.

Etwas verlegen ob meines Aufzuges, zeigte ich bereitwillig zur Nebentür, hinter der mein Mann saß, und ich hörte die Herrn Gangster den Satz noch einmal sagen.

Ehe mein Curtchen antworten konnte, kam Eddy zu mir hereingestürzt, warf mir seinen Mantel um und rief meinem Mann zu, schnellstens ins Büro zu kommen, weil ein berühmtes Kritikerehepaar die Premiere am Radio besprechen würde.

Eddy hielt uns beide an den Händen, und so hörten wir, die Kollegen und die Herrn Gangster, uns die erste Kritik an, die ungefähr besagte, daß da ein völlig unbekannter Schauspieler gekommen sei, mit einem völlig unbekannten Stück eines völlig unbekannten Autors, der seine völlig unbekannte Frau mitgebracht habe. Er habe den Broadway in einer Weise erobert, wie dies noch nie der Fall gewesen sei. Seine Kunst, zu unterspielen, müsse jeder gesehen haben. Das Publikum habe gelacht und geweint auf sein Kommando, die Leute hätten vor Vergnügen nicht nur sich selber auf die Schenkel geschlagen, die der Nachbarn hätten mit herhalten müssen, daß unversehens hätte man dazwischen »einen Kloß in die Kehle bekommen«, weil das Ganze rührend wäre. Nur eines stimme nicht an diesem perfekten Abend: der Titel. Er müßte nicht heißen »It's a gift« sondern »It's a hit«, nicht ein Geschenk, sondern ein Treffer!

Die Herrn Gangster zogen ihre Scheckbücher und boten Eddy 200 000 Dollars für fünfzig Prozent der Show. Aber der tippte nur auf seine Stirn:

»Wenn Sie *gestern* gekommen wären, meine Herrn! Aber *heute?* Nach diesem Erfolg? No Sir!«

Eddy führte uns zu *Reuben* in der 57. Straße, wo wir mit Louisa, seiner Frau, zusammentrafen und mit dreien seiner Rechtsanwälte. Bis vier Uhr morgens berieten sie, wie man die Unsummen der kommenden sechs Jahre vor der Steuer frisieren würde, um einigermaßen zurechtzukommen.

Um fünf Uhr schliefen wir endlich alle den Schlaf der Gerechten und erwachten spät, und immer noch wie im Fieber!

Aber, es war geschafft!

Die Schlacht am Broadway war gewonnen!

Denkste!

DENKSTE!

Die New Yorker Kritiken waren keine Kritiken! Es waren Haßbriefe, die meinen Mann, den Unbestechlichen und Unpolitischen, zum Werkzeug *der* Politik stempeln wollten, derentwegen er »seine Sprache« verlassen hatte. Als hätten wir uns, Spionen gleich, eingeschlichen, begannen sie fast alle:

»Sie *geben vor*, Schweizer zu sein . . .«

Einer der ersten Kritiker vernichtete uns und unser Stück, obwohl er nicht im Theater gewesen war. Nicht einmal in New York war er an dem Abend, wie Eddy feststellen ließ! Bei uns würde er alle Kritikerehre und die Befugnis, Kritiken zu schreiben, eingebüßt haben, aber der Broadway hat eben andere Gesetze. Während man zum Beispiel die Geldgeber nicht kennen darf, um sie nicht zu beeinflussen, was einer Bestechung gleichkäme, muß man den Kritikern vor der Premiere einen Empfang geben, *damit* sie einen privatim kennenlernen. Daß man da nicht ausgesucht unliebenswürdig mit ihnen umgeht, sondern sie zu gewinnen sucht, mit allen zu Gebote stehenden Mitteln, ist keine Bestechung. Die Kritik beteiligt sich auch, wie man uns sagte, finanziell an einem Stück, wenn es ihr gefallen hat – und man sie läßt! Und welcher Produzent – außer unserem Eddy – täte das nicht? Allein im Hinblick auf die Rezensionen! Kurz, man soll sich eben an keinen Kartentisch setzen, wenn man die Spielregeln nicht kennt!

Eine einzige »Kritik« bekamen wir zu lesen, im »World Telegraph«, die unterzeichnet war von *Burton Rascoe.*

»I could see it over and over again with pleasure, perhaps a dozen times«, begann er, das Stück hätte einen Shaw'schen Geist und Stil, nur wäre Shaw nie etwas so Lustiges eingefallen.

Diese Kritik trug ich lange mit mir herum, aber immer wenn ich sie zeigte, dann hieß es verächtlich:

»*Burton Rascoe?* Der zählt nicht! Der *liebt* das Theater!« Auch eine Kritik der Kritik!

So aufnahmebereit und unvoreingenommen das Theaterpublikum von New York ist, so abhängig macht es sich von seiner Kritik. Wenn die schreibt, ein Stück sei nicht gut, geht niemand es sich anzusehen. Folglich war der Besuch bei uns erbärmlich! Ich glaube nicht, daß je über fünfzig Menschen in einer Vorstellung waren. Dabei hatte Eddy nach dem Premierenerfolg, des größeren Fassungsraumes wegen, das »Empire Theatre« gebucht, in das wir nach drei Wochen zogen. Er hielt das Stück, das jeder andere nach diesen Kritiken sofort abgesetzt hätte. Erstens sah er jeden Abend, wie sehr die paar Besucher auf ihre Rechnung kamen, und zweitens behauptete er, daß seine Louisa ihm täglich erkläre, sie wäre fertig mit ihm, wenn er uns fallen ließe.

Aber sein Geld ging zu Ende! Es war keines da, und es ging keines ein, um *die* Reklame zu machen, die nötig gewesen wäre, die Kritiken vergessen zu lassen. Die normale Reklame, die laufend in den Blättern gemacht werden mußte, sah so aus:

»It's a gift« – »Es ist ein Geschenk«, und die Zeitungen – man kann in New York nachschlagen, welche es waren – druckten von sich aus zu dieser von Eddy zwangsläufig und hoch bezahlten Reklame dazu: »Don't take it!« – »Nehmt es nicht!«

Aber die Leute, die auf Mundreklame hin in die Vorstellungen kamen, besuchten uns treulich in der Garderobe, und immer wieder hörten wir: »Wir schämen uns für New York, wir schämen uns für den Broadway!« Miss Helburn von der »Actor's Guild« schickte uns ihre Schauspieler. Sie füllten allabendlich die ersten Reihen und kamen immer wieder, um, wie sie sagten, zu lernen! Aber, es war eben zuwenig Geld in der Kasse, und so eine New Yorker Vorstellung kostet Unsummen.

Jeden Abend zum Beispiel, saßen acht bis zehn Herrn in einer Garderobe und spielten Bridge. Das waren die Musiker, die laut Gewerkschaftsbeschluß engagiert sein mußten, der Grammophonplatte wegen, die Professor Nägler im zweiten Akt auflegt, um der Stimme seiner berühmten Schwester Maria Machado zu lauschen. Diese Platte nähme den Musikern ihren Verdienst! Eddy führte sogar einen Prozeß um diese Platte, denn es war ja nicht so, daß die Platte als *Ersatz* für ein Orchester aufgelegt war, sondern der Text des Stückes verlangte ausdrücklich das Auflegen einer *Platte!* Eddy gewann wenigstens soweit, als er nur diese Herrn zu engagieren hatte. Hätte die Platte ein Orchester ersetzt, hätte ein ganzes Orchester jeden Abend auf seine Kosten kartenspielen müssen.

Auch die Kinder waren sehr teuer, da jedes einzelne von mindestens einem Elternteil begleitet sein mußte und letztere sich natürlich auch bezahlen ließen. Nach sieben Uhr abends verlangten sie Überstundengehälter. Das täten sie nach den Bestimmungen ihrer diversen Gewerkschaften, sagten sie, wie man uns überhaupt alles, was uns kaum glaubhaft schien, mit den Gewerkschaften zu erklären suchte.

Ganz gefährlich war es zum Beispiel, wenn man einen Stuhl auf der Bühne bewegte, falls dies in der Rolle nicht festgelegt war. Da erschien sofort ein ernster Herr, der erklärte, wessen Bühnenarbeiters Befugnis dies allein sei! Nicht eines jeden! Nur eines solchen, der einen ausdrücklichen Vertrag zum »Tragen der Möbel« hätte.

Die Frau des Sängers L. Melchior erzählte uns, es hätte sich in der MET, in Lohengrin ereignet, daß ein Ast des Baumes, unter dem König Artus den Retter erwartet, sich zufällig herunterbog, so daß dieser dem bald auftretenden — kurzsichtigen — Lohengrin ins Auge gehen konnte! Große Aufregung auf und hinter der Bühne! Aber keiner von den vielen Chorsängern oder Statisten, die als Volk und Ritter auf der Bühne standen, durfte mit einer Handbewegung den Schaden beheben. Ein ganz bestimmter Bühnenarbeiter mußte in ein Kostüm gesteckt werden, sich unter das Volk mischen, und so den Zweig zur Seite halten, bis Lohengrin vorbei war. Allerdings hatte das zur Folge, daß die Gewerkschaft der Chorsänger und Statisten Einspruch erhob, weil ein zum Statieren und Chorsingen nicht Legitimierter als Statist oder Chorsänger kostümiert auf die Bühne kam. Si non e vero, e bon trovato!

Jedenfalls, auch im Lande der Freiheit ist man eben nicht mehr so frei wie in den Zeiten vor den Kriegen, als man für die Freiheit kämpfen mußte.

Eddys Reserven gingen bedrohlich schnell zu Ende. Noch 5000 Dollars, auf zwei Monate nur, hätte er gebraucht, um das Stück über den toten Punkt zu retten, meinte er. Wir bekamen keinen Centime aus der Heimat, die Farm warf solche Summen nicht ab, ich verkaufte den Schmuck, den ich mithatte, und dann versuchte ich Geld zu borgen für Eddy.

Doch darüber möchte ich nicht schreiben, weil diese Memoiren lustig sein sollen.

Durch Mundreklame hob sich der Besuch. Sehr langsam, aber stetig, so daß Eddy in der fünften Woche hoffnungsvoll sagen konnte:

»Wenn kommenden Freitag soundsoviel in der Kasse ist, dann haben wir das Stück doch noch unsere sechs Jahre!«

Aber dieser Freitag kam nie!

Am Tag vorher, am 12. April 1945, starb Franklin Delano Roosevelt! Nur die populärsten Broadwaystars konnten nach den Trauertagen ihre Shows wieder ankurbeln. Wir mußten schließen!

Mein Mann verzweifelte fast. Das war das erste Mal, daß jemand an ihm Geld verlor. Und nicht zu knapp. In sechs Wochen 85 000 Dollars.

Aber unser Eddy? Er schrieb sich selber alle Schuld zu. Er hätte Geld in Vorreklame stecken müssen! Er hätte vor der Premiere einen Presseempfang geben müssen, daß die Tische sich bogen! Er hätte die »Gangster« nicht abweisen dürfen! Kurz, *er* hätte alles verdorben und uns Schaden zugefügt, und wir blieben, trotz allem, die größten Künstler des Jahrhunderts!

»Was wollt ihr nur«, sagte er, wenn wir traurig waren, »ich habe mir jede Vorstellung angesehen. Das Billett kostete mich 1500 Dollars, nicht zuviel für den Genuß!«

Als wir abreisten, schickte er uns einen Obstkorb. Hinter Früchten versteckt fanden wir ein von ihm verfaßtes Gedicht. Es verriet uns seinen Wunsch, noch einmal so viel Geld zu besitzen, uns die Chance geben zu können, *seine* Fehler am Broadway wiedergutzumachen!

Es war eine bittere Erfahrung, diese Schlacht am Broadway! So mag einer Mutter zumute sein, die hilflos zusehen muß, wie ihr Kind verhungert. Aber, Amerika von dieser Seite kennengelernt zu haben, wie es sich uns in *Eddy* und *Louisa Baggarozzi* zeigte, das wog manches auf.

»So verlieren kann nur ein Amerikaner«, sagten wir und erzählten es unserer Leukothea, die auf der Farm auf uns wartete und uns inzwischen einen Wurf herrlicher Louellen-Setter geschenkt hatte.

»SO ETWAS LÄSST MAN FALLEN!«

Als wir an einem der letzten Abende aus dem Theater traten, kam uns ein Herr entgegen:

»Are you Mr. Goetz?« fragte er freundlich.

»Yes.«

»This is for you, Mr. Goetz.« Er gab meinem Mann einen Brief.

»Thank you.«

»Are you Mrs. Goetz?«

»Yes.«

»This is for you, Mrs. Goetz.«

»Thank you!«

Wie heimatlich war das! Wir fanden plötzlich, daß ein Autogrammjäger etwas Rührendes sei. Ich senkte die zwei Briefe sehr langsam in meine Manteltasche.

Am nächsten Morgen nahm ich sie zur Hand, aber nicht so gedankenlos, wie man das früher machte. Ich zog den ersten bedächtig aus dem Umschlag und war richtig neugierig, ihn zu lesen. Doppelt gefaltet war der Bogen und hatte großes Kanzleiformat. Wie feierlich! Lächelnd begann ich zu lesen:

»Vorladung ... geklagt auf 160 000 Dollars ...«

Eddy hörte am anderen Ende der Strippe sehr still zu, als ich zitternd ihm dies sofort vorlas. Dann schickte er uns zu einem seiner Anwälte.

Mr. Speiser sprach deutsch. Er hatte sein Büro im 26. Stock des Rockefeller Buildings, zusammen mit dem früheren New Yorker Bürgermeister Walker. Der reizende Herr wollte uns schon in Berlin auf der Bühne gesehen haben, zusammen mit seinem Klienten *Leslie Howard*, für den er nach der Vorstellung »Hokuspokus« für New York reservierte. Das konnte stimmen. *Leslie Howard* hatte »Hokuspokus« und hielt auch eine hoffnungsvolle Generalprobe ab. Aber von ihr weg hatte er sich einer Blinddarmoperation zu unterziehen, und »Hokuspokus« fiel ins Wasser.

»It's a gift« hatte Mr. Speiser in der Premiere gesehen und fand es, wie Eddy uns erzählte, *out of this world*, umwerfend komisch, dabei herzerwärmend, und wir freuten uns darauf, dies nun von ihm selbst zu hören.

»Nach der Kritik«, sagte Mr. Speiser, »muß ich sagen, daß das Stück nicht auf den Broadway gehört, weil es zu avantgardistisch und zu unmodern für den Broadway ist«, und wir sagten nichts, weil wir bereits an sich widersprechende Widersprüche gewöhnt waren. »Hättet ihr mich nur *vorher* gefragt! Es kommt nämlich nicht so sehr auf das Stück an, als zu wissen, wie man die Schnürchen zu ziehen hat, an so einer Marionette, damit die Puppe auch tanzt! Wir alle könnten uns heute schon Häuser in der 5th Avenue kaufen, wenn ihr nicht lauter Fehler gemacht hättet, ihr und Eddy!«

»Was für Fehler?«

»Valérie! Als du angerufen wurdest, gleich nach der ersten Notiz in der Times, wie war denn das?«

»Ein Herr fragte mich, wie unser Stück hieße.«

»Und was sagtest du darauf?«

»Daß das noch nicht feststünde.«

»Eben.«

»Das stimmte doch! Wir schwankten zwischen ›Mother's day‹, ›Where there is a will, there is a way‹ und ›It's a gift‹.«

»Dann fragte dich der Herr, wann die Premiere sein würde.«

»Da sagte ich, daß das auch noch nicht feststünde, und da wurde er ungeduldig, und ich bat ihn — wie Eddy uns aufgetragen hatte —, Eddy anzurufen, und da hängte der Herr an, indem er sagte: ›Sie sind aber gar nicht kooperativ, Mrs. Goetz.‹«

»Ja! Und dann *hat* er Eddy angerufen«, fuhr Mr. Speiser vorwurfsvoll fort, »und der sagte ihm: It's none of your godamned business you sonofabitch! Und der, dem er das sagte, das war *Mr. Zoltan*, der Chefredakteur der New York Times! Und das alles, nachdem ihr der

Presse nicht einmal den kleinsten, schäbigsten Empfang gegeben habt und die Tochter eines Kritikers ablehntet zugunsten einer blutigen Anfängerin! Und als Krone hat Eddy die Herrn, die den ganzen Billettverkauf am Broadway in der Hand haben, nicht mitmachen lassen! Na, wenigstens habt ihr gleich alle Fehler, die drin sind, hinter euch!«

»Das Gefühl habe ich nicht«, sagte mein Curtchen, »ich ahne, daß es da noch allerhand Möglichkeiten gibt!«

»Also, Schwamm drüber«, lachte Mr. Speiser, »es hat keinen Sinn, vergossener Milch nachzuweinen. Was bringt ihr mir heute?« Er rieb sich erwartungsvoll die Hände, und ich gab ihm die Briefe.

»Curt, du Ahnungsvoller! Du hast recht! Für Europäer gibt's immer noch Möglichkeiten! Ja lebt ihr denn auf dem Mond? Wie kann man so einen Brief annehmen? So etwas läßt man fallen!«

»Was denn? Wie denn? Wenn einem jemand freundlich einen Brief übergibt, läßt man ihn fallen?«

»Natürlich! Und so, daß der Überbringer *sieht*, daß man ihn fallen läßt! Dann ist es, als hätte man ihn nie bekommen. Dann geht einen die ganze Sache nichts an! So werdet ihr allerhand Unannehmlichkeiten haben und müßt in New York warten, bis die Sache erledigt ist.«

»Ja aber, man weiß doch nicht vorher, was in so einem Brief steht!«

»Eben! Deshalb läßt man ihn fallen, *weil* man das nicht weiß!«

Tiefstes China!

»Wer ist dieser Fritz Niethof, Curt, der hier 160 000 Dollars einklagen will?«

»Keine Ahnung. Nie gehört!«

Auch Eddy war der Name unbekannt. Aber Mr. Speiser kriegte sehr schnell heraus, wer es war. Einer, der früher an einem deutschen Theater volontiert haben wollte und jetzt in New York in der Stoffabteilung eines Warenhauses bediente. Er behauptete jener Mann zu sein, der einen Herrn auf die Vorlesung bei Knižes aufmerksam gemacht hätte, der daraufhin einen anderen Herrn mitnahm, dessen Freund ein Bruder jenes Herrn sei, der die Beziehung zu Eddy hergestellt hatte. Deshalb, so behauptete er, sei durch ihn die Produktion zustande gekommen und er hätte Anspruch auf 160 000 Dollars, die er errechnete aus der Anzahl der Vorstellungen, die wir nach dem Premierenerfolg zweifellos haben würden.

»Lächerlich! Da könnte ja jeder kommen«, lachte Mr. Speiser, »der hat ja kein Bein, auf dem er stehen könnte!« Erleichterten Herzens konnten wir Rückfahrplätze nach Californien belegen, die damals sehr schwer zu beschaffen waren.

Nächsten Tag rief Mr. Speiser an und meinte, ob wir uns nicht mit 1500 Dollars ausgleichen wollten, um wie geplant abreisen zu können, andernfalls müßten wir mindestens 4 Wochen in New York bleiben, und dann käme es noch sehr darauf an, wie der *Richter* die Sache ansehen würde. Ich tobte! Da könnte ja jeder kommen, hatte Mr. Speiser gestern noch gesagt! Der Kläger hätte kein Bein, auf dem er stehen könnte! Und jetzt sollten *wir* 1500 Dollars *bezahlen?* Oder mindestens 4 Wochen täglich mindestens 50 Dollars *abwarten?*

Da erinnerte mein Curtchen sich an einen Fall, der ihm viel Spaß gemacht hat:

Zwei Autos waren ineinander gestoßen, irgendwo in der Wüste. Ein nagelneuer Packard, gefahren von einem zweifellos dollarschweren Mann neben seiner schmuckbeladenen Frau. Der höchstens noch als Ausstellungsobjekt zu gebrauchende Ford aus dem Jahre Schnee gehörte zwei Negerehepaaren. Der Ford war in die Knie gebrochen, der Packard hatte ein paar Kratzer, und sein Besitzer konnte darauf schwören, daß die Neger schuld waren an dem Zusammenstoß, was diese entschieden bestritten. Man ging zu Rechtsanwälten. Der Anwalt der Neger hatte die stärkere Position, denn es war nicht schwer zu erkennen, wer besser zahlen konnte, und dementsprechend mußte die Angelegenheit von beiden Anwälten geführt werden.

Die Neger forderten 15 000 Dollars Schadenersatz und Schmerzensgeld! Der eine Mann wollte sein Gehör durch den Unfall verloren haben, der andere seither stottern, und während die Frau des ersten durch den Zusammenstoß um ein Kind gekommen sein wollte, behauptete die andere das Gegenteil von sich. Kurz 15 000 wären das mindeste, was man haben müßte!

Nach einer halben Stunde der aufregendsten Unterhaltung einigte man sich auf 53 Dollar, und alle Beteiligten waren zufrieden. Ein herrlich unbeschwertes Volk!

Mein Mann begann zu rechnen:

Unser Besuch bei Mr. Speiser:	$ 60
Mrs. Speisers Anruf beim gegnerischen Anwalt:	$ 20
Mr. Speisers Anruf wieder bei uns:	$ 20

Das wäre gut bezahlt. Dazu 50 Dollars für den gegnerischen Anwalt, und dem armen Emigranten von Kläger 150 Dollars, die er mit seinen Ratgebern teilen könnte. Mein Mann bot 300 Dollars, alles war zufrieden, und wir reisten ab.

Im Zug sagte er dann:

»Die Sorglosigkeit, die wir jetzt genießen, ist jedes Geld der Welt wert! Und in einem Streitfall kommt es weniger darauf an, wer recht *hat,* als wer recht *bekommt*!«

DAS LETZTE MAL MAXE

Nach dem Debakel in New York kam sehr bald die Nachricht von Maxens Tod auf unsere Farm, und mit ihr brach eine Welt zusammen, die sich nie wieder aufbauen ließ.

Sein letzter Brief aus der Bombenzeit erreichte uns auf langen, langen Umwegen. Nun nahmen wir ihn uns vor:

2. Juni 1944.

... Bei uns im Hause leiden jetzt alle an Hallunziata bombisti! Das muß etwas wie Mondsüchtigkeit sein! Denn da ziehen sie sich dann nachts immer an und gehen in die Keller. Dann ist es schön bei mir auf dem Balkon, so allein in dem stillen Haus. Wenn dann unsere Flieger ihre Übungen am dunklen Himmel machen, sieht es aus wie lauter Christbäume. Davon kann ich nie genug bekommen ... Ihr schreibt: »Auf baldiges Wiedersehen!« Glaubt Ihr denn daran?

Max.

Noch machte er Scherze, geschwächt vom Hunger, mit erkranktem Herzen, und lebte tapfer dem Tag entgegen, da das Unrecht zu Ende sein mußte. Er hat ihn noch erlebt, den Tag! Aber *so grün* war der Schmetterlingskasten nicht, wie jener grüne, von dem er geträumt hatte!

Erst warfen die Engländer ihn aus seiner kleinen Wohnung, die noch alles war, woran er hing, und ein zweites Mal exmittierten ihn die Russen aus der eben gefundenen Bleibe. Mit ihm wurde genauso verfahren wie mit denen, die fleißig mitgemacht hatten. Im Gegenteil! Denn Maxe hatte nicht das Zeug, sich beliebt zu machen bei denen, die grad am Ruder waren. Freund *Gustav Knuth* erzählte uns später viel von unserem Maxe:

»Mensch, Curt! Es war richtig lebensgefährlich, diesem Prachtkerl zu begegnen! Einmal rief er mir über den ganzen Reichskanzlerplatz hinüber zu: ›War das heute nicht wieder eine herrliche Bombennacht! Nur lange nicht genug für die Schweine hier, die das auf dem Gewissen haben! Nachts auf meinem Balkon, da rufe ich immer: Noch mehr! Noch mehr! Viel mehr!‹«

Ja, das war Maxe. Man konnte ihn hören, ihn, der im ersten Weltkrieg von den Polen schon an die Wand gestellt war und unerschrokken für sein Deutschland sterben wollte. Und auch in den zweiten Weltkrieg wäre er gern gegangen für *sein* Deutschland, aber nicht für *dieses*, das es jetzt gab, das in seinen Augen so gar nicht deutsch war.

Daß er 'raus mußte aus seinen vier Wänden, das war es wohl, was ihm den Rest gegeben hat. Er liebte seinen Schreibtisch, dieses alte, wertlose, schwerfällige Möbel, an dem mein Mann so manches seiner ersten Stücke schrieb! Da standen Maxens Pfeifen, der Tabak, die Photos aus alten Zeiten, aufgebaut rings um ein schönes Bild seines Vaters, dem Goldschmied aus der Königstraße in Stuttgart. In den Schüben – rechts waren es vier untereinander und links vier – lagen alte Erinnerungen versperrt. Die holte Max gern hervor und erzählte die sonderbarsten Geschichten von Frauen und Mädchen aus der Jugendzeit. Und wenn keiner da war, ihm zuzuhören, dann erzählte er sie seinem Hund.

Der Hund – ohne Hund war Max nicht zu denken – lag im Tunnel unter dem Schreibtisch und teilte sich mit seines Herrn Füßen in das Stück Eisbärenfell, das so schön warm hielt. Und er hörte genau zu! So konnte Max ihm auch von seinen Kindern erzählen, die wie er, in der Familie der Schauspieler lebten. Unerkannt! Ein Geheimnis des

»heiteren Künstlervölkchens«! Ein Geheimnis? Ja. Nicht weil die Schauspieler es verurteilten oder gar sich schämten. Wie konnten sie das, wenn eine lange heiße Liebe ein Kind von dem Mann verlangte, den man Vorurteilen wegen nicht heiraten durfte? Weil die Frauen in einer Gesellschaft lebten, deren Ordnung man achten wollte; um den Familien dieser Damen nicht ins Gesicht zu schlagen; um die Mütter ohne Mann und die Kinder ohne Vater in gut bürgerlichen Augen keiner Geringschätzung auszusetzen.

Man sagt dem heiteren Künstlervölkchen nach, daß seine Sitten lockerer wären als die der Bürger. Das konnte ich nie finden. Gewiß, Künstler lieben heißer. Jede ihrer Empfindungen wird notgedrungen stärker sein als die der »normalen« Menschenkinder, denn ein großer Teil ihres Gefühls muß ja über die Rampe gehen, muß durch das Mittel der Kunst sich auf das Publikum übertragen. Aber lockerer sind ihre Sitten keineswegs. Und ihre Kinder erziehen sie zu viel Zartgefühl und zu strengen Sitten. Und diesen »heimlichen«, geliebten Kindern, die alle sehr bald Väter fanden, die ihnen gern ihre Namen gaben, Maxens Kinder, Abels, Ottos und vieler bedeutender Künstler aus jener großen Theaterzeit, wahre ich gern weiter ihr Geheimnis für den Preis der innigen Liebe, die uns »heimlich« verbindet.

LISA

Ein Wort möchte ich von Maxens *Lisa* schreiben, seiner Frau, obwohl sie unerwähnt sein wollte.

Als sie aus der kleinen Wohnung in Charlottenburg mußten, da kroch Lisa unter den Schreibtisch und hob ihn hoch. Und so, auf ihrem Buckel, der in Ostpreußen fest und grad gewachsen war, hat sie allein dieses schwere Möbel vier Treppen hinunter, von der Halmstraße in die Reichsstraße, und dort dreie hinauf, und ein zweites Mal dreie hinunter und wieder dreie hinauf getragen in ein untergemietetes Zimmerchen, damit ihr Maxe wenigstens an seinem geliebten Schreibtisch sitzen konnte. Und als er gestorben war, am 7. November 1945, »organisierte« sie ein Handwägelchen und fuhr ihn hinaus an seine letzte Ruhestatt.

Ein Paket, das wir ihm schickten, das er nicht mehr sah, enthielt ein Bild meines Mannes, das ich eigens für Max gemacht hatte. Mein Mann schrieb darauf:

»Auf Wiedersehen, Max, *bald*!«

Lisa hat es mir geschenkt. Es steht auf meinem Schreibtisch und zeigt mir sein lustiges allesverstehendes Lächeln, während seine gute, wohlgeformte Hand die Pfeife am Munde hält.

Ob die Zwei mir zusehen, wenn ich über sie schreibe? Vielleicht aber spielen sie zusammen den Holmes und den Watson im »Dr. Prätorius«, was ihnen stets so viel Vergnügen machte! Da müssen sie zu jener Stelle kommen, wo es heißt:

WATSON: ... je liebenswerter ich diese beiden Menschen gestalte (Prätorius und dessen Frau), desto betrübter wird das Publikum über ihren Tod sein!

HOLMES: Mit Unrecht, Watson, denn sie stehen ja wieder auf!

WATSON: Wieso?

HOLMES: Sie werden in deinen Werken weiterleben. Und daß sie *das* nicht mehr zu erleben brauchen, ist wiederum der Gedanke, der uns mit ihrem Schicksal fast versöhnen möchte.

Die beiden Freunde umarmen sich.

VORHANG

EIN WUNDER

Der Friede war noch schneller ausgebrochen als der Krieg. So schien es wenigstens. Und, träge wie der Mensch nun einmal ist, bedurfte es einiger Anstrengung, sich wieder auf ihn umzustellen.

So hielten zum Beispiel die New Yorker Kellner eine Blitzversammlung ab, deren Hauptthema die Frage war: Sollen wir unser Benehmen den Gästen gegenüber *allmählich* liebenswürdiger gestalten oder *schlagartig?*

Gewiß ein Problem!

Die Emigranten in Hollywood hielten auch eine Versammlung ab:

Sollen wir von der Erlaubnis, Pakete nach Deutschland schicken zu dürfen, Gebrauch machen oder nicht?

Man war entschieden dagegen.

»Wer hat sich um *unseren* Hunger gekümmert?«

»Alle sind sie schuldig!«

»Sonst hätte es nie so weit kommen können. Im 20. Jahrhundert!«

Das und ähnliches hörte man rufen.

Da stand einer auf.

Er sagte:

»Wollen wir uns mit diesen auf dieselbe Stufe stellen und sie jetzt verhungern lassen? Alle sind sie schuldig? Wie viele Helden gibt es in einer Epoche? Für wen sollte sich einer an die Wand stellen lassen? Für euch? Wenn ihr so denken könnt wie die? *Ich tät's nicht!*«

Keineswegs mit christlicher Milde, auf daß Böses nicht mit Bösem vergolten werde, waren diese Worte gesagt! Eher mit der Besessenheit eines Sizilianers, der auf Blutrache aus ist.

»Wer ist dieser Mann, der einen so roten Kopf bekommt, wenn er sich aufregt? So etwas suche ich schon lange für meinen nächsten Film!«

Das fragte ein Produzent, der seine Wiener Gattin zu dieser Versammlung begleitet hatte und der kein Wort Deutsch verstand.

»Von diesem wirklich großen Schauspieler habe ich dir längst erzählt«, sagte mein Mann, »das ist *Fritz Kortner.*«

Und dieser »wirklich große Schauspieler«, dem es durch die ganzen Kriegsjahre hindurch nicht gelingen wollte, sich eine entsprechende Stellung in Hollywood zu schaffen – weil er eben auch kein »Yesman«

ist –, bekam durch diese paar Sätze, die gar nicht verstanden wurden, die so gescheit und so gut waren, einen außergewöhnlichen Vertrag, weil ...

... weil, wie ich glaube, der alte Herr im Himmel, trotz allem, noch nicht abgedankt zu haben scheint und sich uns hin und wieder durch ein Wunder in Erinnerung bringen möchte.

NEU GEBOREN

Seit Maxe nicht mehr war, suchten Freunde uns auf dem laufenden zu halten. Direktor *Barlog* war der erste in Berlin, so hörten wir, der wieder spielte, zu dem man noch in Fetzen und über Schutt kletterte. Die Eröffnungsvorstellung im Schloßpark-Theater in Steglitz muß ein wahres Fest gewesen sein. Bis ins kleinste von ihm ausgefeilt, gab er »Hokuspokus« mit *Söhnker* als Peer Bille, mit unserem *Arthur Schröder* als Gerichtspräsidenten Gandrup, mit *Pledath, Biegel* und *Winnie Markus* als Agda Kjerulf.

Schröder sandte uns eine Kritik, die jetzt vor mir liegt, schlecht gedruckt, auf elend armem Papier, die Büge durchgewetzt vom allzulangen In-der-Tasche-Tragen, die Kritik von *Werner Fiedler:*

Da heißt es:

Hokuspokus und Verzauberung.

Einen *Reißer* nennt der elegante Tiefstapler *Curt Goetz* überlegen sein Stück. Jedenfalls ist es ein höchst gerissener *Reißer,* der nicht grob alles umreißt, sondern elegant alles mitreißt. Es ist das Beglückende an dieser Aufführung, die zugleich das bedeutende Verdienst der feinfühligen, geschliffenen Inszenierung *B. Barlogs* ist, daß sich plötzlich, was nur Hokuspokus schien, als echte dichterische Verzauberung erweist.

Da trifft uns auf einmal zwischen all den geistvollen Wortspielen ein gewichtiges Wort, ein tiefer Blick. Als handle es sich um einen Taschenspielertrick, hält *Goetz* plötzlich eine reine funkelnde Wahrheit, eine kostbare Einsicht in der geschickten Hand.

Und die Kritik endet mit:

Ein Brief aus Hollywood:

Tief wird man von einem Brief, den Freundschaft und Heimweh bewegen, angerührt, den *Arthur Schröder* von seinem Freunde, dem Autor *Curt Goetz* erhalten hat, und der zum Schluß dieser die Herzen erwärmenden und erheiternden Aufführung verlesen wurde. Der Brief eines Dichters ...

»Mein lieber, lieber Freund,

vor einer halben Stunde erhielten wir Deinen Brief, mein Arthur. Er hat uns heulen gemacht, heulen und lachen. Ihr lebt noch, Ihr seid noch da, Ihr seid noch halbwegs gesund, man kann Euch noch anfassen, fühlen und mit Euch sprechen! Gott sei dafür gedankt! Ich kann das Durcheinander meiner Gefühle nicht in diese Zeilen gießen, und ich will nicht von uns sprechen. Uns ist es körperlich gutgegangen, wir haben in Sonnenschein und Überfluß gelebt, so wenig wir das in unserer seelischen Einsamkeit genossen haben. Aber auch unsere seelischen Leiden lassen sich nicht mit der Heiligkeit der Euren vergleichen. Doch laßt uns nicht mehr von der Vergangenheit reden, sondern nur noch von der Zukunft. Gott wird seine Hand über Euch halten, wie er es bisher getan hat, wenn Ihr nur nicht nachlaßt, leben zu wollen. Im nächsten Frühjahr werden wir eine Tournee machen! Und wenn keine Theater da sind, werden wir im Freien spielen! — — —«

Man konnte wieder nach Deutschland schreiben! Man konnte wieder *deutsch* schreiben!

Mein Mann wollte sich in einer deutschen Zeitung lesen und schickte die folgende kleine Skizze nach Berlin.

DER TRAUM

Ich habe einen sonderbaren Traum gehabt.

Ich träumte, es war Nacht und ich wandelte durch die zertrümmerten Städte Deutschlands.

Ich wandelte durch die zertrümmerten Städte Deutschlands und suchte nach meinen geschändeten Geliebten. Ich habe sie überall sitzen: In Mannheim, in Darmstadt, in Hamburg, in Rostock, in Mainz, in Hannover, in Nürnberg, in Halle, in Leipzig, in Lübeck, in Bremen und Cuxhaven und Freiburg und Stuttgart und Wiesbaden und vielen hundert anderen Städten.

Ich spreche von den Bühnentürchen Deutschlands.

Wenn immer ich von der Zerstörung einer Stadt las, habe ich Euch vor mir gesehen, meine Geliebten, habe an Eure offenen Arme gedacht, mit denen Ihr uns empfingt, wenn wir unseren Thespiskarren von Stadt zu Stadt zogen ...

Bühnentürchen sind — für Leute, die das nicht wissen sollten — die Türchen, durch die die Schauspieler das Theater betreten. Die Türen, durch die so viel Jugend, so viel Hoffnung und so viel Enttäuschung hindurchgehen. Es sind die Türen, vor denen nach der Vorstellung die Backfische warten und Dich um Dein Autogramm bitten.

Das sind die Bühnentürchen.

Und wie ich als junger Schauspieler in jeder Stadt das Stadttheater fand, ohne jemand nach dem Weg fragen zu müssen — und welchem Komödianten ginge das nicht so —, so brauchte ich auch in meinem Traume niemand nach dem Weg zu fragen.

Der Mond stand hoch am Himmel und leuchtete kalt über die Trümmer.

Meine Schritte waren alles, was vernehmbar war.

Da hing es ...

Es hing etwas schief in den Angeln. Die Angeln, verbogen, hielten sich krampfhaft in dem Stückchen Mauer, das schief vornübergebeugt, das einzige war, was von dem Theater noch stand.

Hinter der Tür war nichts.
Auf der Tür war zu lesen:

Bühneneingang
Unbefugten ist der Zutritt
verboten

Ein unsagbares Weh faßte mich. Und dann kam es mir wie ein törichter kleiner Trost: daß man einmal zu den Befugten gehört hat, die durch dieses Türchen gehen durften.

Ich starrte lange auf das Türchen.

Plötzlich kam ein Windstoß und setzte sich mir in die Kniekehlen. Und obwohl er eisig war, wirkte er wie eine Liebkosung . . . das einzig Lebendige unter so viel Tod. Und er erfaßte auch das Türchen. Und mit einem Ächzen öffnete es sich ein wenig . . .

Von diesem Ächzen erwachte ich.

War es ein Ächzen gewesen?

Ich glaube, es war mehr ein Knurren. Ich habe es noch im Ohr. Es hatte nicht geklungen wie: O mein Gott . . . Es hatte mehr geklungen wie:

Keine Angst, wir gehen wieder auf!

WIEDER ZU HAUSE

Am 31. Oktober 1946 spielten wir zum ersten Mal wieder in Europa, am Züricher Schauspielhaus! Und wie das so ist, wenn man nach Hause kommt: es scheint, als wäre man nie fort gewesen. Da war das alte Theater, das »Bühnentürchen« über dem Hof, die Garderoben, alles Bekannte und Verwandte, unverändert in dieser alten Welt, in der es eher eine Ehre ist, sich nicht zu verändern. Sie waren auch alle noch an ihren Plätzen, Oski und Hirschi, die Direktoren des Theaters, bis zum Garderobier, Herrn Prüfer. Er ist Berliner und hat sich der Zürcher Luft, die er ein Leben lang atmet, angepaßt — und sich auch nicht verändert.

»Herr Joetz, darf ick Ihn'n zu den Erfolch jratuliern! Det war's ja wieda mal! Is ja awa ooch! So jarnich jescheit, det kann sojar unsereener vastehn! Det jeht eben ant Herz, weil's aus'm Herzn kommt! Se sin ebent der Volksdichter für det neunzehnte Jahrhundert, Herr Joetz.«

»Du meinst wohl det zwanzigste!«

»Nee, nee, Herr Joetz, so alt sin Se noch lange nich!«

»Jedenfalls, dank dir, Prüfi! Das freut mich mehr wie die schönste Kritik, was du da sagst. Da hast du fünf Franken für eine gute Flasche Wein.«

Das war nach dem ersten Akt gewesen.

Nach dem zweiten kam Prüfi wieder:

»Darf ick mir erlauben zu jratulieren, Herr Joetz! Det spielt Ihn'n keener nach! Hab' se alle anjezogen, aber alles Sch . . . jejen Ihn'n!«

»Du Schlaumeier! Nimm dir noch fünf Franken.«

»Ich danke ooch scheen, Herr Joetz!«

Nach Schluß der Vorstellung stellte Prüfi sich in Positur, wobei es nicht zu verheimlichen war, daß er mindestens die erste Flasche schon genehmigt hatte:

»Herr Joetz ... ick muß ... ick muß Ihn'n jratulieren! Det ...«

»Du bist wohl besoffen, Prüfi! Hast schon zweimal gratuliert und zweimal was bekommen!«

»Ebent, Herr Joetz. Det erschte Mal, det war für den Autor, det zweite Mal war für den Schauspieler, und det dritte Mal, det is für de Frau Jemahlin jedacht jewesen.«

Da mußte mein Mann natürlich noch zehn Franken springen lassen.

Nach der Premiere saß man, wie früher immer, mit den Kollegen bei einem Glase Pilsner! Eine lang entbehrte Stunde, die mein Curtchen unendlich genoß. Und es wurde erzählt ohne Ende, geweint und gelacht, gelacht, gelacht!

»Mensch, Curt, wo gibt's das in ganz USA«, sagte Conny Veidt einmal, als mein Mann ihn gefragt hatte, warum er einen glänzenden Vertrag nach Hollywood ausschlüge, »so viel Geld haben die da drüben noch nicht, daß sie mir das ersetzen könnten! Da sitzt du auf Barhockern, der Teller wird dir über die ganze Theke zugeschliddert, und der nächste lauert hinter deiner Schulter, bis du den letzten Bissen drin hast!«

Es wurde spät, aber beim Weggehen, zwischen Tür und Angel, gerade da passierte noch etwas: Ein Herr vom Nebentisch geriet mit Curtchen in einen Disput. Eine Seltenheit an und für sich. Da gingen wir. Die Tür fiel zu, wir waren draußen und er drin!

»Was hat er eigentlich gesagt?« fragte ich, obwohl ich jedes Wort genau gehört hatte. Aber mein Mann ging darauf nicht ein:

»Das ist jedenfalls eine Persönlichkeit«, sagte er, »und eine liebenswerte noch dazu, wenn auch nicht mehr ganz nüchtern! Ich glaube, er wollte mir etwas ganz anderes sagen, als er gesagt hat. Und ich Idiot habe das nicht gleich gemerkt und ließ ihn nicht weiterreden.«

Am kommenden Tag kam ein Brief, der die Ansicht meines Mannes über den Herrn am Nebentisch bestätigte. Denn nur eine Persönlichkeit kann einen Brief *so* schreiben, und nur eine liebenswerte Persönlichkeit *kann* so einen Brief schreiben.

Sehr lieber Herr Curt Goetz!

Nach der kleinen Burleske, die sich gestern ergab, bin ich ganz und gar auf Ihren weltmännischen Witz angewiesen, damit Sie mein Verhalten nur als etwas Unverzeihliches nehmen, was es war und bleibt, nicht aber als etwas Kränkendes, was es nämlich nie und nimmer geworden wäre, wenn Sie mir nur Zeit bis zu meinem nächsten Wort gelassen hätten, ein kleines halbes Stündchen oder so. Nun aber bleiben mir immerdar die Worte im offenen Mund: Wie soll ich es sagen? und dazu eine endlose Kette von Gedankenstrichen. Sehen Sie, bei schwachen Denkern ist es immer ein langer Weg zur sprachlichen Präzision; natürlich hätte ich auf Anhieb sagen können, daß ich Ihre leichte Art, die Dinge in der freundlichen Schwebe zu halten, lange schon bewundere; es wäre keine Lüge gewesen, die einen in die Hölle bringt, nur ein Mangel an Präzision, da es eigentlich, wenn Sie mir schon die fragliche Pistole auf die Brust setzen, eher ein Beneiden ist. Das ist das Wort, das ich dort auf der verdammten Schwelle gesucht habe. Wenn ich Ihre Stücke sehe, geht es mir nicht immer, aber streckenweise wie einem frigiden Weib, das auf den Busen geküßt wird; die Küsse merke ich wohl, allein mir fehlt die Lust, und dieweil alle andern sich in Gelächter befreien können, werde ich manchmal fast melancholisch, wenn ich meine zuschauerische Impotenz entdecke. Es ist traurig, ich kann lachen über Leute meinesgleichen, die alles zu schwer nehmen, ein schnödes Lachen; über Menschen, die von Witzen funkeln, kann ich selten lachen: eben weil ich sie beneide.

Das alles und mehr, lieber Herr Goetz, hätte ich Ihnen gestern entwickeln müssen und dies in einem Augenblick, nachdem mich Ihre liebenswürdige Frau Gemahlin eben verwirrt hatte mit einem Kompliment, verstrickt in den Gedanken darüber, wie unhöflich ich fortan gegenüber Ihrer Frau Gemahlin sein werde, wenn ich an meiner Arbeit zweifle, also auch an ihrem Urteil – es war zu viel, ganz abgesehen davon, daß ich nicht wußte, wie ich Ihnen gegenüber, der Sie alles in allem sind, vom Autor sprechen soll, ohne daß ich den Schauspieler kränke, und umgekehrt, wenn ich mich ins Lob des Schauspielers verlöre. –

Genug!

Der Teufel hole jene Schwelle zwischen den beiden Kronenhallen; Sie aber grüße ich mit der Bitte um Nachsicht. Ihr

Max Frisch.

Mein Mann behielt diesen Brief stets in seiner Privatmappe und las ihn immer gerne wieder, und auch die Bücher dieser »liebenswerten Persönlichkeit« las er und las sie immer gern wieder und wunderte sich schon lange, daß man bei der Verteilung der höchsten Preise für Literatur noch nicht auf *Max Frisch* gekommen sei.

DEUTSCH LERNEN, EIN VERGNÜGEN!

Man muß erlebt haben, was es heißt, nach vielen Jahren wieder seine Muttersprache sprechen zu können und sie andere sprechen zu hören. Lange ließ uns diese Sensation nicht los, und nach Monaten noch haben wir uns glücklich zugeflüstert, daß die Leute am Nebentisch *auch* deutsch sprechen.

Sogar das erste Interview wieder in deutscher Sprache machte meinem Mann, der Interviews haßte, großen Spaß! Hier ist ein Teil davon:

»Ich danke Ihnen zunächst für die reizende Einführung, und nun bitte, fragen Sie mich, was immer Sie wollen.«

»Haben Sie erst in Hollywood Englisch gelernt, Herr Goetz?«

»Ja. Das kann man wohl sagen!«

»Was haben Sie dort sonst noch alles gemacht?«

»Wir haben eine Hühnerfarm aufgezogen, die uns viel Ehren brachte, meine Frau hat Photographie studiert, womit sie dann viel Geld verdienen konnte und Wettbewerbe gewann, ich habe meine Stücke übersetzt und adaptiert, was mir viel Freude machte. Außerdem habe ich für verschiedene Studios Filme geschrieben.«

»Ich erinnere mich nicht, einen dieser Filme gesehen zu haben.«

»Ich auch nicht. Sie wurden nie gedreht.«

»Warum nicht?«

»Das weiß ich nicht. Entweder waren sie zu schlecht oder zu gut oder gerade richtig. Jeder dieser Gründe ist ausreichend.«

»Hat Sie Hollywood enttäuscht, Herr Goetz?«

»Wo denken Sie hin! Ich habe immer meinen Scheck bekommen! Und die Amerikaner waren reizend zu mir, so daß ich sie lieben lernte. Nein, ich möchte die Erlebnisse von Hollywood nicht missen. Ich hoffe sogar, von ihnen leben zu können, bis an mein seliges Ende.«

»Haben Sie ein neues Stück unter der Feder?«

»Nein. Es ist fertig.«

»Wie heißt es?«

»Hollywood. Vielleicht auch: Nichts Neues aus Hollywood.«

»Das klingt schon sehr lustig.«

»Ich hoffe, es *ist* lustig, obgleich . . .«

»Obgleich?«

»Sie kennen meinen Hang zu übertreiben, aber in diesem Falle ist es mir nicht gelungen, fürchte ich.«

»Haben Sie das Stück drüben geschrieben oder wieder hier bei uns?«

»Drüben, schon vor ein paar Jahren.«

»Doch nicht in englisch?«

»Doch.«

»Schade, sonst könnten Sie uns hier . . .«

»Oh, das kann ich sowieso. Ich habe erst unlängst begonnen, eine Szene ins Deutsche zu übersetzen. Wollen Sie sie hören?«

»Aber natürlich! Bitte, Herr Goetz.«

»SIE: Guten Tag jeder Körper. Ist jedes kleine Ding unter Kontrolle?
ER: Hallo, Liebling! Ich bin zu Tode gekitzelt, dich zu sehen.
SIE: Wie bist du, Honig?
ER: Ich bin fein, Liebling. Wie bist du?
SIE: Ich bin fein.
ER: Wie ist Mutter?
SIE: Mutter ist auch fein.
ER: Und Vater?
SIE: Vater ist geradezu fein.
ER: Ist das nicht fein? Was über deine Schwester?
SIE: Sie ist schwellend!
ER: Ich bin froh, das zu hören. Bei dem Wege, liebst du mich noch?
SIE: Du wettest!
ER: Wirklich?

SIE: Ich bin ziemlich sicher.

ER: Danke, Liebling. Ich schätze das, und ich meine es. So lang, Baby! Seh dich heut nacht in der Drogerie . . .

Ich weiß nicht, im Deutschen gefällt mir die Szene gar nicht so gut. Im Englischen klingt sie so tiefsinnig. Ich glaube, ich werde sie weglassen müssen. Es sei denn, daß ich einen guten Übersetzer finde, der die aufreizende Sinnlichkeit, den Sex-Appeal dieser so echt amerikanischen Liebesszene herausbringt. Mein Deutsch ist wohl nicht mehr gut genug.«

»Aber Herr Goetz!«

»Doch, doch, doch! Ich habe mir eben ›Deutsch lernen, ein Vergnügen‹ gekauft!«

»Unverbesserlicher Spötter! Aber ich könnte Ihnen stundenlang zuhören, Herr Goetz.«

»Ja! Das ist der Unterschied zwischen uns!«

WIEN, WIEN, NUR DU ALLEIN!

Für die Zeit unseres Aufenthaltes in Amerika hatten wir unser Haus in Merligen einem Notar anvertraut. Wer konnte gewissenhafter sein als ein Notar? »Notar« steigert man: Ein Notar, ein Schweizer Notar, ein Berner Notar, und so einer war es. Er vermietete an eine Frau, an die ihn zarte Bande banden, so daß seine gewissenhaften Hausinspektionen häufig und ausgedehnt waren und er diese häufig und ausgedehnt in Rechnung setzen mußte. Die Frau hatte zehn Katzen, und alle elf gingen nie aus dem Haus. Man roch es im Umkreis von hundert Metern, wie uns die Nachbarn *nachher* erzählten. Alle Teppiche und manche Polstermöbel waren verbrannt worden, um unseren Nerven den Schock zu ersparen, den ihr Anblick ihnen versetzt hätte. Meine Pelze fanden das gleiche Schicksal, so daß ich auch sie nicht wiedersah. Die Klage, die wir einreichten, ging so aus, daß eine Hand die andere wusch, bis sie beide schmutzig waren, so daß die Streitfrage nur mehr ethisch gelöst werden konnte, mit der Erklärung, daß der Herr Notar das Beste nach *seinem* Gewissen tat. Mehr kann man von einem Menschen auch nicht verlangen.

Unser Packard, der zwar aufgebockt in unserer Garage, aber immerhin doch sieben böse Jahre auf uns gewartet hatte, war unser einziger im Augenblick brauchbarer Besitz geblieben. Er brachte uns brav nach Wien, wenn seine Pneus auch einer nach dem andern aus Altersschwäche dabei sein Leben aushauchte. Jedenfalls landeten wir glücklich auf zwei Plattfüßen und zwei Felgen um elf Uhr nachts vor dem Hotel Sacher, dem Sitz der Engländer, wo wir, als Übersetzer von Noël Coward, einquartiert waren. An alles hatten wir gedacht, nur eine Garage zu bestellen, hatten wir vergessen. Es wäre auch nutzlos gewesen, denn es gab ja keine. Die, die es gab, waren längst besetzt, nicht von Autos, sondern von Menschen.

Als der Nachtportier uns erklärte, daß es nur eine Möglichkeit gäbe, den Wagen am Morgen wiederzufinden, nämlich darin zu übernachten, tauchte aus den Trümmern der Oper ein verkleideter Wiener auf. Was er anhatte, konnte man kaum noch als Uniform bezeichnen, aber ein Stahlhelm und eine Armbinde kennzeichneten ihn als Amtsperson.

»Do sans ja, Herr van Getz!« sagte er. »Seit aner Wochn woartn mir auf an Wogn mit aner Schweizer Nummero. Jetzt bringens die Gnädige scheen ins Betterl, und schlafens ruhig! Den Stephansturm kennens wegtragn, und die Oper a — des wos no do is von ihr — aber Ihnen Wogn, Herr van Getz, den tragt uns kaner net weg! Dafir san mir do!«

Und wirklich stand unser Packard monatelang in Wien auf der Straße, bekam keinen Kratzer und brachte uns dann heil wieder nach Merligen, was allerdings mit Schwierigkeiten verbunden war.

Wir hatten unsere Schweizer Gesandtschaft gebeten, uns fünf Pneus aus der Heimat schicken zu lassen. Zwei war alles, was wir erreichen konnten. Nicht aber konnten wir erreichen, daß man uns nicht für »Gummischieber« hielt. Aber unser Packard hatte doch nun mal vier Räder! Was tun?

Erst einmal mußte unsere Premiere steigen. Wir kletterten noch über Schutt in den Bühneneingang des Volkstheaters, aber in der Garderobe, da lag ein schneeweißes Spitzendeckchen auf dem Schminktisch, und zwei Vasen mit Zweigen flankierten den zersprungenen Spiegel, und während ich spielte, wusch die Garderobiere die Strümpfe aus, bügelte das Straßenkleid, machte die Schuhe blank, und als wir aus der Vorstellung kamen, war unser Auto bekränzt. Und das alles in dem armen zerschlagenen Wien! Auch ausgebrannt und frierend blieb sein Herz warm fürs Theater, und noch als Ruine war es *gemütlich! Wie* gemütlich, möchte ich an einem kleinen Erlebnis erzählen:

Es tauchte plötzlich der Plan auf, meinem Mann im Belvedere ein eigenes Theater zu bauen, und so ein Plan nimmt in Wien gleich Dimensionen an! Da sagt zum Beispiel ein Herr im Café zu seinem Freund:

»Servus, wie geht's dir heut?«

Sagt der andere:

»Du, das wär' a Zeile für an Schlager: Servus, wie geht's dir heut! Großartig is des.«

Da sagt der Herr vom Nebentisch:

»Ka schlechte Idee!« Und er wendet sich zu einem vierten Herrn, der zu einem fünften sagt:

»Wissens des no net? Der Eins und der Zwei machen zusammen eine Operette. Der erste Akt steht scho.«

Am nächsten Nachmittag verneigt sich das ganze Kaffeehaus tief vor Eins und Zwei, die gar nicht wissen warum. Man murmelt, die Operette sei angenommen, die größten Größen werden sie singen, der Kaiser kommt zur Premiere! Und am selben Abend noch sagt einer:

»Schad! Haben's g'hört? Die Idee war doch so gut, aber in Berlin is durchg'fall'n. Da kommts gar nicht erst nach Wien. Schad.« Und dann geht das Kaffeehausleben weiter seinen normalen Gang, bis zur nächsten Premiere.

Geschäftliche Angelegenheiten spielen sich genauso gemütlich ab, wenn auch nicht in einem so rasanten Tempo. Mein Mann, der frei bleiben wollte, versuchte, als der Theaterplan auftauchte, den vermittelnden Anwalt zu erreichen, um die Idee im Keim zu ersticken:

»Hallo, Fräulein, ich möchte den Herrn Doktor sprechen.«

»Der Herr Doktor ist noch nicht da, bitte.«

»Aber der Herr Doktor hat mir gestern gesagt, ich sollte ihn um neun Uhr anrufen.«

»Ja is denn schon neun?«

»Inzwischen ist es schon fünf *nach* neun.«

»Ja das mein' ich ja grad. Wenn der Herr Doktor g'sagt hat um neun, dann meint er sowieso erst um halb elf, denn vorher kommt er fast *nie* ins Büro.«

»*Fast* nie? Wann kommt er heute?«

»Heut vielleicht schon um elf.«

»Kann ich ihn vorher irgendwo erreichen?«

»Nein! Er ist am Gericht.«

»Was mache ich nur?«

»Warten's halt. Heute kommt er ja vielleicht schon um elf.«

»Wieso *vielleicht?* Das müßten Sie doch *sicher* wissen, Fräulein!«

»Sicher is gor nix! Wer spricht denn überhaupt?«

»Curt Goetz.«

»Herr von Goetz? Vom Volkstheater? Ja das is was anders! Wissen's Herr von Goetz, der Herr Doktor war gestern in der Oper, und da wird's dann nachher immer spät, und da kommt er dann immer später ins Büro. Ich gib Ihnen die Geheimnummer von zu Haus.«

»Da kann ich ihn doch nicht stören, Fräulein.«

»Aber Herr von Goetz, das ist ihm eine Ehre, von Ihnen gestört zu werden! Ich ruf ihn gleich an, damit er sich a bisserl schön machen kann, bevor daß Sie anrufen werden.«

Nach fünf Minuten:

»Verzeihen Sie, lieber Doktor, ich muß dringend abreisen, sonst ...«

»Verzeihen *Sie*, lieber Herr von Goetz, das werden wir sofort haben, meine Sekretärin hat mich bereits informiert. Wann tät's Ihnen denn passen?«

»Um zwei Uhr, wenn's recht ist?«

»Das is a bisserl früh, Herr von Goetz, wegn dem Nachmittagsschlaferl! Aber ich könnt' mir's einteilen, wann ich weiß, an welchn Tag daß Sie gern kommen möchten.«

»Ja, heute noch auf jeden Fall.«

»*Heute*, Herr von Goetz? *Heute?* Am Donnerstag vor Pfingsten? An an gwennlichn Sonntag sperrn mir doch schon am Freitagmittag, aber am Donnerstag vor Pfingsten ...? Passen's auf, Herr von Goetz: Sagn wir, weils es Sie es sind ... heut' ham ma Donnerstag vor Pfingsten, dann kommen die heiligen Pfingstfeiertäg, der Sonntag und der Montag, und weil's Pfingsten ist, kommt dann nachher der Dienstag! Jetzt ham mir's: Am Mittwoch nach Pfingsten, Nachmittag im Café.«

Urgemütlich war auch eine Szene am Postamt in der Krugerstraße. Ich habe sie meinem Mann mindestens hundertmal vorgespielt, weil sie ihm so gefiel. Ich hatte einen Brief nach Ankara aufzugeben, damals, 1946/47, weil ein Stück meines Mannes dort aufgeführt werden sollte. Als ich um zwei Uhr aufs Postamt kam, war es schon offen, aber das Schalterfenster hinter dem Gitter war noch zu. Sehr bald aber tauchte, von unten her, das Blondköpferl eines alten Postfräuleins auf. Ganz kleing'schneckerlt war's, und das Himmelfahrtsnaserl zierte ein rahmenloser zitternder Zwicker. Sie schob das Fensterl im Tempo ihres langsamen Auftauchens hoch und eröffnete ihre Amtshandlung mit folgenden Worten:

»Schad! Wann's fünf Minuten früher kommen wär'n, hätten's g'sehn, wie mei Eierspeis am Boden g'falln is. Was ham's denn da?«

Nachdem ich mich von der erschütternden Tatsache erholt glaubte, mit welch absoluter Selbstverständlichkeit sie die Schadenfreude ihrer Wiener Landsleute – oder aller ihrer Mitmenschen – für genauso groß hielt wie die ihre, schob ich ihr meinen Brief hin.

»Ankara«, las sie höchst befremdet, »Ankara? Wie kommt jetzt der Brief nach Ankara? Was pickt ma denn drauf nach Ankara, Freiln Mizzi?«

Nachdem Fräulein Mizzi es auch nicht wußte, schloß mein Postfräulein gewissenhaft ihr Fensterl und begab sich auf Anraten von Fräulein Mizzi – nach deren Rücksprache mit Herrn Karli – in den ersten Stock zur Direktion. Sie kam bald zurück, öffnete ihr Fensterl wieder und sagte in etwas beleidigtem Amtston:

»Der Postmeister laßt Ihnen sagn, Se soll'n an Hotelportier fragn.« Und dabei schob sie ihr Fensterl energisch wieder zu.

Übrigens »Hotelportier« spricht man in Wien aus wie andere große Tiere, wie Gürteltier, Murmeltier, so Portier.

Wir brauchten, um wieder nach Merligen zu kommen, mindestens noch zwei Pneus, weshalb unser Theaterdirektor *Mühlbacher* uns den Weg ins Ministerium ebnete. Vorher muß ich noch erwähnen, daß die Premiere im Wiener Volkstheater einem Märchen glich. Es war, als wäre man in der guten alten Zeit, und es fehlte eigentlich nur der Kaiser Franz Joseph in seinem himmelblauen Waffenrock. Schöne dekolletierte Frauen quollen aus den Logen, in den ersten Parkettreihen saßen lauter Uniformen. Letzteres war kein Kunststück, denn die trugen die Besatzungsoffiziere der vier Siegerstaaten. Wie aber die Wienerinnen es fertigbrachten, aus alten Vorhang- und Tischtuchresten diese heitere Pracht zu zaubern, das bleibt ihr Geheimnis, und das macht ihnen auch niemand nach.

Mein Curtchen nahm Block und Bleistift mit ins Ministerium, um die Wartezeit ausnutzen zu können, die jetzt vor ihm lag. Darin war er groß. Nie könnte ich die Stunden zusammenzählen, die er geduldig auf mich gewartet und dabei geschrieben hat! Ich natürlich war außer mir, wenn er mal auch nur um eine Minute zu spät kam. Das war ja auch richtig, denn er war pünktlich, und ich war es nicht. Aber ich konnte mir leisten, unpünktlich zu sein, weil er so pünktlich war. Ich habe ihm das oft zu erklären versucht, aber er nannte das kurz »weibliche Logik« und beschloß meine Abhandlung mit den Worten:

»Dich lassen wir so, mein Schätzchen.«

Als mein Mann sich dem Ministerium näherte, rannte der Portier – siehe oben – in seine Loge. »Loge« wird in Wien, im Gegensatz zu Portier, französisch ausgesprochen, also sagt man »die Por-Tier-Losche«. Der Por-Tier rannte also in seine Losche und stotterte etwas ins Haustelephon, worauf drei Herrn die Freitreppe herunter auf meinen Mann zukamen und im Kanon sagten:

»Herr von Goetz, dürfen wir uns erlauben, Sie zu begrüßen ... begrüßen ... begrüßen.«

Dann wurde er hinauf in verschiedene Büros geleitet, um begrüßt zu werden vom Sekretär des Ministerialsekretärs, vom Herrn Ministerialsekretär, vom Sekretär des Sektionsrates, vom Herrn Sektionsrat, vom Sekretär des Ministerialrates, und vom Herrn Ministerialrat, vom Sekretär des Sektionschefs und vom Herrn Sektionschef, von der Sekretärin des Herrn Ministers und dann vom Herrn Minister selber:

»Herr von Goetz, was verschafft uns die Ehre?«

»Wenn Sie, Herr Minister, mir ...«

»Bewilligt, Herr von Goetz, bewilligt! Gestatten Sie mir, daß ich Ihnen gratuliere! Ihr Stück! So etwas war noch nicht da! Meine Frau, die hat sich ihr neues Kleid buchstäblich ... ich muß sie anrufen ... verzeihen Sie, Herr von Goetz, aber das verzeiht sie mir sonst nie ... Hallo? Du Mali, was denkst, wer bei mir is? Nein! Nein! Viel höher! A woher! Höher hab i g'sagt! Aber wo! *Höher!* Jetzt kommst scho in die Näh'! Ja! Was sagst dazu, da sitzt er! Schaut genau aus wie früher! Wie in ›Ingeborg‹ grad a so! Unverändert! Sag's ich bitt' dich gleich der Tant' Lintschi, sonst is die ewig bös! Ja! Ja! Ich häng an! Bussi! Verzeihen Sie, Herr von Goetz! Alsdann, Herr von Goetz, ich soll Ihnen ausrichten, ... na, Sie hab'ns ja selber g'hört! Die Mali hat ja g'schrien vor lauter Freud'! Und was soll's denn sein, Herr von Goetz?«

»Ich brauche zwei Pneus, Herr Minister, um ...«

»Bewilligt, Herr von Goetz, bewilligt! Fragt sich nur, ob wir's haben. Aber das wern ma glei ham.« Dann sprach er ins Telephon: »Gehn's lieber Praschil, lassen's alles liegn und rufens überall an, ob wir zwei Reifen haben können für einen ...?«

»Packard 1937, Sedan.«

»... Packard 1937 Sedan.« Und nach zehn Minuten, in denen der Herr Minister meinem Curtchen mehr über sein Stück erzählen konnte, als er selber darüber wußte, kam die Antwort:

»Österreich besitzt gerade noch zwei Stück in dieser Dimension. Semperit hat sie g'macht. Da ham wir Glück, Herr von Goetz.«

»Kostenpunkt?«

»Herr von Goetz, es wäre uns eine Ehre, aber Sie sehn's ja selber, wie arm daß wir jetzt sind! Es wären halt 5425 Billjasmen Schillinge, das sind 4.50 Schweizer Franken!«

»Nein, das ist ja nicht möglich!«

»Natürlich für *beide*, Herr von Goetz, für beide *mit* Schlauch!«

Sogar in sehr kitzligen Fragen obsiegt die Wiener Gemütlichkeit. Dazu möchte ich versuchen, ein Gespräch wiederzugeben, das nach dem Krieg ein Sektionschef mit einer Dame führte:

»Na da sans ja wieder, gnä Frau! Wie is einem denn ums Herz, wann ma die zerstörte Wienerstadt wiedersiecht? Furchtbar, net wahr? Wo warens denn die ganzen Jahre, gnä Frau?«

»In Amerika.«

»A da schau her! Des laßt si hörn! A Amerikanerin sans wordn! Und was bringens uns denn da mit?«

»Ich möchte meine Wohnung am Ring wiederhaben.«

»Ja warum denn?«

»Wir haben sie uns ganz ausgebaut seinerzeit, mit Kamin und Bädern, und gerade wie sie fertig war, mußten wir raus, als lästige Ausländer, nachdem sowohl mein Mann wie ich nachweisbar seit sechs Generationen Wiener sind. Aber den Zins haben wir noch ein Jahr lang zahlen dürfen!«

»Was Sie net sagn? Zuständ warn des unter die Deutschen! Nicht zun glauben! Und jetz woll's die Wohnung wieder ham! Des glaub ich Ihna net, gnä Frau! Denkens doch an Ihnare Landsleut, die jetzt drin sind! Die woll'ns rausschmeißen? So mir nix dir nix? So herzlos kann ka Wienerin net sein. Und so schaun's a net aus! Überlegens Ihnen des no, gnä Frau!«

»Ich hab mir das genau überlegt, Herr Sektionschef!«

»Überlegn mir amal zusammen, Gnädigste: Wer hat von den Hitler profitiert? Wer? Die Emigranten! Is doch wahr! Während wir hier die Bombennächte ham erdulden müssen, haben die sich alles aus der Losche der Emigration anschaun können. Na, war's net so? Und jetzt, wo's wieder gemütlich bei uns wird, woll'n die Leit von dem armen Wien no was ham! Wie g'fallt Ihna des, gnä Frau? Sie als angestammte Wienerin wern des do verstehn!«

»Ich muß sagen . . .«

»Sehn's i sag's immer, es gibt solchene und solchene. Und san mir ehrlich: Wer hat den Adolf, den Halawachl, hier wolln? I kenn' kan einzigen net. Und jetzt sans g'mütlich, gnä Frau, und überlegen Sie sich die ›Losche der Emigratiaun‹! Kiß die Handerln, meine Gnädigste, kiß die Hand, der nächste, bitte.«

HEIMKEHR

Wir hatten Angst vor den Trümmern Deutschlands, und als wir mitten drin standen, bemerkten wir sie kaum. Man übersah sie bei all dem Wiedersehen mit dem, was noch da war. Auch hatte man sich in Amerika an Ähnliches gewöhnt. Wie oft sah man dort im offenen Land, daß einer begonnen hatte, sich eine Farm zu bauen, mitten drin aufhörte und alles verkommen ließ, weil es später dreißig Meilen weiter aussichtsreicher schien. Dann liegt so eine Ruine da, dem Wetter ausgesetzt, ein Bild von Krieg und Zerstörung.

Vor einem Landhaus bleiben Holzscheite liegen, so wie der Lieferwagen sie hingeschüttet hat, bis sie eben aufgebraucht sind. Das Holz schichten? Time is money. Aber für uns Europäer sieht das erschrekkend, sieht nach Flucht aus.

Auf einem Paß in Arizona zwischen Sedona und Phoenix liegt hinter einer Kurve, gespenstisch, »Ghost-Town«, ein Ort, den alle Einwohner verlassen haben. Aus scheibenlosen Fenstern starren dich die Häuser hohläugig an, genau wie die ausgebombten Europas.

In Chicago, Los Angeles, auch gleich ums Eck vom Broadway in New York sieht man nicht selten aus einem Fenster, dessen eine Scheibe dürftig mit Blech vernagelt ist, ein Ofenrohr gucken, das mit grauem Rauch die Fassade bis nach oben verrußt und nach unten tintige Rinnsale über die Mauern laufen läßt. Das sieht nach Notheizung aus und ist kein ungewöhnlicher Anblick mitten in der Stadt der Städte, gleich ums Eck vom Broadway. Daher waren die geordneten Trümmer Deutschlands für uns nicht erschreckend.

Unser erstes Gastspiel auf deutschem Boden war in Konstanz, im Dezember des Jahres 1947. Wir waren von den Franzosen eingeladen ins alte schöne Insel-Hotel. Mein Mann nahm nur das Zimmer an und die Erlaubnis, hin und wieder Gäste zu Tisch haben zu dürfen. Im übrigen wollte er diese vier Wochen das Leben führen, das die Deutschen leben mußten, ein Leben, vor dem uns, als Schweizer Bürger, ein gütiges Geschick bewahrt hatte.

Für die Mahlzeiten brachte man uns in einem Lokal unter, dem besten der Stadt. Die Front war weggebombt, man mußte durch den von Rohrbrüchen und faulem Grundwasser aufgeweichten Hof waten und sehr auf der Hut sein, daß einem die Schuhe nicht rettungslos stecken blieben. Und was wir drin zu essen vorgesetzt bekamen, war ein trübviolettes Wasser – verdammt ähnlich dem draußen vor dem Fenster –, in dem ein paar Stückchen von etwas Grauem schwammen. »Kartoffelsuppe« nannte es der Wirt und war froh, uns das anbieten zu können. Als wir ihn nach vier Wochen bezahlen wollten, erbat er ein Paar abgetragene Schuhe aus der Schweiz für sein Kind:

»Größe 34 bis 41, ganz egal.«

So arm war Deutschland! Es stank nach Hunger.

Und das Theater? Bei einer Probe ging ein Scheinwerfer aus. Mein Mann unterbrach und wartete.

»Was bei uns aus ist, ist aus, Herr Goetz«, sagte der Beleuchter, »wenn Sie uns nichts aus Kreuzlingen mitbringen können, bleibt's duster auf dieser Seite.«

Zu den Vorstellungen mußten wir uns im Büro schminken, weil es nur mehr dort eine stärkere Birne gab, gerettet aus dem Orchester. Die übrigen hatten die Besatzungsmusiker ausgeschraubt und brachten sie nur zu *ihren* Vorstellungen mit. Aber angekleidet haben wir uns bei den Kollegen, in den Garderoben. Da schämte ich mich.

»Wir tragen *deutsche Spitze«*, lachte eine junge Dame und zupfte an ihrem Hemdchen, das grau und zerschlissen an ihr hing, während eine andere das ihre vorsichtig im eiskalten Wasser unter der Leitung ausdrückte, um es während der Vorstellung über der letzten müden Lampe trocknen zu lassen. Spielen konnte man ja auch ohne Hemd.

Nach der letzten Vorstellung habe ich dann meine Wäsche dort vergessen. Aber da kamen sie mir nachgelaufen:

»Wir danken Ihnen! Das ist für unsere Else, die liegt im Spital mit einer schweren Unterleibserkältung, die braucht das dringender als wir.«

Ja! Man war zu Hause! Welches Glück in all dem Unglück!

Die Leute kamen vom ganzen Bodensee her in die Vorstellungen. Eines Tages hatte man uns zwei Kinder gebracht, die am Abend mitspielen wollten, um das Nachtquartier zu verdienen. Sie hatten ihre »bombenbeschädigte Mutti« im Handwagen von Radolfzell hergezogen und wollten die Rückfahrt in der kalten Nacht nicht wagen.

Ein altes Ehepaar aus Stockach hatte sich früh morgens auf den Weg gemacht und wanderte den nächsten Tag zurück. Sie schrieben:

»Wir wissen nicht, was schöner war, lieber Herr Goetz, der Weg zu Ihnen, in der Gewißheit ein langentbehrtes Glück zu erleben, oder der Weg nach Hause, nach diesem großen Glück. Wir werden lange davon zehren und wünschen uns nur noch, wieder einmal so reich zu sein, daß wir uns Ihre Bücher kaufen können, die uns in Nürnberg verbrannt sind. Gott segne Sie und Ihre liebe Frau für jetzt und immerdar.«

Das Schönste aber schien uns, was zwei Buben erzählten! Sie hätten schon am ersten Tage für das ganze Gastspiel ihre Rollschuhe vermietet:

»Aber pro Person immer nur *einen*!«

Abends blieben die Türen vom Zuschauerraum weit offen, weil die Leute sich nicht abweisen ließen und lieber bis an die Treppen standen. Warum? Was wollten sie? Einmal wieder lachen können! Aus vollem Herzen, unbeschwert, unbestraft, sauber lachen können, ohne Reue. Und das konnte mein Curtchen ihnen geben.

Bald bekamen wir auch Besuch aus Berlin! Die ersten waren Reporter, die tagelang in ungeheizten Zügen ohne Fenster, zusammengepfercht gestanden und gehangen hatten, mit der kargen Brotration in der Tasche. Nicht zu glauben war das alles. Und was sie von Berlin zu erzählen wußten, war erst recht nicht zu glauben.

Dann kam Direktor *Hans Wölffer*. Er hatte sich um Maxe gekümmert in den bösen Jahren und dann um Lisa, als sie alleine geblieben war. Dafür waren wir sehr, sehr dankbar und wollten deshalb bei ihm das Theater wieder ankurbeln helfen. Mit ihm machten wir unsere ersten Tourneen durch das zerschlagene Land, als es noch keine »DMs« gab, und waren reichlich belohnt.

Stuttgart war die erste Großstadt, die wir wieder bespielten, und unvergeßlich blieb uns die Kiste »Cannstatter Zuckerle« und »Untertürkheimer Dautenklinge«, die Oberbürgermeister Klett uns schickte!

Immer wenn wir danach einen guten Tropfen tranken, konstatierte mein Mann, daß keiner dem Vergleich mit Stuttgarts Oberbürgermeister standhalten könne.

UNSER NEUES ENSEMBLE

Langsam begannen wir wieder, ein festes Ensemble zusammenzustellen. Unser altes, in dem wir die Jüngsten gewesen waren, *Maxe, Männe, Tille* und *Walther,* niemand lebte von ihnen. Nur *Carlchen Winter!* Aber davon erfuhren wir erst nach Jahren, da er sich vom Theater zurückgezogen hatte, als wir gingen.

Unser neues Ensemble war *jung!* Beglückend jung! Die blütenzarte Carmencita in unserem »Haus in Montevideo« war die Jüngste, noch ein halbes Kind. Alles war in sie verliebt, an der Spitze mein Mann, aber Direktor *Wölffer* zog das große Los, und *Ingeborg Körner* wurde seine Frau. Nun ist sie alt geworden. Ganze 28 vielleicht, aber trotz ihrer Betagtheit hat sie ihren kindlichen Charme und wird ihn wohl behalten, bis sich die Zahl ihrer Jahre verkehrt haben wird.

Dann fanden wir ein Stuttgarter Mädle, unsere *Andrea Perkams.* Ein Prachtkerl. Treu wie Gold. Und das übertrug sich so schön in die Rolle der braven Martha, dieser »Hilfe«, von der jede Hausfrau träumt. Als ob sie sechs Hände vom Herrgott bekommen hätte, räumte sie im Nu das Zimmer zusammen und die zwölf Kinder aus dem Wege und hatte allabendlich ihren Abgangsapplaus, wenn sie, unter den einen Arm die Suppenterrine, unter den anderen Arm die zweijährige Ultima geklemmt – auf deren Hinterteilchen sie einen Stoß Teller türmte –, im letzten Moment mit der immerhin noch freien Hand den kleinen Lohengrin erwischte und ihn waagerecht, wie einen Gegenstand, hinaustrug, bis die allein vom Zuschauen erschöpfte Mutter seufzte:

»Wenn man nicht ab und zu mal ins Wochenbett käme, hätte man gar keine Erholung!«

Für die Atlanta fanden wir unser »Pünktchen« wieder, *Else von Möllendorf.* Es war nicht zu glauben, aber sie war inzwischen verheiratet und dabei weiblich und rundlich geworden. Das paßte nicht zu der Rolle, und Elschen nahm in zwei Wochen so viel ab, daß sie wie sechzehnjährig auf der Bühne stand. Ihr Ton war jung und hell geblieben und ist es noch, wenn sie mich jetzt aus Groß-Flottbek anruft, um mit mir über die schönste Zeit ihres Lebens zu sprechen, da sie unser Nesthäkchen war, im »Napoleon-Film«, der ihr den Namen »Pünktchen« eintrug.

Den Bräutigam, Herrn Ingenieur Kraft, spielten verschiedene junge Herrn. *Hardy Krüger* in Hamburg war einer von ihnen. Der hintergründigste, von einprägsam eigenartiger Persönlichkeit war *Karl Vibach,* der bald zu *Gründgens* gerufen wurde. Der hübscheste aber blieb unser Duxchen, *Eckhardt Dux,* dessen innere und äußere Wohlerzogenheit und Gepflegtheit jeder von uns Abend für Abend genoß.

Last not least muß ich *Günther Vogt* nennen, unseren »Parsival«, der seine Ohrfeigen mit männlichem Mut hinnahm. Ein zuverlässiger Junge – wo gibt's das heute so bald –, der sich ganz im stillen alle unsere Pflichten beibog, so daß zu ihm, dem jüngsten der Herrn, jeder mit jedem Anliegen kam. Es dauerte gar nicht lange, so hatten auch wir das Gefühl, er wäre unser Direktor. Trotzdem konnten wir bei seinem Anblick den Gedanken an den ersten Abend nie wegwischen, als Günther seinen allerersten Schwips hatte und sich nicht entscheiden konnte, ob er lachen oder weinen sollte. Damals ließen wir uns von ihm ins Hotel bringen, anstatt, wie brave Eltern, den armen Jungen ins Bettchen zu stecken.

Das war unsere junge Familie, mit der wir durch unser altes Deutschland zogen. Mit ihr spielten wir wieder auf dürftig zusammengestellten Bühnen, in Gebäuden, die zu allem eher als zu Theater bestimmt waren, mit ihr begnügten wir uns wieder mit Garderoben in Kellern ohne Wasser mit spärlichem Licht, mit ihr übernachteten wir in Häusern, die sich wohl nur für dieses eine Mal den Decknamen »Hotel« zugelegt hatten.

Das waren sie, unsere neuen Kinder, die an uns anwuchsen und uns liebevolle, sehnsüchtige Briefe schrieben, wenn wir uns für die Ferienzeiten trennen mußten. Sie alle schreiben mir heute noch genauso liebevoll. Und Gott sei Dank, es geht ihnen allen sehr gut, so wie sie es verdienen.

DER FILM MELDET SICH

Unser »Dr. Prätorius« kam auch schon auf dieser ersten Nachkriegs-Tournee wieder zu Wort. Er hatte lange geschlafen. Seit 1935! Das heißt, einmal wollte auch er in USA erwachen. Da nahm ihn ein befreundeter Schauspieler, der seit Jahrzehnten in Hollywood lebt, mit auf den Broadway und versuchte auf die dort übliche Weise, eine Produktion zustande zu bringen. Aber es gelang ihm nicht.

»Curt«, sagte er, »es ist unglaublich! Jedesmal, wenn ich die Sache vorlese, halten die ›angels‹ ihre Scheckbücher gezückt und können es kaum erwarten, mir die Dinger auszuschreiben, und wenn sie dann den Schluß hören, den allerletzten Schluß, stecken sie sie wieder ein. Daß einer vor Lachen stirbt, das fressen sie hier nicht! Da müßte ein Stein, eine Latte, eine Katze oder sonst etwas auf dem Weg liegen, weshalb Prätorius gegen den Baum fährt. Kannst du das nicht ändern, Curt? Nur mit ein paar Worten?«

»Können könnte ich schon«, sagte mein Mann, »aber wollen will ich nicht. Das ganze Stück hätte dann für mich keinen Sinn mehr. Aber, ich habe eine Idee! Wenn du wieder einmal vorliest, und die ›angels‹ stecken ihre Scheckbücher weg, dann sagst du ihnen: Jeder Mensch stirbt auf seine ganz persönliche Weise, so wie jeder nur sein Leben lebt. Die Herren sollten sich vorstellen, G. B. Shaw wäre auf diese

Art umgekommen, er hätte sich über einen seiner Witze totgelacht. Das *müssen* sie dann verstehen!«

»Curt, du bist ein Genie! Die Sache ist so gut wie gemacht!«

Aber ohne Resultat kam er wieder, und mein Mann fragte:

»Ja hast du ihnen denn nicht erzählt, daß Shaw . . .?«

»Natürlich! Sie haben geantwortet: We don't like that guy either! Den Kerl mögen wir auch nicht!«

Und da war dann unser Freund böse auf uns und sagte seinen Freunden — was diese uns wiedersagten —, daß man mit *dem Goetz* nichts anfangen könne, weil er ein Nazi sei. Das war ja auch logisch! Aber das nur in Parenthese.

Die Idee, »Prätorius« zu verfilmen, war danach in Hollywood auch aufgetaucht. Erstens denkt man dort notgedrungen an den Film, und zweitens hatte sich *Ronald Colman* in den Stoff verliebt. Mein Mann gab diesem Herrn die Weltrechte sehr gern an die Hand, aber *Colman* konnte es nicht schaffen, in anderthalb Jahren nicht! Er ging von einer Firma zur anderen und bekam überall die gleiche Antwort: »Es mag ein gutes Theaterstück sein, aber nie kann man einen Film daraus machen!«

Und da faßte mein Mann den Entschluß, es ihnen zu zeigen! Denn er behauptete immer, daß man jedes seiner Stücke, und sogar mit wenig Phantasie, zu einem Film machen könne.

Weil mein Mann nämlich auf einen so außergewöhnlich guten Dialog Wert legte, vergaß man darüber oft, wie handfest und handlungsreich seine Stücke sind. Und weil er sie mit leichter Hand schrieb, wurden sie schlechthin als leicht bezeichnet. Man stelle sich vor, sagte er einmal bei solcher Gelegenheit, Ibsen oder Hauptmann hätten den Stoff von »Mörder« oder »Minna Magdalena« in die Hände genommen! Oder umgekehrt: er hätte die »Nora« oder die »Rose Bernd« behandelt. Die Führung wäre anders gewesen und der Schlußpunkt verschieden gesetzt worden, aber Stoff und Konflikt wären gleichgeblieben, hier wie da.

Gerade als wir gar nicht an Filmpläne dachten — es gab ja für uns wieder das Theater, in dem wir schwelgten, diesen alleinseligmachenden Kontakt mit dem Publikum, der dem Vollblutschauspieler sein Leben gibt —, kamen sie alle an, die Herrn vom Film, mit »Kajot« an der Spitze, das war der gewaltige *K. J. Fritsche* von der Ufa, und wollten wieder einen »Napoleon« haben, der »schuld sein« sollte, daß der deutsche Film aufblühe aus den Ruinen! Und gerade da kam ein junger Mann in meine Garderobe in Stuttgart, und gerade während des zweiten Aktes, als Professor Nägler mit seinem Pastor in Montevideo weilte.

»Wer war das?«, fragte mein Mann, denn er hatte ihn gerade noch den Gang entlang weggehen sehen.

»Ein bescheidener, etwas gedrückter junger Mann«, sagte ich, »er hat mir gefallen und tat mir irgendwie leid. Ich habe ihn für morgen zum Kaffee nach Waldenbuch eingeladen, damit du ihn kennenlernst. Er will einen Film machen.«

»Oi weh!« war meines Mannes erschöpfende Antwort.

In Waldenbuch bei Böblingen, zwischen Stuttgart und Tübingen, steht ein Jagdhaus, das einstens Maxens Mutter gehörte. In jeder Ecke des Häuschens sah man sie noch stehen, und im Garten neigte sie sich zu den Rosen, genau wie vor vielen Jahren, als wir sie mit Maxe besuchten. Nun lebte nur noch der saubere Geist der guten Mutter Kaufmann in dem Haus, das von Walter, ihrem Jüngsten, bewohnt wurde, an der Seite seiner schönen Stella, und den zwei Buben Michael und Christoph.

Walter war in vielem ganz anders als Maxe und in vielem ihm ganz gleich. Das Schönste natürlich war der ererbte Humor, der bei Max trocken, durch den Beruf des Schauspielers geformt und gezügelt, bei Walter aber in erster Linie von ihm selber genossen und verbraucht wurde, ohne Rücksicht darauf, was für den Zuhörer übrig bliebe.

Mein Mann hat handschriftlich eine Szene mit Walter festgehalten, um sie in diesen Memoiren zu verewigen, denn Walter war ihm sehr ans Herz gewachsen. Oft, da Max nicht mehr war, nannte mein Mann ihn in Gedanken »Maxe«! Und das beglückte Walter, mehr als er sagen konnte. Hier ist die Aufzeichnung meines Mannes, die jetzt unter Glas in Chile, in Walters Haus am Meer, in Cachagua Zapallar hängt:

WALTER: Ich bin etwas spät, Curt, ich hab mir einen Zahn ziehen lassen!

CURT: War's schlimm?

WALTER: Der hat mich mit'm Stuhl in die Höh' g'hobe! Erscht nach zwanzig Minute hat er ihn raus g'habt! In Schweiß gebadet.«

CURT: Vielleicht war der Zahn noch gesund?

WALTER: Kerng'sund! A prächtige weiße Wurzel hat er g'habt!

CURT: Warum hast du ihn dann ziehen lassen?

WALTER: Onter ons, Curt: I hab no Geld von ihm z'kriege g'habt!

Na, und Walter einen Witz erzählen zu hören, war ein Genuß! Nicht des Witzes wegen, sondern des Erzählens wegen! Das spielte sich immer folgendermaßen ab:

»Kinder«, kam Walter an und lachte dabei schon so hemmungslos, daß er die Worte nur stockend herausbrachte und sich immer nach ein paar Silben durch eine Lachsalve für längere Zeit unterbrechen mußte, »Kinder, ich ha — ha — ha — ha — hab, ich hab einen Witz für euch! Den ha — ha — ha — ha — hat mir der Ha — ha — ha — ha — der Hans Schmidtgen erzählt, und ich ha — ha — ha — ha — hab mich halb, ha — ha — halb totg'lacht!«

»Gott sei Dank nicht *ganz*«, sagte mein Mann dann ernst und *sehr* sachlich, was Walter völlig fertig machte, »so haben wir noch eine schwache Aussicht, den Witz vor deinem Ende kennenzulernen, wenn du dich beeilst!«

»Also Ki — hi — hi — hi — hinder! Ihr glaubt es nich — chi — chi — chi — cht! Da sitzt in einer Bau — au — au — au — aua — aua — ich kann nicht mehr — au — au — au — in einer Bauernstube sitzt eine Flie — hi — hi — hi — hi — hige auf dem Ran — ra — raaaaah — raaaaah — auf dem Rand der Schüssel und hi — hi — hi — Hilfe! Hilfe! Curt, hilf mir doch!«

»Wie kann ich das? Ich kenne den Witz ja noch nicht!«

»Kinder, wenn ihr den hö — hö — hö — hört, seid ihr acht Tage froh — ho — ho — ho — ho — froh!«

»Das werden *wir* beurteilen«, warf mein Mann sehr streng ein, »aber ich mache dir einen Vorschlag zur Güte, Walter: Du erzählst ihn uns auf Raten! Jeden Tag immer wieder ein Stückchen! Dann hast du ihn in 14 Tagen bequem raus. Wenn die Pointe den Vorbereitungen dann nicht entsprechen sollte, schlage ich dich ungespitzt in die Erde!«

»Das ha — ha — ha — ha — halt ich nicht aus, Curt!«

Es wurde dann lange darüber verhandelt, *was* Walter nicht aushalten zu können glaubte, das Ungespitzt-in-die-Erde-geschlagen-werden oder den Witz so lange nicht anbringen zu können. Aber schließlich, nach einer kurzen Stunde, sagte Walter:

»Ich erzähl ihn euch lieber jetzt — zt — zt — zt — zt — gleich ganz — z — z — z — z — zzzzz!«

Und dann erzählte er ihn, entgegen jeder Regel, wie ein Witz gebracht werden soll. Aber — er kam doch an! Erstens war es immer ein guter Witz, und zweitens war alles so völlig verkehrt, daß es schon wieder richtig war! Sollte es doch keine Regel geben, eine Pointe zu bringen? Mein Mann hat dieses Problem viel später einmal den Studenten der Universität in Berlin klarzumachen versucht:

WIE BRINGT MAN EINE POINTE?

Meine Damen und Herren,

Herr Dr. Raeck hat mich gebeten, zu Ihnen ein paar Worte zu dem Thema: »Wie man eine Pointe bringt« zu sprechen. Die Pointe in dieser für mich so ehrenden Aufforderung, der ich mit Freuden nachkomme, liegt in der rührenden Auffassung des Herrn Dr. Raeck, daß ich etwas davon verstünde. Gestützt auf diesen Irrtum, war Herr Dr. Raeck in der Lage, diese Pointe so unabsichtlich zu bringen, als wäre sie gar keine, sie quasi fallenzulassen, so daß sie denn auch ihre komische Wirkung auf mich nicht verfehlte. Ich wage allerdings zu bezweifeln, ob es Herrn Dr. Raeck, wenn er gewußt hätte, daß es eine Pointe ist, gelungen wäre, sie so nebenbei, so unter der Hand zu bringen, wie es nötig war, um die Wirkung zu erzielen, die sie erzielte. *Wenn* er gewußt hat, daß es eine Pointe war, er sie also bewußt so unbewußt brachte — und zuzutrauen ist ihm alles —, so war es eine Meisterleistung. Womit ich mich dem Schlusse meiner Ausführungen nähere:

Eine Pointe bringt man am besten, indem man sie *nicht* bringt. Je unabsichtlicher sie daher kommt, je weniger der Schauspieler sie versteht — pardon: zu verstehen *scheint*, desto wirkungsvoller ist sie. Ich sage: zu verstehen scheint, denn natürlich versteht er sie, spätestens in der Premiere, wenn an der betreffenden Stelle gelacht wird. Aber danach tut er gut daran, diese Tatsache so schnell als möglich zu vergessen, damit er sich auf die Pointe nicht raufsetzt und sich auf ihr ausruht. Aber wir wollen hier der Einfachheit wegen nur von Schauspielern sprechen, die von vornherein wissen, wo die Pointen liegen (und die sich durch ihre Wirkung nicht verleiten lassen, von Abend zu Abend mehr zu machen).

Wie bringen sie sie also? Wir sagen, indem man sie fallen läßt. Wenn ich aber einen Laien auf die Bühne rufe und sage ihm: nun lassen Sie mal die Pointe fallen, dann läßt er sie fallen, und dann ist sie weg. Es muß also wohl noch etwas anderes dahinterstecken, wie Sie, meine Damen und Herren, sehr richtig argwöhnen. Das Fallenlassen erfordert nämlich subtilste Vorbereitung dieses Manövers, eine raffinierte, ich möchte fast sagen hinterhältige Behandlung des unmittelbar davor liegenden Textes oder der davor liegenden Handlung. Hinterhalt, meine Damen und Herrn, ist das Wort! Eine Pointe muß den Zuhörer aus dem Hinterhalt anspringen, ihn überrumpeln, zu Boden schlagen, ehe er Widerstand leisten kann. Hat er erst gelacht, ist es zu spät, daß er sich schämt.

Natürlich liegen die verschiedenen Möglichkeiten, die verschiedenen Pointen zu bringen oder fallen zu lassen, verschieden, je nachdem wie verschieden die verschiedenen Verschiedenheiten sich präsentieren. Ich muß da immer an den Berliner Droschkenkutscher denken, der einen der Gebrüder Grimm im Tiergarten spazierenfuhr!

»Sagense mal, Herr Professor«, sagte der, »nu hab ick Se mal hier, nu muß ick Se ooch ausnutzen. Ick streite mir imma mit meiner Ollen, und Se solln entscheiden: Heest et nu eijentlich ›mir‹ oder ›mich‹?«

»Tja, mein Bester«, stotterte Grimm, »das kommt ja nun ganz darauf an, nicht wahr? Das hängt ja nun ganz davon ab, ob . . .«

»Nu lassen Se man, Herr Professor«, sagte der Droschkenkutscher, »ick sehe schon, Se wissen's ooch nich!«

Womit ich wieder meine Ausführungen schließen könnte.

Zusammenfassend möchte ich folgendes sagen:

Eine dicke Pointe zu bringen, ist verhältnismäßig einfach, eine dicke Pointe fallen zu lassen, schon schwieriger, eine zarte Pointe zu bringen, noch schwerer, aber eine zarte Pointe fallen zu lassen, und sie dennoch zu bringen — womöglich in einem Saale von 2000 Menschen besetzt —, das ist eine Kunst, die zu erreichen unser Leben zu kurz ist, aber das Traumziel bleibt für jeden großen Schauspieler.

GÖTTINGEN

In dieser schönen alten Stadt haben wir unsere drei Filme gedreht, den »Frauenarzt Dr. Prätorius«, das »Haus in Montevideo« und »Hokuspokus«.

Der junge Mann, derselbe, der mich in Stuttgart in der Garderobe besuchte, den ich nach Waldenbuch zum Kaffee einlud, machte uns mit ihr bekannt, mit dieser Stadt, von der mein Mann sagte, daß sie ihn an ein adeliges Fräulein denken mache, »Fräulein von Göttingen«, mit einem Lorgnon in der feinen Hand, den zarten Duft von Wohlanständigkeit verbreitend. Als sie Geburtstag hatte, ließ mein Mann mich ihr am Radio gratulieren und spielte ihr dann eine Platte mit dem »Gaudeamus« vor. Tausend Lebensjahre feierte sie! Ja, Städte haben es besser als wir Frauen! Je älter sie werden, desto schöner werden sie.

Fräulein von Göttingen erzählte uns mit ihrem feinen Stimmchen gleich von ihrer neuesten Errungenschaft, einem Filmatelier und dessen Entstehungsgeschichte, die wir so märchenhaft fanden, daß ich sie dem Leser als Märchen wiedererzählen möchte. Dann braucht alles auch nicht so ganz genau zu stimmen, denn wie alle Märchen, ist es lange lange her!

Es waren einmal drei Studenten, die darüber nachdachten, wie man das arme zerbombte Vaterland wieder aufbauen könnte. Sie hießen Eins, Zwei und Drei. Es war ein schöner Gedanke, den die drei Jungens da hatten, aber ...

»Aber wie führt man ihn nur aus, so ganz ohne Habe?« sagte Eins.

»Ohne Bleibe«, sagte Zwei.

»Mit nichts als Hunger«, sagte Drei.

Da besann sich Zwei darauf, daß er eine alte Tante hatte!

»Eine alte Tante«, das war schon sehr gut! Mein Mann hatte immer viel übrig für Tanten, ob sie nun alt oder jung, tot oder noch lebendig waren, ob sie Josephine oder Klärchen oder sonstwie hießen, und diese alte Tante, die hieß *Mieke*. Tante Mieke, eine feine Dame – so ähnlich wie Fräulein von Göttingen mag sie ausgesehen haben –, war sogar reich gewesen vor der Zerstörung. Jetzt aber besaß sie nur noch ein Haus in Göttingen. »Ein Haus in ...« das klang wieder sehr gut, wenn es auch nicht gerade in Montevideo war. Um es genau zu sagen, es stand in der Wöhlerstraße, und es hatte barmherzig 17 Flüchtlinge aufgenommen! An einem 17. war mein Mann geboren!

Die drei Studenten machten sich auf den Weg und wanderten zu der alten Tante und baten um Unterkunft. Und wie das im Märchen so ist, es klappte. Und zwar bekamen sie die letzte Bodenkammer, die sich noch als Zimmerchen ansprechen ließ, nachdem die Tante ihr Bett hineingestellt hatte, um sich mit einem viel zu kurzen und viel zu schmalen Sofa aus dem ehemaligen Salon zu begnügen.

Ein Bett für drei Männer! Das ging wunderbar! Man schlief nacheinander. Je sechs Stunden ein jeder. Und sechs Stunden war die Kammer das Büro der drei. Tisch und Stühle konnte man sich leicht dazudenken, wenn man schön warm dicht nebeneinander, wie die Schwalben am Draht, auf dem Bettrand saß. Das Dazudenken und Ausdenken und das Denken überhaupt, war ihre Stärke.

In den Bürostunden – es war um die Kaffeezeit, mit dazugedachtem Kaffee – wurde beraten, wie man das Vaterland herausreißen könnte aus seinem Elend, aus den Tiefen der Erniedrigung, aus dem Hunger. Es machte das Problem nicht einfacher, wenn man einsah, daß es selbstverschuldete Misere war.

Eins, der in der ganzen Geschichte auch wirklich Nummer Eins war, sagte:

»So ein Aufbau geht nur von innen heraus.«

»Jede Sache, wenn sie gelingen soll, muß mit dem Geistigen beginnen«, sagte Zwei.

Und Drei sagte:

»Genau!«

Man war sich einig, man mußte zuerst den Geist der Menschen erfassen, das Denken! Denn was man denken kann, das kann man auch machen. *Alles*, was ist, war ja zuerst *gedacht!* Und so kam man zu dem Entschluß, eine Zeitung zu gründen, mit Ideen, Idealen und Zielen, an die alle Leute erst einmal *denken* sollten. Und das war ein großartiger Gedanke!

»Noch zwingender wäre es, wenn man diese Ideen, diese Ideale, diese Ziele *zeigen*, sozusagen *vorzaubern* würde! Das könnte«, sagte Eins, »das könnte ein *Film* tun!« Ja, das hatte Eins gesagt. Er hatte zwar nur Philosophie und Soziologie studiert, sein Geist aber hatte einen viel weiteren Flug, als Philosophen und Soziologen ihn haben. Und als Eins das Zauberwort *Film* ausgesprochen hatte, sagten Zwei und Drei synchron:

»Genau, genau!«

Was braucht man, um einen Film zu machen, dachten sie jetzt.

»Zuerst braucht man ein Atelier«, sagte Drei, denn er war Kaufmann und dachte praktisch.

»Ein Atelier«, überlegte Zwei nachdenklich – er war Jurist –, »woher nehmen und nicht stehlen? Das läßt sich nicht aus der Erde stampfen!«

»Doch«, sagte Eins mit weiten Augen, denn er war ja kein Philosoph und auch kein Soziologe, sondern er war ein *Künstler*! Ein verkleideter Künstler! Wie der Wiener entzückt sagen würde: ein verpatzter Künstler! Eins hatte also: *Doch* gesagt und fügte jetzt hinzu:

»Doch, im Märchen gibt es das.«

»Aber Märchen«, sagte Zwei vorsichtig, um Eins nicht zu kränken, und weil er auch eine Künstlerader in sich hatte, »Märchen gibt es nur in alten Burgen und Schlössern.«

»Allenfalls in Ruinen«, träumte Eins weiter.

»Allerdings, allerdings«, sagten Zwei und Drei leise, aber sie sagten das nur, um irgend etwas zu sagen und Eins weiterträumen zu machen.

Dann war es still, und alle drei dachten nach.

Ruinen gab es in Deutschland genug, aber, man kann es glauben oder nicht, in Göttingen gab es keine! Göttingen war verschont geblieben, wie zum Beispiel Heidelberg und Halle, diese uralten Universitätsstädte, in denen viele ausländische Studenten die schönsten Jahre ihrer Jugend verbracht hatten und die jetzt, als Ergebnis ihrer Studien in diesen uralten Städten, zu den Mächtigen zählten, die über Deutschlands Schicksal mitbestimmten. Und sie bestimmten, Göttingen zu sparen. Fast wie aus einem Märchen hört sich das an, und paßt so gar nicht in unsere reale Zeit. Natürlich ging das Märchen ja auch nicht so weit, daß es militärische Stützpunkte verschont hätte, aber die waren alle weit draußen an der Peripherie. Dort lag alles in Schutt und Asche, und die Depots und Kasernen und die schönen Flughallen gähnten als ausgebrannte Ruinen in die Landschaft.

In Ruinen aber, da sollen sich Märchen ereignen können! Die drei Studenten gingen zu der Behörde und sagten:

»Wir wollen aus den Ruinen am Flughafen ein Filmatelier bauen.«

Die Behörde dachte: Unsinn! Wie wollen die das anstellen? Aber auf die Art lungerten ein paar Burschen weniger auf der Straße herum! Und — sie gab die Erlaubnis.

In wenigen Tagen schon sah man Leute Ziegelsteine auf das Flugfeld tragen, denn Drei hatte einen Anschlag an alle schwarzen Bretter der Stadt gemacht:

»Jeder, der uns zehn sauber geputzte Ziegelsteine aufs Flugfeld bringt, bekommt einen Teller guter warmer Suppe!«

Das war eine Lockspeise von einer Anziehungskraft, die sich heute kaum mit Erdbeeren und Schlagsahne vergleichen läßt! Und sie zog viele viele Leute an! Darunter auch einen Architekten, der den ganzen Bau sogleich in die Hand nahm, was von großem Nutzen war, denn der wußte natürlich, welcher Ziegelstein auf welchen Ziegelstein gehörte, so daß dann auch genau dieses Atelier dastehen würde, das Eins, Zwei und Drei sich dachten.

Wo aber kam die gute warme Suppe her?

Die kochte Tante Mieke.

Und die Ingredienzien dazu?

Die beschafften Eins, Zwei und Drei, wie sie alles beschafften, was zu einem Filmatelier gehört: Die vielen Lichter und ihre ungezählten Kilometer Kabel für die große Halle, die Garderoben mit den vielen Spiegeln, die Schlaf- und Badezimmer für die Schauspieler, die Speisesäle mit den Tischen und Stühlen, die Küche mit Pfannen, Töpfen, Gläsern und Tellern, und das Labor mit den Phiolen und Fläschchen für die vielen Chemikalien.

Und wie sie das machten? Ganz einfach eigentlich! Genau so, wie sie zum Beispiel zu der Hauswäsche kamen, die ja auch sehr wichtig war. Sie hörten, daß man in einer großen Stadt ein Kinderheim ausbuddeln wolle, weil das unterste Stockwerk noch erhalten schien.

Zwei, der Jurist, überlegte logisch: In einem Kinderheim muß es viel Wäsche gegeben haben. Und zwar dort, wo die Waschküche und das Bügelzimmer liegen. Im untersten Stockwerk! Also ...

Mit ihren Brotrationen für die nächsten Tage hängten sich die drei in und an den Zug, der in die Stadt fuhr, wo das Kinderheim war, und meldeten sich zum Ausbuddeln.

»Pro Mann pro Tag ein Schlafplatz, ein Teller Suppe und zwei Mark«, hieß es.

»Nee, kein Geld«, sagte Drei, »aber wenn wir auf Wäsche stoßen, zwei Dutzend Laken für uns!« Damit war man einverstanden, und auf diese Weise entstand das schönste kleine Filmatelier Deutschlands, am Göttinger Flughafen. Wie ein Symbol für den märchenhaften Aufbau des ganzen Landes stand es eines Tages da, mit allem, was man braucht, um einen schönen Film zu machen.

Und wie es so erwartungsvoll dastand, da kam auch schon die gute Fee, um ihm das Leben einzuhauchen. Sie nannte sich Gisella und war Sekretärin. Weil sie aber doch keine gewöhnliche Sekretärin war, sondern eine Fee, verlangte sie von den drei Studenten 200 Mark Monatsgehalt und borgte ihnen dafür jedesmal 250! Für Drei, der alles Geschäftliche abzurollen hatte, war das *die* Masche! 50 Mark bar in der Tasche! Mensch! Das stärkte einem den Rücken! Da konnte man auftreten wie ein königlicher Kaufmann! Und diese im wahrsten Sinne feenhaften 50 Mark, die strahlten ihre magische Kraft nicht nur auf den aus, der sie besaß, sondern auch auf die Lieferanten, so daß die sich mit dem bloßen Anblick dieser 50 Mark zufriedengaben und Drei jedesmal mit der Ware *und* den 50 Mark wieder nach Hause kam. Es war kaum zu glauben, was diese 50 Mark alles kaufen konnten!

Aber nicht genug damit, die kleine Fee Gisella kannte einen Spinner. Er spann natürlich keine gewöhnlichen Fäden, er spann Ideen. Gedanken! Da er von Natur aus nur klein und zart war, spann er sich zuerst einmal sein eigenes Bild zurecht, so, als wäre er ein gewaltiger Sportler. Und wenn einer so gut spinnen kann, daß er sich selber umspinnt und sich damit um-spinnt, dann kann er auch Geld spinnen, dachte Drei ganz richtig – und nahm es ihm ab. Nun hatte der Spinner kein Geld mehr und ging zur Vereinsbank, spann diese vorsichtig und geschickt ein, und die ganze Sache, die bisher nur wie ein Traumbild gewesen war, wurde auf einmal bare Münze und bekam ein Gesicht.

Es war um die Zeit, als jener junge Mann, der uns mit Fräulein von Göttingen bekannt gemacht hatte, verzweifelt auf ihrem Bahnhof stand, weil sein Zug ihm davongefahren war. Um die Stunden herumzubringen, ging er spazieren und kam auch zu dem neuen Atelier. Das interessierte ihn sehr, denn er war früher einmal in einem Filmatelier angestellt gewesen, zuerst im Büro und dann sogar im Schneideraum. Und er fragte an, ob man ihn nicht gebrauchen könne, denn er war Flugsand wie jeder damals und suchte Arbeit wie jeder damals. Aber man brauchte ihn nicht. So ging er betrübt wieder weg, um bei einem verwandten Musiker zu bleiben, bis wieder ein Zug in seine Stadt fahren würde.

Für den nächsten Morgen aber hatte sich die Vereinsbank zur Besichtigung des Ateliers bei Eins, Zwei und Drei angesagt.

»Solche Leute müssen gepinselt werden«, sagte der Architekt, der schon weit in der Welt herumgekommen war und sich auskannte, und er ließ einen langen roten Teppich aufrollen. Aber trotz des roten Läufers sagte die Vereinsbank, großkotzig wie Banken nun mal sind, wenn sie borgen sollen:

»Ehe wir Geld investieren, meine Herrn: *Wer ist Ihr Filmfachmann? Den möchten wir erst einmal sehen!*« Und damit drehte sich die Vereinsbank um und schritt über den schönen roten Läufer dem Ausgang zu.

»Natürlich haben wir einen«, flunkerte Eins noch schnell dem breiten Rücken der Vereinsbank nach.

»Kann jederzeit vorgeführt werden«, log Drei dreist hinterher.

Nur Zwei, der Jurist, überlegte halblaut vor sich hin, nachdem die Vereinsbank schon draußen war:

»Da war doch gestern so ein Bursche da«, murmelte er, »der hat von Schneideraum gefaselt... Cutter... oder so etwas? Jedenfalls scheint der, zum Unterschied von uns Dreien, schon mal in einem Filmbetrieb drin gewesen zu sein. Mehr als wir wird er allenfalls von der Sache verstehen und sicher mehr als die Vereinsbank.«

»Her mit ihm«, sagte Eins, »wir holen diesen Burschen und ziehen ihn als unsern großen Filmfachmann auf!«

Und da dies das Ressort von Drei war, lief der ins Stadttheater, ließ sich dort die Adressen aller Musiker geben und brachte kurz darauf den verdutzten jungen Mann an, der nicht recht wußte, wie ihm geschah, um der Vereinsbank als gewiegter Filmexperte vorgestellt zu werden, so daß sie Geld investierte in die Gesellschaft, die deshalb nun auch einen Namen bekommen mußte. Und das war der Moment, wo das Märchen endete, denn alles, was einen Namen hat, ist nicht mehr so märchenhaft.

Eins, Zwei und Drei nannten die Sache *Film Aufbau*, und sie konnten zufrieden und stolz auf ihre Schöpfung blicken, die aus Denken, Wünschen und Träumen gesponnen war und nun leibhaftig dastand.

Und da das Ding nun einen Namen hat, könnten wir auch Eins, Zwei und Drei ihre Namen geben, die man in großen Lettern auf die Fassade malen sollte:

Eins ist *Rolf Thiele,*
Zwei ist *Hans Abich,*
Drei ist *Fritz Böhmecke,*

und der Architekt, der die Ziegelsteine so richtig aufeinanderzulegen wußte, ist

Walter Haak.

VON PRODUZENTEN UND ANDEREN WICHTIGEN LEUTEN

Erfüllt von der »märchenhaften« Begeisterung für das Werk dieser tapferen Jungen, schlossen wir nach Göttingen ab und wollten von finanziell besseren Angeboten für unseren »Frauenarzt Dr. Prätorius« nichts mehr wissen.

Aber ich muß zugeben, daß da noch ein Gedanke mitspielte, der meinen Mann dazu bestimmte, und zwar der, daß er seinen Film nach *seinem* Kopf und nach *seinem* Geschmack drehen wollte, und dazu konnte er nur eine »*junge*« Produktion brauchen. Denn wie es damit bei großen arrivierten Firmen stand, das hatte er in Hollywood zur Genüge erfahren! Ganz zu schweigen von den Verleihern, die auch noch ein Wort zu sagen haben wollen!

Gern möchte ich jetzt über die Verleiher den Stab brechen, denen die Sünde wider die Kunst, die Schuld an der Verflachung der Filme so gern in die Schuhe geschoben wird, aber ich kann es nicht, wenn ich bei der

Wahrheit bleiben will. Wir haben nämlich nur einen einzigen kennengelernt, und für diesen einen muß ich sogar ein dankbares Wort finden.

Ich entsinne mich noch des Tages, es war im Herbst 1950, an dem er nach Göttingen kam, und wir ihm unseren »Prätorius« vorführten. Allein saß er hinten im kleinen Vorführraum und war sichtlich müde von der damals noch sehr beschwerlichen Fahrt, so daß wir alles eher als sicher waren, daß ihm unsere Arbeit gefallen würde.

Einem einzelnen Kritiker — und das ist dann so ein Verleiher — einen Film zu zeigen, der noch nicht endgültig geschnitten und gemischt ist, und noch dazu ohne die Reaktion des Publikums, sein Lachen, das der Autor erwarten darf, seine Rührung, die sich ja auch überträgt, das ist immer qualvoll. Und einen solchen Film so gezeigt zu bekommen, erst recht! Aber ein Verleiher sollte Kummer gewöhnt sein.

Dieser Verleiher saß also da — stumm wie ein Fisch. Er ließ uns da oben auf der Leinwand erst einmal ausreden. Und dann, als es zu Ende war, sagte er einfach und ruhig und fast wie eine Entschuldigung:

»Also ... *mir* gefällt das.«

Kaum hat meinen Mann etwas so befreit wie damals in dieser stimmungslosen Atmosphäre, nach dieser schweren Arbeit, diese Worte des Herrn *Herbert Tischendorf*.

Und ich schreibe schon deshalb sehr gern seinen Namen in dieses Erinnerungsbuch.

Und auch über Produzenten könnte ich eigentlich nur Anerkennendes berichten. Im »Napoleon« war es die »Tobis«, die sich nie sehen ließ und sich so diskret verhielt, daß ich nicht einmal sagen kann, welchen Herrn Herr Generaldirektor Lehmann zu unserem Produzenten bestimmt hatte. Und auch in unseren Nachkriegsfilmen sind wir mit unserer Produktion glänzend ausgekommen, und besonders ich bin immer über die Maßen verwöhnt worden, denn obwohl alles genau nach dem Kopf meines Mannes gehen mußte, gab er sich gern den Anschein, als führte der Weg zu ihm über mich, und alle, die ihn kannten, wußten es, daß ihm an nichts mehr lag, als daß ich respektiert und geliebt würde.

Immer schon wurde er gefragt, wozu er überhaupt einen Produzenten nähme, da er sowieso alles selber mache, aber mein Mann wollte sich stets mit ganzer Kraft auf das Künstlerische werfen, und deshalb wünschte er stets eine Produktion, weil er das für ihn uninteressante Geschäft gern dem überließ, der das Geschäft verstand. Dazu bräuchte er doch nur ein tüchtiges »Büro«, hieß es dann immer. Aber auch so ein »Büro« braucht einen Kopf, Maxe war ja leider nicht mehr, und mein Mann fand es genauso falsch, selber Geschäfte zu führen, wie wenn ein Geschäftsmann sich zum Künstler aufspielte. Das hat noch nie gutgetan.

Auch aus rein ethischen Gründen wollte er immer andere mitverdienen lassen, und, last not least, wie unsere gute alte Toni schon sagte: »Goldene Knödel kann kaner nicht essen.«

Mein Mann begnügte sich gern mit seinen Gagen und seinen Prozenten vom Gewinn an dem, was mit seinen Geisteskindern verdient wurde. Gerade damals, als Deutschland so arm dastand, hätte er jede große Firma zu einer für ihn weit höheren Beteiligung bekommen, aber mein Curtchen fand es unter der Würde eines Mannes, eine Situation auszunutzen, und das besonders einem Kleineren gegenüber. Das hat ihm fast immer treue Freunde eingebracht, die ihm wertvoller waren als mehr Geld. Seiner Großzügigkeit lag natürlich auch das Gefühl zugrunde, daß seine Werke noch sehr lange und sehr oft hervorgeholt werden würden und ihm später in unproduktiveren Zeiten immer noch genug abwürfen.

Keineswegs aber, und das möchte ich hier sehr stark betonen, sah mein Mann auf den Beruf des Geschäftsmannes, des Produzenten *herunter!* Wenn er humorig sagt, daß der Produzent seinen Namen dem Umstande verdanke, daß er der einzige sei, der in einem Film nichts produziere, so fiel ihm der Scherz in Hollywood ein. Aber hier in Europa, wo das Geld der Firmen nicht in Form von Öl auf ihren Geländen unaufhaltsam aus der Erde fließt, da ist ein Produzent von ganz großer Bedeutung für das Gelingen eines Films. Ein richtiger Produzent muß ein forscher und zugleich besonnener »Aufreißer« sein. Das Wort hat sehr zu Unrecht den Beigeschmack von »reißerisch« bekommen, stammt aber doch vom »Aufreißen eines Planes«, wie dies der Ingenieur auf seinem »Reißbrett« macht, um seiner Idee die erste greifbare Form zu geben. Und dieses Zeug zum »Aufriß« bei der Herstellung eines Films, das muß der Produzent haben, und dazu noch die Geschicklichkeit, herauszufühlen, an welcher weichen Stelle jeder einzelne, den er für die Sache engagiert, zu packen ist, jeder Schauspieler, der Architekt, der Kameramann, der Tonmeister, die Beleuchter, die Friseure und Garderobiers, die Requisiteure, die Arbeiter und – fast hätte ich sie vergessen – die Geldgeber!

Unsere Geldgeber waren damals in Göttingen Herr Generaldirektor *Kurt Fengefisch* und Professor Dr. *Karl Maria Hettlage*, die wir durch einen unserer Gastspielabende in Hamburg, wie sie so liebenswürdig sagten, so weit kriegten, daß sie die 800 000 Mark vollmachten, die zur Produktion unseres »Prätorius« nötig waren. Denn obwohl man schon mit der Hälfte hätte anfangen können und wollen, wie das beim Film üblich ist, bestand mein Mann, der immer gut schlafen wollte, darauf, daß das ganze Geld zur Verfügung stand, ehe er begann.

Wenn ich dieser Herrn in Dankbarkeit und im Namen meines Mannes gedenke, dann darf ich *einen* nicht vergessen, der wie ein freundlicher Zerberus im Atelier herumtigerte, weil er für das viele Geld geradezustehen hatte. Denn ihm war die Verbindung zu den hohen Herrn der Finanz zu danken, und ohne sein Vertrauen in unsere Arbeit hätten wir das viele schöne Geld von seinen illustren Freunden wohl nie bekommen. Der freundliche Zerberus war Dr. *Hellmut Börnicke*, Generaldirektor der preußischen Zentralstadtschaft, Generaldirektor der Landesbank für Brandenburg, mit dem Titel eines Landrats. Aber er wünschte nie, daß man sich dieses Titels bediene, denn er legte nur auf einen einzigen Titel Wert: *Berliner*! Und das ist er so waschecht, wie es nur wenige waschechte Berliner sind. Er, seine Eltern, und seine Großeltern beiderseits, sind geboren in angestammten Häusern mitten in der schönen Stadt Berlin!

Unser »Frauenarzt Dr. Prätorius« wurde zu einem ganz großen und beglückenden Erfolg. Nie werde ich es vergessen können, wie die damals noch so verängstigten Menschen in dem zerschlagenen Deutschland mein Curtchen nach den Vorstellungen in tränenüberströmter Freude, schweigend, durch ihre Spalierreihen gehen ließen, und später dann, als es wieder aufwärts ging, jubelten sie ihm gelöst und beglückt, aber immer noch in Rührung zu. Es passierte damals zum ersten Male in der Geschichte des Films, daß das Publikum ein »da capo« erzwang. Die Leute gingen einfach nicht fort und sammelten das Geld ein für die Überstunde des Operateurs, der die letzte Rolle noch einmal vorführen mußte, bis wieder das »Gaudeamus igitur« die Menge mit vollen Herzen entließ.

Und dieser Film brachte meinem Mann die wertvollste Kritik seines Lebens, die nirgends steht, über die er lange zu niemand sprach, die er mich später nur zögernd preisgeben ließ, weil sie ihm so kostbar war:

Als *Thomas Mann* wünschte, den Film zu sehen, bemerkte er am Schluß, sehr angerührt, und so beschämend bescheiden, wie es eben nur ein ganz ganz Großer sein kann, daß meinem Mann mit diesem Film geglückt wäre, was er selber mit seinem Lebenswerk nicht erreicht zu haben glaubte, »an die Herzen der Deutschen zu gelangen«.

An alledem hat ein jeder, der an diesem Film mitwirkte, sein gestrichen Maß von Anteil.

EINE NICHT GEHALTENE REDE

Unser »Frauenarzt Dr. Prätorius« war glücklich gelandet, und wie nach jedem Erfolg häuften sich die Feste und Reden sowie die Konzepte zu diesen Reden, die ich jetzt alle finde und die mir die Wahl schwermachen. Aber ich *muß* wählen, weil ein dritter Band Memoiren an sich schon eine Zumutung an den sehr geneigten Leser ist! So ließ ich mir sagen. Für mich allerdings wären hundert Bände über *Curt Goetz* zu wenig, aber vielleicht bin ich nicht ganz objektiv.

Da ich nun mal wählen muß, so wähle ich eine »nicht gehaltene Rede«, wie mein Mann sie in seinem Manuskript betitelt hat, die er anläßlich einer Pressekonferenz vor der Premiere von »Frauenarzt Dr. Prätorius« hielt:

Meine Damen und Herren,
ich habe die Ehre, Sie zu begrüßen und Ihnen für die Auszeichnung zu danken, die Sie mir durch Ihr Erscheinen zuteile werden lassen. Seien Sie überzeugt, daß ich mir wohl bewußt bin, welche Anstrengung es Sie oft kosten muß, solche Empfänge durchzustehen. Seien Sie meiner vollen Sympathie gewiß. Man hat mir versichert, daß solches zur Routine

Ihres Berufes gehört, und hat mir klargemacht, daß es mir nicht besser zu gehen braucht als Ihnen! Und so sind wir heute zu dieser Pressekonferenz, wie so etwas genannt wird, versammelt. Ich weiß nicht, meine Damen und Herrn, ob Ihr anstrengender Beruf Ihnen Zeit gelassen hat, einmal über den Sinn einer solchen Pressekonferenz nachzudenken. Ich habe es neulich versucht. Leider erfolglos.

Was jeder Kritiker von sich selber verlangt und was wir von ihm erwarten, ist sein unbeeinflußtes Urteil über Werk und Darstellung. Je weniger persönlichen Kontakt er mit Darstellern und Autor hat, um so unbeeinflußter wird sein Urteil sein.

Nun hat aber eine Pressekonferenz den ausgesprochenen Zweck, den persönlichen Kontakt zwischen den Parteien herzustellen. Somit das Urteil zu beeinflussen, zu verwässern, zu verwischen, zu verschieben. Und das scheint die Hoffnung der Veranstalter einer solchen Konferenz, der Herrn Verleiher, zu sein. Selbstverständlich denken sie dabei an eine Beeinflussung im *günstigen* Sinne. Aber wer garantiert dafür? Ich empfinde die persönliche Bekanntschaft mit einem Autor immer als Enttäuschung. Ich sehe Zustimmung in Ihren Augen! Sie brauchen dabei gar nicht nur an mich zu denken, es ist im allgemeinen so. Also halten sich die Chancen die Waage, sie stehen 1:1. Wozu also eine Pressekonferenz?

Das Lachsbrötchen? Kein Mensch bildet sich ein, meine Damen und Herrn, Sie mit einem Lachsbrötchen bestechen zu können. Wenn Ihnen der Film nicht gefallen wird, werden Sie es schreiben, *trotz* des Lachsbrötchens. Und wenn er Ihnen gefallen wird, sogar sehr gefallen wird, so könnte ich mir denken, daß Sie Hemmungen hätten, Ihrem Enthusiasmus freien Lauf zu lassen, *wegen* des Lachsbrötchens.

Ich muß dabei an meinen Freund *Eloesser* denken, der den meisten von Ihnen noch als Kritiker der *Vossischen Zeitung*, der »Tante Voss«, bekannt sein dürfte. Ein sauberer Mensch und unbestechlicher Kritiker. Ich hatte als junger Schauspieler das Glück, ihm zu gefallen. Und wenn ich in allen Zeitungen verrissen war, dann kaufte ich mir schnell die »Tante Voss«. Da konnte ich sicher sein, noch etwas Nettes über mich zu finden. Dann lernten wir uns durch Zufall persönlich kennen. Und wir wurden Freunde. Und von da ab verriß er mich mit einer rührenden Konsequenz, um sich und mir seine Unbeeinflußbarkeit zu beweisen. Das Reizende war, daß er es selber gar nicht bemerkte, und ich habe ihn nie darauf aufmerksam gemacht. Unsere Freundschaft war das Lachsbrötchen, das er nicht verdauen konnte.

Wozu also eine Pressekonferenz? Wenn persönlicher Kontakt und Lachsbrötchen so zweischneidige Dinge sind? Ich habe nach langem vergeblichem Nachdenken die Lösung gefunden: Es ist *nicht* der persönliche Kontakt, es ist *nicht* das Lachsbrötchen, es ist der *Alkohol*, unter den Sie, meine Damen und Herrn, gesetzt werden sollen, in der ausgesprochenen Absicht, Sie in jenen wohlwollenden Dämmerzustand zu versetzen, in welchem Ihnen die Macken eines Filmes nicht plastisch ins Gesicht springen, wie das im nüchternen Zustand der Fall sein würde.

Das, muß ich zugeben, hat einen Sinn.

Denn jeder Film — wenn Sie das nicht weitersagen wollen — hat Macken.

Warum eigentlich?

Nun, wenn das Wort von der Tücke des Objekts noch nicht erfunden wäre, für die Herstellung eines Films müßte man es prägen. Ich habe einmal einer Aufnahme beigewohnt, in der der gräfliche Diener 45mal versichern mußte, daß die Pferde gesattelt seien, bis der Regisseur zufrieden war.

Das erste Mal hat die Tür gehakt, als der gräfliche Diener auftrat.

Das zweite Mal ist der gräfliche Diener beim Auftritt gestolpert.

Das dritte Mal hat ein Scheinwerfer gezischt.

Das vierte Mal hat ein Flugzeug sich erlaubt, das Atelier zu überfliegen.

Das fünfte Mal hat der Kamerawagen gebumst.

Das sechste Mal hat er wieder gebumst. Die Schienen müssen abgebaut und neu versteift werden — dauert höchstens eine Stunde —, *nachdem* der Schaden behoben ist, stellt der Kameramann ganz schnell noch ein paar neue Lichter, wobei ein Scheinwerfer von der Brücke fällt, worauf ein Rettungswagen kommt, worauf weitergedreht wird, falls der im Rettungswagen nicht der Darsteller dieser Szene ist.

Das siebente Mal stolperte der gräfliche Diener beim Abgehen.

Das achte Mal wischte sich der Kameramann den Schweiß von der Stirn, wobei er seine Mütze abnehmen mußte und sie vors Objektiv hielt.

Beim neunten Mal ist der Film alle, und die Kamera legt neu ein.

Beim zehnten Mal ist das Tonband alle, und der Ton legt neu ein.

Beim elften Mal gibt es einen Krach mit dem Schauspieler. In der Weise, wie er die Meldung brächte, meint der Regisseur, sähe man die Pferde nicht mehr plastisch vor sich. Worauf der gräfliche Diener dann auch etwas Plastisches erwidert. Es kommt zu einer Auseinandersetzung, nach welcher der Darsteller sich neu schminken lassen muß. — Dauert nur vierzig Minuten. — Als man wieder anfangen will, ist Mittagspause. Nach der Mittagspause erklärt der Darsteller, daß er jetzt abreisen müsse, da er abends in Stuttgart zu spielen hat. Mit Mühe gelingt es, ihn noch zu zehn Szenen zu bewegen, die dann in wenigen Minuten abgedreht sind.

Endlich hat also alles geklappt. Regisseur und Darsteller umarmen sich, worauf der Darsteller abreist. Geschminkt! Zum Abschminken hat es nicht mehr gereicht. Am nächsten Tag im Vorführraum stellt sich heraus, daß der Darsteller beim letzten »gelungenen« Drehen gesagt hat:

»Die Sattel sind gepferdet«, und niemand hat es bemerkt, weil alle schon durchgedreht waren. Nun müssen die technisch fehlerhaften Aufnahmen kopiert werden, *alle*, um die beste herauszufinden. Die einzige einwandfreie ist die Aufnahme, wo der Darsteller von der Klappe leider so erschreckt war, daß er die Meldung brachte, als sei er eben von einer Schlange gebissen worden. Um das zu motivieren, muß eine Manuskriptänderung vorgenommen werden. In der nächsten Szene wird eingeflochten, daß der arme Johann, oder wie er heißt, einen Tick zurückbehalten habe, von der Nachricht, daß seine Erbtante nur scheintot gewesen sei. Wenn dann der Darsteller zwei Wochen später aus Stuttgart wieder einläuft, um den Rest seiner Szenen zu drehen, wird ihm klargemacht, daß er nun alle Szenen mit diesem Tick zu spielen hat. Was dann auch geschieht. Und das rettet nachher den Film, in dem es sonst nichts zu lachen gibt.

Wenn solche Schwierigkeiten schon auftauchen können bei den Worten: »Die Pferde sind gesattelt«, können Sie ermessen, was herauskommt, wenn man 45mal zu sagen hat: »Ich liebe dich«? Mit lächelnden Augen, sinnlichen Lippen und einer Stinkwut im Herzen? Ja, Sie können es ermessen, Sie brauchen nur in einen Film zu gehen. Was da von der Leinwand herunterkommt, hat nichts Menschliches mehr. Meistens! Und wenn Sie einmal dennoch gepackt werden, so dürfen Sie getrost den Hut ziehen!

Und deshalb meine ich, wenn man einen Kritiker weich stimmen will, so sollte man ihn lieber ins Atelier schleppen, dort festbinden und mit starkem Kaffee munter halten, bis der Film abgedreht ist, als ihm den fertigen Film mit Alkohol und Lachsbrötchen vorzusetzen.

Oder aber dann mit *genug* Alkohol!

Was aber vermag noch so viel Alkohol, wenn die Pressekonferenz *heute* und die Vorführung *morgen* ist? Wo bleibt da der Sinn? Lassen Sie uns der Tatsache ins Gesicht schauen: Es *gibt* keinen Sinn! Alles was uns übrig bleibt, ist, die Gläser zu erheben auf den Unsinn einer solchen Konferenz. Oder schlechthin auf die menschliche Dummheit im allgemeinen! Und das dürfte überhaupt das Vernünftigste sein in einer Welt, aus der die Vernunft geschwunden zu sein scheint. Wenn sie schon nicht tot zu kriegen ist, die Dummheit, dann soll sie leben! Hoch soll sie leben! Und wenn Sie sich, meine Damen und Herrn, in dieser Einstellung meinen Film anzusehen verpflichten, dann ist alles in Ordnung!

MEIN PERSÖNLICHES ANLIEGEN

Ich suche einen Übergang zu einem persönlichen Anliegen, das mir schon lange auf dem Herzen brennt. Doch da ich keinen Übergang finde, darf ich bitten, mein Anliegen ohne einen solchen vorbringen zu dürfen?

Es gibt mir immer einen Stich, wenn die Filme meines Mannes als »Lustspiele« bezeichnet werden. Nicht, daß ich dächte, ein Lustspiel oder gar ein Schwank wären etwas von minderem Wert, o nein, dazu habe ich schon zu tief in die Werkstatt des Stückeschreibens gucken dürfen. Aber es sind doch sehr verschiedene Gattungen. Ich habe es in der Schule gelernt, und zwar von demselben Doktor Hock, der später als Dramaturg zu Reinhardt ging, der uns lehrte, ein Buch nach der Lektüre von einigen Zeilen einzureihen in seinen Bereich, und seither kann ich eine Komödie nie mehr mit einem Lustspiel verwechseln.

Der Lustspieldichter, so sagte er, zeichnet das Leben ab.

Der Komödienschreiber *betrachtet* es »von der hohen Warte einer eigenen gefestigten Weltanschauung«.

Der Komödienschreiber hat also eine eigene Weltanschauung, die er, ernst oder humorvoll, mehr oder weniger vorsichtig, mehr oder weniger versteckt sogar, uns mitteilen und auf uns übertragen möchte, uns zu ihr zu bekehren versucht. Das sei der Grund, erklärte Dr. Hock, warum man über eine Komödie »nachdenkt«, warum man das Bedürfnis hat, sie noch einmal zu hören oder gar zu lesen, und das, obwohl man den Hergang und Ausgang der Geschichte doch ganz genau kennt. Diese eigene unverrückbare Weltanschauung des Autors ist es, die einen in der Komödie zu interessieren beginnt, an der man eventuell lernen möchte, die einem eventuell helfen kann, die einen eben nicht losläßt. Und *sie* ist es, die uns unfehlbar anzeigt, daß wir es mit einer Komödie zu tun haben und nicht mit einem Lustspiel.

Der Lustspieldichter macht uns lachen über die Fehler seiner Figuren, während der Komödienschreiber »von der hohen Warte einer eigenen gefestigten Weltanschauung« menschliche Schwächen beobachtet, sie mit Ernst oder Humor beleuchtet – meistens mit beidem, denn ein Komödienschreiber hat beides –, so daß wir unsere Schwächen dann durch seine Brille sehen, sie dadurch verstehen und sogar goutieren lernen.

Der Komödienschreiber ist als solcher in jedem Falle ein Moralist, was man von einem Lustspieldichter als solchem nur selten behaupten sollte.

Eine Komödie ist gemacht aus Ernst und Humor, deshalb gebiert sie in uns Ernst und Humor, was gleichbedeutend ist mit »Lächeln«.

Ein Lustspiel ist lustig und komisch und erzeugt in uns deshalb »Lachen«.

Das Lustspiel ist realistisch, die Komödie ist idealistisch. Das sind die Gedanken, die ich mir fast wörtlich gemerkt habe, besonders den von der »hohen Warte der eigenen gefestigten Weltanschauung«. Ich habe sie vielleicht damals schon einigermaßen verstanden. Ich habe sie dann noch mehr verstehen gelernt durch das Leben mit meinem Mann. Und das ist der Grund, warum ich glaube, über die »Komödien« meines Mannes wachen zu sollen und wachen zu müssen. Ich finde, man tut ihm Unrecht, wenn man das, was so wenigen auf dieser Erde gegeben ist, nämlich diese »eigene gefestigte Weltanschauung«, die zu etwas Versöhnlichem, also etwas Besserem bewegen kann, mit Äußerlichkeiten verschüttet. Äußerlichkeiten können wunderbar sein – ich gerate in Ekstase in einer schönen Revue –, und sie sind am Platze, wo gut beobachtete Menschlichkeit fehlt.

In meinen langen Theaterjahren habe ich erfahren, daß alles auf dem Schauplatz ruhig und unauffällig bleiben muß, wenn eine Pointe ankommen soll, sei es eine, die einen Lacher auslöst, oder eine, die zum Nachdenken zwingt. Diese Ruhemomente sind freilich so kurz, daß der Zuschauer sie nicht merkt, aber wehe, wenn in diesen Momenten der Partner eine Hand bewegte, oder nonchalant einen Fuß vor den andern setzte, oder auch nur die Augen drehen würde. Weg ist die Pointe. Es ist daher so selbstverständlich, daß im Film optische Tricks oder photographische Einfälle, je schöner, überraschender und auffallender sie wären, absolut tödlich sind, wo sie die Botschaft des Autors überlappen. Und wenn dies in einem Film zu oft geschieht, dann wird er dem Autor nicht gerecht, der seinem Stoff einen inneren Wert, ein Stückchen von seiner eigenen gefestigten Weltanschauung mitzugeben imstande war, die sich oft nur durch ein unerwartet gütiges Wort auf eine schnoddrige Bemerkung verrät.

Das wär's. Und jetzt habe ich das Gefühl, daß ich meinem Leser, der mein so übergangsloses Anliegen mit Wohlwollen hinnahm, dafür etwas schuldig bin.

Ich blättere daher in meinen Ordnern und entdecke einen Zeitungsausschnitt, den ich schon die ganze Zeit gern gebracht hätte, es aber nie tun konnte, weil ich keinen rechten Übergang fand. Er enthält die Antwort meines Mannes auf eine Notiz in einer süddeutschen Zeitung.

HUMORLOSIGKEIT IST UNHEILBAR

betitelt das Blatt diesen kleinen Artikel:

Wir haben *Curt Goetz* gebeten, uns schriftlich seine Meinung zu dem Einwand eines Einsenders mitzuteilen.

Die Antwort ist einfach klassisch! Sie lautet:

Man sollte sich nicht der Mühe unterziehen, Mitbürger belehren zu wollen. Entweder sind sie böswillig oder humorlos. Im ersten Falle wünschen sie keine Belehrung, im zweiten sind sie gestraft genug.

Wer nicht merkt, daß ich die Figur des Pastors in meinem »Haus in Montevideo« mit einer an Zärtlichkeit grenzenden Liebe beschrieben habe, dem möchte ich es gar nicht verraten. Wer nicht versteht, daß Helden erst durch kleine Schwächen menschlich und liebenswert werden, mit dem kann ich mich nicht verständigen. Wer in dem Umstand, daß mein guter Pastor, erfüllt von der Mission, der befreundeten Familie eine frohe Botschaft zu bringen, in der Aufregung vergißt . . . zu beten — wofür er sofort von dem unfehlbaren Professor gerügt wird —, eine »Verächtlichmachung des Geistlichen« erblickt, wer nicht fühlt, daß dem guten Mann gerade durch diesen kleinen Schnitzer alle Herzen im Zuschauerraum zufliegen, wer nicht merkt, daß es dem Autor hier wie im ganzen Stück darauf ankommt, einfache Güte und Frömmigkeit gegen Puritanertum und Heuchelei zu stellen, wer das alles zu spüren zu stumpf ist, der sollte sich mit Theater und Film überhaupt nicht befassen, sondern zu Hause bleiben und irgend etwas anderes übelnehmen.

Humorlosigkeit ist Mangel an Herzensgüte und unheilbar!

Curt Goetz.

VON DER DANKBARKEIT

Wenn meinem Mann eine Sache geglückt war, dann war er allen dankbar, die mit dabei waren. Es war ihm keine Pflicht, sondern eine wahre Lust, dankbar zu sein. Ich glaube, das ist etwas, das ich ganz und gar von ihm erlernte, diese Lust, dankbar zu sein, so aus ganzem Herzen dankbar. Es bereichert das eigene Glücksgefühl. Und wieviel mehr hat man davon, wenn man es nach *allen* Dimensionen auskostet, *alle* und *alles* mit einbezieht. Und wenn ein Glück für den Undankbaren längst vorbei ist, genießt es ein Dankbarer, solange er lebt oder denken kann. Wie oft, wenn mein Mann einer geglückten Nuance wegen bewundert wurde, sagte er mit unendlicher Wärme: Das hat mir Bassermann so gezeigt, oder, das habe ich von Steinrück gelernt; Schildkraut, Walden, Adalbert haben das so gemacht. Und dann wurde eine Welt in ihm wach, und er erzählte, Nächte durch, die köstlichsten Theateranekdoten, um das geniale Wesen seiner alten Kollegen und Lehrmeister den Jungen weiterzugeben. Auch mir geht es so, daß ich mich beglückt erinnere an das, was meine Regisseure oder große Kolleginnen mir einmal zeigten. Und jetzt kann es mir gar nicht passieren, daß ich in mein schönes Auto steige, Rechnungen bezahle, jemand etwas schenken kann, ohne dabei an meinen Mann zu denken, dem ich alles danke. So bin ich immer ausgefüllt von Liebe.

Um mich herum, in meinem Haus, ist alles lebendig, jedes Möbel, jedes Buch, jede kleine Vase, jedes Bild. Deshalb wahrscheinlich fühle ich mich nie einsam. Jedes Stück erinnert mich an einen, der es uns gab, der es ansah oder in seinen Händen hielt. Da sind auch die vielen Sachen von meiner Mutter, den Großeltern und Urgroßeltern, die so oft durch behutsam pflegende Hände gingen und erhalten blieben bis auf mich. Daß ich sie habe für dieses Leben, und damit das meines Mannes verschönen konnte, denn er genoß alles, was Kultur und Tradition war, danke ich meiner Schwester, die sie mir überließ. Und jedesmal, wenn ich etwas gebrauche, denke ich daran, daß ich eigentlich nie eine Schwester hatte, sondern zwei Mütter, die selbstlos an mich hingegeben waren. Diesem Umstand verdanke ich jetzt wieder die Freude, daß ich alle meine schönen Sachen den Kindern meiner Schwester und unseren weitergeben kann.

Es ist etwas Reiches um die Dankbarkeit. Sie hält das eigene Herz warm, verwandt dem vierten Gebot, dem einzigen, das Belohnung gleich hier auf Erden verspricht. Mein Mann behandelt in einem seiner letzten Einakter »Der Ausbruch des Weltfriedens« die Erkenntnis, daß Gefühle und Gedanken, die wir haben, gute wie böse, auf uns selbst zurückwirken, so wie ein Bumerang ausgeworfen seine Schleife zieht, um wieder in unsere Hand zu fallen. An der Dankbarkeit beweist sich die Richtigkeit dieser Beobachtung sehr genau.

Aber doch mochten wir es nie, daß unsere Kinder ihre Briefe beenden mit: Dein dankbarer, Deine dankbare! Ein Kind stellt sich unter Dankbarkeit sowieso nichts vor. Von einem Kind will man, daß es aufrichtig ist, weiß, wohin es gehört, und vertrauensvoll in seinen kleinen Nöten zu einem findet. Dann hat man gleich seinen Dank. Und mit den Jahren soll ein Kind so sehr mit einem verwachsen sein, daß es weiß, womit es einen erfreut und womit es einen kränkt. Und wenn es älter wird und kritisch auch unsere Fehler erkennen lernen muß, dann möchte man, daß es, wie ein Liebender, die Fehler nicht sehen *will*. Wenn es diese Herzenswärme nicht hat oder sie sich nicht erwerben kann über seinen Verstand, bringt es sich selbst um sein Elternhaus, um eine ganz spezielle Art Glück, die ihm nichts anderes ersetzen kann.

Damit sind meine Gedanken auch bei unseren Pflegekindern, diesen Kindern, die wir uns nach dem Kriege geholt haben, die jetzt schon ihre Wege gehen müssen, mit anerzogenem gutem Benehmen, im übrigen nach den Fähigkeiten ihrer ererbten Natur.

»Sollten diese Kinder uns enttäuschen«, sagte mein weiser Mann, wenn es mal nicht so glatt ging, »dann müssen wir uns immer vor Augen halten, *was wir wollten!* Wir wollten armen Geschöpfchen, für die sich keiner fand, der sie haben wollte, nicht einmal ihre eigenen Verwandten, eine bessere Jugend bereiten, als sie ihnen beschieden war, um von der vielen Liebe, die diese schöne Welt uns schenkt, etwas weiterzugeben. Das werden wir mit Gottes Hilfe eines nicht zu fernen Tages getan haben, und *damit hat sich's!*«

Ja, der Tag kommt, da so ein Kind dem Gesetze folgt »nach dem es angetreten«, da sein Blut sich Bahn bricht. *»Wir wollen ein Kind annehmen, das sonst niemand haben will«*, schrieben wir in unsere Gesuche. Dürfte man sich später grämen? Nicht einmal wundern darf man sich. Woher sollte ein Menschenkind, das weder sein Vater noch seine Mutter behalten wollte, ein Herz haben? Wie könnte es jemals erfahren, was Liebe ist, wenn es doch keinen Empfänger dafür mitbekam? Kein Vorwurf den Kindern! Man selber muß einen Strich drunter machen können und an die Zeit denken, da man sie glücklich lachen hören konnte.

Als mein Mann einmal krassen Undank erfuhr, sagte er dazu: »Merkwürdig, *so viel* Gutes habe ich dem doch gar nicht getan?« Ein Naturgesetz, daß die, denen man Gutes tat, einen lieber hassen als lieben? Der Dank aber kommt. Vom Himmel her. Ich z. B. habe gar viele bei denen ich zu Hause bin: bei meinen Leuten, selbstverständlich, meinem Neffen Ernsti, mit einer Frau aus altem Wiener Haus und zwei süßen Buben, bei meiner Nichte, unser Stolz, Prof. Dr. Inge Gampl, ihrem Mann, Primarius an der Poliklinik, und ihren »dreamgirls« Moni und Ruthi. Und zu Hause bin ich bei vielen, die mal mit uns verbunden waren. Und alle würden sie ihr letztes Hemd für mich ausziehn. Verwöhnt der Himmel mich etwa nicht mit Dank? Ein Undankbarer ist zu bedauern, einer, der die Verbundenheit nicht fühlt mit denen, die vor ihm waren, leiblich oder geistig, nicht spürt, wie er aus ihnen wurde, aufbaut auf dem, was die Früheren schufen. Wie leer ist der, der sich nicht freut an dieser Erkenntnis, wie arm hängt er in der Luft, der glaubt, alles aus sich selbst zu schaffen. Er schneidet das Band durch, das ihn mit seinen Vorfahren verbindet und mit der Nachwelt verknüpfen soll.

NOCH EINMAL AMERIKA

1950, ein bemerkenswertes Jahr in unserem Leben! Wir waren mit dem »Prätoriusfilm« nach Hollywood gefahren, um dort zu zeigen, wie man aus diesem Theaterstück *doch* einen Film machen kann. Angelangt, mußte der Film der Hays-Office vorgeführt werden, wie jeder Film. Die Hays-Office, die wir bisher nur vom Hörensagen kannten, war eine Art Zensurstelle, die nach ehernen Gesetzen richtete. Streng teilte sie die Dame in Hälften, und während sie der oberen nur ein engherziges Dekolleté gestattete, setzte sie der Freigebigkeit der unteren keine Grenzen. Das kam daher, weil die Gesetze aus der Zeit der knöchellangen Röcke stammten, da man die Frau noch zu den unterentwickelten Völkerstämmen zählte und niemand ahnen konnte, welches Maß von Freigebigkeit wir entwickeln würden.

Die Hays-Office wachte auch streng über die Filmküsse, indem sie deren Dauer mit der Uhr in der Hand stoppte. Nur so und so lang, und um kein Jota länger, gestattete sie einem Kuß zu sein. Was den Maßstab dafür lieferte, wie lange ein Kuß harmlos bleibt und von wann ab er gefährlich wird, hat uns oft beschäftigt. Manche Möglichkeit kam meinem Mann in den Sinn, aber erfahren konnte er es nie. Nur die Motivierung zu dieser Maßnahme blieb immer die gleiche: Um die Moral der Jugend zu schützen! Und das wäre zu begrüßen, meinte er. Denn für die Moral einer Jugend, der man in detailliertester Genauigkeit vorführt, wie ein Einbruch vorbereitet werden muß oder wie man kunstgerecht einen andern erdrosselt, wäre ein um eine Zehntelsekunde zu langer Kuß verderblich.

Das war es, was wir bisher von der Hays-Office wußten, und so gingen wir klopfenden Herzens dorthin, um zu hören, was sie zu einem Film zu sagen haben würde, in dem eine nackte weibliche Leiche ihrer Hülle – ausgerechnet vom Kopf bis zur Taille – beraubt wird.

Wir saßen im Vorführraum am Pult, von dem aus man den Ton steuern kann, und hinten gruppierten sich die Herrn Zensoren, denen unsere Agenten, mehr oder weniger laut flüsternd, die Übersetzung lieferten.

Es ist nicht nur ungemütlich, sondern geradezu unheimlich, wenn bei einer Vorführung nicht eine einzige Reaktion kommt. Der Mund trocknet einem aus beim Zuhören, man wünscht jede Szene halb so lang und nur schon vorüber. Und endlich ist es soweit. Das Übersetzungsgewisper verstummte, das Gaudeamus ertönte und verklang. Stille! Wir standen auf. Es war eben einmal nichts. Kein Wunder, dachten wir, wenn man jedes Wort erst übersetzt bekommt, wer weiß wie, und wenn das Bild längst vorbei ist! Aber, »ein schlechter Schauspieler, der nicht zwei Stunden Schmach ertragen kann!« Dann erhob sich langsam der Herr Oberzensor, ein riesengroßer Mann mit einem schneeweißen Gerhard-Hauptmann-Kopf, kam auf uns zu – und küßte uns!

»Where have you been all these years!« rief er aus. »Das gibt es doch nicht, daß so etwas einfach vom Himmel fällt! Sie müssen doch schon viel anderes gemacht haben, um ein so vollendetes Meisterwerk produzieren zu können!«

Dann brachte er uns in sein Büro, ließ das Personal aus dem ganzen Haus antreten und stellte es im Kreise auf:

»Let's give them a big hand, folks!«

Alles applaudierte, und dann gab der alte Herr, der uns jetzt wie Gott Vater erschien, seine Ordern. Erst wurde nach Washington telephoniert, daß ein Film da sei, der »staatswichtig« wäre. Dann wurden wir zur *20th Century Fox* geführt, wo ein Vertrag aufgesetzt wurde, wonach der »Dr. Prätorius« für 100 000 Dollars gekauft war.

Nach den sieben mageren Jahren in Hollywood, in denen meinem Mann soviel Unrecht geschehen war, in denen er mit seinen ehrlichen Mitteln nicht zu Wort kommen konnte und sich der dort geltenden nicht hatte bedienen wollen, war das eine ungeheuere Genugtuung! 100 000 nur für die *englischen* Rechte, nachdem *Ronald Golman* es mit seinem großen Namen so lange Zeit hindurch nicht hatte schaffen können.

Es setzte sich das ganze *Legal Department* der *Fox* in Bewegung, hundert Rückfragen kamen an uns wegen der Kompetenz der Unterschrift, des alleinigen Verfügungsrechtes über das Copyright und sonstiger Bestimmungen, in denen mein Mann sich, wie in allen Verträgen, Rechte wahrte, die ihm seinen gerechten Anteil sicherten, auch wenn er einmal nicht selber würde mitspielen können.

Nach einer Woche lag ein Vertrag zur Unterschrift bereit, der einem Telephonbuch kaum etwas nachgab. Aber, der Vertrag hatte eine Macke! Er bestimmte, daß vom Augenblick der englischen Uraufführung an der deutsche Film nicht mehr gezeigt werden dürfe!

Und das unterschrieb mein Curtchen *nicht*!

Die *Fox* hielt den Atem an, und alle Leute hielten ihn für verrückt, den Monstervertrag dieser »kleinen Klausel« wegen auszuschlagen. Aber gerade an diesem »Kläuselchen« lag ihm so viel, daß 100 000 Dollars es nicht aufwiegen konnten. Und dabei hätten wir das Geld ganz gut gebrauchen können nach den vielen Jahren der Unfruchtbarkeit. Und auf »diese« *Publicity* hatten wir uns auch schon mächtig gefreut.

Doch wir hatten uns bald damit abgefunden und dachten nur mehr an unsere nächste Arbeit und ans Kofferpacken, als der Vertrag ganz plötzlich doch unterzeichnet ankam, *ohne* die kleine Klausel, für 100 000 Dollars!

Das nannte mein Mann einen seiner größten Siege. Und es war auch einer, ein Sieg der Treue. Aber der Sprung nach Amerika, der 1927 seinen Anlauf nahm, als jener sagenhafte Mr. Rachmann in Berlin nach der »Hokuspokus«-Premiere in unsere Garderobe kam, wäre jetzt fast wieder danebengegangen, weil Charakter und Treue ein schwerer Ballast für einen schnellen Erfolg sind. Aber meistens sind sie das Fundament für eine lebenslängliche, bis zum Schluß ansteigende Karriere.

Was unser »Prätorius«-Film uns an Liebesbezeigungen einbrachte, ist kaum zu glauben. Ich konnte nur einen winzigen Teil aufbewahren von dem, was Ärzte, Künstler aller Art, Lehrer und Diplomaten an meinen Mann schrieben, einfach weil ihre Herzen zum Überlaufen voll waren.

Dissertationen kamen, über Humor und Herzensgüte lustige und ernste Kritiken, und Kritiken der Kritiken, Briefe, die meinen Mann zum ersten *Weltbürger* erhoben und ihm den Nobelpreis für Völkerversöhnung und Frieden zuerkannt haben wollten.

Aber mein Mann meinte, nichts ginge über eine gesunde Selbstkritik, und deshalb schrieb er sich eine.

SELBST-KRITIK

Soeben ist mir der Gedanke gekommen, daß in der Harmonie meines künstlerischen Schaffens eine Lücke klafft.

Ich schreibe mir meine Stücke selbst, ich inszeniere und spiele sie selbst, warum, bei allen Heiligen, schreibe ich mir nicht auch meine Kritiken selbst? Ich muß doch am besten wissen, was ich gewollt habe und was danebengegangen ist. Namentlich das letztere! Warum, bei allen Teufeln, tue ich es also nicht? Zunächst einmal, weil es nicht so ist, dann aber auch, weil meine kritischen Kollegen von der Zunft mich immer sehr verwöhnt haben und weil es natürlich idiotisch ist, Mitmenschen auf Fehler aufmerksam zu machen, die jene so freundlich sind zu übersehen. Wenn es mich trotzdem reizt, es einmal zu versuchen, so geschieht es, weil es mich reizt, es einmal zu versuchen.

Ich lehne mich also zurück, distanziere mich völlig von dem Autor *Goetz*, dem Regisseur *Goetz*, dem Darsteller *Goetz* und bin nur noch Kritiker. (Schon lange habe ich mir gewünscht, einmal an die drei ranzukommen.)

Das erste, was mir auffällt, während ich mir meine Zigarre anzünde, ist die wohlig aufdämmernde Erkenntnis, daß es verdammt leichter ist, eine Sache zu kritisieren als eine zu schaffen, verdammt bequemer, im warmen Lehnstuhl über ein fertiges Produkt zu Gericht zu sitzen, als im zugigen Atelier eine vage Vorstellung allen technischen Schwierigkeiten zum Trotz in greifbare Wirklichkeit umzugießen. Ich schlürfe diese für mich neue Sensation und lasse mich darin auch nicht durch die Bemerkungen stören, die der Herr Regisseur, der Autor und der Darsteller in ihre Bärte murmeln. (Sie haben welche, denn sie stehen seit 17 respektive 23 Stunden im Atelier.) Jene immer wiederkehrende alberne Bemerkung: »Machen Sie es doch besser, Sie Trottel!«

Ich bin als Kritiker über solche Entgleisungen erhaben, bin ich mir doch bewußt, daß ich sehr wohl beurteilen kann, ob ein Ei gut oder schlecht ist, ohne verpflichtet zu sein, selber welche legen zu können. Na also! Es ist auch nicht meine Aufgabe, auf die schier unüberwindlichen Schwierigkeiten hinzuweisen, unter denen heute in Deutschland ein Film gedreht werden muß, wo Zeit und Geld so knapp sind, daß eine mißlungene Szene kaum wiederholt werden kann. Wenn ich so nett bin, das zu erwähnen, so ist das, wie gesagt, sehr nett von mir, *nötig* habe ich es nicht. Meine Aufgabe ist lediglich, das fertige Produkt unter die kritische Lupe zu nehmen. Und dieses fertige Produkt ist . . . .

Fangen wir beim Manuskript an:

Deswegen muß ich gleich mal mit dem Autor sprechen! Es gelang mir, ihn zwischen zwei Jupiterlampen am Jackettknopf zu fassen:

»Sagen Sie, Herr *Goetz,* warum haben Sie im Filmmanuskript im Gegensatz zum Theaterstück die Konzession eines happy end gemacht? Wir haben uns alle darauf gefreut, daß *Sie* einmal *keine* Konzession dem Film gegenüber machen würden.«

Der Autor beobachtete nicht ohne Interesse meine Finger an seinem Jackettknopf, dann sagte er:

»Obschi!« Der Autor hatte nicht geniest, wie man annehmen könnte, sondern der Mann, den er »Obschi« nannte, war der Propagandachef der Firma, der eigentlich dafür zu sorgen hatte, Leute wie mich Herrn *Goetz* vom Halse zu halten. »Obschi« war mit Recht eine Abkürzung. Den ganzen Namen konnte kein Mensch behalten, er lag akustisch zwischen Observatorium, Czernowitz und Stalingrad und dürfte außerdem ein Pseudonym sein, denn »Obscherningkat« kann kein Mensch heißen.

»Obschi, wer ist dieser Mann?«

»Das ist einer unserer gefürchtesten Kritiker«, stellte mich Obschi vor.

»Wie reizend«, sagte der Autor mit einem undurchdringlichen Lächeln.

»Ja«, beharrte ich, »warum haben Sie diese Konzession gemacht?«

»Hätten Sie«, fragte er, »das happy end als solches empfunden, wenn Sie das Theaterstück *nicht* gekannt hätten?«

»Nein ...«

»Na sehen Sie!«

»Aber der Gedanke, daß Prätorius wie jeder Prophet an seiner Lehre stirbt, war doch sehr schön ...«

»Schöner ist der Gedanke, daß er leben bleibt, finden Sie nicht?«

»Ja. – Das heißt ...«

»Sie haben eben impulsiv ›ja‹ gesagt! Das war Ihr Gefühl, das gesprochen hat. Was Sie dann noch sagen wollten, wollte Ihr Verstand sagen. Im Film hat der Verstand dem Gefühl Platz zu machen, was nicht heißen soll, daß es so idiotisch und sentimental sein muß, wie manche Filme es sind. Wenn das Kinopublikum Herrn und Frau Professor Prätorius liebgewonnen hat – und es muß sie liebgewinnen, sonst brauchen wir den Film gar nicht erst zu drehen –, dann will es nicht zum Schluß diese beiden Menschen mit zerschmetterten Gliedern in irgendeinem Chausseegraben wissen. Diesem natürlichen Instinkt sich zu beugen, ist mehr wert, als eine literarische, etwas versnobte Floskel zu verteidigen.«

»Warum haben Sie aber«, entgegnete ich schlagfertig, »diese literarische, etwas versnobte Floskel in Ihrem Theaterstück?«

»Weil sie *Ihnen* zum Beispiel dort so gefallen hat, daß Sie sich jetzt nicht von ihr trennen wollen. Aber ein Theaterstück ist ein Theaterstück, und ein Film ist ein Film. Außerdem trage ich bei einem Theaterstück meine *eigene* Haut zu Markte – ich riskiere, zwei Jahre umsonst gearbeitet zu haben –, beim Film habe ich *fremdes* Geld zu verteidigen.«

»Und Sie glauben, es besser zu verteidigen, wenn Sie dem Publikumsgeschmack Rechnung tragen?«

»Selbstverständlich, mein Verehrtester. Von den paar Fachleuten, die auf Freikarten im Theater sitzen, können wir keinen nächsten Film drehen. Außerdem ist der Publikumsgeschmack besser, als Sie denken. Er wird nur zu wenig auf die Probe gestellt. Wenn man ihm nur die Wahl läßt zwischen Schund und literarischem Geniekotzertum, wird es mit Recht den Schund wählen. Man sollte versuchen . . .«

»Und das versuchen *Sie* jetzt«, unterbrach ich den Autor.

»Eben. Es ist wie in der Politik. Man wird immer nur gefragt: ›Rechts oder links?‹ Daß es auch eine Mitte gibt, einen gesunden Menschenverstand, gepaart mit anständiger Gesinnung, scheint man vergessen zu haben.«

»Und das ist ja wohl auch die Tendenz Ihres Filmes, wenn ich Sie recht verstanden habe?«

»Sie haben. Und deshalb vielleicht kann man diesen Film als reaktionär bezeichnen, weil gesunder Menschenverstand und anständige Gesinnung in der Tat etwas Verstaubtes haben.«

»Er ist auch ein Appell an die Jugend und eine Hymne auf die Lebensfreude, nicht wahr?«

»Richtig.«

»Daher das ›Gaudeamus‹ am Schluß?«

»So ist es.«

»Wie sind Sie mit Ihrem Oberregisseur *Goetz* zufrieden, Herr *Goetz?*«

»Dieser nüchterne, größenwahnsinnige Praktiker schmeißt alles um, was ich mir als Autor ausgedacht habe. Ich hasse ihn.«

Wir wurden unterbrochen. Das *scriptgirl* wollte vom Autor etwas wegen einer Änderung in der nächsten Drehszene wissen.

»Sie entschuldigen mich«, sagte er.

»Bitte.« Er reichte mir die Hand, in die ich den abgedrehten Jackettknopf legte, und ich wandte mich nun an den Oberregisseur.

»Wie gefällt Ihnen das Manuskript von dem *Goetz,* Herr *Goetz*?« Er hielt mitten in der Bewegung, auf den Kran zu klettern, inne und sah mich an, als wollte er mich fressen.

»Wer sind Sie?«

Obschi stellte mich vor.

»Wenn Sie etwas wissen wollen, müssen Sie mitkommen.« Er reichte mir die Hand. Als ich einen Fuß auf der Plattform hatte, setzte sich der Kran in Bewegung, und wir sausten in weitem Bogen mit der Kamera in schwindelnde Höhen. Ich schwebte mit dem Oberkörper und dem anderen Fuß über dem Abgrund und klammerte mich an die mich haltende Hand wie Noah an seine Taube.

»Wenn ich Sie jetzt loslasse, sind Sie tot«, sagte der schreckliche Mensch, »werden Sie anständig schreiben, Sie Hund?«

»Ja«, brüllte ich.

Der Kran war unter der Atelierdecke zum Halten gekommen. Der Oberregisseur zog mich vollends auf die Plattform.

»Was wollen Sie wissen?« fragte der Schlachtenlenker.

»Wie Sie mit ihrem Hauptdarsteller zufrieden sind?«

»Ha!« lachte er, »dieser elende Schmierenhäuptling büßt Sünden ab!

Er spricht ungern in ein Mikrophon und haßt es, photographiert zu werden! Nun können Sie sich ausmalen, welche Tänze ich mit ihm habe! Sie kennen ihn von der Bühne als leicht und ungezwungen, vor der Kamera und dem Mikrophon wird er zum Igel, den man hypnotisiert hat. Bei der ersten Probe geht es noch, aber bis es zur Aufnahme kommt, ist er durch die paar notwendigen Unterbrechungen — unterbrochen wird, wenn nach dem Ausleuchten, das sowieso nur zwei Stunden dauert, ein Scheinwerfer dennoch falsch steht, wenn die Kamera zu früh oder zu spät fährt, schwenkt, stillsteht oder *gar nicht läuft,* wenn sie ›Salat macht‹ oder ›einlegen‹ muß, wenn der Ton ›einlegt‹ oder ›Salat macht‹, wenn das Tonband läuft und die Kamera *nicht,* oder die Kamera läuft und das Tonband *nicht,* wenn der Ton zu leise oder zu laut, zu gehaucht oder zu gequetscht ist, wenn jemand niest oder gähnt, auch Magenknurren hört das Mikrophon, wenn das Mikrophon oder sein Schatten ins Bild kommt, wenn sich eine Fliege auf das Objektiv setzt oder vor dem Mikrophon summt — im Atelier wohnt eine, die darauf dressiert zu sein scheint, damit wir die Miete verlängern müssen —, wenn, sage ich, es dann zur gewünschten Aufnahme kommt, ist unser Held unbegreiflicherweise so enerviert, daß er einer beleidigten Wanze ähnlicher sieht als einem Charmeur. Wir müssen dann seine Frau zu Hilfe rufen, die ihn während der Aufnahme durch Gesichterschneiden auf fröhliche Gedanken zu bringen sucht, was manchmal gelingt und manchmal ihn noch wütender macht ... ich sage Ihnen, es ist eine Qual mit ihm!«

»Da wir gerade bei Frau Valérie sind ...«

»Das arme Luder«, unterbrach er mich, »zu den Sorgen, die sie mit ihren drei Männern zu teilen hat, hat sie noch die Aufgabe, eine völlig umgeschriebene Rolle zu bewältigen, was schwerer ist, als eine ganz neue zu spielen.«

»Ja, die Rolle ist wertvoller geworden, das muß ich zugeben, aber es ist doch schade, daß Frau von Martens nicht mehr sächseln darf.«

»Es gehört viel Charakter des Autors dazu, auf eine Wirkung zu verzichten, die in tausend Vorstellungen ausprobiert war, um sie einem unsichtbaren dramaturgischen Gesetz zu opfern. Es tut mir leid, diese Lanze für das Ekel von Autor brechen zu müssen, aber Sie kommen vielleicht sonst nicht drauf.«

»Sehr freundlich, Herr *Goetz.* Läßt sich Frau von Martens auch so ungern photographieren?«

»Im Gegenteil, sie aalt sich vor der Kamera wie eine Katze im Schaufenster, weil das Biest weiß — das Biest, nicht die Katze —, wie gut sie kommt, während ihren Göttergatten das Bewußtsein knebelt, daß die geringste Abweichung von dem ihm erlaubten minimalen Aktionsradius seine edlen Züge in die einer Kaulquappe verwandelt ... Gott, werden die Backfische sich freuen, wenn ...« Ich fiel ihm zu Füßen und umklammerte seine Knie, weil der Kran zu schwenken begann und uns zur Erde zurückbrachte.

Ich hatte genug vom Oberregisseur und sah mich nach dem Schauspieler *Goetz* um. Möglich, daß ich in einem unglücklichen Moment an ihn kam. Er stand, angestrahlt von 14 Scheinwerfern, vor der Kamera, der Friseur puderte ihn noch schnell, der Schneider bürstete an seinem Frack, der Garderobier wischte über seine Pumps, Frau Valérie zupfte an seiner Krawatte, der Oberbeleuchter maß mit einem Zentimeterband die Distanz vom Objektiv bis zu seiner Nasenspitze, die ein Mann mit einer Holzklappe abzuklemmen versuchte. Kommandos ertönten: Achtung Aufnahme! ... Alles Licht ... Rechter Scheinwerfer streuen ... zu viel ... neigen ... mehr neigen ... Kamera fertig! . Kamera *nicht* fertig! Ob Kamera fertig ist, sage *ich*! ... Halt die Schnauze! ... Kamera fertig! Ton ab ... Ton läuft ... Klappe ... 356 E 2 zum zwölften Mal ... Aufnahme! ... Los! ... Kamera läuft nicht! ... Halt! ... Licht aus! ... Kamera läuft jetzt! ... Alles Licht! ... Ton ab! ... Ton läuft noch! ... Klappe! ... 356 E 2 zum zwölften Mal ... Haaaaalt! ... Ton aus! ... Ton legt ein! ... Licht aus! ...

Ich benutzte die Pause, um an den *Goetz* heranzutreten. Er hatte sich gerade zum dreizehnten Male in Positur gesetzt und den Mund geöffnet, um seine subtilste Szene zu beginnen, die nun wieder abgebrochen worden war.

»Wie sind Sie, Herr *Goetz*, mit Ihrem Oberregisseur und Ihrem Autor zufrieden?«

Obgleich Obschi auch ihm versicherte, daß ich einer der gefürchtetsten Kritiker sei, benutzte dieser Mensch seinen offenen Mund, um zu sagen: »Leck ...« – Rampenlümmel haben eben kein Benehmen – »...« Nein, ich kann es nicht wiederholen, und erraten werden Sie es Gott sei Dank nicht. Und ich tat es natürlich auch nicht, sondern wandte mich zu Frau Valérie, die mir begütigende Zeichen machte, indem sie abwechselnd auf ihren Mann und ihre Stirn zeigte. Dann nahm sie mich beiseite und klärte mich im Flüsterton über alles auf, was ich noch wissen wollte.

»Wer ist der weiße Herr neben der Kamera?«

»Fritz Arno Wagner. *Vor* dem Film war er noch blond. Er hat die Geduld eines Lämmchens und die Haut eines Elefanten. Nichts kann ihn bewegen, früher zu schießen, als bis das Licht richtig steht. Im Atelier sind wir wütend, im Vorführraum glücklich.«

»Und der rührige nette Herr, der immer hin und her flitzt und von den Bauten so begeistert ist?«

»Das ist der Architekt *Walter Haak*! Und hat er nicht recht? Ein genialer Kerl, der an der sagenhaften Gründung und Erbauung dieses Ateliers einen ganz hervorragenden Anteil hat!«

»Und jener schlanke Herr mit dem unbeweglichen Gesicht eines Buster Keaton?«

»*Fritz Stapenhorst*, der Cutter. Die Erstarrung seiner Gesichtszüge hat er sich beim Schneiden vieler Filme zugezogen, wobei er ›Hamlet‹ übertraf und nicht nur all seine Munterkeit, sondern darüber hinaus die Fähigkeit, sich zu wundern, eingebüßt hat. Er ist es auch, der dem Darsteller, wenn er sich auf seine Rolle versammelt hat, in letzter

Minute zuflüstern muß, welche Hand er vor vier Wochen auf der Klinke hatte, als er damals in die Dekoration trat, die heute weitergedreht wird, welche Krawatte er trug und in welcher Stimmung er ins Zimmer kam: »Sie waren ganz fröhlich, Herr Goetz«, sagt er dann mit einem tieftraurigen Gesicht, »auf dem Flur haben Sie noch hopsa hopsa trallala gemacht.« Und er sieht Sie an wie ein sterbendes Reh mit der stummen Bitte im blauen Blick: »Denke daran, was ich im Schneideraum auszustehen habe, wenn es nicht zusammenpaßt!« Mein Mann hat drei Narren an ihm gefressen. Er ist ein Meister seines Faches, sehr gebildet, was im Film selten geworden ist, und hat, was noch seltener geworden zu sein scheint, Kinderstube! In unserem nächsten Film wird er unser Oberregisseur!«

»Und jener Herr mit dem Arm in der Schlinge?«

»Hans Domnick, der Produzent. Er trägt den Arm hochgebunden, weil er sich bei dem ewigen Gucken auf seine Armbanduhr das Ellenbogengelenk ausgekugelt hat. Jede Minute kostet Geld, und er hat das Geld seiner Geldgeber zu verteidigen. Deshalb steht der nette Herr Börnicke hinter ihm. Das ist der, der ihm das Geld von den Geldgebern verschaffte. Andererseits muß Domnick einen guten Film machen. Deshalb steht mein Mann hinter ihm. Ein Geschäftsmann und ein Künstler kämpfen also gegeneinander. Das ist der Stoff, aus dem ein Produzent gemacht sein soll.«

»Glauben Sie, daß der Film gefallen wird, gnädige Frau?«

»Das wissen die Götter, und auch die nicht genau. Das ist das Abenteuerliche an unserm schönen Beruf: Wenn ein Erfolg zu errechnen wäre – in Hollywood versucht man das immer wieder –, gäbe es zwar keine Niederlage, aber auch keinen Triumph, nicht jenes köstliche Gefühl, daß die Unsichtbaren mit uns waren in unserem Kampf gegen alle Widerstände.«

»Toi – toi – toi, gnädige Frau!«

Sie wurde zur Aufnahme gerufen.

»Achtung, Aufnahme . . . alles Licht . . .!«

Es scheint doch nicht so einfach zu sein, eine Kritik zu schreiben, denn wie ich sehe, ist es nur ein Interview geworden. Ich muß es also noch einmal versuchen. Aber ich warte damit, bis ich erfahren habe, was das Publikum sagt.

DE MORTUIS NIHIL NISI BENE

Mein Latein und Griechisch habe ich von meinem Mann, der die alten Sprachen sehr liebte. Aber meine Kenntnisse beschränken sich auf das, was in seinen Stücken vorkommt!

Über den »Montevideo«-Film zu schreiben, ist müßig. Er hat die größten Aufführungsziffern erreicht, die es bis dahin gab. Den Vogel schoß das Esplanade-Theater in Hamburg ab, das mit über 600 Vorstellungen in 15 Wochen den »Goldenen Schlüssel« errang.

Während der Dreharbeiten für diesen Film, als wir in den Dünen von Westerland »wanderten und wanderten«, raubten uns die Fahnen der »Toten von Beverly Hills« den Nachtschlaf, weil die Korrekturen für den Setzer ganz plötzlich ganz schnell fertig sein mußten. Das scheint eine Eigenart der Korrekturen zu sein, daß sie immer ganz plötzlich ganz schnell fertig sein müssen.

Die Widmung in diesem Buche heißt:

Frau von Martens
die behauptet, ich könne keinen
erotischen Roman schreiben

Als das Buch erschienen war, wollte eine Zeitung wissen, ob ich »zufrieden« sei. Darauf antwortete ich:

»Sehr verehrter Herr Redakteur,

mit Erstaunen entnehme ich aus Ihrer Anfrage, daß man »Die Tote von Beverly Hills« für den versprochenen erotischen Roman meines Mannes hält. Ich dachte, der käme noch.

Ihre . . .«

Es war ein besonderes Anliegen meines Mannes, seine »Tote« zu verfilmen. Nicht nur weil sie schon als Film dastand, sondern weil ihm hier, wie er sagte, diese Doppelgleisigkeit so ganz gelungen zu sein schien, die jedes Drama nach klassischem Muster erst voll macht. Hier ist es der gut gebaute spannende Krimi mit der parallellaufenden psychologischen noch spannenderen Studie über die kleine Lou, deren Hilflosigkeit gegenüber der Erotik etwas menschlich tief Rührendes hat. Mein Mann wollte natürlich alle ihre Liebhaber spielen. Wie ein Reigen müssen diese Männer um das zauberhafte Mädchen tanzen, das rein im Herzen bleibt und nur durch die Tragödie ihrer ersten Liebe scheinbar zur Nymphomanin wird. In jeder Begegnung mit ihren Männern ist der Moment gegeben, so sie ihre erste Liebe wiederzuerkennen glaubt. — Lieschen Müller sieht das natürlich nicht! — Und wenn Lou stirbt, so nicht nur äußerlich ermordet, sondern ihr Schicksal muß sich erfüllt haben, sie würde sterben auch ohne Mord.

Das zu zeigen, ist es, was meinen Mann an dieser Sache besonders reizte. Und diese kleine Lou, die nichts wie Liebe ist, würde er — wie seinen Professor Nägler nicht in der Schule — nie, in auch nur leisester Berührung mit einem der Männer gezeigt haben. Die Phantasie des Zuschauers, meinte er, erfülle weitaus besser, was zu zeigen ganz und gar nicht erlaubt ist, wenn man diese Phantasie richtig anzusprechen weiß.

Alle modernen Photospäßchen wie »candid camera«, die wir vor Jahren in Hollywood sahen, als sie das erste Mal vorgeführt wurde, wollte er da mitspielen lassen. Nicht als Selbstzweck, wie man das oft sieht, sondern nur dort, wo es zu erhöhter Spannung beitragen kann. Ganz *ohne* Phototechnik, Masken und Hilfen sollte die schauspielerische Leistung bleiben, diese fünf Hauptrollen auseinanderzuhalten, ohne sie zu chargieren.

Es blieb ihm aber keine Zeit dazu, wie zu vielen seiner Pläne, weil das, was er machte, stets so anhaltende Erfolge wurden, daß er nicht einmal diese ganz auswerten konnte. Immer lag dann schon etwas Neues auf der Lauer.

Jetzt – 1950 war es inzwischen geworden – brannte es ihm auf der Seele, wieder vor seinen Berlinern auf der Bühne zu stehen. Im Dezember dieses Jahres war es dann soweit. Wir zogen mit dem »Haus in Montevideo« ins Renaissance-Theater ein, das Herrn *Professor Doktor Raeck* gehörte. Von allem, was sich hier um dieses Stück ereignete, möchte ich nur die eine Episode erzählen, die so seltsam war, daß mein Mann wieder einmal bemerkte, daß diese nur in sein Leben hineinspielen konnte, weil jeder eben nur *sein* Leben erlebt.

Wir saßen im »Kindl« bei unserer *Frau Klemke*. Der alte Kellner *Radl* bediente uns, derselbe, der uns das Bier hingestellt hatte, wenn wir mit Maxe nach den Vorstellungen im »Kindl am Reichskanzlerplatz« saßen. Diesmal nahm er Abschied von uns, der gute alte *Radl*, weil er, wie er uns anvertraute, die Erbschaft einer »toten Tante« aus »Montevideo« anzutreten hätte. Ihr großes Vermögen stellte ihn jetzt, nach einem mühevollen Leben der Abhängigkeit, auf eigene plattgelaufene Füße.

»Komisch, komisch, is det«, sagte er freundlich und bediente uns dabei in seiner gefälligen Art, »man soll ja üba de Totn nüscht sarn, aba een Tota würd nich bessa dadurch, det er tot is, sarn Se in Ihrem ›Prätorius‹ Herr Joetz! Aba det meene Tante, der olle Jeizkrachn, et nich früher jetan hat, wo de Beene noch jesund und Frau und Tochta noch nich zerbombt waren . . .! Komisch is det Lebn.«

Als wir noch darüber sprachen, *wie* komisch das Leben sei,

So ernst oft, daß kein Dichtersmann
Zum Spaß sich das erfinden kann . . .

brachte *Radl* uns eine Visitenkarte. Eine Dame bat, sich für ein Weilchen mit uns unterhalten zu dürfen:

»Ich möchte mit Ihnen beiden eine Flasche Sekt trinken auf meinen Mann«, sagte sie, »vor sechs Wochen hat er sich in Ihrer Vorstellung totgelacht. Deshalb bin ich in Trauer. Er lachte so gern, und als er las, daß Sie wieder in Berlin sind, Herr Goetz, da mußte er Sie sehen. Trotz seiner Krankheit. Ich habe dann auch Schlange gestanden von der Kasse Hardenbergstraße bis zum Knie und habe zwei Plätze bekommen. Leider nur zwölfte Reihe Ecke. Da war er böse. Wir saßen früher immer nur zweite Reihe Mitte. Ich habe sie bekommen für die fünfte Woche im Vorverkauf, und mein Mann hat sich vier Wochen lang auf Sie gefreut. Und in der Vorstellung ist es dann passiert. Er lachte die drei ersten Akte durch und im vierten, an der Stelle, wo Sie Ihre Frau Gemahlin grammatikalisch verbessern, daß es ›erschreckt‹ und nicht ›erschrocken‹

heißt, und dann doch wieder umgekehrt – Sie wissen, da wo auch von dem ›Kläuselchen‹ die Rede ist –, da hat er sich totgelacht. Und da war er dann sicher froh, daß es nur zwölfte Reihe Ecke war, weil er dann Ihre Vorstellung nicht zu sehr störte. Sein Abtransport ging in dem Lachen zwar sowieso schön unter.«

So Ernstes wie kein Dichtersmann
Zum Spaß sich was erfinden kann!

Mit unserem »Haus in Montevideo« unterm Arm fuhren wir 1952 wieder nach Hollywood. Diesmal, nach dem Erfolg mit unserem »Prätorius«, waren wir unserer Sache sicher. Die *Fox*, die die 100 000 Dollars hingelegt hatte, hätte das erste Anrecht, den Film zu sehen, sagte unser Agent, und das war richtig.

Der Chef des Hauses war verreist, aber der Film mußte sowieso erst seinem Stab gezeigt werden. Man war entzückt. Am Donnerstag hieß es, würde der Chef wieder im Lande sein und sich den Film dann ansehen. Am Donnerstag morgen schon rief die *Fox* an:

»The boss decided not to look at the picture. – Der Chef hat entschieden, sich den Film nicht anzusehen.«

Das war Hollywood. Man lernt dort nie aus. Aber was mochte der Grund sein? Meinen Mann interessierte weniger der Grund der Absage als der Grund dieser brutalen Form der Absage. Gerade die Amerikaner sind doch ganz besonders liebenswürdig:

»Ich rufe Sie an, und wir wollen zusammen lunchen, Süssing«, heißt zum Beispiel: »Von Ihnen möchte ich nie wieder etwas hören!« Man hat also doch wirklich eine reizende Art abzusagen. Der Boss hätte übermitteln lassen können, sein Programm für die nächsten hundert Jahre wäre voll, oder gar »leider« voll, oder der Film wäre zu lang oder zu kurz, zu revolutionär oder zu konservativ. Das alles hätte sich mit einem kleinen »Leider« doch nett bestellen lassen. Und wenn schon der Boss vielleicht gerade schlecht aufgelegt oder überhaupt ein brutaler Herr war oder durch seine hohe Stellung so brutal geworden, seine noch weniger hohen Untermänner hätten den Auftrag doch mildern können!

Das Rätselraten ging los: Hatte er sich den Film *doch* angesehen? Oder hatte er so Schlechtes über ihn gehört, daß er ihn wirklich nicht ansehen wollte? »Die Bäume sollen nicht in den Himmel wachsen«, sagten eingesessene Hollywooder Psychologen. Durch die Verbindung *Hans Domnick–Veit Harlan* wären Ankaufsaussichten ziemlich unwahrscheinlich, da müßten erst Jahre vergehen! So sagten andere. Das wollten wir natürlich nicht hören und nicht wahrhaben. Und besonders die Verquickung, die da in böser Absicht Platz greifen sollte. *Domnick* hatte mit »Jud Süß« nichts zu tun, er engagierte nur den Regisseur, den keiner mehr wegen dieses Filmes beschäftigte, für einen seiner Filme. Ganz im stillen, für uns selber, mußten wir zugeben, daß dieser Umstand mit der unglaublich unfreundlichen Form der Absage an uns etwas zu tun haben konnte. Aber offen zugestanden hätten wir es nie. Nicht einmal *Domnick* gegenüber. Aber ich fragte unsern Agenten, ob ich den Boss sprechen dürfte.

»Wenn der Chef einen Künstler zu sprechen wünscht«, erklärte er mir, »dann wird *er* es den Künstler wissen lassen.«

Das ist auch ein ganz großer Gegensatz zu Europa, wo jeder Fürst sich geehrt fühlt, wenn ein Künstler an seinem Tische sitzt. Welche Erschütterung müßte die Neue Welt erfahren, damit einer, dessen Wochenscheck höher ist als der des Künstlers, diesen würdigen wollte? Man kann es nicht begreifen, daß es die Herrn nicht einmal gelüstet, sich den Mann anzusehen, in dessen Kopf die Gedanken entstanden, die dann die vielen Dollars bringen, die sie einstreichen können.

Der Eiereinkäufer auf unserer Farm fiel mir plötzlich ein. Er sagte uns einmal, auch er hätte ganz klein als Züchter angefangen, und deshalb interessiere es ihn, was wir machten, daß unsere Eier so oft zwei Dotter hätten. Sauberkeit und Ziegenmilch glaubten wir, sei die Antwort, und luden ihn ein, sich die Farm, gleich hinter dem Herrenhaus, anzusehen.

»O no«, rief er ganz entsetzt und schwang sich eiligst hinter sein Lenkrad, »I didn't see a chicken in years!« Die Zeiten, da er sich noch mit Hühnern zu befassen hatte, waren Gott sei Dank vorbei! Er war avanciert! Er machte jetzt als Einkäufer doppelt so viele Dollars pro Woche, und er blickte auf die hinab, die noch dort standen, woher er gekommen war. Er war oben, und alles unter ihm war überwundene Widerwärtigkeit, nicht mehr seinesgleichen, *waste of time!*

Als wir in New York am Abend vor unserer Rückfahrt »Life with father« sahen, ein Theaterstück, das im sechsten Jahre lief, da aber konnten wir uns den inneren Grund der Absage der *Fox* zusammenreimen. Er lag in der Ähnlichkeit mit »Life with father«. Auch da ist die Zentralfigur ein pedantisch übermoralischer Vater, eine begütigende Mutter und – allerdings nur vier – rothaarige, gedrillte und bebrillte Kinder, und auch hier endet es mit der peinlichen Entdeckung, daß die Sprößlinge des Moralisten durch unbeachtet gebliebenes Gesetz illegitim sind. Diese Ähnlichkeit konnten wir uns erklären, aus dem, was *Emil Jannings* uns sagte, als er das erste Mal aus Hollywood zurückgekommen war:

»Curt, ich muß dir etwas beichten«, sagte er, »der letzte große Eindruck, den ich 1925 mitnahm nach Hollywood, war euere Vorstellung von deiner ›Toten Tante‹ in den Kammerspielen bei Reinhardt. Ich habe noch nie so gelacht, Curt! Ich ließ mir das Buch herüberkommen und las es überall vor. Ich hatte damit den größten Erfolg meines Lebens! Ich habe mir dann sogar meine Rolle in ›The way of all flesh‹ nach dem Muster deines ›Professor Hermann Nägler‹ bauen lassen.«

Wir haben diesen Jannings-Film nie gesehen, aber jeder, der ihn sah, berichtete uns darüber, so wie später auch über »Life with father« von *Russel Crouse* und *Howard Lindsay*, das in deutsch »Unser Herr Vater« hieß. Und alle sagten, daß beides unseren Stücken verdammt ähnlich wäre, hier die Figur Näglers und dort Milieu und Konflikt. Mein Mann ging der Sache nie nach. Aber wie nett wäre es gewesen, wenn die *Fox* ihm bedeutet hätte, daß eine gewisse unerklärliche Ähnlichkeit ...

Mein Mann hatte nie etwas dagegen, wenn jemand mal eine Anleihe bei ihm machte. Dagegen aber sträubte er sich sehr dagegen – zweimal »dagegen« – wenn *ihm* jemand ein Plagiat in die Schuhe schieben wollte!

Als wir 1952 mit *Domnicks* nach New York fuhren, fanden wir die Nachricht vor, daß die *Fox* uns dringend zu sprechen wünsche. Es hatte sich erstens herausgestellt, daß im »Prätorius«-Vertrag die Schweiz vergessen worden war. Aber auch in der Schweiz wollte sie *Cary Grant* und *Jane Craine* als Herrn und Frau »Doktor Prätorius« zeigen dürfen. Dafür zahlte sie dann auch noch einmal 10 000 Dollars nach. Diese schob mein Mann stillschweigend einem vermeintlichen »Amico« zu, der damals weniger Dollars hatte als wir. –

Zweitens wollte die *Fox* eine Unterschrift, die das alleinige Autorenrecht meines Mannes für den »Dr. Prätorius« bestätigen sollte, denn ein Herr in Israel versuchte, es ihm streitig zu machen, indem er erklärte:

»Curt Goetz hat das Ganze Wort für Wort aus dem Hebräischen übersetzt.«

Mein Mann unterschrieb die verlangte Erklärung und hörte nie wieder ein Sterbenswort von diesem Dichter. Anders war es mit dem »Haus in Montevideo«.

Da behauptete ein deutscher Autor, daß dies sein Stück sei. Ihm ließ mein Mann das letzte Wort. Es besagt, daß dieser Herr einem kleinen Kollegen auch einmal etwas zukommen lassen wolle und deshalb auf einen Prozeß und die weitere Verfolgung der Angelegenheit verzichte.

SILVESTER

1947 war unser erstes Neujahrsfest wieder in Europa gewesen. Wir verbrachten es in Zürich, spielten am Schauspielhaus die deutsche Uraufführung vom »Haus in Montevideo« und waren um Mitternacht auf dem Zürichberg eingeladen.

Der Hausherr öffnete die Fenster in den Park. Ein Vorhang von ganz großen, ganz weichen Schneeflocken hing vor der funkelnden Stadt, die behutsam still atmete, um die Stimmen der Kirchenglocken, die zur Besinnung mahnten, rein durch die Luft klingen zu lassen. Auch wir atmeten still.

Silvester! Das Jahr kam auf die Welt, wir standen Pate und wünschten Gottes Segen herab für das Neugeborene. Nie habe ich Silvester so verinnerlicht empfunden wie damals, nach den sieben Malen, die wir die Nacht in Hollywood verbrachten. Auch drüben haben wir gefeiert, gedacht, gewünscht, aber dort gibt es kein Geläute, keinen Schnee, keine Stille. Um 12 springt alles in die Autos und hupt. Das Getöse ist enorm, denn drüben hat jeder ein Auto, und jeder hat auch den Wunsch, die Geburt des neuen Jahres zu begehen, und das tut man eben auf seine Art.

Die Silvesternacht von 1952 spielten wir in Berlin! Das erste Mal nach dem Kriege! Und da mußte mein Mann, wie so oft in jungen Jahren, von der Bühne herunter die Neujahrsrede halten.

Das Stück war zu Ende, der bärtige Professor Hermann Nägler verneigte sich, wir alle standen bereit hinter der Szene, mit Abschminke, Handtuch, Puder, Kamm, Pumps und Frack, und in weniger als zwei Minuten, während der Vorhang zum Applaus auf und nieder ging und wir Schauspieler uns gruppenweise bedankten, trat mein Mann, in sich selbst verwandelt, aus der Kulisse. Das rief Ausrufe erstaunten Entzückens hervor. Dann ließ er sich ein Glas Sekt reichen und begann:

Meine Damen und Herrn,
an jedem Silvesterabend taucht die gleiche Frage auf: Was wird das neue Jahr bringen? Es gibt Leute, die behaupten, es könne uns nur noch ein Wunder vor dem nächsten Weltkrieg bewahren. Nun, ich für meine Person *glaube* an Wunder.

War es nicht ein Wunder, daß 1914, als wir in Wohlbehagen lebten, ein Krieg ausbrechen konnte? War es nicht ein größeres Wunder, daß schon 25 Jahre später, ungeachtet der grausigen Lehren des ersten, ein zweiter ausbrach? Warum sollte nun nicht das Wunder geschehen, daß zur Abwechslung der gesunde Menschenverstand mal wieder sein schönes Haupt erhebt? Nach dem Gesetz der Abwechslung wäre eine solche Abwechslung mal wieder fällig, und das Wunder wäre gar nicht *so* groß.

Aber mir soll's recht sein: Ich glaube auch an kleine Wunder. Das größte Wunder, sagt Jean Paul, ist des Menschen Glaube an Wunder! Warum strengen wir uns eigentlich so an, dies Wunder in uns, diese liebende Bereitwilligkeit an Wunder zu glauben, künstlich zu ersticken? Weil wir zu modern sind? Vorsicht! Zu den modernsten Errungenschaften gehört die Theorie, daß das eintrifft, was wir glauben, was wir hoffen oder fürchten.

Seit 1936 sind wir aus der Furcht nicht mehr herausgekommen. Wir haben gefürchtet, und es ist eingetroffen, was wir fürchteten. Vielleicht *weil* wir fürchteten ...?

Und da fällt uns plötzlich ein Wort ein, das wir mal irgendwo gelesen haben: »Und der Engel sprach: fürchtet Euch nicht!« Vielleicht ist das des Pudels Kern. Vielleicht ist das nicht nur ein Trost, sondern ein Ratschlag? Ein Tip? Und da fällt uns noch ein Wort ein, das Wort von dem Glauben, der Berge versetzen kann!

Wie wäre es, wenn wir im nächsten Jahre mal nichts mehr fürchteten, sondern nur noch hofften und glaubten?

Was kann ein Versuch schaden?

Meine gute Mutter war eine unverbesserliche Optimistin. Wenn ihre Freunde sie darob tadelten, um sie vor Enttäuschung zu bewahren, sagte sie: »Nu laßt mir doch bis *dahin* mein Vergnügen. *Ihr* seid schon *jetzt* vermiest!« Und mein Großvater, der Vater meiner Mutter, pflegte, wenn etwas Unangenehmes passiert war, zu äußern: »Das ist noch lange nicht so schlimm, als wenn es noch einmal so schlimm wäre.« Auch dagegen läßt sich mathematisch nicht viel einwenden.

Ja, werden Sie sagen, das ist Philosophie für die großen Dinge des Lebens, es gibt aber so viele kleine, ärgerliche, tägliche Dinge, mit denen man fertig werden muß! Bitte schön, auch dagegen gibt es etwas. Da kenne ich einen Stückeschreiber, der sagt: »Ärgern Sie sich nicht, mein Herr, wundern Sie sich bloß!« Das Geniale dieser Lehre ist, daß sie uns einen *Ersatz* fürs Ärgern anbietet. Es ist sehr schwer, sich das Ärgern abzugewöhnen. Wenn man aber einen Ersatz dafür hat, ist es schon leichter. Und wenn ich mich nur *wundere*, daß ein Kerl so frech zu mir ist, so ist das weniger ärgerlich, als wenn ich mich darüber ärgere! Versuchen Sie es!

Ich gebe zu, Vorgesetzten gegenüber versagt das Mittel manchmal wegen Abnützung, weil man sich zu oft über sie ... wundern muß. Aber auch für diese Fälle weiß jener wunderliche Stückeschreiber Rat: »In solchen Fällen, mein Herr«, sagt er, »in solchen Fällen stellen Sie sich den Gesprächspartner *nackend* vor.« Und ich muß sagen, das ist ein unfehlbares Mittel.

Versuchen Sie es im neuen Jahr! Ist der Partner ein Mann, ist es sowieso komisch, und der Ärger verfliegt. Ist es eine schöne Frau, dann doch erst recht!

Meine Damen und Herrn, ich wünsche Ihnen — auch im Namen meiner Kollegen — ein glückliches neues Jahr! *Glauben* Sie an den Frieden, ärgern Sie sich nicht, *wundern* Sie sich bloß! Und wenn auch nur darüber, wie schön die Welt ist und wie süß die Frau! Lassen Sie uns trinken auf unsern vielgeschmähten Planeten, auf die Billionen Jahre, die er schon durch das Weltall saust, auf die Billionen Jahre, die er noch sausen wird, ob wir uns ärgern oder nicht ärgern — oder uns *wundern*!

Prost Neujahr, liebe *wunder-bare* Erde!

»HOKUSPOKUS« ZWEITE FASSUNG

In diesem Dezember, 1952, hatten wir die Neufassung von »Hokuspokus« nach Berlin gebracht. Mein Mann hatte sie in den Farmjahren in Hollywood geschrieben. Als er sich nämlich an die Übersetzung machte, mußte der Mentalität des amerikanischen Publikums Rechnung getragen werden. Während man bei uns zu jedem Phantasiesprung bereit ist, wenn die Form verlockend genug erscheint, muß drüben alles »stimmen«!

»Wie ein abgeputzter Schmetterling«, pflegte mein Mann zu sagen, wenn man in der Kunst etwas genauestens »erklärt« haben wollte, wobei die Kunst ja erst da beginnt, wo man nicht mehr ganz genau erklären kann. Wenn man's nicht »fühlt«, wird man es nie »erjagen«.

Schon aus England konnten wir immer wieder mit Erstaunen hören, daß man »Hokuspokus« dort gern spielen wollte, daß es aber der Prozeßordnung wegen, die völlig verschieden von der unseren sei, leider nicht ginge.

Wir wohnten in London einmal einem Strafprozeß bei, einem, dem wir trotz völlig verschiedener Prozeßordnung mit Spannung folgten. Schien es uns auch komisch, ja sogar lächerlich, wenn »Seine Gnaden«, der weise Richter, sich so tief hinunterneigte von seinem königlich erhöhten Pult, daß erst seine Perücke und dann fast er selbst abgestürzt wären, wenn er sich »herabließ«, um sein Ohr einmal den Einflüsterungen des Anklägers und einmal denen des Verteidigers zu leihen, zu dem Zwecke, *sich belehren* zu lassen, erschütterte es uns doch sehr, als er zum Schluß dem alten Geldbriefträger, der sich drei Wochen vor seiner Pensionierung zu einer Unterschlagung überreden ließ, formvollendet monoton sagte:

»I hate to send you to prison. Two years. Next please.« Wir aus Berlin, Wien und Paris sind eben schon lange geschult, wir genießen die Andersartigkeit, wir denken gern um. Amerikas und Englands Theaterpublikum ist noch nicht so weit.

Bei der Übersetzung von »Hokuspokus« drehte es sich folglich darum, daß eine Leiche dasein mußte, ohne die die meisten Zuschauer sich einen Mordprozeß nicht vorstellen können. Die Leiche des Malers Kjerulf, die uns durch Jahrzehnte hindurch nie gefehlt hatte, mußte also unbedingt gefunden werden. Mein Mann fand sie jetzt in der rührenden Szene der alten *Frau Engstrand.* Und nicht nur, daß er diese Leiche im Beisein der braven Frau begraben ließ, sie tritt nachher auch noch selber auf, die Leiche. Und da mein Mann früher oft den Vorwurf hören mußte, daß er als Peer Bille im Verlauf des Stückes viel zu wenig auf der Bühne sei, schrieb er die Sache nun gleich so um, daß er den Verteidiger Männe's — Vallentin lebte da leider nicht mehr — dazu spielen konnte.

Beide Fassungen sind jetzt, wie mein Mann es sich wünschte, in den »Sämtlichen Werken« zum Vergleich dargeboten, auch die beiden des »Dr. med. Hiob Prätorius«. Sie können nebeneinander bestehen, denn jede hat ihre Reize, und es ist lediglich Geschmackssache des Regisseurs, welche er für sein Ensemble wählt.

Die Aufführung von »Hokuspokus«, zweite Fassung, in Berlin war nicht glücklich. Ein einziges Mal vorher hatten wir so etwas erlebt, im Lustspielhaus in der Friedrichstraße. Da ging das Theater anfangs nicht nach Wunsch. Allerhand kleine und große Gründe ließen sich dafür finden, und natürlich war unter den gegebenen Umständen dann die Vorstellung »zu teuer«. Mein Mann ließ sich nicht drücken in der Gage, aber wir spielten dafür einen Monat umsonst. So machte er es auch dieses Mal in Berlin.

Der Film, den wir nachher aus »Hokuspokus« drehten, enthält Teile der ersten und Teile der zweiten Fassung, und viel Optisches mußte natürlich dazukommen. Aber auch der Film stand unter keinem so guten

Stern wie unsere anderen. Der Grund hierfür war vielleicht darin zu finden, daß mein Mann schon in den ersten Drehtagen, wie er es lächelnd nannte, »seine Hand von ihm zog« und nur noch seine Rolle spielte.

Der Film ist unser technisch einwandfreiester geworden, aber ... das Publikum hat eine gute Nase! Und diesmal fühlte es sich eben nicht so wohl in dem Film wie in jenen, die mein Mann vom ersten bis zum letzten Wort mitlebte, wo niemand der Meinung war, daß man »die Schauspieler« nicht in die Vorführung lassen, und sie nicht dreinreden sollten, weil sie weniger vom Film verständen als Filmfachleute.

Warum verweile ich eigentlich bei dieser unliebsamen Episode unseres schönen Lebens, die uns dann noch den größten Krach brachte, den wir je miteinander hatten, weil wir beide die Nerven verloren, verurteilt, zusehen zu müssen, wie eine schöne erprobte Arbeit meines Mannes, die genauso befriedigend hätte ausfallen können wie die vorangegangenen, »kalter Kaffee« zu werden drohte. Und auch wurde! In unseren Augen wenigstens.

Mein Mann war kein Anhänger des alten Theateraberglaubens, daß ein Erfolg um so größer würde, je ärger der Krach bei den Vorbereitungen wäre. Wir waren gewohnt zu arbeiten in Harmonie und Einigkeit. Jeder freute sich über alles was gelang, über jede Pointe, die kam, egal wer sie brachte. Jeder versuchte jedem zu helfen, damit »die Sache« gelinge. Es gab auch nie eine Grenze zwischen »Direktion« und »Personal«, nie etwas Undurchsichtiges zwischen uns. Wir waren wirklich ein »Ensemble«, ein »Zusammen«! Und diese Harmonie, die legte sich dann über die Arbeit, und der Zuschauer lehnte sich zurück in Wohligkeit, ohne zu wissen warum. Er staunte vielleicht viel weniger als bei Leistungen anderer, aber er fühlte sich wohl, animalisch wohl! Und dann war mein Mann zufrieden und glaubte, seine Mission erfüllt zu haben, wenn die da drunten unbeschwert lachten und still genossen, »um die Batterie der guten Laune, erschöpft von den Widerwärtigkeiten des Tages, neu zu speisen«! Darum wollte er in seinen Stücken auch keine großen Aufmachungen, nichts zu Lautes, nichts nur Äußerliches — es war ja Innerliches genug da — so wie Max Reinhardt ihm einmal sagte:

»Ein Regisseur, der sich selber produzieren will, ist jedem guten Stück abträglich. Da muß man in den Autor hineinlauschen. Auf eigene zusätzliche Einfälle muß man da verzichten können. Das gilt auch für Sie, Herr Goetz, wenn Sie selber bei sich Regie führen.«

Aus solchen Bemerkungen hat mein Mann viel gelernt, und er hielt sich zeitlebens an sie. Und zum Schluß war es sein Wunsch, daß ich noch darüber wachen sollte, daß seine Stücke so gespielt und verfilmt würden, wie er sie gespielt und verfilmt sehen wollte.

Ja, warum verweile ich wirklich so lange bei diesem Tief? Weil jedes Leben ein Hinauf und Hinunter ist, weshalb Memoiren eben auch Täler haben müssen. Wo aber nehme ich nun das Zeug her, auch diese humorig zu gestalten? Ich will es erst gar nicht versuchen, aber ich darf dem

Leser die Stichworte bringen, die mein Mann darüber, im Hinblick auf seine Memoiren, notierte, und die Bitte daran knüpfen, sich die Verbindungen zu diesen mit Humor selber einfallen zu lassen.

Dabei fällt mir wieder ein, daß einmal ein junger Mann zu meinem Curtchen kam und zwei Blätter aus seinem Notizblock riß:

»Herr Goetz, hier haben Sie das Material für ein prima Stück, ich schenke es Ihnen«, sagte er. »Was auf dem ersten Blatt steht, ist für den ersten Akt, was auf dem zweiten, für den zweiten.«

»Sehr fein«, erwiderte mein Mann, »und was dachten Sie für den dritten Akt?«

»Na etwas kann Ihnen ja auch dazu einfallen, Herr Goetz!«

AUS UNSEREN NOTIZBÜCHERN VON 1953

März.

Hokuspokus muß ganz groß werden. Endlich ein Regisseur, nicht alle Verantwortung auf meinen Schultern. Valérie kennt ihn. Bescheidener netter Junge, geschult von Schünzel. Techniker. Gerade das, was mir fehlt.

April.

Hans bringt das Modell des Gerichtssaales nach Merligen.

Valérie sagt: Unmöglich!

Hans sagt: Das ist doch wunderbar! Und alles ist authentisch.

Valérie sagt: Wir sind alle dunkel, die Talare schwarz, ich in Trauer. Was sollen wir auf dem dunkelbraungetäfelten Hintergrund? Unser Gerichtssaal muß sein wie aus Schlagobers, appetitlich, geradezu einladend, luftiges Barock wie Birnau am Bodensee, Bibliothek Stift Melk, oben machen wir Ochsenaugen, und alles ganz in Weiß.

Hans sagt: Richtig, Valérie! Ich lasse abreißen und neu bauen. Drehbeginn wird um ein paar Tage verschoben.

Ende April.

Fast täglich Telephonate mit Hans gehabt wegen Besetzung. Die kleine Zofe, die wir gleich zu Anfang haben müssen, mache ihm Sorge, sagt er. Wieso? Das gibt's doch in Deutschland. Ich brauche sie blond, sonnig, aufhellend. »Jung, im Gegensatz zu uns«, sagt Valérie. Warum nicht unsere Christiane Maybach, wenn es keine sonnigere geben sollte? Die Tochter von Hintz und Bessel soll doch so sein. Hans sollte sie sich ansehen.

6. Mai, Drehbeginn!

Die Zofe ist schwarz, eher düster. *Warum?* Wer will das so? Da stimmt doch etwas nicht!

Hans sagt: Sie ist eine großartige Schauspielerin.

Ich sage: Was hat das damit zu tun, daß ich sie blond, sonnig, lieblich brauche? (Folgt altes Argument von Valérie: Wenn man Curt Goetz den Romeo gäbe und Oskar Werner den Falstaff, so werden es beide schaffen, aber falsch sein im Sinne des Autors.) Aber es scheinen sich im Atelier zwei Parteien zu bilden. Schauderhaft! Also gibt es das wirklich! Wie kann man da arbeiten? Das kann nicht gut werden!

Die Zofe ist heute vormittag aufgetreten, schnurstracks in den Zeugenstand, als wäre sie hundertmal angeklagt gewesen und hier zu Hause. Wo ist die gute Schauspielerin? Oder wer hat sie auf den Blödsinn festgelegt? Valérie zeigt ihr den Auftritt. Sie ist lieb und macht es gleich sehr gut, aber schwerer in ihrer Art, nicht in unserem Stil.

Warum wird sie in die Nasenlöcher photographiert? Von unten? Unser Kameramann *Angst* ist ein Künstler! Aber er soll nicht dreinreden! Gibt es so etwas? Bei einer Zusammenarbeit wie dem Film?

Es herrscht eine deutliche Gegenströmung. Man spricht, bei der Produktion werde gespart. Da geht Valérie aber los! »Es gibt keinen nobleren Produzenten!«

»Gegen Sie vielleicht, weil er Sie jetzt braucht«, sagen die Leute. Unbegreiflich.

Nachmittags bittet mich Hans, auf »künstlerische Oberleitung« im Vorspann zu verzichten. Liebend gern! Sowieso genug Familienschmiere bei uns.

Das war ein Fehler! Denn ich soll nun *wirklich* nicht mit Regie führen, »weil sich das in der Branche herumsprechen würde«. Wenn schon, wenn's für die Sache gut ist! Alles neue Aspekte für mich. Ich kümmere mich also nur mehr um meine Rolle.

Hans wird sich wundern!

Und das tat er auch bald, denn so, wie dieses talentierte Zöfchen hier falsch am Platz war, ging es dann auf Schritt und Tritt, und schon die erste Szenenserie, trotz des herrlichen *Ponto* und *Nielsen*, gefiel ihm nicht. Woran das läge, fragte er mich, es wäre doch das gleiche, das ihn auf der Bühne so gepackt hätte.

Vielleicht doch an dieser »künstlerischen Oberleitung«, die mein Mann ausübte, wenn er auch nur stumm dasaß und wir alle seine Hand über uns fühlten?

Ein technisch gewiegter Regisseur ist großartig, dem der Schauspieler sich bedenkenlos anvertrauen kann. Aber leider, so sehr wir Schauspieler die unschätzbaren Kenntnisse so eines Filmexperten bewundern, so wenig respektieren diese etwas in uns Schauspielern, das sich nicht messen, nicht aufzeichnen, nicht hinschreiben, ja nicht einmal umschreiben läßt, sondern nur »ausstrahlt«, und das dann doch, trotz zu langer Nase, Falten und vorgeschrittener Jahre oder zu weiter Taillenmaße dasjenige ist, was das Publikum ins Kino zieht.

Juni.

Warum kommt als Gegenschuß zu einem Brustbild von *Nielsen* mein Riesenkopf über die ganze Leinwand, der meine Krähenfüße zeigen muß? Da gehen ungute Dinge vor. Hans wird es büßen müssen.

Warum kriecht der Schatten von *Waldow* nicht beklemmend von unten her über *Valérie,* wenn sie ohnmächtig wird. *Angst* fand das großartig, wie sie das zeigte. Der Schatten kommt von der Seite, was dumm ist und wirkungslos!

10. August.
Die Tortur ist zu Ende. Der Film, den man uns heute zeigte, endet wie ein Hund ohne Schwanz. Wir müssen umschneiden.

Musik im Zirkusakt! Nicht einmal das Thema hört man heraus! Lieblosigkeit oder Absicht?

Die kleine Zofe sieht aus wie eine südfranzösische Studentin mit negroidem Einschlag, die in einen Sexualmordprozeß verwickelt ist! Anstatt mein blondes liebliches dänisches Landkind. »Das verspielt sich«, sagt Hans! Alles verspielt sich, nicht aber der Enderfolg! Das heißt, der dann gründlich!!!

31. August.
Pressevorführung in Frankfurt. Um Mitternacht! Eine Zumutung an die Herrn der Presse! Trotz kaltem Buffet! Wahnsinn, was man da macht, aber man weiß alles schon besser!

Die Berliner Premiere soll die Eröffnung eines Kinos sein! Ich beschwöre Hans, dies nicht zu tun, und sage ihm, wir würden dazu nicht kommen!

9. September.
Premiere in Berlin. *Ohne mich!* Selbstmord, was gemacht wird!

Mein Mann hatte mit seiner »Ingeborg« die schaurige Erfahrung der Einweihung eines neuen Hauses gemacht. Das war 1922 das »Theater am Kurfürstendamm«. »Alles guckt auf das Wasser, das noch von den Wänden trieft«, erzählte er, »anstatt auf die Bühne!«

»Mensch, Hans«, sagte er jetzt, »man hat doch weiß Gott genug Klippen zu umsegeln mit einem neuen Film! Nun auch noch das neue Haus, die neuen Maschinen! Nerven habt Ihr! Beneidenswert!«

Aber man ließ sich nichts sagen. Die Premiere in Berlin war die Wiedereröffnung der zerbombten »Filmbühne Wien« am Kurfürstendamm. Wir fuhren nicht hin, wie es mein Mann *Hans Domnick* angekündigt hatte, weil »der Mensch nur eine Garnitur Nerven mitbekommen hätte vom lieben Gott«.

Die Festvorstellung war sehr spät angesetzt, schrieb man uns, und begann noch später, wie das bei solchen Anlässen eben ist. Dann hielt jemand eine lange Rede, die fing an mit der »Wiedergutmachung«, dann hielt jemand eine lange Antwortrede, die *endete* mit der »Wiedergutmachung«, so recht geeignet, die Leute in die Stimmung eines heiteren Films zu versetzen! Dann spielte man Mozarts »Kleine Nachtmusik«, was wenigstens paßte, denn es war ja Nacht, späte Nacht. Und dann endlich begann der Film, der nicht weniger als sechsmal riß, weil die Maschinen ja so funkelnagelneu waren. Die Stimmung war zu dieser vorgerückten Stunde nicht mehr so funkelnagelneu, aber dafür riß sie auch mehr als sechsmal ab. Es soll furchtbar gewesen sein!

Ich finde zum Glück etwas, das *Fridolin Tschudi* schrieb, als wir in Zürich die Uraufführung der zweiten Fassung von »Hokuspokus« spielten. Und da dies meinen Mann darstellt, genau so, wie er gern gesehen sein wollte, wünschte ich, daß auch der Leser unter diesem Eindruck bliebe, und setze diese Kritik von *Fridolin Tschudi* mit seiner gütigen Erlaubnis hierher:

ZUR CURT-GOETZ-PREMIERE »HOKUSPOKUS«

Curt Goetz ist ein Zirkuskind. Das mit dem Kind ist übrigens nicht wörtlich zu nehmen; er schreibt weder ad usum delphini noch kokettiert er mit jener naiven Einfalt, die uns inzwischen abhanden gekommen ist.

Die Betonung liegt auf Zirkus, und die metaphorische Wortverbindung will lediglich eine Standortsangabe sein, um festzustellen, in welche Kategorie man den Dramatiker, dem literaturgeschichtlich sonst nicht beizukommen wäre, einzureihen hat. Er ist Dramatiker, als er so erfolgreich für die Bühne schreibt, wobei die beiden Hauptrollen, bescheiden geschickt kaschiert, ebenfalls so erfolgreich von ihm und *Valérie von Martens* gespielt werden. Auch das erinnert irgendwie an den Zirkus, denn es sind veritable Nummern, die da produziert werden. Das Drum und Dran – halb Bühne, halb Manege – ist nur von beiläufiger Wichtigkeit.

In der Mitte steht der Dompteur. Ein Mann ohne Peitsche zwar und ohne Eisenhaken und Revolver, aber dennoch ein Bändiger und Dresseur comme il faut. Er bändigt sowohl die Handlung als auch den Dialog und vor allem das Pathos, dieses gefährlichste aller Bühnenraubtiere. Will es mal fauchen und knurren, so genügt ein Blick, eine stumme Handbewegung oder ein Lächeln des Meisters, und es verkriecht sich beschämt und mit eingezogenem Schwanz in seine Ecke. Die turbulenteste Szene hört sich wie ein kammermusikalisches Mezzoforte an, und wenn sich einer, aus Liebe, Mordlust oder geschäftlichem Übereifer, aufregt, dann läßt er es bei einem schlichten Wörtlein bewenden. Es heißt: eben. Ohne Ausrufezeichen, ohne deklamatorischen Akzent, ganz einfach so; eben: eben. Damit ist Hintergründigeres gesagt als mit einem Aufschrei. Das nennt man Beherrschung, sowohl der Sprache als der Situation. Das ist zudem mehr als bloß achselzuckende Resignation; es ist lächelnder Verzicht, laut gewordene Gebärde und ein Klang überdies, der eher verbirgt, als daß er sein Geheimnis preisgäbe und was die keusch gehütete Seele offenbarte. Beim Zirkus ist man sparsam mit der Sprache. Da muß ein Augen-Blick genügen. Namentlich in den gefährlichen Momenten.

Inzwischen hat sich der Bändiger in einen Jongleur verwandelt. Seine Gefährtin – zivilstandesamtlich und laut Rollenbuch: bewährtes Eheweib — wirft ihm die Bälle zu. Er spielt mit ihnen, »als wär's ein Stück von ihm«. Und das ist's ja denn auch. Er wirft die Worte wie farbige Ringe in die Luft und die Nebensätze wie einen Bumerang ins Publikum. Gelegentlich trifft's hie und da auch einen, ohne daß der die Pointe fassen könnte; denn schon fliegt sie wieder auf die Bühne zurück, macht dort eine kleine arabeske Wendung, verschwindet hinter den Kulissen und setzt sich auf den Zylinder des ersten Schauspielers *Curt Goetz*, weil Pointen schließlich irgendwo, irgendwann, irgendwie sitzen müssen. Dieweil Herr Bühnen-Rastelli zum nächsten Akt schreitet. Natürlich schreitet er nicht; denn dies erforderte griechische Gewänder und den Kothurn der Sprache. Gerade aber das will er nicht. Er stürzt sich vielmehr ins volle Leben. Er springt auf ein Anti-Podest und reißt einer seiner Mitfiguren die Larve vom Gesicht, nicht um sie, sondern um uns und sich selber spielend zu demaskieren; denn dies ist der letzte Sinn des ver-rückten, fröhlich-makabren Tuns: Goetz ist ein Moralist. Das Wort »Moral« ist zwar aus seinem Wortschatz gestrichen. Er gebraucht es lediglich in der Umkehrung und in der Verbrämung, so wie *Polgar* und all die übrigen freundlichen Laienbrüder in Christo. Sein Bibelspruch heißt: Am Anfang war das fröhliche Wort. Er ist Dichter des bon sense und des Nonsense, voll Esprit und Charme, nicht weil er sich dazu berufen fühlt, sondern weil er nicht anders kann. Und vor allem: Er ist nicht witzig, weil er nichts ernst nimmt, sondern weil er den Ernst jeder Sache an ihrer Kraft mißt, die Feuerprobe des Spaßes zu bestehen. In dieser Beziehung, ebenso exzentrisch und englisch gewissermaßen, ist er verwandt mit seinem geistigen Nährvater *George Bernard Shaw*; nicht so penetrant freilich, nicht so gallenbitter und angriffig wie jener bisweilen, sondern mehr auf das Unverbindliche, auf den Humor an sich, auf das l'art pour l'art des Lachens bedacht.

Fridolin Tschudi

»DER RAUB DER SABINERINNEN«

Am 25. Oktober 1955 hatten wir die Premiere zu der von meinem Mann bearbeiteten Fassung dieses Stückes, und zwar im Renaissance-Theater in Berlin. Er fühlte sich gar nicht wohl und hatte fünf Ärzte, von denen keiner die Ursache seines Unbehagens fand und keiner ihm richtig half. So mußte ich notgedrungen Regie führen, weil er kaum auf eine Probe kommen konnte. Mit dem sicheren Gefühl, daß er durch sein Spiel alles gut machen würde, was mir daneben ging, und mit der Unterstützung der lieben guten Kollegen, fand ich den Mut dazu, den unser Professor *Raeck* geschickt zu stärken verstand und mir nebenbei alle guten Tips gab.

Zu seiner Bearbeitung dieses Stückes schrieb mein Mann einen Aufsatz ins Programmheft:

»Autoren kommen bekanntlich *gleich* in den Himmel, weil sie alle ihre Sünden schon auf Erden abgebüßt haben. Wenn ich also dorthin komme, werde ich den verstorbenen Autoren dieses unsterblichen Schwankes Rechenschaft geben müssen. Ich werde sagen können, daß ich alles Gute gewollt habe. Ob es gelungen ist, wissen die Götter. Und auch die erst nach der Premiere. Die Bearbeitung eines klassischen Schwankes ist eine kitzlige und eventuell sehr undankbare Aufgabe. Es besteht die Gefahr, daß Vertreter der älteren Generation sich zu erinnern glauben, daß sie seinerzeit bei der Originalfassung mehr gelacht haben. Höchstwahrscheinlich! Denn im Gegensatz zu einem guten Wein wird auch der beste Witz durch Lagern nicht besser und verliert, wenn man ihn zum 25. Mal hört, viel von seiner Überraschungskraft. Auch ich konnte heute nicht mehr so über den »Raub der Sabinerinnen« lachen, wie seinerzeit als Pennäler, als ich ihn zum ersten Male in Leipzig sah – respektive so *viel* ich von ihm sah, denn meistens lag ich unter der Bank. Die Vorstellung wurde erheblich durch die ununterbrochenen Bemühungen meines Vaters, mich wieder auf meinen Sitz zu ziehen, gestört. Meistens, wenn es ihm fast gelungen war, kam die nächste Pointe, worauf ich wieder versank.

Aber eines hat schon damals dem doch so dankbaren Pennäler nicht gefallen: Der Schluß! Ich habe es einfach nicht »gefressen«, daß Theaterdirektor Striese, nach dem katastrophalen Durchfall des ersten Aktes vom »Raub der Sabinerinnen« dann einfach die beiden letzten Akte eines sattsam ausprobierten Lustspiels dazu spielt. Abgesehen davon, daß auch ein Schwankschluß einen Hauch von Wahrscheinlichkeit haben muß, befriedigt dieser Schluß nicht. Denn damit rettet Striese besten Falles ja nur den einen Premierenabend, aber nicht das Stück! Wir haben aber den unglücklichen Autor, Professor Gollwitz, liebgewonnen, haben mit ihm die Tortur des Lampenfiebers mitgemacht, wir *möchten*, daß sein Stück gefällt, daß er Geld damit verdient, damit er sein Nesthäkchen verwöhnen und seine Familie *jedes* Jahr ins Seebad schicken kann!

Das waren die Einwände, die sich seinerzeit in der Brust des Gymnasiasten erhoben. Man mag über eine Gymnasiastenbrust denken wie man will, man sollte auf sie lauschen.

Aber wie soll das schlechte Stück des Professors durch die noch schlechtere Aufführung Strieses zu einem Erfolg werden? Das war die Preisfrage, der sich der Bearbeiter gegenübersah. Das Entstauben des Dialoges hatte er sich als Kinderspiel vorgestellt. Denkste! Es fing mit der Entstaubung einiger Szenen an, und endete mit dem Neuschreiben des ganzen Schwankes.

Der Bearbeiter hat sich bemüht, die Figuren aus der Schablone zu erlösen, aus dem Paradestück für Striese ein Ensemblestück zu machen, eine Familienkomödie, in der das Lampenfieber des Professors die Hauptrolle spielt, ein Lampenfieber, das sich auf das Publikum übertragen sollte, falls *Frau von Martens* das Stück richtig inszenierte. Das sind alles ganz nette theoretische Absichten, die in der Praxis wunderbar danebengehen können.

Ich bin selber neugierig. Ich glaube gar, ich habe Lampenfieber.«

Ich überlege mir, ob ich über die böse letzte Zeit überhaupt berichten soll. Um ehrlich zu sein, ich drücke mich lange schon um den Gedanken herum. Ich sage mir, daß in den Memoiren des Peterhans von Binningen nichts darüber gestanden haben würde, wenn Peterhans sie nach seinem Sinne hätte beenden dürfen. Dem könnte ich Rechnung tragen, wenn ich die Memoiren beließe in Fröhlichkeit. Da aber das Leben eben doch so Ernstes dichtet, sollte ich über den Ernst des Lebens auch etwas verlauten lassen. Mein Leser könnte enttäuscht sein, wenn ich es nicht täte, und diese Memoiren waren ja für den Leser gedacht. Auch haben Unzählige mich gebeten, sie von dem Ende dieses vollen schönen Lebens etwas wissen zu lassen, und es paßte ja auch so ganz dazu. Was soll ich also tun?

»Am besten«, hörte ich meinen Mann sagen, »packt man in solchem Falle den Stier bei den Hörnern.«

Ein Freund gibt mir den Rat, den Brief drucken zu lassen, den ich ihm damals schrieb. Das will ich tun, weil es mir auf diese Weise leichter wird.

Der Brief liegt vor mir, mit dem schwarzen Rand, der nun zu meinem Leben gehört, an den ich mich gewöhnen muß. Immer noch kann ich es nicht fassen, obwohl es volle drei Jahre her ist. Eine lange Zeit, die in der vielen Arbeit, die er mir vorsorgend hinterließ, im Fluge verging, so daß es mir täglich scheint, als wäre es erst gestern geschehen. Die Zeit heilt keine Wunden, sie ordnet ein, sonst tut sie nichts. Es stimmt überhaupt so vieles nicht mehr. Früher, wenn ich einer Frau begegnete, die allein geblieben war, dann schämte ich mich ein wenig. Ich dachte, sie dächte, wie gut ich es noch hätte, und sie würde mich, die Glückliche beneiden. Das stimmt nicht. Jetzt weiß ich, was sie denkt. Es erfaßt sie ein großes Mitleid, und sie denkt an das, was der Glücklichen noch bevorsteht, was sie selber schon hinter sich hat. Alles stimmt nicht mehr, alles ist anders als man es sich dachte. Es hat auch jedes Ding zwei Seiten: Die Furcht fällt weg, alles wird nicht unwichtig, aber man führt es auf das richtige Maß zurück.

Schaan, den 10. Mai 1961

Mein lieber, lieber Freund,

Sie fragen, wie es mir geht. Darauf gibt es ja leider nur die eine Antwort: *Es muß!* In meines Mannes Notizen fand ich einen Satz: Ein schlechter Priester, der nur seinen Glauben gelten läßt. Es gab sehr viele Völkerstämme, die von der Frau verlangten, dem Mann in den Tod zu folgen. Wer sagt, daß wir recht haben, wenn wir glauben, unser Leben zu Ende leben zu müssen? Aber man lebt nun mal in dieser Gruppe und *muß* eben, wie es scheint. Tausend Briefe kommen, der Strom reißt nicht ab, obwohl es Monate her ist. Alle wollen sie mir nahe sein, mich wissen lassen, daß sie ihre Liebe zu ihm auf mich übertragen. Sie wollen mir helfen, sie wollen sein Grab pflegen.

Er hat mich allein gelassen, aber er ließ mich reich zurück, reich an Lebensweisheit, zu der er mich »gebildet« hat, reich an Erinnerungen und reich an Liebe. Und so bin ich, so seltsam es mir scheint, nicht unglücklich. Nur die Sehnsucht! Die Sehnsucht nach dem Herzen, das für mich schlug, nach den Händen, die meine Fehler wegwischten, in denen ich geborgen war, nach den Blicken, die für alles, was ich machte, Anerkennung zeigten, nach dem, was er sagte und oft nicht sagte. Sie verstehen mich, mein lieber Freund, weil auch Sie erkannt haben, daß er einer jener Menschen war, die Gott lange in seinen Händen wägt, ehe er sie auf die Erde entläßt.

Ich werde versuchen, so zu leben, wie er es gern hatte: ohne grelle Auftritte, bescheiden, gepflegt und versammelt, so wie er es mir vorgezeichnet hat in der Rolle im »Herbst«.

Nach einer Zeit will ich das viele Geschriebene ordnen, das noch manchem ein Lächeln abgewinnen wird, der es nötig hat. Es war ihm doch so ernst um seine Heiterkeit! Wie habe ich erfahren, wieviel mehr Disziplin dazu gehört, »heiter« zu schreiben. Und dabei wollte er doch nie, daß man wußte, wie unerbittlich streng er mit sich war. Aber Sie wissen es, denn Sie kannten ihn bei der Arbeit.

Ja, und jetzt hat dieses erfüllte und so harmonische Leben sein Ende gefunden. Sie wollen wissen, wie es geschah.

Am 12. September 1956 gingen wir ahnungslos in die nahe Klinik in Grabs, einem Dorf bei Buchs, zu einem Eingriff, den ein seit einem Jahr sich steigerndes Unbehagen notwendig erscheinen ließ. Ich war verängstigt, und er heiterte mich auf, wie immer, und als er noch in Narkose lag, mußte der Arzt mir sagen, *wie* unrettbar krank er war. Er gab ihm drei, höchstens noch sechs Wochen.

»Nein, nein, nein«, höre ich mich schreien, bis die Stimme mir versagt. Aber der Arzt überschreit mich unerbittlich: »Ja, ja, ja!« Was alles er noch sagte, das weiß ich nicht. Bis auf etwas:

»Jetzt müssen Sie sich bewähren, Frau!«

In diesem Moment der unausweichlichen Verzweiflung hat mein zerfetztes Gehirn das klar erfaßt. Das war das Einzige, an das ich mich halten konnte und halten mußte. Aber mein Herz wußte zugleich, daß es ihn noch an diese Erde fesseln würde. Und als er erwachte, lächelten wir uns deshalb an. Es war ein Geheimnis zwischen ihm und mir, gegen die ganze Erfahrung der Schwestern und Ärzte, die ihn alle aufgaben.

Er hatte seine »Miniaturen« vorher fertig machen wollen, damit ich, wenn er mich allein hätte lassen müssen, »beschäftigt« wäre, damit ich »leichter darüber hinweg käme«. Das dachte er sich so!

Ich aber wollte noch einen letzten Triumphzug für ihn, so daß er diese Welt, die ja für ihn das Theater war, verließe mit einem guten Geschmack auf der Zunge.

Unsere letzte Tournee mit dem »Raub der Sabinerinnen«, in unkundige Hände gelegt, war nicht so schön gewesen. Die Abschlußvorstellung fand in einem verschütteten Kino statt, und nicht im schönen

Stadt-Theater; auch fühlte mein Mann sich gesundheitlich nicht wohl, und manche menschliche Enttäuschung konnte er daher nicht so leicht verwinden. Sie gingen ihm lange nach, und oft sagte er noch nach der Operation:

»Das kann unser Ende nicht gewesen sein, mein Schatz!«

Und das sollte und durfte es auch nicht sein für dieses brave Leben! Mit allem, was in mir war, wollte ich ihn noch einmal gesund haben, gesund machen, ihn gesund denken. Und er fühlte das auch. Er sagte es mir in seinem letzten Liebesbrief, den er mir unter den Weihnachtsbaum von 1959 legte. Sein letztes Weihnachtsfest. Da steht:

»... ohne Dich, mein süßes Leben, wäre ich nicht mehr da. Deine Gebete haben mich festgehalten, die von Deinem Pfotchen durch meinen Arm strömten ... und so verspreche ich Dir, wieder gesund zu werden. Möge Gott mir die Kraft geben, mein Versprechen zu halten ...«

Der liebe Gott hat ihn dieses Versprechen nicht halten lassen.

Aber damals, 1956, da wurde er wieder so weit gesund, daß wir 1958 seine »Miniaturen« *zusammen* spielen konnten. Und er hat es unendlich genossen. Zuerst die Uraufführung in Wien. Sie stand zwar unter keinem zu guten Stern, am heißesten Tage seit hundert Jahren! Aber er wußte bei sich genau, daß die Sache so ankam, wie er sie am Schreibtisch gedacht hatte. Und nur darum ging es ihm stets. Später genoß er dann Abend für Abend das fromme Lauschen und den lauten Jubel dieser Kunststadt, die uns einst zusammengeführt hat, die Vorstellung im Burgtheater, die er mir schenken wollte im Andenken an das kleine Unrecht, das mir dort widerfuhr, alles genoß er wie nie zuvor. Und sein 70. Geburtstag in Berlin, am 17. November 1958, den der von ihm so verehrte *Professor Raeck* gestaltete, mit so viel Einfühlungsvermögen für den Künstler und so viel Achtung vor dem lauteren Menschen, wurde zur Krönung seines Schaffens:

Das Parkett, gefüllt mit Schauspielern, brachte ihm einen Sturmapplaus schon beim Aufgehen des Vorhanges. Wie versammelt saß er da hinter seinem Schreibtisch in dem ersten Stück »Die Rache« als Doktor von Alten, den er Ferdinand zum Andenken so nannte.

Wenn ich meinen Mann jetzt vor Augen habe, dann sehe ich diesen feinen schmalen Kopf, wie er sich sachte ins Publikum wendet, wie er, ohne jede Bewegung, hinunter grüßt mit einem nur angedeuteten und unvergleichlich zärtlichen Lächeln für seine Kollegen, wie er ihren Applaus genießt, der ihm gar nicht lang genug sein kann. Denn dieser Applaus, das hört man, gilt nicht nur dem Schauspieler und dem Autor, er gilt dem vorbildlichen Kollegen, dem treuen Freund, dem Mann, der sie versteht und deshalb liebt — und den sie lieben.

So saß er da, und keiner hätte dem schlanken Herrn hinter dem Schreibtisch, mit dem vollen dunklen, glänzenden Haar, mehr als 55 gegeben.

So wurde er laut gefeiert und still geliebt, bis die Zeit kam, wo es zusehends abwärts gehen *mußte*, Krankenhaus, Sanatorien, Luftwechsel,

Kuren und — nur nicht denken. Unerbittlich kam der Tag näher, an dem ich ihn würde freigeben müssen.

Am 12. September 1960 rief ich wie immer um dreiviertel sechs Uhr morgens an. Die Nacht war gut, sagte die Schwester, und als ich kam, lag er schön ausgeruht in seinen Kissen. Ich setzte mich zu ihm und nahm seine Hand, und er sah mich an, als wollte er mein Bild mitnehmen. Und er sagte ganz langsam und nachdrücklich, tief in Gedanken:

»Das werde ich nie vergessen . . . niemals.«

»Was, mein Engel?« fragte ich.

»Das Leiden . . . und Dich . . .«, sagte er.

Das war mir zu schwermütig, und ich lachte ihn aus:

»Mich kannst Du doch gar nicht vergessen, ich bin doch immer da!«

Aber er ließ sich nicht stören in seinem Tonfall und in seinen Gedanken:

»Deine Liebe . . . Deine Pflege . . . Dich.«

Damit schlief er ein, und ich durfte weinen über seiner so schmal gewordenen Hand.

Um zwölf kam das Essen.

»Füttern oder selber?« fragte ich.

»Füttern . . . bitte.«

Und so aß immer er einen Bissen und ich einen, wie er das gern mochte. Dann schlief er wieder ein, und ich rannte fassungslos zum Wagen und konnte zu Hause berichten, daß es Vati ganz gut ginge. Als ich am Nachmittag wieder kam, fühlte er sich nicht wohl.

Sein *Dr. Werder* neigte sich ganz nahe zu ihm nieder, so daß er nur zu flüstern brauchte:

»Nicht gut.«

»Das werden wir gleich haben, mein Curtchen!» Und dann bekam der gute Doktor sein Küßchen auf die Wange.

Dann kam die Schwester mit einer Wärmflasche und einer Spritze:

»Damit Herr Goetz besser atmen kann . . .«

Und dann kam sein Wärter und schraubte das Bett hoch:

»Damit Herr Goetz besser atmen kann . . .«

Und da erst merkte ich, daß sie mich ganz anders ansahen als sonst. Und ich wußte, daß der Augenblick da war, vor dem ich vier Jahre lang gezittert hatte. Ich wußte, daß ich ihn nicht mehr festhalten durfte, daß ich ihn freigeben mußte, ehe er zu ahnen und zu leiden begann. Und ich wußte, daß alles umsonst war, wenn ich jetzt nicht durchhalten konnte, wenn ich jetzt nicht mit gutem Willen ihm hinüberhalf. Ich mußte *wollen*, daß es jetzt zu Ende war.

Unbegreiflich ruhig schickte ich sie alle hinaus. Ich wollte allein, auf meinen Armen, dem harten so unerbittlichen Gott seinen Engel zurückgeben:

»Sieh, Herr, *er* hat nichts verdorben . . .«

Ich setzte mich ans Bett und nahm mir wieder seine Hand, und da sagte er, ganz Wienerisch, wie er es sonst nie fertigkriegte — so wie es in seinem »Herbst« heißt, daß er diesen Tonfall noch auf dem Totenbette nicht würde vergessen haben:

»Mutti, tu doch mein Kopferl halten . . . 's is so schwer.«

Ich stellte mich an das hochgeschraubte Bett und nahm dieses feine schmale »Kopferl« in meinen Arm. Und dann erzählte ich ihm, daß er sich nachts erkältet hätte, daß nach einem tiefen Schlaf alles wieder gut wäre, was wir noch alles vorhätten und was wir noch alles tun müßten. Und er hörte mir viele Stunden und gern zu und atmete gleichmäßig und leicht wie immer. Und um zehn Uhr nachts hörte er auf zu atmen. Ganz einfach, ohne Seufzer – rücksichtsvoll wie er sein ganzes Leben war –, ohne etwas, das mich hätte erschrecken können, hörte er einfach auf zu atmen.

Und seine Augen hatte er selber zugemacht.

Ja, und damit hört die Geschichte unseres Lebens auf, mein lieber Freund. Was jetzt noch kommt, ist Erinnerung, leichter Verzicht und schwere Sehnsucht. So lange es eben geht.

In Berlin wurde er aufgebahrt. Seine geliebten Schauspieler haben ihn auf ihren Schultern auf die Bühne getragen, von der er ihnen, gar nicht lange zuvor, mit so viel Haltung seine Liebeserklärung machte. Er lag in roten Rosen, und Tausende haben ihn noch einmal besucht und ihm gedankt für die saubere Heiterkeit, die er sie lehrte durch sein Wort und sein Leben.

Am nächsten Morgen wurde er eingeäschert und zum letzten Male gefeiert. Man pries den großen Schauspieler, man rühmte den Autor und stellte ihn an die Seite Molières, aber vor allem lobte man den lauteren Menschen, den Herrn, der seine Gaben so sorgfältig »gebildet« und sein Wesen so gewissenhaft verwaltet hat zur Freude seiner Mitmenschen. Und das ist es auch, was ich aus den vielen Briefen lese, die man mir aus aller Welt schreibt, das warme Herz erwähnen sie, das hinter jeder lustigen Zeile steht, die vornehme Gesinnung. Darauf kam es ihm einzig und allein an, und das ist es, was ihm seinen unbestrittenen Erfolg brachte durch fünfzig Jahre hindurch. Viele Künstler sind mehr bewundert und mehr bestaunt worden als er, aber keiner wurde so zärtlich geliebt.

Als letztes ließ ich ihm ein Liedchen aus einem seiner Filme spielen: »Wir wandern, wir wandern von dem einen Ort zum andern.« Ich hoffe, daß es so ist, daß wir wandern, in eine bessere Welt, wie man so sagt. Mir war diese gut genug, in der ich ihm begegnete, in der er mir den Glauben ließ, mich um so mehr zu lieben, je mehr meiner Fehler er kannte.

Und wenn es wahr sein sollte, daß unsere guten Taten uns begleiten, dann wandert er in einer Schar, die den Schatz mitträgt von allem, was er gab an Liebe, Nachsicht, Freude, Hoffnung – und Frohsinn.

Jetzt versuche ich für unsere Urnen das Plätzchen unter dem Baum zu erwerben, wo er so gern mit mir saß. Trotzdem, ich kann ihn nirgends finden in der Erde. In mich ist er hineingestorben. Aber wenn Sie einmal an ihn denken, lieber, lieber Freund, dann sehen Sie ihn auf dem Bänkchen sitzen und lächeln, auf dem Bänkchen aus dem »Herbst«. Und wenn Sie später einmal vorbeikommen, dann wird er sich freu'n, Sie da zu sehen. Und ich auch.

Valérie.

Der letzte Brief, den ich meinem Mann brachte und den er noch selber las, am 5. September, hat ihn so gefreut, daß ich ihn neben ihm liegen lassen mußte. Deshalb möchte ich jetzt einen kurzen Teil davon hier stehen haben:

... Dir, so Geliebter, wird ein höchstes Maß von Geduld abverlangt! Ich bitte Dich, mir einmal zu erlauben, Dir zu sagen, wie sehr ich die Haltung bewundere, mit der Du große Schmerzen und quälende Beschwernisse erträgst, ohne es die Umwelt wesentlich merken zu lassen. Neben dem primären söhnlichen Mitgefühl bewegt mich im Blick auf Deine Erkrankung auch der starke Wunsch, es möchte mir in einer ähnlichen Lebenslage gegeben sein, ein auch nur annäherndes Maß an Selbstzucht und verinnerlichter Form aufbringen zu können, wie es mir bei Dir anschaubar geworden ist. In solch einem Engpaß des Lebensweges zeigt sich der Kern eines Menschen. An Dir erlebe ich – und ich bitte Dich es ausnahmsweise einmal so ganz direkt sagen zu dürfen – wirklich, was es ist: Würde der echten Persönlichkeit, die schmerzhaft eingepreßt in die Nöte einer langwierigen Erkrankung dennoch zugleich *über* den Dingen steht! Es bleibt mir wie immer der liebende und verehrende Hinblick auf Dich, Vater, als ein großes und edles Vorbild.

Ich denke gern an die diesjährigen Wochen bei Euch zurück, da wir noch viel mehr zusammengewachsen sind. Und bei mancherlei Verschiedenheit der Weltanschauung, wie man das so nennt, die natürlich auch den Reiz der Andersartigkeit ausmacht, bin ich froh und dankbar über die tiefere Gemeinsamkeit in diesen Dingen, deren wesentlichste ich darin sehe, daß wir, die Familie, in dem Gedanken, in der Idee, den Ursprung alles Seins sehen, die geistig-tätige Offenbarungsquelle Gottes. Heißt das nicht, daß auch wir mehr oder weniger begrenzte Erdenbürger so weit am göttlichen Leben teil haben, als wir imstande sind, reine, ursprüngliche und starke Gedanken, die nicht weltflüchtig sondern weltbejahend sind zu denken? Liebeerfüllte Gedanken!

Wie geht es eigentlich Deinen Memoiren? Mich hat das, was ich damals davon hören konnte, außerordentlich beeindruckt. Wie sich in Deinem unnachahmlichen geschliffenen Stil, vom Eleganten zum Witzigen, vom Witzigen zum Hintergründigen ein roter Faden zieht, der einen packt! Nämlich der Entwicklungsgang eines ungewöhnlichen Künstler-Menschen. Ich bin gespannt auf den Tag, wo das Ganze einmal vor uns steht. Das wird ein außerordentlicher Genuß sein.

Ich will schließen mit den wärmsten erfülltesten Gedanken für Dich und mit Grüßen voller Liebe und Verehrung für Dich und Mutti.

Dein Dir stets treuer MAL

Von den Briefen, die ich aus aller Welt immer noch bekomme, sagen zweie, einer aus der Schweiz und einer aus Berlin, ganz unumwunden das, was sie mir alle sagen wollen:

»Diesem Mann hätte es verboten sein müssen zu sterben.«

Die Zeitungen haben ihn, wie er es zu Lebzeiten schon immer genießen durfte, mit Liebe behandelt und verwöhnt. Nur schade, daß er nicht lesen kann, was sie ihm nachriefen und jetzt über ihn schreiben, wenn er gespielt wird. Wenn ich meine sich steigernde Trauer ergründen will, so finde ich, daß mich der Gedanke, daß er nicht mehr genießen kann, am meisten schmerzt. Da wäre zum Beispiel eine Seite aus dem Tagebuch von *Jochen Klepper*, den wir leider nie kennenlernten.

»Unter dem Schatten deiner Flügel« heißt das Buch.

Auf Seite 148 steht da zu lesen:

4. Februar 1934.

Gestern abend waren wir zum ersten Mal in dieser Saison – und seit langer Zeit – im Theater. Zum ersten Mal habe ich nun *Curt Goetz* gesehen, der seine Komödien selber schreibt. Ich war völlig frappiert. Denn hinter diesen eleganten Dialogen des »Dr. med. Hiob Prätorius« scheint mir die Dialektik großer Theologie zu stehen – dann jenes »den eiskalten Weg des Denkens bis an die unverrückbaren Grenzen des Wunderbaren gehen«. –

So sehr viel erinnerte er an die künstlerisch nicht geglückten Haupt-Momente meiner »Großen Direktrice« alias »Glück der Vergänglichkeit« – an meine »These« vom Witz und den »vier vergänglichsten Dingen« – an meinen großen Friseur Jakubasch, der in seinem Schloß nachts »stumm« Partituren durchdirigiert – mit einer solchen Szene begann Goetz' 4. Akt, – im Aufbau des Stückes ein Annex und eine Episode – für mich aber der Schlüssel zu Goetz' Eigenart: die Grenze aufgehoben zwischen dem Realen und dem Irrealen, zwischen der Nüchternheit und dem Wunder. Noch nie habe ich in einem Theater einen so starken Eindruck gehabt: dabei war es so unkomödiantisch wie nur möglich. Aber daß ich das einmal bei einem anderen fand: daß ihn der Zusammenhang zwischen Witz und Wunder nicht losließ! –

Heute geht mir den ganzen Tag *Curt Goetz* nicht aus dem Sinn. Können zwei Menschen persönlich und künstlerisch verschiedener sein als er und ich? Aber können sie zugleich noch tiefere Berührungspunkte haben? Dieser Abend war mir eine unendlich wichtige Bestätigung für meine eigene Arbeit ...

Wie hätte mein Mann sich gefreut, wieder einmal von jemand »durchschaut« zu sein, der in die tiefsten Tiefen langte. Schüchtern wie er im Grunde war, hätte es ihn beschämt, daß *Klepper* den Vorhang der Schelmerei von seiner schweren Seele zog. Aber es hätte ihn beglückt, weil dieser seine »Spiele« auf solche Ebene stellte. Es hätte ihn gerührt, so wie die Worte von *Thomas Mann* oder die Kritiken *Alfred Polgars*, weil diese Großen ihm zeigten, daß sie ihn als einen, der ihnen nahe war, zu erkennen bereit waren, daß sie seine persönliche Note schätzten, nämlich eine tiefe Moral in heiterer Form zu erfüllen.

In heiterer Form! Ich möchte hier eine Begebenheit erzählen, die sich zugetragen hat, kaum vier Wochen vor dem 12. September 1960.

EINE PEINLICHE GESCHICHTE

Es war in einem Sanatorium im August 1960. Am Morgen hatte mein Mann einen argen Schwächeanfall. Danach schlief er, und als er nachmittags erwachte, verlangte er einen starken heißen Kaffee.

Ich lief die Schwester zu fragen, ob dies ratsam und vor allen Dingen erlaubt sei, oder ob ich, um seinen Wunsch zu erfüllen, nur einen »Krankenkaffee« bestellen dürfte. Die Schwester hatte Ausgang, hieß es in der Küche, und das italienische Mädchen, das allein da war, konnte mir ja nicht raten.

An wen sollte ich mich so schnell wenden? Ich lief ans Telephon und verlangte nach der Assistenzärztin, die ihn am Morgen behandelt hatte. Sie war nicht mehr im Hause. Und die beiden Assistenten waren nicht in ihren Zimmern. Der Professor war in einer Sitzung. Ich war ratlos, und meine Nerven, die sowieso zum Zerreißen waren, gingen fast mit mir durch.

Das Telephonfräulein versuchte mich zu beruhigen und wollte wissen, weshalb ich so verzweifelt nach jemand suchte. Ich sagte es ihr, und nun wollte sie doch zum Professor vordringen und bei ihm anfragen.

Kurz und gut: Der Professor kam — nicht sehr erbaut darüber, daß er zu dieser Stunde, die seiner Forschung und nicht seinen Patienten bestimmt war, gestört wurde. Die beiden Assistenzärzte begleiteten ihn mit unheilschwangeren Mienen. Die Oberschwester und eine Schwester, die ich noch nie gesehen hatte, kamen auch mit. Ein ganzer Troß! Alle sahen mich vorwurfsvoll an, und ich stand da, verlegen und zitternd.

»Haben Sie eigentlich geläutet, Frau Goetz«, fragte der eine der Assistenten mit einem harten ausländischen Akzent, in einem inquisitorischen Tonfall, den Zeigefinger lang auf mich gestreckt und lauerte förmlich auf meine Antwort. Ich war verwirrt. Was sollte das?

»Geläutet«, fragte ich schüchtern.

»Ja. Denn *wenn* Sie geläutet *hätten*, dann wäre die Mittags-Aushilfs-Schwester gekommen!«

Es tat ihm ordentlich leid, daß ich nicht gesagt hatte, ich hätte geläutet, denn seine Kronzeugin, die Mittags-Aushilfs-Schwester stand bereit, das Gegenteil zu beschwören, und das wäre eine schöne Szene geworden, die eine tadellos funktionierende Organisation aufgezeigt hätte. Aber ich sagte es nicht, denn ich hatte nicht geläutet, doch kam es mir jetzt klar zu Bewußtsein, was ich dadurch angerichtet hatte.

Einer Tasse Kaffee wegen, wenn man es so nehmen will. Aber ich dachte zugleich, eine Klinik müßte doch die Erfahrung haben, daß die Angehörigen eines Schwerkranken auch einer gewissen Nachsicht bedürften!

Die Sache war peinlich für mich. Das ganze Sanatorium war angetreten, damit mein Mann eine Tasse Kaffee bekäme. Was sollte ich jetzt tun? Gut, ich hätte läuten sollen. In diesem Hause hätte ich in diesem Falle läuten sollen, in einem anderen Hause vielleicht eher telephonieren, aber hier »läuten«, was ich beschämt einsehen mußte. Ich entschuldigte mich sehr, der ganze Stab zog wieder ab, und mein Mann bekam seinen Kaffee, der ihm gar nicht schmeckte, weil ich ihm so leid tat.

»Gleich wirst du über die Geschichte lachen, mein Schätzchen«, sagte er und nahm seinen Block und seinen Bleistift zur Hand.

Und nun lesen Sie bitte, wie *er* es sehen wollte.

VIER ÄRZTE UND EINE TASSE KAFFEE

»Ich muß jetzt unbedingt eine Tasse starken, heißen Kaffees haben«, sagte ich, als ich nachmittags aus einem tiefen Schlaf nicht recht erwachen konnte.

»Da muß ich erst fragen, mein Herz, ob du das darfst«, sagte Valérie und ging ins Nebenzimmer.

Ich schlief wieder ein.

Als ich aufwachte, standen vier Ärzte um mein Bett, eine Oberschwester mit einer Untertasse und auf dieser eine Tasse Kaffee. Erst dachte ich, ich sei gestorben und die weißen Gestalten seien Engel. Es waren aber — siehe oben.

»Warum, gnädige Frau«, wollte der Professor wissen und hielt seinen Forscherkopf etwas schief, »haben Sie nicht auf die Klingel gedrückt, als Sie eine Tasse Kaffee wünschten?«

»Der Einfachheit halber, Herr Professor. Ich wollte der Schwester einen unnötigen Gang ersparen für den Fall, daß mein Mann keinen haben dürfte. Er hat schon Herztropfen genommen und . . .«

»Aha . . . und da haben Sie . . .?«

»Da habe ich mit der Zentrale telephoniert, ob ich die Oberschwester sprechen könnte. Die Oberschwester habe heute Ausgang. — Ob ich Frau Doktor Assistentin fragen könnte. — Frau Doktor sei nicht mehr im Hause. — Ob ich einen der Herren Ärzte haben könnte. — Welchen? — Das sei mir in dem Falle gleichgültig. — Der eine der diensthabenden Ärzte mache gerade Visite. — Und der andere? —Der andere auch. — Ob man wagen könnte, Herrn Professor anzurufen? — Um was es sich handle? — Es handle sich um eine Frage an den Herrn Professor. — Der Herr Professor sei bei einer Besprechung. Um welche Frage es sich handle? — Ob mein Mann eine Tasse Kaffee haben könnte. — ›Augenblick mal, bitte!‹ ... Ich wollte noch hinzufügen, warum meine Frage so wichtig sei, aber die Telephonistin arbeitete schon fieberhaft an diversen Verbindungen. – Ich gab es auf und hängte ein. – Und dann kamen Sie, meine Herren.«

»Und der Kaffee.«

»Und der Kaffee. Jawohl. – Darf er ihn haben?«

»Ja, selbstverständlich! Und wenn Sie wieder einmal eine Tasse Kaffee haben wollen, gnädige Frau, drücken Sie nur auf das weiße Knöpfchen. – Guten Appetit!«

Freundlich nickend verließen die Engel mein Zimmer. Der Kaffee war inzwischen kalt geworden.

LEKTION FÜR DIE HEISSGELIEBTEN

Die letzten Theaterstücke, die mein Mann schrieb und noch selber spielte, sind die »Miniaturen«. Ich glaube darüber etwas berichten zu können, was besonders unsere jungen Kollegen aufhorchen machen wird.

Ich weiß, daß die Jugend es nicht gern hört, wenn man ihr erzählt, daß es früher ganz anders und besser war, denn ich war auch einmal jung. Unter »ganz anders« und »besser« kann man sich ja auch nichts Rechtes vorstellen, aber wenn man der Jugend an einem bestimmten Beispiel sagen kann, was wir Alten an ihr vermissen und wenn sie daran erfährt, *was es war*, das unsere Großen so groß machte, wird sie wahrscheinlich ganz gern hinhören.

Das erste, was ein Schauspieler heute sagt, wenn er eine Rolle bekommt, das ist: *Ich werde mir das zurechtmachen!*

Was für ein braver Schauspieler war dagegen mein Mann! Und die Käthe Dorsch, und der Bassermann, der Moissi, die Höflich und wie sie alle hießen! Nie wäre diesen Großen der Gedanke gekommen, der *absurde* Gedanke, etwas, das Ibsen, Strindberg, Shaw, Schönthan, Hans Müller, Molnar, Guitry, Herzeg oder andere Ungarn, Franzosen, Italiener und ihre Übersetzer geschrieben hatten, zu ändern und anzunehmen, daß sie es besser ausdrücken könnten. Eine diesen Großen gar nicht bewußte Ehrfurcht vor der schöpferischen Gabe dessen, der »schreiben kann«, hat sie bescheiden ihr Schauspielertalent als nur reproduktiv erkennen lassen, und das hat sie automatisch untergeordnet, dem Wort, das da stand. Auch wenn es einem *nicht lag*! Wenn man im Laufe der Proben Worte und Sätze änderte, so aus der Bedrängnis heraus, dem, was da stand, noch nicht gerecht geworden zu sein. Und das geschah nach unzähligen Versuchen erst, und nur um einen Weg zu finden, der zum Wort des Autors zurückführen würde. In den *Autor* wollte man hineinhorchen, *ihn* wollte man spielen. Aber nie hätte man von vornherein, nach dem ersten schiefen Blick über die Achsel auf die Rolle herab, versucht, diese auf seine eigene Persönlichkeit umzubiegen!

»Wer ist schon neugierig auf mich?« sagte mein Mann. »Die *Rolle* ist das Interessante, die Figur, die der Autor erdichtete und wie *der* sie sah.« *Dem* spürte man nach, und *das* wollte man zu verkörpern versuchen. Man hat sich mit Stellen, die einem nicht lagen, so lange geplagt, *mit sich selbst*, bis man sie bringen konnte, so wie sie in der Rolle standen! Ich gebe zu, daß die Stücke früher mehr gearbeitet sein mußten, weshalb sie sich dann auch durch Generationen hielten, aber darum geht es mir hier nicht, sondern darum, daß kein Schauspieler auch gewagt hätte, einen selbstfabrizierten Satz vors Publikum oder gar vor die Kritik zu bringen.

Heute macht sich der Schauspieler seine Rolle »mundgerecht«, anstatt seinen Mund der Rolle gerecht zu machen. Und warum? Weil heute jeder »Star« sein will, dem alles schon auf der Probe gelingen muß, der überhaupt nur das zeigt, was er schon kann.

Darin liegt, so glaube ich, der wesentliche Unterschied zwischen einst und jetzt. Wir wollten lernen und wachsen an unseren Rollen, heute will man sich produzieren und verdienen mit seinen Rollen. Letzteres sollte sich ergeben, *reichlichst* sogar, aber es sollte nicht der Ausgangspunkt sein für die Jugend.

Und die soll jetzt einmal staunen, wenn ich ihr erzähle, daß auch mein Mann sich sogar mit *seinen Rollen* und bis zum Schluß »geplagt« hat. »Denn nicht nur der Weg vom Kopf aufs Papier, auch vom Papier auf die Bühne ist's eine weite Reise«, sagte er stets.

Im »Herbst«, dem zweiten Einakter der »Miniaturen«, war es die Stelle, an der Graf Dingelstädt von einem kleinen Pagen spricht, der die Bühne heller machte, wenn er nur da stand. Diese Passage wollte meinem Mann nicht gelingen, nicht so, wie er sie haben wollte, wie er sie mit seinem inneren Ohr hörte.

»Ich kann das nicht«, sagte er, »das muß ganz anders kommen. Sollte ich da vielleicht aufstehen? Oder sollte ich meinen Spazierstock dabei von rechts nach links nehmen?« Er suchte etwas, um den Ton zu finden, der ihm der einzig richtige schien. Er quälte sich mit der Stelle so sehr herum, daß ich, in Sorge um seine schon sehr schwache Gesundheit, ihm vorschlug, die Stelle zu ändern oder zu streichen. Da guckte er mich nur an und sagte:

»Der Autor hat sich das *länger* . . . überlegt!«

Nach mühevollen Proben wurde dann diese Passage, ganz ohne äußere Mittel, mit eine der schönsten im Stück.

Das erinnerte mich an »Lügner und Nonne«. Da gab es eine Antwort, mit der wir monatelang nicht zufrieden waren, und zwar war es ein ganz einfaches »Nein«. Jeden Abend dasselbe! Es wurde zu einem Komplex, und ich scheute schon vorher wie ein Pferd, wenn es nahe kam. Dicht bei dem Kardinal kniend, schüttelte ich dann verzweifelt, aber natürlich nur für uns merkbar, den Kopf, und mein Mann drückte darauf begütigend meine Hand, was heißen sollte:

»Auch mit sich selber muß man Geduld haben!«

Aber ich hatte sie nicht. Ich wollte die Stelle weglassen. Ein kleiner Strich wäre so einfach zu machen gewesen. Aber er erlaubte es mir nicht.

»Drücke dich nicht davor, mein Schätzchen«, sagte er damals – es war 1928 –, »wenn man sich so einen Ton erarbeitet hat, wozu das Ensuitespielen so gute Gelegenheit gibt, bringt er viele neue Töne mit sich, und daran wächst man.« Ich hatte mir dann am 186. Tag ein Sternchen in meine Agenda gemacht, das war, als mir dieses »Nein« das erste Mal gelang. Von da ab war es die Stelle, auf die ich mich jeden Abend freute und von der ich mich am schwersten trennen konnte, als das Stück abgespielt war.

Wenn ich hier versucht habe, den jungen Kollegen einen Hinweis zu geben, tat ich es aus Liebe zu ihnen. Und zum Theater. Auf daß es uns erhalten bleibe als Kunstgattung und nicht von der Mühle der Zeit zermahlen würde zu einem *Business*, zu einem *Job*, zu einem *Beruf*. Die Schauspieler sind die Nachfahren der Priester, und haben eine *Mission*. Demütig das Wort des Dichters zu verkünden! Von *denen* einer wollte mein Mann sein, und *diese* liebte er und hielt ihnen an seinem 70. Geburtstag eine Rede von der Bühne herunter. Viele, die sie hörten, möchten sie gern noch einmal hören können. Ich fand verschiedene Notizen zu dieser Rede, auf die mein Mann sich sorgfältig vorbereitet hat. Durch Applaus und Gelächter wurde er allerdings oft von seiner Linie abgedrängt. Nun will ich versuchen, sie aus seinen Aufzeichnungen wieder zusammenzukriegen.

BEKENNTNIS

Bezaubernde Kolleginnen und wunderbare Kollegen!

Immer wenn ich meinen 70. Geburtstag feiere – Sie werden bemerkt haben, falls es Ihnen im Trubel des Weltgeschehens nicht entgangen ist –, daß er schon einmal am 17. September und zum zweiten Male am 17. Oktober gefeiert wurde infolge von Meinungsverschiedenheiten einiger Nachschlagewerke. Es war aber bestimmt am 17. November morgens um 5 Uhr, wie ich mich deutlich erinnere. Und zwar in Mainz, einer Stadt, die durch ihre humoristischen Einfälle berühmt ist. Auch die Buchdruckerkunst wurde dort erfunden, nicht ausschließlich für mich, und lange bevor Gutenberg ahnen konnte, daß ich zu schreiben versuchen würde.

Meine Mutter war furchtbar stolz auf mich, während mein Vater bei meinem Anblick bemerkte, »was wir *wirklich* gebraucht hätten, wäre eine Kommode gewesen«.

Jetzt werden Sie auch die tiefere Bedeutung – es geht nichts über tiefere Bedeutung – der Titel meiner jüngsten Einakter, die Sie eben über sich ergehen ließen, verstehen: »Die Kommode«, die von meinem Vater vermißte, habe ich nachgeliefert, und da der 17. November in den

»Herbst« fällt, ist auch der Titel des zweiten Einakters verständlich. Und was den Titel des ersten Stückes »Die Rache« anbelangt, so muß man den Chronisten auch etwas zu erklären übriglassen.

Sie glauben aber nicht, wie schwer es war, für diese drei Einakter einen Sammeltitel zu finden! Ich hatte natürlich einen »modernen« wählen wollen. Moderne Titel haben ja auch den Vorzug, daß sie mit dem Inhalt der modernen Stücke nichts zu tun zu haben brauchen. Zum Beispiel: »Die Katze auf dem heißen Blechdach.« Weder kommt darin eine Katze noch ein heißes Dach vor! Bleibt nur ... Der Titel hätte also wesentlich kürzer sein können.

Aber dann wäre er eben nicht »modern«.

Ich hätte meine drei Einakter, um alle drei Titel unterzubringen, ganz einfach nennen können:

»Der Versuch des alten Herrn aus Rache im Herbst auf der Kommode!« Aber Direktor *Raeck* meinte, das wäre *zu* lang. »Miniaturen« gefiel ihm besser. Auf meinen Einwand, ob »Miniaturen« nicht zu anspruchsvoll wäre, sagte er beruhigend: »Wir setzen es natürlich in Gänsefüßchen.« Das Gerücht, daß er deswegen zum Professor ernannt worden sei, ist nicht verbürgt.

Das erinnert mich daran, wie ich, nachdem ich Schauspielunterricht genossen hatte, zum ersten Mal wieder nach Halle kam, wo ich das Gymnasium drückte, und einem ehemaligen Mitschüler begegnete:

»Du bist jetz e richtchgähender Schauschbieler gwortn?« fragte er.

»Ja«, sagte ich.

»Schbrich e mal was!«

»Ich kann dir doch hier uff der Großen Steinstraße nicht vorsprechen«, sagte ich.

»Brauchste ooch nich! Weeste noch, wie mir im Haidekruch de Räuber gemacht ham? Da warschte großartch!«

»Aber nicht doch!«

»Aber ja doch!«

»Aber nicht doch!«

»Du Dummer, ich mach doch bloß Schbaß!« —

So viel über die Gänsefüßchen von Herrn *Doktor Raeck*, pardon, von Herrn *Professor Raeck*, kurz von *meinem* Direktor, der liebevoll meine Schwanengesänge betreut, von denen ich hoffe, daß sie sich noch lange hinziehen dürfen, denn mein Schreibtisch ist voll von Stücken, Filmen und Plänen.

Aber ich bin ganz vom Thema abgekommen! Ich wollte sagen:

Immer wenn ich meinen 70. Geburtstag feiere, überkommt mich ein Gefühl der Rührung und Dankbarkeit! Rührung über mich selber, weil ich natürlich alles glaube, was man Schönes von mir sagt, und Dankbarkeit, weil ich wirklich allen Grund habe, dankbar zu sein. Dem lieben Gott, daß er mich so lange herumtapsen läßt in seiner schönen interessanten Welt — als sie weniger interessant war, war sie *noch* schöner —, dankbar allen Mitmenschen, von denen ich mit sehr wenig Ausnahmen immer nur Gutes erfahren habe, vor allem aber dankbar – dem Theater! Ich bin ihm verfallen! Dem Theater mit seinem zauberischen Duft von Schminke, Mastix, versengten Haaren, imprägnierten Bauernstuben, Wäldern und Palästen! Ich liebe es von der Versenkung bis zum Schnürboden, von der Requisitenkammer bis zum Souffleurkasten. Ich liebe die Soffitten, die Kabel, die Scheinwerfer, die Kulissen, die Züge an den Kulissen, und – als es noch welche gab, das war, als ich noch jung war, da gab es sie – die Sandsäcke an diesen Zügen! Die Sandsäcke, die man ganz unauffällig anbohren konnte, wenn man so übermütig war, wie wir es damals waren, so daß der Sand auslief! Und wenn man den richtigen erwischte, den nämlich, der das Gegengewicht vom Vorhang war, dann fiel dieser ganz langsam! Und zwar so gründlich, daß er, nachdem er unten war, *weiter fiel*, so daß an seinem oberen Ende die Seile, an denen er hing, sichtbar wurden, und hinter diesen die Dekoration wieder zum Vorschein kam, dann langsam die Köpfe der Schauspieler und dann erst ihre Beine. Ein auf diese Weise gefallener Vorhang war nicht wieder hoch zu kriegen, so daß wir Schauspieler in den »Sargdeckel« gehen konnten, oder wie immer die Künstlerkneipe hieß, und das Ende des Stückes, das wir nicht mehr gelernt hatten, nicht zu Ende zu spielen brauchten. Mit dem Ersatz dieser Sandsäcke durch festgeschiente Bleigewichte verlor das Theater seine beglückende Leichtigkeit, und damit begann sein Niedergang. Das ist meine feste Überzeugung. Doch zurück zu meinem Siebzigsten.

Es ist eine leidige Gewohnheit, daß bei Jubiläen dem Leidtragenden peinliche Fragen gestellt werden, als da sind:

a) Wie stehen Sie zu sich selber?
b) Wie stehen Sie zu Ihren Schriftstellerkollegen, insonderheit zu jenen modernster Prägung?
c) Wie stehen Sie zu den heutigen Regisseuren?
d) Was halten Sie von der Zukunft des Theaters?

Diese Fragen wurden auch mir gestellt, und alles Herumgerede wird mich wohl nicht davor bewahren, irgendein Glaubensbekenntnis ablegen zu müssen, wie es bei solchen traurigen Anlässen nun einmal von einem erwartet wird.

Wenn ich also zur ersten Frage, um Distanz zu gewinnen, einen Schritt zurücktrete, um mich selber zu betrachten, so wird es mir hoffentlich nicht so ergehen, wie jenem New Yorker Fensterputzer – in New York können die Fenster der Wolkenkratzer nur von außen geputzt werden, weshalb Fassadenkletterkünstler dazu erforderlich sind – es wird mir also hoffentlich nicht so ergehen wie jenem Fensterputzer, der dasselbe tat, um sein Werk zu begutachten. Er fiel aus allen Wolken!

Wenn ich mich also so betrachte, sehe ich einen Mann vor mir, der tat, was er konnte. Nicht mehr und nicht weniger. Das heißt, er hätte noch ein bißchen mehr tun können, aber er war faul von Natur aus, was ihn uns menschlich näher bringt, ihn uns sympathisch macht. Er hatte keine literarischen Ambitionen, sondern war lediglich von der fixen Idee besessen, Heiterkeit verbreiten zu wollen, eine Gabe, die ihm in die Wiege gelegt war, mit welchem Pfunde er aber in diesen traurigen Zeiten wuchern zu sollen für seine Pflicht hielt, weil er nun mal von der fast allmächtigen Kraft des Humors überzeugt war. Manchmal hat er vielleicht ein bißchen viel gewuchert und ist bis an die Grenze der Farce gegangen, er hat sich ein bißchen geschämt deswegen, aber das waren dann seine größten Erfolge. Vielleicht weil im großen Ulk immer viel Herz steckt, weil der Spaßmacher nicht verletzen will, sich über sich selbst lustig macht! Vielleicht aber einfach aus dem Grunde, weil die Menschen nichts nötiger haben als Heiterkeit und weil sie lachen *wollen*! Deshalb wundert er sich über die Theaterdirektoren und Dramaturgen, daß sie sich wundern, daß ihre Theater leer sind. Er wundert sich sogar, daß sie nicht *noch* leerer sind! Das Publikum bekommt ja auch immer dasselbe Stück zu sehen, nur mit einem andern Titel und von einem andern Autor: Ein besoffener Vater, eine verkrüppelte Tochter, ein verbrecherischer Sohn, eine Hure als Mutter, und jeder mit auserlesenen Komplexen behaftet. Wenn es hoch kommt und ganz originell wird, sind die Gebrechen vertauscht oder häufen sich auf ein Familienmitglied. Immer aber sind alle anormal, und es handelt sich jedes Mal darum, die von des Tages Mühsal und Qual deprimierten Zuschauer noch mehr zu deprimieren, was dann auch dem ausgezeichneten Ensemble restlos gelingt. Die Leute sind noch drei bis vier Tage hinterher unzugänglich und wütend und wissen selber nicht warum. Zu der Frage, ob man mehr ernste oder mehr heitere Stücke spielen soll, würde er sagen: mehr heitere, denn Ernstes haben wir im Leben heutzutage genug! Und wenn mal etwas Ernstes gesagt sein muß, dann heiter, bitte! Von erhobenen Zeigefingern haben wir nachgerade genug. Ein einfacher Stückeschreiber schlägt vor — liebenswürdigerweise wird er oft scharfsinnig genannt —: »Die einzigen Dinge, über die es sich lohnt ernsthaft zu sprechen, sind lustige Dinge!« Das scheint eine Art Glaubensbekenntnis zu sein!

Nichts gegen Trauerspiele! Aber sie gehören in eine fette Zeit, wo es gilt, die Satten und Teilnahmslosen aufzurütteln. Heute ist Tragik und sturer Ernst genug in der Welt, und man sollte die armen Menschen wenigstens abends ein wenig ablenken. Bitte, das ist *seine* Meinung, nicht die meine! Wahrscheinlich *kann* er keine Trauerspiele schreiben! Die alte Geschichte von den sauern Trauben! Ein Wohlwollender hat einmal nach einer gelungenen Premiere unserem Freund auf die Schulter geklopft und gesagt: »Das nächste Mal schreiben Sie nun aber mal was Ernstes! Sie haben das Zeug dazu!« Armer Gönner! Er weiß nicht, daß es genau so schwer ist, eine Komödie zu schreiben wie ein Trauerspiel, nur ein bißchen schwerer. Denn zur Komödie gehört *auch noch* Humor —ein Wort, das der Tragöde verachtet, weil er keinen Humor hat. In einer Komödie muß genau derselbe Spannungsgehalt sein wie in der Tragödie. Und in jeder guten Komödie muß sich der Zuschauer mindestens einmal an der Kehle gepackt fühlen von der Faust des Autors, der da sagt:

»Merkst du was? Wenn ich jetzt zudrücke, ist es eine Tragödie!« Aber der Komödienschreiber *will* nicht zudrücken. Das hat etwas mit seinem Herzen zu tun. Und nicht mit Obst. Ich spreche vom wahren Komödienschreiber. Er kann die Menschen lachen *und* weinen machen. Der Tragöde bringt sie nur zum Weinen. Und manchmal ist es ja auch in der Tat sehr traurig. Namentlich bei den Modernen.

Und da wäre ich bei Frage b). Ich werde mich hüten, ein Urteil zu fällen, aber es scheint mir, wie wenn die Modernen sich lustig machten und ausprobieren wollten, wieviel die Zuschauer sich *noch* gefallen lassen. Je unsinniger desto tiefer soll es scheinen. »Wenn man mir etwas zu sagen hat, so sage man es mir deutlich. Probleme habe ich in mir selber genug«, sagt Goethe. Auch scheint mir in aller Bescheidenheit, als ob sie Dramatik und Epik auf der Bühne für gleichberechtigt hielten. Zustandsschilderungen werden da geliefert, anstatt Knoten geschürzt und gelöst. Epik gehört ins Buch oder in den Film, aber nicht auf die Bühne. Natürlich hat es im Drama schon immer Epik gegeben, das ist nicht neu, der Chor bei den Griechen zum Beispiel ist episch. Heute, in der Sucht nach einem »Neuen Stil« werden Dramatik und Epik meinem Gefühl nach allzu willkürlich gemischt, weil man nicht von innen heraus nach einer neuen, vollkommeneren Form sucht, sondern versucht, es sich so bequem wie möglich zu machen. Immer wenn die Szene nicht weitergeht, wird einfach die Handlung unterbrochen, und es kommt einer, der uns etwas »erzählt«. Früher mußte der Dramatiker bemüht sein, dem Zuschauer anzudeuten, was er dachte und fühlte beim Schreiben. Und je keuscher er dies tat, je weniger er die Dinge beim Namen zu nennen brauchte, ja wenn es den Zuschauer bei Unausgesprochenem überlief, desto besser, desto künstlerischer war seine Leistung. Heute läßt der Autor »episch« dem Publikum von der Bühne herunter direkt sagen, was er sich beim Schreiben gedacht hat (meistens bedarf es dessen auch), und er diktiert den Zuschauern, was sie ihrerseits zu denken und zu fühlen haben. Nichts bleibt ihnen mehr zu *erraten*! Dieser größte Genuß bleibt ihnen versagt. Die Phantasie ist ausgeschaltet — hüben wie drüben. Und nach den Instruktionen geht das Stück wieder weiter, bis es wieder nicht mehr weitergeht und wieder einer kommt, der uns etwas »erzählt«. Das nenne ich bequem.

Auch habe ich die Modernen in Verdacht, daß sie *Tragik* mit *Unglücksfällen* verwechseln. Wenn ein Charakter vom ersten bis zum siebenundzwanzigsten Bilde — einen Drei-, Vier- oder Fünfakter kann heute überhaupt keiner mehr schreiben, weil es schwer ist die Einheit des Ortes zu wahren —, wenn ein Charakter also vom ersten bis zum siebenundzwanzigsten Bilde deppert ist und bleibt, und seine Umgebung mit Besoffenheit und anderen Lastern quält, so ist das keine *Tragödie*, sondern ein *Unglück*. Man sollte einen nassen Lappen nehmen, um das Leiden des Unglücklichen zu enden! Gleich im ersten Bilde! Ein richtiges Ende gibt es in diesen Stücken sowieso nicht. Plötzlich, viel zu wenig plötzlich, ist es aus. Es hätte genau so schlecht noch zwanzig Bilder weitergehen können. A propos siebenundzwanzig Bilder! Das ist der Grund, warum sich die Dekorationen zu allen diesen Stücken so verdammt ähnlich sind, daß, wenn der Vorhang aufgeht man meint, man hätte das Stück schon gesehen — was sich im Laufe des Abends ja dann auch bestätigt. Der Autor plagt sich im Schweiße seines Angesichts, die siebenundzwanzig Bilder zu schreiben, und der Architekt plagt sich im Schweiße seines Angesichts, die siebenundzwanzig Bilder in eines zusammenzufassen, weil es billiger ist und der Umbau schneller geht. Und der *muß* schnell gehen, damit der Zuschauer keine Zeit zum Nachdenken hat.

Grundsätzlich! Wo bleibt die Mission des Theaters: zu *erbauen* oder zu *erfreuen*? Welchen inneren Wert trägt der Zuschauer nach Hause? Was hat er gelernt für sein Privatleben? Was hat er eingekauft für sein Geld? Kein Wunder, wenn er lieber im Wirtshaus ein Glas guten Weines trinkt, im dunklen Kino die Augen schließt und mit seiner Liebsten techtelt oder sich beim Fußball ehrlich aufregt, wetten und sogar gewinnen kann!

Und der Schauspieler, was bekommt der in diesen Stücken für sein Talent, für sein Temperament? Nichts als unkontrollierbare Töne hat er zu produzieren, denn Besoffene und Verrückte kann man sprechen lassen wie man will, alles ist richtig und indiskutabel. So bleibt das Talent unentwickelt und verkümmert, und mit Talent allein hat noch keiner etwas geschafft, nur mit Können. Und Können kommt von Kunst! Nichts scheint mir niedriger als ein Autor, der sich den Anschein der Tiefe geben will, indem er große Fragen aufwirft, die er nicht beantwortet. Und das kann er nicht, weil diese Fragen nicht von innen her an ihn kommen, sondern geborgtes Gut sind, Zusammengelesenes, eine Falle für Halbbildung. So viel zu Frage b).

Zu Frage c) hätte ich zu sagen, daß es vor allen Dingen ein Fehler in unserer Sprache ist, womit ich meine, daß da etwas *fehlt*, wenn wir für den, der die Tätigkeit des Spielleiters ausübt, nur den einen Namen haben: Regisseur. Es müßte Ausdrücke geben, die der Abstufung Rechnung tragen, vom Regisseur über den Arrangeur bis zum Ordnungsbeamten.

Einen »Regisseur« möchte ich nur den nennen, der ein Werk bis ins kleinste im Sinne des Autors erfaßt und demgemäß die Schauspieler führen und bilden kann. Dazu gehört meiner Meinung nach, daß dieser Regisseur am eigenen Leibe die Vielfalt der Qualen und Triumphe des Schauspielers erlebte, denn dann erst kann er ihn verstehen! Für den Kritiker gilt, daß er ein Ei nicht zu legen braucht, um beurteilen zu können, ob es gut oder schlecht ist. Im Falle des Regisseurs stimmt das nicht. Seine Aufgabe ist es beim Legen des Eis, beim Werden, zu helfen.

Liebend zu helfen!

Mir sagte einmal ein Filmregisseur — einer der sich so nannte —, er wäre glücklich, kein Schauspieler zu sein! »Das glaube ich Ihnen«, sagte ich genauso undelikat, »unter Ihnen möchte ich auch lieber keiner sein!« Es waren Tonnen von sauren Trauben in der Bemerkung dieses Herrn. Wie gern hätte er vom lieben Gott ein bildschönes oder durchgeistigtes Antlitz bekommen, wie gern besäße er die Art Gemüt, die andere anzieht, und den Charme, der die Frauen in seinem Banne hielte! Denn das gehört nun einmal dazu. Auch und vielleicht sogar besonders zum Darsteller der Bösewichte! Es liegt aber nicht nur Neid in seinen Worten, sondern ein großes Maß von Überheblichkeit. Er hat das Gefühl, daß er *mehr* ist als der Schauspieler, daß er *über* diesem steht. Das tut er auch! So wie der Schaffner in der Tram: Mit Stolz geht er durch die Reihen der Sitzenden, schaut auf sie herunter und hält Ordnung — wenn sowieso alles in Ordnung ist. Er fühlt sich jedem Gelehrten, jedem Priester, jedem Genie überlegen. Es erübrigt sich zu sagen, daß ein Schaffner als Mensch den Genannten wohl überlegen sein könnte. Aber in diesem Falle würde er sich nicht überlegen fühlen.

So ein Filmregisseur hat es aber auch nicht leicht! Der Produzent hofiert ihn, damit er möglichst schnell und billig macht, der Architekt schmeichelt ihm, damit er seine verrückten Ideen durchsetzen kann, der Autor umgirrt ihn, damit er ja nicht zu viel gestrichen bekommt, der Maskenbildner, der Kostümzeichner, der Schneider, der Beleuchter, der Hilfsregisseur, ganz zu schweigen von den Zentnern von Honig, die er ums Maul geschmiert bekommt von den vielen kleinen Darstellern und Darstellerinnen, die im nächsten Film wieder dabeisein möchten. Wieviel Selbsterkenntnis braucht es da, bescheiden zu bleiben und sich zu sagen: Das gilt nicht dir, nicht deinem Können, sondern deinem Posten! Einem Posten, der sich entwickeln mußte aus der Notwendigkeit und zu dem Zwecke, dem Schauspieler freie Bahn zu schaffen für seine Kunst, die allein es ist, die das Publikum in den Zuschauerraum zieht.

Jeder kann in kurzer Zeit die »Technik« des Filmemachens nachlernen, aber der Künstler muß sich mit Nichterlernbarem befassen! Der Techniker fühlt sich ihm überlegen, wenn er ausrechnen kann, von welcher Seite man ins Bild kommen muß, nach welcher Richtung man zu sprechen hat, wie weit man den Kopf drehen oder senken darf, ob man Handschuhe in der Hand zu halten hat oder nicht, und wenn, in welcher. Natürlich gibt es auch unter den Technikern Künstler, unter den Kameraleuten Rembrandts und Tizians. Aber die sind bescheiden! Und lieben die Schauspieler!

Und natürlich gibt es immer Regisseure, die den Titel zu Recht tragen. *Max Reinhardt*, um den größten zu nennen, den fast alle noch kannten. Er war lange Schauspieler gewesen, mit Leidenschaft, und zwar ein ausgezeichneter, nicht einer, der Schiffbruch erlitten hatte aus irgendeinem Grunde und deshalb Regisseur wurde. Reinhardt konnte jedem jeden Schritt und jede Geste »vorspielen«! Und zwar so vielfältig, bis der Schauspieler es so machen konnte, wie Reinhardt es brauchte zur Verwirklichung des Phantasiegebildes, das ihm aus tiefster Einfühlung in den Autor vorschwebte. Und dieses Gebilde seiner Phantasie war es, das den Erfolg brachte und eine ganze Welt in eine bessere Welt hob. Natürlich suchte er sich die Geeignetsten für die Rollen aus, aber im Grunde war es egal, wer die Rollen spielte, denn Reinhardt brachte jeden dorthin, wo er ihn haben wollte.

Und darin liegt der wesentliche Unterschied zwischen dem Regisseur, der Anfänger einsetzt und Nachwuchs heranbildet, und dem Arrangeur, der nur mit fertigen Künstlern arbeiten kann. Den Arrangeur erkennt man gleich daran, daß er die Schauspieler »nicht knebeln« will! Wenn er es doch nur könnte! Mein großer ungarischer Kollege *Szöke Szakal* sagte:

»Gibt äs kähnen bäquehmärän Bäruf als Filmrägissöhr, weil sich ärst nach frühästäns zwonzig Jahren berausställt, daß mon nix kann!«

Doch ich bin von meinem Thema zu weit abgekommen, daß ich, immer wenn ich meinen siebzigsten Geburtstag feiere von Rührung und Dankbarkeit beseelt bin. Von meiner Dankbarkeit vor allen Dingen dem Theater gegenüber, dem ich wie gesagt verfallen bin, bedingungslos wie ein Wechsel.

Als ich noch Tourneen machte, mit eigenem Ensemble auf die Dörfer ging, da gab es gewiß viel, was ein Komödiantenherz erfreuen konnte: Die Lust am Spielen, befreit von Aufregung — wir hatten die Stücke ja Hunderte Male in Berlin gespielt, und Umbesetzungen, sprich Tourneeumbesetzungen gab es bei mir nicht — der Erfolg, der uns von Stadt zu Stadt begleitete, Applaus, Blumen und Kränze, das alles reichte nicht an das Schönste: Nach der Vorstellung, der Stammtisch mit den dortigen Kollegen! Was wurde da zusammengelacht! Hier konnte man atmen! Hier war Humor, Offenherzigkeit und Toleranz! Hier war blitzschneller Witz, der mit gleicher Grandezza gegeben wie empfangen wurde. »Hier bin ich Mensch, hier darf ich's sein!«

Damals hat mein guter *Max Kaufmann* seine ersten grauen Haare gekriegt, über dem Problem, uns vom Stammtisch zum Bahnhof zu locken, wenn wir noch in der gleichen Nacht weiter mußten.

Doch was glauben Sie, was neben all den aufgezählten Herrlichkeiten habe ich am Theater am meisten lieben gelernt? Sie werden nie draufkommen: *Die Komödianten!* Meine Kollegen! Von den Kolleginnen ganz zu schweigen! Nicht nur weil ich ihnen, die meine Stücke spielen, sehr viel zu danken habe — ich brauche euch nicht zu sagen, daß man ohne Partner nicht Theater spielen kann und daß man nur mit *guten* Partnern *gutes* Theater machen kann. Und daß ich das Glück hatte, immer *gute* Partner um mich zu haben, die sich redlich mit mir quälten, meine Stücke an den Mann zu bringen, das ist das Geheimnis der Erfolge dieser Stücke. Und dafür bin ich dankbar, und deshalb habe ich euch heute diese Liebeserklärung gemacht — — aber nicht *nur* deshalb, sondern weil ich in einem langen Leben herausgefunden habe, daß die Komödianten die reizendsten Menschen der Welt sind! Und sie sind, neben Artisten, das Zuverlässigste, was es gibt. Sie waren es wenigstens zu meiner Zeit. Pflichtbewußt bis zur Bewußtlosigkeit. Das ist wörtlich zu nehmen, denn bevor er nicht bewußtlos war, der Komödiant, sagte er nicht ab. Und dann mußte es der Theaterarzt für ihn tun. Und wenn der es tat, dann spielte er eben bewußtlos! Das wollte ich einmal festgestellt wissen.

Nie ohne Ergriffenheit kann ich auch an meine letzten Tourneen denken, die wir per Auto machten. Jeder, der einen Wagen hatte, stellte ihn zur Verfügung und nahm so viele mit, als er Platz hatte. Und so sausten wir mit fünf Wagen los, um uns abends wiederzutreffen. Und da wir manchmal Entfernungen bis zu 450 Kilometern zwischen zwei Vorstellungen zu bewältigen hatten, Flensburg—Frankfurt am Main, so war es immer ein rührender Anblick, wenn die braven, kleinen Volkswagen schon vor dem direktorialen Straßenkreuzer eingetrudelt waren.

Zu den Stützen meines letzten Ensembles gehörten *Curt Vespermann, Lia Eibenschitz, Bruno Fritz, Kurt Waitzmann, Waltraut Runze, Lou Seitz, Ewald Wenk, Gisela Fritsch,* mein guter *Eckhardt Dux, Paulchen Heidemann, Curt von Ruffin,* unsere *Andrea Perkams, Maximilian Groß, Burkhard Wagner,* mein alter *Günther Vogt* und — Jessas ja: *die Martens,* die Mutti! Was die im Laufe der Jahrzehnte auf den Tourneen geleistet hat und *sich* geleistet hat mit manchmal widerspenstigen Bühnenmeistern, Beleuchtern und Feuerwehrleuten, das geht nicht auf die Haut einer Büffelherde! So etwas von Zähigkeit und Beharren auf einem Standpunkt, habe ich noch nicht einmal bei einem Kaugummi feststellen können. Aber wo wären wir ohne sie geblieben? — Und ohne sie ... könnte ich heute ... auch nicht mehr ... zu euch sprechen. Doch das nur in Parenthese.

Endlich zu der letzten Frage. d) Was ich von der Zukunft des Theaters halte? Ich habe oft prophezeit, damals auch, als unser Berlin noch in Trümmern lag, daß es nämlich sehr bald aufgebaut sein würde, damals als die Damen der Knesebeckstraße mit ihren Händchen die Eingänge zum Renaissancetheater freilegten — »für Sie Herr Goetz tun wir das gerne« — und wir das erste Mal wieder in Berlin spielten, da stand ich ganz im Gegensatz zu Mrs. Roosevelt, die von ihrer Reise aus dem zertrümmerten Deutschland kam und sagte, daß es mindestens fünfzig Jahre dauern würde, und nur, wenn die Deutschen den Pioniergeist der alten Amerikaner aufbrächten. Ich habe Gott sei Dank recht behalten. Und jetzt prophezeie ich wieder:

Die Zeit wird kommen, und sie ist nicht fern, da das Theater zurückfinden wird zu sich selbst, da die Bühne wieder dem Schauspieler gehört, geführt von einem Regisseur, der so genial ist, daß man ihn nicht merkt, gestützt von einem Bühnenbildner, der nicht um jeden Preis auffallen will und sich tobsüchtig auf das Stück setzt, sondern ihm dienen wird, und betreut von einem Dramaturgen, der kein Doktor ist, aber dafür Theaterblut hat und Partituren lesen kann. Die Zeit ist nahe, da die Herrn erkennen werden, daß sie nichts sein sollten, als Wegbereiter für das Talent der Darsteller. Diesem Talent nachzuspüren, es zu erfassen, jedes nach seiner einmaligen Eigenart zu entfalten, und sich diesem Talent unterzuordnen, weil es selten, von Gott gegeben und von ihm gewollt ist, das allein ist ihre Aufgabe!

Es lebe Seine Majestät, der Schauspieler!

Liebe Kollegen und Kolleginnen, was ich euch sagen wollte, ist einfach, daß ich mich zu euch gehörig fühle und daß ich weiß, daß ihr das wißt. Ich war und bin und bleibe ein Komödiant. Daß ich auch ein paar Stücke geschrieben habe, geschah nur, um euch und mir ein paar Rollen zum Spielen zu geben und keine Kreuzworträtsel zum Aufsagen, und zwischen uns besteht ein Augenzwinkerverhältnis, weil ihr das verstanden habt!

Seid bedankt und umarmt! Auch für den heutigen Abend. Wenn es etwas Gewaltigeres geben kann als Komödianten auf der Bühne, dann sind es Komödianten im Parkett!

Auf Wiedersehen beim nächsten Siebzigsten!

»MINIATUREN«

1956

Dr. Hermann Werder,
ohne dessen chirurgische Kunst
sie nicht mehr entstanden wären.
Möge die Literatur ihm verzeihen.

Mein Mann wollte die »Miniaturen« fertig haben vor seiner ersten Operation, damit ich, im Falle, daß ihm etwas zustieße, bis an mein Ende schöne Rollen zu spielen hätte. Wir haben diese Einakterserie dann 1958 in Wien aus der Taufe gehoben und Herrn *Professor Raeck* zu Danke hat sich damit der Kreis dieses schönen vollen Künstlerlebens harmonisch geschlossen.

Mein Mann konnte es ihm nie sagen, daß er ihn liebte und wie sehr er ihn schätzte, auch nicht, wie dankbar er dafür war, daß dieser Theaterdirektor den Schauspielern so viel Verständnis entgegenbrachte, wie es das heute kaum mehr gibt. Aber ich meine, unser Professor hat es gewußt. Es ist etwas Merkwürdiges um diese große Persönlichkeit unseres Theaters. Wir von der Profession kennen uns, aber Herrn *Professor Raeck* kennt man immer ein bißchen zu wenig. Dabei ist er seit 1932 in führender Stellung. Zuerst war er am alten Berliner Theater, dann im Theater in der Saarlandstraße, und nachdem 1936 das Verbot für Privattheater kam, ging er ans Schiller-Theater, bis er 1946 das Renaissance-Theater übernahm. Das Auffallendste an dieser Persönlichkeit mit der stattlichen Figur und dem markanten Künstlerkopf ist die

Unauffälligkeit, mit der alles gemacht — und durchgesetzt wird. Der Professor führt nur selten selber Regie, weil seine vielseitigen Verpflichtungen um das kulturelle Leben ihm zu wenig Zeit dazu lassen. Aber wenn er es tut, dann geschieht das ganz unauffällig, so unauffällig wie mein Mann den genialen Regisseur nannte, den man am Ende gar nicht merken darf. Und wenn er nicht selber Regie führt, dann kommt er auf die letzten Proben und macht nur ein paar unauffällige Bemerkungen, die aber so ins Schwarze treffen, daß sie der Szene erst den richtigen Pfiff geben. Wenn er einen abends in der Garderobe besucht, dann ist er so unauffällig da, daß man vergißt, daß man sich eigentlich so nicht sehen lassen kann, und sich weiterschminkt, und dann sagt er einem ganz unauffällig etwas, das einen in die gute Laune versetzt, die man braucht für den Auftritt.

Den Geburtstag am 17. November 1958 arrangierte er trotz des großen Aufwandes wie ein Familienfest, das mehr gemütlich als festlich war, wie mein Mann es liebte, und sich daher zu Hause fühlte unter den Seinen. Am meisten rührte uns die Riesentorte von mindestens $1^1/_2$ m Durchmesser, auf der im Kreise alle seine Stücke als Marzipanbüchlein lagen, bestrahlt von den siebzig Lichtern. Und wenn wir uns da auch nicht in die Augen kriegen wollten, so habe ich an diesem Abend doch manchmal vergessen können, wie nahe wir dem Ende waren. Mein Mann auch. Doch das weiß ich nicht genau. Oft haben wir uns gegenseitig belauscht, um aufzuspüren, wieviel der andere weiß. Ich glaube, wir haben in den letzten Jahren nicht auf der Bühne unsere schwersten Rollen gespielt, und ich klammere mich immer noch an den Gedanken, daß ich dieses eine Mal besser war als er.

Dieser *Professor Raeck*, der ihm auch die letzte Feier mit sehr viel Einfühlung und Andacht gestaltet hat, nimmt ihm unauffällig auch noch seine letzte Sorge ab.

»Jetzt kann ich dir nicht mehr helfen«, sagte mein Mann oft so verzagt. Ich konnte es nicht verstehen, daß ihn gerade dieses quälte. Jetzt begreife ich es. Aber welche Gnade ist es, so alt werden zu können, ohne zu erfahren, daß das Leben ein Kampf ist. Gewiß, das unsere war Arbeit und Plage, aber daß es Betrug und ganz Böses gibt, abgrundtief Böses, das wußte ich eigentlich nur aus Stücken und Romanen. Und wenn es jetzt an mich herankommt als etwas, das ich mehr bestaune, als daß es mich innerlich berührt, so danke ich dies den Freunden meines Mannes, die vor mir stehen wie eine Wand.

Wenn ich am Telephon höre: Hier kommt Berlin! Moment bitte! Dann warte ich ein Weilchen und dann:

»Hier *Raeck*. Wie geht es Ihnen?«

Dann geht es mir gut, und ich weiß mich geborgen.

In den »Miniaturen« hat sich wiederholt, was wir in allen Stücken erlebten. Wieder hat sich jemand gemeldet, der behauptete, einer der Einakter wäre der seine. Es wäre doch leicht möglich, schrieb er, daß sein Drehbuch, das er einer Filmfirma vor einigen Jahren eingereicht hätte, in die Hände meines Mannes gefallen sei, aus dem er die Idee genommen hätte. Es handelte sich um »Der Ausbruch des Weltfriedens«, was wir 1958 in Wien spielten. Gelehrte wollen die Menschheit – da das bisher auf normale Weise unmöglich war – zu friedlichem Denken überlisten, und dies durch Bestrahlung aus einem erdumkreisenden Satelliten.

Mein Mann erwiderte, daß es ebenso leicht möglich wäre, daß Zweie, unabhängig voneinander, die gleiche Idee haben konnten. Das müßte der eine dem anderen zubilligen, denn Ideen lägen nun mal in der Luft. Aber es wäre auch möglich, daß jener Herr meines Mannes Drehbuch, das er 1926 der UFA geliefert hätte, in die Hände hätte bekommen können. Trotzdem neige er, mein Mann, lieber zu seiner ersten Version, den Fall zu klären. Damit war er dann auch erledigt.

In den ganzen Jahren unserer Ehe hörte ich niemals das Wort »Nächstenliebe« aus meines Mannes Munde. Er *lebte* sie. In den »Miniaturen« zum Beispiel, die wir nicht immer mit den gleichen Partnern spielen konnten, war einmal einer dabei, dessen Auffassung seiner Rolle sich gar nicht mit der meines Mannes decken wollte.

»Ich muß die Szene ganz anders mit ihm spielen«, sagte mein Mann verzweifelt, »als sie gespielt gehört. Mein ganzes Stück stimmt nicht mehr!« Alle rieten ihm, die Rolle umzubesetzen. »Nein«, sagte er, »wenn ich an jedem Abend sehe, wie der anständige Junge, der auch begabt ist und eigene ehrliche Töne hat, mit heißem Bemühen herauskommt, dann kriege ich es nicht fertig, ihn zu kränken. Das ist mir mein Stück wieder nicht wert.«

Gogol schrieb: Was soll ich tun, um ein besserer Künstler zu werden? Ein besserer *Mensch* werden!

Und auch in den »Miniaturen« hat es sich gezeigt, daß ein Poet Prophet sein kann.

Wir bekamen einen Brief in einer Handschrift, die für einen Augenblick mein Herz stillestehen ließ, weil sie der meiner Mutter so ähnlich war. In großzügigen ebenmäßigen Lettern dankte jemand meinem Mann, daß er die oft karikierte Figur Seiner Exzellenz des Grafen von *Hülsen-Haeseler* so wahrhaft, so menschlich vornehm, so liebenswert zeichnete. Die Dame schrieb, daß sie alles verloren hätte in den bösen Jahren, als Rentnerin sich aber die Eintrittskarte zusammensparte, um sich von der Köstlichkeit der Darstellung meines Mannes überzeugen zu können, von der ganz Berlin spräche. Und nun habe sie ihn gesehen und danke ihm und sei entzückt, denn sie wäre jene geheimnisvolle Person, um derentwillen der Graf nie geheiratet hätte, und sie ahnte nicht, daß ein Sterblicher je davon wußte.

Mein Mann wußte es gar nicht. Niemand wußte von einer heimlichen Geliebten des Grafen aus jener längst vergangenen Zeit. Kurz vor dem Umsturz von 1918 lernte mein Mann ihn kennen, als er von ihm den ehrenvollen Antrag an das Königliche Schauspielhaus zu Berlin bekam, und verliebte sich bei dieser Gelegenheit in die Figur dieses einmaligen

Intendanten. Er konnte ihn gut kopieren, und machte sich dann jede Geschichte zurecht, die über diese markante Persönlichkeit des Theaters kursierte. Es waren Anekdoten, seine legendäre Kaisertreue oder das Theater betreffend. Aber das Privatleben des Grafen kannte man nicht, das hätte auch gar nicht zu diesem Grandseigneur gepaßt. Mein Mann erfand sich diese poetische Geliebte, diese Tänzerin, eine Story zu schaffen um die Figur, die zu spielen ihn reizte.

Die Dame mit der schönen Handschrift wollten wir aber nun kennenlernen, und wir luden sie zum Tee ins Kaffee Wien am Kurfürstendamm.

Und sie kam. Pünktlichst.

Und sie sah aus – sie sieht aus – so wie ich gern in dieser Rolle ausgesehen hätte, schlank und rank, wie eben eine Tänzerin. Denn das war sie tatsächlich gewesen, eine Tänzerin aus dem Hofopernballett Seiner Majestät. Mit schneeweißem Haar jetzt, und veilchenblauen Augen, und von einer bescheidenen strahlenden Liebenswürdigkeit.

Frau *Elisa Gondy*, »wie Seine Majestät der Kaiser, ihr sich zu nennen gnädigst gestattete«, konnte sich gar nicht beruhigen über die vielen kleinen lebensechten Nuancen, die mein Mann ihrem Grafen abgeguckt hatte.

»Und beinahe wäre ich vom Sitz gerutscht, als Sie von unserm Dackel erzählten«, lachte sie.

Den hatte mein Mann also auch prophetisch geahnt und ihm den Namen »Lohengrin« gegeben, den er einst für Maxens Promenadenmischung geeignet fand, weil dieser Graf solch einen Hund hätte gehabt haben können, weil dieser alte Aristokrat seinen Hund mit dem nicht ganz einwandfreien Stammbaum, so hätte nennen können, um der peinlichen Frage nach seinen Ahnen vorzubeugen.

In dieses Stück »Herbst« ist auch ein süßer Ausspruch unseres Jüngsten verwoben. Als wir nach einem langen Gastspiel nach Hause kamen, da wollte der kleine Mann, er war vier Jahre alt, meine Hand auch bei Tische nicht loslassen und sagte immer wieder ganz leise vor sich hin: »Mutti«.

»Ja, was denn«, fragten wir.

»Gar nichts. Nur Mutti«, sagte er.

Das war bei meinem Mann nach so vielen Jahren noch so, daß er es jetzt festhalten wollte. So sind alle seine Stücke eine Kette von Erinnerungen aus unserem Leben, ein buntes Mosaik zusammengefügt, verkittet mit dem Golde der Dichtung. Und eben, *gewußt wie!* Auch eine bemerkenswerte Kritik brachten uns die »Miniaturen«.

Über schlechte Kritiken sagte mein Mann, man hätte im Leben so viel unverdientes Lob geerntet, daß man einen Tadel hinnehmen können müsse, auch wenn er einem nicht gerecht erschiene. Aber diese Kritik, die ich hier meine, war nicht schlecht. Sie war gehässig. Persönlich gehässig. »Soll das Ihr Ende sein, Herr Goetz«, stand da zu lesen. Ich denke, einem Mann, der so viel für das deutsche Theater geleistet hat wie dieser, hätte man ein Abflauen im Alter ritterlich gestatten können. Daß er damals schon schwerkrank war, das brauchte nicht jeder zu merken, obwohl es kaum jemand entging. Aber ich *wußte*, daß es sein Ende war, und mich traf diese Zeile *sehr* tief.

Ich konnte die Kritik lange von meinem Mann fernhalten. Später, als Wien ihn umjubelte und der allabendliche Erfolg ihn beglückte, als wir zweimal verlängerten, und, weil der Andrang nicht zu bewältigen war, im *großen* Haus spielen mußten, da bekam er sie doch in die Hände. Er las sie. Langsam. Aufmerksam.

Dann legte er sie hin und ließ seine Hand noch eine Weile wie begütigend auf ihr ruhen. Und dann sagte er sehr behutsam:

»Der Arme.«

Und wenn ich jetzt allen Ballast an Schriften, Briefen, ganzen Ordnern, Kritiken und Bildern abwerfen muß, um mir mein äußerliches Leben zu erleichtern, so bleiben alle die Erinnerungen doch lebendig in mir. Daß ich jetzt viele von ihnen durch diese Memoiren mit vielen teilen kann, dafür bin ich dankbar, und mir hat sich die nicht ganz leichte Aufgabe damit belohnt.

»DER LAMPENSCHIRM«

Noch einmal möchte ich meinen Mann selber zu Worte kommen lassen, mit ein paar Zeilen, die wieder unverkennbar sein Gepräge tragen, die in Beziehung zu seinem allerersten Theaterstück stehen.

1957 spielten die Münchner Kammerspiele den »Lampenschirm«. *Kein* Stück von Curt Goetz, nannte er diesen Schabernack, der im Laufe der Jahre sein meistgespieltes Lustspiel blieb, weil es den Schauspielern so viel Spaß macht, sich selber zu spielen.

Direktor *Schweikart* inszenierte die Münchner Aufführung, wobei er einen Regieeinfall hatte, um den mein Mann ihn aus tiefster Seele beneidete. Immer wenn ein Schauspieler einen Abgangsapplaus hatte – und es war daraufhin inszeniert –, kam er wieder auf die Bühne zurück, verneigte sich artig, und die Szene wurde noch einmal gespielt. Ein Dakapo! Mein Mann jubelte, als er das aus den Kritiken las, aber leider konnten wir es trotz aller Anstrengung nie fertigbringen, zu einer dieser Vorstellungen zu kommen.

Als wir dann 1958 in den Kammerspielen mit »Miniaturen« gastierten, wurde meinem Mann eine Standuhr gezeigt. Die alte Pendule hatte im »Lampenschirm« mitgespielt und ging dann aber nicht den Gang aller irdischen Requisiten – in die Kammer. Sie steht zum Andenken an diese denkwürdige Regietat *Schweikarts* im Büro des Dramaturgen. Dort wo im Stück der Kuckuck rief, schnarrt jetzt ein alter Küchenwecker die Stunden.

In fast allen Briefen, die dieser zauberhaften Aufführung wegen eingingen, wollte man anvertraut bekommen, und wollte es auch gewiß nicht weitersagen, *von wem* die Anekdote eigentlich sei, die man ja schon lange kenne, jene, die Elfzenthal im dritten Akt als sein peinliches Erlebnis zu erzählen hat.

Darauf schrieb mein Mann folgende Antwort, die ich jedem, der das wissen wollte, einsandte:

Euer Wohlgeboren!

Sooft ich die Geschichte von dem Manne höre, der aus der Badewanne steigt, um einem Klingeln an der Flurtür Folge zu leisten und die Zeitung oder sonst etwas hereinzuholen, und dem dabei das Mißgeschick passiert, daß die Tür ihm ins Schloß fällt, während er mit nichts als mit Seifenschaum bekleidet draußen steht, hat sie mir stets große Freude bereitet. In jüngster Zeit geschah dies sogar dreimal. Einmal in einer deutschen, einmal in einer österreichischen Zeitung und gestern im Berner Bund. Einmal soll sie in Paris, einmal in London und einmal in Budapest passiert sein. In allen drei Fällen wird Wert auf die Tatsache gelegt, daß sie *wirklich* passiert ist. Und das mag ja auch sein. Jedenfalls habe ich wieder sehr gelacht.

Am meisten gelacht habe ich jedoch, als ich sie zum *ersten* Male las, und das war vor etwa 40 Jahren, in dem Lustspiel »Der Lampenschirm« von *Curt Goetz.* –

Ich habe eben mit dem Autor telephoniert und ihn auf die Wiedergabe seiner Geschichte aufmerksam gemacht. Er sagte, das mache nichts, diese Anekdote könne man immer wieder hören. Auf meine Frage, *wem* sie vor 40 Jahren nun wirklich passiert sei, antwortete er:

»Glaube mir, lieber Freund, falls ich sie nicht gestohlen habe, habe ich sie frei erfunden.«

Ihr sehr ergebener
Curt Goetz

MACH DIR KEINE SORGEN

Das letzte, womit mein Mann sich schriftstellerisch befaßte, waren seine *Memoiren*, deren erster Band noch am 10. September 1960 herauskam. Es hatte ihm viel Freude gemacht, in seiner Vergangenheit spazierenzugehen. Leider mußte er die Arbeit abbrechen, um das Drehbuch für seine »Ingeborg« zu schreiben. Es wurde gut bezahlt, dann nicht verwendet, weil der Film sich seine Drehbücher »lieber selber« schreibt! Ich weiß nicht, ob der Film nicht vielleicht deshalb als einzige Branche, wie ich mir sagen ließ, in den Jahren des Wirtschaftswunders darniederliegt. »Es wäre immerhin möglich«, heißt der letzte Satz in dem Theaterstück »Ingeborg«.

Ich habe es bewundern gelernt, wie sehr mein Mann sich von seinen Arbeiten distanzieren konnte, wie er selber es war, der die strengste Hand an sein Geschriebenes legte. Deshalb ist es ihm auch gelungen, seine Stücke in vollwertige Filme umzuwandeln, wobei er ihnen jedes

Mal das Gepräge belassen hat, das der Autor seinen Theaterstücken ursprünglich gegeben hat. Nie wurde auch nur für eine Minute eine »show« daraus, nie hat er Aufmachung hineinverwoben, um auf billigem Wege Effekt zu erzielen, sondern stets nur den zwingenden Gedanken und das Wort wirken lassen.

Mein Mann nahm sich gern einen Mitarbeiter fürs Drehbuch. Beim Stückeschreiben wäre für ihn, wie für jeden Dichter, eine Mitarbeit undenkbar gewesen, einen Gedanken auszusprechen, bevor er endgültig geläutert auf dem Papier stand, unmöglich. Aber das Drehbuchschreiben ist keine so reine Kunst, da nahm er sich gern »eine Wand«, wie er es nannte, »gegen die man gleich reden konnte«. Es lag und liegt mir fern, die Verdienste dieser Mitarbeiter zu schmälern, das wäre nicht in meines Mannes Sinn, aber wenn einer dieser Herrn betonen zu sollen glaubte, daß . . ., dann gab ich ihm immer zu überlegen, daß alle Filme meines Mannes, mit den verschiedensten Mitarbeitern, ausschließlich *sein* Gepräge trugen, und daß, wenn die diversen Mitarbeiter es mal auf eigene Faust versuchten, es meistens ein abgestandenes, ausgekühltes Frühstück war.

Die Herrn vom Film sagen meistens: »Tja, ein Film ist eben kein Theaterstück!« Und sie nehmen überheblich an, daß ein Dichter das nicht auch ahnen könnte! Mein Mann machte sogar einen Unterschied zwischen dem, was er dem Leser fürs Auge zu lesen gab, und dem, was er seinem Publikum von der Bühne herunter zu hören vorsetzte. So differenziert war sein absolutes Gehör in künstlerischen Dingen. Und anscheinend kannte er das unfehlbare Rezept für Erfolg in allen diesen Sparten.

Trotzdem war und ist es immer schwer, einen Curt Goetz »anzubringen«. Unbegreiflich! Wenn ich in der Position wäre, Stoffe kaufen zu müssen, und ich hörte, ein Curt Goetz wäre auf dem Markte, ich wäre so verwegen zu sagen: »Her damit! Ungelesen!«

Ich will gern verraten, welcher absurde Gedanke mich zu diesem unüberlegten Ausruf brächte. Ich dächte mir im stillen: »Viel schlechter wie das, was sonst der Film zu bieten hat, wird es auch nicht sein.«

Gerade jetzt sollen zwei Werke meines Mannes verfilmt werden. »Das Haus in Montevideo«, zu dem man ja die genauen Richtlinien hätte, um »ganz in seinem Sinne« das herauszubringen, was es sein soll, ein schlichtes Familienstück, in dem man von Herzen lachen und weinen kann.

Mein Mann hatte sich manches vorgenommen für die Neuverfilmung, aber man hat mich nicht danach gefragt. Der Film macht sich seine Drehbücher »lieber selber«. Soviel ich von dem Drehbuch der »Toten von Beverly Hills« weiß, das sich der Film auch »lieber selber« schreibt, ist der Roman zur Unkenntlichkeit verdreht. Vielleicht ändert sich das noch. Dabei wäre es so leicht, auch ohne das Muster meines Mannes einen echten Curt-Goetz-Film zu machen, so wie man seit fünfzig Jahren auch auf kleinsten Bühnen echte Curt-Goetz-Abende zustande bringt. Es ist ja viel leichter einen einmal geprägten Stil zu spielen, als stillos spielen lassen zu müssen, weil man sich an einen Stil *halten* kann! Aber man müßte den Stil *spüren*, und sich eben an den Dichter *halten*, und wie Professor *Max Reinhardt* es auch machte, in den Dichter hineinlauschen, und auf eigenwillige Einfälle verzichten können. Das ist aber anscheinend unmodern geworden, denn das ist eine Sache der künstlerischen Demut.

Gerade die »Tote«, die ja schon als Film geschrieben ist, wäre auf ganz einfache Weise zu einem Erfolg zu führen, schon weil der Film sie »öfter geprüft und abgelehnt« hat. Ein gutes Zeichen, würde mein Mann es nennen, eingedenk seiner Erfahrungen, nicht zuletzt mit dem »Dr. Prätorius«, der dann doch noch ein ganz annehmbarer Sensationserfolg wurde.

Die »Tote« hat eine Rahmenhandlung, das Tagebuch. Das ist immer interessant. Sie hat einen dollen, dichten Krimi. Sie hat eine aufreizend erotische, ja psychopathische Liebesgeschichte. Sehr viel mehr kann man nicht zusammen bekommen.

Mein Mann hatte sich auf diese Verfilmung gefreut. Er wollte die fünf Rollen sparsam, *schauspielerisch keusch* spielen, seine unschuldig schuldige Sexbombe Lou nie – wie es so naheliegend wäre – in Umarmung bringen, und gerade das hätte ihm dabei diebischen Spaß gemacht, der Zensur trotzdem auf der Nase herumzutanzen, um das zu beweisen, was der Wiener Kurier über seinen Roman schrieb:

»Es ist ein Buch, das wieder einmal beweist, was man alles schreiben kann, wenn man schreiben kann!«

Jedenfalls mache ich mir keine Sorgen, auch wenn sich der Film seine Drehbücher »lieber selber« schreibt, und bin ja auch sicher, daß beide Filme Kunststücke werden, denn es wäre ja auch ein Kunststück, sie zu keinem Stück Kunst zu machen.

Auch mit einer neuen Komödie hat mein Mann sich noch befaßt, das mit einer Szene zwischen ihm und mir beginnen sollte. Hier ist eine sehr goetzische Stelle aus dieser Szene, die seinen eigenen Stil wieder so deutlich aufzeigen kann:

ER: Mach dir keine Sorgen, mein Schatz.

SIE: Du hast mir einmal gesagt, das Gute an Sorgen wäre, daß die Dinge, über die man sich Sorgen macht, nie einträfen.

ER: Dann brauchst du dir also keine Sorgen zu machen.

SIE: Wieso? Wenn ich mir *keine* mache, *treffen* sie vielleicht ein.

ER: Augenblick mal! Wenn du weißt, daß die Dinge, über die du dir Sorgen machst, *nicht* eintreffen, und du dir andererseits Sorgen machst, daß, wenn du dir *keine* Sorgen machst, die Dinge, über die du dir *keine* Sorgen machst, eintreffen, dann *machst* du dir doch Sorgen, daß Dinge eintreffen, über die du dir *keine* Sorgen machst, und dann treffen sie also doch *nicht* ein! Und dann brauchst du dir keine Sorgen zu machen.

SIE: Doch.

ER: Erlaube ...

SIE: Sie treffen ja nur deshalb nicht ein, *weil* ich mir Sorgen mache.

ER: Das ist eine andere Sorge, daß es so ist. Da wir aber wissen, daß alle deine Sorgen nicht eintreffen, so sind also alle deine Sorgen überflüssig!

SIE: *gesteigert:* Nur wenn ich sie mir *mache*, Liebling! Du bist mir zu unlogisch! Ich kann mich mit dir darüber nicht unterhalten, denn würdest du bedenken, daß Dinge, über die man sich Sorgen *macht*, nicht eintreffen, dann würdest du verstehen ...

ER: ... daß man sich keine zu machen braucht.

SIE: *verzweifelt:* Nein. Denn wenn man sich *keine* macht, treffen die Dinge vielleicht *ein*, die *nicht* eintreffen würden, *wenn* man sich Sorgen über sie machte.

ER: *beschwichtigend:* Dann wollen wir es so formulieren: Man braucht sich keine Sorgen zu machen, vorausgesetzt, daß man sich welche machen möchte, um zu verhindern, daß die Dinge eintreffen, usw. So ist es. Gott sei Dank, *darüber* brauchen wir uns wenigstens keine Sorgen mehr zu machen!

DER HEILIGE FRANZISKUS

Goethe sagt einmal – ich weiß nicht, wo ich es las – er wüßte mit einer Ewigkeit, die ihm keine Schwierigkeiten zu besiegen böte, nichts anzufangen, und Sonnen wie Sterne bewiesen, daß es auch dort noch genug Nüsse zu knacken gäbe. Ein ansprechender und doch seltsamer Gedanke, nach allem, was man in der Schule von Engeln, Heiligen und ewiger seliger Ruhe gelernt hat!

In Alassio, wo ich meinen ersten einsamen Sommer verbrachte, steht eine Tiertränke vor der Kirche des heiligen Franziskus. Achteckig ist die Steinschale, von etwa einem Meter Weite und der Tiefe der fünf Stufen, die flach und breit ringsum hinaufführen zur Spiegelfläche.

Auf der obersten dieser fünf Stufen steht in Bronze der Heilige, lebensgroß, in seiner Mönchskutte und lädt mit bescheiden ausgebreiteten Armen und himmelwärts offenen Händen seine Tiere zu einem frischen Trunk. Ein paar Bronzetauben ihm zu Füßen sind seinem Rufe gefolgt. Das luftige Blattwerk eines alten Pfefferbaumes läßt die Sonne sparsam wie durch einen Schleier auf den Heiligen fallen.

Der Anblick hat mich angerührt, so daß es mich verlangte, in seine Kirche zu treten.

Als ich drinnen stand, fragte ich mich, was ich hier eigentlich zu suchen hätte. Ich denke an meinen Mann, wo ich stehe und gehe, jede Minute des Tages und jede wache der Nacht. Für was und für wen sollte ich hier beten – wie ich es früher so gerne tat? Für das Gelingen seiner Arbeit? Für seine Gesundheit? Er arbeitet ja nicht mehr. Er ist auch nicht mehr krank. Aber — dachte ich — ich könnte den lieben Gott, da ich nun schon in seinem Hause bin, daran erinnern, was für ein braves Leben er führte, damit er ihm seinen Lohn erteile, für das reine Glück, das er vielen und besonders mir gab — und wenn ich genau hinhöre, mir immer noch gibt. Aber das wäre Unsinn! Wenn das der liebe Gott nicht selber und viel besser weiß als ich, dann kann es ihn doch gar nicht geben! Konflikte sind schlimm, es ist müßig, sich ihnen zu verschreiben, und in Bälde, im ewigen Frieden, gibt es sie sowieso nicht mehr.

Aber, für alle Fälle, muß ich den lieben Gott, solange ich noch da bin auf dieser Welt, eben doch immer wieder mal erinnern, denn er hat sicher viel zu tun und kann, wenn er auch alles weiß, nicht immer an alles denken!

Ich erinnerte ihn. Ich ließ es ihm zur Sicherheit auch noch durch den heiligen Franziskus bestellen, da dieser mich hier hereingeführt zu haben schien.

Als ich wieder draußen stand, fiel mein Blick noch einmal auf den anmutigen Brunnen. Dicht an den Fuß des Heiligen, halb unter den Falten seiner Kutte, war inzwischen ein arg verhungertes Kätzchen hinzugekommen. Dunkelbraun, als wäre es aus Bronze, trank es das Wasser aus dem Becken zwischen zwei der Tauben. Allerliebst, wie es das Zünglein hastig in den Spiegel tauchte und dabei kleine sinnliche Augen machte.

Ich wußte bislang gar nicht, daß Kätzchen Wasser trinken. Und wenn, dann doch sicher nicht so lange, nicht so viel Wasser auf's Mal!

Ich stieg behutsam auf die erste Stufe. Da merkte ich, daß das Kätzchen gar nicht trank, sondern nur so tat, wie Rehe tun, wenn sie zum Scheine äsen um abzulenken von ihrer eigenen gesteigerten Achtsamkeit.

Im Brunnen aber schossen in Todesangst Goldfische hin und her!

Die Mittagsglocken läuteten, so daß ich nicht abwarten konnte zu sehen, wem der heilige Franziskus mehr zugetan sein würde, ob seiner Katze oder seinen Fischen?

Aber wer erlaubt einem so kleinen halbverhungerten Kätzchen einen so großen, altbewährten Heiligen in solche Verlegenheit zu bringen? Nach so vielen Jahrhunderten der Seligkeit einen so argen Konflikt in seine friedliche Ewigkeit zu tragen?

Sollte der Herr Geheimrat Goethe doch wieder recht behalten?

EPILOG

Die Memoiren des Peterhans von Binningen
fortzuführen half mir
ein Hinblick auf Don Quichote,
welcher sagt,
von allen Unmöglichkeiten sei es die größte,
ein Buch zu schreiben,
das allen gefiele!
Um zu enden, möchte ich Zeilen, die mein Mann liebte,
zu Hilfe nehmen.
Sie sind von Matthias Claudius:
»So will ich hiermit mein Werk beschließen,
und hätte ich's lieblich gemacht,
das wollte ich gern.
Ist es aber zu gering,
so habe ich doch getan,
so viel ich vermochte.«

INHALT

I. Teil
Die Memoiren des Peterhans von Binningen

II. Teil
Die Verwandlung des Peterhans von Binningen

III. Teil
Wir wandern, wir wandern ...

4 x TÄGLICH

Weitere Rezepte von Curt Goetz

»Es gibt hier die Kapitel: Frauen, Frau und Mann, Ehe, Politik, Moral, Glück, Nächstenliebe, Theater u. a. Zu diesen Themen wird Geistvolles, Kluges auch Weises gesagt, doch weniger aus dem Nachdenken heraus, sondern mitunter mehr als Bonmot, mehr als Aperçu, oft auch als intuitive Weisheit. Alles in allem ein geistvolles Bändchen, das dem vorangestellten Motto gerecht wird: ›Man kann das Leben schwerlich zu leicht nehmen, aber leicht zu schwer.‹« *Die Tat, Zürich*

NAPOLEON IST AN ALLEM SCHULD

Eine Filmkomödie, mit Abbildungen aus dem Film

Der Wunsch, diesen Film lesen zu können, die Fabel mit ihren einfallsreichen Verknüpfungen und dem unverkennbar »goetzischen« Dialog nachzugenießen, war so dringlich, daß dieses Buch entstand — ein echter, lupenreiner Curt Goetz, eine ungetrübte Freude für sein Publikum, so gesetzt, daß man kein geübter Drehbuchleser sein muß, um sie voll auszuschöpfen.

CARNEVAL IN PARIS

Eine seltsame Begebenheit. Drehbuch

»Der Meister der Pointen und hingewischten Bemerkungen läßt seinen ›Carneval‹ in rasanter Szenenfolge ablaufen und bevölkert ihn mit Verkehrsfliegern, mondänen Pariserinnen, der erlauchten Mona Lisa samt König Franz I. von Frankreich. Auch der unverwüstliche Heinrich VIII. mit seinen sechs Frauen spielt mit. Das Ganze ist effektvoll und lustig.« *dpa - Deutsche Presse-Agentur*

TATJANA

Eine Legende. Mit Zeichnungen von Lilo Rasch-Nägele

»Dieses kleine Buch präsentiert den Komödienautor als Erzähler und läßt zugleich in dem Erzähler noch einmal alle Qualitäten des Komödienautors nachkosten.« *Günter Blöcker*

DIE TOTE VON BEVERLY HILLS

Satire auf einen Bestseller
(Der Rote Engelhorn Roman)

»Ein echter Curt Goetz. Was könnte man dem Leser Besseres versprechen! Ein Buch, gepfeffert mit Sex, einem handfesten Mord, einer aufregenden Jagd nach dem Mörder, sich abspielend in der mondänen Welt von Hollywood.« *Wiener Kurier*

VALÉRIE VON MARTENS

Das große Curt Goetz Album

Mit 308 Bildern und Dokumenten

Dieses Album könnte eine Komödie, ein Film oder eine Geschichte von Curt Goetz sein. Es bringt genau das, worauf der Betrachter sich freut, nämlich Curt Goetz und Valérie von Martens auf ihrer Lebenslaufbahn, und überrascht dabei durch Einfälle – mit denen nicht gerechnet werden konnte –, die, wie immer bei Curt Goetz, an genau den richtigen Stellen sitzen. Curt Goetz als Peter Peter in »Ingeborg« (in dieser Rolle lernte er bekanntlich seine »angetraute Geliebte« kennen), als Kardinal in »Lügner und Nonne«, als Professor Nägler im »Haus in Montevideo«, als Lord Cavershoot und Napoleon, der »an allem schuld ist«, Curt Goetz als Autor, als Regisseur, als Darsteller, das alles ist selbstverständlich geworden und ist dem Betrachter bekannt. Aber Curt Goetz, der 17jährige Abiturient, als Franz Moor im Heidekrug bei Halle an der Saale und kurz danach als dieser klassische Bösewicht im Theater in Rostock? Curt Goetz als alter Ekdal in Ibsens »Wildente« am Lessingtheater zu Berlin, und somit 27jährig als greiser Vater Bassermanns? Curt Goetz als Drehbuchschreiber in den Flegeljahren des stummen Films, als Meisterdetektiv der Flimmerkiste mit den Größen der damaligen Schauspielkunst, Curt Goetz als Hühnerfarmer, Cowboy und in den Öltürmen von Kalifornien? Und Valérie von Martens, natürlich immer als Partnerin ihres Mannes, aber auch in anderen Rollen der Bühne und des Lebens, als Tänzerin, als die sie ihre Karriere begann, als Grafikerin der Kunstgewerbeschule in Wien und als erfolgreiche Photographin in Hollywood?

Friedrich Luft über Curt Goetz:

»Er dient unverblümt dem Vergnügen der Einwohner. Er stellt Spannung, Gelächter, Verblüffung, Wohlgefallen her ... Er ist ein leiblicher Verwandter von G. B. Shaw – eine Rarität, ein witziger Kopf mit Herz, ein kluger Mann mit dem Mut zum Leichten, ein amüsanter Weiser.« Diesen Curt Goetz erleben Sie noch einmal in dem großen Curt Goetz Album.

DEUTSCHE VERLAGS-ANSTALT STUTTGART